编剧理论与实践

The Theory and Practice of Screenwriting

陈晓春 / 著

中国传媒大学出版社
·北京·

图书在版编目(CIP)数据

编剧理论与实践 / 陈晓春著. -- 北京：中国传媒大学出版社，2022.10（2023.7重印）
ISBN 978-7-5657-3126-6

Ⅰ. ①编… Ⅱ. ①陈… Ⅲ. ①编剧—高等学校—教材 Ⅳ. ①I053

中国版本图书馆 CIP 数据核字(2021)第 274307 号

编剧理论与实践
BIANJU LILUN YU SHIJIAN

著　　者	陈晓春		
责任编辑	张继媛		
责任印制	阳金洲		
封面设计	拓美设计		
出版发行	中国传媒大学出版社		
社　　址	北京市朝阳区定福庄东街 1 号	**邮　　编**	100024
电　　话	86-10-65450528　65450532	**传　　真**	65779405
网　　址	http://cucp.cuc.edu.cn		
经　　销	全国新华书店		
印　　刷	艺堂印刷(天津)有限公司		
开　　本	787mm×1092mm　1/16		
印　　张	30		
字　　数	602 千字		
版　　次	2022 年 10 月第 1 版		
印　　次	2023 年 7 月第 2 次印刷		
书　　号	ISBN 978-7-5657-3126-6/I · 3126	**定　　价**	128.00 元

本社法律顾问：北京嘉润律师事务所　郭建平

我教编剧课（序）

《编剧理论与实践》是我写的第五部与编剧有关的书。我的第一部著作《电视剧创作——理论·技巧·案例》1999年由北京广播学院出版社出版。那时我刚教两轮编剧课，把用过的讲义拿给出版社总编看了，他觉得不错，就出版了，反响还不错。后来我调到北京广播学院管理系制片教研室当主任，教编剧也教制片，有了新的感悟，便写了第二部专著《电视剧理论与创作技巧》。这部著作2003年由北京大学出版社出版，发行了1万多册，2007年被评为"北京市高校精品教材"，被许多大学用作教材或教学参考书，还有把它列为中文系影视专业硕士、博士生必读书的，很多做编剧的朋友也将之作为工具书在看。后来我们成立了影视项目评估中心，专注于剧本评估，也就是做起了所谓的"剧本医生"，有了很多创作实践，又有新的感悟，于是2017年由人民邮电出版社出版了第三部著作《剧本医生——电视剧项目评估与案例剖析》，该书至今已经印刷十余次。后来我们以这本书作为教材，与中国电视剧制作产业协会合作，开办了8期"影视项目评估高级研修班"，全国各地的影视公司、电视台都派人来参加了，爱奇艺、优酷、腾讯、湖南卫视、克顿等著名影视机构也派制片人来参加学习。已经出版的《编剧原理》和眼前这本《编剧理论与实践》是我在疫情防控期间完成的，正好赶上我快要退休的时候，算是对我教学和学术生涯的总结吧。

我其实是不轻易写书的，尽管我也算是个做学问的，写书似乎是我的本分，但我从来没有把写书当作职业。别人一年可以写几本书，我通常三五年才能出一本书，其实我的每本书从酝酿到写作总要花上十余年的时间。我写书从来只凭兴趣，既不为评职称，也从来没有申报科研课题，知道自己这学问不入流，自觉地把自己边缘化，尽量让人忽视和遗忘，等到有了感悟的时候，想写了，才写！我一直认为，一部书好不好，得经由时间来检验，倘若你的书在十年以后还有人愿意看，而且不是因为要考你的研究生或者有其他功利性目的，那就肯定是好书了。

我一直以为，教育有四个层次：一是学知识；二是学技能；三是培养智慧；四是养成人格。好的教育就应该帮助学生在学习知识的同时把知识转化为技能，再把技能提升为智慧，进而把智慧涵养为人格。

知识是最低的一个层次，在互联网时代，知识显得越来越不值钱。对于每个人来说，知识都是很容易获得的，而且很公平，只需在电脑前敲击键盘，海量的信息就会涌到你的眼前。对于现代人来说，光有知识而没有生存技能就很难在这个社会上更好地生存。

在现代社会，技能往往可以作为一种谋生手段。对于很多理工科学生来说，知识很容易转化为技能；对于法律、经济这些实用学科的学生来说，也能获得谋生的技能；而对于很多人文学科的学生来说，学了一大堆知识，走到社会上却发现自己什么也不会，所谓“百无一用是书生”指的就是这种人。

智慧是超越知识和技能的，知识和技能都有局限，知识和技能都可能过时。所有学科、所有知识，本质上并无区别，都有内在规律。所谓有智慧的人，其实就是能够把握规律的人。个人一旦拥有了智慧，就像有了把金钥匙，可以不变应万变，超越知识和技能的局限。知识没有智慧支撑，就会成为累赘，知识并不代表智慧，很多人有知识而没有智慧，知识多了，反而显得愚蠢。

教育的最高境界是对人格的塑造，主要体现在对人生观、价值观和世界观的培养上，当观念融入血液，成为细胞，在一言一行之中体现出来，影响着人的思想和行为，化为人生境界的时候，就成就了对人格的塑造。

很多时候，我们的教育其实只能做到第一个层次，学生学了很多无用的知识，到了社会上发现根本用不上。有些实用学科，能够让学生学到些技能，在社会上谋到饭碗聊以为生，但要达到有智慧却是很难的，说到塑造人格，能做到的就更少了。

尽管现在很多老师都更热衷于搞科研，教学好的老师反而没有地位，但我始终觉得，学校是培育人的地方，学校的产品就是学生。作为老师，首要的任务还是培养出好的学生，即便要搞科研，也是为了培养会搞科研的学生，这是学校的根本。倘若学校培养出的都是“废品”，总有一天学校也会废掉的。

我当老师的目的很单纯，就是想带出几个好学生来，我对自己的最低要求就是不要让学生在我手里成为“废物”。所以，几十年来，我一直诚惶诚恐，生怕学生学不到本事，将来在社会上找不到饭吃，或者即便能有饭吃，但坏了人品，做出伤天害理的事来。

在高校二十多年，我其实只教了两门课，一门与编剧有关，另一门与制片管理有关。在我看来，它们其实是一回事儿。编剧需要了解市场，制片人最重要的是要懂得剧本，我讲制片管理也是从编剧入手的。按照我个人的理解，两门都是实用性学科，既然要实用，自然要让人学到实实在在的本事。教编剧，就要让人会写剧本；教制片，就得教人拍戏、运作项目。这本是天经地义的事儿，但在现实中，要想做到却很难。

很多人认为编剧是没法教的，大学里有很多戏剧、影视文学系，都教人做编剧，但培养出的编剧其实很少，反而很多编剧都是从别的专业出来的，有些工科的学生做起了编剧，甚至比那些科班出身的人要做得好。但即便如此，我并不认为编剧一定是教不出来的。如果真是这样，那些教编剧的系科就不用办了，办了也是误人子弟。

大学里教不出好的作家和好的编剧来，说到底还是教育的问题。当年很多作家在大学里当教授，如鲁迅、老舍、沈从文、梁实秋等，而现在中文系的教授很少有作家，能把文章写好的也很少。很多教编剧的教授一辈子没写过像样的剧本，不知道戏是怎么拍的，这样的教授，又怎么能够指望他们培养出真正的作家和编剧来？

说大学里培养不出作家和编剧来，是因为作家和编剧都需要有灵性，有天赋，但这种天赋是需要人去挖掘和培养的，如果教授们连创作是怎么回事都不知道，又怎么发现学生们的天赋并激发他们的创作热情呢？事实上很多学生原本都是因为爱好文学、喜欢影视才来报考的，可是几年学下来，他们对创作反而失去了兴趣，想象力和创造力也被扼杀了，这不能不说是教育的悲哀。

很显然，创作需要天赋，但创作同时也是一门手艺。与小说相比，电影和电视剧创作更像一门手艺。作为一位教师，你并不能赋予学生想象力和创造力，却应该有眼光发现和挖掘他们的创作才能，教会他们掌握创作的规律，学会基本的创作技能。能做到这一点，也是很不容易的。

这些年来，我一直试图把编剧课当作一门手艺来教，无非就是想让学生们把知识转化为技能，学到实实在在的技能，将来在社会上有一技之长。这对理工科专业来说是很容易的，人家有这样的传统，一直也是这么干的，而对艺术类专业来说却很难，只得另辟蹊径。

说起教育的事，其实并不复杂。当年我调到制片管理教研室当主任，全国就只有我们学校有制片专业，没有专业教师，没有教学大纲，没有教材，只有学生。教什么、怎么教，都没有经验，也没有多少可借鉴的。学生们也很迷茫，意见很大。作为这个专业的主持者，我当时就想，制片嘛，就是影视项目的经营者或项目经理，要懂影视艺术，也要懂经营管理。要懂影视艺术，就开设与影视艺术有关的主干课程，如视听语言、影视节目制作、编剧艺术、导演艺术、纪录片创作、影视节目策划、中国电影史、外国电影史等；要懂经营管理，就开设经济管理主干课程，包括经济数学、宏观经济学、微观经济学、管理学、管理心理学、金融学、影视制片管理等。做管理还需要有综合素质，这样才有后劲，所以又开设了一些人文社会科学的课程，包括中国文学史、外国文学史、中国哲学史、西方哲学史等。就这样几年下来，效果还不错。我自己担任班主任的那个本科班，毕业时30个学生当中考上研究生的有14个，有的现在成了著名的制片人、编剧、导演，还有的成了教授、博士生导师，那些年制片专业也是我校最受欢迎、报考人数最多的艺术类专业之一。

教编剧课，无非是要让学生学会做编剧。学编剧，就是学会用镜头来讲故事。当编剧，先要知道什么样的故事是好的，是有拍摄价值的，然后再把这个故事写成能够用来拍摄的剧本。所以培养编剧，先要培养他的眼光，要让他对故事、对剧本、对项目有识别能力，然后才是学习所谓的创作技巧。

“师者，所以传道受业解惑也。”业，乃技艺或技术，可以作为谋生的手段。道，则是事物的内在规律。光有技术，不知其内在规律，只知其然而不知其所以然，一旦技术落后或者过时，就会不知所措。光学道，而无技能，也显得空虚，没底气。教育应该是道中有术，术中有道。既能学到技术，又能从技术中领悟到规律，只有到了这个层次，人才算真正有了智慧，可以举一反三，以不变应万变。

学习靠的是感悟，只有感悟到的东西才真正属于自己。编剧和制片都是实用性学科，光靠读书不行，更重要的是在实践中去感悟。编剧也好，制片也好，都属于年轻的学科，要靠自己在现实中去摸索，去感悟。我做学问跟别人不一样，别人做学问主要是靠博览群书，而我则主要靠在实践中学习。我在外面拍片，也给人写戏，自己运作项目，当制片人，觉得有了感悟，境界上有所提高，便把感悟所得用在教学上，觉得是有用的，便积累起来，经过反复实践，反复教学，觉得成熟了，有了热情，这才想着要写成著作。这个过程往往要经历五年、十年乃至更长的时间，内中的艰辛，只有经历了才能体会到。

很多人都觉得，文科和艺术类学生在大学里都是好混的，哪怕一学期不用好好上课，甚至不上课，到期末只要找来学生的笔记抄上一抄，背背答案，就能轻松过关，到头来发现原来什么也没学到，到了社会上连找个饭碗都难。

编剧其实也是个技术活儿，既是技术，那就是可以学会的。事实上，大学里的很多编剧老师也是把它作为技术来教的，但要教好却也不容易。这些年我一直都想把编剧课教学规范化、流程化，通过这种流程，让学生们一步步循序渐进地把创作的技艺学到手。

我的编剧课教学分为四个环节：一是理论讲授；二是案例剖析或影片分析；三是创作练习；四是考核。讲授理论算是坐而论道。我讲的理论多是自己从创作中悟来的，很实用，不空泛，也算道中有术。案例剖析或影片分析主要分享他人的创作经验或失败教训。而循序渐进的作业练习则是使学生从创作中感悟创作真谛，同时尽可能地把学到的知识转化为技能。考核则是对学生们的监督和激励。

影视剧其实就是艺术商品，而编剧则是影视产品的设计师，他的任务是设计出有市场需求的产品。学习编剧就是要学会用影视语言讲故事，而所谓的剧本就是用文字把未来的影视剧故事描述出来。编剧要写好剧本，先要有好的故事，这样他就要知道什么样的故事是好的、有拍摄价值的，知道了这个，他也才会知道故事应该怎么编，剧本应该怎么写。

在很多人看来，编剧课就是教编剧技巧，无非就是怎么确立主题、怎么设计人物、怎么把情节写得精彩之类，其实这只是停留在“术”的层面。至于故事为什么要这样写、为什么设立这样的主题、人物为什么要这样设置、戏为什么要这么写等等，他们往往说不出所以然来，这就涉及“道”的层面。不把这些问题弄清楚，是不可能把剧本写好的。

尽管我也把编剧看作技术活儿，但我总试图从“道”的层面开始讲起。我会先讲电影和电视剧的属性，然后再讲什么是故事、故事有哪些特征、怎样判断故事的好坏、讲故事有哪些方式、经典的故事模式有哪些，然后再讲影视剧的特点、叙事传统和叙事方式、各种类型影视剧的叙事模式及其规律等，然后讲怎样去寻找和开发故事项目题材，等等。把这些问题都弄清楚了，知其然又知其所以然，这样再讲所谓的创作技巧，也就水到渠成了。

学习编剧，当然要把知识转化为技能。最有效的方式就是让学生们在创作中去学习，去感悟。对于老师来说，怎样布置作业，布置怎样的作业，怎样把作业科学化、系统化，显得更为重要。我每堂课都会给学生们布置作业，每次作业都有讲评，譬如说要使学生们学会写故事大纲，一般我会让他们先看一部电影或一集电视剧，要求他们用500—1500字写出故事大纲或分集故事梗概，下一次则让他们写分场景故事梗概，再下一次让他们写出文学剧本，进而写出分镜头剧本，然后让他们自己找一个故事，写成故事大纲或分集故事大纲，让他们写出故事中的人物设置，画出人物关系表，然后让他们列出故事梗概并写出故事中的情节链。为了让他们学会写剧本，就让他们看电影或电视剧并要求他们根据剧情写出文学剧本，然后给他们故事梗概，让他们根据故事梗概写出文学剧本。有时还会放一段片子，把声音关掉，让他们把台词写出来。这样反复练习，让学生们在创作中去感悟，去学习，循序渐进地学会创作技巧，感悟创作规律。一个学期下来，学生们要完成近10万字的作业，我也要批改上百万乃至数百万字的作业。尽管辛苦，但是看到学生们每天都在进步，倒也欣慰；学生们很累，但因为能够学到东西，倒也很少有抱怨的。

这套教学模式我已经在实践中摸索了二十余年，这期间我参加过数十部电影和电视剧的策划、创作和运营，当过编剧，也当过制片人，拍的戏也都还算成功。这门编剧课我应该上过十几、二十轮了，给本科生上过，给研究生上过，也给很多业界的制片人、编剧和导演上过，每一轮上得都不一样，在不断改进，以为已经成熟，这才把它写成书。

记得二十多年前出版第一本编剧书的时候我曾经在序言中说过，我还不能肯定我的这套教学是有效的，毕竟当时我教的学生还没有真正成器的。现在二十多年过去了，我的很多学生都已经成材，有的成为有名的编剧或制片人，有的成为国家一级导演，还有的成为教授、博士生导师，这个时候把书推出来，我心里还是很有些底气的。

我原来只想写一部《编剧原理》的，其中包括理论部分和实践部分，发现内容太多，风格都难统一，于是决定分两部书来写。一部仍叫《编剧原理》，偏重理论，主要讲编剧原理，包括故事原理和编剧原理两部分，其中故事原理这部分是我近些年才感悟成熟的，以前很少有人涉及。另一部叫《编剧理论与实践》，偏重创作实践，主要是对编剧技巧的训练，从题材的选择、素材的搜集和整理，到项目策划、类型定位、故事定位，再到人物设计和情节设计，可以说是手把手地教授怎样学会做编剧，其中很多案例都是我在个人创作实践中搜集来的，很有针对性，一般编剧们在创作中碰到的问题都有涉及，都是些干货。

本书是作为专著来写的，书中的绝大多数观点都是我感悟出来的，自成体系，多为原创，每一章都可以作为一篇论文发表。它当然也可以作为教材，书中内容原本就是我在教学中使用的。与以往的教材不同，它可以说是一套全新的教学体系。我希望它能真正给我们的编剧教学改革带来些新的东西，也愿意借此机会与更多的同行进行教学交流，为此我把最近使用过的教案附在书后供同行们参考，还有多年积累的PPT讲义，也愿意与同行们共享。我希望与同行们携手奋进，为改进编剧课教学尽些绵薄之力。

陈晓春

邮箱：892612303@qq.com

目录

The Theory and Practice of Screenwriting

第 1 章 编剧概述

有人说电影和电视剧是艺术，其实它首先是商品，是按照规定的生产流程生产出来的。剧本创作是影视剧制作过程中的一道流程，编剧同演员、导演、摄影师、灯光师、录音师一样，是影视行业中的一种职业或一个工种。编剧的职责是设计出有市场需求和竞争力的产品，他的主要工作就是设计故事和编写剧本。

1.1 何谓编剧

在影视业，编剧属于幕后工作，或许并不如台前的演员和导演那样声名显赫，引人注目，却也是不可或缺的重要职位。电影和电视剧都是用镜头讲故事的，编剧就是编故事的人，没有编剧创作剧本，影视项目就无从谈起。

1.1.1 编剧是影视产品的设计师

影视剧也是产品，而编剧则是影视产品的设计师。

编剧和小说家都以编故事为生，但编剧不同于小说家，小说是个人创作，小说写完了可以直接拿去出版，而剧本不能成为产品，它是用来拍摄的。电影和电视剧都是需要投入大量的资金，需要投入大量的人力和物力，需要多个工种并按照一定的标准和流程生产出来的，而编剧只是个产品设计师，他创作的剧本其实也就是未来产品的设计图。

剧本不是终端产品，是供拍摄用的，是未来产品的设计图。拍电影、电视剧，其实与做工程项目没有本质区别。编剧其实就是影视行业的产品设计师，负责设计故事，创作剧本，剧本完成后交给导演；而导演相当于工程师，他要根据剧本所提供的故事框架聘请相关的演职人员，组建剧组，经过一系列生产流程制作出电影或电视剧，然后拿到市场上发行。

影视剧是产品，能不能成为商品在市场上得到观众的认可，关键看市场的需求以及产品的核心价值和市场竞争力。影视剧无非是用镜头来讲故事，故事是影视剧产品的核心主体，产品能否成功，故事是关键。

1.1.2 编剧的职责是设计出有市场竞争力的产品

编剧作为影视产品的设计师，其职责就是要设计出有市场需求并且有市场竞争力的产品。这就是说，他在为市场而写作，也必须按照市场的要求来创作自己的剧本。

艺术与商业并不总是矛盾的，任何艺术都可能成为商品。不管创作者本人是否愿意，所有的艺术作品最终都会作为商品流入市场，而且艺术价值越高，流入市场的可能性就越大。很多艺术家也是为了赚钱才投身艺术的，如莎士比亚、巴尔扎克、大仲马等。某种艺术之所以能够得到繁荣发展，也是因为它具有商业价值，而艺术一旦丧失商业价值，就会不可避免地衰落下去，乃至最后消失。

制片商对电影和电视剧可能有多种诉求，但最主要的诉求还是盈利，毕竟电影、电视剧都是投入巨大的产品，一部电影或电视剧的成本动辄数百万，高则可达数亿元，倘若不能投入市场赚钱，估计很少有人愿意做冤大头。所以，制片商看项目能不能做，主要也是看它有没有商业价值，也就是看它拍出来以后能不能卖得出去并且赚得到钱。

在制片商眼里，电影和电视剧都是商品，拍电影和电视剧也都是要赚钱的，而编剧只是设计故事，是产品设计师，他对项目没有决定权，对产品没有操控权，他的工作是被动的，他设计出的故事只有具备市场价值并且符合制片商的心意和要求，才可能被采用。

很多编剧都有艺术情结，但在现实中却屡屡碰壁，经常碰得头破血流，心灰意懒。其实电影和电视剧都是产品，编剧也只是在设计产品，当然这是一种艺术产品，是要有艺术性的。艺术性与商业性并不完全是矛盾的，编剧当然应该有自己的艺术追求，但这种艺术追求只有在不妨碍它的商业价值或可以提高其商业价值的时候才有可能被接纳，所以编剧要学会把自己的艺术追求融入产品的商业价值，从中寻找平衡。

1.1.3 编剧的任务

影视剧无非是用镜头来讲故事，故事是影视产品的主体，而编剧的任务就是编写出可供拍摄的故事来。

编剧的具体任务包括两个方面：首先是选择一个好的故事作为剧本的题材，其次是把故事改写成可供拍摄的故事蓝本。写一个好故事和写好一个故事是两个层面的问题，前者是个价值判断问题，后者则是技巧问题，前者比后者更为重要。倘若能够找到好的故事，对剧本来说，几乎等于成功了一半；倘若选择错了，故事不好，技巧再高，也很难写出好剧本，即所谓朽木不可雕也。

对于编剧来说，眼界和品位比技巧更为重要。知道什么样的产品有市场需求，知道什么样的故事是好的、有价值的，才会知道选择什么样的故事作为题材，也才会知道故事应该编成什么样才会有市场，才能真正打动观众。

1.1.4　编剧的工作方式

编剧一般在两种状态下创作剧本：一是独立创作，完成剧本，向影视公司投稿，或者直接找制片人或导演说服他们采用自己的剧本；二是受影视公司或制片人委托进行创作，相当于受雇于影视公司或制片人从事剧本创作。在前一种状态下，编剧比较自由，拥有独立的创作权，无须看人脸色，随心所欲，但要把自己的剧本推销出去也很不容易，成功率很低。在后一种状态下，编剧是被雇用的，必须按照影视公司或制片人设定的题材和要求完成创作，很被动，相当于定制，但成功率相对较高。

剧本创作方式也有两种。一是个人创作，即由编剧个人完成全部剧本创作，比较符合艺术创作规律。艺术创作原本是个性化的，失去了个性和灵性，作品就很难有生命力。很多优秀作品都是编剧个人创作的成果，如《士兵突击》《潜伏》《暗算》《伪装者》等。这种方式更适合于成熟的编剧。二是集体创作，即由多个编剧合作完成剧本创作，相当于把创作流程化，多个编剧进行分工，有人搜集资料，有人策划，有人写分集大纲，有人专职写台词，还有人专门给故事增添笑料。这样做的好处是可以集中多人的智慧，一般也比较规范。很多剧本都是这样攒出来的。

1.1.5　编剧的地位

都说编剧很重要，没有编剧就没有剧本，没有剧本就没有影视项目和影视产品。但在现实中，编剧的地位却有些尴尬。剧本只是产品设计图，不是终端产品。编剧对自己的作品没有决定权，剧本是否被采用，能不能投拍，决定权在制片人或影视公司手里。编剧在整个创作过程中经常处于被动的地位。当项目失败或出现问题的时候，编剧是最容易背黑锅的，所以很多编剧，尤其是那些无名的编剧，经常忍气吞声，委曲求全。

编剧在行业中的尴尬地位，其实正说明编剧这个职业的重要性。制片人和影视公司都知道剧本的重要性，对剧本的要求越来越高，对编剧的要求也越来越苛刻，甚至到了病态的地步。导演和演员也是想创作出好作品的，他们对剧本进行修改，也是因为他们对剧本有自己的理解。

影视行业还是讲究实力的，编剧地位的高与低，终究还是由实力决定的。很多编剧之所以地位尴尬，到底还是因为实力不够，编出来的剧本难以达到制片方的要求，从而失去话语权。而那些真正有实力的编剧还是很受尊重的，他们在行业内的地位也很高，这是毋庸置疑的。

1.1.6 编剧的工作环境

编剧在创作过程中，难免要与制片人、导演、演员及剧组其他人员打交道，所以要学会处理好各种关系，给自己营造良好的创作氛围。

- **编剧与制片人**

制片人是编剧必须面对的人，他们是合作者，也容易成为“敌人”。编剧编写的剧本只有通过制片人才可能拍成电影或电视剧，倘若编剧是被制片人聘请来写剧本的，剧本写得好不好，是否被采用，决定权也在制片人手里。

编剧难免要跟各种各样的制片人打交道。有的制片人是懂剧本的，也好沟通；也有很多制片人是根本不懂剧本的，而且刚愎自用，很难交流；有的制片人更多考虑的是市场。编剧原本处于弱势地位，既要坚持自己的创作原则和理想，又经常不得不屈从他人的意志，面临痛苦的抉择，需要学会寻找平衡。

- **编剧与导演**

编剧和导演在创作上是合作者，编剧是产品设计师，导演则是工程师，负责把剧本拍成电影或电视剧，使之成为真正的产品。导演拿到剧本后通常都会要求编剧按照自己的想法修改剧本，有的导演还习惯于撇开编剧自己修改剧本，这种情况在国内很普遍，有些编剧会觉得这样做是对自己的作品不尊重，其实导演也是想把剧本改得更好，使未来的作品更加完美。

- **编剧与演员**

很多时候，编剧的创作是被动的。有时候剧本创作前，演员已经确定，制片方会要求编剧按照演员的性格来设计人物，编写剧情和台词。有时候演员尤其是明星演员也会要求编剧给自己加戏或者按照自己的要求修改剧情和台词。一般说来，演员提出这样的要求说明他是喜欢上了自己的角色，用了心，只要他们的要求合理，能给剧本加分，编剧没有理由拒绝。

1.2 编剧的素质

编剧很难说是一份稳定的职业，只要有能力编出好的剧本就能够成为编剧，即便是职业编剧，倘若没有能力编出好的剧本，也会很快被市场淘汰掉。

1.2.1 什么样的人在做编剧

从我国的情况看，编剧大致可分为以下四类：

（1）作家

在我国很多优秀的影视编剧都是由专业作家担任的，如刘恒、刘震云、王朔、邹静之等。

一般来说，专业作家都有较好的文学功底，他们会编故事，会写人物，台词功底也好，他们的很多作品原本就可以改编成电影或电视剧，但并不是每个作家都可以成为好的编剧。虽然都是讲故事，影视剧与小说还是有区别的，优秀的小说并不一定能够拍成优秀的影视剧，很多作家的作品，如托尔斯泰、普鲁斯特、鲁迅的作品并不一定适合拍成影视剧，而有些平庸作家的作品改编成影视剧后却能获得成功。优秀作家的作品可能对人性挖掘深刻，注重形而上，不需要依靠外在情节来吸引观众，风格高雅脱俗。而影视剧是大众化的艺术，更注重商业性，更注重形而下，虽然可能略显低俗，却更能迎合观众的某种需求。

（2）职业编剧

职业编剧是指专门从事剧本写作并以此为生的人。我国著名编剧如高满堂、兰晓龙、刘和平等，都有较高的艺术素养，懂市场，会讲故事，有一定的创作能力，善于沟通，有良好的专业素质。也有些编剧把写剧本当作谋生的手段，强调所谓的市场化，把写剧本当作“行活”来干，丧失了创作激情，失去了灵性，很难创作出优秀的作品。

（3）助理编剧

助理编剧有时也被称作“枪手”，一般没有名气，靠自己很难找到编剧的活儿，或者不具备独立创作能力，只能依附于某个著名编剧名下的工作室从事与剧本创作相关的工作。很多影视专业毕业的学生都是从“枪手”开始干起的，当他们真正具有独立创作能力并找到合适的机会时，就可能成为独立编剧。

（4）业余编剧

我国有一大批爱好影视的业余编剧，他们是影视行业的后备军。很多编剧都是从业余编剧干起，后来成为优秀编剧的。业余作者多是非专业出身，没有经过专业的训练，利用业余时间进行创作，从事这个行业多是出于热爱，他们很勤奋，充满激情，其中不乏有才之士，是编剧队伍中不应忽视的力量。

1.2.2 编剧的境界

编剧就是编故事的人，但并不是会编故事的人都能成为编剧。编故事并不难，人人都会编故事，但要编好一个故事则是非常困难的。

编剧不只是在编故事，也是在设计产品，产品的主体就是故事，他要靠故事去打动观众，征服观众，所以他不只是在讲故事，也是在与观众进行智慧和情感的较量。

作为产品设计师，编剧应该保证自己设计的产品是有市场的，应该了解市场，并把自己的产品放在具体的市场环境中去考量，以便生产出真正有市场需求的产品。

影视剧的消费者是观众，编剧编出的故事是给观众看的。编剧如同一位高明的厨师，他要根据观众的口味来调配好故事味道，确定什么是故事的主料，什么是故事的配料和佐料，然后按照故事的内在逻辑，把故事讲得有滋有味，做出美妙的精神大餐。

影视剧是产品，同时也是艺术。艺术是要揭示人性的，对人性的挖掘越深，对社会的揭露越深刻，艺术价值就越高。所有的艺术，其实都在从不同的角度和不同的层面表现我们对于人生的态度，并回答这样的问题：我们为什么而活着？我们应该怎样活着？

编故事不仅是一门手艺，也是一门艺术。不是所有的故事都能成为艺术，因为艺术是一种境界。艺术的功能就是创造美，并不是所有的作品都能到达美的境地。编剧对人性和人生的理解越深刻，对生活的表现越接近自由的境地，就越可能进入艺术的殿堂。

在现今社会，编故事越来越像一门手艺，既是手艺，自然也有技巧，对艺术来说，最高的技巧就是无技巧。当编剧还在为所谓的技巧而煞费苦心之时，他其实是不成熟的。当创作者内心与外部世界融为一体时，故事融入他的心灵，这时他或许就能进入创作的自由状态。

1.2.3 编剧的创作心态

与小说家相比，编剧更像是一个工种或一门职业，同样都是编写故事，小说家比编剧更自由更从容。很多时候编剧的创作是被动的，小说家可以独立地完成自己的作品，而编剧则只是整个生产流程中的一道程序。

小说家凭着一支笔或一台电脑就可以独立完成创作，花费也只是个人的时间成本；

而电影和电视剧则是工业产品，需要用演员、场景和道具等各种生产要素把故事中的剧情在现实中复原出来，这就需要花费大量的人力和物力。在国内拍一部院线电影起码要花费上千万元人民币，有的则高达数亿元人民币；拍一部电视剧少则投资数千万元，多则数亿乃至十几亿元人民币。

影视剧是商品，但也是艺术，它是一种艺术产品，与一般物质产品不同，它有灵性。过度的商业化或过度的艺术化都可能损害它的品质。

编剧讲故事其实也是在与观众进行心灵的对话，他要把自己对生活的感悟、对人性和人生的理解以及自己所感受到的人生乐趣以故事的方式传达给观众，这也是自我的心灵表达，是精神的修炼过程。真正的艺术其实是艺术家心灵的外化，编剧只有具备艺术家的境界和心态，懂得观众，懂得市场，才有可能创作出真正有生命力的艺术作品。编剧只能用自己的心去打动观众，他应该也必须用心去创作，只有编剧的心与观众有了沟通，才可能使观众产生共鸣，这样创作出来的作品才可能真正赢得观众，赢得市场。

1.2.4　编剧的商业意识

编剧总希望自己的剧本能够拍成影视剧，我国至少有数以十万计的专业编剧和业余编剧，每年完成的剧本至少数万部，但真正能够拍成影视剧的不到百分之一。

很多编剧都习惯于埋头写剧本，却不知道怎样把自己的剧本推销出去，所以很多好的剧本都被埋没了，所以编剧也要学会推销自己。

很多编剧写完剧本以后都会想到把剧本交给某个知名导演，其实导演一般是没有能力决定剧本命运的，除非他同时是投资人，或者他的名气足够大，即使这样，他也只有找到愿意给他投资的影视公司或投资人，才能确定是不是接受你的剧本。

真正能够决定剧本命运的其实是影视公司或制片人，他们是影视项目真正的操盘者。经常会有这样的情况，你满怀希望地把自己的剧本寄给他们，或者千里迢迢跑上门去推销你的剧本，却很难得到结果。这未必是你的剧本不好，而是你的剧本并不符合他们的口味。国内有数万家影视公司，每家公司都有自己的偏好，你写的是主旋律电影或电视剧，而你找的这家公司却可能只擅长拍摄商业剧或商业电影，你写的喜剧片，找的公司却可能没有拍喜剧片的资源。所以，当你决定把剧本交给某家公司以前，一定要先摸清这家公司的底细，有的放矢，这样才能提高成功率。

一位优秀的编剧应该懂得市场，并且能够把握住市场发展趋势，甚至学会引领市场，无论影视公司还是制片人，终究还是要看市场脸色的，如果你的作品顺应了市场的需求，成功的概率也就会提高许多。

编剧应该具有沟通能力和自我推销能力，尤其要学会与制片人、投资人及影视公司进行沟通，只有说服他们，他们才可能为你掏钱，你的作品也才有可能得以面世。

1.3 编剧的自我修炼

很多人都想成为编剧，很多人都在写剧本，但成功的人毕竟只是少数，国内写剧本的人很多，真正成熟的编剧却极少，好的编剧其实也是稀缺资源，每个影视公司都要争先抢夺的。很多人认为成为编剧很难，甚至遥不可及。编剧无非就是编故事，编故事人人都会，但编出有价值的故事却很难。做编剧需要天赋，也需要后天艰苦的修炼。

1.3.1 编剧是一门手艺

影视剧是用镜头来讲故事的，编剧作为影视产品的设计师就是设计好故事供导演和剧组把它拍摄成影视产品。同样的故事在好的编剧那里可以讲得妙趣横生，在不好的编剧那里则变得枯燥乏味，这里面就有讲故事的技巧问题，所以说，编剧其实也是一门手艺。

与小说、戏剧相比较，电影和电视剧叙事更具技巧性，也更套路化。电影和电视剧都是按照类型来讲故事的，类型就是套路，各种类型都有各自的套路。战争剧讲故事的方式不同于谍战剧，社会伦理剧的故事也不同于偶像剧。战争剧一般写的是敌我双方在战场上的短兵相接，而谍战剧写的是地下谍报人员深入敌方与敌人斗智斗勇，社会伦理剧着重于对社会伦理现象的剖析，偶像剧更多的是表现青春少年的浪漫爱情。作为编剧，应该对各种类型的影视剧都有所了解，并掌握基本的创作技巧。

编剧既然是一门手艺，自然也是可以学的。编剧的确有很多技术层面上的东西，譬如从怎样对题材进行分析和判断，怎样策划好一个故事，怎样设置人物和人物关系，怎样写故事大纲和故事梗概，到剧本怎样开头和结尾，怎样处理好主场戏和过场戏的关系，怎样对故事进行铺垫，怎样把情节推向高潮，怎样制造戏剧冲突，怎样设置情境，等等，这样的技巧其实都是可以学习的。

1.3.2 编剧是一门艺术

编剧作为一门技艺是可以学的，但作为一门艺术，它代表的是一种境界，不是所有的人都可以达到的。

艺术本质上是一种境界，讲故事谁都会，但不是会讲故事的人都是艺术家，如同谁都会唱歌，但不是所有会唱歌的人都是歌唱家。唱歌唱到一定境界才能成为歌唱家，故事讲到一定的境界也才能成为艺术家。

艺术的功能是创造美，而美是理念的感性显现，也就是说，讲故事的目的其实是为了表现理念，故事不过是外在形式，而理念才是本质内容。我们讲故事的目的也不过是要把我们对人生的理解以及在人生中所感受到的美表达出来，我们对人性及对外部世界的理解越深刻，越接近事物的本质，就越具有美的属性。

对于编剧来说，相比掌握所谓的创作技巧，更重要的则是对人性理解的深度。所谓故事无非是通过想象把特定性格的人物放在特定的情境下所表现出来的思想和行为，为人物设定特定的情境并不难，难的是把握人物在特定情境下的具体思想和行为，这需要对人性有深刻的理解和把握。一个男人向一个女人表白爱情的情节很多影视剧里都会有，但像《贫嘴张大民的幸福生活》中张大民向李云芳表白那样精彩的情节则是平庸编剧设计不出来的。

古人说功夫在诗外，对于编剧来说也是如此，想要成优秀的编剧，最重要的不是学习所谓的创作技巧，而是要学会把握人性。作为编剧，倘若没有对人性的深刻理解和把握，没有对客观世界的正确认知，没有正确的人生观、世界观和价值观，就不可能真正懂得艺术，也不可能创作出真正优秀的艺术作品。

1.3.3　编剧的技巧与无技巧

艺术的最高技巧是无技巧，编剧在创作的时候还在想着采取什么技巧，说明这个编剧并没有真正成熟。真正成熟的艺术家是没有技巧概念的，当进入创作状态时，他的内心、他身上的每个细胞，都饱含着艺术的因子，他只需让它自然流露出来就是了。

很多编剧都是在以往的电影和电视剧中学习故事的技巧，他们看了很多电影和电视剧，拉了很多片子，研究了很多故事套路，甚至把每个细节都研究透了，自己也沉溺于这些模式和套路中难以自拔，整个思维也被套路化了，这样写出来的故事自然也是老套的，没有生命力的。

讲故事需要的是创造力，一个编剧失去了创造力，也就失去了生命力。编剧固然应该研究技巧，研究套路，但更重要的是要从中感悟到创作规律，从而把握规律。编剧更应该研究的是人性和人生，因为电影和电视剧总归是研究人性和人生的，我们讲故事也是为了揭示人性和人生。

编剧应该对社会、对人生有高度的敏感和细腻的观察。不了解社会，不了解民众的痛苦和需求，对社会、对民众不怀有悲悯之心，没有强烈的社会责任感和道德感的人，还有那些只为金钱而写作的人，都不可能成为真正优秀的编剧。

编剧特训营

看电影《肖申克的救赎》，写一份完整的故事大纲。

【基本要求】

1. 1500—3000字；

2. 包括故事的发展线索、主要人物关系及故事梗概；

3. 表现出故事的风格和特点。

【作业目的】

学习写作电影故事大纲。

第 2 章 影视剧属性

电影和电视剧到底是什么？是商品还是艺术？它在人类文明中处于什么样的地位？它对于人类有什么价值和意义？它能给人类带来什么？人类为什么需要电影和电视剧？

这些问题看似抽象，却与创作紧密相关。对于影视从业者来说，它关系到我们工作的价值和意义，决定创作者的价值观和心态。

2.1 影视剧是商品

影视剧无疑就是商品，商品是用来交换的劳动产品，拍摄影视剧需要投入大量的人力和物力，就国内看，拍摄一部电影或电视剧花费的成本高达数千万乃至数亿元，制片商愿意花费巨资拍摄影视剧是因为能赚取利润。

与小说、戏剧相比，电影和电视剧投入更大，收入也更高，具有更高的商业性，影视公司拍摄电影或电视剧，终究也是商业行为。作家写完小说就可以拿去出版，出版小说不需要太高的成本，编剧写出剧本却不是为了出版，而是为了拍成电影或电视剧。拍摄电影或电视剧要花费巨大的成本，也能赚取高额的利润。从国内来看，拍摄一部院线电影投入少则上千万元，多则十几亿元。《战狼2》拍摄花了1亿多元，票房收入达50多亿元。拍摄一部电视剧花费少则数千万元，多则达到六七亿元，最高收入可达到12亿至15亿元。

再伟大的艺术作品也终究会成为商品在市场上流通，艺术家可以为了表达自我而不去考虑市场，不管愿意不愿意，他们的作品终究会成为商品，尽管艺术作品的价值并不等于商品的价值，一位通俗小说家的作品可能得到市场青睐而获得巨大的经济效益，而一位严肃艺术家却可能因为不被市场接受而穷困潦倒，但无论如何，艺术是靠它的商业价值来支撑的，如果艺术不具备商业价值，就不可能在市场上有生存的空间，也不可能繁荣起来。

影视剧既是商品，便具有价值和使用价值。有人愿意购买，说明它有价值，之所以有人愿意购买，是因为它对人有用，也就是具有使用价值。商品都有满足消费者需求的功能，譬如汽车作为交通工具能够快速地把人运送到另一个地方，手机作为通信工具能够使处在不同地方的人便利地沟通信息，我们进商场花钱可以买了商品带回家去使用，可是到了电影院除了看电影以外什么也没有，但为什么还是有那么多人乐在其中呢？电影和电视剧到底对人类有什么用？它们具有什么功能？能给观众带来什么？

2.2 影视剧是艺术

影视剧能成为商品，因为它是艺术，是精神产品，能够给人们带来艺术享受，带来美感，能够满足消费者的精神需求。

艺术是什么？

有人说，艺术是对生活的模仿，是社会生活在艺术家头脑中反映的产物。的确，从外在形态来看，任何艺术，无论诗歌、小说，还是音乐、建筑，都是对外部世界的模仿，然而是不是所有的模仿都是艺术？人类为什么要模仿自然？怎样的模仿才是艺术？是不是模仿得越逼真就越是艺术？

车尔尼雪夫斯基把艺术看作现实的替代品，让人们“满足于当现实不在时，在某种程度内来替代现实”，然而这种替代又有什么意义？

普列汉诺夫关于艺术起源的论述曾经被视为经典。这位俄国哲学家在考察了原始音乐和舞蹈的产生与劳动之间的关系后得出了艺术起源于劳动的结论，并认为“游戏是由于要把力量的实际使用所引起的快乐再度体验一番的冲动而产生的”。然而，人类为什么会产生这种再度体验快乐的冲动？到底是什么促使人类去模仿和体验？

也有观点认为，艺术是艺术家自我的心灵表现。在弗洛伊德看来，艺术活动是一种白日梦，是人类欲望受到压抑后的折射。弗洛伊德想以此来解释文学产生的内在动力，他把这种动力简单地概括为“利比多”，即性欲。性欲是人类的自然需求，然而性欲并不能包括人类所有的欲望，在性欲的背后，是否还有更原始的动力？

迄今为止所有对艺术的解释都不能完满地说明艺术的内在价值和艺术产生的内在根源，因而也不能真正地把握艺术的本质。要真正把握艺术的本质，必须把艺术放在整个人类文化的大背景下来进行考察。

2.2.1 艺术是人类抗拒死亡的产物，它的功能是创造美

人类的最终目的是生存，人类的最大欲望也是生存，对于人类来说，首先要生存下来，然后才谈得上满足其他欲望。人类所有的活动都是为了生存，而要生存就得同死亡进行抗争，所谓的人类文化其实就是在人类与死亡的抗争中产生的，对于死亡的恐惧和对于生命的渴望正是人类文化产生的内在驱动力。

人类不可战胜的敌人是死亡，人类从存在那天起就同死亡进行着徒劳的抗争，人类的文明就是在这种抗争中产生的。人类要更好地生存下去就必须寻求与自然、社会及自我的和谐。在某种程度上说，自然科学是为了在认识自然的同时改善人类的物质环境，增强人类的生存能力，从而提高人类的生活质量和寿命；人文社会科学则是为了在认识人性和社会的同时建立合理的社会机制和社会制度，克服人性的弱点，改善人类生存的社会环境，使人与人之间、种族与种族之间能够和谐相处；哲学是通过追寻主体与客体之间的关系及人在宇宙中的地位来描述人类的生存状态并用理性的方式寻找人类生存的意义；宗教是在人类肉体的消亡不可避免的前提下，通过对来世的追寻，增强人类生存的信念；艺术则是通过对美的创造，使人们沉醉在美丽的梦幻之中，暂时忘却对死亡的恐惧。

从某种意义上说，艺术的确是一种梦幻，而这种梦幻却是因为要逃避死亡。死亡对于人类来说是不可避免的，就像达摩克利斯之剑悬挂在人类的头顶，威胁着人类的生存，使人类感到恐惧。面对这个不可战胜的敌人，人类只有在梦幻中才能得到暂时的解脱。

人类从存在的那天起就生活在这样的梦幻中，表面上看，人类生活丰富多彩，每个人都有自己独特的追求和生活方式：有人皈依宗教，把生存的希望寄托在来世，也有人醉生梦死，放浪形骸；有人孜孜不倦地追求理想，也有人得过且过，随意挥霍着青春和生命；有人醉心于权力，有人痴迷于爱情。其实他们干的不过是同一件事情，即为自己制造梦幻的世界，以求在梦幻中消解对死亡的恐惧。

对现实的模仿也是在追寻一种美、一种梦幻，艺术家通过自己的想象把现实理想化，使之富于梦幻般美丽的色彩。艺术中的真实从来不能等同于现实中生活的真实，而促使人们进行模仿的内在动力是对死亡的恐惧和对生存的渴望。

叔本华曾把人生比喻成吹肥皂泡，无论你吹得有多大，它终究是要破灭的。这话听来容易让人绝望，却是人生的真实写照。

存在主义作家加缪曾经用古希腊神话中的西西弗斯往山上推石头的故事来比喻人生。在加缪看来，虽然死亡对于人类来说是不可避免的，就像那块大石头到了山顶还是要滚落下来一样，然而人们还是可以通过自我选择寻找到人生过程中的意义。这种意义其实也只有在梦幻中才可能存在。

人生最难耐的绝不是肉体上的痛苦，而是精神上的孤独。因为在孤独中梦幻容易消散，人就不得不面对一个真实的自我，不得不去面对对死亡的恐惧。

人类消解对死亡的恐惧有多种方式，但在无法抗拒的死亡面前，所有的方式都只能表现为一种对现实的逃避。艺术只是其中的一种，它是通过自我的幻想来创造美，使人从对死亡的恐惧中获得暂时的解脱。

艺术创作的冲动来源于人类自我表达的需要，这种需要来源于对死亡的恐惧和对生存的渴望。

尽管有人在死亡面前表现得从容不迫，但就整个人类来说，死亡的恐惧总是难以战胜的。许多人都有过这样的体验，当心灵为恐惧控制到难以自持的地步时，常常会以歇斯底里的动作表现出来。原始人类的“游戏”与劳动时动作的相似性其实并没有本质的意义，他们要体验那种“快乐”无非也是要达到精神上的麻醉，从而使自己从对死亡的恐惧中摆脱出来。

人类寻找快乐以达到精神陶醉有多种方式，不能说能够使人摆脱死亡恐惧的都是艺术活动。艺术的功能是创造美，使人在美的陶冶中获得陶醉，同时得到精神的升华。

我们常说的“快乐”有两种含义，一种主要表现为感官上的愉悦,另一种则主要表现为精神上的愉悦。前一种快乐是浅层次的、暂时的，其结果容易使人堕落；后一种快乐是深层次的、触及心灵深处的，其结果是使人的心灵得到净化。美给人带来的快乐是长远的、触及人类灵魂的。

2.2.2 真正的艺术是艺术家心灵的外化

如果说艺术的功能是创造美，那么，美来自何处？我们在欣赏艺术作品的时候，为什么会感觉到这种美？美到底是什么？

从外在形态看，艺术是对自然和社会的模仿，是现实生活在艺术家头脑中反映的产物，可以说艺术美是建立在现实美的基础之上的。在一定程度上，模仿是艺术表现的方式和途径。但是，并不是所有的模仿都能创造美，也不是所有人通过模仿制作出来的物品都是艺术品。同样是绘画，出自达·芬奇、毕加索之手的是艺术珍品，而油漆匠涂抹出来的墙体彩绘无论如何也不能说是艺术；同样是雕塑，只会打造石狮子的石匠的作品绝不能与罗丹的作品相提并论。

毕加索与油漆匠、罗丹与石匠，他们同样都是在模仿现实，用的也是同样的方式和同样的工具、材料，他们创作的作品为什么会有如此大的差异？决定艺术品质的因素到底是什么？

毕加索与罗丹和油漆匠与石匠所创造出来的物体在外在形态上并没有本质上的不同，论模仿的真实性，油漆匠和石匠未必会比毕加索和罗丹差到哪里，而艺术的价值绝不是以模仿的真实程度来界定的，事实上毕加索笔下的人物与现实中的人物相去甚远。在我们看来，毕加索和罗丹与油漆匠和石匠的真正差别在于他们的人生境界不同，而人生境界的高低取决于他们对社会、对人生的把握程度。

在艺术作品中，作为客体的现实生活与作为创作主体的艺术家之间到底是怎样的关系？决定美的因素到底是什么？

黑格尔说："美是理念的感性显现。"按照黑格尔的观点，美的内容是"理念"，其形式则是"感性显现"，也就是我们所说的"形象"。

何谓"理念？"如同中国的"道"一样，是一个争论不休的问题。老子说："人法地，地法天，天法道，道法自然。""道"存在于万事万物之中，代表着事物的本质，是人类永远在追寻却难以到达的彼岸，人们对道认识的深浅程度，取决于其所达到的精神境界。既然艺术的功能在于对美的创造，就不能局限于反映生活的真实。它追求的最高目的是表现理念，这需要较高的人生境界。在这个意义上说，艺术家都应该是不同寻常的人。

毕加索与罗丹之所以是艺术家，是因为他们在很大程度上把握住了理念并把这种理念融入自己的作品；而油漆匠与石匠之所以不可能成为艺术家，是因为他们不能把握住这种理念，而只会依样画瓢，缺乏创造力。

从表面看，艺术作品反映的是生活和生活中的人物，其实生活也好，人物也好，都不过是理念的载体，也是艺术家心灵的载体。

过去我们总是习惯于把作品中的故事或从中抽象出来的意义看作艺术作品的内容，这其实是个误解。按照黑格尔的观点，艺术作品的内容应该是理念，而外在形象不过是理念的载体。我们认为，形式和内容的概念是相对的。艺术作品按其内涵至少可以分为四个层次：表面层次包括语言和结构，第二层次是由语言和结构建构起来的故事和形象体系，第三个层次是由心灵外化出故事的自我，第四个层次则是理念。在这里内容和形式都是相对的，对语言和结构来说，故事和形象是内容；而对于“自我”而言，它们又是形式；而对于“理念”而言，前三个层次又都是形式。

作为艺术创造主体的艺术家与作为观照客体的现实生活间的关系是很值得研究的。正统艺术理论总是把艺术看作主体对客体的被动反映，这样的观点在那些形象较为明确的艺术形式如电影、戏剧、小说等方面还能自圆其说，而在那些形象较为模糊的艺术形式如音乐等方面就很难解释清楚。

就艺术创作而言，作为主体的艺术家和作为客体的现实生活间的关系可分为三个层次：第一个层次是主体对客体的反映；第二个层次是主体以客体来进行的自我表现；第三个层次也是最高的层次，是主体心灵的“外化”。三个层次代表着三种不同的境界。在第一个层次中，主体只是被动接受，起到镜子的作用，停留在这个层次的人只能是工匠，他所能做的不过是把现实中所见到的复制到作品中，这样出来的东西自然也难成为真正的艺术作品。到第二个层次，才有可能进入创作境界，主体的作用在这里变得十分明显，占据主导位置。作为客体的现实生活只是作为表现主体心灵的媒介和材料而存在，由于主体自身还没能达到完全自由的境地，这种表现显得有些勉强和不自然，作为主体的自我也因此发生变形，或膨胀，或扭曲。只有到了第三个层次，作为主体的艺术家才会真正达到完全自由的境界。在这个层次上，主体与客体完全交融，而艺术家自己就是绝美的诗篇，他要做的只是把自己的灵魂外化出来成为艺术作品。

在某种意义上，艺术家创作的过程就是精神修炼的过程，也是艺术家的灵魂沿着三个层次不断进化的过程。从牛身上挤出的是奶，从血管里流出来的是血。一个艺术家无论描写怎样的生活，这生活与自身怎样不相关，也不管他用什么形式、什么媒介，他真正表达的还是他自己。在这个意义上说艺术是残酷的，真正的艺术家不得不把自己的灵魂赤裸裸地显露在大众面前，高尚也好，卑劣也罢，只能听从他人的评判。一个真正的艺术家应该具有高尚而富有诗意的灵魂，而一个灵魂卑劣的人是不可能写出真正的艺术作品来的。

艺术需要的是真诚。尼采把艺术比作日神，是因为艺术能够像太阳一样给我们枯燥乏味的人生披上梦幻般美丽的色彩，从而激起我们对人生的热爱；尼采把艺术比作酒神，是因为艺术创作需要进入自由的状态，冲破各种精神的樊篱，真诚自然地表达自我。

2.3 影视剧在艺术殿堂中的地位

艺术是一种境界，各种艺术门类不过是艺术表现的工具或媒介，只有当创作者真正进入创作的状态并能够把自己对人生、对世界的理解通过模仿现实的方式用完美的形式表现出来，给观众带来精神愉悦的时候，才可能达到美的意境。但这并不是说艺术表现形式就不重要，事实上，不同的表现形态其艺术表现力是不一样的，我们之所以把钢琴看作乐器之王，是因为钢琴所具有的强大艺术表现力是其他乐器难以比拟的。

一般认为，越是抽象的艺术，离理念越近。一个诗人只凭一支笔就能写出美丽的诗篇，我们却要花费数千万乃至数亿元人民币并调动数百人乃至数万人才能拍出一部电影或电视剧。但是诗人所享有的创作自由却不是影视剧编剧和导演所能比拟的，诗人只要把自己的感受书写出来就可以了，不需要任何成本，而电影导演因为要花费巨资所以不得不更多地考虑市场，为了市场，他很多时候都只能违背自己的心愿去迎合大众，在这种情况下，他离自己所感悟的理念、离艺术自然也就远了。所以很多人认为，在艺术这个领域里，最高的艺术形式是音乐，其次是诗歌、戏剧和小说，最后才是电影和电视剧，影视剧是较为庸俗的艺术门类，或者说是低俗的大众艺术。

2.4 影视剧的功能及价值

艺术是人类文化的重要组成部分，也是人类生活不可或缺的，尤其在当今社会生活里，人类离不开艺术。我们不能想象，如果没有音乐，没有诗歌和小说，看不到电影和电视，没有互联网，我们的生活会变成什么样子。

我们可以把人类生活分为物质和精神两个层次，物质生活是为了生存，而精神生活则是为了活得更幸福。在某种意义上人类的精神生活更为重要，因为人类所有的行为都是为了追求幸福，而幸福其实是一种心理感觉，通常当人的欲望得到满足以后，便得到了所谓的幸福，所以幸福感其实是属于精神层次，追求物质也是为了达到个人欲望的满足以及由此而来的心灵满足。而艺术作为精神产品，它直接触及人类的心灵，给人带来直接的精神享受。

影视剧作为人类艺术的重要组成部分，具有造梦、纪实、教化及娱乐四大社会功能。

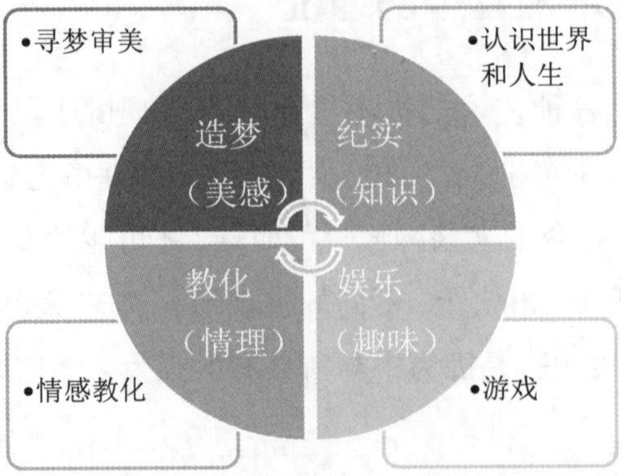

图2-1　影视剧叙事功能与人类需求的对应关系

（1）造梦

我们经常说艺术来源于生活而又高于生活，其实艺术家是可以按生活原样去描绘和叙述的，他们之所以把生活描绘得比现实生活更加美好，就是想为人们编织美丽的梦想，使人们增强对生活的欲望和信心。

弗洛伊德认为，艺术家都是白日梦者，他们原本欲望强烈，在现实生活中又软弱无能，致使欲望受到压抑，只能借助于梦想来使个人的欲望得以满足。所以，艺术原本就是欲望在理想状态下的满足方式，来源于对现实的理想式超越。而对于观众来说，他们对理想的追求直接来源于生活自身的缺陷和得不到满足的欲望，他们也想借助于梦想来获得精神的慰藉。

影视剧是所有艺术中唯一能够在三维时空中完整记录人类生活的艺术，人类发明电影也是梦想时空驻留，以使人类生命长存、青春永驻。艺术既是人类认识世界、认识人生的方式，也是人类欲望的游戏。艺术在某种程度上只不过是人类生活的延伸和对现实生活缺陷的弥补，因为人总归是要死的，人生也总是有缺憾的，人类的许多欲望不可能在现实中得到满足，这样的缺憾却可以在艺术中通过幻想得以弥补。

观众看电影和电视剧其实是来寻梦的，艺术原本具有造梦的功能，观众和创作者在这里寻找到契合点。生活原本枯燥乏味甚至充满着苦难，人们却可以在电影《音乐之声》《泰坦尼克号》以及电视剧《流星花园》中找到浪漫有趣的人生；人性原本含有许多丑陋，我们经常感叹人性的自私和残忍，但在电影《拯救大兵瑞恩》《辛德勒名单》以及电视剧《渴望》《大长今》中却可以看到人性中的美好；在现实生活中我们会感到自己的渺小、脆弱和无助，但却可以从影视剧中的英雄人物如巴顿（电影《巴顿将军》）、艾森豪威尔（电影《艾森豪威尔》）、石光荣（电视剧《激情燃烧的岁月》）、姜大牙（电视剧《历史的天空》）、李云龙（电视剧《亮剑》）身上找到无往而不胜的智慧和力量；生活中的爱情或许是无趣的，我们却可以从电影《魂断蓝桥》《生死恋》以及电视剧《蓝色生死恋》中找到我们所向往的那种纯洁而浪漫的爱情。

没有哪种艺术形式比电影和电视剧更接近人类的梦想，它不仅能够把人类的梦想用影像复制出来，而且通过色彩、光影等营造出如梦如幻的美好意境，正因为这样，人们才会把好莱坞说成是梦工厂。

（2）纪实

在所有的艺术形式中，只有电影和电视剧能够用影像同步地记录事件发展的完整过程。以前所有的艺术都是叙述已经发生的故事，而电影和电视却可以记录正在发生的故事。对于过去发生的事件，小说可以用语言进行追述，用的是过去式，而电影或电视剧的创作者可以把场景复制出来并通过演员的表演把事件再现出来。

（3）教化

无论是虚构故事还是非虚构故事，电影和电视剧记录生活的目的绝不是复制生活，而是要在复制生活的过程中剖析人性和人生。观众之所以看影视剧，也是希望从中看到自己的人生。

艺术归根到底是艺术家心灵的载体，艺术家在生活中有所感悟，然后把所感悟到的东西融入所叙述的事件，并赋予它们以灵性，所以艺术作品里的事件即便完全是生活的记录也不同于现实中的生活。观众在欣赏艺术作品的时候其实是在与创作者进行心灵的对话，并从这种对话中受到教益，升华自己的灵魂。

（4）娱乐

对于观众来说，看电影和电视剧也是一种娱乐。与其他艺术形式相比，电影和电视剧是视觉艺术，它更容易对人的感官产生刺激作用，这决定了它比其他艺术形式具有更强的大众娱乐功能。

娱乐是指人们在游戏状态下可能达到的放松心态，娱乐的目的是通过感官的刺激宣泄个人的情感以达到心理的平衡。艺术就是要通过故事把观众带入某种设定的情境之中，或使人痛苦，或使人恐惧，或使人快乐，观众在虚拟的情境中既体验着各种各样的情感又不会对自身造成伤害，通过宣泄情感达到心理的平衡。不同类型的电影和电视剧所提供的情境不同，给观众带来的娱乐也不一样，《龙卷风》《彗星撞地球》《日本沉没》之类的灾难电影及《反恐二十四小时》之类的电视剧带给观众的是恐惧，《黑客帝国》《达·芬奇密码》等电影及《越狱》《4400》《不要和陌生人说话》等电视剧则使人在惊悚中体验残忍的暴力，卓别林的喜剧电影以及如《老友记》《我爱我家》《家有儿女》之类的情景喜剧则使人在轻松的笑声中体验到愉悦。

编剧特训营

看电视剧《白夜追凶》，写一份完整的故事大纲。

【基本要求】

1. 5000—10000字；

2. 表现出故事的发展脉络和特点。

【作业目的】

学习写作影视剧故事大纲。

第 3 章 影视剧作为产品

尽管很多人把电影和电视剧看作艺术，以为商业化是对影视艺术的损害和亵渎，但谁也不能否认，影视剧始终都是商品，倘若它们没有商品的价值，影视业就不会被资本所追逐，也就不可能有影视业的发展和繁荣。在市场经济条件下，影视剧的商业性正是其得以存在和发展的基础。

3.1 影视剧的商业价值

商品是用来交换的劳动产品，具有价值和使用价值。影视公司投资拍电影、电视剧是为了到市场上去给观众看来赚钱的，观众愿意花钱看电影说明它有使用价值，制作者赚了钱说明它有价值，所以，影视剧就是商品。

一般认为，商品的价值是由生产和再生产所需要的社会必要劳动时间所决定的，但艺术商品却有其特殊性，花费同样的劳动时间，一位无名画匠画出来的画可能一文不值，而出自名家之手的则可能价值连城；花费同样时间和资金拍摄出来的电影或电视剧，有的根本无人观赏乃至血本无归，而有的则可能卖出几十亿的票房。

与一般商品相比，影视剧作为艺术产品，在价值表现上有以下几个方面的特征：

第一，影视剧都是创意性产品，具有较高的附加值。一般商品都是可以重复生产和批量生产的，每个产品都按照统一的标准和统一的模式生产出来；而包括影视剧在内的艺术产品则都是创意性产品，不可以重复也不可以批量生产，每一个产品都是单一的存在，即便是同一个导演也没法完全复制自己的作品，倘若能够复制也就不是艺术品了。所以，艺术作品很难用所谓的社会必要劳动时间加以衡量，同样的电影，出自不同的导演之手或由不同的演员出演，其价值及所产生的经济效益就很不一样。

第二，影视剧作为媒介产品，其产品形态和消费方式与一般产品有所不同。一般物质产品开发出来以后，需要花费大量的人力和物力生产出有形的物质产品，每生产一个产品都会产生相应的成本，每个产品都只能由单个人或单个家庭单独消费。而影视剧则不同，虽然拍摄影视剧也要花费大量的人力和物力，但产品一经生产出来以后，就可以出卖版权或播出权获取收益，播放的次数越多，观看的人越多，收益越大，且基本不会增加新的成本，也就是说，它的边际成本基本上为零。譬如拍一部30集电视剧的成本是6000万元，每集成本为200万元，卖给两家卫视，首播权按每家每集100万元计算，基本上就可以收回成本。从理论上说，一部电视剧可以同时卖给全国乃至全世界所有的电视台和互联网视频网站及其他媒体无数次播放，而每一次播放都可以产生经济效益，播放的平台越多，次数越多，效益也越多，而制作机构却并不因此增加成本，这也是电视剧可能产生暴利的原因，但如果拍出来的电视剧没人愿意买也没人愿意看，则可能血本无归，这也是其风险之所在，所以说，电视产业是个暴利和风险共存的产业。电影主要靠票房收入分成，同样一部电影，看的人多了，收入就高，倘若没人愿意买票去看，则可能亏本。《战狼2》的成本不过1.5亿元左右，收入将近56亿元；《阿修罗》据说投了六七亿元，最后票房收入还不到5000万元。

第三，一般物质产品都是根据产品成本确定价格，一辆汽车的价格一般等于生产这辆汽车的成本加上生产者要赚取的利润，对于所有的消费者来说价格基本上是统一的。而影视剧则不同，同样一部电影或电视剧，卖给不同的平台或者在不同的平台播出，获取的收益会有很大的不同。同样一部电影，倘若在电影频道播出，最多能卖出300万—500万元，在网络平台播出，可能卖出3000万—5000万元，而在院线放映则可能获得数亿乃数十亿元的票房收入。同样一部电视剧，在地方城市台播出每集可得3000—30000元，在二、三线卫视播出可得10万—30万元，到一线卫视播出可得100万—200万元，在视频网站播出可得200万—500万元。也就是说电视剧的价格不是由产品所决定的，而是由购买者所决定的，购买者有钱，平台好，创造的效益就高，购买者没钱，不能创造效益，价格就低。

第四，产品的交换方式不一样。一般物质产品的交换都是在生产者与消费者之间进行的，消费者向汽车生产商买一辆汽车就要支付一辆汽车的费用。而电视剧不同，倘若是在电视台播出，作为消费者的观众并不需要支付任何费用。制片公司把电视剧卖给电视台，电视台播出电视剧，观众看电视剧并不付费，电视台靠在播放电视时插播广告获取收益，而广告商购买的不是电视剧，而是广告时段，平台的影响力越大，看的人越多，广告所产生的经济效益就越大，也就会有更多的观众花钱购买广告中的产品。电影则不同，倘若电影在院线放映，影院只负责提供放映场所，并不向制片商支付其他费用，而是在电影放映以后根据获得的票房收入分成，看的人越多，收入越高，获取的收益也越大。

第五，一般物质产品都是单一性产品，不能衍生出其他产品，也不可能持续产生经济效益，而影视剧则不但可能不断衍生新的产品，而且可能持续不断地产生经济效益。电影和电视剧除了自身产品能够产生效益，其中的故事还可以改编成小说或者戏剧，可以出卖音乐版权，还可以适当地植入软广告，此外还可以开发许多的后衍产品，如主题公园、玩具、游戏等，还可以在不同的媒体不断播映，从而持续地产生新的效益。

3.2　影视剧的盈利模式

影视剧的收入主要包括两个部分：一是版权及相关收入，包括电影或电视剧的发行收入、音乐版权收入、剧本版权收入，此外还有植入广告收入以及社会赞助等；二是开发相关衍生产品的收入，包括开发主题公园、玩具、游戏等的收入。在国外，影视剧的版权收入只占总收入的一小部分，更大的部分是在相关衍生产品的开发上，当然并不是所有的影视剧都具有开发衍生产品的价值，只有那些具有较大影响力且具有商业开发潜质的作品才有开发衍生产品的可能。

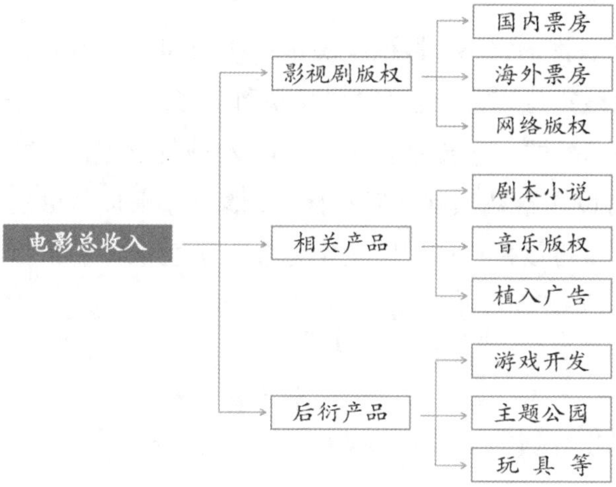

图3-1　电影的盈利模式

在以往，电影和电视剧的盈利模式相似，商业模式却不相同，电影主要靠票房收入，采取的是to C模式，制片商把影片放在影院放映，根据票房收入与院线和发行方按比例分成。而电视剧则主要采取to B模式，制片商把电视剧拍出来以后把播出权卖给电视台，卖给不同的电视台价格也不一样。同样一部电视剧，在地方台播出，每集价格3000元至50000元不等，在二、三线卫视播出，每集价格在15万元至100万元之间，而在一线卫视播出，价格则在100万至300万元之间，同样在央视播出，在CCTV-1价格可达每集200万元，而在CCTV-8价格则可能只有60万至120万元。

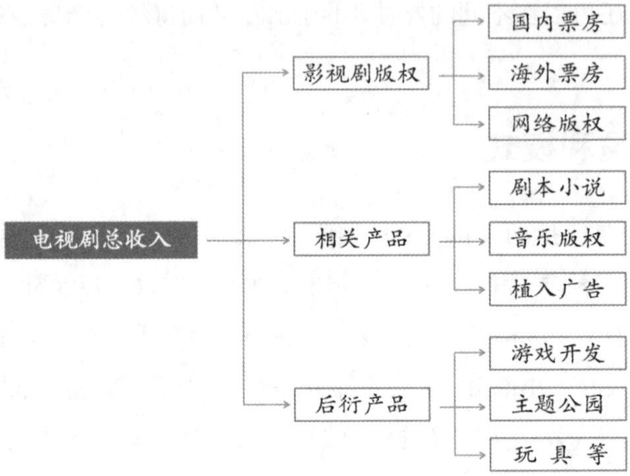

图3-2 电视剧的盈利模式

近些年来，由于互联网的兴盛，影视剧的市场格局和商业模式都有了巨大的改变。电影除了可以在院线放映以外，也可以在互联网上播出，既可以采取to B模式出卖版权，也可以采取to C模式与播出平台按播放收入进行分账。电视剧在卖给传统电视台播出的同时也可以卖给视频网站联动播出，既可以采取to B模式作为版权剧把版权卖给视频网站，也可以采取to C模式作为分账剧在视频网站播出后双方按播出收入分账。

3.3 影视剧产品的特征

影视剧既然是商品，就要满足市场的要求，也就是要按照市场的需求来生产产品。一方面，要根据观众的需求生产出不同类型的影视剧；另一方面，也要根据播出平台的需求生产出不同类型的产品。

3.3.1 按照观众的需求生产类型化产品

电影和电视剧从诞生那天起就是作为产业而存在的，电影和电视剧都是产品，产品都是按照市场的需求来生产的，影视剧产业化和市场化必然导致影视剧产品的类型化、功能化和模式化。

类型化是影视产业化发展的必然结果。在市场经济条件下，影视剧作为商品，必须适应市场的需求。受众在长期的观赏过程中对某类题材或某种风格的影视剧形成相对稳定的欣赏趣味，再加上影视剧消费者的年龄不同、性别不同、受教育程度不同、兴趣爱好不同、生活地域不同、宗教信仰不同、经历不同等原因，必然会有多种多样的欣赏需求，由此形成影视剧消费市场，影视剧制作者根据市场的需求制作出内容或风格相类似的符合观众趣味的电视剧，并形成相对成熟的创作模式，这就意味着影视剧类型的形成。

类型化就是产品的功能化，要求按照一定的标准和流程生产产品，具有能够满足观众需求的功能，使影视产品功能化。这显然与艺术精神相背离，艺术讲究个性，艺术创作需要激情，需要激发创作者的想象力和创造力，类型化则要求根据观众的需求并按照固有模式讲述故事，这无疑会约束或限制艺术家的想象力和创造力，使作品失去灵性。而一种艺术形式成为固定标准或模式固然意味着产品的成熟，同时也意味着它的衰落，所以真正有创造力的艺术家总是力图突破原来的叙事模式，不断进行创新和创造。

真正有创造力的艺术家是不愿意受到限制的，他们总是希望冲破传统的约束，尽可能发挥自己的想象力和创造力，他们的作品往往是反传统的，他们创作的故事也是反类型的或非类型化的。

从国内外看，影视剧始终存在着两种发展态势：一是类型化，高度产品化，功能化；二是反类型化或非类型化，力图冲破固有类型和模式的桎梏，按照自己对生活的理解来讲述故事，或者把几种类型的戏剧因素混搭在一起，形成新的类型模式。

《樱桃》是很典型的伦理剧，主打的是苦情牌，把苦情做到极致。主人公樱桃是个智障女人，让她去收养女婴，把戏写到了极致，也把这个女人的母爱写到了极致。《风筝》把谍战剧的故事讲到了极致，让一个打入国民党军统的我方谍报人员与一位打入我方的军统女特务斗了一辈子，最后他们居然相爱了。《还珠格格》则是个混搭剧，它是爱情剧，也是宫斗剧，其中有悬疑剧成分，有武侠剧成分，还有喜剧元素，可以说它把多种戏剧元素有机地融合到了一起，既有造梦功能，又有教化功能，还有娱乐性，是个大杂烩。

影视剧类型化，就是影视产品的功能化，给不同类型的产品赋予不同的功能，满足不同消费者的不同需求。战争剧和武侠剧的观众多为中青年男性，男性一般都有英雄情结，有征服欲，甚至有暴力倾向，战争剧的主人公一般都是英雄，勇猛无敌，具有压倒敌人的英雄气概，无往而不胜，因此战争剧可以实现多数男人在现实中不可能实现的英雄梦。偶像剧的观众多为14—24岁的青年男女，充满着活力，对生活、对爱情都充满幻想。偶像剧多以爱情为题材，主人公多为俊男靓女，具有偶像气质。男主人公多出身高贵，不是霸道总裁就是业界精英，性格叛逆，想他人所不敢想，为他人所不敢为；女主人公可能是个灰姑娘，身世坎坷，心地善良，经过自己的努力取得成功，最终遇到心目中的白马王子，从而改变命运，获得幸福。这类故事的最大功能就是造梦，给处在幻想中的年轻人创造实现梦想的希望。

影视剧就是用影像来讲故事的，故事是影视剧的主体。影视剧的功能终究是由故事决定的，不同题材的故事和不同的叙事方式使故事具有不同的戏剧功能，故事的功能化在很大程度上导致故事的模式化。

人类故事看似丰富多彩，无穷无尽，令人眼花缭乱，其实很多故事都是相似的，许多故事看似新鲜，其实不过是在重复过去的故事。很多编剧绞尽脑汁想出来的故事，自以为是创新，其实也不过是许多旧故事在今天的翻版。

任何故事都不是凭空产生的，故事总是有所传承的。首先，古往今来，人类社会生活发生了翻天覆地的变化，但人的本性没有变，人类所遭遇的困境没有根本改变，人类的思想和情感，以及对死亡的恐惧和对美好生活的向往、追求也没有改变，发生在人间的故事也没有改变。其次，人类的灵魂也是需要文化滋养的，人类在创作故事的过程中难免会受到以往故事的影响，他们会以以往的故事为参照，如同写小说的人都可能受到经典作家的影响，写戏剧的人都可能受莎士比亚或莫里哀作品的熏陶，故事和讲故事的方式也会传承下来，这样就形成了相对固定的故事模型，这些有着共同基因的相似故事汇集在一起，形成了各自的故事体系。

故事模型是某种故事内容及叙事方式的模式化。某个故事取得成功，会引得很多人去模仿，模仿的人多了，便成为一种固化的故事模式，以后很多人都按照这种模式去编故事，就形成了故事模型。很多人都套用这种模型去写作故事，形成这类故事的批量生产，这当然也符合影视剧工业化生产的需求，是故事模型形成的市场因素。

故事的模式化也与人类生活的模式化有关，人类生活看似丰富多彩，千差万别，其实在本质上并没有太大的区别。人活着，无非是为了满足个人的欲望，人的基本欲望是为了生存，人要活下去，要活得好，就要追求金钱或者权力，可以采用各种方式去努力获取，可以通过个人的努力，以和平的方式，也可以采取非法的手段或暴力的方式，可以办企业，也可以通过官场。除此以外，人还有生理和情感的需求。故事也无非就是这样。古往今来，人类的生活发生了翻天覆地的变化，但人还是人，人之本性没有改变。在古希腊神话中，宙斯是神，是众神之王，他爱上伊娥，追求她，被善妒的赫拉发现，宙斯做贼心虚，慌乱中竟把伊娥变成一头小牛，赫拉将计就计，向宙斯要了这头小牛，给了她残酷的惩罚。这其实是一个三角恋的故事，有好色的丈夫、善妒的妻子、漂亮的第三者，这样的故事其实每一天都在我们的生活中上演着。

目前在我国电影市场，比较风行的电影类型有战争片、警匪片、武侠片、爱情片和喜剧片等；在电视剧市场，占主导地位的类型剧主要有历史剧、社会伦理剧、警匪剧、战争剧、谍战剧、武侠剧、神魔剧、穿越剧、言情剧、青春偶像剧、励志剧等；而在网络剧市场，观众更青睐的是青春偶像剧、爱情剧和破案剧。

各个国家和地区都有自己的主流类型电视剧，美国的主流类型剧为警匪剧、科幻剧、喜剧等，日本的主流类型剧有青春偶像剧、励志剧、警匪剧等，韩国的主流类型剧为偶像剧、家庭伦理剧、情感剧、励志剧及古装历史剧等，我国香港的主流类型剧为警匪剧、武侠剧等，而我国台湾地区则以情感剧和偶像剧见长。

表3-1　产品类型与观众类型

类别	主流观众	主流类型
院线电影	14—45岁，中青年	战争 历史 社会伦理 喜剧
网络电影	14—30岁，青少年	青春偶像 玄幻 鬼怪 悬疑 战争
电视剧	30—80岁，中老年	主旋律 历史 战争（抗战、谍战） 爱情 社会伦理
网络剧	14—30岁，青少年	青春偶像（甜宠） 玄幻 武侠 惊悚 探案 科幻

3.3.2　根据播出平台的需求生产类型产品

不同的播映平台对影视剧有不同的要求，影视公司也会根据平台的要求制作不同类型的影视剧产品。

- **电影类型**

根据国内市场情况，按照播映平台和商业模式的不同，电影大致可分为院线电影、网络电影和电视电影三大类。

（1）院线电影。主要在电影院线放映，根据票房收入采取与院线按比例分账的模式，投资额度为3000万—3亿元，票房收入高低取决于档期、排片量和放映时间等，收入最高可达50亿元以上，低者只有数万元，在院线放映以后也可以在网络平台播出，可以出卖版权，也可以按收入分账。

（2）网络电影。一般只在网络平台播出，既可以出卖版权，也可以在网络平台播出，按收入分账，投资额度一般为100万—1500万元。

（3）电视电影。在电视台的电影频道播出，也可以在网络平台播出，收入一般为100万—500万元，投资额度一般在300万元以下。

● **电视剧类型**

按照播映平台和商业模式的不同，电视剧可分网台剧、电视剧和网络剧三大类。电视剧可以在电视台播出，也可以同时在网络平台播出，电视台和网络平台对电视剧有不同要求，评价标准也不相同。制片商在做产品的时候，目标也不相同。有的做成网台剧，既在电视台播出，也在网络平台播出；有的只在电视台播出，只按电视台的标准制作；也有专门在网络平台播出的，完全按照网络平台的要求和标准制作。

（1）网台剧。在电视台和网络平台播出，可网台同时播出，可以先网后台，也可以先台后网，同时满足电视台和网络平台的制作标准，制作费一般为300万—1500万元/集，收入可高达800万—1500万元/集。收入高，投资大，风险也相对较高。

（2）电视剧。专门为电视台制作，主要在电视台播出，按照电视台的要求和标准制作。由于多数电视台不景气，广告收入下滑严重，除了中央电视台和少数几家一线卫视能购买首轮剧外，其他卫视要么只买二轮剧，要么给很低的价钱，难以收回成本，地面台的购买价格更低，市场严重萎缩。

（3）网络剧。专门为网络平台制作的电视剧，可由网络平台投资定制，制片方承制，也可拍出来后向网络平台出卖版权，或者采取按收入分账的方式。前者风险少，利润不高。后者风险大，但也可能取得更高的收益。

表3-2　影视剧类型及商业模式

类型	播映平台	商业模式	投资额度
院线电影	院线	to C	3000万—5亿元/部
网络大电影	网络	to C或to B	100万—1500万元/部
电视电影	电影频道	to B	100万—300万元/部
网台剧	电视台+网络	to B	100万—1500万元/集
电视剧	电视台	to B	100万—300万元/集
网络剧	网络	to B或to C	100万—500万元/集

3.4 影视剧市场特征

影视剧的市场特征主要是由影视剧产品所决定的。

首先，影视剧是精神产品，它是无形的，不受时空的局限，观众的消费基本上是一次性的。一辆汽车平均可以用上十年，一家人买了一辆汽车则可能十年以内不再需要买车，对于生产者来说，十年内就失去了这个客户。而观众看电影、电视剧除了欣赏以外并不会带走什么，看过这部电影、电视剧以后并不妨碍他看另一部电影、电视剧，所以他始终是目标客户，这个市场也一直存在。汽车可以重复使用，而对大多数观众来说，电影、电视剧看上一次就够了，所以电影、电视剧的市场并不会因为观众消费增多而有所缩减，这就意味着电影和电视剧的市场容量相对还是比较稳定的。譬如，我们可以根据我国有多少家影院、多少块银幕计算出每年需要多少部院线电影，可以根据有多少家电视台、每家电视台每年播放多少部首轮剧以及所有的视频网站每年播出的电视剧数量计算出每年所需要的各种类型电视剧的需求量，而这种市场容量一般来说是比较稳定的，不会发生太大的变化。

其次，影视剧有多级市场，就电影而言，有院线市场，有电视台市场，还有网络市场。电视剧有传统电视台所谓的三级市场，也有网络市场。由于影视剧是精神产品，在消费的过程中并不消耗，出卖的又是播出权，同样一部电影，可以先在院线放映，然后把网络版权卖给视频网站，把电视版权卖给电视台。同样一部电视剧，可以采取网台联动，同时在卫星电视台和网络平台播出，然后还可以在二、三线卫视作为二轮剧播出，最后还可以在地方城市台播出。

再次，影视剧市场具有两重性。就电影而言，制片商首先面对的是院线市场，然后才是观众，院线不给排片，观众就没法看到电影。院线确定的档期和排片率直接影响电影的票房收入，也影响制片商的收入。而在电视剧市场，观众是最终的消费者，但并不是购买者，购买者是电视台或视频网站等其他播出媒体，只要平台方购买了电视剧，制片商才能拿到钱，播出平台赢利或赔钱都与他无关。

最后，影视剧都具有意识形态属性，它不是单纯的商品或产品，国家对其有着严格的市场审查制度，任何影视产品都要经过审查以后才能获得发行许可证，否则就不能进入市场。

3.5 影视剧运营模式

影视剧的运营一般分为五个阶段：一是剧本创作，二是融资，三是制作，四是发行，五是播出或放映。对电影来说，最关键的是剧本创作和放映这两个阶段，剧本是入口，有了剧本，项目才算成立，而放映是出口，放映好了，有了票房收入，才能赚到钱。而对于电视剧来说，除了剧本创作，更重要的则是发行，只要有人买了，制片商就能拿到钱，播出效果如何与他关系不大。所以对于电影来说，宣传比发行重要，而对于电视剧来说，发行比宣传更重要，但有时候电视台会用收视率来制约制片商，要求根据收视率来确定价格，如果达不到预定的收视率则扣除相应的购片费用，有些电视剧在视频网站播出也会采取按播放收入分成的方式，制片商就不得不花费大量的人力和财力投入宣传了。

制作剧本 → 融 资 → 制 作 → 发 行 → 播 映

图3-3 影视剧运营一般流程

倘若按照这样的流程，先找人写剧本，写完剧本再融资，有了资金就拍摄，拍摄完了以后再拿到市场上发行，要是没人购买怎么办？对于制片商来说，这样做是有很大的风险的，所以在现实中，制片商在剧本创作阶段就会考虑市场发行的事，有的制片商甚至在写剧本以前就开始找资金，自己连写剧本的钱都省了。也就是说，制片商在创作剧本阶段就会同时进行融资和发行，等于把发行的事确定下来，再去融资就容易了，然后再找人写剧本，这样制片商基本上就可以不承担任何风险，也能保证项目的安全。这种方式比较适合采取to B模式的电视剧，尤其是网络剧，网络平台既是播出平台，也是投资者，只要网络平台看中这个项目就可以投资，将来也能购买，一举两得。而对于采取to C模式的电影或采取分账模式的网络剧来说，最重要的还是资源的整合，融资的过程也是资源整合的过程，譬如，有些影视公司没有明星资源就拉有明星资源的公司入股，有些影视公司没有发行能力就先找发行公司入股，资源整合好了，产品质量也好，将来的市场发行就有保障。

制作剧本 + 融 资 + 发 行 → 制 作 → 播 出

图3-4 采取to B模式的影视剧的运营模式

编剧特训营

选择一部你喜欢的小说，设想把它改编成电影或电视剧，估算其成本、盈利模式及运营方案。

【基本要求】

1.根据当今市场状况进行分析；

2.方案要切合实际，有一定的可行性。

【作业目的】

了解影视市场的现状及项目运营模式。

第 4 章 故事原理

电影也好，电视剧也好，网络剧也好，都是用镜头讲述故事，故事是影视项目的主体，也是核心。

编剧其实就是编故事的人，要编好故事，就得知道什么是故事，知道故事的品性、形态和构造，了解故事的价值，从而掌握故事的奥妙。

4.1 故事的特征

任何事件都可以成为故事，我们所说的故事仅局限在艺术范畴内。作为艺术形态的故事一般有以下三个特征：

(1)人物是故事的主体，故事就是要表现人物的性格和命运

故事就是叙述特定性格的人物在特定情境下的思想情感和行为，人物和事件是故事的两个要素，其中人物是最重要的要素，剧情是为了表现人物的性格及命运，任何事件只有当它与人物发生关系并对人物命运产生影响时才有价值和意义，也才可能作为故事中的情节。

故事一般分为两种：一种以写人为主，以人物为中心，以人带事，主要以人物及人物关系推动剧情发展。如电视剧《士兵突击》是励志剧，写一个士兵的成长；电影《我不是药神》写一个贩药的渣男逆袭成为拯救病人的另类英雄的故事。第二种以事件为主，以事件为中心，以事带人，以事件推动剧情发展。例如电影《红海行动》、电视剧《破冰行动》等。但无论哪种方式，人物总是故事的主体，没有人物，故事就没有灵性，没有生命。

故事说到底是为了塑造人物，无论电影还是电视剧，只要人物写好了故事必然精

彩，人物没有写好故事就会黯然失色。所以，看一个故事的好坏，应该首先看人物，人物好了，故事必然就好。

故事总是写给人看的，故事最吸引人的是人物的命运。中国古典章回小说总是在人物命运发生转折的关键时刻故意中断，来个“欲知后事如何，且听下回分解”，以吸引人往下看。每集电视剧的末尾也总是会在关键时刻留下悬念，以吸引观众看下去。

故事其实就是展示人物性格和命运发展的历史，故事往往由若干个对人物命运产生影响的事件构成，事件与事件相互推进，组成完整情节链的同时展示事件及人物命运的发展历程，伴随事件和人物命运的发展而起承转合，最后把事件和人物命运推向高潮，直至结尾。

（2）故事往往是非常态的

故事含有“事故”“变故”“变化”以及“传奇”之意，从词意上看，有“过去的事件”的意思，过去的事件之所以被提及，是因为这个事件本身总有些非同寻常的价值和意义。

故事通常是指超越正常发展逻辑或者超越常人思维的事件。就如我们要到某个地方去，倘若顺利到达了，什么事都没有发生，这个事件就显得平淡无奇，也就没有了故事性，他人也不感兴趣；倘若途中发生了意外，譬如说遭遇了车祸，或发生别的不该发生的事，对人的命运产生了影响，就有了故事，观众也会感到好奇，有兴趣听人讲述。

日常生活中，我们经常会说某个人有故事，其实是说这个人非同寻常，我们经常说“狗咬人不是新闻，人咬狗才是新闻”，其实故事也是一样，常规的生活很难引起人们的兴趣，只有超越常规，才可能激发人们的好奇心。

《拯救大兵瑞恩》这部电影讲的是一队士兵拯救一个普通士兵的故事，倘若讲的是一队士兵拯救一位将军或者一队士兵拯救另一队士兵的故事，虽然只是改变了人物的身份，却成了常态故事，因为太符合常理了，不可能超越观众的思维。在常人眼里，将军的生命自然比士兵的生命珍贵，派一队士兵去救一位将军是再正常不过的，可是要用牺牲多位士兵生命的代价去拯救另一个普通士兵，这就超越了常规的思维和常人的价值观，这个故事的价值也正在这里。按照当时美国战时法令，一个家里仅剩下一个男人，这个男人就有权离开战场。美军司令部发现瑞恩的几个兄弟都已牺牲，决定派一队士兵到前线把这家唯一的男人瑞恩从战场上拯救出来。编剧通过故事表明，每个人的生命都是平等的，我们可以用一队士兵去拯救一位将军，同样也可以用一队士兵去拯救一位普通的士兵，这就是所谓的人道主义和所谓的美国精神，也是这部电影之所以能够打动人的原因所在。

影视剧中的故事往往都是非常态的，非常态的故事更能引起观众的兴趣，故事往往也是要把常态化的生活变得非常态化。

（3）故事是依靠戏剧冲突来推动的，戏剧冲突是故事剧情发展的内在动力

我们经常说某个人是有故事的，其实是说这个人有着不同寻常的经历。故事在某种程度上也就是指人生的变故，当一个人的生活沿着正常的轨迹发展时往往是没有故事的，而当他的人生发生意外而脱离了正常的轨道时反而就有了故事。

和谐的生活是幸福的，而这样的生活却是平淡的、缺乏戏剧性的。戏剧性的人生往往是非常态的，故事经常与“变故”“错位”或“断裂”之类的词语联系在一起。罗密欧爱上朱丽叶，倘若他们最终能顺利走到一起，过上幸福生活，对他们来说是幸福的，从故事的角度看，这样的人生却缺乏戏剧性，没有趣味，也没有讲述的价值。

所谓故事其实是特定性格的人物在特定的情境下所产生的思想情感和行为，当主人公的行为遭遇障碍时就可能产生冲突，人物性格在产生冲突的情境下才可能表现得更为充分，人物命运脱离原有的轨道，发生意想不到的转折或逆转，这样的故事才更吸引人、打动人。

欲望是人类思想和行为的内在动力，欲望的满足使人达到心理和谐，获得幸福感。人类欲望的增长是无止境的，一种欲望满足的同时会产生新的更大的欲望。欲望与现实产生矛盾，引发戏剧冲突。而故事经常是依靠不断引发新的戏剧冲突来推进的，新的情境激发新的戏剧冲突，从而打破原有的平衡，推动剧情不断地向前发展，推动人物性格和命运变化，最终把剧情推向高潮。所以，戏剧冲突就是故事发展的内在驱动力。

4.2 故事的品性

人有躯体和灵魂，故事同样也有躯体和灵魂，戏核代表故事的外在形态，戏魂则是故事所蕴含的思想，也就是我们通常所说的主题。

每个人都不是孤立存在的，都有家族的基因、血脉传承。故事也不是孤立的，也有自己的基因、血脉传承，不同的基因传承影响着故事的品性。

4.2.1 戏核

假如你是编剧，带着剧本见导演或制片人，他们经常会问你剧本讲了个什么样的故事，或者要求你用一句话概括故事的内容，其实就是要你说出故事的“戏核”。

戏核是指故事的核心，也是故事的DNA，故事所有的情节都是由它滋生出来，它是故事的核心内容，决定故事发展的方向。

戏核一般可以用一句话来概括。例如，电影《拯救大兵瑞恩》的戏核是“一队士

兵拯救一个普通士兵的故事”，《泰坦尼克号》的戏核是“发生在泰坦尼克号海难事故中一位穷小子与一位贵小姐之间的生死恋情”，《肖申克的救赎》的戏核是“一位蒙冤受屈的犯人越狱追求自由的故事”；电视剧《亮剑》写的是“一位草莽英雄的成长史”，《潜伏》讲述了“假扮夫妻打入敌人内部的地下党员与敌人斗智斗勇的故事”，《士兵突击》讲述的是“傻子战胜聪明人逆袭成为兵王的故事”。

戏核犹如故事中的DNA，决定故事形态及发展方向。对于编剧来说，重要的是确定并把握住故事的DNA，知道这个故事的本性是什么，价值在什么地方，才能知道故事应该怎么讲。譬如，同样是都市题材的故事，如果讲“一个懵懂农村青年闯荡京城励志成长的故事”，主人公肯定是一位诚实善良的农村青年，讲他在城里奋斗并取得成功的励志故事，倘若设置的主人公是位富二代，主要讲他的爱情故事，就走偏了。如果写的是“几位外地来的大学生在城市里奋斗成长及他们的情感故事”，那么故事的主人公应该就是大学生，除了写他们事业上的成功以外还要写他们的情感经历，倘若要写的是“一位出身贫寒的女孩励志成长及她与一位霸道总裁富二代之间的情感故事”，很显然这就是灰姑娘与王子相爱的偶像类情感故事。

故事戏核不同，故事的发展轨迹不同，品质也不一样。譬如，同样是古代罗马军团士兵流落到中国的故事，可以写成“罗马王子流落到中国的故事”，也可以写成“陈汤率领西域诸国联军，与普拉多率领的罗马军团里应外合，打败匈奴军队，保卫丝绸之路和平的故事”。同样的题材，提炼的戏核不一样，就成为完全不同的两个故事。前面的故事揭开了一段鲜为人知的历史，而后面的故事把罗马军团流落西域的历史传奇与西汉名将陈汤打败郅支单于并把匈奴驱逐出西域的历史事件联系在一起，又发生在丝绸之路上，表现出中华文明的包容性，这个故事就有着非同寻常的现实性。

电影有高概念和低概念之分。高概念故事一般故事比较简单，内容单纯，思想单一，故事性强，故事功能明确，一般可以用一句话来概括。如《摔跤吧！爸爸》讲的是一个父亲把女儿培养成摔跤冠军的故事，《血战钢锯岭》讲的是一位不愿意拿枪杀人的士兵在钢锯岭战役中抢救伤员成为英雄的故事。而低概念电影，故事内容比较庞杂，思想隐晦，讲究故事的客观性，故事平淡，功能不明显，故事内容难以简单概括，常常令人费解。

商业性强的影视剧多为高概念故事，而很多艺术性强、注重写实性的影视剧则多为低概念故事。在很多人看来，艺术电影都是没什么情节，是故意让人看不懂的，这是一种误解。对于创作者来说，无论高概念还是低概念，总要先弄清楚自己要讲一个什么样的故事，就是要找到故事的戏核。

4.2.2 戏魂

戏魂指的是故事内在的灵魂，是故事所蕴含的思想，也就是作者通过故事所要表达的主题思想。

故事都是有思想的，对艺术家来说，故事只是表达思想的载体，他总是选择那些最能够表达自己思想的故事来进行讲述。故事没有了思想就等于没有了灵魂，没有灵魂也就没有生命力。

对艺术家来说，讲述故事是为了剖析人性，解剖人性是为了探寻人生的真谛，故事就是通过对人物不同性格和命运的描述，表现人类的生存状态并揭示人生的意义。艺术家总是通过故事从不同的视角以不同的方式来解释人性和人生，对人性的揭示越深刻，视角越独特，越贴近人类生活，就越有可能赢得受众思想和情感的共鸣。

艺术家讲述故事的时候总是自觉不自觉地把自己的人生体验融入进去，并不可避免地在故事中表现自己的世界观、人生观和价值观，这其实是故事中最有价值的部分，也是对受众产生影响的原因之所在。

故事是表现人性和人生的，很多经典故事就是表现人类最基本的思想和情感。《罗密欧与朱丽叶》不过是表现人类对纯洁爱情的渴望，《西厢记》表达的是天下有情人终成眷属的美好愿望，《灰姑娘》的故事表现的是人类对弱者的同情和对美好爱情的渴望，古希腊神话以及《圣经》中的很多故事表现的也不过都人类最基本的情感和最朴素的思想。

故事中的思想未必都很深刻，不是故事中的思想越深刻就越能打动观众。故事除了表现人类的基本思想和情感以外，更要保证思想的纯洁性，思想纯洁才能保证故事纯洁。作为精神产品，思想纯洁是保证故事永久魅力的重要因素。孔子说："诗三百，一言以蔽之，曰：思无邪。"车尔尼雪夫斯基认为托尔斯泰小说最大的特点就是"纯洁的道德感"。要保证思想纯洁首先要有正确的世界观、价值观和人生观，也就是我们常说的"三观"要正确。"三观"正确，故事才会纯正。

很多描写战争或暴力的影视剧都极力渲染暴力，鼓吹仇恨，把杀人者看作拯救人类的英雄。其实战争和暴力是对人类最大的伤害，人类渴望的是和平，是爱，而不是杀戮，所以在很多影视剧中，战争和暴力都是为了和平，为了拯救人类，没有道德依托的战争是非正义的，所以才会有《拯救大兵瑞恩》《血战钢锯岭》这样表现人道主义精神的战争电影。

艺术家通过讲故事与受众进行心灵的对话，所以一定要知道受众在想什么、关心什么，知道怎样去拨动他们的心弦，使故事和故事中的思想一同进入他们的心坎里。

人有品相和品性，故事同样有品相和品性。戏核是故事的外在形态，代表故事的品相，而戏魂则是其内在思想，代表故事的品性。如同人的灵魂依附于人的形体，故事的灵魂也依附于故事内核，我们可以透过故事内核找到故事的品性和内在的价值。

印度电影《小萝莉的猴神大叔》的戏核可以概括为“一位印度青年冒着生命危险护送一位不同信仰、不同种族的巴基斯坦女孩回家的故事”，这样的故事看上去平淡无奇，联系到故事背景却能发现其所包含的不同寻常的价值和意义。印度和巴基斯坦原来是一个国家，后来分裂成了两个不同的国家，相互仇视，经常发生战争，致使国民饱受战乱之苦。当今世界，战争往往是由不同种族和不同文明的冲突造成的，人们都渴望国家与国家之间能够消除宗教与种族的隔阂，实现和平。电影中的主人公也是个有强烈宗教信仰的青年，却能打破种族和宗教的束缚，冒着生命危险历经千辛万苦送一位素不相识的巴基斯坦女孩回家，这是一种大爱，一种超越种族和信仰的爱，这也是这个故事的灵魂之所在，也是故事的价值之所在。

4.2.3　故事基因

人皆有各自的血统，有各自的血脉传承，故事也是，任何故事都不是凭空产生的，每个故事都有自己独特的血脉传承，也就是故事的基因。

原型故事就是故事的母胎，从中可以衍生许许多多相似的故事。

有些故事，由于深刻表现了人性和人类共通的情感，表现出强大的生命力，因而经常被后人模仿，由此而衍生出许多相似的故事来，这个故事也就成为此类故事的母胎，也就是故事原型。

故事原型未必就是某类故事最为原始的样本。灰姑娘的故事已经成为经典的故事模式，这个故事曾经被改编成各种体裁的艺术作品，包括戏剧、小说、电影等，不断给其他故事提供创作的灵感，历史上许多女性励志成长的故事都是由其衍生而来的，灰姑娘的故事因此而成为此类故事的故事原型。最为经典的灰姑娘的故事有两个版本，一个来自法国作家夏尔·佩罗，另一个则来自《格林童话》。但它们都不是最原始的版本，灰姑娘的故事可以上溯到更早的时期。希腊历史学家希特拉波曾在公元前1世纪记叙了一位嫁到埃及的希腊少女洛多庇斯的故事，这被认为是灰姑娘故事的最早版本。此外许多类似的故事也早就在世界各地流行，如中国版的《叶限》、日本版的《落洼物语》以及英国版的《鹅妈妈的故事》等，与后来流行的故事相比，这些故事并没有成形，影响力不大，也没有衍生出更多类似的故事来，算不上是此类故事的故事原型。

所谓故事原型，其故事本身应该是成熟了的，成熟了才能成为模板，才会有人去学习或模仿，才有可能成为某类故事的母胎，衍生出新的故事来。《叶限》也好，《落洼物语》也好，这种类型的故事还只是雏形，并未成熟，还不具备孕育新的故事的条件，只有到了夏尔·佩罗或者《格林童话》，这个故事才成熟了，才能孕育出后来许许多多类似的故事，“灰姑娘”的故事也就成为此类故事的原型故事。

只有深刻地表现出人性的故事才可能成为原型故事，很多故事都可以从神话故事或宗教故事中找到故事原型。古希腊神话向来被看作西方文学的母胎，很多作家都从中获得创作灵感，很多战争剧的故事原型都与《伊利亚特》有关。我们可以在很多战争片的英雄人物身上找到普罗米修斯、阿喀琉斯等古希腊英雄的影子，也可以从伊娥的故事和美狄亚的悲剧中找到当代各种爱情悲剧的源头。

4.3 故事形态

人物和事件（情境）是故事的两个基本要素，戏剧冲突是故事发展的内在动力。故事的内部结构不同，情节的驱动方式也不一样。有些故事以人物为主，以人物和人物关系引导剧情发展，有些故事则以事件为主，以事件推动剧情发展，从而造成不同的故事形态，而不同的故事形态有着不同的戏剧模式。

4.3.1 故事形态

根据故事的内部结构特征，可将故事大致分为大情节、小情节、中情节和反情节四种主要的形态。

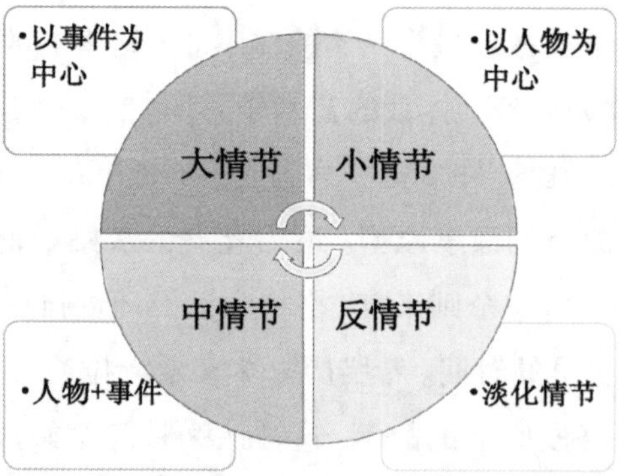

图4-1 四种故事形态

（1）大情节

大情节故事主要以事件为主导，情节主要围绕事件来展开，以事带人，以事件作为故事发展的内在驱动力。

大情节故事一般选择某个重大事件作为题材，围绕事件展开故事情节，比如发生重大事故或灾难，或者发生某个重大案件等，主人公奉命前往执行任务，或正好就在现场，事件本身包含着种种危机，主人公要做的就是面对和解决这些危机。

在这类故事中，事件已经确定，编剧只不过要设想主人公在这个事件中处于什么样的处境，他会遇到哪些困难，可能会与什么样的人发生冲突，他能做些什么，他又会怎么做。事件本身可能就已经包含着种种危机，早就设下了一个又一个的陷阱，主人公身陷其中，随时可能陷入困境，他要用行动使自己从困境中解脱出来，克服重重阻碍，顺着事件的进程一路往前走，完成自己的使命，情节就自然而然产生出来。

很多剧情片（剧）都会采取这样的模式，尤其是战争片（剧）、警匪片（剧）、灾难片（剧）、科幻片（剧）等等。最常见的叙事模式是：某地发生了重大事件，或是战争，或是自然灾害如地震、海啸，或发生瘟疫，或发生种族屠杀，某国发生军事政变或某位重要人物被绑架，或者某些恐怖主义者试图发动核战争，主人公或者是亲历或者是被上级指派去消除这些灾难，在此过程中，可能会遇到某位美女，这位美女或许是同伴，也许是对手，他屡次落入敌手，却凭着自己的智慧和勇敢，每次都能侥幸逃脱，最后将敌人消灭，解除了危机。《第一滴血》系列、《007》系列、《速度与激情》系列、《复仇者联盟》系列，还有《战狼》系列、《红海行动》、《流浪地球》等等，几乎都是采取同样的套路和同样的模式。

（2）小情节

小情节故事以人物为主导，一般没有什么大的事件，都是些生活琐事，故事一般也是围绕人物来展开的，把人物和人物关系作为故事推进的内在驱动力。

在大情节故事里，编剧首先想的是“发生了什么事”，然后再想“主人公在这样的情境中会干什么，会怎么做”。在小情节故事中，编剧首先想的是“这个时候他会干出什么事来”或者“这个时候他遇到了什么人”，然后是“他和这些人在一起又会整出什么事来”。在这种故事模式下，发生什么事并不重要，重要的是他跟什么人在一起会“生”出什么故事来。

故事都会有事件，在大情节故事里是先有事件然后再有人物，人物在事件中是被动的。在小情节故事里，事件是围绕人物来展开的，是为表现人物性格和人物命运服务的。

大情节故事始终围绕大的事件展开故事，事件结束了，故事也随之终结，人物从开始就生活在事件中，直到事件结束。小情节故事则不然，它是从人物出发的，事件发生在人物身上，故事围绕人物与人物关系展开，有什么样的人物关系就有什么样的故事走向。

大情节故事是封闭性的，故事一般从事件发生起开始，到事件得到解决结尾。而小情节故事则是相对开放的，可以不断增添新的事件和新的人物，故事可以长久地延续下去。长篇幅的故事很多采用小情节故事。

大情节故事以事件作为支撑，情节往往大起大落，人物命运随之跌宕起伏，如同大江大河，奔腾不息，故事多为强情节，人物只能随波逐流，编剧很难有机会静下心来对人物性格进行精雕细刻。而小情节故事则从人物入手，以人物来支撑剧情，事件也是围绕人物来设计的，为的是塑造人物，没有贯穿始终的大事件，故事枝蔓众多，情节进展缓慢，剧情难有大起大落，如涓涓细流，但可以对人物精雕细琢，人物形象突出，很多伟大作品都是小情节形态的故事。

贾樟柯导演的电影《小武》就是典型的小情节故事。小说的主人公小武是个小镇青年，是个小偷，整部电影没有大的事件，所有故事都是围绕他个人的生活展开的，都是通过他和周围人物的“碰撞”产生的。他去找他原先的“战友”小勇，小勇成了著名的企业家，看不上他，他感到很没趣，走了。得知小勇结婚，小武为了兑现当初的承诺，给小勇送礼，小勇却嫌他的钱不干净，拒绝了。他觉得无聊，便去唱歌，认识歌女胡梅梅，陪她逛街，后来也被她抛弃了。再后来他去偷东西，被警察抓住，铐在电线杆上。故事到这里就结束了，很平淡，都是琐事，没有明显的戏剧冲突，没有大的起伏，就像生活本身一样。

伊朗电影《小鞋子》也是小情节故事，讲述的是一对兄妹和一双鞋子的故事。主人公阿里生活在一个贫困的家庭，他丢失了妹妹唯一的一双粉红色童鞋，不敢告诉父母，只得每天与妹妹轮流穿着那双破运动鞋到学校上课。后来他们找到那双丢失的鞋，却发现得到那双鞋的女孩生活比他们更为窘迫。后来学校举行跑步比赛，获得季军就可以得到一双鞋。阿里为了帮妹妹赢得那双鞋，报名参加了比赛，却意外得了冠军，与那双鞋失之交臂。这个故事也是没有什么大的事件，很平淡，没有什么戏剧性，但却令人震撼。

(3) 中情节

大情节故事往往重情节而轻人物，小情节故事则容易重人物而轻情节，中情节故事既重人物又重情节，正好弥补两者的不足。

中情节故事一般把人物放在非常态的情境如战争、灾难之中，同时又围绕人物和人物关系来展开故事情节，以事件和人物共同推动剧情的发展。

中情节故事既重事件又重人物，写的都是大事件背景下个人的命运，在大的戏剧冲突中刻画人物性格。在这种状态下，作家或者编剧要做的只是把自己的人物放在那些重大或富有戏剧性的情境之中，然后看他们会做什么，会碰到什么样的对手，他们之间会形成什么关系，产生什么样的结果，这样就自然而然地生发出故事情节。

电影《血战钢锯岭》原本是个大情节故事，讲述的是一场著名的战役中发生的故事。但编剧没有直接描述战争过程，而是把这场战役作为背景，写了一个医务兵的成长经历。主人公是个医务兵，基于宗教信仰和良知，在战场上没有杀一个人，却在枪林弹雨中救下75位战友的生命，成为英雄。电影《敦刻尔克》原本写的是英法联军在敦刻尔克大撤退的故事，但导演没有直接表现撤退的过程，而是把几位普通人的命运作为故事的切入口，表现他们的行为和命运，使得这个故事既有大的战场背景，又有人物命运，把一个大情节故事变成了中情节故事。

电视剧《亮剑》《激情燃烧的岁月》《历史的天空》《人间正道是沧桑》都是中情节故事，背景都是战争，却从人物命运入手，讲述战争中个人的命运。

（4）反情节

所谓反情节，自然是对传统叙事的反叛，认为传统故事违背了生活的真实，希望按照生活本来的样子来表现生活，反对提炼生活，反对典型化原则，反对把生活戏剧化，经常将表面化的在时间、空间以及性质上毫无内在联系的零散生活现象充塞于作品之中。这类作品中也有人物，但并不注重人物性格，剧情也是散乱无序的，经常令人不知所云。

故事是要有情节的，而有情节就要有人物和事件，倘若没有了情节，没有了人物和事件，故事也就不成其为故事了。荒诞派戏剧作品《等待戈多》、电影《四百下》《筋疲力尽》可算是此类故事的代表性作品，但很难在主流艺术或商业性强的电影和电视剧中被广泛采用。

4.3.2 戏剧模式

故事原本有“变化”“转折”“逆转”之意，生活中我们经常说某个人有故事或某件事有戏，就是指这个人或这件事超出正常的逻辑或者常人的想象，所以故事本身原本就应该是非常态性的，编写故事就是要使常态的生活变得非常态化。

那么，怎样使常态的生活变成非常态的故事呢？

人物和情境是故事的两个基本要素。人物可分为常态人物和非常态人物。常态人物是指其外表、性格和思维都很普通或很正常，与周围人的关系很和谐，很难发生矛盾冲突，戏剧性较弱。而非常态人物是指其外表、性格或思维不同于常人或高于常人，如英雄、高智商人物等，或异于常人，如侏儒、身体残缺者、智障者、精神病患者等，他们性格奇特，很难被周围人所接受或理解，因而容易与他人产生戏剧冲突。情境也可分为常态的情境和非常态的情境。常态的情境是指人物所处的正常的生活状态。而非常态的情境则是非正常的生活环境，如战争、瘟疫等。人物在非常态的情境中比在常态的情境中更容易产生戏剧性故事。

故事同样也有常态和非常态之分。常态故事平淡无奇；而非常态故事则非同寻常，带有传奇性，甚至超越常人的思维和想象。其实好的故事往往都是非常态的，非常态故事也更能引起人们的关注。

故事的非常态主要表现在两个方面：一是事件发展因为受到阻碍而发生变化，导致人物命运改变乃至逆转；二是事件的发展及人物命运的变化超出了常人的想象或预期。

在事件发展遭遇阻碍而导致人物行为或命运发生戏剧性变化或逆转的时候才更容易产生戏剧性的故事，倘若事件发展过于顺利，故事反而平淡无奇。在电影《肖申克的救赎》中，如果主人公安迪不被人陷害，他会平平安安地生活一辈子，他的人生平平淡淡，就没有了戏剧性。他蒙冤受屈，坐了牢，陷入困境，命运从此发生戏剧性的改变，这才有了后面的故事。一般说来，艺术家更愿意选择那些非常态的人物作为故事的主人公，或者把人物放在非常态的情境中，也就是说，他必须学会使故事尽可能地变得非常态化。

一般说来，以下四种戏剧模式可以使常态的故事变得非常态化：

（1）把常态的人物放在常态的情境中

人物是常态的，遭遇的情境也是常态的，一般属于小情节，人物性格平庸，与周围人物和环境和谐，很难发生戏剧冲突，戏剧性较弱，这样的故事一般平庸乏味，而要使常态的故事变得非常态，需要有深厚的艺术功力。

很多伟大作家都是从平凡的生活中挖掘故事，从日常生活中寻找诗意，化腐朽为神奇，从而使平凡的生活变得不平凡。鲁迅的小说故事性都不强，写的都是再平凡不过的小人物，如闰土、祥林嫂、阿Q等，故事也平淡无奇，却能给人强大的艺术震撼。在影视剧中，《贫嘴张大民的幸福生活》《士兵突击》等写的也都是常态的小人物，写的是生活琐事，却都成为百看不厌的经典之作。

（2）把常态的人物放在非常态的情境中

人物是常态的，生活中的正常人甚至是小人物遭遇非常态的情境，如死亡、战争、灾难，或个人生活突然发生重大的变故等，使常态的人物置身于非常态的情境中，由此可能产生出非常态的故事来。这类故事往往是大情节，以事件来驱动的。电影《我不是药神》的主人公程勇原本是个小人物，是个渣男，他向病人贩卖从印度走私的低价药来赚钱，后来良心发现，用赚来的钱救助病人，宁肯犯罪坐牢，成了一位英雄，这就是常态的人物经历非常态的事件后超越常态成为英雄。

（3）把非常态的人物放在常态的情境中

事件是平淡的，情境是常态的，但倘若人物是非常态的，把非常态的人物放在常态的情境中，故事也可能变得非常态。

所谓非常态的人物是指人物的思想性格或行为方式超越常人或异于常人，使他与周围人物或环境处于不和谐的状态，从而产生戏剧冲突。我们经常说某个人有故事，其实是说这个人与常人不一样，或有着与常人不一样的性格，或者行为迥异，或者思维方式与众不同，容易“无事生非”，生出“戏”来。

英雄之所以为英雄是因为他们的思想和行为超越常人，即便在日常生活中他们也能做出非常态的事情来。在电视剧《士兵突击》中，新兵蛋子许三多被分配到五班看守地下油管，原本是个很平常的情境，倘若他是个正常人，与李梦等人一样安于现状，无所事事，消磨时光，便可与战友们相安无事，平平淡淡，也就没有了戏剧性，没有了故事。在他人眼里，许三多就是个傻子，生活在杳无人烟的荒漠之中，但他仍然坚守士兵本分，坚持训练，坚持做好内务，还想过有意义的生活，做很多有意义的事情，他在战友们眼里成为另类，从而也打破原有的平静生活，产生了矛盾，也就有了故事。正是这种人物性格以及人物与周围环境的错位，构建了这部电视剧基本的戏剧模式。

（4）把非常态的人物放在非常态的情境中

人物是非常态的，所处的情境也是非常态的，把非常态的人物放在非常态的情境之中，更容易产生出非常态的故事来，这也是最为戏剧化的故事形态。电影《巴顿将军》中的主人公巴顿将军、电视剧《亮剑》中的李云龙、《激情燃烧的岁月》中的石光荣都是非常态的人物，他们个性鲜明，敢作敢为，喜欢无事生非，跟谁都能生出“戏”来，偏偏还是处在战争环境中，每天面临生死考验，这样的人物原本就能出戏的，这样的生活环境也是戏剧化的，把戏剧化的人物放在戏剧化的情境中，自然会生出戏剧化的故事来。

表4–1　四种戏剧模式

戏剧模式	故事形态	举例
把常态的人物放在常态的情境中	小情节	《摔跤吧！爸爸》《士兵突击》 《贫嘴张大民的幸福生活》
把常态的人物放在非常态的情境中	大情节	《肖申克的救赎》《泰坦尼克号》 《伪装者》
把非常态的人物放在常态的情境中	小情节	《雨人》《傻春》《樱桃》 《袖珍妈妈》
把非常态的人物放在非常态的情境中	中情节	《血战钢锯岭》《亮剑》 《激情燃烧的岁月》

从编剧角度看，四种戏剧模式中，最有戏剧性的应为第四种，人物和情境都是非常态的，最容易产生戏剧性故事。一般说来，大情节故事比小情节故事好写，因为事件都是现成的，事件本身就包含着很多故事梗，只要抓住这些故事梗把戏做足就行了。倒是强情节剧，因为情节节奏过快，很难给表现人物性格留下太多的时机，写出深度来不容易。小情节故事比较难写，因为写人物原本比写事件要困难些，重要的是把人物关系搭建好，人物关系搭建好了，就有了明确的戏路，故事也会自然而然地发展下去。最难的是

第一种，人物是常态的，情境也是常态的，常态的人物加上常态的情境，要想写出非常态的故事来，有深度还要好看，需要编剧或导演有深厚的艺术功力，如果写得好了，很可能就是一部艺术精品。

4.4 故事的价值

故事是人类创造的，自有人类以来就有故事，故事已然成为人类生活不可或缺的部分。人类已经离不开故事，很难想象没有了故事，没有了电影和电视剧，没有了游戏，没有与故事相关的所有产业，我们的生活会变成什么样子。

故事到底是什么？它对人类到底有什么用？它到底能给人类带来什么？

首先，故事是人类历史和人类生活及思想的记忆。

人类文化是通过历史累积而形成的，故事是人类文化最重要的载体。我们正是通过许多故事了解我国数千年的历史。过去历史主要通过文字来记录，自从有了电影和电视，人类就可以真实地记录下人类的生活。我们虽然可以通过史料了解过去时代发生的事件，但并不了解事件发生的真实过程，看不到人物在事件中的真实表现和生活细节，而电影和电视则可以完整地记录下人类的生活，即便数千年乃至数万年以后，我们的后代也能看到事件的真实过程，感受到我们的生活情景和精神面貌。

人类离不开故事，因为人类离不开记忆，人类需要通过记忆找到自己存在的价值及人生的意义。

其次，故事是人类思想情感交流的方式。

故事包含着信息和知识，也包含着思想和情感。生活中，我们经常会把自己经历过的故事讲述给别人听，这其实也是一种信息和思想的交流方式，比起那些抽象的表达，故事可能更为生动形象，更有趣味。

人类较早出现的神话故事、宗教故事都有着深刻寓意。中国哲学家庄子就很善于讲述寓言故事，这些故事包含深刻的人生智慧和哲理，直到今天，我们仍然可以从中汲取知识和智慧。

我们看故事其实也是与作者进行思想情感的对话，从中汲取精神的养料，提高人生的境界。

再次，故事是关于人类欲望的游戏。

故事来源于生活，但故事终归是由人类创造的，人类可以记录现实生活中发生过的事件，也可以书写生活中不曾发生乃至不可能发生的事件。弗洛伊德说，艺术家都是白日梦者，他们都是有着强烈的个人欲望但在现实中却无能的人，他们的欲望被压抑，只能在梦中把自己幻想得很强大，从而使欲望得到发泄，达到心理的平衡。人类本身原本生活在孤独和恐惧中，因为人终究是要死的，人有生老病死，人生原本也是有缺陷的，对大多数人类来说，活着的目的也无非是追求欲望的满足，人类的欲望永无止境，痛苦同样永无止境。在现实中人类的欲望不可能总是得到满足，放纵欲望则可能危及社会或他人，违反社会道德和法律，所以只能压抑个人的欲望。故事则可能为他们提供幻想的空间，他们可以在这里尽情地释放自己的欲望，贫穷的人可以看到一夜暴富的希望，失意的人可以幻想自己一夜成名，灰姑娘可以找到白马王子，懦弱的小男人幻想自己成为天下无敌的英雄。所谓“书中自有颜如玉，书中自有黄金屋”，所有的梦想都能在这里实现，却又不必受道德和法律的约束，也不用付出任何代价。

编剧特训营

看相关影视剧，填写下表，分析故事的品质和基因传承。

剧（片）名	故事的品性		故事的传承基因		故事的戏剧性	
电影《摔跤吧！爸爸》	戏核		故事原型		故事形态	
	戏魂		故事模式		戏剧模式	
电影《流浪地球》	戏核		故事原型		故事形态	
	戏魂		故事模式		戏剧模式	
电影《寄生虫》	戏核		故事原型		故事形态	
	戏魂		故事模式		戏剧模式	
电视剧《悬崖》	戏核		故事原型		故事形态	
	戏魂		故事模式		戏剧模式	
电视剧《越狱》	戏核		故事原型		故事形态	
	戏魂		故事模式		戏剧模式	
电视剧《绝命毒师》	戏核		故事原型		故事形态	
	戏魂		故事模式		戏剧模式	

【基本要求】

准确概括与分析每类故事的叙事模式及基因。

【作业目的】

学会分析故事的品性价值和基因传承。

第 5 章 用镜头讲故事

很多艺术都带有叙事性，都是通过反映生活中的故事来表达自己的思想和情感的，包括文学、绘画、戏剧、电影电视乃至游戏等，使用的媒介和材料不同，表现方式不同，产生不同的艺术形式。

影视剧都是影像视觉艺术，都是用影像来讲故事的，剧本里的故事都需要演员在真实的场景中表演出来，然后用镜头记录成影像呈现给观众看。编剧作为影视产品的设计师，他要做的就是通过想象用文字把未来的故事画面描述出来供演员表演，也就是说他要使自己的故事视觉化，所以，编剧都应该了解影视艺术的特征，并学会用镜头来讲故事。

5.1 叙事特征

在所有的艺术中，小说、戏剧、电影和电视剧相对而言叙事性更强，都是以讲故事为主，但讲故事的方式并不相同，属于不同门类的艺术。

文学是语言艺术，诗歌、散文、小说都是用语言来描述生活、表达思想情感的；绘画是视觉艺术，它通过描绘生活的某个瞬间的画面来进行叙事；戏剧和电影电视属于视觉艺术，戏剧是在舞台上表演的，是舞台视觉艺术；而电影和电视则是影像视觉艺术，通过摄影、摄像机把现实中的人物拍摄下来，或者把演员在现实场景中的表演拍摄下来，以影像的方式呈现给观众。

5.1.1 影视剧与小说

小说和影视剧都讲故事，很多影视剧也都是根据小说改编的，但影视剧和小说属于两种不同的艺术形式。小说属于语言艺术，主要以文字语言作为手段来塑造人物形象，表达艺术家的人生理念。而影视剧则是视觉艺术，以声音和活动的画面作为媒介。研究这两门艺术形式之间的区别，实际上也是研究两种不同形态的功能及特性。

文字语言是抽象的，小说家可以凭借自己的想象描述人物的外貌、语言和行为，哪怕写得再详细，读者感受到的也只是想象中的那个人物，每个人的想象不同，心目中的人物形象也不一样，所以说一千个读者眼中就有一千个哈姆雷特。而影视剧则不然，它要在真实的生活场景中通过演员的表演把故事中的剧情复制出来呈现给观众，观众见到的场景都是真实的，人物也是活生生的，故事就好像在眼前发生，如临其境，如见其人。

文字语言因其抽象性，在表现上更为自由，小说叙事可以不受时空限制，可以直接描写人物的心理，可以表现抽象的思想或理论。而影视剧作为视觉艺术，具有直观性，但也因此受时空限制，更擅长表现外在情节，对于人物心理主要通过人物的表情和动作来表现。

不是所有的小说都能改编成影视剧，也不是优秀的小说都能改编成影视剧，一般说来，那些故事性强、注重外在情节的小说如武侠小说、玄幻小说、侦探小说等更容易改编成影视剧，而情节性较弱、注重内在情节的小说则很难改编成影视剧。

同样都是讲故事，小说的成本很低，小说家只凭一支笔就可以创作出小说来。影视剧则不然，编剧编好了故事，还得花钱置景，还得找演员来演，找人来拍，成本很高，所以影视剧更注重商业性。

5.1.2　影视剧与戏剧

戏剧和影视剧都是视觉艺术，都是通过演员把故事表演出来，但戏剧是在舞台上表演，属于舞台艺术，而影视剧则属于影像艺术。

同样都是表演，戏剧演员是直接面对观众进行表演，所谓的戏剧主要是指西方的戏剧，而戏曲则主要指中国戏曲，话剧只有台词，而戏曲除了台词还有歌舞，用王国维的话来说，就是“合歌舞以演故事”。受舞台时空的局限，戏剧故事的剧情要求高度集中，表演也是程式化的，且带有虚拟性，譬如在舞台上转个圈就到另一个地方，舞台背景转换了就到了另一个城市，做一个开门的动作就把门打开了，由于是面对观众，表演也是连续性的，不可间断。影视演员并不需要直接面对观众，他们是面对镜头在真实的场景里进行表演，要求更真实更逼真，电影和电视剧都是按镜头来拍摄的，演员也是按镜头的调度来进行表演的，剧情并不连贯，每段剧情都可以重复表演。

从艺术发展的历史来看，戏剧、戏曲产生较早。在西方，早在古希腊就有了戏剧，出现过埃斯库罗斯、索福克勒斯和欧里庇得斯这样伟大的戏剧家，文艺复兴时期更出现了伟大的莎士比亚。中国的戏曲最早起于南宋，元代达到兴盛，出现了关汉卿等许多伟大的戏剧大师。电影诞生于1895年12月28日，以法国的路易·卢米埃尔兄弟在巴黎首次对观众放映自己的影片作为标志，是在照相技术的基础之上发展起来的，先有照相技术然后才有的电影。照相是静止的画面，按照视觉暂留的原理，把人的动作用一张照片记录下来按照一定的速度放给观众看，由此成为活动的影像，这就有了电影，所以电影是照相技术的延伸。而电视则是在电影的基础上发展过来的，电影胶片要经过洗印出来才能放映，而电视则可以直接把磁带里的影像通过传输直接给观众看，电视磁带的成本也比胶片要低很多。后来有了数字技术，电影也好，电视剧也罢，都可以用高清数字摄像机来进行拍摄，所以电视可以说是电影技术的延伸。

与电影、电视剧相比，戏剧、戏曲演出的成本比较低，由于是在剧场演出，观众有限，产业属性和经济价值相对较低，却也较好地保持了艺术的品性。而电影和电视剧则不同，它们从诞生之日起就是一种工业，而且是个十分盈利的一种工业，自始就受资本的追逐，制作成本高，采取的是一种工业化的生产模式，都是工厂里流水线上生产出来的产品，也是赚钱的工具。但也正是影视剧所具有的商业属性，使它们有了资本的支撑，从而得到长远的发展，而它们强大的商业性或多或少也会降低它们原本所应有的艺术品质。

相对而言，戏剧、戏曲都已经沦为小众艺术，剧场原本就小，看戏的人也毕竟是少数。看电影的人多，但看电影成本高，不仅要花钱买票，还要花时间，电影制作花费的成本高，利润高，风险也高。看电视剧不花钱，电视剧观众是最多的，市场很大，产量也比电影要高些。

从编剧的角度来说，电视剧与戏剧的区别在于情节及戏剧冲突的组织方面。首先，戏剧受到舞台的局限，演员的表演只能在有限的几个场景里展开，因而要求戏剧冲突高度集中。欧洲17世纪古典主义的戏剧大师们在古希腊戏剧及亚里士多德的戏剧理论影响之下提出了“三一律”的创作原则，要求时间、地点、情节高度集中。这些清规戒律尽管遭到非议，但在一定程度反映了戏剧的特性。而电视剧在时空方面基本上不受限制，场景的设置可以根据剧情不断地变换，时间上也可以随意跨越，使人感觉到现实生活的流动感和真实感。其次，在情节组织方面，受时间和空间的限制，戏剧不可能设置太多的矛盾冲突，要求情节高度浓缩。在一般情况下，戏剧冲突很快展开，然后逐渐发展到高潮，再到最后的结局。而在电视剧中，戏剧情节可以比较迟缓，一集中可以写好几场戏剧冲突，矛盾的解决也是缓慢的，犹如生活本身一样。

在电影和电视剧的冲击之下，戏剧也在不断地进行着革命。在现代戏剧里，传统的舞台局限已经被打破，情节越来越被淡化，而与哲学的关系反而更为紧密，人物也经常被虚化为作者表达意念的符号。传统的戏剧理论认为，冲突是戏剧的基础，没有冲突也就没有戏剧，这样的观念早就受到了冲击。在现代戏剧里，冲突和情节似乎并不那么重要，从已成为经典的世界名剧《等待戈多》，到近来在国内产生轰动的话剧《盗版浮士德》《切·格瓦拉》，这里面似乎已经没有我们所理解的情节或戏剧冲突，它们给我们带来的震撼并不是来自对人物及人物命运的关注，而是其中所蕴含的思想和理念。这样的戏剧离电影和电视剧已经越来越远，想把它们改编成电影或电视剧几乎是不可能的。

5.1.3　电影与电视剧

电影和电视剧都是影像视觉艺术，都是用摄影机或摄像机把演员在现实场景中的表演记录下来，把剧情呈现给观众的，或者说，电影和电视剧都是用镜头来讲故事的。原来，电影用摄影机拍摄，用的是胶片，而电视剧用摄像机拍摄，用的是磁带，如今有了高清数字摄像机，拍电影也用高清摄像机了。以往，很多拍电影的人看不上拍电视剧的人，认为电影才是艺术，而电视剧不是。其实，电影也好，电视剧也好，都是在用镜头讲故事。

同样都是用镜头讲故事，电影因为是在影院里放映的，故事相对较短，一般要求时长为90—120分钟。而电视剧是可以在家里看的，基本为连续剧，故事可以很长，短的十余集，长的上百集乃至上千集，有的甚至可以连续拍摄十余年。如果说电影故事相当于一篇短篇小说的话，电视剧则是故事篇幅很长的长篇小说。电影故事短，则要求剧情简短而精致，可以有较高的艺术追求；电视剧故事长，又是连续播放的，要吸引观众一集一集不间断地看下去，所以更讲究故事性，剧情较为复杂，更吸引人，但故事长了，就很难做到精致。拍电影的成本也比拍电视剧要高许多。在国内，拍一集40分钟左右的电视剧原来只要100万元左右，现在可以高达1000万元；而拍一部90分钟的院线电影，最少也要几百万元，高的如《长津湖》则高达十几亿元。拍摄影视剧花费的成本不一样，制作出来的影像品质自然也不一样。

在我国，过去看电视剧都是不花钱的，现在可以看网络电视，要花钱交会员费，但成本也很低，几乎可以忽略不计；而看电影则要花钱，电影票价也不低。电视屏幕原先是很小的，现在有了100英寸以上的电视屏幕，但还是比不上影院的屏幕及环境，所以电影比电视剧更讲究视觉感，电影故事也比电视剧故事更强调画面感和视觉感。

编剧经常会发现某些题材只适合写成电视剧而不适合写成电影，而另一些题材可以写成一部好的电影却很难写成好的电视剧。写过电影的人再去写电视剧，又会发现写电影要比写电视剧困难得多，因为电影往往比电视剧更精致，更注重画面，意境也更深远。由此也可以看出电视剧与电影的差别来。

表5-1 各类艺术形式表现力对比分析

类别	语言形态	艺术形态	表现形态
小说	文字	语言艺术	1.相对比较抽象，比较自由，擅长表现人的心理感觉； 2.艺术表现的自由度较大
戏剧	台词、动作、舞台环境、音乐、美术等	舞台视觉艺术	1.场景虚拟性、表演的虚拟性和程式化； 2.从时间、地点、情节的高度统一，到情节淡化与虚化； 3.强化哲学性、理性化
电影	声音与画面	影像视觉艺术	1.情节相对较短，剧情及人物关系简单，讲究画面及意境； 2.从拍摄画面看，银幕宽大，可以更多地运用全景和远景
电视剧	声音与画面	影像视觉艺术	1.情节较长，人物关系及剧情比较复杂，更讲究情节和戏剧冲突； 2.屏幕相对银幕要小，更多运用中景、近景和特写； 3.受商业约束，娱乐性强

5.2 叙事语言

每门艺术都有自己的叙事语言，影视剧作为影像视觉艺术，是用镜头即影像画面来讲故事的。

任何语言都是由词汇和语法构成的。词汇是语言的基本元素，而语法则是语言的组合规则。词汇按约定俗成的语法规则组合起来就构成了表达意义的语言体系。

影视语言也被称作视听语言，它的词汇就是镜头，它的语法就是蒙太奇。

5.2.1 镜头

电影也好，电视剧也好，其语言功能都是通过镜头来实现的。镜头是最基本的语言单位，相当于语言中的词汇。

镜头是指摄像机在一次开机到停机之间所拍摄的连续的、留有影像的画面，或者说是从一次开机到停机所拍摄下来的连续的画面。

每个镜头都是由无数个静止的画面构成的，静止的画面按照一定的速度连续播映就会在人的视觉中产生运动影像的效果。因为人眼在观察景物时，光信号传入大脑神经需经过一段短暂时间，光的作用结束时，视觉也不立即消失，残留的视觉称“后像”。视觉的这一现象称为“视觉暂留”。比利时科学家J.A.普拉托于1829年奠定了这一理论基础。经许多科学家研究确定，视觉暂留时间约为 1/5秒到1/30秒。当电影（或电视）画面换幅频率达到每秒15—30幅时，观看者便见不到黑暗的间隔了。因此，电影发明初期，无声电影的标准换幅频率为每秒16幅（每秒输片1英尺），之后的有声电影则改为每秒24幅。

影视剧都是按照场景来拍摄的，每一场戏都要分成若干个镜头来拍摄，导演拍戏前一般都要先做分镜头剧本，就是要看每场戏要分为哪几个镜头来拍摄，所以分镜头剧本也是导演的工作台本，也是在为每场戏制作工作流程。

画面和声音是镜头中两个最基本的元素。

一般说来，摄影师在拍摄镜头时会考虑几个要素：一是镜头的长度，也就是每个场景分成几个镜头；二是画幅，即画面的纵横比；三是景别，一般分远景、全景、中景、近景和特写等；四是角度，即摄影机与对象之间的角度，涉及机位的摆放位置；五是运动，即摄影机的运动方式，包括推、拉、摇、移等。

镜头中的画面包括人物对白、画外音以及音乐、音响等。人物对白包含在画面中，由录音师负责录制，音乐和音响则是后期制作时录制的。

5.2.2　蒙太奇

影视剧的制作就是先把剧本中所有的情节分成为一个个的镜头拍录下来，然后再把镜头按照剧情的结构组接成完整的故事系统。

任何语言都包括词汇和语法，把词汇按照语法规则组织起来才能叙事和抒情。在影视剧中，最小的语言就是镜头，镜头与镜头按照内在的逻辑规则组织起来才能叙事、抒情和表达思想。

如果说镜头是影视语言的词汇，那么，蒙太奇就是影视语言的语法，镜头就是用蒙太奇组接起来的。

蒙太奇是法语montage的译音，原是法语建筑学上的一个术语，意为构成和装配；后被借用过来，引申用在电影上就是剪辑和组合，表示镜头的组接。

简而言之，蒙太奇是根据影视剧所要表达的内容和观众的心理顺序，将一部影片或电视剧分别拍摄成许多镜头，然后再按照原定的构思组接起来。

在镜头间的排列、组合和连接中，摄制者的主观意图就体现得更加清楚。因为每一个镜头都不是孤立存在的，它的形态必然和与它相连的上下镜头发生关系，而不同的关系就会生出连贯、跳跃、加强、减弱、排比、反衬等不同的艺术效果。镜头的组接不仅起到生动叙述镜头内容的作用，而且往往会产生各个孤立的镜头本身未必能表达的新含义来。格里菲斯在电影史上第一次把蒙太奇用于表现的尝试，就是将一个困在荒岛上的男人的镜头和一个等待在家中的妻子的面部特写组接在一起的实验，经过如此“组接”，受众感受到了“等待”和“离愁”，产生了一种新的、特殊的想象。

电影艺术大师爱森斯坦认为：A镜头加B镜头，不是A和B两个镜头的简单综合，而会成为C镜头的崭新内容和概念。他明确地指出：两个蒙太奇镜头的对列不是二数之和，就在于对列的结果在质上（如果愿意用数学术语，那就是在“次元”上）永远有别于各个单独的组成因素。例如：妇人，这是一个画面，妇人身上的丧服也是一个画面，这两个画面都是可以用实物表现出来的。而由这两个画面的并列所产生的“寡妇”，则已经不是实物所能表现出来的东西了，而是一种新的表象、新的概念、新的形象。

运用蒙太奇可以使镜头的衔接产生新的意义，这就大大地丰富了影视艺术的表现力，从而增强了影视艺术的感染力。匈牙利电影理论家贝拉·巴拉兹指出：“上下镜头一经连接，原来潜在于各个镜头里的异常丰富的含义便像电火花似的发射出来。”可见这种“电火花”含义是单个镜头所“潜在”的、为人们所未察觉的，非要在“组接”之后才能让人们产生一种新的、特殊的想象。

简而言之，影视剧的镜头组接是以人物或受众的视觉或思想为基础的，而从编导的角度来看，除了叙事的准确和生动以外，还要考虑画面的视觉效果。譬如，要表现一对青年男女相见的场面，当画面上出现一个男孩站在一幢楼房前抬头仰望时，从受众的角度来说，关心的是他为什么要抬头看，他到底看到了什么，那么下一镜头应该是随着他的视线往上摇，并把镜头对位在楼上的某一个窗口上，然后那窗口伸出来一个女孩的脑袋，那女孩对着下面挥手，微笑着。这时观众想看到的肯定是底下这男孩的反应，接着的镜头就应该是男孩的表情了。在人物对话时，观众首先关心的肯定是这话是谁说的，说话人当时的表情怎么样，这时候镜头一般是对准说话人的，有时候我们会更关注听话人的反应，这种时候镜头便最好对准那些听话的人。此外，在影视剧中我们还经常看到，在表现夜深人静两位情人在屋里幽会时，在两人情意绵绵之时，往往接下来从屋外看去，亮着灯的窗口中，两个身影慢慢靠近，终于相拥在一起，然后灯火熄灭，接着也许就是一轮圆月挂在树梢的画面，这样的处理主要是从视觉效果来考虑的。

对蒙太奇的理解，其实也是对人性的理解。一个编剧，尤其是真正成熟的编剧，创作时根本用不着太多地考虑蒙太奇手法，他要做的只是把自己的感觉按照现实本身及人的视觉习惯表现出来，他创作的剧本在画面的组接上正好暗合了蒙太奇画面结构的规则。所以，编剧也许并不懂得什么叫蒙太奇，也能写出好的剧本来。

5.2.3 影视时空

影视剧是采取空间形式的时间艺术。它既具有时间的延续性，又具有空间的扩展性，是一种建立在时空交叉点上的综合艺术。银幕（或屏幕）时间与空间的组织与运动是影视艺术的重要特征。

影视剧就是通过演员在真实的场景中的表演来复现生活，所以影视剧给观众展现的永远是正在发生的故事。无论故事发生在什么年代、什么地点，影视剧所展现的永远都是观众眼前正在发生的事件，所在，在影视剧中只有现在进行时，没有过去时或过去完成时。

艺术创造的生活图景本身就是带假定性的。影视艺术以二维空间的画面来表现三维空间的立体世界，这就使影视形象具有假定性。

影视剧的假定性还表现在两个方面：一是由特殊的影视技术手段造成的假定性，如摄影机或摄像机频率的变化，可以延长或缩短时间，造成时间上的假定性；不同焦距镜头的运用，可以扩展或压缩空间，造成影视空间的假定性；镜头的组接，造成不同于物理时空的特殊的银幕和荧屏时空。这种时间和空间的假定性，由于剧情的需要，又符合观众的欣赏心理，是允许的，也是必要的。二是影视特殊的演出方式，确定了影视制作上的假定性。影视不同于戏剧，不是用真人，而是以影像来面对观众的。这就使影视在布景、道具、服装的制作，音响的处理，以及各种特殊、特技摄影的运用等方面都可以弄虚作假，都是虽假犹真、以假乱真，最终达到银幕或荧屏效果的逼真感。

在影视剧中，画面永远在真实的时空之中流动，要让人感觉到时空的流动，而这种时空的延续仿佛与对现实的感觉相同。

5.3 叙事方式

经常看电影和电视剧就会发现，同样讲故事，给人的感觉却大为不同。同样是历史剧，美国拍出来的是《罗马》，而中国拍出来的则可能是《雍正王朝》《戏说乾隆》；同样都是反映现实的电影，冯小刚拍出来的是《芳华》，而贾樟柯拍出来的是《小武》，张艺谋早期拍的《红高粱》与其后来拍的《长城》也有天壤之别；同样都是关于朝鲜战争的电影，20世纪五六十年代拍出来的是《打击侵略者》《上甘岭》《英雄儿女》，如今拍出来的却是《金刚川》：其中很重要的原因是所采取的叙事方式不同。

对于任何艺术来说，叙事要解决的根本问题都是作为主体的创作者以什么样的方式表现什么样的客体世界。

5.3.1 叙事传统

从电影的发展历史来看，尽管出现过许多的创作流派，但电影其实都是沿着写实主义和技术主义这两条路径发展着的，这两个传统的发展演变贯穿西方各国电影不同的发展时期。

● 写实主义

电影中的写实主义是由法国人卢米埃尔开创的。卢米埃尔是电影的发明者，他拍摄的《工厂大门》标志着写实主义电影的诞生。那时没有剧情片，没有剧本，也不用事先编故事，不用布景，不用灯光，摄影师只需把摄影机架好，把现实生活记录下来放映给观众看就是了，没有什么镜头的概念，也不用剪辑。卢米埃尔的所有电影如《婴儿的午餐》《金鱼缸》《水浇园丁》等都是这样拍出来的。继卢米埃尔之后，1916年美国人弗拉哈迪拍摄了一部记录北极爱斯基摩人生活的影片《北方的纳努克》，他在拍摄过程中没有任何方案，只拍他感兴趣的镜头，并希望拍摄对象与他配合，以拍出更真实的生活，奠定了写实主义在电影史上的地位。20世纪30年代，英国以格里尔逊、保罗·罗沙、巴锡尔·瑞特为代表的纪录片运动，发扬了写实主义传统，反对虚构故事和人工布景，主张记录具有创造性的真实生活场景。有声电影出现后，法国导演让·雷诺阿于30年代拍摄了以《托尼》为代表的一批影片，尽量使用外景，采用纪录片手法，用深焦距和长镜头表现自然景物和人物，镜头也不做细致剪接，要求演员根据自己的特点塑造角色。雷诺阿的理论和实践对写实主义的发展起到了承前启后的作用。第二次世界大战以后，以意大利现实主义电影为代表的写实主义电影有了新的发展，到了50年代，法国和美国出现了所谓的“真实电影”，要求导演直接拍摄生活中具有戏剧性的事件和人物，这就是所谓的“纪录式故事片”。到了六七十年，写实主义极端发展，出现了如生活流等现代主义电影。

写实主义理论上的代表人物是法国的安德烈·巴赞和德国的齐格弗里德·克拉考尔。巴赞从照相本体论出发，认为电影是通过机械把现实记录下来的20世纪的艺术，是照相艺术的延伸，主张客观地记录生活，反对用比喻、强调、暗示，把抽象思想强加给观众，主张用深焦距和长镜头表现活动的画面的“空间真实”，认为蒙太奇并不能给观众带来真实感，是文学性和最反电影的手段。克拉考尔则认为写实主义电影不是剪辑式或其他形式的产物，就当记录物象的真实，提示现实世界的固有内涵，而不表现一切内心生活、思想意识等主观意图。

● 技术主义

电影中的技术主义流派和写实主义流派一样源远流长，以美国好莱坞电影为代表的技术主义流派一直称霸世界影坛，俨然成为世界电影的主流。

技术主义电影的开创者是法国人梅里爱。梅里爱原本是个魔术师，后来才拍了电影。据说有一次他到外面拍摄街景，因摄影机因故停转了几分钟，后来放这部电影时，银幕上一辆马车突然变成灵柩车，男人突然变成女人，于是触动了他作为魔术师的灵感，他意识到电影技术所具有的魔术般的力量，并发明了许多电影特技如慢动作、快动作、叠化、停机再拍等，也拍摄了神话、传说、历史故事以及幻想片、罪案片、梦幻片。后来美国人格里菲斯拍摄了《一个国家的诞生》《党同伐异》等，在电影技巧上有很大的创新，比如他第一次用了类似蒙太奇的剪接手法，由若干镜头组成一个场景，再由若干场景组成一部影片，同时他突破了舞台的时空美学观念，使电影成为独立的艺术。技术主义流派中的蒙太奇理论的真正确立和深化则应归功于苏联导演爱森斯坦和普多夫金。

所谓技术主义，就是把技术放在首位。他们十分重视电影拍摄的完整性和精美，主张通过蒙太奇等技术手法对生活不断进行新的组合和精心设计，在艺术想象、虚构中根据故事情节发展的需要进行剪裁，安排以假乱真的景物，加上演员的精妙表演，使观众在欣赏电影时产生一种艺术幻觉。

在有声电影的形成期，格里菲斯和弗拉哈迪分别作为两个传统的代表性人物吸引着人们的注意。从有声电影问世后开始的成熟期，是好莱坞电影的全盛时期。这一时期的电影史基本上就是技术主义传统得到长足发展的历史。写实主义传统虽然处于次要地位，但它在法国和美国仍继续发展。第二次世界大战后，好莱坞电影日趋衰落，技术主义传统的绝对优势开始让位于写实主义。尤其是意大利的新现实主义电影运动和以法国人巴赞等为代表的写实主义电影美学的勃兴，把写实主义传统推到一个新的高峰，使写实主义在战后西方电影中取得了主要地位。一百多年的西方电影史完全可以说是写实主义和技术主义两个传统消长变化的历史。

- **现代主义与两大电影传统**

在西方电影中，现代主义可说是两大电影传统之外的另类。现代主义是19世纪末到20世纪初在欧美国家陆续出现的以现代派相标榜的文艺流派的统称。其中影响较大并同电影有紧密关系的有表现主义、超现实主义等。现代主义主张在文艺创作过程中摆脱理性的束缚，用非理性的直觉、潜意识活动、意志等原始力量在作品中体现创作者真正的“自我”，强调创作者要在作品中表达自己对事物的直接的原始的感受，不要经过理性的综合概括，在发展过程中彻底否定情节结构、人物行为动机、性格发展逻辑、形象的比例尺度、色彩的合理配置等一切“旧文艺”的“程式”。现代主义电影在技巧上的特点是否定传统的情节结构，主张用事件的无逻辑组合（生活流手法）或非理性的意识活动（意识流手法）来代替或打乱逻辑的情节结构，经常用跳接、自我介入或其他主观随意手法来破坏传统的技法。代表性作品有罗伯特·维内的《卡里加里博士》、戈达尔的《筋疲力尽》、特吕弗的《四百下》、雷乃的《广岛之恋》、雷乃和罗布-格里耶的《去年在马里昂巴德》等。

从本质上说，现代主义电影并没有完全脱离两大叙事传统，现代主义所强调的对个人内心世界的探索，或创作者个人的自我表现，要求运用电影艺术的独特表现能力如实地反映人的意识的自然流动或日常生活的本来面目等，在本质上是符合写实主义传统的，可以说是写实主义的一种极端表现。而那些纯粹形式主义的实验电影，则可以看作技术主义的极端表现。

总体来说，欧洲电影主要沿袭卢米埃尔开创的写实主义叙事传统，而以美国好莱坞为代表的商业电影都是沿袭了梅里爱开创的技术主义叙事传统。在我国，早期电影以商业电影为主，主要属于技术主义电影。1949年以后，现实主义电影是主流。以张艺谋、陈凯歌为代表的第五代导演也是遵循现实主义的创作路线，而以王小帅、贾樟柯为代表的第六代导演采用纪录片的方式拍摄故事片，明显继承了欧洲写实主义的传统，张艺谋和陈凯歌以后都拍了商业片，如《英雄》《长城》《无极》等，转向技术主义电影。港台的商业电影也都遵循着技术主义的叙事传统，但王家卫、侯孝贤等导演的作品更接近写实主义。

5.3.2 叙事传统与叙事方式

影视剧作为艺术，无论遵循什么样的叙事传统，采取什么样的叙事方式，无非都是要更好、更深刻地反映生活，表现对社会、对人生的理解和看法，只不过创作者对人生和对影视剧的理解不同，采取的视角和表现方法不一样，所以才会形成不同的创作流派和叙事方法。

对于艺术来说，所谓叙事方式无非就是要解决两个问题：一是反映或表现的对象是什么；二是以一种什么样的方式来反映或表现。

从本质上说，艺术来源于生活，但其中也包含着艺术家的主观想象，所以艺术中的生活可以比现实生活更美。艺术从来不应该只是现实生活的镜子，而应该超越现实。事实上，反映的对象有两种：一种是现实的世界；另一种是幻想中的世界，这是一种超越现实的理想的世界。

在文学史上有两大流派：一种是现实主义，另一种是浪漫主义。现实主义反映的是现实世界，而浪漫主义反映的则是幻想中的世界。

影视剧都具有纪实功能，迄今为止，没有哪一种艺术能够像影视剧这样记录下人类真实的生活情景，同时它们也可以假乱真，创造并记录下创作者主观臆想中梦幻式的生活。

电影和电视都可以用真实的影像完整地记录下人类的生活，也可以通过影像复制或创造现实生活中未曾有过的人类幻想中的生活。

如果说写实主义电影关注的是现实人生，而技术主义则更热衷于为人类制造梦想，更乐于用想象和幻想为观众营造一种理想化的生活，让观众在梦幻世界里获得快感，得到娱乐。

在写实主义者看来，真正的艺术就是对生活真实的模仿，他们把这种真实强调到了极致，以为电影是照相艺术的延伸，电影只需把现实生活原原本本地记录下来就可以了，不允许有创作者的主观意识，也没有必要对生活进行提炼、加工，他们反对典型化，更反对人为的戏剧化。

如果说写实主义看重的是电影的纪实功能，那么技术主义则更看重电影的造梦功能和娱乐功能。对他们来说，电影就是一种娱乐工具，是否模仿现实并不重要，所模仿的生活是否真实也不重要，重要的是通过电影技术把生活戏剧化、魔幻化和梦幻化，从而把观众带入一种如梦如幻的境界中，使他们得到陶醉，情感得到满足。他们往往沉醉于各种各样制造幻想的技术，使生活戏剧化乃至魔幻化，表现的是超越现实的生活，人物也是理想化的，是梦幻化的现实。

任何艺术都是作为主体的创作者对外在世界的反映，影视剧也不例外，但在对待主体和客体的关系上，写实主义与技术主义有着不同的观点和不同的态度。按照写实主义的观念，电影就是照相技术的延伸，是对物质世界的复原，这其中要尽可能地避免掺杂创作者个人的主观意识，对于电影来说，只需用摄影机尽可能真实地记录下来就可以了，而个人主观意识的加入可能会破坏外面世界的完整性和真实性，他们之所以强调采用深焦距和长镜头，就是想尽可能地排挤出创作者的主观意念。而在技术主义看来，电影就是一种产品，就是一种娱乐工具，表现什么样的现实并不重要，是否真实也不重要，重要的是要让观众看得高兴，能够吸引他们，打动他们。在他们眼里，电影就是一种技术，凭着蒙太奇的剪辑手法，凭借各种花样翻新的特技以及不断发展着的现代科学技术，上天入地，无所不能，他们可以凭借自己的想象和幻想创造并不存在的虚幻世界，通过强烈的视觉感应把观众也带到梦想的世界当中。即便很多故事来自现实生活，但也是通过想象进行精选、提炼和改造过的现实，其中人物是梦幻式、理想化的，生活也是理想化的，高于真正的现实生活。技术主义更强调影视剧的造梦功能和娱乐功能，所以人们把好莱坞称为“梦幻工厂”。

艺术是要反映现实生活的，但并不是反映了现实生活就能成为艺术作品，也不是对生活的模仿逼真就是艺术，艺术也不一定就是要反映现实的。古希腊神话、但丁的《神曲》，还有中国的古典小说《西游记》表现的都不是现实的生活，而是幻想中的生活，但并不妨碍它们成为伟大的艺术作品。所以，不能简单地把写实主义看作艺术，而把技术主义摒弃在艺术之外。事实上电影原本就是一种技术，技术也是表现艺术的手段而已。

现代很多电影作品都是完美地融合了两种艺术传统的，很多好莱坞的电影都是按照技术主义的方式创作出来的，如《乱世佳人》《泰坦尼克号》《拯救大兵瑞恩》《血战钢锯岭》等，只有借助不断发展的电影技术，才有可能更真实地反映跨时空的现实世界，而这些作品也完全可以进入艺术电影的范畴。

所有艺术流派都是基于对艺术的不同层次的理解。他们从不同的视角采用不同的方式来反映现实和表达自我，很多时候，他们提出的艺术主张和创作方式难免失之偏颇，或过于极端，却在不同程度上加深了我们对艺术的认识并丰富了艺术的表现方式。事实上，今天的电影很难简单地用写实主义或技术主义来进行概括，现代电影已经在很大程度上融合了各种流派的技术和创作手段，是对传统艺术流派的继承和发展。

电影和电视剧都具有商品属性和艺术属性，既是商品也是艺术。不能说写实主义是艺术，而技术主义是商品，但相对而言，写实主义似乎离艺术更近一些，而技术主义则更多把影视剧当作商品，把它的商品属性发挥到极致。

写实主义把真实地反映现实生活看作艺术的根本，在他们看来，所有的影视技术手段都是为了更加真实地反映现实生活，对生活的反映越真实就越接近真正的艺术。而技术主义把影视剧看作商品，在他们看来，市场和观众的需求才是最重要的，他们根据观众的兴趣和口味来拍摄影视剧，把影视剧创作纳入规范化的生产流程，分工精细，编剧是流程化的，生产更是流程化的，生产出来的产品也是按照市场标准制作出来的类型化产品。虽然不能说这样就不能创作出真正的艺术作品，但在很多情况下，它离所谓的艺术的确有些遥远。

编剧特训营

看电影《三峡好人》，设计一段男主人公与女儿见面的场景。

【基本要求】

1.设定女儿的性格及两人见面的场景；

2.按照纪实性电影来设计情节。

【作业目的】

学习和体会纪实主义和技术主义的叙事特征及对剧本创作的影响。

第 6 章　影视剧叙事模式

既然影视剧都是商品，就要根据市场的需求来设计和生产自己的产品。编剧作为产品的设计师也要根据市场需求和创作规则并按照预定类型所设定的戏剧功能来设计自己的故事。

影视剧类型通常是以题材来划分的，题材与人物的生活方式、生活状态和生活环境有一定的关系，生活状态和生活环境往往决定故事中人物的情境，并对故事的形态和品质产生影响。

影视剧类型有很多，而且随着人类生活及市场的变化，还会不断产生出新的类型来。就国内外市场而言，主流的影视剧类型有艺术片（剧）、战争片（剧）、警匪片（剧）、灾难片（剧）、奇幻片（剧）、情感片（剧）、励志片（剧）、犯罪片（剧）、喜剧片（剧）、动画片（剧）等。

6.1　艺术片（剧）

艺术片其实是个伪命题，艺术片是相对商业片而言的，世界上根本不可能有纯粹的艺术片。在市场经济条件下，任何艺术片最终都会成为商品，没有人拍电影是给自己看的。如果把没人看或者没有商业价值的电影看作艺术片，所谓的艺术片其实是没有价值的。

有些导演在拍摄电影或电视剧的时候可能并没有过多地考虑市场，考虑它的商业利益。有人讨厌艺术的商业化，一心想从商业中解脱出来，保持艺术的纯洁性，但他们的作品还是可能作为商品出现在市场上。很多人觉得商业化亵渎了艺术的纯洁性，但失去了商业性，艺术就不可能存活下去，商业性正是艺术存在的价值和基础，失去商业性的艺术，会逐渐被人遗弃，成为文化遗产。

电影和电视剧从一开始就是作为工业或产业存在的，在这里，艺术性和商业性从来都不是对立的，或许作家创作诗歌和小说还可以不用考虑它的商业性而自得其乐，而电影和电视剧这样需要巨大资金投入的艺术作品，很少有人会用它们来自娱自乐。

真正意义上的艺术片（剧）其实很难存在，习惯上人们还是会把比较纯粹地追求所谓艺术性的影视片（剧）看作艺术片（剧）。与一般我们认为的商业片（剧）相比，此类所谓的艺术片（剧）一般具有以下特点：

（1）追求艺术的纯粹性

人们通常是把电影和电视剧当作商品来做的，而有些创作者则以艺术家自居，有意忽视和淡化其商业性，把它作为单纯的艺术作品来看待。他们并不看重市场，也不大考虑观众，而是更多地按照自己内心的意愿和对生活的理解并以自己喜欢的方式拍摄自己喜欢的故事。

很多人把非商业性或低商业性看作艺术片（剧）的特点，甚至把很多没人看的影视剧标榜为所谓的艺术片（剧）。其实在影视剧中，艺术和商业并不矛盾，艺术并不都是曲高和寡的，事实上很多艺术性很高的影视剧同样也很受观众欢迎并取得很好的经济效益。

（2）个性化的创作

影视是一种工业，很多影视剧都是根据市场的需要来制作的，从剧本创作到成品都是按照一定的标准和模式并依照预定的流程生产的，很少有个性化的东西存在，越是商业性强的作品，越是缺少个性，这样的产品往往缺乏灵性和生命力。而真正的艺术创作者则往往根据自己对生活和对艺术的理解来进行创作，他们反对艺术创作上的种种教条，强调个性化的创作，他们的作品带有独特的个人风格。

个性化并不代表艺术性，艺术要达到一种很高的境界。一部作品是否具有艺术性，取决于创作者的境界，取决于作品所包含的美感以及这种美感在多大程度上能够满足观众的审美需求，事实上很多个性化的作品是完全没有审美价值的。

（3）有独特的美学文化追求

艺术片（剧）的创作者一般不把商业性作为追求的目标，他们甚至并不打算让自己的作品进入商业院线，有的只是为了获奖。一般来说，他们都有自己的美学追求，他们的作品往往具有独特的个人风格，这种风格包含着他们的人生思考和美学追求。

艺术片（剧）往往更注重艺术创新，他们的创作是个性化的，他们反对套路，很少会按照所谓的故事模式去创作故事，总是希望突破传统。

侯孝贤和贾樟柯的电影被看作艺术电影的代表作品，很多人也就把纪实风格、弱概念、弱戏剧性、弱商业性、缓慢的节奏看作艺术电影的标配。艺术电影其实具有多种风格，很多商业上很成功的类型电影如《乱世佳人》《肖申克的救赎》《辛德勒名单》《泰坦尼克号》《拯救大兵瑞恩》等同样也是艺术性很高的作品，是真正的艺术电影。

6.2　战争片（剧）

战争片（剧）是指以战争为题材的影视片（剧）。

战争是残酷的，战场上的敌我双方每天都面临着死亡和恐惧。在这样的情境中必定会产生富有传奇性的英雄人物，也必然会发生惊天动地的传奇故事。

战争的情境是非常态的，战争中的人物也往往是非常态人物，非常态的人物置身于非常态的情境中必然会产生出非同寻常的故事来。

残酷的战争把所有人放在生死线上，让他们面临生死抉择。在这样的情境中，人性面临着严峻的考验——生还是死、勇敢还是怯懦、高贵还是低贱，人物性格和人物命运都能够得到最充分的表现。

战争片（剧）的故事大致可分为两类：一类以事件为主，多为大情节故事，有描写某场战争的，有描写战役的，也有描写某场战斗的；另一类以人物为主，以各类英雄人物为主人公，表现他们在战争中的英勇行为，多为中情节或小情节故事。

战争片（剧）的故事模式主要分为以下几种：

（1）史诗模式

全景式、多视角地展现某场战争或战役的进程，主人公一般为军事领袖或高级指挥人员，还原历史真实，多为大情节故事，以事件为中心，围绕事件来写人物，以事带人，如电影《斯大林格勒保卫战》《太平洋战争》以及电视剧《长征》《东方战场》等。也有以人物为中心的中情节或小情节故事，如《战争与和平》《战争风云》等，从虚构的小人物或家庭切入，把历史作为背景，采取小人物、大背景的模式，把重要的历史事件和历史人物展现出来，既表现历史也表现普通人的命运。

英雄对决是此类故事经常采取的叙事模式，故事中的几位主人公原本是朋友或兄弟，都是英雄豪杰，却因性格和价值观不同走上不同道路，他们有不同的信仰，分属不同的阵营，在战场上生死搏杀。此类故事最早见于《荷马史诗》中的《伊利亚特》，韩国电影《太极旗飘扬》、我国电视剧《历史的天空》《人间正道是沧桑》都采用了这样的故事模式。

（2）任务模式

一般以某种小规模的战斗或执行某项特殊战斗任务作为故事题材，多为大情节或中情节故事，多选择那些在历史上有特殊意义并有影响力的战斗事件，如著名的阻击战、突围战、侦察行动以及特殊任务等，要么残酷，要么惊险，要么艰难，要么事关重大，多为不可能完成的任务。《上甘岭》《八佰》《瓦尔特保卫萨拉热窝》《桥》《拯救大兵瑞恩》《血战钢锯岭》等皆属此类。

此类故事大致有以下几种模式：

①拯救。个人或小分队拯救处于危难中的重要人物或人质，如《拯救大兵瑞恩》、《战狼》系列等。

②阻击或斩首。破坏敌人设施，阻击敌人进攻或掩护我方大部队突围，或深入敌后采取斩首行动以扭转战局，如《桥》《瓦尔特保卫萨拉热窝》等。

③侦察或探险。最经典的故事原型是古希腊神话中的伊阿宋盗取金羊毛的故事。在很多影视剧里，都是派出小分队深入敌方获取情报，或摧毁敌方武器设备，破坏敌方阴谋，使战局扭转，取得胜利，如《渡江侦察记》《拆弹部队》等。

（3）谍战模式

谍战是一种特殊的战争形式，主要是情报战，敌我双方围绕情报展开没有硝烟的战争。谍战故事分为两种：一种是反间谍故事，类似破案剧，讲述破获间谍案，抓捕隐藏在内部的敌军情报人员的故事，如我国早期电影《铁道卫士》、英国电影《007》系列等；另一种则是间谍人员在敌军卧底搜集情报的故事，如《潜伏》《悬崖》《黎明之前》《北平无战事》《风筝》等。

谍战作为特殊的战争形式，没有大的战争场面，不如战场上的拼死搏杀那样残酷和惨烈，拼的是智慧和胆略，同样也是你死我活，生与死只在一念之间，有悬念，有强烈的戏剧性，故事性极强，有市场，很受观众欢迎。

谍战剧可以是大情节或中情节故事，围绕一个大事件或任务展开剧情，很多电影都会采取这种叙事方式，故事性很强，如《风声》《色戒》等；也可以是小情节故事，围绕人物命运来展开情节，如《潜伏》《悬崖》《风筝》等。

谍战的特殊性，经常会造成人物身份的多重性，角色错位会使人物处于特殊的戏剧情境，假扮夫妻、无间道等是此类影视剧经常采取的故事模式。

①假扮夫妻。假扮夫妻深入敌人内部从事地下情报工作，如电影《史密斯夫妇》《永不消逝的电波》，电视剧《潜伏》《悬崖》，等等。

②无间道。互派卧底深入敌方内部，如电影《无间道》系列，电视剧《风筝》《伪装者》《余罪》，等等。

③冒名顶替。假借他人身份深入敌方充当卧底，如电影《智取威虎山》《孤胆英雄》，电视剧《橙红年代》，等等。

④反间谍案。挖出隐藏在我方内部的间谍，如电影《铁道卫士》，电视剧《云雀行动》《于无声处》，等等。

⑤破解迷局。围绕情报战，双方布局，斗智斗勇，如《暗算》《伪装者》等。

（4）英雄传奇

以人物为中心构建故事情节，主人公多为传奇性英雄，或者如项羽、阿喀琉斯这样的战神级人物，或者是诸葛亮、刘伯温、俄底修斯这样的智慧人物，也可能是李逵、张飞、李云龙、姜大牙式的草莽英雄，还有余则成、瞎子阿炳这样的另类英雄。他们个性很强，与敌人斗智斗勇，历经坎坷，最终战胜强大的敌人，取得胜利。

此类故事多为中情节或小情节，围绕人物命运展开故事情节，一般以人物在战争中的经历为轴线，在残酷的战争环境中表现人物的性格和命运，如电影《巴顿将军》《艾森豪威尔》，电视剧《亮剑》《激情燃烧的岁月》《历史的天空》，等等。

此类故事的关键在于人物，有什么样的人物就有什么样的故事。根据人物性格不同，一般有以下几种故事模式：

①阿喀琉斯式英雄传奇。阿喀琉斯是《荷马史诗》中最著名的英雄，是所有英雄中最强大的人物，他智勇双全，并不喜欢战争，甚至逃避战争，明知自己会牺牲，却为了荣誉和友情毅然参战。绝大多数战争片（剧），尤其是美国电影中所谓的美国式英雄，都有阿喀琉斯的影子或者说是他的翻版。

②小人物逆袭的故事。主人公多为小人物，或为草莽土匪，或为地痞，或为一介武夫，在战争中经过锤炼而逆袭成为英雄，如《血战钢锯岭》中的道斯、《亮剑》中的李云龙、《历史的天空》中的姜大牙、《我的名字叫顺溜》中的顺溜、《暗算》中的瞎子阿炳等。

（5）反战模式

战争本质上是反人类的，尽管站在己方的立场上我们总是把战争标榜为正义的，但战争给人类带来的是杀戮，是暴力，是灭绝人性的残酷。优秀的战争片不只是渲染战争的暴力，也不只是表现战争中的英雄，更有对战争的反思。很多伟大的电影都带有明显的反战思想，如《西线无战事》《野战排》《美丽人生》《太极旗飘扬》《鬼子来了》等。

影视剧中的反战故事主要有以下几种模式：

①人性觉醒。主人公多为年轻人，怀着爱国热情参加战争，在战争中却体验到战争的残暴和血腥还有被扭曲的人性，感到迷茫和痛苦，认识到战争的残酷和非人道，

人性开始觉醒，产生了反战的情绪。此类故事最经典的电影有《西线无战事》《野战排》等。

②被泯灭的人性。主人公原本纯洁善良，战争却使其变得冷酷残暴，人性被泯灭，最终获得悲剧性的结局。此类影片有《全金属外壳》《现代启示录》《太极旗飘扬》等。

③在残酷的战争中依然保持人性的光辉。以人的善良和人性的光辉反衬战争的残暴和反人性，如《美丽人生》《辛德勒名单》等。

6.3 灾难片（剧）

灾难故事最早的故事原型应该是中国神话大禹治水的故事和《圣经》中挪亚方舟的故事。大禹乃黄帝后代，受命治水，最终获得胜利。上帝不能忍受人类的贪婪和残暴，决定灭绝人类，挪亚是人类中的义人，上帝不想让他毁灭，便命他做一艘巨大的船，把各种动物和植物都放进去，等到洪水来临，所有的人都被淹死，唯有挪亚和家人及船上的各类动物活了下来。

人类其实总有一种危机感，对末日灾难的担忧一直是人类的心结，尽管今天科学很发达，但人类在自然面前依然孤独和渺小，对于灾难尤其是末日灾难的恐惧挥之不去，于是就有了许多表现人类面对灾难的故事。

灾难故事曾经风行一时，出现了许多优秀的描写灾难或英雄在灾难中拯救人类的影视剧作品，如《龙卷风》《2012》《全球风暴》《地心毁灭》《天地大冲撞》等。

人类所面临的灾难可分为两种：一是自然灾害，包括地震、火山爆发、洪水、海啸、龙卷风等；二是人为灾害，包括空难、海难、疫情等。有的灾难是已经发生的，如《唐山大地震》，而有的灾害并未发生但可能会在未来发生，如《日本沉没》《2012》《流浪地球》，后一类影视剧都带有科幻性质。

在灾难片（剧）中，比较流行的故事模式主要有以下几种：

①英雄拯救世界。主人公都是普罗米修斯式的英雄，高大威武，智勇双全，有着超人的勇气和智慧，在灾难面前镇定自若，不顾个人安危，凭着超人的智慧和力量把人类从灾难中解救出来。在美国电影（电视剧）中，他们就是所谓的美国式英雄。这样的英雄能够给人带来希望，带来心灵的抚慰，如《独立日》《2012》《天地大冲撞》《全球风暴》《深海浩劫》《流浪地球》等。

②在灾难中表现人性。灾难给人类制造了极端的情境，人类面对着巨大的灾难，面临着生与死的抉择，在这种极端的情境中人性的善恶都能得到淋漓尽致的表现。美国电

影《天地大冲撞》表现的是夫妻及父女之间的亲情,《泰坦尼克号》表现的是男女之间超越生死的爱情。

6.4　奇幻片(剧)

奇幻片(剧)中的故事是虚构的,人物和情境是虚构的、超现实的,就是把在现实生活中并不存在的虚幻人物放在虚幻的情境中,从而创造出虚幻的世界。

奇幻故事有两个特点:一是离奇,即故事往往超越了现实,也超越了常人的想象和思维;二是故事完全出于幻想和虚构,在现实生活中根本没有存在过也不大可能存在。

奇幻故事其实就是在虚构的情境中讲述真实的故事,在此类故事中,情境都是虚拟的,如神话故事里的妖魔鬼怪、科幻故事里的外星人、玄幻故事里的神仙,乃至武侠故事中的江湖,都是现实生活中不存在或不可能存在的。也就是说,故事的前提是虚拟的、假设的,但无论如何,故事必须是真实的,所谓真实就是要符合生活逻辑,符合人性,符合生活真实。

此类虚构故事,一是为了满足人类对未知世界的好奇心。人类对未知世界的探索永无止境,关于人类灵魂及生命的奥秘、关于未知的神秘世界、关于外星人,都是人类所关注的,幻想和虚构的故事可以满足人们的好奇心。二是为了给观众造梦。艺术是欲望的游戏,人类的很多欲望在现实生活中不大可能得到满足,在虚构的世界里人类却可以驰骋想象,获得心灵抚慰。譬如我们希望强大,就可以把自己想象成孙悟空那样富有神通的人物,有七十二般变化,力大无穷,上天入地,无所不能。三是可以在虚构的情境中尽情地发挥想象,把人性的善恶表现得更为淋漓尽致。譬如在电视剧《花千骨》中,白子画与花千骨相爱,爱就意味着死亡,他们遭遇生死劫,面临的是绝境,这样虚构的情境却可以把他们的爱情写到极致,他们战胜了死亡。

根据题材的不同,奇幻片(剧)主要有以下几种故事模式:

(1)神话故事

神话故事是人类最早的故事体系,是人类故事的源头。

神话里的神,其实就是神性化的人。神,是人类想象的产物,人类在宇宙中是渺小的,世界上很多事情都超越了人类的想象,譬如宇宙是怎么来的?人是谁创造出来的?人类怎样抵御自然灾害?人类再怎样强大,也很难找到这些问题的答案,于是就借助想象创造出超越人类世界的神话世界,创造出超越人类的神去完成那些人类无法做到的事情,实现自己无法实现的梦想。

神，是人类的升华，是超越人类的，是英雄，或者说是超越了英雄的英雄。神话中的神祇，原本就有人类的外形，有人类的思想和感情，只是他们比人类更为强大，能够做许多人类做不到的事。人不能毁天灭地、移山倒海，但神能做到。人不能追赶太阳，不能补天，但神能做到。人是要死的，而神可以不死。神到底是人创造出来的，自然脱不了人性。在古希腊神话里，阿喀琉斯这样的英雄之所以强大无比是因为他原本就是神的儿子，中国神话中的很多神话人物原本也是从现实中的人蜕化来的，按照中国道教的说法，人通过修炼可以得到神通，到了一定的境界可以羽化成仙。

神话片（剧）中的人物多是神性化的人，也就是人性化的神。他们的神性表现为具有超自然的力量，生活在神的世界里，有神通，会变化，上天入地，无所不能，甚至超越了生死。他们的人性则表现在他们有人的形体，有人的情感，有喜怒哀乐，如人一样有性格，也有弱点。

在影视剧中，其实都是借助神来写人，写神就是写人，写神也是为了剖析人性，写神的世界也是为了影射现实世界，所以要把神当作人来写，越把神写得人性化，越可能受到观众的喜爱。在电视剧《西游记》里，孙悟空的机智顽劣，猪八戒的贪财好色、好吃懒做，沙和尚的老实憨厚，以及唐僧的迂腐顽固，都是现实人性的真实表现。

（2）玄幻故事

玄幻故事中的人物是虚幻的，他们生活的世界也是虚幻的，这样的故事是超越现实的，但所表现的却是人性，虚幻的世界也好，虚幻的人物也罢，其实都是现实人生的真实写照。

玄幻故事都是建立在虚幻世界的基础之上，这个世界可能与现实相关，是超越现实世界的另一个世界，如《白蛇传》中的神仙世界、《哈利·波特》中的魔法世界；还有的世界则是完全虚构的，似乎与现实世界无关，如《权力的游戏》《海上牧云记》所描绘的世界，在现实中很难找到完全对应的历史。

玄幻片（剧）中的人物也都是虚构的，他们有的是神，有的是仙，有的是道，有的是妖，有的是魔，有的是精灵，有的是鬼怪，当然也有普通人，如《白蛇传》中的许仙。

玄幻片（剧）的故事情境是幻想的、虚构的，不受现实生活的约束，可以设计出超越现实的情境，可以让人物尽情地展示自己的欲望和情感，把故事讲到极致。譬如在《花千骨》中白子画与花千骨命中注定是生死劫，这等于为他们的爱情设置一道不可逾越的障碍，让他们的爱情接受生与死的考验，也让他们的爱情变得感天动地。

玄幻故事与神话故事有天然的渊源关系，但其中世界观的建构则来自中国独有的道家玄学文化，道家认为人是可以修炼成仙的，而生死轮回则是佛家的观念。玄幻故事中的主人公多为仙侠，他们原本也都是人，后来通过修炼或者经历特殊的际遇修成了盖世武功，有的甚至成为摆脱生死轮回的神仙，来到了神仙的世界，但即便是神仙，本性还是人，具有人性，他们有七情六欲，有爱恨情仇。而所谓的仙界其实也有等级，有不平等，有爱有仇恨，与现实生活并无二致，有时他们所面临的处境可能比凡界更为严酷。

西方魔幻故事同样与神话相关，古希腊神话故事就带有许多魔幻的色彩。譬如在《荷马史诗》的《伊利亚特》中就有海神、独眼巨人、忘忧果、海妖、风神、魔女等玄幻故事的元素；此外在寓言故事中也有小仙女、巫婆、精灵、魔王等；在《白雪公主》的故事中，白雪公主为巫婆所害，后被王子救醒，这其实就是经典的魔幻故事。

中国当代的玄幻故事可以看作武侠小说的升级版，武侠小说写的是江湖故事，而玄幻小说则上升到仙界，主人公是仙界的侠客，所以也有人把玄幻故事说成是玄幻仙侠故事。

（3）科幻故事

科幻片（剧）中建构的情境则是想象中的未来世界或过去的世界，尽管未必存在，却是建立在科学认识和理解的基础之上的。譬如很多科幻片（剧）都涉及外星人和平行宇宙，目前科学并不能证明外星人和平行宇宙的存在，但按照现有的科学理论，它们应该是存在的。在神话片（剧）中神仙可以腾云驾雾，在玄幻剧中修仙者可以随意在天空中飞行，而在科幻剧中人类只能借助飞行器才能飞上太空。

影视剧最大的功能就是造梦，科幻片（剧）可以通过特技把人类征服自然的梦想用影像表现出来，使梦想具有现实感。

就科幻电影和电视剧来说，故事的目的是要给观众呈现出科幻的未知世界的奇妙景观，所以科幻电影和电视剧都喜欢选择那些具有奇妙景观的故事题材，甚至把电影和电视剧作为展现奇妙景观的工具。纵观好莱坞影坛，从《2001太空漫游》到《侏罗纪公园》，从《星球大战》到《黑客帝国》，史诗般的太空旅行场景、以假乱真的史前恐龙形象、场面恢宏的太空战争、幻如灵境的虚拟世界等都是如此。观众看科幻电影，也不只是为了看故事，更重要的是看电影所展现出的奇妙景观。

很多科幻电影采用的是超级英雄拯救世界的故事模式，故事中的“激励事件”经常是外星人入侵地球，或时空错位，或人类遭受某种灾难，人类乃至整个地球处于生死存亡之际，然后超级英雄出现，临危不惧，历经坎坷，终于战胜了敌人，拯救了世界。

人类对科学的态度始终是矛盾的。在《圣经》中，上帝之所以要把偷吃了智慧树上果实的人类始祖赶出伊甸园，之所以对建造巴别塔的人类感到恐惧不安，弄乱他们的语言使他们难以沟通，就是怕人类拥有的智慧以后会伤害到自己。事实上科学能够造福于人类，也可能毁灭人类。在很多科幻电影中，人类造出的机器人最后超越了人类的智慧并成为人类的敌人。

6.5 动作片（剧）

动作片（剧）又称为惊险动作片（剧），是以强烈紧张的惊险动作和视听张力为核心的影视类型，其情节多涉及追逐（徒步和交通工具）、营救、战斗、毁灭性灾难（爆炸、洪水、大火等）、搏斗、逃亡场面等，主人公通常代表正义一方对抗邪恶一方，解决的方法往往是诉诸武力。

美国的西部片（剧）、侠盗片（剧），我国香港的黑帮片（剧）、武侠片（剧）都具有动作片（剧）的故事特征。

动作片（剧）的主人公一般是英雄，他们或为武林侠客，或为维护正义的警察或军人，或为身负血海深仇的普通人，他们代表社会正义，富有正义感，一般具有很强的武功或强大的能力。当人类或国家遭遇危难之时，他们挺身而出，成为拯救人类的英雄。他们具有侠肝义胆，在他人遭遇不公之时拔刀相助，不惜牺牲自己，或者在家人遭受邪恶势力迫害和侮辱后卧薪尝胆，奋发图强，报仇雪恨。

动作片（剧）以动作取胜，以快节奏的故事和强烈的动作场面吸引观众，所以这种类型的电影或电视剧最重要的是为主人公设计出足以让他们表现动作的情节和场面，在题材上往往偏重于那些具有强烈动作性的事件，如战争、追杀、复仇、逃亡、犯罪等等。

在美国，动作片（剧）的故事剧情往往与战争、谍战、犯罪、灾难以及外星人入侵等相关，主人公也都是如《007》系列电影主人公邦德那样的英雄，智勇双全，身怀绝技，有着压倒一切的英雄气概，虽然身陷困境，最终总是能战胜更为强大的敌人，取得胜利。

（1）武侠片（剧）

武侠片（剧）与我国的传统武术相关联，与西方的动作片有很大的不同，动作设计以冷兵器为主。“侠”字象征着某种伦理观念，武侠片（剧）中的侠客们个个武艺高强，行走江湖，仗义行侠，锄强扶弱，打抱不平。他们往往超脱世俗社会，不受法律的约束，“侠”和“义”是他们所遵循的道德准则。应该说，这些人在一定程度上代表了下层人民的道德理想。在此类故事中，“侠”也总是和“情”联系在一起，在古龙的小说里侠客们总是为情所困、为情所苦，金庸笔下的主人公总能找到感情的归宿。

武侠片（剧）往往表现代表侠义道的集团与代表旁门左道的邪派之间的斗争，容易组织尖锐复杂的矛盾冲突，情节跌宕起伏，甚至充满血腥屠杀的凶险场面。武术动作经过影视手段的处理，令人眼花缭乱、目不暇接。然而，对于武侠剧，应该从更高层面上来理解。无论如何，故事总是要写人、写人性的。以金庸、梁羽生、古龙的作品为代表的新派武侠小说最成功的地方就在于对人性的深刻揭露，他们把险恶丛生的江湖作为展示人性的舞台，侠客也好，恶人也罢，一个个都在这里脱下自己的外衣，展露着自己的本性。在金庸那里，人的善恶并不是以所谓“正”和“邪”来划分的，在他看来，正派人物中间有恶人，邪派人物中间也会有好人，看上去道貌岸然的正人君子可能包藏祸心，邪派人物有时也很有人性，这些思想在小说《笑傲江湖》里表现得最为充分。

在武侠片（剧）当中，最有市场影响力的当数根据金庸和古龙等武侠小说名家的作品改编的电影和电视剧，在拍摄武侠片（剧）方面，香港和台湾积累了丰富的经验，也取得了令世界瞩目的成果，武侠剧也因此成为在国际上很有影响的类型剧。

我国武侠片（剧）的主人公是侠客，古代最有影响的武侠故事是荆轲刺秦王的故事，荆轲也算得上是我国文学作品中侠客的人物原型了。关于战争，最经典的是楚汉争霸，最悲情的战争英雄则是项羽，他可算是此类人物的原型。

武侠片（剧）主要采取以下几种故事模式：

①仗义行侠，除暴安良。此类故事常见于我国的武侠电影和电视剧中，主人公多为侠义之士，他们个个武艺高强，侠肝义胆，勇猛无敌，代表正义力量，抱打不平，为了救助他人，为了所谓的道义，不畏强暴，不怕牺牲，敢于向强大的邪恶势力开战并最终战胜敌人，救民于水火，他们是民众心目中的大英雄。电影《佐罗》以及我国武侠电影中的主人公都属于此类型。

②逆袭成长，报仇雪恨。此类故事最经典的故事原型乃是《荷马史诗》中的《奥德赛》，我国很多武侠小说和玄幻小说及相关影视剧都经常采取这种故事模式。主人公原本为平常人，过着平静的生活，在金庸的小说里，主人公如郭靖、杨过、张无忌等都有着高贵的出身，因个人或家庭突遭变故，身怀深仇大恨，生活悲惨，却不甘沉沦，在苦难中磨砺自己，其间有着不平凡的际遇，学得一身盖世武功，终于杀死仇人，报仇雪恨。我国武侠电影《少林寺》、美国的很多西部片都采用此类故事模式。

（2）枪战动作片（剧）

武侠片（剧）的动作设计主要基于冷兵器时代，现代题材的动作片（剧）虽然也有近身武打场面，但更多的还是以枪战为主，甚至还要借助许多现代或未来的高科技武器，场面更加宏大，更血腥，剧情也更加惊险刺激。

在许多类型影视剧中，动作设计如同爱情一样，是不可或缺的戏剧元素，如警匪片

（剧）、犯罪片（剧）、战争片（剧）、历史片（剧）、科幻片（剧）等等，都少不了激烈的打斗场面。

6.6 警匪片（剧）

警匪片（剧）表现警察与罪犯的斗争，在现代社会，警察与各类罪犯的斗争无疑是最具暴力也最有戏剧性的故事题材。

警匪片（剧）一般以警察为主人公，警察围绕某个案件与犯罪分子展开角逐，最后破获案件，将罪犯绳之以法。案件性质不同，作案方式不同，破获的方式也不一样。国际犯罪或恐怖犯罪偏重枪战，经济犯罪偏重反腐，刑事案件偏重推理侦破，贩毒案件除了用武力抓捕还经常采取卧底侦查的方式。

警匪剧在我国香港和美国最为流行，如香港的《一号法庭》、美国的《神探亨特》等。国内拍得较为成功的警匪剧有《便衣警察》《九·一八大案纪实》《西部警察》《重案六组》《无证之罪》《破冰行动》《国家行动》等。

由于社会和文化上的差异，各国警匪剧的人物有着不同的特征。美国的警匪剧一般都是美国式的个人英雄主义模式，主人公有勇有谋，有幽默感，富有魅力，会讨女人喜欢，性格桀骜不驯，是典型的个人主义者，依靠个人的勇气和智慧独立完成任务，剧中有许多激烈的打斗场面，但更突出主人公在破案过程中的勇敢和智慧。我国香港的警匪剧大多表现警察与黑社会集团之间的斗争，主人公往往与黑社会人物有着这样或那样的关系，使他们在与黑社会的较量中受到感情的困扰，在法律和感情中面临抉择。我国内地的警匪剧更强调集体主义，注重塑造警察的群体形象。在电视剧里，主人公总是克己奉公，忠于职守，在个人利益与国家利益发生冲突时总是牺牲个人利益，那些在事业上成功的警察往往在个人感情上是失败者，主人公经常扮演悲剧的角色，创作者总是试图通过这样的悲剧感来使主人公的形象变得崇高起来。近些年来，也出现了如《绝对控制》《重案六组》这样优秀的警匪剧，在人物塑造上有很大的突破。

根据案件性质、特征及破案方式的不同，警匪片（剧）大致有以下几种故事模式：

（1）警匪对决

此类故事乃警匪片（剧）最常见的故事模式，一般会选择非同寻常且极其恶性的典型案件，多数以真实案件为基础改编，罪犯或极为凶残变态，或极为聪明狡猾，警匪双方往往斗智斗勇，玩着猫捉老鼠的游戏，最后案件得以侦破，罪犯被绳之以法。

（2）反腐案件

此类故事经常是由一件刑事案件引出官员贪腐案，随着破案的进展，引出错综复杂的官场权力斗争和政治腐败。虽是警匪片（剧），有悬念，但此类故事的重点并不在于破案本身，而在于官场的权力斗争。《人民的名义》是一部反腐题材警匪剧，案情不复杂，破案过程也没太多看头，负责破案的最高人民检察院反贪总局侦查处处长侯亮平这个人物形象很苍白无力，故事真正吸引人的反而是京州市高层的政治腐败以及各种社会丑恶现象，观众最感兴趣、最关注的也不是侯亮平这样的正面人物，而是像高育良、祁同伟这样的腐败分子。

（3）悬疑推理

此类故事最经典的故事原型是柯南·道尔的小说《福尔摩斯探案集》，主人公一般具有很高的智商，尤其善于推理破案，能够根据案发现场的蛛丝马迹通过推理找到真相，经常采用高科技破案手法，让人大开脑洞。故事涉及的案件也是错综复杂，超出常人想象，充满着悬疑，破案者与罪犯进行着一场智慧的较量，案件结果出人意料又符合情理。经典的影视作品有《东方快车谋杀案》《阳光下的罪恶》等。

（4）反恐反黑

反恐反黑案更多涉及警察中的特警，更多的是武力上的较量，特警多经过特殊训练，身怀绝技，经常会使用特殊的武器装备，采取特殊的手段，面对的是更为凶残的敌人。故事中的主人公一般是传奇性的英雄，他们勇猛顽强，智慧超群，无往而不胜。

（5）卧底破案

卧底潜伏原本是谍战片（剧）中经常采取的故事模式，如《潜伏》《悬崖》等，这种破案方式其实也在缉毒或反黑反恐案件中经常使用，事实上很多警匪片（剧）都采取这种故事模式。此类故事一般有两种模式，一种是我方警察到敌方卧底帮助破案，另一种是我方挖出敌方卧底。著名的影视剧有电影《无间道》以及电视剧《余罪》《破冰行动》《卧底归来》等。

6.7　犯罪片（剧）

犯罪片（剧）是在市场上很受欢迎的影视剧类型，主要以犯罪故事作为故事题材。警匪片（剧）主要讲述警察与罪犯的斗争，警察是故事的主角，表现警察的英勇机智；而犯罪片（剧）的主角是罪犯，表现罪犯的凶残，给社会以警示。

在中外文学史上，有许多关于犯罪的故事，莎士比亚的戏剧《麦克白》《奥赛罗》、雨果的小说《悲惨世界》、司汤达的小说《红与黑》、福楼拜的小说《包法利夫人》以及托尔斯泰的小说《复活》和陀思妥耶夫斯基的小说《罪与罚》写的都是犯罪故事，这些经典的故事为许多影视剧提供了故事原型。

犯罪片（剧）的故事是以罪犯为主人公，通过罪犯犯罪及其与警察抗争的过程，揭示犯罪心理及社会原因，剖析人性，给世人以警示。在此类故事中，可以有警察破案及与罪犯斗争的情节，也可以没有，但最终罪犯都会被绳之以法，得到应有惩罚。黑帮电影都属于犯罪片，主人公是罪犯，尽管有时候被描绘成英雄，但最终都受到惩罚，如《教父》《英雄本色》。

犯罪片（剧）往往会选择真实的案件作为故事题材，或案情危重，造成恶劣的社会影响；或案情复杂离奇，充满悬念，令人惊奇；或案情典型，含有复杂的社会心理因素，能够警醒世人。

犯罪片（剧）一般都有动作性情节，故事含有暴力因素，剧情紧张，具有高度戏剧性，动作性和暴力性是此类故事的特点。

犯罪故事的目的是剖析犯罪的心理和社会根源，用以警示世人，改良社会，它所选择的案件具有一定的典型性，人物也具有典型性，这样才可能教育更多的人。

典型性就是要求人物一方面要有独特的个性，另一方面这种个性也代表了人类的某些共性，可以从个人的犯罪中看到人性及社会中所存在的某些问题，这些问题带有一定的普遍性。譬如雨果的小说《悲惨世界》的主人公冉阿让因偷窃一块面包而被判刑坐牢19年，揭露了当时社会对下层人民的冷酷与残暴。

拍摄犯罪片（剧）时，创作者一定要站稳立场，树立正确的价值观，怀有社会责任感，把握好国家的有关政策，掌握好分寸，不能过度渲染暴力，要揭露黑暗，对一切违背人性的犯罪行为进行谴责和批判。

在影视剧中，犯罪的主人公大致可以分为以下几种类型：

（1）残暴型

此类人物极其凶狠残暴，丧失理性，作恶多端，犯下重案要案，属于十恶不赦之徒，如电视剧《插翅难逃》中以张子强为原型的张世豪、电视剧《征服》中的刘华强等。

（2）智慧型

此类罪犯智商很高，属于高智商罪犯，有些是利用高科技手段进行犯罪活动，如《绝命毒师》的主人公沃尔特·怀特。

（3）变态型

此类罪犯之所以犯罪是因为心理变态，如美国电影《沉默的羔羊》中的变态杀人犯“野牛比尔”。

（4）过失型

此类罪犯本性并不坏，甚至可能是好人，是令人喜爱的英雄，但由于环境的逼迫，或者因偶然事件的发生，或者是命运使然，走上了犯罪的道路，但他们仍然不失英雄本色，仍然保持着人性，即便犯了罪也令人同情，令人敬重，如《教父》的主人公维托·唐·柯里昂及他的儿子迈克。

6.8 励志片（剧）

励志故事主要表现人物奋斗成长的过程，励志类型的故事经常与其他类型如爱情片（剧）、战争片（剧）等混杂在一起，其实影视剧中的故事多包含励志的因素。

此类故事基于正确的价值观，宣扬社会正能量，倡导积极向上的乐观精神，通过描述典型人物的成长经历，为社会树立成功的榜样。

励志故事最早的故事原型可以追溯到《圣经》。摩西的父母都是犹太人，由于当时犹太人受到迫害，父母为保全他的性命，将他遗弃，身世显赫的埃及贵族收养了他，后来他得知了自己的身世，杀了污辱他的埃及人后成为逃亡者，他恢复了犹太人身份，成为犹太人的领袖。另一个故事原型同样来自《圣经》。约瑟是雅各的第十一个儿子，因得父亲宠爱而遭兄弟们忌恨，兄弟们将他卖给过路的商人，后来他却靠自己的努力成为埃及的宰相，救助了父亲和众位兄弟，使他们免于饥饿和死亡。

励志剧中的主人公一般具有三个特点：第一，他是个成功者，成功者才可能成为榜样，激励后来者。这种成功不一定是赚的钱多，做的事业有多大，更重要的是他的品格以及对社会的贡献。第二，他原本是个小人物，身世坎坷，靠着个人的努力取得成功。身世卑微的人取得成功，才会激励更多的人，倘若他原本出身高贵，凭借财富或权力取得成功，就很难起到示范作用，很难激励他人。在金庸的小说里，主人公如郭靖、杨过、张无忌等，往往出身高贵，却因为特殊的境遇，沦落底层。血统高贵，令人有所期待，而沦落尘世，才有成长的空间，这些人物后来都是经过个人努力加上特殊的机遇成为绝世高手。如今很多的玄幻小说也是如此，主人公前世是武帝级的人物，后来投胎成为“废柴”，经过努力，重新登上人生的巅峰。第三，主人公性格可能有缺点，但人品正直，且依靠个人努力并采取正当手段取得成功，其行为能够得到观众认可。倘若一个人取得成功，靠的是非法或者不道德的手段，个人品格低下，不可能成为社会的楷模，自然也不能成为励志片（剧）的主人公。

一般说来，励志片（剧）采用的故事模式主要有以下几种：

（1）小人物逆袭

这是励志片（剧）经常采用的故事模式，主人公一般都是微不足道的小人物，他们的人生处境甚至比常人更为凄惨，有的身体残疾或智力有缺陷，如《阿甘正传》中的阿甘、《暗算》中的瞎子阿炳，有的家境贫寒、身份卑微，如《士兵突击》中的许三多，有的身世坎坷，如《笑着活下去》中的晏阳等，最后他们经过个人的努力取得成功并获得幸福的生活。也有励志片（剧）的主人公是经历过人生低潮的英雄人物，他们在逆境中奋起，克服困难取得成功。阿喀琉斯就是这样的英雄，他因女奴被阿加门农抢走，意志消沉，退出战争，后因好友被杀，重新振作，最后取得成功。

（2）梦想成真

此类故事的原型故事包括灰姑娘、白雪公主及丑小鸭的故事等。灰姑娘的故事讲述的是一位受继母和妹妹百般凌辱的普通女孩逆袭成长与王子结婚的故事，而白雪公主被巫婆迫害致死后来却被王子相救并与王子结婚，这两个故事表现了许多出身卑微的少女试图通过婚姻改变命运的梦想，成为许多励志故事的经典模式。丑小鸭的故事讲述的是一只被误解、被歧视的丑小鸭最终逆袭化身美丽天鹅的故事，表达了许多少女的心愿，成为许多励志片（剧）经常采用的故事模式。

励志片（剧）的主人公多是普通人，有的甚至还不如常人，一个强大的人取得成功是个平常的故事，而一个普通人取得成功，甚至不如常人的人像许三多这样的“傻子”都能取得成功，这样的故事就是非常态的了。条件不好的人尚且能够取得成功，会激励更多的普通人去努力，这是励志片（剧）所追求的目标，也是它的价值之所在。

6.9 伦理片（剧）

伦理片（剧）主要着眼于现实，通过家庭或个人的生活经历，反映社会敏感问题，发掘其中的社会伦理意义，引导观众思考，并提倡正确的社会价值观。

伦理片（剧）的关键在于一个“理”字，“理”是道理，伦理故事就是用故事来宣扬某种道理。所有故事都有“理”，很多“理”可能说不清楚，或者能说清楚但听者不容易听明白，或者没有趣味听者听不进去，就借助故事来讲，故事很形象很生动，容易听明白。伦理故事要说的这个“理”，是人生道理，更偏重于道德伦理。伦理只涉及道德的层面，一般不涉及法律，倘若到了法律的范畴，可能就不是伦理片（剧），而是犯罪片（剧）了。伦理故事只是在社会道德伦理的范畴分析和讨论人类的行为，当然这种界限有时是很难界定的，因为所有的犯罪其实都包含伦理道德问题，犯罪都是违反社会伦理道德的。

伦理片（剧）中的故事多少带有些说教的意味，它原本就是要通过故事来宣扬某种人生哲理或伦理观念，主观性较强，可能引起观众的反感。创作者应该把自己的观点巧妙地隐藏在剧情中，让观众从剧情中感悟道理。

生活伦理片（剧）选择的故事题材首先要含有伦理意义和伦理价值，这种伦理意义是普通人所关注的，能够引发他们思考，引起感情上的共鸣。这就要求创作者怀有慈悲之心，有高度的社会责任感，把握住时代的脉搏，抓住社会的痛点和痒点，最大限度地满足观众普遍的心理需求。20世纪90年代，正值我国从旧的计划经济向市场经济过渡之时，旧体制正在消亡，新体制还没有建立起来，社会上出现道德真空，人们普遍感到迷茫。电视剧《渴望》应时而生，人们从代表传统道德的女主人公刘慧芳身上找到寄托，该剧播出后在千万观众中引起强烈的共鸣。随着经济的发展，人民生活越来越富裕，婚姻观念发生改变，社会上出现婚姻危机。电视剧《牵手》第一次触及婚外恋问题，同样取得巨大的成功。随后出现的电视剧《中国式离婚》并没有延续婚外恋题材，而是触及价值观和性格所带来的婚姻悲剧。美国电影《克莱默夫妇》《肖申克的救赎》等也都是因为触及社会敏感问题而赢得观众的共鸣。

生活伦理片（剧）所选择的故事应该是真实的，叙事方式也应是现实主义的。现实主义创作要求表现典型环境中的典型人物，也就是说，故事中的人物也好，事件也好，要有一定的典型性，在表现人物个性的同时反映人类的某些共性。《贫嘴张大民的幸福生活》中的张大民是个小人物，长得矮胖，家境贫寒，好不容易娶了个老婆却连个住的地方都没有。大妹妹嫁了个粗鲁的农村男人，遭遇家暴，小妹妹得白血病死了，妈妈得了阿尔茨海默病，个人生活很不幸。“贫嘴”是他的性格，也是他消解痛苦的方式，这种“精神胜利法”很多人都使用过，很多观众都可以从他身上看到自己的影子，所以这部剧很容易引起观众的共鸣。

伦理片（剧）中的故事不仅要有“理”，也要有“情”，既要以“理”晓人，也要以“情”感人。此类故事的剧情往往带有悲剧性，主人公命运多有些悲惨，如电影《地久天长》《老炮儿》以及电视剧《不要和陌生人说话》《中国式离婚》《樱桃》等等，有时也会采用悲喜剧或轻喜剧的方式，让观众在笑声中消解生活的艰难和苦涩，即所谓“含泪的笑”，如电影《我不是药神》《老炮儿》以及电视剧《贫嘴张大民的幸福生活》《蜗居》等等。

伦理片（剧）往往通过歌颂真善美，批判假恶丑，揭示人性的本质，倡导社会正义，弘扬社会主流价值观。

伦理片（剧）主要采取以下两种故事模式：

（1）歌颂型

此类故事以正面宣传为主，通过某些典型人物或事件来宣扬某些人生哲理和伦理道德。主人公一般都是正面人物，故事的主题思想是主流社会认可并宣扬的人生哲理和道德伦理观念。很多主旋律影视剧都属此类。这些影视剧主要宣扬国家所倡导的主流意识形态，其中的人物也符合主流价值观，很多都是社会先进人物或道德楷模，如雷锋、焦裕禄、孔繁森等。

此类故事作品很多，精品很少，创作难度很大，原因有三点：一是故事中的人物往往过于高大完美，不食人间烟火，不接地气，与观众距离甚远，观众难以接受，便会敬而远之；二是政治性太强，过于意识形态化，反而淡化了其中的伦理意义；三是功利性太强，说教意味太浓，往往削弱了它的故事性。

有一些伦理片（剧）的主人公是微不足道的小人物，他们做的事也很平常，却很感人。如电影《妈妈再爱我一次》《搭错车》以及电视剧《暖春》《樱桃》等，都是所谓的苦情片（剧），没有说教，故事简单，却反映出伦理道德问题，很接地气，很受观众喜欢。

（2）批判型

此类故事带有批判性，主人公多为反面人物，他们并非犯罪分子，但他们的行为违反了社会公认的人伦道德，也违背了人性，是性格有缺陷的人。编剧通过他们的故事，通过对人性的剖析，揭露其丑恶，引起社会的关注，从反面宣扬正确的价值观和伦理观。

在欧洲，伦理故事最经典的原型故事是古希腊神话中"伊娥的故事"和"美狄亚的故事"。宙斯爱上了美丽的民间少女伊娥，偷偷从奥林匹斯神山下来，引诱伊娥，却被妻子赫拉发现。宙斯急中生智，利用神通把伊娥变成一头小母牛。赫拉看破，将计就计，要求宙斯把这头小母牛送给自己。宙斯做贼心虚，只得把伊娥送给赫拉。于是赫拉带走伊娥，令她受尽折磨。美狄亚为了帮助伊阿宋背叛了父亲，杀死了弟弟，伊阿宋却贪图权势背弃了她与其他女人结婚。这两个故事虽然发生在古代，却很有典型性。伊娥是个受害者，赫拉和宙斯都是迫害者，故事很悲惨，也包含着很深的伦理，成为很多"三角恋"故事的原型故事。美狄亚是个受害者，也是个反抗者，但她为了报复不但杀死了夺走她爱人的那个女人，还杀害了自己的孩子，所以她也是个迫害者，从伦理上说也是有很大缺陷的。她的悲剧令人同情，更令人思考。

在我国，此类故事的原型故事可以追溯到《孔雀东南飞》。这是一个爱情悲剧，主人公刘兰芝勤劳善良，与焦仲卿相爱，却为公婆所不容，焦仲卿被迫休妻。兰芝回到家中，被哥哥所迫改嫁。兰芝不肯背弃爱情，与仲卿相约，双双以死殉情。一位美丽的女孩和一位痴情的丈夫，加上一位凶悍的婆婆，演绎了一个凄美的爱情悲剧，这样的故事模式依然在很多家庭伦理剧中被沿用着，成为经典的故事原型。

歌颂型伦理故事所倡导的伦理观念一般都是比较正统且为社会主流价值观所认可的，故事中的主要人物也比较保守，很少会引起人们的争议。而批判型故事往往会选择那些更容易引人关注甚至可能引发人们争论的事件，其中包含的伦理观念也是比较激进甚至是反传统的，其中的人物性格也很复杂，往往有善也有恶。相对于歌颂型的伦理故事，批判型的伦理故事能够更深刻地揭露社会的丑恶和人性的缺陷，更具有艺术魅力。

6.10　爱情片（剧）

人皆有情感，故事也有情感，没有情感的滋润，故事也就无趣乏味。故事里有嬉笑怒骂，有爱恨情仇，而情感片（剧）里的“情”，主要指的是男女爱情，情感片（剧）是以男女情感为题材的影视剧类型。

男女之间的爱千年写不尽，男女之间的恨也是绵延不绝，演绎出许多或感天动地或缠绵悱恻或凄凄惨惨的爱情故事。爱情是永恒的故事题材，在任何时代都不会过时。

爱情故事千千万，总结起来也无非只有两种结果：一为“合”，即相爱的男女修成正果，有情人成了眷属，是为正剧或喜剧；二为“分”，即相爱的男女因各种原因不得不分离，酿成爱情悲剧。

总体而言，爱情片（剧）主要可以分为以下几种类型：

（1）青春偶像式

此类故事的主要功能是造梦，目标观众一般是12—24岁处于爱做梦年纪的年轻人，主人公都是偶像式的人物。所谓偶像，其实是把自己不大可能实现的梦想寄托在他人身上，通过这个人物使自己的梦想得以实现。所以，偶像剧中的人物多为俊男靓女，出身非同寻常，男主如同童话故事里的王子，出身豪门，才华横溢，英俊潇洒，正直诚实，温柔体贴，而女主即便不是公主，也是灰姑娘一般心地善良的漂亮姑娘，他们真心相爱，克服种种障碍，最终梦想成真。

此类故事最流行的模式是梦想成真，即原本不可能的爱情梦想经过努力成为现实。所谓不可能其实是指男女之间存在着难以克服的阻力，而这种阻力有时来自外部压力，有时则来自他们自身。

应该相爱或可能相爱的人走到一起会被认为理所当然，也就不存在所谓的梦想，比如青梅竹马、门当户对的一对恋人走到了一起，别人会羡慕，但不觉得稀奇。不该相爱或不可能相爱的人相爱才算得上是梦想，比如一个乞丐爱上一位公主，一位“凤凰男”爱上一位“白富美”，在现实中不大可能的事在这里居然成为现实，对很多人来说，这就是梦想。

在这类故事中，男女主人公看似并不匹配，有时是男强女弱，有时则是女弱男强；

有时身份地位不匹配，如男的出身富贵，女的出身贫寒；有时是外貌不匹配，如男的丑陋，女的美若天仙。正是男女主人公身份、地位或财富、外貌的不对称，形成了阻力，并可能产生激烈的戏剧冲突，构建了故事的戏剧基础。

尽管男女之间存在难以克服的障碍，经历了种种坎坷，结果却十分圆满。如《西厢记》中的张生是个穷书生，而莺莺则是相国之女，最终他们冲破阻力，结为夫妻，成就了一段美满的姻缘。在电视剧《花千骨》中，白子画与花千骨是师徒关系，遭遇生死劫，但他们相爱并最终走到了一起，造就了一段梦幻式的美满爱情。

（2）悲情式

此类故事多为悲剧，故事模式为男女相爱而不得善终，相爱的男女主人公因为来自个人、家庭或社会的阻碍而被迫分离酿成悲剧。经典的故事原型有《梁山伯与祝英台》《罗密欧与朱丽叶》《魂断蓝桥》《泰坦尼克号》《乱世佳人》等。

此类故事大致有以下三种常用的故事模式：

①爱而不可得。此类故事多为悲剧，不可得的爱情更让人怀念，更让人珍惜，也更容易被美化。经典的故事原型有《罗密欧与朱丽叶》《梁山伯与祝英台》等。

②三角恋。最经典的故事原型来自古希腊神话中“伊娥的故事”，好色的丈夫、善妒的妻子，加上受伤害的第三者，几乎是此后所有的三角恋故事的标准模式，如电视剧《牵手》《让爱作主》等。

③背叛。男人背叛女人，或女人背叛男人，最经典的故事原型是古希腊神话中关于美狄亚的故事。美狄亚爱上了伊阿宋，不惜背叛父兄，用魔力帮助伊阿宋取得金羊毛，伊阿宋移情别恋，美狄亚为了报复，杀死了他们的儿子及伊阿宋的新欢，逃往雅典。在《荷马史诗》中，海伦背叛丈夫，与美男子帕里斯王子私奔，这才引发了特洛伊战争。

6.11 喜剧片（剧）

故事是靠剧情的味道来吸引人的，能够把剧情写得有趣味是好编剧应该具备的本事。很显然，最能给剧情增加趣味的就是喜剧性，剧情的妙趣往往也就在这里。在很多影视剧里，喜剧性都是不可或缺的。中国古典戏曲中总会有一个丑角来给人逗趣，给故事增添笑料，美国电影中也往往会有个喜剧性人物不时插科打诨。喜剧因素如味精，有了它，故事才会更有趣味。

喜剧片（剧）是一种以逗人发笑为主旨的故事类型。笑，不仅是手段，也是目的。喜剧就是让观众在笑声中体验人生，解剖人性，看尽人生百态。

喜剧片(剧)是影视剧中充满智慧和活力、永远受观众喜爱的类型，喜剧表演又最需要演员的气质和敏感，需要掌握最难以把握的表演技巧，让人开怀大笑比让人哭要难得多，让人在笑声中感受到机智和深沉、苦涩和辛酸就更难。

喜剧的目的是要引人发笑，没有笑声也就不成其为喜剧。喜剧引发的笑声通常是善意的。善意的笑才会使人感到轻松，感到快乐。一般说来，喜剧人物不能太好，也不能太坏。太好的人让人笑不出来，太坏的人又容易引起人的憎恶和反感。喜剧人物大多是有缺点的好人，他们身上有丑陋的、引人发笑的一面，但又不对人造成实际的伤害。在莫里哀的喜剧里有像阿巴贡和答尔丢夫这样的坏人，作者让他们表演出种种丑态，引得受众开怀大笑，在笑声中得到满足和快感。

夸张是创造喜剧效果最有效的手段，没有夸张就没有喜剧。在喜剧里，人物总是变形的，他们的某些性格往往会被夸张，如阿巴贡的贪婪吝啬、答尔丢夫的伪善等等。喜剧中的情节及人物动作和表情也是夸张的，例如描写乐队指挥在音乐会上指挥乐队的场面，在现实生活中本来是很严肃的，容不得差错，可是在喜剧片中，却可以让他丑态百出，边指挥边不停地挠着自己身体的各个部位，身体东歪西斜的，甚至从台上掉下来。然而这种夸张必须掌握好度，过了这个度，就容易流为低俗无聊，让人笑不起来，还会让人觉得反感。在影视剧中，还可运用一些特殊的摄影手段达到喜剧的效果，如适当地采用一些广角镜头。

喜剧很适合用电影和电视剧来表现，在观众中也很有市场。我国历来有喜剧的传统，遗憾的是，迄今为止，我国还没有出现一部堪称经典的喜剧电影或电视剧，也没有出现真正伟大的喜剧大师，电影《疯狂的石头》《人再囧途之泰囧》《驴得水》和电视剧《宰相刘罗锅》《刘老根》《神医喜来乐》算是比较成功的喜剧。

西方的幽默文化传统起源于古希腊喜剧，希腊喜剧起源于祭祀酒神的民间歌舞。古希腊最有代表性的喜剧作家是阿里斯托芬，欧洲文艺复兴时期的莎士比亚、法国戏剧家莫里哀都创作过许多伟大的喜剧作品，此外，西班牙作家塞万提斯的小说《堂吉诃德》以及俄国作家果戈理、契诃夫的短篇小说等都有很强的喜剧性，这些作品都给喜剧电影和电视剧提供了许多经典的故事原型。

喜剧的关键在于喜剧性人物的塑造。亚里士多德说：“喜剧是对于比较坏的人的模仿，然而，‘坏’不是指一切恶而言，而是指丑而言，其中一种是滑稽。滑稽的事物是某种错误或丑陋，不致引起痛苦或伤害，现成的例子如滑稽面具，它又丑又怪，但不使人痛苦。”亚里士多德对喜剧人物的分析，在今天的喜剧创作中仍然有着不可忽视的意义。

喜剧性人物的性格都是单一性或扁平化的，即把人物身上的某种欲望和性格加以突出夸大，乃至让人觉得有悖常理，达到荒唐可笑的地步。

在电影和电视剧中，喜剧故事主要包括以下几种模式：

（1）社会讽刺喜剧

从古希腊起，喜剧就具有社会讽刺功能。喜剧一般取材于现实生活，对现实生活中的丑恶现象进行讽刺和批判。

鲁迅先生说："悲剧将人生有价值的东西毁灭给人看，喜剧将那无价值的撕破给人看。"喜剧经常抓住社会上那些无价值的丑陋乃至荒唐的事件或人物作为对象，经常采用夸张和对比等手法使之达到荒谬可笑的地步，加以讽刺性的批判。

社会讽刺喜剧大致可分为两种：一种是以事件为主，主要针对某些社会丑恶现象，一般会选择那些荒诞的社会事件作为故事题材。最经典的原型故事是果戈理的《钦差大臣》和《死魂灵》，较有代表性的电影有《百万英镑》《驴得水》《李茶的姑妈》等。另一种是以人物为主，对人物的某种性格加以夸张，达到可笑的地步，揭露人性的丑恶。最经典的原型故事是莫里哀的《伪君子》，有代表性的电影有《大独裁者》等。

社会讽刺喜剧的主人公多为反面人物，是被嘲讽和被批判的对象。

（2）幽默喜剧

幽默往往与智慧联系在一起，有幽默感的人通常也是富有智慧的人。幽默喜剧中的主人公一般是正面人物，他们在智慧上超越了常人，对人对事看得很透，玩世不恭，以幽默方式调侃人生，以智慧捉弄对手，使他们陷于尴尬可笑的境地，从而引人发笑。美国电影中许多主人公都有幽默感，喜剧性也成为很多美国电影的调味品。印度电影和我国香港电影也带有类似的喜剧性，如《三傻大闹宝莱坞》《摔跤吧！爸爸》《英雄本色》等。在我国，根据王朔的小说改编的电影都带有喜剧性，电视剧《宰相刘罗锅》中的刘罗锅、《铁齿铜牙纪晓岚》中的纪晓岚也都是具有幽默感的喜剧人物。

（3）性格喜剧

性格喜剧多为小情节，围绕人物展开故事情节，其喜剧性主要由人物性格中的喜剧因素造成。

一般说来，以下两种人物比较具有喜剧性：

①有缺点的好人。这种人往往心地善良，但性格上有缺陷。他们有的爱慕虚荣，喜欢吹牛皮，如《闲人马大姐》中的潘大庆；有的热情有余，办事不力，好心办坏事，如《闲人马大姐》中的马大姐；有的生活不幸，却经常通过贬低和损毁别人来寻找心理安慰，如《贫嘴张大民的幸福生活》中的张大民。他们的缺点很明显，使他们经常显得很可笑。

②与时代或周围环境脱节的好人。此类人物最典型的是塞万提斯的小说《堂吉诃德》的主人公堂吉诃德。俄国小说中的"多余人"也属于这类人物，他们生活在新的时

代，却固守旧时代的传统和生活方式，与周围环境格格不入，发生严重错位，他们的思想和行为也难免显得有些可笑。电影《老炮儿》的主人公顽主六爷和电视剧《士兵突击》的主人公许三多也都是与时代脱节的人物，某种错位使得他们的性格带有一定的喜剧性。

（4）悲喜剧

所谓悲喜剧，其实就是用喜剧的方式来讲述悲剧性的故事，喜中带悲，看着可笑，内心却悲苦，就是所谓“含泪的笑”。俄国作家果戈理和契诃夫的小说都带有这样的喜剧性，可看作此类喜剧故事的故事原型。意大利电影《美丽人生》、张艺谋导演的电影《活着》、电视剧《贫嘴张大民的幸福生活》都可算是此类故事的代表作。

编剧特训营

看电影《小武》《拯救大兵瑞恩》《2012》《哪吒之魔童降世》《新龙门客栈》《少林寺》等，列出其戏核、戏魂及故事形态和戏剧模式，并分析其故事原型、人物原型和故事模式。

【基本要求】

1.可采用图表进行对比分析；

2.分析相关类型影视剧的叙事模式及其特点。

【作业目的】

掌握类型影视剧与故事模式之间的关系及其一般规律。

第7章　故事题材与影视项目开发

对于制片公司而言，拍电影、电视剧无非就是做项目，与做其他项目如楼盘项目并无二致。做楼盘先要有地皮，地皮的位置及价值很大程度上决定着未来楼盘的价值。拍电影、电视剧先要有题材，题材相当于地皮，题材的价值决定未来产品的价值，找到一个好的题材如同挖到了金矿，题材不好，拍出来的电影和电视剧就可能卖不出去。

对于编剧来说，他首先得有个好的故事、好的题材，才可能写出好的剧本，倘若题材不好、故事不好，再好的编剧也难编出好的剧本来。

7.1　何谓题材

题材指的是文学作品所涉及的生活领域，或是指文学作品中用以表现故事主题、塑造人物形象的生活素材。

7.1.1　题材与故事

题材有多种存在形式。当制片公司要求编剧根据某部小说或某个现实生活中的故事进行剧本改编时，所谓的题材已经是完整的故事。而当制片公司或制片人只是指定某个生活领域让编剧自己搜集素材进行创作时，题材也就是某种生活现象或某个生活领域。但即便这样，编剧搜集到的素材也是更多地以故事的方式存在的，即便是一些琐碎的事件，最终也是要连成故事的。所以对编剧来说，题材其实就是故事，或者说是某个生活领域的故事，如公安题材是关于公安行业的故事，农村题材是关于农村生活的故事，战争题材就是关于战争的故事。

7.1.2　题材与类型

很多人把作为题材的故事和作为类型的故事混为一谈，譬如把所有人物穿着古代服饰的剧都说成是古装剧，把所有农村题材的剧说成是农村剧，把所有医疗题材的剧说成是医疗剧，把所有发生在城市的剧说成是都市剧，等等。

尽管题材与类型的确有关系，但它们其实是两个不同的概念，如果说类型指的是产品，题材则是原材料。同样的故事题材，往往可以拍成不同类型的影视剧。同样是古代题材的剧，可以拍成历史剧，也可以拍成爱情剧，甚至可以拍成谍战剧；同样是农村题材的故事，可以拍成爱情剧，也可以拍成喜剧，还可以拍成励志剧；同样，关于都市题材的故事，可以拍成社会伦理剧，可以拍成情感剧，也可以拍成偶像剧。

编剧首先面对的是题材，是故事，而他要做的正是利用手里有的故事题材做成有市场需求的类型产品。题材是他拥有的原料和资源，而类型则是他要做出来的产品。材料和资源好，做出的产品自然也好，材料和资源都不好，做出的产品质量也会受到影响，所以，编剧必须掌握优质的故事资源。

7.2　题材分类

影视剧题材可以有多种分类方式，采用不同的分类方法和不同的分类标准，就会有不同的类别。根据题材对市场的影响度，影视剧题材大致可从时间、来源和内容三个方面来划分。按时间划分，可分为古代题材、近现代题材和当代题材；按题材来源划分，可分为原创题材和改编题材；按内容划分，可分为都市题材、农村题材、涉案题材、爱情题材、医疗题材、战争题材、武侠题材和科技题材等；按题材的故事类型划分，则可分为以人物为主的和以事件为主的两大类。

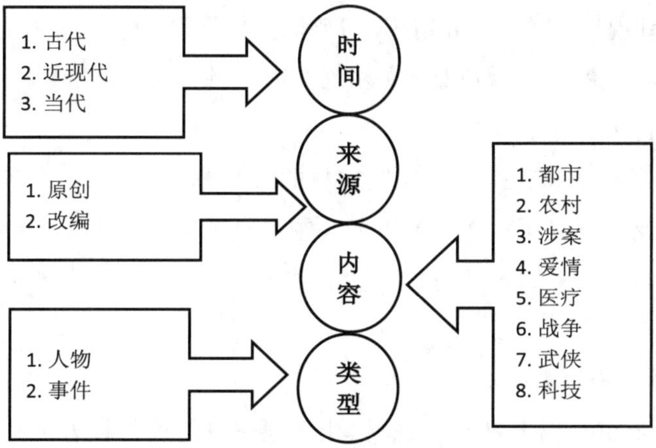

图7–1　影视剧故事题材分类

（1）古代题材、近现代题材和现实题材

故事的好坏并不以年代来评判，但不同年代的故事还是对市场有一定的影响。观众当然更愿意看到与自己生活相关的故事，愿意在故事中看到自己的生活。年代久远，那个时代的生活会令观众感到陌生，距离感会很强。年代越近，观众越熟悉，故事中的人物和事件对观众来说就有种难得的亲近感。但倘若这种生活过于熟悉，过于平常，又会使他们失去好奇心。所以对于观众来说，反而是那些既熟悉又陌生的生活更能激发好奇心和热情，所以我们要使熟悉的生活陌生化，使陌生的生活熟悉化。

行业内习惯于把电视剧分为古装剧、年代剧和时装剧，其实古装剧、年代剧和时装剧都不属于类型，而是题材。所谓古装剧，是指故事发生在清代以前的电视剧，属于古代题材；年代剧则主要指故事发生在民国时期的电视剧，勉强可算近现代题材；而时装剧则是指现实题材的电视剧。这样分类并不完全科学，却在业内约定俗成，并且对市场产生影响，成为既定事实。

现实题材的好处是故事中的生活都是观众所熟悉的，故事所反映的问题是观众切身感受过的，创作者在创作这类故事的时候也总是会把握时代的脉搏，抓住百姓关注的热点、痛点和痒点，戳中观众的痛处，引发他们思想和情感上的共鸣，所以真正能够引起社会轰动的影视剧多为现实题材，如电视剧《渴望》《牵手》《贫嘴张大民的幸福生活》《中国式离婚》《人民的名义》等，此外，电影《战狼》《红海行动》《流浪地球》《哪吒之魔童降世》等也取得了极好的票房成绩。古代和近现代题材的影视剧则因为离观众的生活太远，那样的故事与今天的观众可能会产生时空上的隔离感，难以在思想和情感上产生共鸣，所以拍这类题材，最重要的是要在故事中找到与观众的思想和情感沟通的通道。当年电视剧《雍正王朝》之所以取得成功，一是因为它在叙事策略上打出了为雍正翻案的旗号，一反以往影视剧中把雍正写成暴君的做法，而是把他塑造为一个明君，以吸引观众的眼球；二是借古喻今，把古代生活当作现代生活来写，使观众从古代故事里看到现代人的思想和情感，打破时空的局限。其实，不只是《雍正王朝》，几乎所有成功的古代题材影视剧如《宰相刘罗锅》《铁齿铜牙纪晓岚》《天下粮仓》等都采取了类似的打法。

近年来，政府鼓励和支持创作现实题材的影视剧，并颁布了许多政策。按照有关政策规定，央视及地方卫视黄金档每年现实题材电视剧、民国剧和古装剧的播出份额分别为50%、35%和15%。在电影方面，各级政府对那些弘扬主旋律的现实题材电影也有相关的奖励政策。

（2）原创题材与改编题材

国内影视剧有60%以上是改编题材，由于原作可能提供较好的故事框架，且已经有一定的社会影响力，形成潜在的市场，有的甚至成为影视IP，在题材上有着天然的优势。原创题材需要从零开始，题材本身没有优势，没有现成的故事框架，但对于有创造力的编剧来说，这也是充分发挥个人想象力和创造力的良好时机。

尽管创作原创题材的影视剧比改编题材要困难得多，但改编题材更容易为市场所接受。改编题材有着先天的优势，尤其是那些已经成为名著、有较大影响力的作品，犹如含着金钥匙出生的富二代，即便品相差了些也可能被人看中。而原创题材如同草根，没有依靠，只能靠故事本身，除非出自名家之手，否则成功的难度自然要大了许多。但很多伟大的作品却也是原创，就如同很多伟大的人物都是靠着自己的努力取得成功的，所以原创题材其实也有很大的想象空间。

（3）都市题材、农村题材、战争题材、医疗题材、爱情题材等

并不是所有人的生活都有故事，也不是所有的生活情状都具有戏剧性，有的生活注定是平淡的，而有的生活则注定充满了戏剧性。警察的天敌是罪犯，军人上了战场必然面临生死搏杀。相对而言，校园生活、农村生活以及工厂里的生活则相对平淡了许多，人与人之间的关系相对简单平和，很难产生波澜起伏的戏剧性故事，这也是这些年来人们更热衷于拍摄战争剧、谍战剧、涉案剧及家庭伦理剧的原因，这些题材的影视剧也就成了影视剧市场的主流。

故事讲的无非是爱恨情仇、生老病死，人物处境越恶劣，诱惑越多，引发的欲望越强烈，戏剧冲突也就越激烈。一个人的生活安逸和谐，从生到死波澜不惊，一眼看到头，看着也很幸福，但这样的生活却没有戏剧性，也很无趣。有的人生下来就注定要在刀尖上行走，一辈子心惊胆战，每天都挣扎在生死线上，过得很刺激，很有戏剧性。一般说来，生活越艰难，越关乎生死，越有戏剧性。所以编剧一般都愿意选择那些容易产生戏剧性的题材，如战争、谍战、爱情、警匪、武侠等等。假如要写医疗题材，主人公一般都是外科大夫，而很少会是搞内科的；写警察，最多的是刑警或者缉毒警，而很少有人愿意去写片警。并不是说平淡的生活就不出戏，《贫嘴张大民的幸福生活》中，张大民就是平凡人，发生的也都是生活琐事，但它的戏剧性甚至比那些关乎生死的故事更为强烈。当然，这需要看编剧的艺术功力。

（4）以人物为主和以事件为主

故事分为两种：一种以人物为主，如人物传记；另一种以事件为主，如讲述某场战争或战役。题材同样也分为两种：一种是写人的，如以某位领袖人物或英雄人物的故事作为创作题材；另一种是以写事件为主，如以某个重大的历史事件作为创作题材。

人物分为大人物和小人物。大人物一般是指重要的历史人物或现实生活中的杰出人物，一来他们都是成功者，社会影响力比较大；二来他们能够取得成功，甚至能够建

立丰功伟业，肯定有过人之处，相对常人来说，他们是非常态人物，可能比较有故事。所以，很多影视剧都把他们的故事作为故事题材，如毛泽东、周恩来、彭德怀等，还有古代的那些著名的帝王将相及历史名人等。而小人物则是普通人，一般属于常态人物，他们很平常，但他们身上有着普通人的喜怒哀乐，很接地气，能够让观众从他们身上看到自己的影子，所以很多导演也会把目光投向这样的小人物，如贾樟柯的《小武》等。

事件也有大有小，大的事件主要是指重大的历史事件或现实中有影响的重大事件，而小事件则是指平常的生活琐事。很多编剧和导演都会以重大的历史事件和有影响的现实事件作为故事题材，如二战中那些著名战役，包括珍珠港事件、中途岛战役、斯大林格勒保卫战等等，最近国内放映的《八佰》《金刚川》也分别是以抗日战争和朝鲜战争中的两个重要战役作为题材的。这些重要事件原本在历史上就是很有影响的，算得上是有影响力的IP，故事性也强，自然容易受到青睐。当然也有以生活中的常见问题、日常琐事为题材的，如有关农村留守儿童、养老、拆迁、贩卖妇女儿童、医疗问题的事件等等，这些事件多属于常态事件，但关乎每一个人、每一个家庭，很容易引发观众情感上的共鸣。

7.3 电影题材与电视剧题材

电影和电视剧属于不同的艺术形式，尽管都是综合性的视觉艺术，但叙事方式有所区别，对故事题材也有不同的要求。作为编剧，要把握电影和电视剧故事题材的不同，能够迅速判断什么题材更适合拍成电影，什么题材更适合拍成电视剧。

就故事而言，电影故事比较简短，毕竟要在90—120分钟内把故事讲完；而电视剧的故事则可以很长，少则十多集，多则几十集，甚至几百集、上千集。很多故事既可以拍成电影也可以拍成电视剧，如《红高粱》《白鹿原》都被改编成了电影和电视剧，而且都取得了成功。而有些故事只适合拍成电影，如《金刚川》和《八佰》的故事，毕竟都是发生在有限时间里的故事，很难拍成几十集的电视剧。有的故事能拍成电视剧却未必能拍成电影，如《西游记》《红楼梦》《三国演义》，还有金庸的小说，等等。这些小说里的故事都很复杂，人物多，线索多，故事延续时间长，很适合拍成电视剧，如果要拍成电影，只能选择某个角度、某个片段或某个人物，如《东邪西毒》《东方不败》等。

此外，故事的分量也不一样。观众看电视剧是不用花钱的，打开电视机就能看，而且想什么时候看就什么看；而看电影则需要花钱，而且成本还不低，所以故事题材要有足够的吸引力，首先要有足够好的视听感觉。电影是视觉艺术，观众看电影是因为电影银幕比电视机屏幕大很多，视听效果也更好，所以很多电影都强调大制作，把故事放在视觉性强的场景里，故意制造刺激性强的画面，如末日灾难、外星人、星际航行等。而电视剧制作成本相对较低，电视机屏幕相对较小，在场面上和画面上很难与电影相比，只得以故事取胜。

7.4　故事题材与影视项目开发

影视项目开发是从故事题材开始的，在制片商看来，题材其实就是项目。至于采取什么样的开发模式，取决于故事的来源和状态。开发模式大致可以分为原创故事、原型故事、改编故事和系列故事四种。

（1）原创故事开发

原创故事是指创作者在现实生活或原始生活素材的基础之上编写出来的故事。此类故事原先并未成形，也没有以其他任何艺术形式发表过，编剧必须从生活中或相关资料中搜集原始素材进行创作。

原创故事往往要从故事题材的选择开始，要经过体验生活、搜集创作素材、策划、剧本创作和修改等多个阶段，创作周期相对较长，难度也大，它不像改编故事那样具有先天的优势，但对于些真正富有创造力的编剧来说，却也有着更大的自由度，能够最大限度地发挥想象力，创作出更为优秀的影视作品。

（2）原型故事开发

某些经典故事，由于表现出某种普遍的人性或情感，被后来许多故事所学习和模仿，形成固定的故事模式，这个故事就成为所有这类故事的故事原型。而所谓原型故事开发，其实就是根据某个故事原型创新开发出的新的故事。

能够成为原型故事，说明它表现了普遍的人性，这样的故事当然有着非凡的生命力。人类社会在发展，但人性并未发生过本质的改变，过去面临的问题或困境，在今天仍然可能出现。事实上，今天很多影视剧中的故事都是在经典原型故事的基础上生发出来的。电影《肖申克的救赎》、电视剧《越狱》都是讲述个人蒙受冤屈从监牢里逃离后复仇的故事，类似故事都受到过大仲马的小说《基度山伯爵》的影响；电影《2012》《阿凡达》等或许是从《圣经》“挪亚方舟”的故事中获得了灵感。

利用原型故事开发新的故事并不是照搬照抄，而是要此基础之上进行不断的创新。原型故事只是提供了故事模板，帮助创作者把握故事中人性的基点，真正好的故事还是应该包含编剧的人生感悟及独特的创造力。电影《终结者》《蜘蛛侠》《复仇者联盟》以及《第一滴血》系列、《007》系列等，讲述的无非都是“英雄拯救世界”的故事，而这种故事模式都来自古希腊神话中赫拉克勒斯和阿喀琉斯等英雄的故事，尽管故事模式相似，但每个故事都有创新，都能给人以不同的感受。

（3）改编故事开发与影视IP运营

改编故事是指在他人故事基础之上改编创作出来的故事，就是说，故事并非编剧原创，而是从其他文学形式改编而来的。

所谓影视IP，就是intellectual property，即知识财产，大多数情况下其实就是指改编故事，也就是说，当某个故事在社会上产生了巨大的影响力和传播力，形成了市场潜质后，这个故事就可能成为有价值的知识财产。

一旦故事成为所谓的影视IP，就可能形成巨大的市场潜力。一个好的故事，既可以开发出影视剧、动漫、游戏、图书等，还可以开发出主题公园、玩具等，乃至形成一条完整的产业链。所以，很多影视公司会千方百计地把故事孵化成IP来进行运营，以最大限度地创造社会财富。

除了故事以外，故事中的某些元素也可以成为IP，如故事中的人物、影视剧的剧名、影视剧中的音乐等。

衡量故事能否成为IP，关键看它产生的影响力以及所形成的市场潜力。很多文学名著在观众中有很大的影响力，成为影视公司追捧的热点，是当然的IP。这些年来，很多热门的网络小说，还有很多游戏，因为拥有众多的粉丝，而这些粉丝很容易转化为影视剧的潜在观众，加上网络剧的叙事方式与影视剧很接近，所以也成为影视剧改编的热点。

改编故事原先就有了故事的基础模板，有了人物，有了基本的故事框架，依照这个模板进行改编和创作，相对说来可能会容易些，但要真正把故事改好，却也有相当大的难度。

关于改编故事，有人认为应该忠实于原著，也有人认为大可不必。其实对原作如何改编，主要还是看编剧对原作的理解。对于编剧来说，他的任务是创作符合市场需求的影视剧。原先的故事，无论是小说还是报告文学，无论是游戏还是网络小说，由于叙事方式不同、故事形态不同，改编成影视剧故事时必定要经过影视化的改造。当编剧觉得原故事与自己的要求接近时，可能会改动小一点；当他觉得故事与自己的要求相差太远时，就会改动大一些，甚至有可能推倒重来。

（4）系列故事开发

一部电影或电视剧播映成功以后便可能产生巨大的社会影响力，其中的故事或故事元素也都可能成为社会品牌，产生巨大的社会价值。在这种时候，我们往往就会在原有故事的基础上开发新的故事，这种系列故事的开发模式也是商业片（剧）经常采用并行之有效的，如《007》系列、《复仇者联盟》系列、《速度与激情》系列以及《战狼》系列电影等。

7.5 案例分析

电影《哪吒之魔童降世》和《姜子牙》的故事开发模式分析

电影《哪吒之魔童降世》和《姜子牙》都取材自我国古典神话小说《封神榜》，算是改编题材，也都是大IP。《哪吒之魔童降世》基本上沿用了原作中的人物和故事框架，只是改变了人物关系和故事的戏核，并赋予了新主题。而《姜子牙》则走得更远，除了人物名字来自原作，故事已经与原作完全没有关系。

《哪吒之魔童降世》是励志喜剧片，采用的是励志剧常用的"小人物逆袭"的经典故事模式，只不过哪吒被设定为魔丸转世，他不仅是小人物，而且还是个魔王，这样的人物要逆袭成为英雄，难度更大当然也更有故事性。哪吒与敖丙的关系原先是仇敌，哪吒杀死了敖丙，现在调了个儿，一个是灵珠转世，另一个则是魔丸转世，两人成了朋友，后来成为仇敌，最后成为战友，这其实也是采用"兄弟反目成仇"的故事模式。所以这部电影的故事中，其实有很多原型故事的影子，勉强算得上是采用了原型故事开发的模式。

《姜子牙》基本算是部英雄片，采用的是常见的"英雄拯救世人"的经典故事模式。故事原型是古希腊神话中普罗米修斯的故事。原型故事中带领众位天神灭掉商纣王和商朝的众神之王在影片中却为了救一位无辜少女而不惜背叛天庭，追求的就是所谓的公平和正义，其实这也是采用的原型故事开发的模式。

编剧特训营

查找近期播映的网络剧、电视剧和电影，按题材分类，分析不同题材的影视剧的市场现状及其原因。

【基本要求】

1.可先做成表格进行分析；

2.分析原因，寻找市场规律。

【作业目的】

了解国内影视市场的现状及影视项目的运营方式。

第 8 章　故事题材与影视项目价值分析

在制片商眼里，题材就是项目，就是产品，他要根据故事题材来判断未来产品在市场上的价值和产品竞争力，然后才有可能投入资金聘请编剧来写剧本。

编剧作为影视产品的设计师，无论是被聘请作为编剧还是独立创作，他首先要学会识别和判断故事题材的价值。故事题材是产品的原材料，材料不好，产品必然也不会好，故事不好，编剧创作技巧再高，也很难写出好的剧本。

8.1　市场环境

故事题材的价值其实都是相对市场而言的。很多故事看上去很好，有的还是经典作品中的故事，却未必适合拍成影视剧；有些故事可以拍成影视剧，但未必就能让观众喜欢。而且市场总是变化莫测的，今天看上去是有市场的，到明年或者后年可能就没有市场了。所以题材也好，项目也好，有没有价值，值不值得投资拍摄，主要还是看它有没有市场。

8.1.1　对题材及影视项目的价值判断应着眼于未来的市场环境

很多制片商和编剧是看市场来选择题材和项目的。一般来说，他们看到眼下市场流行什么题材就会跟风去做什么题材，原先谍战剧火，他们就赶紧去做谍战剧，这些年所谓甜宠剧火了，他们又跟着去做甜宠剧，可是等他们的谍战剧或甜宠剧做出来了，没准谍战剧或甜宠剧的风头已经过去，这时他们的戏就很难卖出去，有的就干脆砸在了自己手里。

原来影院和电视台也是跟风的，看到以往什么片子（剧）受到观众喜欢就买什么片子（剧）来播映。很多有创新性的题材和故事，只要超越了他们的经验和所谓的标准，都被拒之门外，如《激情燃烧的岁月》《士兵突击》《亮剑》等都有过类似的凄惨经历。他们总是根据自己的主观经验去判断观众，判断市场，他们根本不知道，观众的口味是在不断变化的，市场也是在不断变化的，我们应该不断用新的作品去刺激观众的味蕾，引导观众，不断满足观众日益变化的口味和精神需求。

网络平台是相信大数据的，他们会对每一种类型的观众进行分析，自以为对观众趣味有了十足的把握。其实数据只是代表过去的经验，观众的口味是在不断变化的，而那些真正优秀的作品可能是以前根本没有过的，或者跟以往的作品完全不一样，对于这样的作品，从哪儿去找数据作为依据？

一部电影或电视剧，从创意到最后成片，最少需要十八个月，多则五年乃至十余年，而市场是瞬息万变的，很多题材的价值是短时效的，它们只在特定的时期才有价值，过了这个时期就根本不可能卖得出去。所以，我们对一个项目的价值判断应该着眼于未来，也就是说要有前瞻性，而不是以过去的经验来判断未来的市场。

任何产品都要满足消费者未曾满足或未曾完全满足的需求，所以拍影视剧也不应该一味地依据过去的经验来判断观众的需求，而应该不断地寻找和发掘观众未曾满足的需求。比如原先很多人对科幻片很好奇，平时看的都是美国的电影和电视剧，老看美国人拯救世界心理很不平衡。正好有了《流浪地球》，终于可以看到中国人拍的科幻片，可以看到中国人去拯救地球、拯救世界，心理得到了很大的满足。如果这个时候你再去拍，拍得还不如人家好，观众自然就没有兴趣了。

很多编剧都醉心于编写故事，可是很少有人去想编故事的目的是什么，为什么要编这样的故事，这样的故事能给观众带来什么。其实他们更应该关心故事的功能性，知道讲故事的目的是什么。如果说你的故事是想要给那些处于痛苦或绝望中的观众以希望和念想，那么就用你的故事给他们编织一个美丽的梦想，让他们在看故事的时候能够忘记身心的痛苦，找到生活的希望；如果你想让那些麻木的人们从梦中惊醒，那你可以在故事中展示人生中的残酷和血淋淋的现实；如果你想把你对人生的思考传达给观众，那么就让故事充满哲思；如果你只是想让观众得到快乐，那么就想方设法让故事充满趣味。

从现实来看，故事大致可以分为两种：一种是长时效的，一种是短时效的。所谓长时效的故事是指具有永久价值的故事，如莎士比亚的戏剧、巴尔扎克的小说，《红楼梦》《三国演义》，以及金庸的武侠故事，等等，这样的故事永远不会过时，只要有人类在，这些故事就会流传下去。而那些短时效的故事，则多是应景之作，为了迎合时代，迎合某种意识形态，或者迎合观众的某些低级趣味，这样的故事虽然可能风行一时，但没有生命力，没有价值，所以很快就会过时。

8.1.2 中国影视剧市场特征与市场环境

制片公司在对故事题材或项目进行考察的时候，首先要考虑的问题是这个项目有没有风险，拍出来的电影或电视剧是否能够顺利进入市场，然后要考虑的是未来的产品能否卖出去，能否得到观众的认可，能否收回成本并获得利润。

电影也好，电视剧也好，国内都有一套严格的审查制度，拍摄以前要上报相关管理部门立项，拿到国家颁发的"拍摄许可证"以后才能合法拍摄，拍摄完成以后还要经过审查拿到"发行许可证"才能获准进入市场发行。

作为编剧，应该对国家的相关政策有所了解，知道什么样的题材是可以做的，什么样的题材是受限制或者被禁止的。

在排除了政治和政策上的风险并确保未来产品能够进入市场以后，制片商才会考虑这款产品是否符合市场需求，是否具有核心价值和市场竞争力。这时他要考虑这款产品将采取什么样的盈利模式，主要投入什么样的市场，它在市场上处于什么样的地位，与同类产品相比它有什么竞争优势，等等。

编剧作为影视产品的设计师，虽然并不直接面对市场，但他要保证自己的剧本能够被采用并取得成功，就必须了解题材的价值所在，了解它的优势和劣势，只有这样在设计故事的时候才能充分地发挥它的优势，提升它的价值，使产品具有充分的市场竞争力。

8.1.3 故事题材的价值与产品的价值

要做好一个房地产项目，有好的地皮是前提，但并不是说有了好的地皮就能把楼盘建好。做影视项目也一样，要做好项目，先要有好的题材，但并不意味着有了好的题材就一定能做好项目。剧本只是产品的设计图，而题材也只是原材料，倘若设计不好或者制作不到位，未来的产品也很可能会失败。

剧本乃一剧之本，电影和电视剧都是用镜头来讲故事的，而剧本就是为未来产品提供设计图，演员也不过是根据编剧提供的故事和台词来进行表演的，所以故事题材的价值在很大程度上决定了未来产品的品质和价值。

故事题材的价值一般体现在两个方面：一是故事的外在价值，即一些外在因素给题材增添的价值；二是故事的品质，也就是故事本身的价值。

8.2 故事题材的外在价值

很多编剧都会感到纳闷，有些故事看上去很一般，偏偏就被制片商看中了，自己的故事看上去很精彩，制片商就是看不上。这里当然可能有制片商眼光的问题，但很多时候，制片商看中的可能不只是故事本身，而是故事以外的某些因素，我们姑且把它看作故事题材的外在价值或附加值。

故事题材的附加值分为三种：一是故事本身的影响力和传播力；二是故事中含有的商业附加值；三是故事中的政治及其他因素。

（1）故事的影响力和传播力

人有身份地位之分，产品也如此。同样质量的产品，因为品牌不同、生产厂家不一样，价值也会有很大的差别。影视剧也是这样，同样的故事，由于其影响力和传播力不一样，价值也会有所不同。

近年来在影视界十分流行的所谓影视IP，其实就是指那些在观众中形成了巨大影响力并已形成潜在市场价值的故事或创意，制片商之所以看中所谓的IP，无非是看中它巨大的市场潜力。

一个创意或故事能否成为影视IP，主要还在于它是否具有影响力和传播力，这也是题材的市场潜质之所在。

一般来说，以下因素可能对影视剧的故事或创意的价值产生影响：

● **剧名**

好的名字对于电影和电视剧项目来说是至关重要的，有时甚至可能决定它的命运。

好的剧名就是好的包装，对项目的传播有很大的影响，有时名字甚至可以决定项目的成败。譬如我们要拍一部“50后”或“60后”的爱情故事很难引起当代年轻人的兴趣，但如果把剧名改为“父母爱情故事”，就仿佛换了个视角，从当代年轻人的角度来审视父辈的爱情生活，一下拉近了与年轻观众的距离。又譬如当年延安反间谍的题材，可能很难引起当下观众的兴趣，但如果套上一个诸如“红色福尔摩斯”这样的剧名，就能给观众带来新奇的感觉。所以，很多制片人、编剧和导演经常会为了给自己的作品取一个好的剧名而绞尽脑汁。

● **题材类型**

影视剧基本上都是按类型来制作的，不同类型的产品针对不同的市场和观众。题材不等于类型，类型是产品，题材则是原材料。好的产品需要好的原材料，用不同的原材料制作不同的产品，同样的产品也可以用不同的材料制作而成。我们很难用木料制造出能够飞翔的飞机，诸如梁山伯与祝英台这样的爱情故事我们也很难把它拍成一部战争或动作剧。

任何类型的故事题材都可以拍成不同类型的影视剧，各类题材都有各自的优势和劣势，在一定的市场条件下，不同的故事题材，其市场价值有很大的差别。

相对于古代题材和近代题材，现实题材故事与当下观众的生活更为接近，其中所涉及的问题与观众密切相关，容易引起观众思想和情感上的共鸣，那些引起万人空巷的电视剧多为当代题材，如《渴望》《牵手》《中国式离婚》等。而古代题材或近代题材则因为与当下距离较远，容易令观众产生疏离感，所以拍摄这类题材最主要的是消除这种疏离感，经常采取的方式是给古代人注入现代人的思想情感，给古代的生活添加现代的元素，从而找到古代故事的现代表达方式。

相对于原创题材，改编题材的故事可能在市场上更有优势。一方面，原作提供了较好的故事基础；另一方面，原作故事受众越多，影响力越大，传播范围越广，其市场的基础越是雄厚，市场潜力越大，市场价值也越高。尽管编剧在选择原创题材的时候也会尽可能地选择那些有影响力的人物或事件，在市场影响力上也可能不占优势，但这类题材可以为编剧提供更大的想象和创造的空间，因而也经常给人带来意外的惊喜。

从故事题材内容来看，有些领域的生活情态更富有戏剧性，容易产生意想不到的故事，人物命运也是跌宕起伏，故事属于强情节，最终拍出的影视剧也是属于市场需要的主流类型，如战争题材、警匪题材、爱情题材等，都是长久受到市场追捧的。而有些领域的生活则平平淡淡，人物生活也是波澜不惊，缺乏戏剧感，很难产生戏剧性的故事，拍成影视剧也是属于非主流，这样的故事题材容易让人忽视，但并不意味着不能拍出好的作品，《一地鸡毛》《士兵突击》《贫嘴张大民的幸福》在当时都是属于非主流类型，如今却都成了影视剧中的经典作品。

● **故事要素**

故事有两个要素：一是人物，二是事件。一般来说，故事中的人物和事件的影响力和传播力对故事的价值可能产生较大的影响。一般来说，故事中人物的分量越重，故事的影响力和传播力越大，所以很多电影和电视剧经常会把一些重要人物如革命领袖、英雄人物等作为故事的主人公，如电影《巴顿将军》《艾森豪威尔》《甘地》等。同样，一些重要的历史事件和社会事件也因为影响深远而备受青睐，成为电影和电视剧的热门题材，如《斯大林格勒保卫战》《敦刻尔克》《血战钢锯岭》等。

此外，故事中的话题性或某些有社会关注度的概念也会对项目的影响力和传播力产生影响。如《我不是药神》涉及医疗腐败的问题，《小罗莉的猴神大叔》涉及宗教和种族矛盾，《摔跤吧！爸爸》和《神秘巨星》都涉及女性地位问题，而《三傻大闹宝莱坞》则涉及诸多教育问题。

● ***作者的影响力***

同样的故事，出自不同的作者笔下，其价值也有所不同。

一般情况下，普通观众看影视剧只关心故事本身，除非编剧的名声太大，已经成为公众人物，如海岩、莫言或郭敬明等，而制片商比观众更重视作者的资历和名声。就故事而言，小说《红高粱》其实并不适合改编成电视剧，但由于其作者莫言是诺贝尔奖得主，小说又有巨大的影响力，形成了市场潜力，算得上是个大IP，作为电视剧题材，有着难以比拟的优势。

（2）商业附加值

故事的商业附加值是指故事题材中包含着某些可开发的商业元素。一种情况是某些题材与当地政府相关，可能得到政府的支持，包括帮助解决资金、提供拍摄条件等，如当地政府为了开发当地文化资源，发展当地经济，希望拍摄一些与当地文化有关的影视剧，如《茶马古道》《铁血红安》等。另一种情况是故事题材涉及某些产品，可以与企业联系，通过产品植入做些软性广告，有些题材的电视剧光靠植入式广告就可以收回全部制作成本。对于这类题材，制片商自然会特别加以关注。

（3）其他因素

在现实中，拍摄影视剧不完全是出于商业目的，还可能有政治或其他方面的原因。

在我国，影视剧不都是纯粹的商品，其中也包含着意识形态的因素，有时也要承担政治宣传任务。譬如，为了迎接新中国成立七十周年，会拍摄诸如《我和我的祖国》《夺冠》这样的影视剧；有些地方政府为了宣传地方文化，发展当地的旅游业，打造当地的文化品牌，也会出资拍摄相关的影视剧，在这种时候，制片方更多考虑的是投资者的诉求，而不是单纯的市场因素。

8.3　故事的内在品质及其价值

故事的影响力和传播力固然可以提升故事的价值，但对于影视项目来说，故事的内在品质才是最为重要的，它是决定故事价值的根本要素。

故事的内在品质主要可以从它的类型化、创新性、典型性、戏剧性、视觉性及功能性六个方面加以衡量。

（1）类型化

和所有的商品一样，影视剧产品也是按照类型来生产的，不同类型的产品具有不同的功能，面对不同的观众和不同的市场环境，其市场价值也不一样。

看故事题材有没有拍摄价值，先得看它可能做成什么类型的产品，这类产品是否有市场，它会面对什么样的观众并对观众产生怎样的影响，在同类产品中处于什么样的地位，与同类产品相比它有什么创新，它的劣势在哪里，以及会对未来市场产生什么影响。

小说《潜伏》写的是余则成与女游击队员翠平假扮夫妻潜伏在敌人内部战斗成长的故事，制片方当初看中它显然是打算把它拍成谍战剧的。在当时国内虽然拍过《云雀行动》《暗算》等谍战剧，却并未成为市场主流，而这种类型无疑是具有强大的市场潜力的。

《流浪地球》是《三体》作者刘欣慈的另一部小说，制片方之所以想要把它改编成电影，也是看中这个题材的科幻性，可以拍成科幻电影。在此以前，中国还没有一部真正成功的科幻电影，这部电影算是抢到了先机，填补了市场的空白，成为中国第一部成功的科幻电影。

（2）创新性

编剧和导演当然想拍出有市场需求的电影或电视剧，但他们往往只研究那些在市场上流行或取得成功的作品，把它们作为自己创作的标杆。《战狼》红了，他们就觉得战争片是有市场的；当初很多人都不看好中国人拍科幻电影，直到《流浪地球》火了，他们又觉得科幻电影有了出路，跟着去模仿。他们永远只会从别人的成功中去寻找市场，而不知道别人成功的原因是什么，更不知道市场为何物。

如所有的产品一样，电影和电视剧只能满足消费者未曾满足或未曾完全满足的精神需求。我国过去没有拍出过成功的科幻电影，以往的科幻电影中都是美国人扮演拯救世界的英雄，后来有了《流浪地球》，中国人终于有了拯救地球的机会，这就满足了国内观众在这方面的精神需求。倘若你再要拍类似的电影，除非拍得比《流浪地球》好，或者讲的故事与它不同，否则就没法满足观众的需求。

再好的食物每天吃也会乏味，再好的故事天天听也会令人感到厌烦，陈旧的故事很难满足观众的需求，电影和电视剧的故事也是要不断创新的，在这样的领域里，甚至可以说他人的成功就是你的地狱。故事的生命力就在于不断创新。

（3）典型性

故事的典型性是指故事反映生活的独特性和普遍性。所谓独特性是指故事的非常态性，也就是说故事有着独特的内涵和气质；普遍性是指故事的内容带有一定的普遍性并且能够在某种程度上表现出普遍的人性。

影视故事其实也是为了表现人性的，故事就是通过故事中的人物性格及其命运，通过他们的人生观、世界观和价值观来表现人性，所有的艺术作品其实都在探索和回答这样的问题：人为什么而活着？我们应该怎样活着？

人物是故事的主体，故事的典型性首先表现为人物的典型性。所谓典型人物是指具有鲜明的个性同时在这些个性中表现出某些普遍的人性的人物。《贫嘴张大民的幸福生活》中的张大民就是个典型人物。他又矮又胖，没本事，结了婚没房子住。他很自卑，但不屈不挠，经常以幽默的方式消遣自己和别人，以化解人生的痛苦和无奈，颇有阿Q的精神胜利法的意味。他是个微不足道的小人物，每个人都可以从他身上看到自己的身影。而所谓典型环境中的典型人物，就是指该人物身上能够反映出某些普遍的社会问题，从而反映社会的本质。电视剧《恋爱先生》描写了一位富有才华的“斜杠”青年与一位海归女之间的情感故事，他们由相识到相爱，但这样的爱情既没有意义，也不能给观众任何人生启迪，所以，这样的故事对于观众来说是缺乏典型性的，也很难引起观众的共鸣。

（4）戏剧性

戏剧冲突是剧情发展的原动力，没有戏剧冲突故事就很难展开，所以我们经常把戏剧性等同于故事性。

戏剧冲突是故事的原动力，相比之下，电视剧动辄几十集，没有强劲的戏剧动力是很难支撑下去的。电影中的故事戏剧性反而不是很强，毕竟是在90—120分钟内就可演完的故事，并不需要有很强的戏剧动力。

故事的戏剧动力取决于两个方面：一是人物性格和人物关系。一般来说，人物性格越鲜明，与周围人物的性格差别越大，对立性越强，关系越复杂，产生戏剧冲突的可能性就越大，戏剧动力也越强。二是事件发展的纵深度和延展度。事件发展的纵深度和延展度越高，剧情发展的空间就越大。

《潜伏》的原著其实更像一部以间谍生活为背景的爱情小说，写的是中共地下党员余则成与女游击队员翠平阴差阳错成为夫妻潜伏在敌人内部的一段惊险离奇的故事。原著的故事很简单，很难支撑起一部30集的电视剧。相比之下，主人公余则成是个常态人物，而真正能出戏的人物反而是游击队出身的翠平。这个生活在乡村的性格鲁莽的女人原本就不适合在城里生活，更不适合作为中共地下党员余则成的太太，她的到来使余则成屡屡陷入危险境地，他们之间也发生了许多有趣的故事。但原著中这段奇特的情感故事还不足以支撑一部长篇电视剧，所以编剧特意为余则成增设了左蓝和晚秋这两个角色，从而增加了他们之间的感情戏，由原来单纯写余则成与翠平的爱情戏，变成了余则成与三个女人之间的情感故事，故事也由余则成和翠平的故事扩展为余则成由一个军统特务成长为中共地下党员的历程，同时原来并没有真正展开的间谍戏也得以充分展开，还增加了所谓“办公室政治”的内容。

（5）视觉性

电影和电视剧都是视觉艺术，是用镜头来讲故事的，自然要讲究故事的画面感，故事中的视觉元素是我们衡量故事价值的重要因素。

相对于电视剧，电影更注重故事的画面感。电视剧是在电视屏幕上播出的，故事过长，很难把每幅画面都拍得很精致。而电影故事相对较短，可以拍得很精致，追求画面的美感和意境。

不同类型的影视剧，对画面的追求也不一样。战争片（剧）强调所谓的暴力美学，追求残酷血腥的视觉效果，一般会把场景设置在严酷的环境中，如沙漠、废弃的旧工厂；玄幻片（剧）追求画面的虚幻感，故事背景一般会设置在仙境之中，给人如梦如幻的感觉。

（6）功能性

影视剧既然是产品，必定具有某些能够满足消费者需求的功能，讲故事的目的就是使产品具有这样的功能。

影视剧是精神产品，是作用于人的灵魂的，故事中有美感，有知识和信息，有感情，有思想，有趣味，能够使人学习知识，了解社会和人生，获得人生的感悟，得到情感的抚慰，还能获得娱乐和享受。

编剧作为产品的设计师，如同厨师，他先要知道在故事里有什么元素，他要编写什么样的故事，用什么样的主料、配料。如果他的产品是以造梦为主，就要在故事中找到当下人梦想的东西；如果是以思想取胜，就要在故事中找到深刻的思想内涵；如果是以娱乐为主，就要在故事中找到足够的笑料；如果要把美感、思想、情感和趣味糅合在一起做一道美味大餐，就要把这些元素有机融合为完美的整体。

《泰坦尼克号》是一部爱情片，写的是一位穷画家与一位贵族少女在泰坦尼克号上发生的爱情故事。他们身份悬殊，却一见钟情，深深相爱，当海难发生时，男主人公杰克为了让自己所爱的姑娘活下去，选择了死亡。这样的爱情是极其浪漫美好的，这样的爱情在生活中很少见，代表了人们对美好爱情的追求和向往，所以影片给观众编织了一个美好的爱情梦想。《摔跤吧！爸爸》是一部励志片，也包含着浓厚的情感元素。影片通过一位父亲把女儿培养成摔跤冠军的故事，给千千万万受奴役的印度妇女编织了一个美丽的梦想，加上印度传统的歌舞及喜剧元素，影片就成为一道味道清纯的精神大餐。

8.4　案例分析

电影《哪吒之魔童降世》与《姜子牙》的故事价值比较分析

《哪吒之魔童降世》取材于我国著名的古典神话小说《封神榜》，是近年来比较成功的神话喜剧动画电影，票房高达50亿之多。《姜子牙》同样取材于《封神榜》，同样是动画电影。两部电影都取材自古典神话，可谓出身高贵，血统纯正，哪吒和姜子牙也都是家喻户晓的人物，有足够的影响力和传播力，都形成了IP。虽是蹭了《哪吒之魔童降世》的热度，但《姜子牙》最终票房只有15亿，社会反响也很小，与《哪吒之魔童降世》相比，差距比较明显。除了制作以外，故事价值和品质也有明显的差别，主要体现在以下几个方面：

（1）故事的类型化

《姜子牙》的故事虽然取自《封神榜》，但故事完全是虚构的，可以说只是借用了姜子牙这个人名，故事已经与原作没有关系。就类型而言，它勉强可算是英雄传奇，是一部玄幻题材的动作片。而《哪吒之魔童降世》则是一部混搭片，主体是励志片，同时又加入了喜剧和动作元素，还有情感元素。

（2）故事的创新性

《姜子牙》和《哪吒之魔童降世》都对原作的故事进行了解构，与原作中的故事已是大相径庭，两部电影的人物是新的，故事也是新的。

《姜子牙》故事的戏核是姜子牙为拯救无辜女孩放走了九尾妖狐而反叛整个仙界的故事，故事原型是古希腊神话中普罗米修斯的故事。普罗米修斯为了拯救人类得罪了宙斯，受到惩罚。在这部电影中，主人公姜子牙原本是要奉命杀死九尾妖狐的，但当他发现妖狐身上还寄生着一位无辜少女的时候，动了恻隐之心，居然违抗天命，放走了妖狐，让她继续祸害天下苍生。而后姜子牙被贬。最后他杀死妖狐，并走上了与天庭对抗的道路。这个故事也有反抗天命的意思，姜子牙为救一人而放走妖狐让她祸害人间，表现了对个体生命的尊重，当然有合理之处，但这种观点却很难人信服，况且他救的还是妲己。为了救这么个女人，放走妖狐，让她祸害人间，会造成更多人的死亡，这到底是行善还是作恶，的确很难下定论。当然，这个故事是对原有故事的解构，还是有一定创新性的。

《哪吒之魔童降世》的故事虽然采用的是原作中的故事框架和人物，但故事已是面目全非，电影中故事的戏核是魔丸转世的哪吒靠着自己的努力对抗天命逆袭成为拯救世人的英雄。它是个励志剧，采用的是“小人物逆袭”的故事模式，这种故事的原型可以追溯到《圣经》中摩西的故事。原作中的哪吒是一个叛逆的顽童，他杀死了龙王的儿子小龙王敖丙，被龙王告上天庭，龙王害怕，逼迫哪吒自杀，哪吒把肉身还给父亲，与父亲断绝了关系，师父为他重塑肉身，使他得以复活。而在电影《哪吒之魔童降世》中，哪吒是灵珠转世，是要成为英雄的，却被申公豹调了包，变成魔丸转世，天生为魔，身上充满了魔性，人见人怕。但在父母及师父的帮助下，他努力改变自己，并与灵珠转世的敖丙结为生死兄弟，共同战胜了天命，成为救护百姓的英雄。在电影中，哪吒喊出了"我命由我不由天"的口号，演的是个人与命运抗争的故事，很接地气，使那些出身于社会底层、正在为生存而苦苦挣扎的年轻人可以从中找到共鸣，看到希望。

（3）故事的典型性

类似《哪吒之魔童降世》《姜子牙》这样的神话故事，距离现实过于遥远，很难找到与今天的观众在情感上的共鸣点，但无论古今，人性其实是相通的。《姜子牙》写的是一个英雄，他纠结在善与恶之间，不愿意为了杀死为害人间的妖狐而伤害一个无辜少女，最后为了所谓的公平和正义，反抗天命，自以为找到了真正成仙之路。这个人物太理想化了，太高大，离观众太远，他追求的公平正义也是虚幻的，在现实中不可能存在，可以说是个伪命题，观众不可能感兴趣。而《哪吒之魔童降世》则不然，影片通过哪吒的命运告诉人们，哪怕你出身不好，哪怕身上劣性十足，你依然可以通过自己的努力去改变命运，取得成功。在哪吒这个人物身上，很多人都可以找到自己的影子，毕竟大多数人都是普通人出身，都渴望改变命运，从哪吒身上，人们可以找到希望，所以哪吒虽然是神，却很接地气。

（4）故事的戏剧性

从故事形态来看，《哪吒之魔童降世》和《姜子牙》都属于中情节故事，把非常态的人物放在非常态的情境中。相比之下，姜子牙的形象太正，有点虚假，也不接地气，全片围绕他救小九而展开。他的阻力主要来自两方面：一是九尾妖狐，因为小九和九尾妖狐是用宿命锁锁着的，杀死九尾妖狐小九也要死。二是姜子牙的师尊，是他用宿命锁把小九和九尾妖狐锁在一起的，姜子牙拯救小九其实没多少戏可做，姜子牙要打九尾妖狐也就只有两个回合。至于与师尊的矛盾，先是他要师尊解开宿命锁被拒绝，后来他从九尾妖狐哪里知道师尊当年迫害了狐族，于是他觉得师尊虚伪，不是正道，所以反叛师尊，砸烂了升天桥。看起来故事逻辑存在问题。姜子牙救不救小九，对他来说并没有关系，所以他也没有危机感，戏剧性并不是很强。而《哪吒之魔童降世》则不同。哪吒原本是灵珠转世，被人动了手脚，成为魔丸转世，生下来魔性十足，且只能活三年。他的魔性使他与众不同，观众从开始就为他的命运担忧，故事也就有了大的悬念。他的不同寻常的命运，还有他的魔性，使他与周围环境格格不入，他与父母，与兄弟，与邻居，与师父，几乎与所有的人都能产生矛盾，这就造就了他复杂的性格，也为故事准备了强劲的戏剧动力。

(5) 故事的视觉性

与电视剧相比，电影更强调画面的美感和视觉性。《姜子牙》和《哪吒之魔童降世》都是取材于神话故事，场景是虚构的。《姜子牙》把故事发生地放在虚构的北海，那里冰天雪地，带有魔幻性。《哪吒之魔童降世》则除了陈塘关以外，还设计了一个山河社稷图的虚构世界，场面很绚丽，也很有魔幻性。

(6) 故事的功能性

《姜子牙》塑造了姜子牙这样的英雄形象，他为了拯救弱小女子不惜与妖斗，与天命斗，虽然能够满足弱小者对英雄的崇拜心理，但这个人物太正，离百姓生活太远，缺乏亲和力。《哪吒之魔童降世》塑造的哪吒也是个神仙，是个英雄，他有缺点，甚至是个魔王，看上去很坏，但很接地气，每个人都能在他身上找到自己的影子，很有亲和力。

《姜子牙》的主题似乎是要追求真正的公平和正义，不能为救天下苍生而牺牲无辜个人的生命，不能允许有谎言和欺诈，这看起来很美好，很理想化，但在现实中是很难行得通的，也很难令观众接受。而《哪吒之魔童降世》是励志片，讲的是个人与命运的抗争，所谓"我命由我不由天"，就是说无论出身如何，或者在人生中走过什么弯路，都可以通过个人努力把命运掌握在自己手里。

《姜子牙》写了姜子牙与小九的情感，但这种情感似乎缺乏依据，姜子牙原本是位大将，杀过很多人，为了一个并不相干的小九，居然不顾生死，与妖斗，不惜背着天庭，与天命斗，很难让人信服，感情自然显得有些虚伪。

《姜子牙》走的是正剧的路子，除了打斗场面，没有什么趣味性可言，申公豹倒有点喜剧意味，但很不够。而《哪吒之魔童降世》则完全是个喜剧，哪吒的魔性给故事增添了喜剧色彩，很有趣味。

编剧特训营

选择一部你看过的小说或游戏作品，判断它是否适合改编成电影或电视剧，并根据本章所学知识写一份项目分析报告。

【基本要求】

1.把项目放在当前的市场环境中进行分析；

2.根据本章所学知识进行分析。

【作业目的】

学会选择影视剧故事题材并进行科学的分析和判断。

第 9 章 故事改编

在我国，大约有60%的电影或电视剧是根据小说或其他文学作品改编的，属于改编题材。原作可能已经形成一定的社会影响，具有市场潜质，加上又有现成的故事框架和人物，有的甚至已经成为所谓的影视IP，所以相对于原创题材，具有一定的优势。

9.1 改编的原则与方法

对于改编题材，编剧经常要面临两个问题，即改什么和怎么改。改什么，就是选择什么样的故事来改编，或者什么样的故事有改编成电影或电视剧的价值；怎么改，就是怎样把原作故事改编成可供拍摄的电影或电视剧本。

9.1.1 故事选择

无论独立创作还是受雇创作，编剧首先都会面临题材的选择和判断问题，也就是说，决定改编某个故事的时候，他要考虑这个故事值不值得改编、能不能改编和如何改编的问题。

看故事值不值得改编成电影或电视剧，看它有没有拍摄的价值，主要看拍出来的电影或电视剧是否有市场竞争力，至于能不能改编成电影或电视剧，则主要看它是否符合电影或电视剧的叙事结构。

制片公司判断故事的市场价值，一是看故事已经形成的影响力和传播力，包括原作的影响力、原作作者的知名度等，那些在观众中或市场上形成一定影响尤其是已经成为影视IP的故事题材更值得格外关注；二是看故事的品质，也就是它是否适合拍成影视剧。

原作的名气越大，影响越大，在受众中口碑越好，市场潜质越大，就也越容易得到制片公司的青睐。在互联网时代，影视剧播放平台和制片公司都比较迷信所谓的大数据，他们可以根据原作的阅读量、粉丝量以及读者对作品的美誉度来对原作的价值进行定量和定性分析，阅读量越大、粉丝越多、读者评价越高的作品，被改编成影视剧的可能性也越大。

当然，并不是有名气或者文学价值高的作品都能改编成电影或电视剧，很多文学价值很高、影响力很大的作品改编成电影或电视剧以后未必就能成功。鲁迅的成就高于金庸，但金庸的小说肯定比鲁迅的小说更有市场也更适合拍成影视剧。很多网络小说很难说有多高的文学成就，但很符合电影或电视剧的叙事结构，所以这些年被大量地改编成电影或电视剧，其中也不乏优秀之作。

9.1.2 如何改编

关于如何把原作改编成电影或电视剧，一般有两种观点：一种观点是完全忠实于原作，尤其是对那些有影响的文学经典名著，更不能随意篡改；另一种观点则认为可以根据需要进行改编，不必忠实于原作。这些年来，关于原作改编发生过多次争论，众说纷纭，莫衷一是。

此类争论其实并无意义，电影和电视剧有自己的叙事结构。对于编剧来说，首先要弄清楚到底要拍什么样的电影和电视剧，再选择与之相适应的故事。如果故事结构与自己想要的很接近或很一致，自然不用大改；如果与自己设想的有差距甚至差距很大，就必须尽可能地缩小这种差距，必要的时候甚至可以把原来的故事推翻。金庸的小说很符合电视剧的结构，所以改编的时候不用伤筋动骨，倘若改编成电影，因内容太丰厚，只能选择一个片段或者一个角度，如《东邪西毒》《东方不败》等，《水浒传》《三国演义》《红楼梦》等古典名著也是很符合电视剧结构的，改编成电视剧也不用做太大的改动，但要是改成电影那就另当别论了。

故事改编是在原作基础上的二度创作，对于编剧来说，原作中的故事不过是创作的原材料，是创作素材，这些素材如何运用，是原样照搬还是打烂后重新组合，甚至推倒重来，都视需要而定。当然有个前提，就是要实现对原作的超越，倘若改编后还不如原作，也难怪受到非议了。所以，编剧要学会尊重原作，理解并利用原作的价值，充分吸收原作的精华，只有如此才可能创作出真正优秀的作品。

9.2 小说改编成电影

在改编题材中，小说改编成影视剧的占了绝大多数，小说是影视剧改编最重要的故事资源。

电影和电视剧与小说属于不同的艺术形式，影视剧属于视觉艺术，是用画面来讲故事，而小说属于语言艺术，是用文字来讲故事。但从叙事的角度来说，影视艺术与小说有很多的共通性。

小说是很注重情节的，中国的小说与说书艺术相关，中国的章回小说受说书艺术的影响很深，故事性强，讲究情节，往往在人物命运发生转折的关键时刻突然中断，留待下回分说，这种叙事结构与我们现在的电视剧叙事结构比较吻合，所以当我们把古典章回小说改编成电视剧的时候情节结构几乎不用做太大的改动。西方小说原先也是注重情节的，如薄伽丘的短篇小说、塞万提斯的《堂吉诃德》，以至19世纪浪漫主义文学和批判现实主义文学。后来受到弗洛伊德心理学的影响，小说开始注重人物的心理描写，出现了所谓的意识流小说，如普鲁斯特的《追忆似水年华》、詹姆斯·乔伊斯的《尤利西斯》等，也有偏重哲理的，如以萨特、加缪为代表的存在主义小说。

电影、电视剧与小说毕竟属于不同的艺术门类，表现方式不同。写小说成本低，只要手里有笔就能写，写完了就能拿去出版，作者可能享有更多的创作自由。而编剧只是为制片公司设计产品，剧本不是终端产品，是供拍摄用的，是用来帮影视公司赚钱的，所以编剧往往要受制于人，很难有完全自由的创作。

制片公司是把影视剧当作产品看待的，他们看小说值不值得改编，首先看它有没有商业价值，就是看它拍出来以后有没有人看，能不能帮自己把钱赚回来，毕竟拍一部电影或电视剧都是需要巨额投资的。

尽管艺术作品的艺术价值与它的商业价值并不总是矛盾的，但很多艺术成就很高的小说未必具有太高的商业价值。事实上，很多一流作家的作品改编成影视作品后未必就能取得成功，而很多二、三流作家的作品却在影视剧市场大行其道。在欧美，巴尔扎克、普希金、果戈理、屠格涅夫等著名作家的小说改编成影视剧成功的很少，倒是大仲马、斯蒂芬·金等人的小说成为影视剧改编的宠儿。在我国，很少有想过要把鲁迅的小说改编成电影或电视剧，而金庸、梁羽生、古龙、琼瑶等人的通俗小说大量被改编成影视剧而且取得很大的成功。

小说作为语言艺术，不大受时空限制，更长于表现人物的心理，也能表现抽象的思想哲理，追求形而上的境界。而电影和电视剧都是视觉艺术，更适合表现外在情节。一流小说家更注重心理描写，更追求形而上的境界，已经不需要通过外在情节来吸引读者。而二、三流的作家，往往更注重形而下，也更依靠外在情节来支撑自己的故事，所以他们的小说更适合用电影或电视剧来表现。

电影通常要求在90—120分钟内把故事讲完，而不需要像电视剧那样花费几十甚至几百小时讲完一个故事，因为要花钱看电影，观众进了影院总会把电影看完才离场，不像电视剧观众可以随时操纵遥控器更换频道，所以电影也不像电视剧那样讲究故事性，它可以更讲究故事的视觉性，讲究故事的意境，可以追求一些形而上的东西。

很显然，不是所有好的小说都能改编成电影，如《追忆似水年华》《尤利西斯》等。有些好的小说即便改编成电影也未必有市场，如许多著名作家的小说。有些小说适合改编成电视剧却必能够改编成电影，如当今很多流行的玄幻小说。有些小说能够改编成电影却未必适合改编成电视剧，如莫言的《红高粱》等 。

相对于电影故事的长度来说，短篇小说的故事显得太短，难以达到电影故事的容量；长篇小说的故事太长，容量太大，难以取舍。最适合改编成电影的是中篇小说，电影《红高粱》《大红灯笼高高挂》《活着》等都是根据中篇小说改编的。

对于编剧来说，要想改编好电影，首先还是要选择好题材，原作提供的故事好改编起来相对要好些，原作故事没选好改编起来就会很困难。至于怎么改，关键是编剧要知道制片公司想要拍一部什么样的电影，自己应该讲一个什么样的故事，应该怎么讲好这个故事。倘若原作基础很好，与自己的想法相吻合，而自己又没有写出比原作更好的故事，就尽可能忠实于原作。但倘若原作提供的故事与自己想要的故事相差太远，而且认为自己能够超越原来的故事，就没有必要忠实于原作，可以尽可能地发挥自己的创造性。

电影《乱世佳人》《简·爱》《日瓦戈医生》《静静的顿河》等都是根据小说改编的，原作都是经典名著，影响很大，故事和人物都很成熟，改编时基本上是按照原著来改的。张艺谋的电影《活着》是根据作家余华的同名小说改编的，基本也是忠实于原著的。电影《哪吒之魔童降世》取材于小说《封神榜》，但在人物关系和故事框架上有了颠覆性的改变；《姜子牙》同样取材于《封神榜》，除了人名，其中的人物和故事几乎已经与原作没有关系。王家卫的电影《东邪西毒》原本取材于金庸的小说《笑傲江湖》，但人物和故事已经被完全改编了，与原作几乎没有任何关系，很明显导演贩卖的全是自己的东西。

9.3 小说改编成电视剧

小说尤其是长篇小说改编成电视剧是最多的。长篇小说篇幅较长，内容丰富，比较符合电视剧的叙事结构。

中国古典长篇小说《水浒传》《三国演义》《西游记》《红楼梦》都已经被改编成电视剧，有的还不止一两个版本。中国古典小说的叙事结构与电视剧本来就很相像，所以改编时多不用伤筋动骨，基本上是按照原著的故事来拍的。

前些年，以金庸的武侠小说为代表的作品如《笑傲江湖》《射雕英雄传》《神雕侠侣》《鹿鼎记》等，都不止一次被改编成电视剧，成为电视剧改编的热门题材。一是因为这些武侠小说在观众中广受欢迎，有一批忠实的读者，形成了巨大的市场潜力；二是因为武侠小说的叙事结构与电视剧的叙事结构吻合度很高，改编起来难度不是很大。

这些年，小说改编的热点是网络小说。首先，网络小说在我国发展已经有十余年，逐渐成熟，形成了巨大的读者群和粉丝群，很多网络小说广受欢迎，成为IP，形成巨大的市场潜力。其次，网络小说篇幅都很长，有的长达数千章、数千万字，而且被要求每天更新，作者每天都要想办法让读者看下去，使得这些故事情节性较强，否则就很难吸引住观众。再次，最受欢迎的网络小说是玄幻类小说，这类故事是要逃避现实，给读者造梦的，可以令创作者和读者一起天马行空地想象，进入梦幻的世界，人物也都是梦幻式的，很能吸引受众。所以，很多网络小说被改编成电视剧并且受到市场的欢迎。

网络小说虽然很受欢迎，但真正高水平的并不多见，很多网络小说都是粗制滥造，故事套路化、模式化，此类故事往往缺乏深度，离现实很远，不接地气，如果不克服这些缺陷，即便改编成了影视剧也很难取得成功。

9.4　戏剧改编成电影或电视剧

戏剧改编成电影或电视剧的并不多，成功的更少，即便莎士比亚、莫里哀的戏剧也很少有被改编成电影或电视剧的。究其原因，一是戏剧被看作高雅艺术、小众艺术，影响力有限，到剧院去看戏剧成本较高，非一般大众所能享受；二是戏剧的叙事结构与电影和电视剧有较大的差别。早先的戏剧为多幕剧，要求时间、地点和情节高度统一，戏剧表演也是程式化、虚拟化的，故事性强，有情节，有冲突，但只局限在一定的时空之中，故事只是在有限的两三个场景中展开。而电影和电视剧的叙事是不大受时空限制的，内容也更为丰富。现代戏剧很多都是无场次的，场景被抽象化了，更多地表现某种思想和意念，故事情节似乎也被抽象化了，这样的故事自然很难改编成为有情节的影视剧。

把戏剧故事改编成电影或电视剧故事，最重要的是拓展故事的时空。曹禺的话剧《雷雨》表现了周、鲁两家30年的恩怨情仇，故事却集中在两个场景，剧中情节发展也局限在24小时之内。倘若把它改编成电视剧，完全可以从30年前开始写起，时间和空间都拓展开了，故事也自然得到延展，也就符合电视剧的叙事结构了。

9.5 电影改编成电视剧

电视剧和电影都是视觉影像艺术，都是用镜头来讲故事的，但叙事结构是有很大差别的。电影要求在90—120分钟内讲完故事，而电视剧则可能延续讲数十小时乃至数百小时。看电影要到影院去，成本较高，电视剧主要在家里看，一般不用花钱；电影银幕大，观众更看重视觉感受，而电视屏幕相对较小，观众更看重的是故事性。

有些电视剧是根据电影改编的，如电影《冰山上的来客》《暖春》《樱桃》等后来都被改编成了电视剧，而且都很成功，但并不是所有的电影都能够改编成电视剧。相对于电视剧来说，电影更具商业性，更讲究视觉感，情节简短却更精致。曾经有人想把《周渔的火车》改编成电视剧，并没有成功，因为这部电影的故事太抽象，故事性较弱，很难支撑起数十集的故事情节。

9.6 案例分析

【案例一】

小说《活着》改编成同名电影

电影《活着》是根据著名作家余华的同名小说改编的。小说写的是福贵一家人的命运，编剧将其改编成电影的时候基本上沿用了小说中的人物和情节，但也根据电影的特点以及导演张艺谋个人的创作风格对原作进行了改编。首先，小说的故事写的是大时代中小人物的故事，从新中国成立前一直写到“文革”。主人公命运十分悲惨，女儿生病成了聋哑人，儿子为救县长大人血被抽干死了，女儿好不容易嫁了个残疾人二喜却因生孩子死了，后来女婿死了，最后连外孙也死了，只有福贵还孤独地活着。这故事太过悲惨，太令人绝望，于是编剧做了些改动，故事到女儿死后就结束了，福贵的妻子、女婿和外孙都活着，结局不那么悲惨了，给全剧增添了些暖色。其次，原作故事发生在南方，主人公福贵生活在农村，以种田为生，而编剧把他的职业改了，他成了个皮影戏艺人；他的妻子在小说中是个农民，在电影中成了个送水工，生活的地方在小城镇。张艺谋是很注重故事画面的，这种改编使故事增添了地域风情，背景从农村变成了城镇，画面有特色，也更有寓意。再次，人物和剧情也有所改变。小说中春生与福贵是被抓了壮丁的，后来春生当了县长，福贵的儿子为救春生的儿子被抽干了血死了。电影中春生也是皮影戏艺人，后来当了区长，福贵的儿子是被他的车撞倒的学校的墙压死的。福贵女儿死的那场戏中，把“文革”的背景强化了些，医生都成了走资派被关进了牛棚，接生的都是些学生，没有经验，结果把人给害死了。这些改编基本上是合理的，有些是为了避免政治风险，有些则是强化了故事的主题，总体上保留了原作的特色，这样的改编算得上是忠实于原作了。

【案例二】

小说《潜伏》改编成同名电视剧

小说《潜伏》其实不能算是真正的谍战故事，它更像爱情故事，是描写假扮夫妻打入敌人内部的两位我党谍报人员之间的爱情故事，故事很简单，主要围绕余则成与翠平之间的情感来展开故事情节。把这个故事改编成电视剧，编剧要面临这样几个方面的难题：一是原作故事以两人的情感为主，而编剧显然想把它拍成一部谍战剧；二是余则成和翠平两人的情感戏很难支撑起一部二三十集的电视剧的容量；三是故事过于单薄。所以编剧对原作进行了大胆的改编。首先，故事模式和内容发生了改变。电视剧写的是一位军统特务成长为优秀的地下工作者以及他与三位女性之间奇特的爱情故事，也就是在原来的故事中加入"小人物逆袭成长"的励志剧的元素。原作中的余则成从开始就是成熟的共产党员，而电视剧中的余则成开始则是个军统特务，后来看透了国民党的腐败，这才加入了共产党地下组织，实际上是写了他的成长过程和心路历程。其次，除了保留余则成与翠平的感情戏以外，又增加了余则成与左蓝和晚秋的感情纠葛。再次，强化了故事情节。原作故事主要发生在天津，而电视剧则增加了余则成在南京当军统特务的经历，尤其是增加了特务之间的内斗戏，即所谓"办公室政治"。

【案例三】

电影《樱桃》改编成同名电视剧

电视剧《樱桃》是根据同名电影改编的，电影写的是一位智障母亲收养一位弃婴并将她抚养成人的故事。把这样一部电影改编成电视剧，必须解决以下两个重要问题：一是女主人公樱桃是个傻女人，在整部电影中甚至没有一句完整的台词，她长得极丑，很脏，住的环境也差。这样的画面对一部90多分钟的电影来说，观众或许还能忍受，但如果拍电视剧，要观众连续几十天面对这样一位又脏又丑、连一句完整的台词都说不出的女人，的确很难做到。二是电影故事很简短，从樱桃收养弃婴开始，到樱桃最后失踪，内容很少，很难延展成几十集的电视剧故事。所以编剧在改编这部电影的时候，采取了相应的策略：首先，提高了主人公樱桃的智力和颜值。让她的智商有所提高，至少还能把话说清楚，模样也好看了些，生活的环境也没那么脏乱。其次，使故事的时空得到延展。电影故事是从葛望母亲的死开始的。电视剧则从葛望相亲与樱桃偶然相遇，后收留了她开始的，原作中樱桃在女儿小红上小学时就死了，在电视剧中一直写到小红上了中学，她后来找到了父亲，回到了父亲的家，后来又回到了樱桃身边。三是增加了故事的维度，强化了故事的冲突。电视剧中葛望母亲、葛望弟弟一家都是后来加上去的，小红的父亲、舅舅等人也是后加的，这样就增加了故事维度，也强化了故事的戏剧冲突。

编剧特训营

选择一部你看过的小说，判断它是否适合改编成电影或电视剧，并按照自己的设想写一份剧本策划书。

【基本要求】

1.把项目放在当前的市场环境中进行分析；

2.剧本策划书包括题材价值分析、项目定位、人物设置和故事大纲。

【作业目的】

学习和体会影视剧故事改编的原则和规律。

第 10 章　原创故事

对于编剧来说，创作一个故事比改编一个故事要困难许多。改编故事时，编剧面前已经有了故事，框架和人物都是现成的，即便原作故事与制片商和自己的想法相去甚远，也算有了个靶子，总能从中找到些规律来。创作故事则要困难得多，编剧在创作以前什么都没有，创作是个从无到有的过程，题材要自己抓，故事得自己找，还要进行故事策划，然后才能进入创作。

10.1　选定题材

对于编剧来说，无论是受聘作为编剧还是自己独立创作，首先要确定创作题材。倘若是改编，题材可能是已经成形的故事，他要想的是怎样把这个故事改编成可以拍摄的电影或电视剧。倘若是原创题材，制片方可能只是告诉你要写某个题材的电影或电视剧，除了一些零碎的资料，什么都没有。

对于那些受聘写作的编剧来说，他们并没有太多选择的自由，通常题材是被指定的，编剧只能被动地接受，被动地适应。但如果编剧对题材没有感觉，或者对这个领域的生活不熟悉也没有兴趣，就很难激发出创作热情，剧本自然就很难写好。

受生活阅历、艺术功力及个人素质的影响，编剧都有自己的优势，也有自己的局限性。很多编剧可能对某类题材很熟悉、很敏感，而对另一类题材可能完全找不到感觉，某些编剧可能对历史题材感兴趣，对现实题材却未必能够很好地驾驭，一位擅长写玄幻故事的编剧未必能驾驭得了爱情故事，一位会写警匪故事的编剧未必能写好青春偶像剧或所谓的甜宠剧。编剧要学会爱惜自己，对自己要有客观的估计，不要去写那些自己并不擅长的剧本，因为一旦签订了有关协议就会身不由己，失去选择的自由。

10.2 搜集创作素材

编剧在确定题材以后，便开始搜集创作素材。凡是与题材有关的资料都可能成为素材，很多素材未必能用在故事中，却也是需要掌握的，编剧掌握的素材越充分，创作的主动性就会越强。

10.2.1 素材类型

素材可以分为故事类和非故事类，编剧搜集的素材可以是由亲身体验得来的一手素材，也可以是根据他人体验获得的二手素材。

（1）故事类

对于编剧来说，最有价值的素材自然是故事，搜集素材在很多时候就是在搜集故事。故事有两个要素：一为人物，二为事件。搜集素材，一是寻找有故事的人物，二是寻找有价值的故事。

- **人物**

人物是故事的主体，找到有价值的人物，自然也就有了故事。人物起来了，故事也就起来了。

有些题材是写人的，譬如要拍摄一部某位科学家的故事，要了解他的性格、他的生活习惯、他与周围人的关系等等，你就要围绕他和他周围的人来搜集素材；如果拍的是纪实性的影片，很多故事是可以直接用的，即便要进行虚构，这些故事也能提供很好的参考。对人物的了解越多、越透彻，塑造的人物形象就越生动，也更有深度。

- **事件**

事件原本就是故事，作为素材的事件并不一定是可用的，但对事件了解得越多、越详细，故事就会越丰富、越生动。电影和电视剧都是用影像来复原生活中的故事的，它要描写的就是整个事件的发展过程。

很多故事都是大情节或中情节，以事件为中心的，譬如很多警匪剧是围绕某个案件来展开的，很多灾难片是围绕某场重大灾难来展开的，如果你对事件的进程了解不清楚，不知道事件中哪些地方可能形成故事梗，就很难找到故事的情节点，故事就很难推进。

（2）非故事类

编剧除了搜集有关的故事素材以外，还需要掌握很多相关的故事背景和知识，包括很多的生活细节。

- **故事背景**

故事的背景材料未必会显露在剧本故事当中，却是故事的基石。编剧在创作以前，一定要先了解故事发生的背景。如果你要拍历史题材的影视剧，就应该充分地掌握相关的历史资材并把握历史发展的规律；如果你要拍抗日题材的影视剧，就得了解抗日战争的整个历史及本质；如果你要拍关于中国改革开放的影视剧，就要了解改革开放的来龙去脉及整个发展过程；如果你要拍关于当代婚姻题材的影视剧，就得充分了解当代人的婚姻状况；如果你要拍当代军事题材的影视剧，就得了解我国军队的发展历史和现状；如果你要拍关于谍战题材的影视剧，就得对中外谍战的历史和现状及未来的发展趋势有充分的了解。编剧对故事背景了解得越透彻，越能深刻地把握故事的走向。故事背景是故事的根基，它给故事提供养分，使故事更有深度。

- **相关知识**

一般来说，编剧在自己熟悉的生活领域编故事会更加得心应手，但很多时候他们却不得不接触很多原先并不熟悉的生活领域，对这个领域的知识也缺乏了解，想要编故事却无从下手。在这种时候，编剧必须充分地学习相关的知识。譬如你要拍一部涉案题材的影视剧，就必须了解相关的法律知识、警察的性格特点以及破案的程序和方法；你要拍一部科幻题材的影视剧，就得了解有关的科学知识；你要拍一部音乐家的传记电影，就得先了解有关的音乐知识。

- **生活细节**

相对于其他艺术来说，电影和电视剧其实更注重生活细节的描写，因为电影和电视剧都是要在真实的场景中复现生活，细节虚假会令情节显得虚假，从而丧失故事的真实性。所以，编剧要特别注意对生活细节的观察和了解。譬如你要写一位士兵，就要了解他怎么整理被子、每天出几次操、怎么排队、怎么唱歌、怎么吃饭、怎么训练、怎么扛枪等等。

10.2.2　素材来源

故事有两个来源：一是来自生活，二是来自艺术家的想象。而艺术家的想象其实也是以现实生活为基础的，所以生活总归是艺术的源泉，也是故事的源泉。编剧编故事是以现实生活为基础的，也只能从现实生活中寻找创作素材。

- **故事来源于生活**

有人说，艺术来源于对生活的模仿，是对生活的反映。故事同样也是来源于生活，任何故事都是对生活的反映。

生活中每天都在发生各种各样的故事，这也为艺术创作提供了取之不尽、用之不竭的生活素材，是所有艺术作品宝贵的源泉。即便艺术作品中的很多故事并没有在生活中发生或者根本不可能发生，如前面提到的神话故事、玄幻故事和科幻故事等等，但无论如何，故事的灵感依然来自现实生活，故事即便发生在虚幻的世界里，那里的人物还是来自现实生活，故事无论怎么虚构说到底也必须符合现实生活的逻辑。

故事是对现实生活的模仿，但并不是对生活的模仿越真实故事就越好，越有价值，事实上很多故事看起来并不那么真实，如《西游记》中的仙界天宫以及生活在那里的长生不老的神仙们都是生活中不曾有的。而有些故事则需要在生活的基础上发生变形，如喜剧故事往往总是夸张的，否则就很难让观众笑出声来。故事的价值其实在于它的功能性，讲故事也是为了凸显它的功能。譬如你想讲个让人笑的故事，就要把故事中的笑声加以强化，哪怕看上去并不真实；如果你讲故事是为了让人哭，那么就要强化故事的悲剧性；如果你想造梦以给人希望，那么就要使故事具有梦幻的色彩，哪怕这样的故事不可能在现实生活中发生。

- **故事来源于艺术家的想象和创造**

故事来源于生活，但生活中发生的故事并不等同于艺术作品中的故事，艺术作品中的故事是艺术家在现实生活的基础上根据自己的想象创造出来的。

艺术家对人生有所感悟，然后以故事的方式把它表现出来。对于艺术家来说，所模仿的生活只是故事的外在形态，故事的灵魂则是艺术家所赋予的，正是这种灵魂赋予了故事以独特的气质和生命，这也是故事最有价值之所在。

故事来源于生活而高于生活，因为故事原本是有造梦功能的，观众也是需要梦想的，倘若故事等同于生活，故事就不会有如此巨大的魅力。对于创作者来说，相对于生活，他更关注的是灵魂，当现实生活中的故事能够承载他的思想和灵魂的时候，他就会用故事反映生活，而当他发现生活中的故事并不能承载他的思想和灵魂的时候，他就会利用自己无限的想象力和创造力去改变故事中的生活。所有的故事都是这样创造出来的。

- **艺术家与生活之间的关系**

艺术家是脱离不开生活的。对于讲故事的艺术家来说，生活一方面给他提供无穷无尽的生活素材；另一方面，丰富的人生体验使他能够更深刻地感悟生活，理解人生，加深对生活本质的认识，提高自己的人生境界。所以，对于讲述故事的艺术家来说，丰富的人生阅历是很重要的。

编剧编写故事无非就是表现不同性格的人物在特定情境中的思想行为，他要做的只是设定一个特定的情境，然后假设自己扮演不同的角色，设想这些角色在这一情境中会做什么或者怎么做。譬如面临死亡的时候，一个勇敢的人会怎么做，一个怯懦的人会怎么做。同样是一个男人向一个女人求爱的情节，一个自卑的男人在自己的女神面前会怎么做，一个强大自信的男人面对自己不爱的女人又会怎么做。这就需要编剧对人性有着透彻的了解，需要他在生活中对各种各样的人物有着长期的观察和感悟。

对于讲述故事的创作者来说，自我人生体验也是体验生活的一种方式，也许还是更重要的方式。从本性上说，人与人之间并无本质区分，人皆有肉体和灵魂，人的行为皆由动机决定，动机皆来自欲望，人都有爱恨情仇，人也都有理智，有性格，人与人之间的区别在于欲望强弱不同，理智对欲望的控制不同。有些人欲望强烈，过于贪婪，或迷恋权色，难以自拔；有些人则虽然贪婪，但没有失去理智，守住了底线；当官的更贪权，经商的追求钱财，文人更爱功名。其实这些特性每个人的身上都有，只不过有些人没有机会，有些人有机会，但道德和理智帮他守住了底线。

做编剧的人没有做皇帝的经验，但不意味着他就写不好皇帝。毕竟皇帝也是平常人，只不过当了皇帝，手中有了权力，欲望可能更膨胀，性格更专横更残暴。这种性格每个人身上原本就有，只是强弱不同，编剧在写皇帝的时候就会把自己想象成皇帝，并通过想象放大自己的欲望和权力，把性格中被压抑的专横和霸气释放出来，这样就可能把皇帝写得活灵活现。编剧创作时其实就是把自己性格的某些特点映射到故事中的人物身上，他会把自己性格中的善良映射到自己的喜欢的好人身上，也会把自己性格中的邪恶映射到自己不喜欢的坏人身上。在某种意义上，编剧笔下的人物就是他自己。

当然创作者不大可能写好所有的人，因为每个创作者都有各自的局限性。一般说来，创作者更擅长表现那些与自己性格相近的人，但也有例外，有时候那些性格懦弱的人反而能写好那些真正的英雄，正因为懦弱，他才更希望自己强大，他可以利用想象把自己变得更为强大。

故事并不是凭空编造出来的，编剧编写故事在很大程度上要依赖现实生活素材，包括由个人生活体验得来的直接素材和从他人生活体验中获得的间接素材。

10.2.3　素材搜集

一般说来，搜集故事素材有以下几种方式：

（1）体验生活

制片人聘请编剧的时候，通常会考察编剧的专业背景，譬如要拍一部金融题材的电影或电视剧，会优先考虑那些有金融从业经验或者以前写过类似题材的编剧。但事实上要找到既懂专业又很会编故事的编剧很困难，很多时候，只能安排编剧到相关的领域体验生活以弥补生活经验的不足，尽管这样会多花很多时间也会增加不少成本，但对于那些专业性很强的领域，如医疗、金融和科技等，这种体验是必不可少的。

所谓体验生活，就是编剧深入题材所涉及的生活领域，搜集创作素材，寻找创作灵感，进行生活体验。这种方式被很多作家采用，著名作家柳青当年深入农村生活14年写出小说《创业史》，陈忠实深入农村生活多年才写出了小说《白鹿原》。对于编剧来说，对生活越熟悉，创作的自由度越大，编写出来的故事也会更真实，更有生命力。

（2）采访式

采访式是通过对与故事相关的人物进行采访以掌握故事素材的方式，这种方式简单而直接，目的性强，效率较高。

采访是记者经常采用的方式，记者采访的是新闻，而编剧要编的是故事。对于记者来说，最重要的是找到事情的真相并找到有新闻价值的人物和事件。而编剧则不同，他要寻找的是故事，还有故事中的人物，所以他必须更多地深入人物内心。对于编剧来说，事件是否具有新闻价值并不重要，重要的是要找到那些有价值的故事和有故事的人物。

（3）相关故事及资料搜集

很多人说故事是“侃”出来的，的确，编剧、制片人和导演更多的是坐在会议室里“侃”故事，很多故事也是这样“侃”出来的。但是，没有任何故事可以凭空产生，他们之所以能把故事“侃”出来，一是得益于他们平时的生活积累，二是得益于他们对生活的深刻感悟以及对人性的理解，三是得益于他们对相关资料和故事的搜集和整理。

通过体验生活或采访，编剧可以掌握充分的原始故事和真切的生活素材，但对于电视剧来说，这样的故事未必是完整的，即便是改编故事，也有很多不足，这就需要我们通过搜集相关的故事和资料加以补充。

编剧只有充分地掌握故事资源和生活素材，才有可能拥有更大的创作空间。剧本中的很多故事、桥段及细节，都是对现实故事、个人体验及平时积累的生活素材筛选、拼凑、组合而成的。编剧掌握的素材越多，越能激发创造力，创作出高品质的故事来。

10.3 整理素材及创作思路

在搜集到足够的创作素材以后，编剧要对已有的创作素材进行整理，同时寻找创作的灵感和构思故事的结构。

10.3.1 人物整理

人物是故事的主体，人物立起来，故事也就立起来了。很多素材都是与人物有关的，从中找到有价值的人物，尤其是找到故事主人公的原型，对于整个故事创作来说是至关重要的。

改编故事中，人物都是现成的，即便不能将原作中的人物完全照搬到电影或电视剧的故事中去，但原作中的人物提供了人物的模板，也可以作为参考。原创故事中的人物则需要去现实生活中寻找，很多编剧都会从现实生活中寻找人物原型，这样塑造出来的人物植根于现实土壤，有现实的依据，显得更为真实。

对人物的塑造，一般有两种方式：一种是以某个现实中的人物为原型，在人物身上主要集中某个现实人物的性格特征，如电视剧《亮剑》中的李云龙主要是以王近山将军为人物原型的；另一种则是把多个人物的性格集中在某个人物身上，即所谓“杂取种种人”，如《士兵突击》中的许三多身上就融入了多个现实生活中的人物的性格。

10.3.2　事件整理

影视剧中的故事都是由一个个具体的事件构成的，很多事件可能相互之间并没有逻辑关系，但经过处理后都能成为故事情节链的组成部分。《宰相刘罗锅》中的很多故事其实与历史上的刘墉并无关系，编剧无非是把许多历史上有趣的故事转嫁给了他，即便是张冠李戴，但只要符合故事本身的逻辑关系，能让观众相信是真实的，也就是合情合理的。

10.3.3　创作思路整理

改编题材一般都有了完整的故事框架和人物，而原创故事则要求直接从生活中寻找灵感，寻找故事框架。所以对于原创故事的编剧来说，整理素材的过程也是寻找创作灵感和整理创作思路的过程，编剧要在体验生活、寻找创作素材的过程中寻找创作灵感，找到创作思路并形成故事框架。

10.4　案例分析

电视剧《傻根进城》的创作过程分析

一、创作环境

由某培训公司委托创作，以市场销售人员的故事为题材，要求为社会底层的销售人员塑造良好的社会形象，也为公司树立良好的社会形象。

二、题材

原创题材，没有任何现成的故事可以借鉴。

三、编剧团队

由中国传媒大学凤凰学院影视项目评估研究所组织编剧进行创作，编剧以前完全没有销售行业的从业经验，对这个行业几乎一无所知。

四、创作过程

(1) 研读相关资料，了解行业概况

搜集公司相关资料，了解公司发展历史；

搜集行业相关资料和书籍；

搜集有关销售大师的资料和书籍；

搜集销售案例及相关故事。

(2) 生活体验

参加公司的早会和晚会；

参加公司的培训课程；

派编剧与员工接触并与他们一起生活；

与公司员工座谈。

(3) 座谈与采访

参加员工座谈会，了解行业特点及人物特征；

采访公司高层管理人员，与他们座谈，了解行业状况及公司经营情况；

采访公司一线销售人员，搜集各种故事；

采访不同背景和不同出身的销售人员，听他们讲述各种故事。

(4) 素材整理

故事背景整理：对这个行业的发展历史及有关故事进行整理，包括世界成功学大师安东尼·罗宾以及陈安之的相关资料及故事。

人物整理：对采访过的人物进行归类整理，按职位、出身、学历、性格等进行分类，把相同或相近性格的人物归在一起，进行分析，寻找主人公原型。其中主人公李大根由两位人物整合而成。一位是公司副总经理，初中毕业，因父亲被叔父欺负，感到憋屈，后通过努力成为销售人员，并成为公司高层。另一位原先为复员军人，后做销售，入行后半年不开单，后坚持下来成为分公司总经理。他们都是励志成才的典型。

事件整理：一是把此类公司的发展过程、可能经过的历程以及每个阶段可能发生的事件整理出来；二是把原型人物所经历的有价值的事件提取出来；三是把社会上发生的相关故事以及搜集到的销售大师们的相关故事分门别类整理出来，譬如李大根卖房的故事编剧其实就是从某位国际销售大师的销售案例中吸取了灵感。

(5) 创作思路整理

编剧团队在体验生活、搜集素材的过程中达成以下共识：

这是一个很富有挑战性的行业，门槛很低，从业人员学历普遍不高，他们多出身于社会底层，有的来自农村，有的以前是卖水果的，还有复员军人。他们工作辛苦，同时也有很多成功机会，他们中的很多人后来都取得了成功，有的年纪轻轻就当上了公司高管，年薪百万。有些人境界很高，自己成功了还想着帮助别人成功，或改变整个家族的命运。这是一个有很多机会实现梦想的行业，所以这样的题材很适合拍成励志类型的电视剧。

这个行业相对来说比较公平，靠实力说话，成功了就能有很好的回报。竞争很激烈，但很讲究集体主义，因为每个团队的利益是联系在一起的，所以很多人成功以后都愿意帮助团队的人一同取得成功。

这个行业的人看重金钱，以成败论英雄，但很多成功者却也有很高的境界。他们虽身处社会底层，却也经常思考人生的意义，尤其在赚到钱以后，总想过一种更有意义的生活。

这个行业的很多成功人士其实很单纯、很执着，这也是他们能够成功的很重要的原因，也是后来把主人公李大根设计成心地纯洁的“傻子”的原因。

编剧特训营

以经历过汶川大地震的“袖珍女孩”汤星月的故事为题材，搜集相关素材，写一个励志电影的故事大纲。

【基本要求】

1.搜集有关素材，创作电影故事；

2.写出故事创意及故事大纲。

【作业目的】

学会搜集素材，利用搜集到的素材创作故事，创作影视剧本。

第 11 章 故事策划与影视产品设计

对于编剧来说，剧本策划其实从选择题材的时候就已经开始了，在决定选择什么样的题材的时候他就应该已经考虑到要讲一个什么样的故事，写什么样的剧本，最后会拍成一个什么样的电影或电视剧。

编剧编的是故事，写的是剧本。对于制片商来说，剧本就是项目，就是产品，编剧就是影视产品的设计师，剧本也就是未来产品的设计图。

11.1 剧本策划的目标

在影视剧制作过程中，编剧担任的是影视产品设计师的角色，他的职责就是要设计出有市场需求并具有市场竞争力的影视剧产品。

11.1.1 故事策划与产品设计

影视剧其实就是通过影像记录演员在真实场景中的表演来复现一段故事，所以故事是影视剧的主体，影视剧就是用镜头来讲述故事。

编剧是影视产品的设计师，他的主要工作就是设计故事，然后把设计好的故事写成可供拍摄的剧本，然后交给制片方，制片方把剧本交给导演，然后聘请演职人员组建剧组，将它拍成影视剧投放市场。

影视剧的生产和运营是个复杂的系统工程，从剧本创作、融资、制作到发行运营，直到播放，每个环节都至关重要。故事好了，编剧不好，剧本未必理想；剧本好了，演员阵容弱，拍出来的效果也未必如意；拍好了，发行不好，则可能前功尽弃，折戟沉沙；发行好了，播放时机把握不好，或宣传力度不够，也难达到预期效果。虽然说有了好的故事未必能写出好的剧本，有了好的剧本也未必就能拍出好的影视剧，但无论如何，剧本总是基础，乃一剧之本。没有好的故事就写不出好的剧本，没有好的剧本也根本不可能拍出好的影视剧来。

11.1.2 设计出有市场需求及市场竞争力的产品

编剧作为影视产品的设计师，他的职责就是要设计出有市场需求并有市场竞争力的影视产品，所以他要充分地了解市场，并根据市场需求设计故事。

编剧在策划和设计故事的时候，始终要思考这样的问题："我为什么要写这样的故事或这样的剧本？"或者"观众为什么要看这样的故事或这样的电影和电视剧？""靠什么来吸引观众看这样的故事或这样的电影和电视剧？"这是策划影视剧的出发点，找到了充分的理由和答案，或许就能找到打开市场大门的钥匙。

商品之所以成为商品是因为它具有满足消费者某些需求的功能。影视剧是用镜头来讲故事的，讲故事的目的是使未来的产品具备某些观众所需要的功能，也就是使影视产品功能化。编剧编故事是为了给观众看的，所以他必须时时想到观众。如果你要用你的故事给观众带来艺术的盛宴，你就要考虑你的故事是否具有足够的艺术魅力；如果你想用你的故事为观众编织一个梦想，你就要想到这个梦想是不是观众想要的，是不是能够让观众沉溺于梦想之中，找到生活的希望；如果你想帮助观众认识社会和人生，你就要想到你揭露的现实人生是否足够真实和深刻；如果你想给观众带来视觉的盛宴，你就要想到你展示的画面是否能够给观众带来足够的心灵震撼；如果你只是想用你的故事来娱乐观众，你就要想想你的故事中是否有足够的笑料，是否能给观众带来足够多的笑声和快乐。

产品的核心竞争力其实是相对于竞争对手而言的，编剧要想使自己设计的产品具有核心竞争力，就要充分地了解市场的需求，了解自己的竞争对手，保证自己的产品具有超越对手的核心价值和核心竞争力，这就需要产品有一定的创新性。对于影视剧来说，产品的创新很多时候就是故事的创新，具有创新性的故事是提高产品竞争力的必要条件。

11.2 剧本策划要考虑哪些因素

对于制片商来说，剧本策划就是项目策划或产品策划，编剧的职责是设计出有市场需求和市场竞争力的影视剧产品，必然要以市场为导向。但在现实中，影视剧创作经常要受到许多外在因素的制约，我们在策划剧本或项目的时候，必须学会在各种条件和因素中寻找平衡。

11.2.1 市场因素

影视剧都是供观众消费的，观众的需求就是市场。但事实上，影视剧拍摄完成以前，要先经过审查获得发行许可，得到播映平台的认可才能进入观众的视野。所以，在策划剧本或项目的时候，我们不仅要考虑观众的需求，更要考虑市场的大环境以及目标播映平台的需求。

（1）市场环境

电影也好，电视剧也好，必须经过有关部门立项才能拍摄，播出以前还要经过多重审查。再好的产品，倘若不能进入市场发行，不能在平台播映，对于制片商来说可能就意味着血本无归。

编剧并不直接面对市场，制片商的收益和亏损与他无关，但是否采用他的剧本却是由投资人和制片方决定的，所以他在创作剧本的时候，首先要考虑根据自己剧本拍摄的影视剧是否可以通过审查顺利进入市场，其中会有哪些风险，这些阻碍和风险是否可以克服或规避。

（2）播放平台的需求

编剧在创作剧本之前，应该先确定自己的剧本是为谁而写的，将来会在什么平台上播出，他必须了解平台对产品的需求状况，并保证自己的产品在平台上是具有市场竞争力的。

一般情况下，制片公司在决定做某个项目的时候就已经瞄准或确定将来播放的平台，有些项目可能原本就是由平台定制或者确定与某个平台合作的，所以编剧必须对未来自己产品的播放平台有足够的了解，以使自己创作的剧本能够满足平台的要求和标准。

同样是电影，可以在院线放映，也可以作为网络电影在视频网站播放，还可以在电视台的电影频道播放；同样在院线放映，可以在全国性大院线放映，也可以在中小城市院线放映。在不同的平台播映，走不同的院线，盈利模式不同，收益也不一样，对电影题材、类型及影片品质和制作水平同样也有着不同的要求。一部在大院线放映的高成本电影可能获得数十亿元票房，而投资也高达数千万乃至数亿元；而在电影频道播放的电视、电影出卖版权只能获得100万—500万元的版税，投资成本一般也只有100万—300万元。对于编剧来说，要学会根据平台的要求和标准来创作剧本。很显然，同样是剧本，一部投资数千万乃至上亿元的院线电影和一部投资100万元的在电视台播放的影视剧，在题材、故事内容乃至叙事方式方面都应该有所区别。

电视剧可以在电视台播放，也可以作为网络剧在视频网站播放；同样在电视台播出，可以在CCTV-1或CCTV-8播出，也可以在地方卫视播出；同样在卫视播放，可以在一线卫视播出，也可以在二、三线卫视播出，还可以城市地面台播出。不同的平台，市场定位不同，观众层次也不一样，购买电视剧的价格也有很大的差别。传统电视台以中老年观众为主体，视频网站的观众则以青少年为主。同样是电视台，中央电视台作为国家电视台，以播放主旋律电视剧为主，更强调政治性；地方上星台中，湖南台以青少年观众为主，强调节目的娱乐性，播放的电视剧也主要以青少年喜欢的青春偶像剧、玄幻剧、情感剧为主，江苏台和浙江台则更喜欢播放爱情剧，上海东方台播放的电视剧则偏向都市商战和都市励志情感类题材，而北京卫视播放的电视剧更强调文化品位。视频网站的观众以青少年为主，这些年播放的电视剧多以青春偶像、玄幻、爱情、励志、探案题材为主。当然随着市场变化，观众的口味也在不断变化，各个平台也随之进行调整。

编剧不仅要懂得市场，而且还要学会根据市场的需求来编写故事。好的编剧一看故事题材就知道这个题材适合做成什么类型，走什么样的市场，适合在什么平台播出，同时他也会努力地按照市场和平台的要求编写故事，并使自己设计的产品具有足够的市场竞争力。

（3）观众需求

电影采取按票房分账的商业模式，制片公司能不能赚到钱，主要看观众的人数，看的人多，票房收入就高，制片方获得的收入也就高。

电视剧是由电视台出钱购买的，观众通常看电视剧并不需要花钱，电视剧在电视台播出，广告商购买广告时间，看电视剧的人多，看广告的人也就多，观众花钱买商品的概率也大，商家卖出去的产品也多。所以，广告商投广告主要是看收视率，电视台和其他平台购买电视剧也主要是看收视率。

不管是不是花了钱，观众总还是电视剧消费者。电影也好，电视剧也好，总是拍来给观众看的。电影和电视剧都是精神产品，观众看电影、电视剧也是要进行精神消费的，电影和电视剧要想吸引观众来消费，就要满足观众不断增长的精神需求。

11.2.2　投资商或制片方的诉求

一般说来，投资商投资拍电影、电视剧是为了赚钱，制片商也把电影、电视剧当作商业项目来做，他们对项目有着自己的理解和要求，很多情况下，他们都会要求编剧按照自己的要求进行创作，即使他们的理解是错误的，他们的要求也不尽合理。

很多时候，投资商投资拍摄电影、电视剧并非完全是为了经济利益，有些政府参与的项目可能是为了宣传政绩，而有些商人投资的项目更多是为了宣传自己的产品，制片商为了赚取更多的利润也会要求编剧想方设法把一些商品广告植入剧情，哪怕这样做并不符合剧情的要求。

11.2.3 项目资源

制片商在决定做某个项目的时候，一般都会考虑自己手里的资源，或者根据自己手里的资源来量身定制剧本。有些制片公司会要求专门为某位演员量身定制剧本，如《战狼》系列是专门为吴京打造的，《黄飞鸿》系列电影是为李连杰量身定制的，很多喜剧武打电影是专为成龙量身定制的。有些剧本虽然写得不错，但制片商手头没有相应的资源，有些剧本可能只适合某位演员出演，但制片公司却没有能力聘请到这位演员，那么项目很可能搁浅。有些项目可能要动用政府或者军方资源，譬如拍摄军事题材的电影或电视剧，要动用很多军事资源，包括人员、武器、景地等等，但如果制片方调动不了这方面的资源，项目就很难进行下去。

编剧作为产品设计师，除了要考虑市场和投资方的诉求以外，还要考虑制片方所拥有的资源，要学会根据演员和其他资源量身定制剧本。

11.3 剧本策划的内容与流程

剧本策划的最终目的就是确定要做一个什么样的项目或做一款什么样的产品，也就是用什么样的方式讲述什么样的故事，一般先要确定题材和市场，然后确定讲一个什么类型的故事以及故事中的人物和剧情结构等。

（1）确定题材

在剧本或项目策划过程中，首先要确定的是题材，题材犹如房地产项目中的地皮，有了地皮才能做项目，确定要做什么题材，才能有针对性地搜集相关的素材，项目才可能成立。

（2）确定市场

剧本策划就是项目策划，也就是产品策划，策划的目的就是设计出有市场需求的产品，所以在剧本策划中要知道面对的是什么样的市场，然后根据市场的需求策划剧本和产品。

（3）确定类型

在对目标市场进行充分了解以后，就可以根据题材本身的特质及市场的需求状况确定要做一款什么样的产品。

（4）确定故事

影视产品的核心是故事，对于编剧来说，设计产品就是设计故事，在确定产品类型以后，编剧就可以按照预定类型的要求确定要讲述的故事了。

（5）确定人物

人物是故事的主体、故事的骨骼。找到了故事模式以及故事的戏核和戏魂，就可以按照故事的要求设计剧中的人物，确定在剧中要写一些什么样的人物。

（6）确定剧情结构

人物立起来了，故事有了骨骼，故事的框架也就自然形成了，这时候就能够确定故事的剧情结构了。

11.4　案例分析

电视剧《尖刀出鞘》策划案例分析

一、项目概况

投资情况：本项目原计划由北京某影视公司与山西省长治市共同出资拍摄。

剧本创作：由中国传媒大学影视项目评估研究中心组织专家和编剧进行项目策划和剧本创作。

投资方诉求：投资方都与地方政府有关，双方协议规定本项目的题材必须与地方有关，当地曾经是八路军抗战的重要战场，曾是八路军总部所在地，发生过许多著名战役，解放战争时期，上党战役也发生在这里。当地政府希望通过电视剧宣传当地的红色文化，打造一条红色旅游线，促进当地文化、经济的发展。

二、项目策划

策划团队经过对题材和市场的调查研究，并与投资方多次沟通，按照以下程序对项目进行了策划，确定了题材与类型，并设计出了人物和故事。

(1) 确定题材

当地红色文化有两个标志性的故事资源：一是在抗日战争时期，八路军在当地发动了多次著名的战役，该地是当年八路军总部所在地。二是在解放战争时期发生过上党战役。由于以前曾经拍过有关上党战役的电影，拍摄此类大战役耗资巨大，在市场上也不受欢迎，相对而言，抗日战争的影响力更大，虽然也拍过《浴血太行》之类的影视作品，但影响不大，所以还是决定以抗日战争作为创作题材。

(2) 确定市场

确定做这个项目是在2012年，当时网络平台才刚刚起步，主要市场还是在传统电视台，除了中央台以外，地方卫视中四川、贵州、云南、重庆卫视等都对战争剧比较感兴趣，每年都要播出一定数量的战争剧。所以，创作团队确定把CCTV-8和四川、贵州等四家卫视作为目标播放平台。

(3) 确定类型

当时所谓的抗日“雷剧”在市场上很时兴，但这是一个现实主义题材，投资方是为了宣传当地红色文化，打造红色旅游线，倘若拍成抗日“雷剧”，不仅浪费了资源，也不能满足投资方的诉求。抗日“雷剧”当时虽有市场，但已是强弩之末，很难走得更远，创作团队也不愿跟风，决定另辟蹊径，从谍战入手，创作一部别具风格的战争剧。

(4) 确定故事

创作团队深入当地，翻阅大量资料，发现当地在抗日战争中有很多八路军抗战的故事，但要找到一个好的切入点并不容易。后来找到一段有趣的故事，原来在1941年太平洋战争爆发以后，日军试图尽快扭转中国的战局，消灭华北的八路军，策划了所谓的C号作战计划。在日军陆军部的精心策划下，他们从各部队调集一批特工，组成一支特战队，在当地老顶山秘密训练，他们穿着八路军的服装，还找了很多俘虏陪他们训练。后来这支部队潜入我解放区，试图对我八路军高级将领实施所谓的斩首行动，以达到消灭八路军的目的。围绕着敌人的C计划，我军也采取了一系列的反制措施，以谍战对谍战，以特战对特战，以反“扫荡”对付敌人的“扫荡”，最终挫败敌人的阴谋，取得了反“扫荡”的胜利。这个故事使创作团队眼前一亮，找到了故事的切入点。这部剧虽然写的是大的战役，却从谍战切入，围绕C计划展开，其中有谍战，有特战，还有重大的战役，而这正反映了当时战争的特点，它不仅是谍战剧，也具有史诗剧的特点。

(5) 确定人物

就原题材而言，这部剧原本应该是个大情节故事，全剧可以围绕C计划展开，但它又是从谍战开始的，所以应该从人物切入，可以写成中情节故事，主人公应该是潜入敌人内部的我党地下情报人员。考虑到当地政府的诉求，这个人物最好是当地人，于是就有了于浩明这个人物。故事有两条线：一条是于浩明潜伏在日军内部获取C计划，另一条是我解放区抓捕日军谍报人员。于浩明与潜伏在八路军内部的特务赵尚武原为国军特战队战友，后于浩明潜入日军内部，而赵尚武潜入八路军内部，两条故事线通过两位人物联系起来。

(6) 确定剧情结构

人物和人物关系确定以后，故事的情节线索和结构也就很自然地显露出来了。故事有两条线索：一条是于浩明潜伏在敌军内部与敌人斗智斗勇，获取C计划，并帮助八路军取得反“扫荡”战役的胜利；另一条是在解放区八路军揪出赵尚武等日本间谍，最终挫败敌人的C计划。故事第一阶段以谍战为主，从敌人特战队进入解放区后则以特战为主，最后一个阶段则是以反“扫荡”战役为主。

编剧特训营

以医务人员抗击新冠肺炎疫情为题材，设想拍成电影或电视剧，写出故事创意，并说明策划的依据。

【基本要求】

1.搜集故事素材，写一份故事策划案；

2.说明策划思路及依据。

【作业目的】

学习剧本策划的途径和方法。

第 12 章 叙事策略

建筑师应该根据地理环境来设计楼盘，产品设计师应该根据原材料来设计产品，编剧则应该根据预定的题材来设计自己的故事。

对于编剧来说，题材和素材都是原材料，他要根据市场的需求利用这些材料编织故事，写成剧本，把它作为未来产品的设计图交给制片方，再由导演把它拍成影视剧产品。

同样一块地，可以开发出不同的楼盘；同样的原材料，可以制造出不同的产品；同样的故事，也可以拍成不同的电影或电视剧。好项目都是靠着创作者的智慧策划出来的，好的策划可以化腐朽为神奇，很多看似有缺陷的故事被拍成了经典，坏的策划也可能把好故事变成烂剧本。

剧本和项目的策划从选择题材时就已经开始，制片方选中了某个故事题材，就是看中了它特有的价值。而对于编剧来说，从题材出发，研究题材，吃透题材，这才是剧本策划的开始。

12.1 从题材出发

通常情况下，产品设计有两种途径：一种是先确定市场需要的产品，然后再寻找制造产品所需要的原材料；另一种是先有了原材料，然后在原材料的基础上生产出市场需要的产品。策划影视项目也是这样，有时候我们会先看市场需要什么类型的电视剧，再去找符合这些类型的故事题材。例如，谍战剧时兴的时候，大家都去找谍战题材的故事，现在甜宠剧受宠，大家又都去找符合甜宠剧的故事。有时候则是先有了故事题材，再根据市场的需要进行设计。如小说《潜伏》原本是一部以谍战为背景的情感小说，改编成电视剧后成了描写余则成从一个军统特务成长为我党地下谍报人员的经历以及他与三位女人之间的情感纠葛。但无论如何，产品设计也好，剧本策划也好，都要从题材出发。

对于影视剧来说，题材就是原材料，剧本策划就是要解决如何把原材料转化成市场需要的产品的问题。对于编剧来说，他先要知道自己要设计一个什么样的产品，然后看手里的题材与产品之间有怎样的关系，看哪些是产品所需要的，哪些是产品不需要的，产品与题材故事之间有多大的距离，以什么方法弥补或缩短这些距离，然后形成产品。

同样的原材料可以生产出不同的产品，比如同样是用钢铁，可以生产出汽车，也可以生产出大炮。同样的故事，也可以拍摄成不同的影视剧产品。如同样是白蛇传，可以拍成《青蛇》那样的电影，也可以拍成《新白娘子传奇》那样的电视剧；同样是哪吒的故事，可以拍成《哪吒闹海》，也可以拍成《哪吒之魔童降世》。所谓策划就是要依据现有的题材谋划出自己所需要的故事。

对原有题材的采用或改造程度，取决于产品与原有题材之间的距离。有的时候，原来的故事与编剧设想的故事有很大的距离，如动漫电影《姜子牙》，除了人物名字与原题材有关以外，与原作故事几乎没有任何关系，但故事的灵感还是来自原有的题材。

12.2　题材分析

编剧的职责就是设计出有市场竞争力的产品，剧本策划的过程就是要塑造产品的核心价值和核心竞争力，也就是要尽可能地挖掘和增加题材的价值和潜力，把题材的劣势转化为优势，寻找机会，避免风险。

所谓题材分析，就是要把握住题材的优势、劣势、风险及机会。

（1）优势

所谓题材优势也就是题材最有价值的部分。制片商看中某一个故事题材，必定是看中了它独特的价值，这也许就是项目的优势所在。

故事有两个基本要素，一为人物，二为事件。故事有两种基本模式，一是以事件为主导，二是以人物为主导。寻找故事的核心价值，一是看事件的价值和意义，二是看人物的价值。

小说《流浪地球》属于以事件为主导的科幻故事，看上去似乎并不适合拍成电影。小说讲述太阳即将毁灭，于是人类为地球安装了发动机，试图使地球逃离太阳系，于是地球开始了2500年的流浪。小说提出了一个科学幻想、一种假设，或者说提供了一种虚拟的情境，编导们看中它，也是想把它拍成科幻电影。当时国内还没有真正成功的科幻电影，却在人才和技术上已经有了准备。小说提出的概念充满着想象力和创造力，是以前很少有人提到过的，这给未来的电影奠定了很好的基础，这也是故事的核心价值之所在。

小说《潜伏》看上去似乎也不适合拍成电视剧，它的故事很简单，只写了余则成和翠平假扮夫妻潜伏在天津军统内部发生的故事，其中更多的是感情戏，谍战方面的故事并没有完全展开。但编导们当初看中它，也是想要把它当作谍战剧来拍的，假扮夫妻的故事在以往的影视剧中早就有过，余则成这个人物在类似故事也显得平庸，但翠平这个人物却很出彩。她是个女游击队员，一直生活在乡下，阴差阳错来到了大城市，还与一个陌生男人假扮夫妻，这使她不能适应，但又无可奈何。她的任性和经验不足不断给他们带来危机，使余则成屡陷困境，险象环生，这当中还有些喜剧色彩。这种错位关系形成了故事的戏剧基础，也是这个故事最有价值的地方。

（2）劣势

故事短板是指故事相对于产品的市场标准而言所存在的缺陷，这种缺陷有时来自故事本身，有时则来自市场的需求。

故事题材只是原材料，对于影视剧产品来说，可能并不完善，甚至是有缺陷的。不同的艺术形式有不同的表现方式，故事形态也有很大的不同，有些在别的艺术形式中很好的故事，要改编成影视剧可能就会有很多缺陷或短板。

作为电影题材，小说《流浪地球》最大的短板是没有故事，它只是讲述一种科学幻想、一种概念，而且时间延续数百年之久。故事有冲突，太阳要毁灭了，一派主张坐飞船逃离，被称为“飞船派”，另一派主张带着地球逃离，被称为“地球派”，结果是地球派占了上风。后来太阳并没有毁灭，飞船派发现受骗了，于是杀害了地球派的人。但故事并没有展开，也没有形成情节，这样的故事在电影中是很难表现的。故事中也有人物——主人公“我”是故事的叙事者，也有人物关系——主人公的父亲还有他的夫人，但他们都没有故事。要想把这部小说搬上银幕，这些缺陷都是必须克服的。

电视剧《樱桃》是根据同名电影改编的，虽然电影很成功，得过国际大奖，可要想把它改编成电视剧故事却有着很明显的缺陷。它讲述的是一位智障女人收养一位弃婴的故事。90多分钟的电影，故事内容很简短，基本上是从疯女人樱桃收养弃婴开始，到樱桃失踪结束。故事主要围绕樱桃和女儿红红的关系展开，这样的故事根本无法支撑一部30—40集的电视剧。此外，故事的主人公是个傻女人，外貌丑陋，穿着脏乱，在整个电影中没有一句完整的台词。这样的人物在电影里观众还能够接受，但作为电视剧，要让观众连续20多天面对这样一个女人，无疑是要挑战他们的审美和忍耐力。

小说《暗算》分为“听风者”“看风者”“捕风者”三个部分，分别讲述了某特别单位701的监听局、破译局、行动局等三个部门的五位传奇人物的故事，五个故事相对独立。虽然每个故事都很精彩，但单个故事很难拍成一部长篇电视剧，所以影视剧改编面临的最大困难在于怎样把这些独立的故事联系起来，形成一个完整的故事。

小说《潜伏》与其说是谍战故事，不如说是情感故事，讲述的是余则成与翠平假扮夫妻从事地下工作并相爱的故事，但如果要把它改编为一部长篇谍战剧，这样的故事无论从篇幅还是内容上来说都是很不够的。

一般说来，故事中的缺陷或短板都不是致命的，都可以弥补。很多时候，项目策划就是从弥补故事短板开始的。

（3）机会

作为国家意识形态的重要组成部分，影视剧产业受政治和政策的影响较大，有些题材是国家大力倡导的，有些题材则是国家明令限制的。

策划影视项目要善于捕捉市场机会，宣传时代主题，弘扬核心价值观。为纪念中国人民志愿军抗美援朝出国作战70周年，一系列以抗美援朝为主题的影视剧拍摄并播映，如电影《金刚川》和电视剧《跨过鸭绿江》等。

小说《流浪地球》讲述的是在面临太阳毁灭之时，主张坐飞船逃离的“飞船派”与主张同地球一起逃离的“地球派”之间的斗争，改编成电影后却成了几位中国人拯救地球和人类的故事，既传播了正能量，又满足了观众的民族自豪感。

（4）风险

项目的风险主要来自政治和政策方面，在我国，影视剧是舆论工具，故事中凡是有违背主流意识形态及相关政策法规的内容，都会给未来的影视剧产品带来极大的风险隐患。

根据我国相关政策，电视剧分为一般题材和特殊题材，一般题材只要经过国家广电部门审查通过即可立项，而特殊题材则必须先经过有关部门的审查才能送广电部门立项，如公安题材要经过公安部门审查，军事题材要先经过军队部门审查，国际题材要经过外交部审查，医疗题材要经过卫健委审查，历史军事题材要经过国家重大题材领导小组审查。

影视剧故事难免会涉及一些敏感内容。小说《暗算》中，黄依依破译的其实是苏联的密码，但当时中苏关系比较微妙，倘若按小说中的情节去演可能会留下隐患，必须提前加以防范。

12.3 叙事策略

所谓叙事策略是编剧在充分研究题材和素材的基础之上，根据市场需求和产品要求，为提高产品的核心价值和市场竞争力所采取的叙事策略和手段。

制定叙事策略，要从题材出发，通过强化项目优势，弥补项目缺陷或短板，捕捉时机，回避风险，以保证项目最后取得成功。

（1）强化项目优势，提升项目核心价值

作为编剧，一定要明白项目的优势是什么，制定叙事策略的目标也就是要强化项目的优势，提升项目的核心价值。

电影《战狼2》是《战狼1》的续集，是为动作明星吴京量身定制的。《战狼1》讲述的是战狼特战队在边境与恐怖分子的对抗，《战狼2》则把场景设置到了国外，讲述海外拯救人质的故事。但从现实来看，一般情况下中国特战队是不能到海外作战的，否则容易引起国际舆论的纠纷。吴京是个动作明星，拍的又是动作片，倘若没有战争场面，这部电影也就失去了它的价值。为了解决这个问题，创作组想到的办法是让主人公冷锋离开特战队，以个人的身份来到非洲，寻找失踪的恋人和战友，正好遭遇海外撤侨事件，于是以个人之力参与进去。这样的处理使得这个故事既符合情理，不违反国际法律，又能突出冷锋的个人形象。

《人民的名义》是一部反腐题材的电视剧，与很多反腐剧一样，它是由一个案件入手引出官场的权力斗争和政治腐败，破案只是故事的外壳，是外在的包装，核心其实是权力斗争和政治腐败，这也是观众真正感兴趣的。此类故事一般都会塑造一些清官形象，他们代表社会正义力量，战胜腐败分子，使之得到应有的惩罚。但好人难写，此类人物容易概念化，形象苍白，难以有所突破。而对于电视剧来说，没有几个立得起来的人物是很难取得成功的。所以编导们剑走偏锋，花大力气塑造了高育良和祁宏伟这两个腐败官员的形象，提高了故事的品质和核心价值。

（2）弥补项目缺陷和短板，回避风险，提高产品的市场竞争力

制定叙事策略要针对项目题材存在的主要问题和矛盾，弥补项目的缺陷或短板，尽可能地化劣势为优势，避免项目存在的隐患和风险，化腐朽为神奇。

电影《流浪地球》基本摒弃了小说中的故事和人物，只是借用了小说中流浪地球的概念为故事营造了一个人类和地球面临灭亡的科幻情境，植入了一个带有喜剧意味的英雄拯救地球和人类的故事，终于让中国人在电影中有了一次拯救世界的机会，于是这部电影被拍成了科幻版的《战狼》。

电视剧版《樱桃》不是以樱桃收养弃婴作为故事的切口，而是从葛望与樱桃偶遇开

始，后面加上了红红上中学寻找亲生父亲的故事，这样就延展了故事发展的时空，同时加入了葛望母亲以及葛望弟弟和弟媳等人物，强化了故事的戏剧冲突。

电视剧《暗算》没有把小说中的五个人物都照搬进故事里，而只是选取了阿炳和黄依依两个人物的故事，另外增加了安在天的父亲钱之江在20世纪20年代被敌人软禁后把情报送出去拯救地下组织的故事。三个故事虽然相对独立，但故事模式和气质很相似，都是设置了看似不可能完成的任务，然后引出具有特殊才能的人物。三个故事由叙述者安在天加以串联，在阿炳和黄依依的故事中，安在天是剧情中的人物，而第三个故事中的钱之江则是安在天的父亲。

电视剧《潜伏》把故事的时间线加以延伸。小说只是围绕着余则成和翠平来展开故事，电视剧则是写余则成从一个军统特务成长为中共地下党员的成长经历。小说中余则成的情报工作并没有真正展开，电视剧通过增加李涯、陆桥山等人物，把谍战这条故事线牢牢地牵住了，还写出了“办公室政治”的意味，并把现今社会信仰缺失的问题抛了出来，使故事与现代观众有了共鸣点。同时，还增加了左蓝和晚秋两个女人以及她们与余则成的情感关系，丰富了故事的感情戏。

表12-1　几部经典影视剧的叙事策略

原作	故事缺陷	弥补方案
小说《流浪地球》	只有一个概念或情境，没有故事，没有人物； 故事抽象，时间延续过长	利用“流浪地球”这个科幻概念营造地球及人类灭亡的绝境，植入一个英雄拯救地球和人类的故事模式，使其成为科幻版的《战狼》
电影《樱桃》	故事简短，时空受限，故事难以拓展； 主人公是个傻女人，缺乏美感，令观众难以忍受	故事线往前后延展，拓展故事的时空，使主人公樱桃智商略微提高，形象改善，加入葛顺和山菊等人物，强化戏剧冲突
小说《暗算》	五个故事相互独立，没有关联	选择三个气质相似的故事，三个不可能完成的任务引出三个奇特的谍战故事，用安在天这个人物将所有故事串联起来
小说《潜伏》	故事简短，围绕余则成和翠平展开，很难支撑起一部长篇电视剧	延伸故事的时间线，讲述余则成从军统特务成长为中共地下党员的艰难历程，强化故事的谍战戏，同时加了左蓝和晚秋两个人物，丰富故事的情感戏

12.4　案例分析

【案例一】

电影《敦刻尔克》的叙事策略分析

《敦刻尔克》是由克里斯托弗·诺兰导演的一部以二战时期英法联军“敦

刻尔克大撤退”的历史事件为题材的电影，获得多项奥斯卡奖，在商业上也取得了较大的成功。

（1）题材分析

影片以二战时期的重要战役作为题材，是个大情节故事，如果正面描写战役进程，场面宏大，耗资巨大，缺乏创意和创新，容易流于套路。

此类故事题材，很多导演会把它拍成史诗性的作品，围绕这场战役双方斗智斗勇，从高层的决策指挥到士兵在前线浴血奋战，表现整个战役的进程。但观众对这场战役的历史早就有所了解，如果只是把历史复现出来，很难激起观众的兴趣。

影片故事属于历史题材，即便是一场重大的历史性战役，也难接地气，很难吸引现代的观众。

（2）叙事策略分析

针对题材特点，创作者主要采取以下叙事策略：

虽然影片描写的是一段历史、一场真实的战役，但导演并不想复制战役的进程，而是从几位普通人的视角来描写这场战役，让人们从不同的角度去感受战争的残酷，感受死亡的恐怖。一方面，从人物来切入历史事件，表现个人在历史事件中的命运，就使这个大情节故事变成了中情节故事，有了事件也有了人物。另一方面，让人物感受到对战争的恐惧，表现人在死亡面前的脆弱和无助，这就能引起观众的共鸣。今天的观众虽然很少经历战争，却经常面临恐惧和死亡。

导演为了真实地表现这场战役的进程，选择了三个不同的人物和三个不同的视角。一位是陆军士兵汤米，一位是平民船长道森，还有一位是战斗机飞行员法瑞尔。从陆地到海上到空中，士兵汤米一直都在逃生，表现的是对死亡的恐惧；船长道森一直都在救助士兵，表现的是勇敢和道义；而飞行员法瑞尔在极其艰难的情况下与敌军周旋，从空中保护着逃亡的部队，最后落入敌手，表现的是一种自我牺牲。在导演看来，他们都是英雄，因为在战争和死亡面前，生命才是最重要的。

【案例二】

电影《无问西东》的叙事策略分析

《无问西东》是为清华大学建校百年而创作的电影，放映后不仅获得了良好的口碑，也取得了较好的经济效益，是一部很成功的电影作品。

（1）题材分析

影片为清华大学建校百年而拍，算是命题作文，只能以清华大学相关人物和历史作为创作题材。

清华大学乃我国首屈一指的名校，有百余年历史，涌现出很多著名的人物，也发生过很多有价值的故事。

既然是为清华校庆而作，无论投资方还是清华校方，必定各有诉求。从清华校方来看，当然希望从正面宣传清华，表现清华的历史，表现清华的精神；而从投资方来说，这毕竟是一个商业项目，是要投入巨资的，总希望在产生良好社会影响的同时也能获得商业上的回报。

清华有百余年历史，故事很多，编一个贯穿百年历史的故事很难，如果选取其中某一段，选哪一段为好？今天的清华、“文革”时期的清华还是西南联大时的清华？清华曾培养出很多优秀人物，有科学家、文学家、政治家等等，他们每个人的故事都可以拍成电影吗？要找个能够代表清华的历史或清华精神的人物却也是很难的。

影片为命题创作，但毕竟电影是要给普通观众看的，通常观众对这类电影是很排斥的，认为宣教气息浓厚，缺乏艺术性和娱乐性，不接地气。

（2）叙事策略分析

针对题材的特征，编导团队主要采取了以下叙事策略：

第一，在主题上，针对当代人精神上的迷失，针对大学教育中人文精神的缺失，针对大学校园里精致利己主义的盛行，从当年的清华人身上挖掘出“立德立言，无问西东”的精神品质和人生境界，带领今天的观众从当年的清华人那里去寻找我们丧失的精神和境界，这就找到了与当代人进行心灵对话的通道，从而引发观众产生思想和情感上的共鸣。

第二，围绕主题的表达，影片选择了清华发展过程中具有标志性意义的四个历史时期的清华人作为主要人物，包括生活在20世纪20年代的吴岭澜、西南联大时期的沈光耀、“文革”中的陈鹏和当代的张果果。他们生活在不同的时代，面对世俗的种种诱惑都曾经迷失方向，但他们无一例外最后都选择了真实地面对自我，在理想和现实发生冲突的时候都选择了公义和理想。吴岭澜选择了自己喜欢的专业，沈光耀违背了父母的意志选择为祖国而牺牲，陈鹏遵循内心的意愿选择了爱情，身处职场的张果果也坚守了自己的职业理想。他们身上体现了清华人的精神，而这样的精神正是当代教育所缺失的，也是我们需要追寻的。

第三，在结构上，影片打破了传统的线性结构，四个人物、四个不同时空的故事相互交织，并行推进。四个故事看似没有关联，在主题及故事结构上却相互关联，写的都是他们在各自生活的历史时期所面临的选择，有着共同的精神传承。在人物关系上也有丝丝的联系，吴岭澜是沈光耀的老师，两人在西南联大有过交往，而沈光耀当年从飞机上撒下的食物救活的那些孩子中就有后来的陈鹏，陈鹏的好友李想当年救过张果果父母的生命。

【案例三】

电视剧《士兵突击》的叙事策略分析

《士兵突击》是当代电视剧难得的一部经典之作，就题材而主，它并不占优势，但编剧采取了适当的叙事策略，化腐朽为神奇，使之成为优秀之作。

(1) 题材分析

《士兵突击》是一部军事题材电视剧，创作中至少面临以下几个方面的难题：

首先，它属于军事题材，行业性很强。对部队生活多数观众可能不感兴趣，而作为商业剧，它是要给大众看的，怎样把行业题材拍成让大多数观众喜欢的故事，这是编剧面临的第一个难题。

其次，它属于军事题材，却不涉及战争，写的是和平时期的军人，最多也就写了几场军事训练，这样的生活往往缺乏戏剧性，怎样把常态的生活变得非常态化，把平凡的生活戏剧化，这是编剧面临的第二道难题。

最后，军事题材的主人公一般是英雄，而该剧主人公是个普通士兵。士兵的生活比较单调，很难处于某种关系的中心，也就很难组织戏剧冲突。很多写士兵的故事也多是写他们追求进步、做好事、帮助战友、争取入党之类，很俗套，观众也不感兴趣。

(2) 叙事策略分析

针对故事题材的特征，编剧采取了以下叙事策略：

第一，编剧采取的是小人物逆袭的故事模式，但把主人公设计成一个心灵纯净、不谙世事、在世俗面前坚守士兵本分却不被周围人理解甚至被嘲笑的“傻子”士兵，使故事变成“一个傻子和一群聪明人的故事”，最后这个“傻子”战胜周围的那些聪明人成为兵王级的士兵。编剧通过这个故事批判了现实中到处都存在的成才式的精致的利己主义者，鼓励人们坚守理想，坚守道义，追求有价值的人生，不抛弃，不放弃。这样就强化了故事的哲理性，编剧仿佛通过这个故事在与观众讨论人性和人生，这就打破了行业的局限，容易引起观众在思想和情感上的共鸣。

第二，和平时期的生活很平淡，没有了战争，很难有重大的事件，也难组织戏剧冲突。编剧就在人物身上下功夫，采取的是小情节故事模式，但人物却是非常态的。主人公许三多虽然是个普通士兵，但他的“傻”和“倔”使他与成才、李梦这样的利己主义者格格不入，他们的价值观不同，性格和追求不同，因而容易产生戏剧冲突，而且这样的人物是以前影视剧中很少有的，具有典型性。人物有了戏剧性，故事的戏剧性也就自然产生了。

第三，在人物设计上，把人物分成两类：一类如许三多，是心灵纯净、脚踏实地、坚守理想和道义、坚守做人本分的“傻子”；另一类则是像成才、李梦这样的聪明人，是精致的利己主义者。他们对待人生的态度迥然不同，容易产生矛盾，他们之间的互相不理解和对立也带有一定的喜剧性。

编剧特训营

选择一部网络小说，设想将它改编成电影或电视剧，分析题材的优势及缺陷，提出改进方案，并写出剧本的叙事策略。

【基本要求】

1.选择一部你认为具有改编潜质的小说；

2.在对题材进行充分研究的基础上写出剧本改编方案。

【作业目的】

学习根据题材制定切实可行的叙事策略。

第 13 章　市场定位

制片商在决定做项目的时候，首先考虑的必定是市场因素，包括采取什么样的盈利模式和营销模式、在什么样的平台播映、目标观众有哪些等等。

编剧并不直接面对市场，但作为影视产品设计师，他应该知道自己设计的产品将要面对怎样的市场，市场的需求情况是怎样的，以保证自己设计的产品能够满足市场的需求并具有足够的竞争力。

13.1　项目的市场定位要考虑哪些因素

编剧在研究题材的同时就要考虑项目的市场定位，也就是说，他要确定自己要做的项目将面对怎样的市场，怎样根据市场的需求来编写自己的剧本，以便使自己设计的产品能够在市场上获得成功。

很多编剧其实是不懂市场的，以为自己就是个编剧，把故事编写出来就行了，产品卖不卖得出去是制片方的事。而真正有经验的编剧，一看故事题材就能判断它可以做成什么样的产品，这样的产品符合怎样的市场，然后他会按照目标市场的需求和标准来设计剧本，这样编写出来的剧本成功的概率当然也要大得多。

编剧对自己设计的产品进行市场判断一般会考虑以下几个方面：

（1）盈利模式

产品的盈利模式一般由制片方决定，与编剧并没有关系，但编剧还是应该知道未来产品是怎么赚钱的，有经验的编剧在设计剧情的时候是会考虑制作成本的。对于那些盈利高、成本高的影视剧，编剧在设计剧情时可以稍微放纵一些，场景可以设计得豪华些，而对那些盈利并不可观的影视剧，编剧必须学会控制成本，尽可能把故事安排在成本低廉的场景中。

电影和电视剧的盈利都可分为版权收入和非版权收入两类。版权收入主要是电影和电视剧发行所得的收入，包括国内发行和国外发行收入。非版权收入包括衍生产品收入和后衍产品收入。衍生产品收入包括音乐版权收入、小说版权收入、植入式广告收入、明星代言收入和社会赞助收入等，而后衍产品收入则包括主题公园收入、游戏收入等。

盈利方式不同，对产品的要求也会不同。电影《妖猫传》并不完全靠票房来赢利，更主要是靠开发当地的旅游资源，编剧创作这样的剧本固然也重视剧情，更重要的是凸出场景，拍出场景的豪华和壮美来。电视剧《花千骨》主要不是靠版权赚钱，而是为了开发相关的游戏，所以这类故事最好拍成偶像剧，以吸引更多的流量和粉丝。

（2）营销模式

电影和电视剧都可以有两种营销模式：一是to B模式，二是to C模式。把电影版权卖给电影频道或视频网站播出是采取to B模式，在院线放映则是采取to C模式。把电视剧版权卖给电视台或视频网站是采取to B模式，以分账模式在视频网站播出则是采取to C模式。

采取不同的营销模式，盈利多少不同，承担的风险也不一样。同样一部电影，卖给电影频道不过100万—400万元，而在院线放映最高票房收入可达数十亿元之多，最低可能只有数万元甚至更低。同样一部电视剧，把版权卖给电视台每集可稳赚数百万元，播出好坏都没影响；但如果卖给视频网站搞分账，可能赚得更多，也可能赔得更惨。

视频网站购买影视剧也是分类定价的。一般说来，视频网站会根据项目的成色把影视剧分为自制剧、版权剧和分账剧三种。自制剧是指由视频网站投资、由制片方承制的电视剧，制片方一般不投资，收入低，但风险小。版权剧是指由制片方拍摄完成、由视频网站根据产品质量收购的电视剧，收购价高于成本时制片方会获得利润，而收购价低于成本时则可能亏本。分账剧则由制片方出资拍摄然后交视频网站播出，价格按评分等级确定，根据播放收入和广告收入与平台按比例分账，这种方式对平台没有任何风险，但制片方则有一定风险。

编剧并不能决定未来产品的营销模式，但营销模式不同，所面临的市场环境就不一样，收入也不同，投资多少更不一样，所以编剧在选择题材的时候就不得不考虑未来产品投资的多少。同样一部电视剧，做成版权剧可以选择成本高的大制作题材；而做成分账剧则成本一般控制在4000万—6000万元，这样的成本要想拍摄《长安十二时辰》那样的题材显然是不现实的。

（3）播映平台

影视剧在不同的平台播映，收入不同，制作成本也有所区别。

在电影频道播出的电影，收入只有100万—400万元，只能是小成本制作，编剧也就只能选择那些花钱少的故事题材。而院线电影，除了制作成本高以外，还需要大量的宣发成本，运营成本一般都在5000万元以上。院线也分大院线和小院线，大院线走的是全国大市场，小院线走的是地方市场；大院线放映的是主流类型电影，制作成本高，而小院线可以放映一些非主流或制作成本较低的电影。

一般情况下，电视剧的价值和价格都是由购买者决定的，同样一部电视剧在不同的平台播出价格完全不一样。一部高品质的电视剧，卖给三家视频网站版税可以达到600万—1000万元/集，卖给两家一线卫视可达400万元/集，卖给央视最高可达300万元/集，卖给二线卫视播出能得100万—150万元/集，卖给地方电视台播出则只能得到3000—50000元/集。

不同的平台有不同的观众群体，对影视剧产品有不同的要求。相对而言，传统电视台以中老年观众为主体。央视作为国家电视台，承担着国家舆论导向的使命。CCTV-1播出的电视剧以主旋律电视剧为主，强调思想性；CCTV-8为电视剧频道，虽然也以播放主旋律电视剧为主，相对而言稍微偏重商业性。一线卫视当中，湖南台以娱乐立台，以年轻观众为主体，偏重的是言情剧和偶像剧；上海东方台偏重都市情感剧；而浙江卫视和江苏卫视则更偏重都市爱情剧和谍战剧。除了类型，也看重演员，各个电视台都有自己偏爱的演员，这往往意味着成本的增加。

制片方其实都是在为市场拍摄影视剧，编剧作为影视产品设计师，当然也应该学会按照播映平台的要求来创作自己的剧本。假如让你创作一部在CCTV-6播出的电影剧本，你却把它写成如同《泰坦尼克号》那样的鸿篇巨制，让你写一部在院线放映的大电影，你写的却是只适合在电影频道播出的数字电影，让你写的是能在CCTV-1播出的主旋律电视剧或献礼剧，你写出来的却是《蜗居》这样的社会问题剧，这显然是不符合市场规律的。

其实制片方在挑选故事题材时就设定好了市场目标，他们会要求编剧按照平台的需求来编写剧本。编剧如果不想让自己写的剧本束之高阁，就必须了解平台的要求，按照平台的要求设计故事，编写出平台需要的影视剧剧本。

（4）目标观众

无论电影还是电视剧，观众总是主要的消费者。对于采取to C模式的影视产品来说，观众的喜好决定着产品的命运，这类产品主要依靠票房获得收入。而对于采取to B模式的影视产品来说，尽管观众看影视剧并不花钱，但广告商却也是根据观众的喜好来投放广告的，所以电视台一直把收视率高低作为衡量影视剧价值和价格的重要指标。

编剧作为影视产品的设计者，要时时想着观众，了解观众的心理需求，并尽可能地用自己的故事去满足观众的精神需求。

作为产品，都具有某些能够满足受众的功能，如汽车作为交通工具，可以快速安全地把消费者从一个地方输送到另一个地方，而影视剧作为精神产品，它作用于人的心灵，可以给人带来精神的满足。

不同类型的产品、不同的故事，具有不同的功能，也有不尽相同的目标观众，能够满足观众不同的心理需求。对于编剧来说，他不仅要知道未来产品的目标观众是谁，他们有什么样的心理需求，还要知道我们所编写的故事可以从哪些方面、在何种程度上、用什么方式满足观众的需求。

影视剧作为产品，它应该满足观众未曾满足或未曾完全满足的精神需求，所以作为影视产品设计师的编剧，要时时了解社会，把握住观众的心理需求。假如你要写一部战争剧，那你应该知道这类剧的主要受众是男性，男人往往都有英雄情结，在和平时期他们想成为英雄却少有机会，你可以通过故事中的英雄人物帮助他们实现这样的愿望。假如你想拍一部偶像剧，你要知道这类剧的观众一般是沉溺于梦想中的年轻人；倘若你要拍一部喜剧，这类剧是要引人发笑的，那你就得知道观众最关注的是什么，怎样才能把故事讲述得趣味横生。

编剧编剧本、讲故事的过程也是在与观众进行心灵的对话，他要通过故事表达自己对人性和人生的看法，表明自己的价值观、世界观和人生观，会在故事中倾注自己的情感，同时也会想方设法把故事讲得有趣味来吸引观众，这就需要了解观众，寻找到与观众进行思想和情感交流的契机和平台。编剧应该善于把握时代的脉搏，把握住观众的心理。20世纪90年代，中国正处于社会转型期，旧的计划经济解体，新的市场经济正在兴起，面对社会的变革，很多人无所适从。这个时候电视剧《渴望》应运而生，人们从中华传统女性的代表刘慧芳身上找到寄托。到21世纪之初，社会的变革引起了人们婚姻观念的变化，出现了离婚潮，电视剧《牵手》及时反映这样的社会现象，第一次涉及了三角恋问题，引发了社会的强烈反响。电视剧《中国式离婚》表现的是男女主人公因性格和价值观、人生观差异而造成的婚姻悲剧，毕竟不是每个家庭都会有三角恋或第三者插足，现代婚姻的危机更多来自男女之间价值观和人生观的差异，这样的故事也能引起观众的共鸣。电影《战狼2》之所以火遍大江南北，是因为它正好契合了当时社会上正在高涨的民族主义和爱国主义情绪。而《流浪地球》则被看作科幻版的《战狼》，毕竟是中国第一部真正意义上的科幻电影，它激发了中国观众的民族自豪感，这也是这部电影取得成功的重要原因。

13.2 故事设计中的市场策略

编剧要学会把握市场，根据市场的需求设计产品，但并不意味着就要盲从于市场，而是要从项目出发，从市场实际出发，尊重市场规律和影视创作规律，为自己的产品制定切实可行的市场策略。

很多制片商和编剧都是根据当下的市场动向来判断市场的，看什么样的题材火就选择什么样的题材，看哪种类型的影片火也跟风去拍这种类型的影片。其实，影视市场的形势总是在不断变化的，昨天卖得好的片子未必今天还能好卖，今天播得火的影视剧明天未必就能火。所有产品都是为了满足观众未曾满足或未曾完全满足的需求，何况一部影视剧的运营周期一般都在一两年以上，倘若你只是根据昨天或者今天的市场去做明天甚至以后的产品，就很难跟得上市场形势的变化，也很容易被市场抛弃。

优秀的制片人和编剧都应该在适应市场的同时学会引导市场。在《流浪地球》以前，很多人都不看好中国的科幻片，他们以为中国人虽然喜欢看美国人拍的科幻片，但中国人自己是拍不了科幻片的，因为技术达不到，思维更达不到。他们却没有看到，中国的科幻电影早就有了积累，刘慈欣等科幻作家的崛起、很多特技公司的出现，都为中国科幻电影的兴起做好了准备，就等着那临门一脚了。而《流浪地球》的创作团队抓住了时机，迎难而上，终于创造了中国电影史上的奇迹。

面对复杂多变的市场形势，制片人和编剧都应该采取灵活机动的市场战略，产品的市场定位既要精准也要留有余地。比如你拍的是院线电影，也要兼顾网络电影市场；你拍的是电视电影，将来也可能卖给视频网站；你拍的是主旋律电视剧，想要在中央电视台播出，也可以兼顾地方卫视或网络平台。多类影视剧市场的本质是相同的，倘若市场定位过于狭窄，一旦失手就没有了退路，处境会很狼狈。

13.3 案例分析

电视剧《傻根进城》的市场策略分析

电视剧《傻根进城》原本是为传统电视台量身打造的，后来却在网络平台取得成功，实现华丽转身，这与创作团队有很大的关系。

(1) 项目概况

企业投资拍摄，制作成本约2700万元，全剧共35集，每集成本约77万元，在当时属于小成本制作。

2013年开始创作剧本，2014年拍摄，2015年开始发行。

主要演员都是新人，主演包贝尔当时名气不大，并未在影视剧中担任过主演。

（2）市场定位及市场策略

当时，网络平台还没有发展起来，市场主要以传统电视台为主，考虑到该剧的制作成本和演员阵容，目标市场主要定位在省市级二、三线卫视。

该剧按照二、三线商业剧的标准创作，是有关农村青年到城市为梦想而奋斗的励志题材电视剧，虽非重大题材，但思想纯正，又有喜剧性，完全符合主流意识形态，也并非没有机会冲击CCTV-8乃至CCTV-1。

考虑到该剧投资小，演员阵容并不十分强大，制作团队和发行团队都较弱，但剧的品质优良，除了上星台以外，也可以在省市地面台播出。

（3）市场形势的变化

2013年电视剧投拍时，电视剧市场形势良好，网络电视刚刚起步，对传统电视台没有构成竞争，国内市场分中央台、省级卫视和省市级地面电视台三级市场，都有很好的购买力，一部电视剧可以在四家卫视同时播出，即所谓“一剧四星”。

电视剧于2014年拍摄，2015年开始发行，这一年准备实行“一剧两星”政策，二、三线电视台购买能力下降，很多高成本电视剧都想赶在实行“一剧两星”前播出，市场竞争加剧，同时网络电视突然崛起，对传统电视形成巨大压力。

（4）市场策略及实施过程

考虑到当时市场竞争激烈，该剧在投资成本、演员阵容方面处于劣势，题材和类型也非主流，又缺乏发行资源，所以采取先在地面台发行，以图造成影响，再发省市级卫视的策略。

该剧先后在长沙、成都、沈阳和湖北四家地面台播出，虽然取得较好的播出效果，收视率在当地排行均达到过第一名，但并没有产生太大的影响，与此同时，省级卫视发行连连受挫，希望渺茫，前景堪忧。

后来网络电视崛起，网络大电影开始采取分账模式，网剧时兴，但多以涉案、爱情和魔幻题材为主，《傻根进城》并不在此列。后来，爱奇艺终于开始对网剧实行分账模式，经商议后制片方决定以分账模式在爱奇艺平台播出。

《傻根进城》在爱奇艺播出后取得较好的反响，2017年把播放权卖给了山东卫视，同时再次在爱奇艺以分账模式播出。

（5）市场业绩

该剧在长沙、沈阳、成都、湖北地面台播出，都达到过同时段收视率第一名的好成绩。

该剧在爱奇艺以分账式播出，观众点击量达到6.8亿，观众看完率平均为38%，最高达到45%，获爱奇艺颁发2016年最佳口碑奖，分账资金排名第二，是国内第一部传统电视剧以分账模式在网络平台播出并取得成功的电视剧。

2017年该剧版权被山东卫视收购，在不利的市场环境下，收视率最好时达到同时段全国排名前三。

编剧特训营

尝试把小说《三体》改编成电影或电视剧，分析项目的市场定位及市场策略。

【基本要求】

1.把项目放在当前的市场环境下进行分析；

2.写成分析报告。

【作业目的】

学习根据题材分析项目的市场定位。

第 14 章　类型定位

影视剧都是按照类型来生产的，确定了故事题材，研究了市场，编剧作为产品设计师，就要考虑怎样规划和设计未来的产品了。

14.1　类型定位

所谓类型定位，就是根据故事题材及市场环境和投资方的诉求来规划和设计产品类型，目的是生产出真正符合市场需求的有市场竞争力的产品。

14.1.1　类型定位就是产品定位

类型定位就是产品定位，解决做什么样的产品的问题。

同样的原材料可以制作出不同的产品。同样是钢铁，既可以用于造汽车，也可用于造飞机。同样的故事题材，也可以做成不同类型的影视产品。对于编剧来说，他要知道就这个题材和它所面临的市场来说，做成什么类型的产品才是最好、最有价值的，他必须找到最好的方案。

同样的故事题材，可以做成不同类型的影视剧。但是到底应该怎么做，在很多时候编剧并不能自作主张，而是在很大程度上要服从制片方所制定的市场策略和产品策略，所以影视剧的类型定位其实就是针对特定的故事题材所确立的市场定位和产品定位。

影视剧是按照类型生产的，不同类型的影视剧针对不同的市场，面临着不同的市场环境。假如你拍的是《战狼2》《红海行动》这样的现代战争大片或者《我不是药神》《少年的你》这样反映小人物生活并触及社会敏感问题的社会伦理片以及像《驴得水》这样的喜剧片，那你的影片类型肯定是大众所喜欢并且可以走全国大院线的。如果你想拍的是像《小武》《地久天长》这样的纪实风格的艺术电影，那肯定只能走小众院线，你的作品可能会赢得很好的口碑，但能欣赏的人一定不多。假如你拍的是主旋律电视剧，你最好把市场定位在CCTV-1或CCTV-8。假如你拍的是偶像剧，最好的市场是湖南卫视。但如果你想把它拍成所谓的甜宠剧，你最好还是想着把它卖给腾讯、爱奇艺这样的网络平台。

有些故事题材类型特征比较突出，只能做成某些特定类型的影视剧。如《樱桃》具有明显的苦情剧特质，最好做成苦情剧；小说《亮剑》也只能做成战争剧；小说《三体》《流浪地球》都属于科幻题材，只能做成科幻类型的电影。有些故事题材虽然也有明显的类型特征，却可能有多种选择。诸如弱女子进入宫殿为亲人复仇这样的故事，既可以拍成如《大长今》那样带有偶像剧特质的励志剧，也可以拍成如《延禧攻略》那样的宫斗剧，还可以拍成如《还珠格格》那样糅合了宫斗、悬疑、武打、情感和喜剧元素的混搭剧。

类型定位不准确，意味着产品策略不明确，这样设计出来的产品很难在市场上取得成功。电视剧《猎场》的失败就在于其类型定位不明确，有人把它定位为商战剧，但商战剧的主人公一般都是在商场纵横捭阖的企业家或商界精英，而主人公郑秋冬只是个猎头，只是帮助企业挖人的，根本到不了商战的层次；它也不是励志剧，郑秋冬其实是个吃软饭的男人，总想投机取巧，先是抛弃恋人到国外去做投机买卖，后来又去做传销，坐牢出狱后又不思悔改，总想借用他人身份坑蒙拐骗，即便这样他也没有取得多大的成功，最后还是依靠罗伊人的帮助才开办了公司，当了个并不起眼的小老板；它当然也不是爱情剧，虽然也写了郑秋冬与三位女性的情感，但这样的爱情很无聊，根本不具有爱情剧的特质。这样没有类型剧特质的电视剧，自然不可能在市场上取得成功。

14.1.2 类型定位的基本原则

编剧一般会在两种情况下创作剧本：一是先定好了要做什么类型的影视剧，自己寻找创作素材进行创作；二是根据已有故事进行创作。无论哪种情况，编剧都要先想清楚到底要做成什么类型的电影或电视剧。

编剧在对故事题材进行类型定位的时候，除了考虑制片方或投资商的诉求以外，更应该掌握以下原则：

（1）以故事题材为基础

项目策划总是以现有的故事题材为基础的，编剧在创作之前，应该认真地研究故事题材，看看它到底适合什么类型的产品。

一个故事到底能够做成什么类型的产品，主要与故事的内在气质、戏剧结构及所包含的戏剧元素有关。譬如金庸的小说都是武侠小说，自然是要拍成武侠电影或武侠电视剧；二月河的小说只能拍成历史剧；而张爱玲的小说则可拍成言情剧。小说《潜伏》似乎是从男女情感切入故事的，却含有谍战剧的气质、戏剧结构及戏剧元素，自然是可以拍成谍战剧的。

很多故事都具有多种类型故事的特征，编剧在确定把它做什么类型以前应该寻找故事中最有价值的部分。譬如我们要拍摄一部如《猎狐行动》这样海外追逃题材的电影或电视剧，很多人看中这样的题材是想把它作为破案故事，因为其中可以有很多紧张的悬念和搏斗情节，但事实上我们的公安干警在国外是没有执法权的，也就是说在剧中根本没法组织起一条完整的行动线，而且作为破案故事，这类题材并没有优势，远不如刑侦或缉毒故事那样惊心动魄。从观众视角来看，这类题材他们更愿意看的是罪犯们在海外逃亡的惨状，这样的故事反而比海外追逃的故事更能满足观众的心理，这也可能是这类题材更有价值的部分。《人民的名义》是一部涉案题材电视剧，但就破案过程来说，内容很是平庸 ，这个题材最有价值的部分是官场的腐败，最具典型性也最有价值的人物不是侯亮平、沙瑞金这样的清官，反倒是高育良和祁宏伟这样的腐败分子，所以这部剧最核心的内容是官场的权力斗争，而破案只是线索，如果单纯把它拍成了破案剧，抽去了反腐的内容，这部剧也就失去了其核心价值。

（2）以市场需求为导向

遵循市场规律，就是要根据市场的需求来制作影视剧产品。把某个故事题材做成什么类型的产品，还得以市场为导向。做成不同类型的产品，将会面对不同的市场环境并采取不同的盈利模式。

很多故事都可以拍成多种类型，至于到底拍成什么类型，要视题材和市场而定。譬如战争题材的故事，如果想走大院线，你可以把它拍成如《战狼》那样的战争大片，而如果想把它拍成在传统电视台播出的电视剧，则可以拍成如《亮剑》《激情燃烧的岁月》那样的英雄传奇。而拍农村题材的故事，倘若将来想在CCTV-1或CCTV-8播出，就得设法把它拍成政治性很强的主旋律电视剧，倘若想卖给地方卫视，可以拍成像《乡村爱情》那样的爱情喜剧，也可以拍成像《樱桃》那样的苦情剧。

编剧当然希望自己的作品能够成为爆款，他们总是想从别人的成功中寻找市场的契机，什么类型的影视剧成功了，他们也跟着去做，《战狼》成功了，他们便想做战争片，《流浪地球》成功了，他们才想起去做科幻片，《少年的你》成功了，他们才想起要做有关校园霸凌的电影。他们不知道，任何产品都是要满足观众未曾满足的需求，除非你的作品做得跟别人不一样或者超越别人，否则观众是不会买账的。

遵循市场规律，就要研究市场，研究观众。很多人以为市场是难以把握的，一部影视剧从剧本策划到最终上市至少一两年以上，你很难预料两年以后的市场会是什么样的。即便如此，市场仍然是有规律可循的，世道会变，人性不会变，人皆有爱美之心，人皆有欲望。无论世道如何变化，人类对真善美的追求永远不会改变。

（3）遵循影视创作规律

影视剧是所有艺术产品中最具有商业性的，但影视剧毕竟与一般的商品不同，影视剧同时也是艺术，影视剧的创作必须遵循艺术创作的基本规律。

随着影视剧市场的成熟，影视剧创作基本上呈两种发展趋势：一是类型化，二是反类型或非类型化。

类型化就是产品化，产品化要求按照一定的规格、标准、模式并按固定的流程生产产品，影视剧按照市场的需求进行类型化生产，影视剧成为类型，意味着市场以及产品的成熟，但类型化往往也会抑制艺术家的想象力和创造力，而失去了创新性，艺术作品的生命力就会衰弱。所以，很多有创造力的艺术家都会突破原有的类型模式，寻求创新，这就呈现出影视剧创作中的反类型化趋向。

影视剧创作中的反类型化，表现在两个方面：一是非类型化，即并不按照类型所规定的模式去创作，其作品很难用某种类型加以界定。二是把多种类型的戏剧元素糅合在一起，譬如在谍战剧中加上情感剧的元素，在励志剧中加上偶像剧的元素，在战争剧中加上喜剧的元素，使之成为混搭类型的影视剧。

14.2 功能设计

商品之所以成为商品，是因为它具有价值和使用价值。所谓商品的使用价值是指它具有能够满足消费者某种需求的功能，如同汽车作为交通工具能够把人安全快速地从一个地方运送到另一个地方。影视剧也一样，作为精神产品，它能够给消费带来美感，带来知识和信息，能够让观众在欣赏美的同时，享受快乐，获得情感的满足。

14.2.1 讲故事的目的是赋予产品以满足观众精神需求的功能

很多编剧都醉心于把故事讲述得很精彩，但是很少有人会去想我为什么要讲这个故事，故事到底能给观众带来什么。他们不知道影视剧原本是产品，观众之所以愿意看是因为它能满足观众的精神需求。讲故事的目的就是要赋予未来的影视剧产品某些能够满足观众精神需求的功能。影视剧类型化就是功能化，影视剧类型基本也是按照其功能来划分的，譬如战争剧（片）主要以造梦和纪实为主，主人公一般是英雄；偶像剧（片）以造梦和娱乐为主，主人公一般是偶像式的人物；励志剧（片）以造梦和教化为主，多讲述小人物逆袭的故事；犯罪片以教化为主，主人公一般为罪犯，通过讲述他们被绳之以法的过程对世人加以警示。

影视剧的戏剧功能是通过剧情的味道来实现的，创作者就是根据观众的需求和故事的功能定位来调制剧情的味道的。

不同的菜系有不同的料理方法，川菜、湘菜讲究的是重口味，粤菜、浙菜则口味偏淡。影视剧也一样，不同国家和地区，由于其历史文化不同，故事的料理方式也会有很大的不同。美剧属于重口味，无论警匪剧还是历史剧，多以暴力、情色为主调，戏剧冲突强烈，剧情发展迅速。而韩剧情节口味偏淡，温情脉脉，情感丰厚，剧情节奏也显得舒缓。中国的港剧偏重暴力，以警匪剧、武侠剧见长；而台剧偏重情感，更擅长言情剧；大陆剧注重故事的思想性，叙事上则追求纪实主义，要求真实地反映生活，更强调纪实性和思想性。

不同类型的影视剧，其叙事功能不同，剧情的口味也不一样。战争剧、谍战剧、警匪剧、武侠剧等，多是以英雄人物为主人公，以暴力为戏剧元素，追求强情节和快节奏，更强调造梦功能和娱乐性；社会生活伦理剧、历史剧则强调故事的纪实功能和教化功能，追求真实性和思想性；政治剧强调的是思想性；而喜剧追求的是娱乐性。

编剧作为影视剧产品的设计师，要通过故事体现出产品的功能。假如要拍一部战争剧（片），是以塑造英雄形象为观众造梦，还是以小人物的经历表现战争给人类造成的苦难？假如要拍摄一部警匪剧（片），就得看看是以破案为主，还是以表现犯罪过程、揭示社会问题为主。故事里有美梦，有知识，有情感，还有趣味，编剧就是利用这些戏剧元素，根据市场需求进行类型定位，然后通过自己的手艺把这些元素加以改造、搭配和整合，做出一道观众需要的精美大餐来。

14.2.2 功能设计的方式

对影视剧进行功能设计有两种方式：一是功能的纯粹化和极致化，即在故事中突出某一种功能。譬如《花千骨》是一部爱情剧，就把白子画和花千骨的爱情演绎到了极致，两人本是生死劫，他们却为了爱不顾生死。《樱桃》是部苦情剧，让一个傻女人收养一个弃婴，即便弃婴长大后以母为耻，她却无怨无悔，对女儿的爱从来不曾改变，这样就把她的苦写到了极致，同时也把爱写到了极致。二是功能的多样化。《战狼2》是部战争片，以造梦为主，塑造了冷锋这位英雄的形象，描写了他拯救海外侨胞的英雄壮举，表现了他对祖国和人民的爱，同时也有情感戏，包括他对女医生的情感，还有对非洲百姓的爱。《我不是药神》表面上是部犯罪片，主人公从国外走私仿制药是犯罪，但其实它也是一部励志片，主人公从一个自私自利的渣男成长为拯救了很多病人的英雄。它的主要功能是造梦，但同时也揭露了医疗行业乃至整个社会存在的腐败问题，起到了社会教化的作用。它还是部喜剧，让人泪中带笑。《摔跤吧！爸爸》是一部印度电影，是个励志片，以造梦为主，讲述一位普通父亲把两个女儿培养成摔跤冠军的故事，但这里有情感，有一个父亲对女儿最深切的爱，还有对男权社会的批判和对女性解放的呼唤。此外，它还是部喜剧，同时融入了印度传统的歌舞，这就使这部电影具有思想性的同时也具有娱乐功能。

影视剧功能设计不明确或功能不突出都会影响其品质以及市场效果。张艺谋导演的《长城》是一部奇幻战争大片，讲述了两位美国武士来到中国在长城与中国军队抗击怪兽饕餮的故事，除了用金钱累积而成的华丽场面给人带来所谓的视觉盛宴，故事既无哲理，也无趣味，两位抗击怪兽的英雄还都是美国人，这样的影片当然很难得到中国观众的认同。

表14-1 部分影视剧的类型、戏剧元素及功能设计

剧（片）名	类型	戏剧元素	功能设计
摔跤吧！爸爸	励志片	励志+情感+喜剧+歌舞	造梦：小人物逆袭成功 情感：父女情 娱乐：喜剧+歌舞
血战钢锯岭	战争片	梦幻感+血腥暴力+思想+情感	造梦：小人物逆袭成为英雄 教化：对战争的反思 情感：父子情、男女情、战友情
士兵突击	励志剧	梦幻感+思想+情感	造梦：小人物逆袭 教化：傻子哲学 情感：战友情 娱乐：轻喜剧
人民的名义	涉案政治剧	梦幻感+思想+情感	造梦：侯亮平、沙瑞金等清官形象 纪实：政治权力斗争 情感：男女情
还珠格格	混搭剧	梦幻感+情感+趣味	造梦：人物的偶像性 情感：父女情、男女情 娱乐：喜剧、武侠、悬疑等元素

14.3 案例分析

【案例一】

电影《妖猫传》的类型定位及功能设计分析

陈凯歌导演的电影《妖猫传》号称投资16.7亿元，最终票房却只有5.28亿元，尚不及同期放映的《芳华》（13.3亿元）的一半，豆瓣评分也只有7.0分。这部电影的制作阵容堪称豪华，制作精良，市场效果却未达预期，这与项目的定位有很大的关系。

（1）题材分析

《妖猫传》改编自日本作家梦枕貘的魔幻系列小说《沙门空海》，全书有四卷四十章。故事以前往大唐求取佛法的日本高僧空海为主角，以白居易的长诗《长恨歌》为线索，讲述了杨贵妃之死引发的一系列故事。

故事的最早来源其实是唐玄宗与杨贵妃的爱情故事，关于这个故事最有名的文学作品是白居易的叙事长诗《长恨歌》。

（2）类型定位分析

关于唐玄宗与杨贵妃的故事有当年的马嵬坡事件，观众首先想到的是他们之间的爱情，白居易的《长恨歌》也是写他们的爱情。但要拍成电影，对观众来说，这故事太熟悉，没有新意，很难引起他们的好奇心。编剧重新对故事进行解构，缠绵悱恻、感天动地的爱情故事变成了一场阴谋、一场背叛和一场对良心的审判。在马嵬坡的军变中，杨贵妃被人出卖了，成了牺牲品，她周围的人都参与了这场阴谋，只有白龙还爱着她，甘愿化身为妖猫，杀死那些害死她的人，为她报了仇。这样一来，故事的性质也就变了，它不再是爱情片，而是复仇片，其中又添加了所谓的幻术，就有了奇幻片和惊悚片的某些要素。

编剧没有直接描写这场阴谋，而是改变视角，由白乐天和空海来揭开谜底，让他们来参与推理破案，把原本是爱情题材的故事变成了一部悬疑片，加上惊悚场面，使这个故事变得十分惊险，故事性很强。

此类悬疑电影创作的关键，一是案件本身的价值和意义，二是破案过程的戏剧性。《妖猫传》是一部包含奇幻和仇杀内容的悬疑电影，但是从悬疑片的角度来看，故事中其实并没有多少悬念，白龙化身妖猫为杨贵妃复仇这件事让人难以理解，杨贵妃往往被看作红颜祸水，很难让人有好感，她的死也很难令人同情，白龙对她的感情也显得很牵强，这个故事对今天的观众来说是没有什么吸引力的。整个破案过程也很简单，妖猫杀死唐玄宗，妖猫附体于陈云樵的小妾春琴，找陈云樵报仇的那些情节也有些故弄玄虚，毕竟陈云樵等人都不是害死杨贵妃的主要元凶，后来找到阿倍仲麻吕，案子就算破了。作为悬疑片，这条故事线其实并不完整，甚至有些残缺。

（3）功能设计分析

陈凯歌原本为艺术片导演，但《妖猫传》显然是作为商业片来做的。商业片都注重造梦功能。该片试图通过华丽的场面复现当年盛唐的繁华盛景，通过极乐之宴的奢华场面，加上幻景，营造出如梦如幻的境界，虽然场面恢宏华丽，但毕竟离观众太远。此外白龙对杨贵妃的感情似乎很浪漫，却过于虚幻，很难令观众产生共鸣。

作为悬疑片，故事中的确有些惊悚场面，但也是故弄玄虚，还有空海和白居易那些含有玄机的对话似乎很有哲理，但离普通观众还是太远。

白居易的《长恨歌》讲述的是爱情故事，但在影片中，爱情被解构掉了，原来的爱成了恨，而白龙对杨贵妃的爱情，还有李白、白居易、阿倍仲麻吕的爱情也显得很不真实，离现实太远，也就很难令人感动。

【案例二】

电影《哪吒之魔童降世》和《姜子牙》的类型定位及功能设计分析

电影《哪吒之魔童降世》和《姜子牙》都取材于中国古典神话小说《封神榜》，相比之下，《哪吒之魔童降世》取得了巨大的成功，票房收入超过50亿元，而《姜子牙》即便蹭了《哪吒之魔童降世》的热度，结果却是高开低走，票房收入不能与之相比，口碑更不可相提并论，原因其实也与其故事的类型定位和功能设计有很大的关系。

（1）题材分析

两部电影都取材自古典小说《封神榜》。姜子牙是《封神榜》中的主要人物，地位比哪吒更高，但哪吒在民间的影响力更大，且原来拍过动画电影《哪吒闹海》等，人物性格及形象更受观众喜欢，也更适合用动漫来表现。

（2）类型定位分析

两部电影都是动画片，《哪吒之魔童降世》走的是励志片的路子，采取的是小人物逆袭成长的故事模式，表现个人与命运抗争的主题，喊出了“我命由我不由天”的口号，喊出了底层青年的心声，令人振奋，很接地气。《姜子牙》走的是英雄片的路子，编剧把姜子牙写成了普罗米修斯式的英雄，他为拯救弱女子不惜被贬下神界、失去神力，最后背叛静虚宫，把师父元始天尊打下神坛。这个故事过于成人化，也不大适合用动画来表现，不接地气，显得不真实。

（3）功能设计分析

两部影片都是神话故事，写的都是如梦如幻的神话世界，哪吒最后战胜了命运，成为拯救世人的英雄，姜子牙为拯救弱者甘愿受贬人间，不惜与强者对抗。他们都是观众心中的英雄，但相对而言，哪吒更真实，更接地气，更有人情味，也更受欢迎。

两部电影的故事都包含着哲理。《哪吒之魔童降世》表现的是个人与命运的抗争，喊出的是“我命由我不由天”的口号，很有现实意义，很接地气；而《姜子牙》则试图表现“不救一人何以救苍生”的思想和价值观，显得过于玄妙，令人难以理解。

两部电影都是动作片，其中有很多打斗的情节，但相对而言，《哪吒之魔童降世》更有真实感，而《姜子牙》则显得有些虚幻。

【案例三】

电视剧《还珠格格》的类型定位及功能设计分析

《还珠格格》是根据琼瑶小说改编的古装清宫喜剧，由孙培导演，琼瑶担任编剧，于1998年4月28日在台湾播出，后引进大陆，引起轰动，最高收视率突破62.8%，创下中国电视剧有数据统计后的收视纪录。

（1） 题材分析

电视剧《还珠格格》是根据台湾作家琼瑶的同名长篇小说改编的。琼瑶为台湾著名作家兼影视制作人，其小说影响较大，以往改编的影视剧也都很成功，琼瑶的小说向来是影视改编的热点。

小说是琼瑶根据民间传说中乾隆收养一个民间女子为义女的故事创作的。小说写的是乾隆与民间女子夏雨荷所生的女儿紫薇到京城与父亲乾隆相认引发的故事。此类故事其实并没有什么新意，倘若按照以往琼瑶小说的套路来写，很难取得成功，所以拍这类题材，需要有所创新，另辟蹊径。

（2）类型定位分析

该剧融入了喜剧、宫斗剧、情感剧、动作剧、悬疑剧的戏剧元素，是一部典型的混搭型电视剧。

它首先是一部喜剧，故事中原本也有悲剧的成分，紫薇的母亲夏雨荷被乾隆遗弃，夏雨荷死后紫薇找乾隆认亲，身份却被小燕子顶替，但编剧却把这些悲剧性的情节用喜剧的方式来处理，增添了故事的乐趣。琼瑶的小说以爱情悲剧见长，该剧写了爱情，如紫薇与尔康、小燕子与永琪之间的爱情，此外更感人的还有乾隆与紫薇及小燕子之间的父子之情。它也是一部青春偶像剧，小燕子为人仗义，敢作敢为，性格叛逆，很容易成为青少年的偶像。小燕子出身卑微却与皇子永琪有情人成了眷属，实现华丽转身，是个灰姑娘式的爱情故事。剧中还有宫斗的情节，如小燕子与皇后之间的矛盾。此外它还是一部动作剧，小燕子、尔康、永琪、柳青、柳红等都是武功高手。该剧同时还是一部悬疑剧，紫薇与小燕子阴差阳错换了身份，若是揭开真相就犯了欺君大罪，若是将错就错就令紫薇受了委屈，这原本就是故事中最大的一个悬念，贯穿全剧。

（3）功能设计分析

琼瑶的小说都具有造梦功能，该剧也不例外。乾隆与小燕子和紫薇的父女之情、小燕子与永琪以及紫薇与尔康之间的爱情等等，在现实中都是不大可能有的，小燕子在皇宫里的任性作为现实中也是不被允许的，但编剧就是要给观众造梦，把现实中不可能发生的故事呈现在观众面前，让观众沉醉其中。

该剧并不注重剧情的现实真实性，故事中所有的情节在现实中都不可能发生，也谈不上有什么深刻的思想哲理，它强调的是故事的娱乐性，它把悲剧和喜剧糅在一起，故事中有喜也有悲，它把爱情剧与动作剧糅在一起，使剧情刚柔相济，又融入了宫斗剧和悬疑剧的元素，可谓五味杂陈，能够满足观众的多种需求。

【案例四】

电视剧《带着爸爸去留学》的类型定位及功能设计分析

电视剧《带着爸爸去留学》播放前，由于导演姚晓峰和主演孙红雷的影响力，观众期待很高，播放后收视率曾一路走高，但评分和口碑却一路下滑，最低评分竟为3.6分，究其原因，与其类型定位不明确有一定关系。

（1）题材分析

该剧通过三个家庭在陪读生活中的欢笑泪水与酸甜苦辣，讲述了亲子与留学话题的故事。

（2）类型定位分析

留学题材曾经风行一时，有一定的市场基础。该剧从家庭关系出发来讲述海外留学生活，角度还是很新的，以前很少有过。

该剧的类型定位不是很明确，号称喜剧，但除了演员孙红雷的表演带有喜剧性以外，故事本身并没有太多的喜剧性。这类题材很多都写成了励志剧，比如讲中国留学生在海外的奋斗和成功，但该剧显然不是励志剧，主人公并没有真正奋斗过，更谈不上成功了。它当然也是不情感剧，虽然写了大人们离婚和孩子们谈恋爱，但其中并没有真正称得上情感的东西。黄成栋与黄小栋之间的父子之情总是怪怪的，况且黄小栋并不是黄成栋的亲生儿子，董美玲不顾与黄成栋多年的夫妻感情，莫名其妙地要与他离婚，到美国找黄小栋的生父复合，林飒与武丹丹父亲之间的感情更像是一场交易，没有什么感情可言，黄成栋与林飒之间的感情也令人莫名其妙，至于黄小栋与武丹丹之间的恋爱毫无情趣可言。它甚至也不是伦理剧，故事其实涉及很多引人思考的伦理问题和社会问题，但编剧似乎有意忽视了。正是因为类型定位不明确，剧中情节显得很混乱，经常令人不知所云，情节缺乏灵性，甚至出现很多“脑残”的情节，显得很乏味。

（3）功能设计分析

类型定位不明确，导致故事的功能性弱化。编剧似乎并不知道编这个故事的目的是什么，不知道到底要给观众看什么。

该剧的定位是喜剧，但除了主演孙红雷很别扭的喜剧表演以外，故事本身的喜剧性其实很弱，黄成栋也算不上喜剧性人物，情节也没什么趣味。剧中涉及了一些社会问题，但都是表面化的，引发不了观众的兴趣。故事本身很“狗血”，缺乏真实性，故事中的人物都是常态化的，过于平庸，黄成栋作为陪读父亲，是个可笑又可怜的人物，故事当然也不谈不上有什么造梦的功能了。人物平庸导致故事平庸，最终必然导致产品的平庸。

编剧特训营

看相关影视剧，填写下表，简要分析相关影视剧的类型定位及功能设计。

剧（片）名	类型	戏剧元素	功能设计
肖申克的救赎			
小萝莉的猴神大叔			
你好，李焕英			
罗马			
暗算			

【基本要求】

1.根据看过的影视剧故事填表；

2.根据个人的理解进行简要分析。

【作业目的】

学习电影和电视剧故事的类型定位和功能设计。

第 15 章 故事设计

故事策划其实从挑选题材的时候就已经开始了，编剧或制片方在决定选用某个故事题材以前就应该考虑这个故事适合拍成什么类型的影视剧，在影视剧里应该怎么讲好这个故事。

故事策划的目标是使未来的影视产品能够在市场上具有核心价值和市场竞争力，产品具有能够满足观众未曾满足或未曾完全满足的精神需求的戏剧功能，所以故事策划要充分考虑市场和观众的需求，并按照预定类型的要求进行故事设计。

15.1 寻找故事点

编剧在研究题材的过程中，就在考虑到底要讲什么样的故事和怎样讲好这个故事，他要从繁杂的素材中提取出自己需要的故事，从中找到故事点。

题材和素材都是原材料，尽管素材中有些故事已经成形，编剧必须对这些素材进行加工提炼，最重要的是找到叙事的视角和故事的切入点，也就是所谓的故事点。

故事点，就是故事的戏剧点，应该也是故事的价值点，是故事的最有价值之所在。找到故事点，才有可能激活故事的灵性。

每类题材都有很多的故事素材，每类故事都有不同的讲法，同样的故事也可以有不同的角度，可以从事件的角度来讲，也可以从人物的角度来讲。同样是历史题材，如果想复现当年的历史，则可能是一部史诗性的历史片（剧），如电影《台儿庄战役》《斯大林格勒保卫战》和电视剧《大秦帝国》《走向共和》《罗马》等；如果从人物的视角来讲述历史，则可能是一部历史人物传记片（剧），如电影《甘地传》《巴顿将军》《艾森豪威尔》及电视剧《秦始皇》《汉武大帝》《陈赓大将》等；如果你只是写其中的一场战役，则可能是一部战争片（剧），如电影《中途岛战役》《上甘岭》《八佰》《金刚川》和电视剧

《长征》《太行山上》《中国远征军》等；如果你想从情报战的角度切入，则可能是一部谍战剧，如电影《卡萨布兰卡》《永不消逝的电波》和电视剧《奸细》《潜伏》《悬崖》等；如果你从爱情的角度切入，则可能是一部爱情片（剧），如电影《乱世佳人》《魂断蓝桥》等；你还可以采取喜剧的方式把它拍成喜剧，也可以采用穿越的方式把它拍成穿越战争剧。

很多故事属于改编题材，即使故事已经成形，改编成电影或电视剧的时候也经常需要选择新的视角，甚至要对原作故事进行重新改造，这就需要找到新的故事点。小说《封神榜》中的哪吒原本只是个顽劣少年，他杀死龙太子敖丙，与父亲反目成仇。而在电影《哪吒之魔童降世》中，哪吒成了一个魔丸转世的魔性十足的少年，终于战胜命运，成为少年英雄，这就使它成为小人物逆袭的励志故事。小说《潜伏》原本是谍战背景下的爱情故事，而同名电视剧讲的是一个军统特务成长为我党地下谍报人员的故事以及他与三个女人间的情感故事，角度变了，故事的性质也发生了改变。

每类题材都有很多的故事点，可以从不同的角度切入，可衍生出不同的故事来。选择什么角度，讲述什么样的故事，在于编剧对于题材的理解和把握。譬如关于销售人员生活的题材，你可以把它写成商战剧，从几家公司竞争的角度切入；也可以把它写成青春偶像剧，主人公都是俊男靓女，写他们之间浪漫的爱情；你当然也可以把它写成励志剧，写大学生或农村青年来城里闯荡逆袭成长的故事。但在《傻根进城》的创作团队看来，把它拍成励志喜剧才最能体现这类题材的价值，也最可能引起那些生活在社会底层寻找梦想的青年男女的共鸣，因而才有可能在市场上剑走偏锋，出奇制胜。

编剧在寻找故事点的时候，可以从事件切入，作为大情节故事来写，也可以从人物切入，作为小情节或中情节故事来写。同样都是海外营救中国人质的故事，《红海行动》是从事件切入，采用的是大情节故事模式；而《战狼2》则是从人物切入，采用的是中情节故事模式。切入方式不同，故事的品质也不一样。电影《血战钢锯岭》以二战中的一次著名战役作为题材，原本应是以事件为中心的，编剧却别具匠心，从一位信仰宗教、不愿拿枪杀人的士兵的视角切入，描写他在战场上营救75位战友逆袭成为英雄的故事，丰富了故事的戏剧性和思想内涵，提升了故事的品质。

15.2　提炼故事的戏核

故事点也是故事的戏核，戏核是故事的核心，是故事的DNA，决定故事的品质和走向。找到戏核，就等于找到了故事的基石。

故事戏核包含故事的戏剧点、内在品质、内在结构和故事的发展方向。相同的题材，戏核不同，故事形态不同，故事品质和发展方向也大不一样。

《拯救大兵瑞恩》这样的战争题材，你可以写成“一队士兵拯救一位普通士兵”的故事，也可写成“一队士兵拯救一位将军”的故事，虽然拯救一位将军比拯救一位士兵更为重要，也可能更惊险，更有戏剧性，其品质却有天壤之别。首先，士兵拯救将军的故事中，将军固然重要，拯救过程可能也更艰难，更有戏剧性，但人们会认为是理所当然，所以是个常态的故事。而用一队士兵去拯救一个普通士兵，似乎有些不合情理，因为士兵太普通，很多人都会认为士兵的生命是无足轻重的，犯不着派那么多人去营救，所以这样的故事反而是不同寻常并且是超越常人思维的，因而是非常态故事。其次，士兵救将军的故事并无特殊意义，只是救人而已，而用一队士兵拯救一个普通士兵的故事则表现出人道主义精神，即每个人的生命都是平等的，我们可以用一队士兵去拯救一个将军，也可以用一队士兵去拯救一个普通士兵。

《士兵突击》写的是“一个傻子士兵战胜周围聪明人”的故事，故事的戏剧点就在这个“傻”字上。许三多善良诚实，埋头苦干，坚守士兵的本分，不肯同流合污，在他周围那些“聪明人”看来，他就是个“傻子”，这就造成了思想和行为上的错位，形成戏剧冲突。在影视剧中，关于“傻子”的故事有很多，一般是写主人公固守传统而与现实生活脱节，其思想观念及人生态度与现实发生错位而引发矛盾。此类故事的源头可以追溯到西班牙作家塞万提斯的著名小说《堂吉诃德》，欧洲的骑士小说、俄罗斯文学中关于“多余人”的小说皆属此类。但与以往的故事相比，《士兵突击》却有所突破。主人公许三多是个普通士兵，他善良诚实，脚踏实地，任何时候都能坚持士兵本分，追求有意义的人生，不抛弃，不放弃，通过与那些精致的利己主义者相比较，编剧传达出一种积极向上的人生观和价值观。

戏核是故事的内核，所有情节都是从中衍生出来的，提炼出来的戏核不同，故事的走向和品质也不样。譬如同样写一个女孩成为摔跤冠军的故事，如果你提炼出的戏核是“一位印度农村女孩刻苦训练成为摔跤冠军”的故事，那么它就是个纯粹的小人物逆袭的故事；如果你提炼出的戏核是“一位父亲培养两个女儿成为摔跤冠军”的故事，虽然也有小人物逆袭的故事内容，但是从父亲培养女儿的角度写的，其中包含着父亲对女儿的爱，加上了情感的因素。

15.3 确定故事模式

戏核里原本包含着某种故事模式，寻找戏核，是要为故事寻找到相应的故事模式，从而找到故事的特质及价值。

作为产品，影视剧都是按照类型来生产的，不同类型的影视剧有着不同的戏剧功能，满足不同的观众需求，因而也形成了与之相匹配的故事模式。

编剧在创作中，有时是先确定类型，然后寻找与类型相匹配的故事，有时是先有了故事，然后把它归类到某种匹配的类型里。每种类型影视剧都会有多种与之相匹配的故事模式。同样是战争类型的影视剧，可以写成以事件为主的大情节故事，也可以写成以人物为主的小情节故事或以人物和事件共同驱动的中情节故事；同样以事件为主的大情节故事，你可以按史诗的方式表现大的战争或战役，也可以写一次小的战斗。同样是以人物为主的小情节故事，你可以写成像《巴顿将军》《艾森豪威尔》这样历史传奇人物的传记故事，可以写成像《兵临城下》《战狼》这样虚构的英雄人物的故事，可以写成如《雪豹》《亮剑》《我的兄弟是顺溜》这样表现小人物成长的励志故事，可以写成如《西线无战事》《我们的父辈》《太极旗飘扬》这样通过描写个人在战争中的命运而对战争进行反思的故事，还可以写成如《乱世佳人》《第四十一个》这样的爱情故事。

借鉴或采用某些固有的故事模式并不意味着模仿或抄袭，即便采取同样的故事模式也可创作出不同形态的故事来。譬如励志类型的影视剧，多采用“小人物逆袭成长”的故事模式，但这个故事模式却也可以衍生出更多的故事。如《我不是药神》讲述的是一个渣男逆袭成为拯救癌症患者的英雄的故事，《亮剑》讲述的是一位草莽英雄的成长史，《士兵突击》讲述了一个“傻子”士兵逆袭成为兵王的故事，而《丑女贝蒂》则讲述了一个丑姑娘逆袭成功的故事。

很多故事都是从生活中来的，而很多成熟的编剧创作时并没想过套用所谓的故事模式，甚至希望避免或超越那些固有的故事模式，但在很多时候生活中发生的故事或编剧们创作的故事无意中契合了原有的故事模式。毕竟人类历史如此漫长，人类讲的故事如此丰富多彩，要想讲出来一个前人从来没有讲过的故事实在是很困难的，倘若有人能讲出前人没有讲过的故事而且它还有生命力，那么这个故事很可能就会成为原型故事。

15.4 查找故事的DNA

人类的血统有传承，生活有传承，故事同样有传承。有些故事，因为深刻地表现了人类的本性和人类的情感，经常被后人学习和模仿，乃至形成固定的故事模式。这些故事具有同样的血统、同样的DNA，而最早成形的故事也就成为这类故事的母胎，是这类故事的故事原型。

故事都不是凭空而来的，都有自己的根，有自己的祖先，有自己的传承，查找故事的DNA，不是为了模仿，也不是为了炫耀故事的血统，而是为了找到故事的根，也是为了创新，为了超越。

表15-1 故事原型及故事模式分析

分类	类型	原型故事	故事模式	影视剧故事
英雄故事	落难英雄	普罗米修斯的故事 耶稣受难的故事	为人类（人民）与邪恶势力抗争，甘愿牺牲自己或被出卖和被邪恶势力迫害的悲剧故事	《蜘蛛侠》《终结者》 《钢铁侠》《辛德勒名单》 《潜伏》《风声》
	与命运抗争的英雄	俄狄浦斯的故事	关于个人与命运抗争的故事	《活着》 《贫嘴张大民的幸福生活》
	英雄之间的战争故事	《荷马史诗》第一部《伊利亚特》中阿喀琉斯的故事	因为不同种族或利益冲突而发生的战争，英雄之间的对抗，如阿喀琉斯和赫克托尔的对抗	《亮剑》《历史的天空》
	英雄落入灾难及复仇的故事	俄底修斯的故事	英雄因为自身的错误或遭人陷害屡受磨难，最终回家复仇	《第一滴血》《教父》
	励志成长的故事	《圣经》中摩西的故事、约瑟的故事	在逆境中励志成长，最终取得事业和爱情的成功	《阿甘正传》《雨人》 《士兵突击》
犯罪故事	阴谋篡位（权力欲望）	宙斯的故事 麦克白的故事	因主人公对权力的占有欲望无限膨胀而引发的阴谋篡位或战争	《哈姆雷特》《狮子王》 《乱》《雍正王朝》
	由于忌恨而发生的兄弟或亲人之间的残杀	该隐与亚伯的故事	兄弟或亲友之间为了利益反目成仇，相互残杀	《笑傲江湖》
	关于理想、欲望及智慧的故事	伊甸园的故事	个人经受不住欲望的诱惑而犯罪	《麦克白》 《阿凡达》
	自我救赎的故事	基督的故事	犯罪与救赎	《巴黎圣母院》
灾难故事	关于人类生存困境的故事	西西弗斯的故事	个人与命运抗争	《鼠疫》
	人类面对自然灾害的故事	挪亚方舟的故事	在灾难面前自我拯救	《2012》 《终结者》
情爱故事	梦想成真的爱情	灰姑娘的故事 丑小鸭的故事	贫穷的少女与王子之间的爱情，由苦难转为幸福，好人得到好报	《笑着活下去》 《我是一棵小草》
	爱情悲剧	罗密欧与朱丽叶 梁山伯与祝英台	相爱的男女之间由于种种阻碍而发生的爱情悲剧	《在水一方》 《泰坦尼克号》
	一个男人和两个女人的情感悲剧	伊娥的故事 美狄亚的故事	男人的好色、女人的嫉恨给另一个女人带来的伤害及悲剧	《牵手》 《让爱作主》 《中国式离婚》
	违背伦理的畸情	俄狄浦斯的故事	儿子与母亲乱伦，恋母情结	《唐人街》

《傻根进城》讲的是一位不谙世事的农村青年在城市闯荡的故事，其实写的是一类与时代脱节的人，他们固守着某种传统的道德观念，显得与时代格格不入，成了别人

眼里的“傻子”。这个故事与电影《阿甘正传》《寅次郎的故事》《老炮儿》以及电视剧《士兵突击》《傻春》等类似，具有同样的血统、同样的DNA。即便如此，《傻根进城》与那些影视剧不同，主人公傻根是农村青年，是个小人物，他追寻的是自己的梦想，性格中最大的特点是忠厚诚实，在利益面前能坚持自己的梦想，保有纯净的灵魂，最后取得了成功。

有的编剧喜欢先确定故事模式再编写故事，有的编剧喜欢从原型故事中寻找创作灵感，而有的编剧则只是按照生活中的故事编写故事，但无论如何，故事应该有所传承。如果说某些故事找不到传承，甚至找不到类似的故事，则可能有两种可能性：一种可能性是这个故事根本不成熟或者不成形；另一种可能性是这个故事是一种全然的创新，至于这种创新是不是有价值、有生命力，必须经过市场或时间的检验。

15.5 确定故事形态

编剧在寻找故事点和故事戏核的时候其实就已经考虑到了故事形态，或者说戏核里就已经包含了故事形态。譬如《红海行动》讲述我国特种兵营救海外华侨的故事，这样的故事肯定以事件为中心，一般都是大情节故事；《寅次郎的故事》讲述的是寅次郎的故事，肯定是小情节故事；而《血战钢锯岭》是从一个士兵的视角来描写这场战役的，写的是大事件，却是从人物切入，肯定是中情节故事。

好的故事往往讲究人物和事件的均衡性。情节是为了表现人物性格并展示人物命运变化的，倘若光有事件而见不到有性格的人物，或者人物只是没有生命的道具，那么这个故事不可能打动人。故事的主体就是人，故事是靠人物性格和人物命运打动观众的，失去了有性格的人物，故事也就没有了生命力。电影《敦刻尔克》讲述英法联军在敦刻尔克大撤退的故事，原本是个大情节故事，导演却从几个普通人当中打开了故事的切口，一个逃命的士兵、一对冒死救援的船长父子，还有一位战斗到最后被捕的飞行员，从这几个人的视角表现这场伟大的战役。《战狼2》也是写的海外救侨的故事，但它是以人物为主体的，退役特种兵战士冷锋是故事的主人公，吸引我们的并不是那些血腥的打斗场面，而是冷锋这位有血有肉的英雄人物。

15.6 确定故事的戏剧模式

故事情节其实就是特定性格的人物在特定的情境中所表现出来的思想和行为。人物可分常态的人物和非常态的人物，情境也可分为常态的情境和非常态的情境。故事中的人物和情境有四种组合模式：一是把常态的人物放在常态的情境中；二是把常态的人物放在非常态的情境中；三是把非常态的人物放在常态的情境中；四是把非常态的人物放在非常态的情境中。这其实也代表着故事的四种戏剧模式。

故事可分为常态的故事和非常态的故事，常态的故事更接近生活本身，而非常态的故事比常态的故事更具有戏剧性。纪实性电影和电视剧往往在常态的生活中寻找戏剧性，而商业性的电影和电视剧更注重把生活戏剧化和非常态化，讲述非常态的故事。

编剧在设计故事的过程中就应该考虑到故事的戏剧模式，这也直接关系到故事的未来走向。电影《血战钢锯岭》讲述的是一位普通医务人员参加冲绳岛战役的故事，情境是非常态的战争，如果人物只是个普通军医，无非就是写他在战场上怎么救人，即便他再英勇，也不过是个常态的故事。而该剧的主人公却是个反对拿枪杀人的军医，这样的人原本与战争格格不入，在那样的环境中他不是个常态的人物，最后他居然在战场上冒着生命危险救了75位战友的生命，这个故事的意义就更非同寻常，这当然也就是个非常态的故事了。电视剧《士兵突击》讲述的是和平年代一位普通士兵的成长故事，其情境是常态的，倘若人物也是常态的，故事必然也是常态的。编剧把主人公许三多设计成一个来自农村的心灵纯净、性格纯朴、不谙世事却又固守传统、坚守军人本分的“傻子”，把这样一个非常态的人物放在常态的情境之下，使他与周围环境格格不入，发生错位，就形成了故事的戏剧性。

15.7 为故事赋予灵魂

人有灵魂，故事也有灵魂。人的生命在于灵魂，失去灵魂也就失去了生命。故事的生命也在于它的灵魂。故事的灵魂是人所赋予的，编剧在创作剧本的过程中会把自己的思想情感还有对生活的感悟都倾注到故事中，于是故事就有了灵性，有了生命。

编剧讲故事其实也是在与观众进行心灵的对话，在某种程度上说，故事是人物心灵的一个载体，是其生命力的体现。所以影视剧与其他物质产品不同，它是有灵性、有生命的，影视剧越是有灵性，就越能打动观众。

故事的品性是由其灵魂所决定的。故事的灵魂是纯净的，故事必然纯净；故事的灵魂是肮脏的，故事自然也是肮脏的；故事的灵魂是深刻而厚重的，故事也必然深刻而厚重；故事的灵魂是喜悦的，故事的风格也必然喜悦。

- **为故事赋予洁净的灵魂**

戏魂是指故事的灵魂，就是创作者通过故事所要表达的思想，也就是所谓的主题思想，它决定了故事的精神气质。在电视剧中，讲故事不是目的，讲故事是为了表达个人的思想情感。倘若只是为讲故事而讲故事，哪怕技巧再高，讲得天花乱坠，也没有吸引力。故事是要有灵魂的，没有灵魂的故事必定没有生命力。

正如个人的品质是由他的灵魂所决定的，故事的品质也是由故事的灵魂所决定的，故事的灵魂是创作者赋予的，体现了创作者的思想。

人应该拥有纯净的灵魂，纯正的故事也应该拥有纯正的思想。电视剧作为大众艺术形式，未必要表现多么深刻的思想，但它所表达的思想一定要纯正，所谓思想纯正，就是思想健康，要树立正确的世界观、价值观和人生观，也就是我们常说的“三观要正”。孔子说：“诗三百，一言以蔽之，曰：思无邪。”倘若故事所表现的思想是错误的或者带有邪念的，其底色也必定是污浊的，这样的故事不会具有美感，只能令人反感乃至唾弃。

电视剧《樱桃》写的是一个智障母亲收养弃婴的故事，表现了一种超越血缘关系的母爱，这样的主题在以往的影视剧里早就表现过，也谈不上深刻，但其中的思想感情却是十分纯正的，虽然情节简单却感动了无数的观众。小说《忏悔无门》是一本畅销书，根据真实人物和事件创作，描写一位名叫李春平的慈善家与一位好莱坞女明星之间的传奇爱情故事。但由于主人公并不是靠着个人的努力取得成功，他的财富来自他人的馈赠，而且他为了与那位好莱坞女明星结婚而背弃了在他最困难的时候帮助过他的女孩，而他与好莱坞女明星之间的爱情似乎也并不纯粹，所以这个故事所表现的思想和价值观就显得有些不纯正，即便这个故事很吸引人，却很难被拍成电影或电视剧。

● **使故事深入人心**

故事的躯体和灵魂不可分离。戏核是故事的脊梁，支撑起故事的躯体，而它的灵魂则早已蕴藏其中。譬如《拯救大兵瑞恩》之所以要写“一队普通人拯救一个普通士兵的故事”，就是要表现所谓的人道主义和所谓的美国精神；《泰坦尼克号》之所以要写“发生在泰坦尼克号沉船事件中的一位穷画家与一位富小姐的爱情故事”，就是要歌颂超越生死的美好爱情；《战狼2》之所以要写“一位退役特种兵在非洲配合我军拯救海外侨胞的英勇故事”，就是要歌颂热爱祖国、不怕牺牲的“战狼”精神。

编剧是通过故事与观众进行思想和情感上的对话的，意图打动观众，他就必须知道自己作品的观众是谁，在故事里应该与观众谈论怎样的话题，向他们传达怎样的思想和情感，这样的思想情感怎样才会让他们接受，他必须与观众建立思想和情感交流的通道。

编剧一定要了解观众，知道他们的所思所想，懂得他们的喜怒哀乐。很多编剧只是沉溺在自己的世界里，自我陶醉，自我欣赏，从来不考虑市场，也不考虑观众，即便他们把故事编得天花乱坠，却未必是观众想看的。优秀的编剧在编写故事的时候总是能够捕捉社会的热点，抓住观众的痛点和痒点，故事思想未必多么深刻，却总是能打动观众，引起共鸣。很难说《人民的名义》是一部优秀的电视剧，但它却表达出百姓对政治腐败的痛恨；《我不是药神》也没有什么深刻的思想内涵，其所表达的思想是普通人都能感受到的，但长期未解决的医疗体制的弊端以及由此带来的社会腐败是底层百姓心中永久的痛；《少年的你》也没有太深的思想内涵，但它所揭露的校园霸凌现象却令每个家长感到揪心。

影视剧作为大众娱乐产品，应该通俗易懂，不宜承载过于沉重深刻的主题，不宜表现过于形而上的思想。当代小说和戏剧都有哲学化的倾向，在影视剧里表现抽象的哲学思想却很难，影视剧还是要靠剧情取胜，思想越抽象，能看懂的人就越少。

15.8 确定故事架构

一部电影或电视剧，有时只讲单个的故事，有时则可能由多个故事组成，这个时候编剧就要考虑以哪个故事作为主线故事，以哪个故事作为副线故事，两个故事之间怎样建立联系，即便是单一故事，也要考虑是从单个维度来讲述还是从多个维度来讲述。

15.8.1 故事维度

电影故事篇幅较短，故事相对也比较简单，多数只是讲单个的故事，只有单一的故事线，当然也有由多个故事组成、有多条故事线的。电影《三峡好人》故事虽然简单，但有两条故事线，主线故事是讲工人韩三明到三峡寻找离开自己十六年的前妻的故事，副线故事讲的是女护士沈红寻找分别两年的丈夫的故事，两条故事线平行发展，并无交织。《无问西东》是由四个人物的故事组成的，故事线并无交织，不同时代的故事线平行发展，只是人物之间有些关联。

电视剧篇幅较长，有的是单条故事线，而有些则需要多条故事线来串联。《权力的游戏》主要围绕拜拉席恩、史塔克、坦格利安和兰尼斯特四大家族的权力斗争来展开，四个家族形成四条故事主线，其中家族中成员的故事也经常会成为一条单独的故事支线。

15.8.2 叙事维度

叙事维度即故事视角，解决从哪些维度来讲述故事、塑造人物的问题。有些故事采取单一维度，如《士兵突击》只写了许三多的成长历程，主要围绕他与战友之间的关系展开，并未涉及他的个人生活及感情世界。有的影视剧则是从多维度来叙述故事、展示人物性格的。电影《战狼2》写主人公冷锋配合我军海外撤侨的故事，但也写了他与女医生之间的情感。《潜伏》虽然也只有单一的故事线，但既写了余则成潜伏在敌人内部与敌特斗智斗勇，搜集情报，也写了他与三位女人之间的爱情，展示了他丰富的情感世界和复杂的个性。

15.8.3 故事结构

在确定故事以后，编剧就要考虑故事的结构问题。单线、单维度的故事一般从单线、单维度叙事；复线、多维度的故事一般采取复线、多维度叙事；多线故事则要确定以哪个故事作为主线故事，以哪个故事作为副线故事，两条故事线是平行发展还是交叉发展，还是采取板块式结构。

15.9 确定故事的特性和风格

在确定故事的同时，编剧还应该考虑故事的叙事方式和风格。

15.9.1 叙事方式

电影也好，电视剧也好，主要有两种基本的叙事方式：一种是戏剧化的叙事，也就是把常态的生活戏剧化，很多商业剧都采取这样的叙事方式；另一种是非戏剧化的叙事，也就是生活化的叙事，即按照生活本来的样子讲述故事，贾樟柯的电影《小武》《三峡好人》、王小帅的电影《地久天才》等都属于这种。

有些故事可以采取多种叙事方式，而有些故事只有采取某种叙事方式才能显示出它真正的价值。《三峡好人》讲的是一个工人到正在建设中的山峡库区寻找前妻和一个女护士寻找丈夫的故事。故事很简单，倘若把它戏剧化了，故事反而显得平庸无趣，采取非戏剧化的方式才能更加真实地表现社会变革时期普通人的生存状态。

15.9.2 故事的风格化

叙事风格是编剧个人在创作中形成的叙事特点。事实上，能够形成个人风格的编剧并不多，因为影视剧原本只是产品，编写剧本只是整个产品生产过程中的一道工序，剧本通常是按照流程创作的，一个剧本可能有多个编剧，编剧写完了导演还要改，拍的时候演员也可能改，导演在拍摄中还要体现自己的风格，所以编剧要在作品中保持自己的风格是很困难的。

有人说，电影是导演的艺术，电视剧是编剧的艺术，其实也不尽然。无论电影还是电视剧，导演和编剧到底谁占主导地位，主要还是看谁的创作力和意志力更为强大。根据金庸小说改编的影视剧，无论如何都是金庸的作品，因为没有哪个导演的创作力和意志力能够超过金庸。同样，只要是张艺谋导演的作品，无论编剧是谁或者改编自哪个作家的作品，这个电影作品总是属于张艺谋，因为在影视界，张艺谋的创作力和意志力是他人难以比拟的。

一般说来，有两类编剧：一类是什么样的题材都能写，这类编剧很职业化，不会写得太好，也不会写得太差，中规中矩，干的是行活；另一类编剧则很有个性，往往只写自己擅长的题材，独具个人风格。

风格形成是编剧或导演真正成熟的标志。编剧的个人创作风格体现在各个方面，有的擅长悲剧，有的擅长喜剧，有的擅长写人物，有的擅长写事件，有的台词功力好，有的则会把握剧情的节奏。

尽管风格明显的编剧很少，独具风格的影视剧也不多，但对于有些影视剧来说，独特的创作个性和风格会使作品具有更大的魅力，甚至是作品得以成功的关键。《敦刻尔克》《空镜子》《大明宫词》《人间正道是沧桑》《士兵突击》等影视剧的成功，主要在于叙事风格上的成功。但并不是所有风格独特的影视剧都能取得成功，电影《地久天长》《小武》和电视剧《似水年华》《圣天门口》等都被认为是风格独特并在艺术上很成功的作品，但也许是因为这种风格超越了常人的欣赏趣味，因而在商业上并没有取得应有的成功。

15.10 案例分析

【案例一】

电影《无字家书》的故事设计分析

(1) 项目概况

本项目将由CCTV6与中华人民共和国国史学会、湖南省岳阳市委宣传部联合制作，将作为中共二十大重点献礼影片。

(2) 故事定位

一部革命战争年代的青春爱情片，讲述战争年代两位革命者非同寻常的爱情故事，表现的是爱情的纯洁和忠贞，以及革命者高尚的情操和人格，其故事模式其实类同于美国电影《乱世佳人》《魂断蓝桥》等。

故事将采取纪实的方式，人物、事件及历史背景都尽可能地符合历史真实，关键历史节点的事件都标明具体的时间和地点，给人以真实的感觉。

由于故事的主要发生地在湖南，我们以当地自然风景和风俗为背景，并融入当地花鼓戏音乐文化，同时把他们的爱情诗意化和艺术化，可以考虑到湖南凤凰古城拍摄外景，使爱情融入风景民俗之中，如同沈从文先生的《边城》，从而产生水墨画风格的艺术美感。

影片为小情节故事，非强情节，以人物为主，重点是把人物塑造得有血有肉，接地气，尤其对于革命者的塑造，要尽可能是使他们人性化，把他们当作普通人来写。

影片以“无字家书”切入，引发故事悬念。全片分现在和过去两个时空，以书信为线索，连接七个故事板块，每个故事板块都由一件“物体”作为象征，展开故事情节，由此表现两人的生死恋情。

（3）人物设置

陈毅安

18—26岁，中共早期高级将领，是个富有革命激情的理想主义者和浪漫主义者。他很年轻，堪称那个时代的偶像人物，具有今天偶像剧主人公的某些特质。他是个革命者，是战士，具有侠骨柔情，他能打仗，也能爱，会爱，是个不折不扣的情圣或情魔。他也是一个理想主义者，他参加革命，他打仗，是为建立更加公正平等的社会。他愿意与爱人长相厮守，但在他看来，革命才是第一位的。他是一个纯粹的人、有良知的人，在国家危难之时，他责无旁贷。他对李志强的爱情是真实的，对国家和人民的爱情也是真实的，所以他们的爱情才显得那么纯真，那么伟大。

李志强

她是个纯洁的少女，也是个纯粹的女人，本质上她是个理想主义者，所以才会爱上陈毅安这样的男人。在很多人看来，女人是靠着男人生活的，女人嫁了什么样的男人，就会过上什么样的生活，母亲是这么对她说的，她的闺密彩芹后来也是这么做的。她很早就知道跟陈毅安这样的革命者结婚意味着什么，她本来也可以有更好的选择，比如嫁给少爷丁耀祖，过上贵妇人的生活，但她还是义无反顾地选择了陈毅安。他们相爱后很少有时间在一起，每次短暂的见面以后就是匆匆的离别。他们刚结婚陈毅安就走了，后来在长沙见了最后一面，没多久就收到了那封无字家书。尽管这样，她依然无怨无悔，守着陈毅安给她留下的54封信度过了自己的一生。

彩芹

彩芹是个虚构人物，写她是为了写李志强，把李志强衬托出来。她是李志强的闺密、死党，两人无话不谈。与李志强相比，她是个很现实的人，也很传统。她很佩服李志强，也很羡慕她与陈毅安的爱情，但现实中她却做不到那样，她知道女人只能靠着男人生活，所以就想找个可靠的男人过上安稳的日子。她并不爱丁耀祖，也知道丁耀祖不爱她，但她最后还是嫁给了他，因为他能让她过上她想过的生活。

周传弟

周传弟也是个虚构人物，写他是为了写陈毅安。他与陈毅安是黄埔军校同学，后来他们却走上了不同道路，陈毅安加入了共产党，他加入了国民党。但他并不是个坏人，他帮助过陈毅安，后来也救了李志强。

丁耀祖

丁耀祖是虚构的，但这样的人物在那个时代并不少见，完全符合生活的真实。他是个反面角色，写他是为了给陈毅安和李志强的爱情增加阻碍，强化故事的戏剧性。他是个有钱人家的少爷，出身豪门，受过好的教育，后来当了公安局局长，对李志强也是爱得死心塌地。他自觉得自己条件优越，李志强根本没有拒绝的理由。他对李志强和陈毅安的爱情始终不能理解，对自己在爱情上的挫败耿耿于怀。但他本质上也不是太坏的人，最后也算良心发现，放过了李志强。

(4)剧情结构

影片由李志强收到“无字家书”为激励事件导入故事，以李志强寻找“无字家书”真相为故事线索，从她收到无字家书到被捕入狱到最后得知陈毅安牺牲真相，采取回忆和倒叙的方式，把陈毅安和李志强的爱情经历及相关的革命经历分为六个板块进行讲述，每个部分都以某个物体作为象征意象，表现两人纯洁的爱情和不同寻常的生命历程。

唢呐

陈毅安和李志强的相爱是以唢呐为媒。第一次相见是因为唢呐，陈毅安离开时又吹起了唢呐，表现他对李志强的情感。唢呐可以说是他们爱情的见证。

情书

主要写陈毅安在黄埔军校学习的经历以及他对李志强的思恋，记录了他们爱情发展的进展。情书和大炮是这段故事的重点，陈毅安学的是炮科，他一生与大炮结缘，他迷恋大炮，也迷恋爱人，最后还是李志强写的那些情书救了他。

相片

相片也是影片中很重要的道具，象征着他们的爱情。陈毅安牺牲前把一张染血的照片交给彭德怀，后来彭德怀又把照片交给了李志强。

这段故事写的是陈毅安与李志强的一次匆匆相见，李志强来找他团聚，他却要奔赴战场，无奈中只照了一张相片作为纪念。在影片中，他们的每次见面都很匆忙，匆匆见面又匆匆离别，留下的是无尽的思念。

木船

陈毅安与李志强结婚的故事。他们原本生活在湖边，在木船上相见，在木船上结婚，倒也很有诗意。这样的相聚也很短暂，结婚没多久，陈毅安便被彭德怀征召回归部队，虽然不舍，也只能依依惜别。

钢笔

李志强到长沙看病，陈毅安率部队打进了长沙，这是两人最后一次见面。陈毅安得知李志强怀孕，他们谈论最多的自然是肚里的孩子。临别时陈毅安把自己平时用的钢笔留给孩子，希望将来不会再有战争，希望孩子将来从事教育工作，完成自己未能完成的事业。

【案例二】

电视剧本《父亲是个挑山工》的故事设计分析

（1）项目概况

由山东某地方政府和企业投资，某影视公司承制。

国家和地方领导人都对泰山挑山工有过批示，提出“挑山工精神”，号召人们做新时代的挑山工。

（2）题材分析

该剧属于主旋律题材。地方政府拍摄该剧的目的是突显政绩，希望在央视播出。

投资方希望通过这部电视剧宣传当地文化，促进当地旅游业的发展，尤其要宣传当地的智慧旅游。

挑山工乃普通人，他们的工作不过是帮助客户把货物挑到山上去，这样的工作比较单调，缺乏戏剧性，很难产生故事。

挑山工这个职业知道的人不多，又是正在消失的职业，观众很难产生兴趣，怎样令观众对故事和故事中的人产生共鸣是创作团队面临的难题。

针对这个难题，有两个创作团队提出了项目方案。他们可能觉得把挑山工作为主人公很难编出故事来，并且不够时尚，观众不爱看，所以把主人公设定为挑山工的后代。一个方案是写在京城工作的一位挑山工的儿子回乡创业，参与泰山智慧旅游建设的故事；另一个方案是写几位年轻人（其中有一位是挑山工的儿子）回到家乡泰山开民宿创业的故事。这两个方案中的故事其实都与挑山工没有了直接关系。

挑山工这个题材尽管难写，却也是这个项目的核心价值所在，也是它的特色，脱离挑山工这个题材去写一般意义上的创业故事也就丧失了故事原本的价值。

（3）类型定位

该剧的目标播出平台是CCTV-1或CCTV-8，题材是主旋律的，所表现的思想必须符合国家主流意识形态。剧中主人公是个普通小人物，所以可以归入小人物的中国梦系列。从事业上来说，挑山工很难有大成就，但可以从精神伦理方面塑造主人公，同时加入情感因素，并以轻喜剧的方式加以表现。这样，该剧的类型可以定位为主旋律题材的励志情感喜剧。

励志：从主人公身上感悟人生的哲理，激发奋进人生。通过主人公表现泰山精神、齐鲁精神，以及中国人善良仁爱、坚韧不拔、不畏艰险、永攀高峰的精神。

伦理：父子关系，对“孝”的理解，追寻现代社会丢失的伦理道德。

情感：父子之情、兄弟之情、男女之情。

喜剧性：喜剧性人物，情节有趣味。

对标作品：《摔跤吧！爸爸》《樱桃》《鸡毛飞上天》。

（4）故事定位

该剧有主、副两条故事线，分别是父子两代人创业奋斗的人生经历。父亲收养了儿子，儿子作为挑山工在泰山创业。儿子不想走父亲的老路，在外闯荡创业取得成功，后来却回归家乡，与父亲和解，携手创业，为家乡做出贡献。

故事主线：挑山工杨沧海与泰山的故事。通过他的人生、他的创业、他与挑山工之间的兄弟之情以及他奇特的感情生活，表现泰山男人的胸怀、意志及小人物不同寻常的人格和品质，这是齐鲁精神，也是中华民族的精神和品格。

故事副线：杨东岳一心想逃脱原生家庭的影响，与命运抗争，在外闯荡创业成功，最终回到家乡与父亲和解，携手成功创业的故事。杨沧海在泰山上救了一位寻死的女子，发现她怀孕了，收留了她，女子生下孩子后离开。杨沧海收养了杨东岳，为他治病，牺牲了个人的幸福，但并不被儿子理解，父子之间不断发生矛盾，儿子离家出走。后来儿子终于理解了父亲，回到泰山，发展智慧旅游，取得成功。无人机代替了挑山工，成为泰山的一道新风景。儿子战胜了自卑，收获了爱情。这条线主要表现父子之情，表现父爱的无私、儿子对父亲的爱和“孝”。

（5）叙事策略

该剧很难组织贯穿始终的大事件，也没有大的戏剧冲突，只能从人物命运入手，采用小情节故事模式。

该剧故事动作性较弱，主要从情感入手。主线写父亲在创业过程中与同事之间的兄弟之情，还有他为了抚养儿子而做出的牺牲，同时也写了挑山工兄弟们的苦乐人生。副线故事写父亲与儿子之间的父子之情。

该剧为双男主设置，围绕父子关系，设置了两条故事线索：一条以挑山工父亲的创业为主，另一条以儿子在外闯荡创业为主。后儿子回到家乡，与父亲和解，共同创业，两条线合在一起。至于哪条为主线、哪条为副线，根据需要进行调整即可。

采用倒叙方式，以杨东岳的视角切入，采取全能视角看待父亲，从儿子角度来写父亲，以父子之间的感情作为剧情的黏合剂和催化剂。

强化和提升故事的思想内涵，强化主旋律电视剧的品质和属性。

编剧特训营

看电影《地久天长》，根据影片故事编写剧本策划书。

【基本要求】

1. 根据影片内容和个人理解进行策划，可以自由发挥；
2. 剧本策划书内容包括题材价值分析、项目定位、人物设置和故事大纲等。

【作业目的】

学习根据题材内容和市场环境进行剧本策划和故事设计。

第16章 人物布局与故事建构

编剧在确定故事的同时就应该想到故事中会有哪些人物以及怎样架构剧中的人物体系。影视剧的故事架构是从人物设计入手的，影视剧中人物的格局决定故事的品质和价值，对于编剧来说，人物布局就是对故事的整体布局。

编剧一般会在两种情况下创作剧本：一是根据已有作品或故事创作，二是自己搜集创作素材进行原创。无论在哪种情况下，他都应该按照预定的故事设计和创作人物，同时考虑到预定的类型、主题、戏剧性、结构及功能性等诸多因素，并建构与之匹配的人物系统。

电影和电视剧中都有许多人物，他们性格不同，承担的戏份不一样，有的是主角，有的是配角，所起的作用以及相互之间的关系也都不一样，这样的人物凑在一起，才能演出一部戏来，他们构建了故事中的人物体系。在这个体系中，每个人都是不可或缺的，但人物在剧中的地位和作用毕竟不同，其中主要人物承担了最重的戏份，在剧中起着至关重要的作用。所以，人物的设计一般也是从主要人物的设计开始的，很多时候，次要人物是为主要人物服务的，而主要人物立起来，整个故事就立起来了。

16.1 人物与类型

影视剧是按照类型来生产的，编剧作为产品设计师，自然也要根据类型的要求来设计故事中的人物。

不同类型的影视剧针对不同的观众，具有不同的功能，对人物自然也有不同的要求。动作片（剧）主要靠激烈的打斗场面来吸引观众，主人公也都是侠客、警察之类的英雄人物，这些人物身上寄托着普通人的梦想，具有造梦功能，倘若故事中的人物都很弱小，也不会动作，可能拍出来的就不是动作片（剧）了。偶像剧的主流观众是处于梦幻中的少男少女们，为了给他们造梦，主人公多为俊男靓女，多以爱情为主题，倘若你的主人公太平庸，太弱小，爱情也不如意，拍出来的故事就不可能是偶像剧，而可能是个无趣的爱情悲剧或闹剧。励志剧主要观众是那些正在奋斗的年轻人，励志剧为的是给他们带来希望和梦想，鼓励他们努力拼搏，积极向上，经常采用小人物逆袭的故事模式，主人公多为生活在底层的小人物，都是靠着个人努力取得成功的。倘若主人公是富二代或官二代，他们拥有的资源是常人不具备的，他们即便成功了常人也无法效仿，起不到激励作用，拍出来的也不大可能是励志片（剧）。喜剧是要引人发笑的，人物就应该有他的可笑之处，喜剧中的主人公通常都是有缺点的人，他们的缺点又不能到坏人的地步，否则就不是可笑而是可恨了。倘若故事中的人物太正，缺乏喜感，达不到喜剧的效果，也就做不成喜剧了。

表16-1　主要类型片（剧）中的人物类型

影视类型	人物基本特征	人物原型
战争片（剧）	主人公多为英雄人物，代表正义力量，性格强大，智勇双全，性格上可能有缺点，或是草莽英雄，具有无往而不胜的勇气和力量；也有普通的小人物，写战争对他们肉体及灵魂的伤害，有些是战争的牺牲者，而有些则在战争中成长为英雄	战无不胜的古希腊英雄阿喀琉斯、特洛伊城的保卫者赫克托尔
灾难片（剧）	主人公多为拯救者，在灾难来临之时勇敢地担负起拯救世人的使命，甚至不惜牺牲自己	为拯救人类而遭受苦难的普罗米修斯、制造方舟保护家人和动物的挪亚
奇幻片（剧）	主人公多为英雄人物，具有超自然能力，或为修仙者，或为外星人，或为神仙	克服艰险完成十二大功绩的赫拉克勒斯
动作片（剧）	主人公多为英雄人物，或为锄强扶弱的侠客，或为代表正义的警察，或为亦正亦邪的江湖人士，武艺高强，善于打斗，面对邪恶势力临危不惧，具有战胜敌人的勇气和力量	与各种妖怪战斗回家复仇的俄底修斯、率领众位英雄冒险取得金羊毛的伊阿宋
警匪片（剧）	主人公多为代表正义力量的警察，为人正直，机智勇敢，力量强大，不屈不挠，将罪犯绳之以法，使之受到应有的惩罚	破案如神的包拯和狄仁杰、推理破案的大侦探福尔摩斯
犯罪片（剧）	主人公多为罪犯，或凶狠残忍，或阴险狡诈，或心理变态，或因为贪婪和嫉妒，或为了金钱和权力，伤害他人，违犯法律	杀死兄弟的该隐、阴谋篡权的麦克白、因嫉妒杀死妻子的奥赛罗
励志片（剧）	主人公多为小人物，或出身高贵因故沦落底层，后经个人努力取得成功	被兄弟出卖却成长为埃及宰相的约瑟、率领犹太人走出埃及的摩西
伦理片（剧）	主人公多为道德败坏者，他们的行为可能未触犯法律，但有违社会道德伦理，为人所唾弃	杀父娶母的俄狄浦斯、被出卖的第三者伊娥、爱嫉妒的王后赫拉
爱情片（剧）	或男人有才，女人漂亮；或男人丑陋，女人漂亮；或男人高贵，女人卑贱；或女人高贵，男人卑微；或性格有缺点，但天性善良。他们的爱情很美好，令人羡慕或同情	为爱而死的罗密欧与朱丽叶，梁山伯与祝英台
喜剧片（剧）	主人公有喜感，或性格幽默，或性格有明显缺陷，行为有悖常理，可笑，但不会对他人造成伤害	与风车战斗的骑士堂吉诃德、虚伪至极的伪君子答尔丢夫

类似的故事，人物不同，功能不同，产品的类型也不一样。同样都是围绕某个案件展开故事，警匪剧的主人公多是警察或侦探，如电影《除暴》《白日焰火》和电视剧《黑洞》《重案六组》等；倘若主人公是罪犯，则很可能就是犯罪片（剧），如电影《美国往事》《烈日灼心》和电视剧《征服》《命案十三宗》等。同样讲述警察或侦探的故事，倘若主人公是个能打的刑警或侦探，则可能拍成动作片（剧），如电影《警察故事》和电视剧《西部警察》等；倘若主人公是如同福尔摩斯或波洛那样会推理的人物，有可能拍成悬疑推理片（剧），如电影《东方快车谋杀案》和电视剧《福尔摩斯探案集》等。

电影《哪吒闹海》《哪吒之魔童降世》是同样题材的故事片，主人公都是哪吒，但性格设定不一样。《哪吒闹海》中的哪吒是个少年英雄，杀死龙太子敖丙，治伏作恶多端、为害百姓的龙王，这是一部少儿动画片；而《哪吒之魔童降世》中的哪吒则是魔丸转世，后来成了英雄，这是一部励志喜剧片。电视剧《蚁族的奋斗》和《蜗居》都是写外地青年在大城市里的生活，《蚁族的奋斗》中的赵荣生和虎一帆都是“80后”青年，他们通过自己的努力实现了梦想，所以这两部剧是青春励志剧；而《蜗居》中的主人公郭海藻和郭海萍也是从外地来大城市奋斗的年轻人，在人生道路上遭遇了种种挫折，面对生活，她们不是勇敢面对，积极努力，而是经常抱怨，甚至走入歧途，所以它更像是一部社会伦理剧。

有些电影或电视剧就因为人物定位与类型不相匹配，所以故事功能不明确，类型特征不明显。电视剧《猎场》失败的主要原因就在于类型定位不明确，编剧和导演似乎都不知道到底要拍一部什么样的电视剧。有人说它是商战剧，但商战剧的主人公一般都是企业家，而该剧的主人公郑秋冬到最后也只是个小猎头公司的小老板，而猎头公司干的是挖墙脚的事儿，他根本没有机会在商界纵横捭阖；有人说它是励志剧，郑秋冬是个小人物，人品低下，先是抛弃恋人到中东做生意，后来又参加传销坐了牢，出狱后冒名顶替混迹于职场，后来的“成功”也不是靠着自己的努力，而是依靠罗伊人的帮助；还有人把它看作爱情剧，但他与三个女人的爱情既不美好也不浪漫，根本不值得人们羡慕。

当然，并不是某种类型的电影和电视剧就一定要匹配某种类型的人物，各种类型的电影和电视剧都可能匹配多种类型的人物。一般说来，战争片（剧）的主人公多是英雄人物，电影《血战钢锯岭》的主人公却是个不愿拿枪杀人的军医，《敦刻尔克》的主人公却是个逃兵，在故事中的所有行为就是为了逃命。谍战剧的主人公一般是机智勇敢的英雄，但在电视剧《暗算》中，阿炳是个智障，黄依依更是别人眼里的荡妇，她之所以愿意破解密码也不是为了国家，而是为了个人的情感。这样的人物突破原有类型的局限，表现了更为深刻的人性，使得这些作品成为经典之作。

16.2　人物与主题

讲述故事其实也是要把自己对人生的感悟传达给众人。在影视剧中，故事的主题也是通过人物和人物关系来表现的。

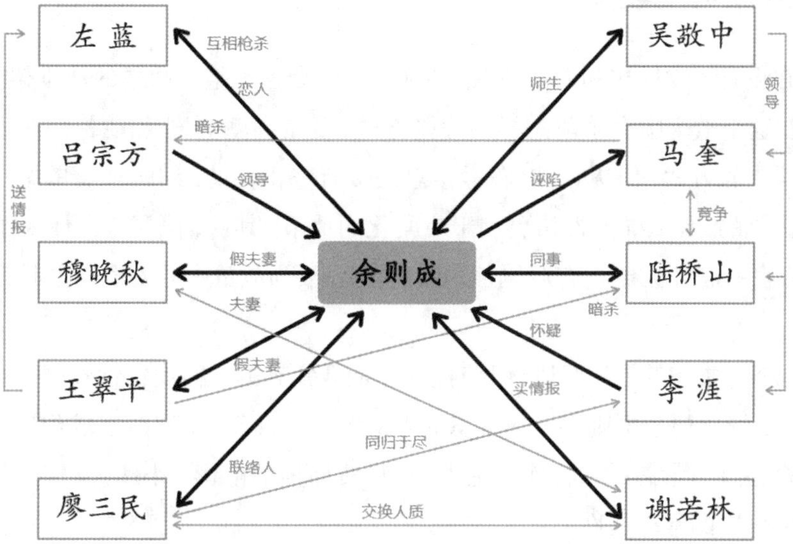

图16-1　电视剧《潜伏》人物关系图

编剧是通过故事中的人物来表现自己的思想和情感的，他也会根据自己要在故事中表达的思想来设计故事中的人物。譬如，在印度电影《摔跤吧！爸爸》中，编导所关注的是印度不平等的社会制度下的妇女地位问题，所以主人公就只能是个女孩；而在《小萝莉的猴神大叔》中，编导渴望人们能够消除种族和宗教的隔阂和平相处，所以两位主人公必然属于不同的种族并有着不同的宗教信仰，否则，故事的主题就不能得以表现。在美国电影《敦刻尔克》中，编剧要表现的是战争的残酷以及人类在战争中的脆弱和恐惧，所以他可以把其中的一位主人公设计成一位逃兵，他为了活命不择手段，在编剧看来，生命是宝贵的，在战争中，活着才是最重要的。在电视剧《士兵突击》中，编剧意在通过“一个傻子和一群聪明人的故事”来表达自己的人生态度，所以他在剧中写了两种人：一种是以许三多为代表的“傻子”，他们善良、诚实、利他，勤勤恳恳、永不放弃，有原则，在任何情况下都能坚守底线；另一种以成才为代表，他们功利、虚伪、贪生怕死、投机取巧，最后“傻子”战胜了所谓的聪明人。而电视剧《潜伏》同样也塑造了两种人，一种是有信仰的人，如余则成、翠平、左蓝，甚至还包括李涯；而另一种人则是没有信仰的，有吴站长、陆桥山、马奎、谢若林等。前者因为有信仰，哪怕面对死亡也无所畏惧，他们的人生尽管充满危险，却充实而有意义；而没有信仰的人，就算拥有权力和财富，却没有灵魂，如同行尸走肉。

16.3 人物与戏剧架构

编剧在设计人物性格和人物关系的时候，必然会考虑整个故事的戏剧架构。首先，他要考虑在这个故事中会采取怎样的戏剧方式，是走高度戏剧化的路子还是采取纪实性的非戏剧化的方式，但无论如何，故事总是带有戏剧性的，编剧也要考虑什么样的性格是非戏剧化的，什么样的性格更利于戏剧化的情节。其次，他要考虑什么样的人跟什么性格的人在一起才会更具有戏剧性，也就是说，要为故事中的人物建立起完整的人物关系。

一般说来，常态的人物戏剧性相对较弱，而非常态的人物戏剧性较强，那些追求强情节、高度戏剧化的故事则多以非常态的人物作为主人公，而那些追求纪实性、非戏剧情节的故事往往以常态的人物作为主人公，如贾樟柯的电影《小武》《三峡好人》中的主人公都是普通的常态人物。

编剧在设计人物时，经常会问自己："这个人物会与哪些人物发生关系，他们之间会生出什么样的情节？"一般说来，人物关系越紧密，人物性格差异越大，越容易产生戏剧冲突，故事性也越强，所以人物关系往往是不对称的。譬如，在一个善良人身边安插一个残暴的人，在一个勇敢的人身边设计一个胆小懦弱的人，在一个美丽的女孩身边设计一个丑陋的女人，在一个聪明人身边安排一个愚笨的人。电影《巴黎圣母院》的主人公埃斯梅拉达是位极美的女孩，爱上她的卡西莫多却是个极丑陋的巴黎圣母院钟楼上的敲钟人；电视剧《金婚》中的男主人公是个普通的工人，而女主人公则是个爱看苏联小说的知识分子；《亮剑》中的主人公李云龙是个性格粗鲁的草莽英雄，给他安排的政委却是个有知识的、文雅的高才生。

16.4 人物与故事结构

人物是故事的骨骼，决定故事的结构。编剧设计人物和人物关系，其实也是对故事进行整体架构。

电影和电视剧的故事结构分为单线结构、复线结构和板块结构。单线结构一般只围绕一条故事线来构建人物和人物关系。复线结构的故事有的是交融式，有的是平行式，交融式故事人物之间多有交织，平行式故事可能有两条毫无关联的故事线，需要围绕两条故事线建立两套不同的人物系统。板块式结构一般由几个独立的故事构成，每个板块的故事有自己的人物系统，如电影《暴雨将至》和电视剧《暗算》等。

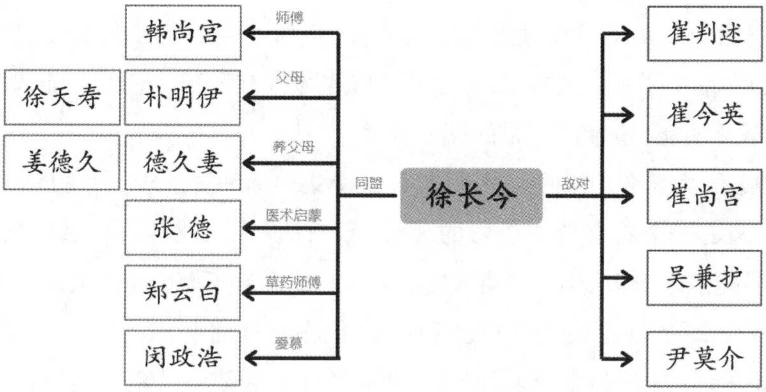

图16-2　电视剧《大长今》人物关系图

很多电影和电视剧的故事是分阶段发展的，每个阶段的故事中主人公所面临的情境不同，人物关系也有所变化。电影《美丽人生》的故事可分两段：前一段主要写主人公圭多和女友多拉的爱情，后一段写主人公一家在集中营里的经历。前一段故事主要在圭多和多拉及多拉的前男友鲁道夫之间展开，后一段故事则围绕圭多与儿子乔舒亚展开。《血战钢锯岭》的故事也分为两段：前段故事写主人公少年时期的经历以及他的爱情，在他与弟弟、父亲和女友之间展开；后半段主要写主人公参军后的生活，主要围绕他与战友展开故事。韩国电视剧《大长今》的故事可以分为两个部分：前面写主人公父母及主人公少年时代的生活，主要围绕主人公父母来展开；后面写主人公进入宫殿，先是在御膳房做宫女，主要围绕与崔氏家族之间的斗争来设计人物，后来她被流放到济州岛，主要写她与李德之间的故事，再后来她回到宫殿当了医女，又围绕她作为医女的人生经历建立了新的人物关系。

16.5　人物与戏剧功能

影视剧作为产品，都具有一定的功能性，这种功能性也主要通过人物和人物关系体现出来，所以，编剧在设计人物和人物关系的时候也应该考虑故事的功能性。

影视剧可以造梦，可以纪实，有教化作用，也有娱乐性。不同类型的影视剧有着不同的功能，有的影视剧可能只是突出某种功能，有的影视剧则可能糅合了多种故事的功能。电影《泰坦尼克号》是一部爱情片，写的是一位穷画家与一位贵族小姐的生死情缘，写的是情感，突出的是造梦功能。电影《摔跤吧！爸爸》是一部励志喜剧歌舞片，写的是一位父亲把两个女儿培养成世界冠军的故事，为那些生活在社会底层、饱受不平等待遇的印度妇女编织了一个美好的梦想，其中有思想，有歌舞，还是喜剧，对观众来说，它既有思想教化功能，也带有很强的娱乐性。

在韩国电视剧《大长今》中，主人公徐长今是个集美丽和智慧于一身的完美女人。对男人们来说，这是一个具有梦幻色彩的理想女人的形象，她虽身世坎坷，却一心向上，充满柔情，屡遭陷害，却从未有过害人之心。最终她靠着不懈的努力成就了事业，成为一代御厨和一代御医。为了使剧情不过于阴柔，编剧有意加上了闵政浩这个人物以及宫廷斗争这条线索，这样就为剧情增加了些阳刚之气；而为使情节更为轻松有趣，则把长今的养父母姜德久夫妇设计成一对活宝式的喜剧性人物。

讲故事如同炒菜，讲究色香味俱全。观众看电视，也要看剧情的味道，剧情的味道是由人物搭配出来的，京剧中的人物分为生旦净末丑，故事也有酸甜苦辣咸。故事的味道主要由人物来构建，创作者应该根据其功能定位对人物进行合理布局，以调配出剧情的味道来。

电视剧中的人物一般分为男主人公、女主人公和其他次要人物，相当于做菜时的主料、配料和佐料，剧情的味道就是靠它们调配出来的。

剧情的主味道通常是由故事的主人公所决定的。《亮剑》是一部很纯粹的“爷们戏”，作为战争剧，是重口味的，李云龙性格豪放，勇猛无敌，血性十足，也决定了这部剧充满阳刚之气，而他农民式的狡黠、狂放不羁的个性以及不按常理出牌的行为使这部剧又具有风趣幽默的味道。该剧思想并不深刻，所谓的“亮剑”精神就是中国军人大无畏的英雄气概。剧中的其他人物如丁伟、孔捷及张大彪，甚至知识分子出身的政委赵刚，个个都是野性十足，增添了剧情的刚性，这样的戏让人看着热血沸腾。但做菜讲究味道平衡，写戏也不能都是重口味，也要讲究阴阳平衡，所以在剧中，在描写李云龙与战友之间兄弟情深的同时，还写了他与三位女人的情感纠葛，也算是把剧情料理到了阴阳相合的地步了。

16.6　案例分析

【案例一】

电影《肖申克的救赎》的人物布局

（1）故事简介

影片讲述了银行家安迪被诬杀死妻子及情人，被关进肖申克监狱后，不放弃希望和对自由的追求，经过20年的不懈努力从监狱逃出，重获自由的故事。

影片采取的故事模式与电影《基度山伯爵》和电视剧《越狱》相类似，《基度山伯爵》讲的是主人公逃脱监狱及复仇的故事，而《肖申克的救赎》并没有过多地描述主人公逃离的过程，只是讲述了他对自由的不懈追求。

（2）人物布局分析

该片超越了一般的类型片，从题材来看，它写的是越狱故事，似乎属于犯罪片，但主人公安迪并非罪犯。它也不是一般的剧情片，虽然主人公最后越狱成功了，但并没有像电视剧《越狱》那样详尽描写他越狱的经过。片中也有暴力行为，却并不是导演故意要表现的。它当然也不是社会伦理剧，虽然它揭露了监狱的黑暗，坏人也最终受到了惩罚，但导演并没有把它当作普通的社会现象。

该片应该是个大情节故事，将主人公安迪放在监狱这样特殊的情境中，让他从中逃离出来，把常态的人物放在非常态的情境中，但编剧没有展开去写他越狱的经过，而是更多地描写了他在监狱中的生活，譬如开办图书馆、帮助典狱长及其他狱警理财、与各种囚犯打交道，主要表现人物的性格以及他对自由的不懈追求，使它成为一个中情节故事。

该片的主题是“自由”和“希望”，围绕这个主题，塑造了三个典型的人物：一个是安迪，他蒙受冤屈被关进了监狱，但他渴望自由，被关监狱20年，从来没有放弃希望；另一个是老布，他已经习惯了监狱的生活，当他重获自由以后反而不知所措，不知道怎样适应这种自由的生活，只能结束自己的生命；第三个是瑞德，他一直渴望自由，但现实几乎令他绝望，后来在安迪的影响和帮助下获得了自由。这三个人从不同的层面诠释了影片的主题。

为了强化故事的戏剧性，编剧安排了两类与主人公对立的人物：一类是监狱中的恶霸变态狂“三姐妹”，他们欺负和折磨安迪，安迪借助海利之手惩治了他们；另一类则是以典狱长和海利为代表的监狱恶势力，安迪帮助他们理财，掌握他们的财产和犯罪证据，使他们受到应有的惩罚。

故事中的汤米是个功能性人物，他的出现使安迪知道自己是如何被冤枉入狱的，激化了矛盾，把故事推向高潮，而汤米的死则使安迪最后下决心逃离监狱，惩罚恶人。

【案例二】

电视剧《士兵突击》的人物布局

（1）故事简介

电视剧《士兵突击》讲述的是农民出身的普通士兵许三多经过个人努力成长为“兵王”的励志故事。

该剧为小情节故事，全剧没有大的故事情节，剧情主要围绕许三多这个人物来展开。

（2）人物布局分析

该剧为励志剧，讲述的是许三多这位心灵纯净、不谙世事的农村青年在部队成长的故事，他是个小人物，身上还带有一定的喜剧性。

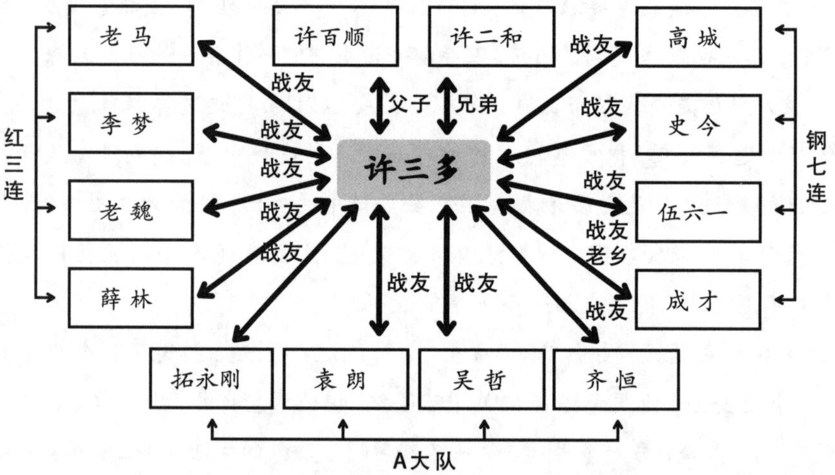

图16-3 电视剧《士兵突击》人物关系图

故事的戏核是“一个傻子和一群聪明人的故事”。许三多心灵纯净，是个普通士兵，想做个好士兵，做有意义的事情，而在他人眼里，他就是个傻子，编剧就是想通过这个人物批判社会上流行的目光短浅的精致的利己主义思想。在剧中，编剧把人物分为两类，一类是如同许三多一样的“傻子”，如史今、伍六一、高城、袁朗等；另一类则是所谓的“聪明人”，他们急功近利，圆滑世故，没有原则，如成才、李梦等，最后“傻子”战胜了“聪明人”。

编剧把许三多设计成一个心灵纯净、不谙世事的“傻子”，让他生活在一群如成才和李梦这类"聪明人"中间，发生错位，构建了整部剧的戏剧基础，也突显了故事的主题。

许三多的成长历程可分为三个阶段：第一个阶段是在五班，主要是围绕他与班长、李梦等人之间的矛盾展开；第二个阶段是在钢七连，主要在许三多与成才、高城、伍六一、史今之间展开情节；第三阶段是在A大队，主要在他与袁朗、成才等A大队的战友之间展开故事情节。三个不同的阶段，有着三套不同的人物关系。

编剧特训营

看电影《活着》，利用本章所学内容分析其人物布局上的得与失。

【基本要求】

1. 画出影片故事中的人物关系图；
2. 分析其人物部局及编剧的用意。

【作业目的】

学习和体会人物设计、人物布局的基本规律和要领。

第 17 章　角色设计与人物系统建构

人物是故事的骨骼，情节则是故事的血肉，人物架构好了，情节就自然而然从中生发出来，所以编剧创作前一定要先构建好故事中的人物系统。

17.1　建构人物系统

建立影视剧中的人物系统就是把故事中的每个人按照其地位、功能赋予适当的角色，让每个人物都能各归其类，各得其所，相互之间形成某种关系网，使他们能够发生冲突，生出故事，成为完整的人物系统。

影视剧中的人物系统是一种叙事系统，也是一种表意系统，影视剧预定的功能都要通过人物系统得以实现。

在影视剧中，每个演员都要扮演自己的角色，一台戏要有多种角色才唱得起来。在影视剧中，有主要人物也有次要人物，有正面人物也有反面人物，有衬托性人物也有功能性人物，每个人物都有各自的作用，每个人物都不可或缺。

每个故事都有不同的人物，不同性格的人物凑在一起才会产生故事。在相声中，有捧哏也有逗哏，才能逗起乐来。在戏剧中，各个人物都扮演着各自的角色，有的是主角，有的是配角，有的是闲角。在京剧中，人物角色大致可分为生、旦、净、末、丑等。角色不同，在戏中的地位不同，戏份不同，其功能和作用也不相同。编剧在塑造人物的同时，通常都要考虑人物在戏中所扮演的角色。

编剧在设计人物的同时要给每个人物安排在剧中的角色，在电影和电视剧中，每个人物有各自的角色，有主要角色和次要角色，有配角和功能性人物，不同的角色在剧中的地位不同，功能和作用也不同，编剧要根据需要安排好人物的角色，使他们各得其所，同时还要在不同的角色之间建立起一种人物关系，共同搭建起故事的戏剧场。

编剧其实很像个棋手，他要知道自己手里有些什么样的人物，在戏中他们会处于什么样的地位，起到什么样的作用，会与哪些人物发生关系，然后再决定把他们放在什么样的位置，是担任主要角色还是次要角色，或者只是充当插科打诨的功能性角色。

编剧写戏，首先要把人物编排好，也就是把人物的角色确定好，看看有几个主角，是单主角还是多主角，是男主角还是女主角，然后围绕主角设计配角，看配角是怎样与主角搭戏的，配角与主角是怎样一种关系，是对手戏还是为了衬托主角，或是独立的配角，或是插科打诨的闲角，需要时是可以拿来用的。把人物的角色分派好了，戏路也就变得清晰了，写戏的时候，只需顺着戏路往下写，故事就自然而然发生了。

17.2　人物与角色设计

在电影和电视剧中，按照人物在剧中的地位和作用一般可将其分为主要人物、次要人物、反面人物三种类型。主要人物在影视剧中担任主要角色，称为主角；次要人物在影视剧中担任次要角色，称为配角；反面人物在影视剧中担任反面角色，称为反角。

17.2.1　主要人物

主要人物即主角，是影视剧故事的主人公，在剧中地位最重要，戏份最多。很多故事都是围绕着主要人物来展开剧情的，主要人物对故事乃至产品的品质和价值有着很大的影响。

编剧在设计人物的时候首先想到的是设计怎样的人物作为故事的主人公，主人公确定以后，次要人物自然也就出来了。在很多时候，反面人物和次要人物都是围绕主要人物来设计的，是为主要人物服务的。主要人物一旦确定，整个故事框架也就自然而然形成了。

在电影和电视剧中，总会有许多的人物，但不是每个人物都可以成为主角，主角不仅要引领整个故事的发展，还要承担故事的主要功能。所以每部电影或电视剧中的主角都是精心挑选和精心设计的，在创作过程中编剧也会把大量笔墨和精力花在主要人物身上，作品成功与否在很大程度上也取决于主要人物塑造的成败。

在确定要采用怎样的故事的同时，编剧就会想在这样的故事里应该设计什么样的人物，而对人物尤其是主人公的设计也并不是随心所欲的，编剧要从题材出发，同时考虑市场，考虑产品类型及故事定位等诸多因素。电影《我不是药神》是要拍成励志喜剧片的，讲述的是一个贩卖印度仿制药赚钱的小人物逆袭成为拯救病人的英雄的故事，主人公程勇就只能是个身上有很多缺点的小人物，其性格和命运也应该带有喜剧性。《哪吒之魔童降世》是一部励志喜剧片，讲述的是魔丸转世的哪吒逆袭成为救世英雄的故事，主人公哪吒就只能一反常态成为一个天生带有魔性的小魔王。《泰坦尼克号》是一部爱情片，讲述的是发生在泰坦尼克号海难事故中一位穷画家与一位贵妇人的生死恋情，采取的是男穷女富的悲剧模式，男主人公是个小人物，女主人公是个贵小姐，两人的身份地位必然相差悬殊。电视剧《潜伏》是部谍战剧，带有喜剧性并有情感剧元素，讲述的是一位国民党军统特务受信仰感召成长为中共党员以及他与三位女人的情感故事，主人公余则成的身份是间谍，这个人物的性格和命运必然带有一定的喜剧性。《花千骨》是一部带有偶像剧特征的古装玄幻爱情剧，讲述遭遇生死劫的一对男女师徒冲破桎梏追求爱情的故事，男主人公必定年轻英俊，才华横溢，女主人公必然美丽善良，堪为当今年轻男女的偶像。

在影视剧中，有的采用的是大情节故事模式，有的采用的是小情节或中情节故事模式。大情节故事以事件作为先导，先有事件再有人物，一般根据事件来设计人物。中情节故事一般也有事件作为基础，往往从人物切入，人物对剧情的作用非常明显。小情节故事以人物为中心展开情节，一般先设定人物，人物设定好了，情节就自然地展开了，倘若人物没设计好，坍塌了，那么情节就难以展开，故事也会坍塌。所以人物系统的建立对于采取小情节故事模式的影视剧更显得至关重要。

根据剧情的需要，电影或电视剧的主角可以是单个主角，也可以是多个主角，可以是单一男主，也可以是单一女主，可以设男女主角，可以设多个男主角，也可以设多个女主角，角色之间的搭配也有各种方式。

（1）单一男主

以单一男性作为故事主角，故事主要围绕单个人物的性格和命运展开，很多小情节故事和中情节故事多采取单一男主，如电影《甘地传》《巴顿将军》《角斗士》《斯巴达克斯》等，以及电视剧《绝命毒师》《亮剑》《士兵突击》等。

（2）单一女主

以单一女性作为主角，围绕女主人公的性格和命运展开故事情节，如电影《简·爱》《苔丝》《乱世佳人》《音乐之声》等，以及电视剧《大长今》《甄嬛传》《铁梨花》等。

（3）男女双主角

以一个男人和一个女人为主要人物展开故事情节，很多爱情题材的影视剧都采取此种角色设计，如电影《罗密欧与朱丽叶》《泰坦尼克号》《茶花女》《史密斯夫妇》等，以及电视剧《白蛇传》《父母爱情》等。

（4）双男主

以两位男性为主人公展开故事情节，如电影《秘密特工》《盗火线》《纵横四海》《无间道》等，以及电视剧《陈情令》《山河令》等。

（5）双女主

以两位女性为主人公展开故事情节，如电影《青蛇》《画皮》等，以及电视剧《还珠格格》《金枝欲孽》《大唐双龙传》等。

（6）多主角

有的影视剧同时围绕多个主人公展开故事情节，主角之间可以是平行关系，也可以是相互交错的关系，如电影《斯大林格勒保卫战》《敦刻尔克》等，以及电视剧《权力的游戏》《成长的烦恼》《老友记》《我爱我家》等。

17.2.2　次要人物

次要人物，也称配角，在影视剧中担任次要角色，根据其在剧中的地位和作用以及与主人公之间的关系，可分为独立性人物、陪衬性人物、逗趣性人物和功能性人物。

（1）独立性人物

有些次要人物，与主要人物并无过多交集，对主要人物性格的刻画及命运发展也并无影响，却有独立的性格和命运，有独立的作用和价值。例如，电影《肖申克的救赎》中的老囚犯布鲁克，他与主人公安迪并无交集，但却是不可或缺的，他代表着一种被黑暗的监狱所体制化的人物，是对扼杀人性的美国黑暗监狱制度的批判，与安迪的反抗形成对比。

（2）陪衬性人物

此类人物是专为主角设计的，或是为了表现主角的某种性格，或是为了衬托主角的形象或个性。譬如，在电视剧《亮剑》中，李云龙周围的很多人物其实都是为他而设计的，是为了表现他的性格，为他搭戏的，通过大学生出身的政委赵刚衬托出他的豪爽和粗莽，通过老战友丁伟和孔捷衬托出他的机智和狡黠，通过张大彪表现他用人的智慧和幽默的性格，通过警卫员魏和尚表现他的亲和力，通过楚云飞表现他作战的勇猛和智慧，通过田雨和杨秀芹表现他的柔情，通过山本一木表现他对敌人的仇恨。

（3）逗趣性人物

此类人物可能在故事中无足轻重，却如同戏曲中的丑角，带有喜剧性。通过增加一些笑料，增添故事的趣味性，也是很多电影和电视剧不可或缺的。例如，在韩剧《大长今》中，倘若没有姜德久夫妇这对活宝，故事会沉闷许多，也会无趣许多。

（4）功能性人物

在电影和电视剧中，有些人物个性不明显，也不是关键角色，看似可有可无，但在推动情节发展方面起着不可或缺的作用，此类人物通常被看作功能性人物。例如，在电视剧《贫嘴张大民的幸福生活》中，刘大爷、彩芳、古大妈等都属于功能性人物。

17.2.3 反派人物

反派人物在影视剧中扮演反面角色，就是通常人们眼中的所谓坏人，代表的是与正义力量相对抗的某些邪恶力量。

在很多电影和电视剧中，反派人物也是不可或缺的，反派人物代表的是一些被否定的思想和行为，对正面的主人公来说，是一种对立面，对正面主人公的行为形成阻力，是推动剧情发展的反面力量。

（1）反派主角

在有些电影和电视剧中，反派人物是可以作为主角出现的，在有些犯罪片中主人公就是反派人物，如电影《教父》《美国往事》以及电视剧《绝命毒师》《征服》等。在更多的电影和电视剧中，反派人物其实都是配角，是作为正面人物的对立面出现的，反派主角越强大，对主人公形成的压力就越大，戏剧性也越强。

（2）反派配角

反派配角在故事中处于次要地位，但也是不可或缺的。

17.3 人物关系的建构

人是社会关系的总和，每个人物其实都生活在某种社会关系网中，而人物的性格和命运只有在人与人产生关系的过程中才能表现出来。对于编剧来说，在设计人物的同时就要考虑通过怎样的关系使人物联系起来，建立人物的关系网，形成整个故事的戏剧场。

17.3.1 人物关系与戏剧场的建构

故事说到底是人物与人物之间产生关系的结果，人与人之间产生某种关系才可能产生冲突，在影视剧中，构建人物关系就是要在人物之间建立平台，使他们能够凑在一起产生关系，产生冲突，从而形成某种戏剧场。

- **人物关系的建构**

在影视剧中，人物关系包括两个层面：一是人物之间的社会关系，二是人物之间的戏剧关系。

（1）社会关系

编剧在设计人物的时候总要想到这个人在剧中起什么作用，他会与谁发生关系，最能与他对戏的人物是谁，这其实就是人物之间可能产生的戏剧关系。而人物之间要产生关系，离不开三个条件：一是相互之间的社会关系；二是能够使他们相见的物理空间；三是发生关系的机缘，主要指事件。在电视剧《士兵突击》中，主人公许三多与五班的老马、李梦等性格不同，生活在不同的世界，原本没有交集，许三多作为新战士被分配到五班，与他们形成了战友这种社会关系，共同生活在军营里，每天抬头不见低头见，就有了发生关系的机缘，于是冲突就自然而然产生了。编剧通过在他们之间建立战友这样的社会关系，才把他们聚集在一个空间，给他们创造了发生冲突的机缘。

一般说来，人与人之间的关系越紧密，相碰撞的机会越大，发生冲突的可能性越多。在影视剧中，经常采取的社会关系包括情人关系、家庭关系、亲友关系、同事关系等，这些关系把人物维系在一个相对稳定的时空平台，给他们创造产生关系和冲突的机缘。《贫嘴张大民的幸福生活》是一部家庭伦理剧，主要靠家庭关系和邻里关系建构人物关系，张大民是张大妈的儿子，与张大军、张大国、张大雨、张大雪是兄弟姐妹关系，与李云芳、李大妈、古三儿一家是邻里关系，他们住在一个院子里，抬头不见低头见，难免会有碰撞和摩擦，难免产生矛盾。《士兵突击》属于军旅题材，许三多与老马、史今、伍六一等人都是战友关系，军营就成了他们经常见面、产生关系的物理空间。在电影《辛德勒名单》中，主人公是商人，与那些犹太人以及那些德国纳粹分子原本没有关系，后来他想发财办厂，就招来了那些被迫害的犹太人，与他们建立了同事关系，一起在工厂工作，这就有了产生关系的机缘。

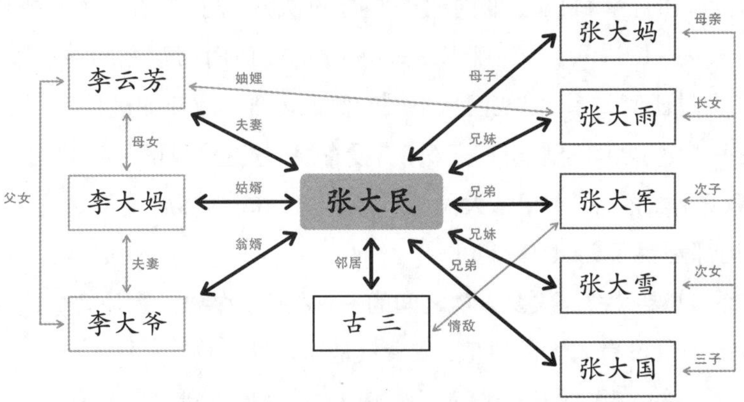

图17–1　电视剧《贫嘴张大民的幸福生活》人物关系图

编剧要给人物建立怎样一种关系，主要还是基于戏剧的考虑，也就是说这种社会关系的建立是有助于转化为人物间的戏剧关系的。譬如你要写一部爱情戏，男女主人公原先并不认识，你要使他们相爱，就得给他们创造相识的机会，可是人海茫茫，人与人之间相遇的机会是很少的，但如果他们是同事关系，每天在一个公司上班，或者是邻居关系，就住在同一层楼上，甚至就住在隔壁，或者他们之间有共同的朋友，等等，这样他们就很容易碰到一起，也就有了产生各种关系，进而发展感情的机会。

（2）戏剧关系

编剧就是通过想象把特定性格的人放在特定的情境中，看他们如何思想和行动，而每个人物在具体情境下的思想和行为取决于他们当时的戏剧状态。在电视剧《亮剑》中，同样是那个敢作敢为、胆大包天的李云龙，在杨秀芹和田雨面前所表现出的行为却完全不一样。在杨秀芹面前李云龙显得很尴尬，面对杨秀芹的表白不知所措，很是被动。而到了田雨面前，他很自信，也很主动，甚至有点以势压人。原因在于他与这两人的关系不同，处境也不一样。他并不爱杨秀芹，所以总想逃避，而杨秀芹又是地方干部，不是他的下级，他无法以势压人，所以处处小心，很被动。而他是真爱田雨，田雨是个护士、小知识分子，他刚保护过她，以她的保护人自居，在她面前，他还是首长，很自信，似乎想借权势逼她就范。

编剧用某种社会关系使人物联系起来，建立戏剧平台，人物之间得以产生关系，发生冲突，产生爱恨情仇，关系发生变化，推进事件发展，从而把社会关系转化为一种戏剧关系。

人物之间的戏剧关系多种多样，就其形态而言，主要有平行关系、交织关系、主配关系、对立关系四种。

平行关系：人物之间没有任何关联，在故事中也没有任何交集，各自有各自的人际关系，各自有各自的行动轨迹，如同两条并行的铁轨。例如，在电影《敦刻尔克》中有三位主人公——一位逃兵、一位船长、一位飞行员，他们相互之间并不认识，没有见过面，也没有产生过任何关系，但他们从不同的侧面表现了战斗的进程。

交织关系：人物之间经常相互交织，有爱有恨，这是常见的一种戏剧关系。例如，在《贫嘴张大民的幸福生活》中，张大民与母亲、与弟妹、与邻居等都是这种关系，他们的生活以及命运都是相互交织在一起的。

主配关系：主要人物与次要人物之间的一种关系，次要人物是为塑造主要人物服务的，次要人物自身并没有太大的价值，或者只是功能性人物。

对立关系：各人物处于对立面，如情敌关系、敌我关系、仇人关系、竞争关系等。

- **人物关系的戏剧化**

在影视剧中，人物与人物之间应该建立起戏剧关系，这将决定每个人物的戏剧状态和戏剧环境，人物与人物之间的社会关系只是为人物提供戏剧的可能性或平台，倘若这种社会关系不能转化为戏剧关系，也就没有意义了。譬如，你有好几个兄弟，大家相安无事，很少接触，更没发生过任何冲突，这就没法形成戏剧关系，这种非戏剧化的关系在影视剧中是没有什么意义的。

编剧在设置人物的时候总要想到这个人会与哪些人物发生关系，发生怎样的关系，这就要把握住在场每个人物的戏剧状态，这种戏剧状态是由他们之间的戏剧关系所决定的，而所谓的情节其实就是由各个人物在当时的戏剧状态下所发生的行为形成的。

在影视剧中，人物与人物之间的冲突多种多样，引发冲突的原因也很复杂，大致可分为利益冲突、情感冲突、性格冲突、思想冲突、生死冲突五种。

（1）利益冲突

人物之间因利益而引发的冲突。在电视剧《贫嘴张大民的幸福生活》第二集中，张大民要与李云芳结婚，本来全家人都应该高兴才对，没想到却遭到众位弟妹的抵制。张大雨是因为自己长得丑很自卑，对漂亮姑娘李云芳很是嫉妒，不给她好脸色看；张大军是怕哥哥结婚抢先占了房子；张大雪怕哥嫂占了房，自己没地方睡；张大国要考大学，怕自己没地方看书。总而言之，弟妹们都怕自己的利益受到损害，这场戏其实就是因为利益而产生的冲突。

（2）情感冲突

此类冲突经常在情感戏中发生。如在电影《泰坦尼克号》中，男主人公杰克与女主人公露西相爱，引发他们与露西的未婚夫和母亲之间的冲突。在电影《安娜·卡列尼娜》中，已婚的安娜与渥伦斯基相爱，引发安娜与丈夫及与渥伦斯基之间的冲突。在电影《哪吒之魔童降世》中，哪吒与父母之间的冲突也是因为情感，父母都爱他，但他产生了误解。

（3）性格冲突

人物之间因为性格不同而产生的冲突。在电影《乱世佳人》中，男主人公白瑞德与女主人公郝思嘉之间的情感冲突，就是由于两人性格不同而引起的。在电视剧《亮剑》中，农民出身的李云龙性格豪放，说话粗俗，与知识分子出身、性格温文尔雅的政委赵刚性情很不相同，经常发生冲突。在电视剧《金婚》中，工厂技术员佟志与爱看苏联小说的小学数学老师文丽，从性格到生活习惯都格格不入，他们之间的冲突也是一种性格冲突。

（4）思想冲突

人物之间因信仰不同或所属的阶层不同，人生观、价值观、世界观不同而引发的冲突。在电视剧《士兵突击》中，许三多一到五班就与老兵们显得格格不入，其实他们之间既不存在利益关系，更不存在情感方面的矛盾，老兵们在那里过得很无聊，就想混日子打发时间，而许三多则想当个好兵，做有意义的事，过有价值的生活，所以他们之间的冲突是由价值观、人生观不同而引起的思想观念上的冲突。

（5）生死冲突

在生死存亡的时刻，人们为了生死而战。在战场上，人物之间并不存在社会关系，相互之间甚至都不认识，但因为双方属于敌我关系，每个人都为了让自己活下去杀得你死我活。

- **人物关系的进化**

在影视剧中，人物关系有两种状态：一种是既定的人物关系，指的是在故事开始前已经形成的人物关系，这种关系往往决定着人物的戏剧状态。如电视剧《都挺好》是一部社会伦理剧，开头以苏母的死作为激励事件引发故事，这个时候，这家人的关系是这样的：苏父长期被强势的苏母压抑，活得很是窝囊。当年，苏母重男轻女，卖了家中房子送大儿子到国外留学，对二儿子苏明成也是百般庇护，女儿苏明玉却不受待见。现在苏母死了，老大回来了，但他在国外过得并不如意，工作不顺利，面临失业，与妻子也产生了矛盾。老二苏明成是个妈宝男，没本事。三兄妹中混得最好、最有能力的苏明玉却早就与家庭脱离了关系，对母亲一直有怨恨。这样的家庭关系也就决定了各个人物的戏剧状态。另一种是需要在剧中建立的人物关系。在电影《美丽人生》中，男主人公圭多和女主人公多拉原先也没有关系，他们之间的夫妻关系是在故事中建立起来的，于是编剧安排圭多开了辆破车去下乡，途经一座谷仓塔楼时，漂亮姑娘多拉从天而降，落到了圭多的怀抱里，后来他们相爱，最终成了夫妻。《恋爱先生》是一部情感剧，男主人公程皓和女主人公罗玥在故事开始时并不认识，他们之间的情感关系需要随着故事的发展建立起来。

在影视剧中，人物关系经常会随着剧情的进展而发生变化，或者说，故事情节经常会随着人物关系的变化而发生改变，由此推动剧情的发展。人物与人物之间经常会发生冲突，分分合合之中相互之间也会产生恩怨情仇，生发出各种各样的故事来。在电视剧《潜伏》中，余则成是个军统特务，翠平则是女游击队员，两人原本没有关系，后来受上级指派，翠平到了城里，与余则成假扮夫妻生活在一起，这才发生了后面的故事。在电影《肖申克的救赎》中，主人公安迪蒙冤入狱，来到肖申克监狱服刑，从社会关系上说，他与所有的犯人都是狱友，但从戏剧关系上说，瑞泰是他的配角，也是他的盟友，而狱霸“三姐妹”则是他的敌人，他们凌辱他，后被他借海利之手除掉。他与海利及典狱长原本是犯人与狱警的关系，从戏剧关系上说，他们都是他的敌人，他帮他们理财洗钱，后来又把他们清洗掉。故事就是在这种人物关系的变化中不断进展的。

17.3.2 故事形态与人物关系建构

影视剧中的故事千变万化，人物关系的结构方式也多种多样，很难有统一的方式，但仔细研究可以发现，故事形态不同，人物关系的建构方式也有所差别。

● **大情节故事的人物关系设计**

采用大情节故事的电影或电视剧一般都是以事件为中心，以事带人，以事件作为剧情发展的内在驱动力，所以人物也是围绕事件来进行设计的，故事也主要是靠事件本身来推动的。很多大情节故事甚至没有贯穿始终的主人公，如电影《斯大林格勒保卫战》《南征北战》以及电视剧《太平洋战争》《东方战场》等。

大情节故事中的人物往往是因事件而设计的，人物之间的社会关系通常并不复杂，也不需要人为地建立某种社会关系，所谓的人物关系往往随着事件的进展自然产生出来。在很多战争片中，因为战争，很多原先并无关系也不相识的人上了战场，形成敌对的关系，杀得你死我活。

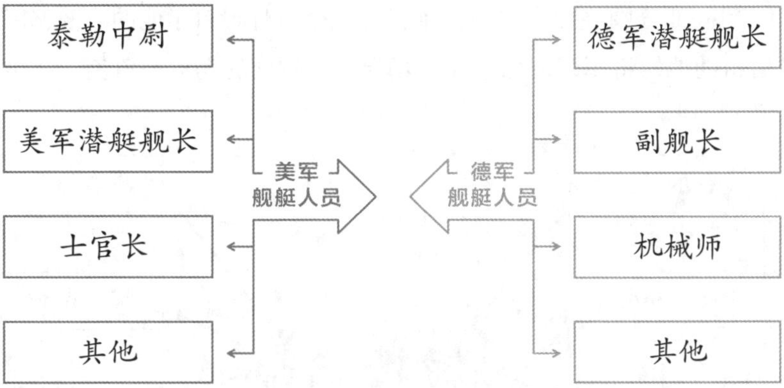

图17-2　电影《猎杀U-571》人物关系图

电影《猎杀U-571》讲述的是二战时期美军与德军在太平洋上的一场潜艇大战，显然是个典型的大情节故事，剧情也是围绕这场战斗展开的。人物按照敌对双方分为美军和德军两大阵营，各个人物由于职位不同、岗位不同，形成上下级或战友关系，人物间社会关系相对比较简单，主角与配角之间也不是一种相互依托的关系。

● **小情节故事的人物关系设计**

小情节故事以人物为中心，以人物推动剧情，这类故事一般是围绕主人公来展开剧情的，剧情也是为刻画主人公性格并表现主人公命运而发展的。对于这类故事，编剧首先应该考虑的是主人公的设计，然后围绕主要人物来设计次要人物，而次要人物都是为主要人物服务的。电影《甘地传》是小情节故事，所有剧情都是围绕甘地这个主要人物来展开的，其他人物都是配角，是为甘地这个主要人物服务的。电视剧《贫嘴张大民的幸福生活》也是小情节故事，主要人物是张大民，故事就是围绕这个人物展开的，其他人物都是配角，是为表现这个人物服务的。

● **中情节故事的人物关系设计**

中情节故事一般有大的事件作为背景，但从人物切入，经常把非常态的人物放在非常态的情境中，通过人物和事件共同推动剧情的发展。

电影《血战钢锯岭》是一部战争片，表现二战时美军攻占冲绳岛的一场惨烈战斗，但影片并没有正面描写战斗的进程，而是从一位军医士兵的个人经历切入，讲述的是一位不愿持枪杀人的军医在战场上抢救下75名战友而成为英雄的故事。整个故事可分为两段：前一段写他参军前小时候的经历、家庭对他的影响，以及他的爱情经历；后一段写他参军后的经历，他参军后不愿意摸枪，与战友发生冲突，上了军事法庭，然后上了战场，在战斗中抢救伤员。在人物关系的设计上，也是分为两个部分：前一部分，围绕主人公小时候的经历设置他的弟弟、父亲、母亲、恋人等角色，故事也主要围绕他们之间的关系展开；后一部分围绕他参军后拒绝持枪这个事件设计了他的战友、军事法庭的法官，还有最后帮助他的将军以及那些在战场上被他救助的伤员等角色。

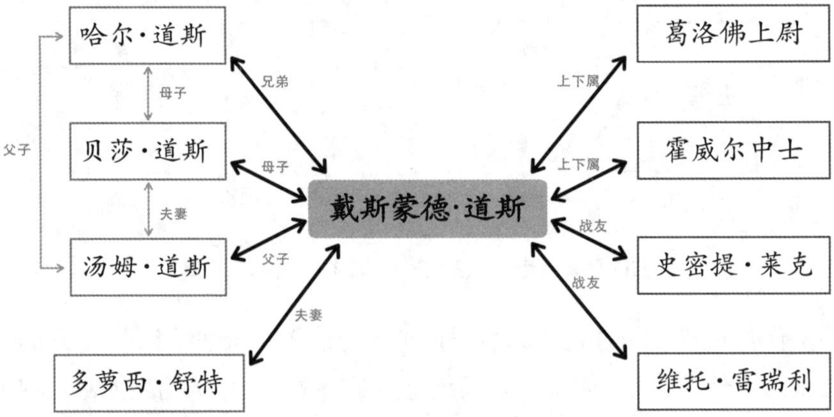

图17-3 电影《血战钢锯岭》人物关系图

17.4 案例分析

【案例一】

电影《教父》人物关系设计

电影《教父》是一部犯罪片，根据马里奥·普佐的同名小说改编，讲述了以维托·唐·柯里昂为首的黑帮家族的故事以及柯里昂的小儿子如何接任父亲成为黑帮首领的故事，获第45届奥斯卡奖最佳电影奖，被誉为电影史上最伟大的黑帮电影。

（1）故事形态

《教父》为中情节故事，写的是黑帮家族之间的仇杀和战争，但是从人物切入，以刻画人物为主，剧情也主要由人物来驱动。全片的故事都是围绕家族间的战争展开的，充满着血腥仇杀，从教父柯里昂被刺杀起，几个黑帮家族就展开了连续不断的斗争，因此也推动着人物性格的变化和命运的发展。

（2）主要人物设计

作为中情节故事，影片采取的是双男主设计。从戏份和在故事中的地位看，维托·柯里昂和小儿子迈克都是故事的主人公，维托·柯里昂在故事开始不久就被刺伤倒下了，迈克后来成了家族的中流砥柱，也是为父亲复仇的人，但维托·柯里昂才是真正的教父，也是这个家族举足轻重的人物。故事中的所有人物都是围绕他来设计的，迈克为父亲报了仇并领导家族走向复兴，但背后支持他的仍然是他的父亲，老柯里昂才是这个家族真正的主人。

犯罪片的主人公多为罪犯。《教父》是经典的黑帮电影，老柯里昂和儿子迈克并没有被审判，但他们杀了人，犯了罪，就是罪犯。一般说来，犯罪片的主人公即便十恶不赦，但多在正邪之间游荡，身上也有人性，有些方面甚至令人尊敬。维托·柯里昂是黑帮老大，杀过人，手上沾有鲜血，但看上去并不坏，他经常保护弱者，言出必行，做事也有底线，譬如他从不贩毒，为此还被刺杀。迈克是军人出身，对家族事业不感兴趣，没想过杀人，看上去很正直善良，可是父亲被人刺杀，他被逼无奈，只能铤而走险，拿枪杀人，加入了家族事业，最后成了第二代教父。

影片故事为强情节，但也很注重刻画人物，影片以维托·柯里昂的女儿开头，影片中的多数人物悉数出场，通过教父接见各类求助者的情景以及后来家族派出杀手履行承诺的情节，把教父维托·柯里昂及家族的强悍和凶残表现得淋漓尽致。而使事态发生激变的是索罗佐家族要求合作贩卖毒品被拒绝导致维托·柯里昂被杀以后，家族的平衡被打破，从此进入战斗状态。

（3）次要人物设计

影片中次要人物很多，都是配角，但都有独立的个性，哪怕是出场很少的人如棺材店老板巴纳萨拉、面包师纳佐林这样出场很少的人物也给人很深的印象。

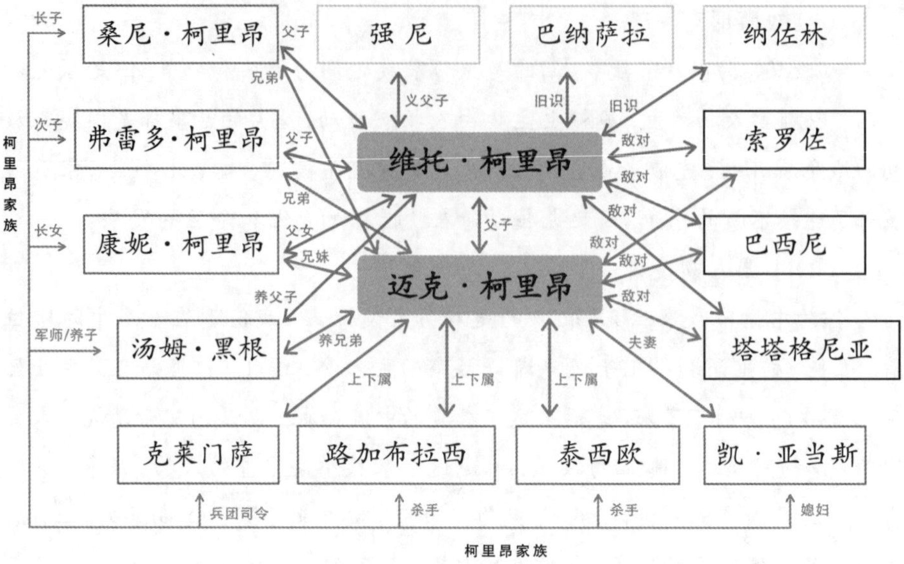

图17-4　电影《教父》人物关系图

影片中的人物关系是通过家族关系来建构的，次要人物主要是家族中维托·柯里昂的家人，包括长子桑尼、次子弗雷多、三子迈克、女儿康妮及养子汤姆和教子强尼，还有康妮的丈夫卡罗、迈克的妻子凯·亚当斯，除此以外，家族豢养的杀手克莱门萨、路加布拉西和泰西欧等，这些人物以教父维托·柯里昂为中心，为了维护家族的利益，构建了一个牢固的关系网。

在这个关系网中，处于支配地位的自然是教父维托·柯里昂，其余人按照其在家族中的地位和作用各得其所。长子桑尼好色而凶狠，但有勇无谋，难堪大任，后被谋害致死。二子弗雷多怯弱无能，难以成事。女儿康妮是个糊涂女人，被丈夫卡罗家暴。汤姆是家族律师，有谋略，但不够果断。只有迈克最像父亲，即便他并不想参与家族事务，后来父亲被刺杀，他为父亲报仇，杀死仇敌，带领家族走上复仇之路，终于成为第二任教父。

影片中，克莱门萨、路加布拉西、泰西欧都是家族的杀手，从这些人身上，可以看到维托·柯里昂的凶狠和谋略，维托·柯里昂的教子歌星强尼、棺材店老板巴纳萨拉和面包师纳佐林都是功能性人物，却是不可缺少的，表现出维托·柯里昂性格的另一面，他保护弱者，但也另有所图，说明此人深谋远虑。

与柯里昂家族对立的人物主要是其他几个黑帮家族，这些人物出场并不多，却时时让人感觉他们的强大，似乎无处不在。索罗佐是柯里昂家族最大的仇人，他为逼迫维托·柯里昂同意与自己合作做贩毒生意，刺杀了维托·柯里昂，此外还有巴西尼和塔塔格尼亚，他们都很强大，最后都被迈克打败了。

【案例二】

电视剧《猎场》人物关系设计

电视剧《猎场》是一部职场剧，曾被业界寄予厚望，结果却不尽如人意，原因很多，其中人物设计上的缺陷是显而易见的。

（1）故事形态

《猎场》讲述的是大学毕业生郑秋冬在城市打拼最后成为猎头公司老板的故事，应该算是一部励志剧，就故事形态而言也是小情节故事，全剧没有贯穿始终的大事件，故事主要围绕主人公郑秋冬这个人物来展开，次要人物也是围绕他来设计的。

（2）主要人物设计

该剧作为小情节故事，采取的是单男主设计，剧情都是围绕郑秋冬这位主人公来展开的。主人公形象塑造是否成功，关系到整部剧的成败。

很显然，郑秋冬这个人物塑造是不成功的。首先，该剧类型定位不准确，人物与类型也不匹配。有人说它是商战剧，但商战剧主人公多为在商场上纵横捭阖的企业家，而郑秋冬不过是挖人墙脚的小猎头。郑秋冬是个小人物，故事采取的也是小人物逆袭的故事模式，按理说应是一部励志剧，但郑秋冬并不是真正靠个人的努力取得成功的，他要么是靠罗伊人的帮助，要么是弄虚作假，他的行为在道德上是立不住的，最终事业上也谈不上成功，也就是当了个小猎头公司的小老板。这样的人自然也很难成为励志剧的主人公。其次，这个人物既不真实也不可爱，缺乏典型性，他更像是司汤达的小说《红与黑》中的主人公于连，为了达到目的不择手段，即便罗伊人帮助过他，但看不出他对罗伊人有什么真感情，还多次背叛过她。

（3）次要人物设计

该剧作为小情节故事，情节主要围绕主人公郑秋冬展开，所有次要人物也是围绕主人公郑秋冬来设计的，是为塑造这个人物服务的。很显然，编剧试图从两个维度来表现这个人物：一是事业，写他通过奋斗成为猎头公司小老板的经历，主要围绕他与林拜、袁昆以及他的几个猎头对象来展开；二是爱情，写了他与罗伊人、熊青春和贾衣玫三个女人的情感生活。

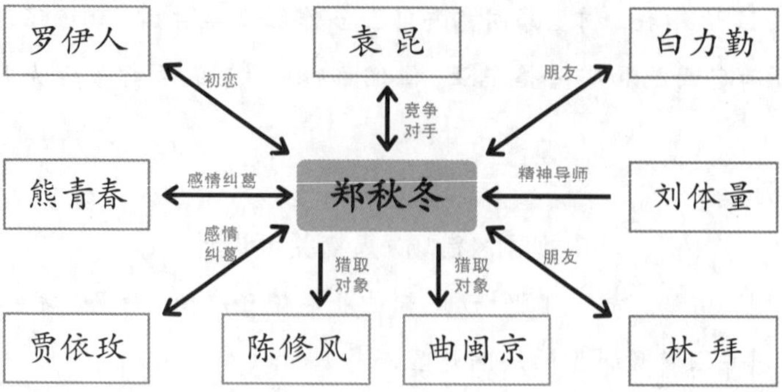

图17-5　电视剧《猎场》人物关系图

在郑秋冬的事业线上，编剧为他配备了三类配角：第一类是帮助过他的，如白力勤、刘体量、林拜；第二类是他的竞争对手，只有袁昆一人；第三类是他猎取的对象，如曲闽京、陈修风等。这些人物很难支撑起这条事业线的，白力勤是他的大学学长，在他背叛罗伊人后收留了她，后帮助郑秋冬找到工作，郑秋冬却在白力勤临死前与罗伊人旧情复燃。刘体量号称是郑秋冬的精神导师，只不过在牢中点拨了他几句，并没出什么戏。林拜欣赏他，把他介绍进外企，算是他的朋友，后来郑秋冬就到南方创业了，以后也没有太多交集。袁昆是他的竞争对手，但他们之间并没有太大的冲突，以后就分手了，再没有见面。至于那些被他猎取的对象，每个人也只有一两集的戏量，所以这条事业线其实并没有多少戏，更没有什么精彩的剧情。

在爱情线上，主要围绕郑秋冬与三位女人的爱情展开，其实这本不应该是部爱情剧，也是因为事业线太过虚弱，支撑不住这个故事，才想用爱情来加以弥补。但这里的爱情其实也很弱，而且既不美好，也没有特色和意义，让人觉得很无趣。郑秋冬与罗伊人的爱情原本不美好，他们原本在大学就相爱了，后来郑秋冬为了发财到国外去卖冬虫夏草，把罗伊人抛弃了，回来时罗伊人已经跟老白同居了，但他们之间一直都是相爱的，即便郑秋冬一而再地令罗伊人失望，罗伊人对他的爱始终不变，她对他甚至连抱怨都没有，哪怕她知道做的是错的，这样他们之间都没有冲突，没有了阻力，所以他们之间是没戏可做的，只得让他们不断分开。郑秋冬与熊青春及贾衣玫之间也看不出有什么爱情，需要的时候就爱了，不需要的时候就分开，爱与不爱，都让人莫名其妙，他们之间也没有什么戏好做。

编剧特训营

看电影《悬崖之上》，分析影片在人物及人物关系设计上的得失。

【基本要求】

1.画出人物关系图；

2.对主要人物和次要人物的关系进行简要分析。

【作业目的】

学习和体会影视剧人物设计的规律和要领。

第 18 章 人物设计的基本原则

影视剧是用影像来讲故事的，讲故事也是为了塑造人物形象，情节因人物而产生，情节原本就是人物性格发展的历史，可以说，有什么样的人物就有什么样的情节，从编剧角度看，人物立起来了，故事必定好看，人物坍塌了，故事也好不了。所以，很多时候我们衡量一部影视剧是否成功，也是看它们是否塑造出了成功的人物形象。

故事是要表现人物性格和命运的，故事也是依靠人物性格和命运来吸引观众的。观众对故事中人物命运的关注，一般是基于他们对这些人物的喜欢或认同，所以对于编剧来说，最重要的是创造出能够让观众喜欢和接受的人物形象。

那么，观众到底会喜欢什么样的人物形象呢？什么样的人物形象才算是成功的呢？

我们认为，人物的品性、真实性、创新性、典型性、戏剧化、功能性都是影视剧人物得到观众喜欢和认同的基本条件，也是我们塑造人物的基本维度。

18.1 人物的品性

很多观众都是因为喜欢某位演员才去看电影、电视剧的，很多演员都有自己的粉丝，很多演员成为公众人物或偶像人物，其实观众真正喜欢的不是他本人，而是他在影视剧中扮演的角色。影视公司利用观众的心理，很早就推出了明星制，不断地通过角色打造明星，又利用明星对观众的影响力吸引观众走进电影院。

演员们也只能通过各种角色树立自己在观众中的形象，他们也很珍惜这样的形象，所以他们在挑选角色的时候也很小心谨慎，当他们成功塑造某个角色并得到观众认可之后，他们就可能得到观众的喜爱，甚至获得大量的粉丝，乃至成为明星，艺术生命得以延续，身价也可能提高。

所谓的明星说到底也是靠角色走红的，好的角色能使演员一举成名，坏的角色也能轻易地毁掉演员的前程。

很难说观众会喜欢什么样的人物，每个观众都有各自的品味，很难有统一的标准，某些观众喜欢的人物可能会遭到另外一些观众的唾弃，然而人物的品质和性格对观众的影响是显而易见的。可以说，观众对人物的评价首先是对人物品味的评价，观众对影视剧中人物的态度首先取决于是否能够接受和喜欢人物的品性，其次取决于人物与观众之间的关联性。

18.1.1　人品认同

人的品性一般包括三个方面：一是品质，二是性格，三是能力。

所谓人物品质是一种道德评价，我们说某个人是好人，自然是说他品质好，而说另一个人是坏人，就是说他品质坏。

观众对人物品质的评价一般受其世界观、人生观和价值观的影响较大。通常，观众的思想和情感更倾向于那些与自己"三观"一致或相近的人物。总体而言，人类纵然有自私的一面，但多数人还是喜欢善良、讨厌邪恶的，所以那些代表正义力量的善良人物更能得到观众的认可和喜欢。观众喜欢电影中的巴顿将军、艾森豪威尔等，首先是因为他们代表正义的力量；观众讨厌希特勒、墨索里尼等法西斯分子，因为他们代表的是邪恶势力。

在电影《我不是药神》中，主人公程勇原本是个渣男，性情粗暴，行为鲁莽，打妻子，打律师，但他的人品不坏，对父亲很孝顺，对儿子也很好，贩卖印度药品是为了赚钱，但他心并不黑，还有底线，最后他为了救助病人，宁愿亏钱坐牢。观众喜欢这个人物，把他视为英雄。

影视剧中的主人公并不都是具有高尚人品的人。战争是残酷的，战争意味着杀戮，意味着流血，英雄往往是通过战斗成就的。所以在战争片中，编剧总要为主人公的残酷找到合理的依据，比如他们代表的是正义的力量，他们的敌人更加邪恶，或者他们都是被迫采取暴力行为，而他们的本性则是善良的，否则他们的行为就不可能得到观众的认可。

犯罪片（剧）往生也是充斥着暴力的，暴力是这类故事吸引观众的方式和手段，主人公往往也是要犯罪的，他们的行为难免残忍，手上沾满鲜血。电影《教父》是一部黑帮犯罪片，主人公教父维托·柯里昂是黑手党首领，带领家族从事非法勾当，但这个人物并不令人讨厌，他保护弱小平民，做人也不是完全没有底线，后来还因为不愿涉足毒品生意而被杀害，所以观众对这个人物还是同情的。他的小儿子迈克，军人出身，原本不想参与家族活动，后来为了给父亲复仇，杀死了仇敌。他的行为尽管违反了法律，却也有一定的合理性，他的本性也是善良的，杀人是不得已而为之，所以也能得到观众的理解和认可。

人物的坍塌首先是人品的坍塌。观众不喜欢《猎场》中的郑秋冬，主要也是不认可他的人品。上大学时为了赚钱，他抛弃女友到中东贩卖冬虫夏草，做生意失败后回国干的也是坑蒙拐骗的营生，还趁着救助过罗伊人并帮自己找工作的师兄病重之时与罗伊人重温旧梦，后来为了赚钱做起传销，出狱后又借用他人身份上了研究生，进入大公司，被人识破后也是靠着罗伊人的帮助才开了个小公司。他的"成功"更多的是依靠女人的帮助，几乎可以说他是个吃软饭的男人，这样的人物，自然不会令观众喜欢。

18.1.2 性格认同

故事就是一些不同性格的人物在一起为了各自的利益和目标展示的思想行为，有什么样的性格就会有什么样的故事，故事也是靠人物性格来打动观众的，观众看电影和电视剧，往往也是因为喜欢其中人物的性格。

（1）性格特点

故事有故事的味道，故事的味道是由人物的味道调配而成的。人物有魅力故事就有魅力，人物有品格故事就有品格，人物有思想故事就有思想，人物有趣味故事就有趣味，各种性格的人物调配出故事不同的味道，满足观众不同的需求。

编剧的困难主要不在于叙述故事，而在于塑造人物。能不能塑造出一个或多个性格鲜明的人物形象是影视剧成功的重要标志。优秀的影视剧作品中，每个人物都有鲜明的性格。在电影《肖申克的救赎》中，主人公安迪是个儒雅有修养的男人，沉静、睿智、坚毅，无论面对"三姐妹"还是典狱长他都能从容应对，最终不仅成功越狱，还令恶人们都受到了应有的惩罚。黑人瑞德虽是个罪犯，但本性善良，很圆滑，在监狱里很有人缘。而坐了50多年牢的老布，其实也是个善良的人，经常庇护受伤的动物，只是他被监狱生活体制化了，已经不能适应监狱外的自由生活，所以选择了自杀。典狱长则是虚伪的人，自称是基督徒，其实是个贪婪而狂暴的家伙，他是监狱的独裁者，利用权力为所欲为，让安迪为自己洗钱，得知安迪的冤情，不但不帮他翻案，反而设计杀死了汤米。除了这些主要人物，其他一些小角色，如"三姐妹"、汤米、警卫队长海利等，个个都有独特的性格。在电视剧《士兵突击》中，除了主人公许三多，很多次要人物如成才、五班长老马、李梦、伍六一、史今、袁朗、吴哲等也都有鲜明的个性，给观众留下了深刻的印象，这些角色也成就了王宝强、陈思诚、范雷、邢佳栋、张译、段奕宏、李晨等影视明星。

（2）性格魅力

在影视剧中，人物性格尤其是主人公的性格对剧情有很大的影响，剧中人物经常会以自己的性格魅力感染观众，打动观众。

● **性格强势，富有人格魅力**

很多影视剧中，主人公都是些性格强势且富有人格魅力的人物。美国电影和电视剧中，主人公多为所谓的美国式英雄，他们有着普罗米修斯那样的情怀，有着阿喀琉斯那样的勇武，还有俄底修斯那样的智慧，是个人主义英雄，又是坚定的爱国者，英俊潇洒，性格豪放，看上去自由散漫，桀骜不驯，有幽默感，有同情心，有个人魅力，经常帮助弱者，行侠仗义，打抱不平。他们并不喜欢战争和暴力，但在国家和人民需要的时候总能挺身而出，力挽狂澜。在我国的影视剧中，《战狼》中的冷锋、《亮剑》中的李云龙、《激情燃烧的岁月》中的石光荣、《历史的天空》中的姜大牙等都是性格强势的人物，他们性情豪迈，气场强大，具有很强的个人魅力，容易产生强大的感染力。

● **人性化**

人性化有两重含义：一是指对人物性格的设定和描述符合生活的真实，二是指对人物性格的设定和描述要揭示出人性本质。

很多影视剧把人物设定得过于完美，比如有些主旋律电影和电视剧中，主人公形象太正，性格过于完美，不食人间烟火，看上去高大全，实则假大空，这样的人物不能让观众信服，自然也谈不上喜欢了。反而像《亮剑》中的李云龙、《激情燃烧的岁月》中的石光荣、《贫嘴张大民的幸福生活》中的张大民等，他们性格并不完美，身上有很多缺点，却很真实，很接地气，很受观众喜欢。

● **有趣味**

故事有趣味才能吸引人。故事有趣味首先是人物有趣味，有趣的人才能做出有趣的事，才能产生有趣的情节。在商业电影和电视剧中，编剧经常会在主人公身上融入些有趣的性格。美国的电影、电视剧中的主人公往往很机智，富有幽默感。印度电影中的主人公也都带有喜剧的意味，如《摔跤吧！爸爸》《三傻大闹宝莱坞》等。我国很多电影和电视剧也比较注重故事的趣味性，很多主人公也是很有趣味的，如《我不是药神》中的程勇、《亮剑》中的李云龙、《贫嘴张大民的幸福生活》中的张大民、《士兵突击》中的许三多等，都是带有喜剧性的人物。

18.1.3 才能认同

影视剧中的很多人物尤其是主人公都是英雄或杰出人物，有着卓越的才能，有的像巴顿将军、艾森豪威尔、李云龙那样具有卓越的军事才能，有的像钢铁侠、蜘蛛侠那样具有超自然的能力，有的像郭靖、张无忌、杨过那样有着高超的武艺，也有的像诸葛亮、刘伯温那样有着绝高的智慧。拥有卓越的才能方能做出卓越的行为，也才会产生非凡的故事。

18.1.4 人物与观众之间的关联性

拍电影和电视剧都是为了给观众看的，故事中的人物也是为观众塑造的，所以编剧在塑造人物时就应该考虑在人物与观众之间建立某种关系，使观众对人物更容易产生认同感。

观众对自己熟悉的生活和人物都会有一种亲近感，但太过熟悉的故事和人物又会使他们失去新奇感而产生厌倦，所以对于观众来说，影视剧中的人物既不能太近又不能太远，既不能太熟悉又不能太陌生，最好是既熟悉又陌生，即所谓熟悉的陌生人。

拍电视剧固然是要给观众造梦，剧中的人物的确是来源于生活而高于生活的，但梦应该植根于现实，倘若离常人太远，让人够不着，人也就不会去想，这样的梦也就没有意义。美国电影里的英雄都是有缺点的，这些无关痛痒的缺点无损他们的形象，反而使他们看起来更真实。对于好莱坞编剧来说，写英雄的缺点其实是一种叙事策略，或者说是为观众布下的陷阱，是为了拉近人物与观众的距离，使观众能够喜欢上这样的人物。

《宰相刘罗锅》是宫廷剧，刘罗锅是宰相，原本也是“高大上”的正面人物，编剧偏偏别出心裁，把他写成看上去很滑稽、很有喜剧感的罗锅，无非是想把这个高大上的宰相往下拉一拉，使他更像个平凡人，让观众愿意亲近他。与主旋律影视剧中的领袖们相比，作为皇帝的乾隆似乎没个皇帝样，却偏偏能讨得观众喜欢。

18.2 人物的真实性

要想让影视剧中的人物得到观众的认同，首先得让观众信服，就是说观众必须相信这个人物是真实的，才有可能接受或者认可这个人物，而被他们认为是不真实的人物则会遭到排斥。

在影视剧中，人物的真实性一般包括以下三种含义。

（1）生活真实

影视剧故事分为非虚构故事和虚构故事，影视剧中的人物也可分为非虚构人物和虚构人物。非虚构故事是指现实中真实发生过的故事，虚构故事则是指生活中不曾发生过而是创作者虚构出来的故事；非虚构人物是指现实中真实存在过的人物，而虚构人物则是指现实中并没有存在过而是由创作者虚构出来的人物。

所谓生活真实，并不是要求你所写的人物是现实生活中存在过或者符合现实生活中本来的样子，而是要让观众相信你描写的人物是在现实中可能存在的真实人物。人物是否虚构并不重要，是否与生活中的人物相像也不重要，重要的是要让大多数观众认为是真实可信的。

艺术中的人物不可能是现实中的人物，影视剧中的人物只能是创作者想象中的人物，人物是否具有真实性，取决于创作者对生活的认知和体验。影视剧中的毛泽东、周恩来并不是真实生活中的毛泽东和周恩来，而是创作者想象中的毛泽东和周恩来，其真实性是否得到观众的认可，取决于观众的认知，当人物符合观众认知的时候，观众就会认为是真实的，这样的人物也就能够得到观众的认可。

影视剧中的人物并不一定是在现实生活中存在的，但他的性格应该符合现实生活的基本逻辑。很多现实生活中并不存在甚至不可能存在的人物，到了影视剧中却被观众认为是真实的。譬如《西游记》里的主人公孙悟空、唐僧、猪八戒以及各路神仙和妖怪等等，都是完全虚构的人物。故事原来就是神话，写的是虚构情境中的虚构人物，但展示的还是人性，他们的所作所为也符合人之常情，令人信服，具有真实感。而有些影视剧中的人物，明明都是生活中存在过的人物，也是按照生活本来的样子写的，给人的感觉却是虚假的。譬如在有些抗战剧中，八路军个个神勇无比，有的“手撕”鬼子，有的以一敌百，有的居然以一把原始弓箭就能大批地消灭鬼子，还有的八路军指挥员抽着雪茄，敌人打到眼前还在玩潇洒，显得极其做作和虚假，这些情节和这样的人物不符合历史真实，自然很难让观众信服。

（2）人性真实

所谓人性真实，就是要求影视剧中的人物要人性化，也就是人物的思想行为符合基本的人性。

人皆有七情六欲，有缺点，有善良的一面，也有自私的一面，有勇敢的时候，也有怯懦的时候。而在某些影视剧中，人物常常被美化，尤其是有些正面人物，他们大公无私，品德高尚，毫无私欲，没有个人的生活和情感，到了不食人间烟火的地步，让人觉得很不真实。电影《巴顿将军》的主人公是二战中功勋卓著的英雄，为打败德国法西斯立下大功，但他身上有很多缺点，他说话粗鲁，爱骂人，与上司对抗，好战，甚至动手打士兵，给人感觉很真实，很可爱，很有亲和力。电视剧《亮剑》中的李云龙在战场上是一员猛将，会指挥，会打仗，但经常违抗上级命令，特立独行，甚至为了救自己的妻子擅自调动军队对敌人发动进攻，但也正因为这样，这个人物才显得有人情味，也显得更真实，这也是他深受观众喜欢的原因之一。

（3）性格真实

故事原本就是特定性格的人物在特定的情境中表现出来的思想和行为，所谓性格真实就是要求人物在特定情境中所表现出来的思想行为必须符合他原本的性格。编剧就是要把握人物在具体情境下所表现出来的思想行为，把握得越准确，就越显得真实。

我们常常说某个情节不符合情理，其实是指在当时情境下人物的思想行为不符合人物的性格，情节虚假了，人设坍塌了，故事也就毁了。在电影《妖猫传》中，似乎所有的人都爱杨贵妃，唐玄宗爱她，李白爱她，白居易爱她，白龙为了她化身为妖猫为她复仇，但这种爱的根据是什么？而且白龙报仇，不去找那些真正害死她的人，而去到当年在场的一位侍卫家里害死他的儿子和儿媳。这样的情节完全不符合人物的性格，因而显得很做作，很不真实，这也是这部电影失败的重要原因。在电视剧《猎场》中，罗伊人因包养自己的高官情人的贪腐案受牵连而被关押，出来后立即四处寻找郑秋冬，打听到郑秋冬消息后就去见他，后发现郑秋冬正准备结婚，便要求与郑秋冬现在的女友熊青春见上一面。这样的情节就显得很不合情理，罗伊人是个很高傲的人，应该不会在自己落魄的时候去找郑秋冬，倘若他们要见面，也应该郑秋冬主动找罗伊人才对，毕竟是他屡次辜负罗伊人，而罗伊人又不止一次帮助过他，在罗伊人落难之时，他应该主动去寻找她，帮助她，而不是等她找上门来。

18.3 人物的创新性

影视剧是产品，编剧作为产品设计师需要不断创作出新的故事来满足观众不断变化的精神需求。故事需要创新，人物也需要创新。

18.3.1 超越类型

影视剧都是按照类型来生产的，影视剧中的人物也是类型化的，每个类型的影视剧都有某种或多种类型的人物与之匹配，以实现相应的戏剧功能。但人物的类型化并不意味人物形象的固定化，事实上，产品的类型化和人物的类型化都不应该阻碍人物的创新，任何类型的产品要想长久地保持生命力，都要不断地进行改革和进化，否则就可能被市场淘汰。

很多成功的影视剧中的人物相对于原有的类型人物都有所突破和有所创新。战争片（剧）的主人公一般是阿喀琉斯式的英雄，《血战钢锯岭》的主人公却是一个不愿提枪杀人的医务官，《敦刻尔克》更是写了一位疲于逃命的普通士兵。励志片（剧）多采取小人物逆袭的故事模式，主人公一般是小人物，编剧通过他们努力取得成功的故事激励更多的普通人。电影《阿甘正传》是一部励志片，主人公是个先天智障的小镇男孩，凭着个人努力不断取得成功。《我不是药神》的主人公则是个十足的渣男，他贩卖印度药是为了挣钱，后来却良心发现，宁愿破产坐牢也要把药低价卖给病人，成了英雄。《哪吒之魔童降世》也是励志片，主人公哪吒是魔丸转世，命中注定要遭受天劫，只能活三年，但他却逆天而行，改变了命运，成为拯救世人的英雄。武侠片（剧）的主人公或是英雄好汉，或是侠客，英俊潇洒，武艺高强，满身正气，行走江湖，锄强扶弱，打抱不平。电视剧《琅琊榜》的主人公梅长苏号称“江左梅郎，麒麟之才，得之可得天下”，却是个丧失武功、身体病弱不堪的文弱书生。

18.3.2　超越原型

很多故事有相同的基因，很多人物也有相同的基因；很多故事有故事原型，很多人物同样也有人物原型。

在塑造人物的时候，有些编剧会有意识地从原型人物身上寻找灵感，有些编剧可能会直接从现实生活或自己的生活经验中寻找灵感，并未意识到人物与原型故事和原型人物之间的联系，他们塑造的人物还是很难摆脱原型人物的影响。

编剧在塑造人物的时候可以依托原型人物，也可以超越原型人物。影视剧中的人物即便是由原型人物脱胎而来，但时代不同，生活环境不同，人物性格和形象也必然会有所不同。《老炮儿》中的六爷、《士兵突击》中的许三多本质上都是同一类型的人，有着相同的基因，他们固守着某种社会道德，与时代及周围环境显得格格不入，此类人物最经典的原型显然就是西班牙作家塞万提斯的小说《堂吉诃德》中的主人公堂吉诃德。堂吉诃德是个落魄贵族，生活在骑士没落的时代，却以骑士自居，整日生活在幻想中，骑着匹瘦马，带着仆人桑丘，行走江湖，行侠仗义，把旅馆当作城堡，把风车当作巨人，与之拼杀，结果碰得头破血流。这是一个与时代脱节的人，他固守着旧的思想和道德，与时代发生了错位，因而成为悲剧性人物。莎士比亚笔下的哈姆雷特，巴尔扎克小说中那些没落的贵族，19世纪俄国文学中著名的“多余人”，托尔斯泰笔下的列文、聂赫留朵夫，都带有这样的气质，但他们处于不同的时代、不同的环境，性格也不一样。《老炮儿》中的六爷曾是北京城的风流人物，性格豪爽，讲义气，乐于帮助他人，从不在意钱的事，表面上也很受尊重。他的儿子弄坏了京城富贵人家的高档汽车，他找到昔日的老哥们儿借钱，发现老哥们儿都已经变了，他感到很不适应，也很落寞。最后他拿了一把旧刀找年轻人拼命，就如同当年堂吉诃德与风车拼杀，他还没来得及冲到人家面前，就悲壮地倒下了。《士兵突击》中的许三多是个朴实的农村青年，参了军就想当个好士兵，做有意义的事，过有意义的生活。这原本没有错，但他的战友们却跟他不是一个心思。成才八面玲珑，极力讨好上级和同事，为了向上爬不择手段。五班的战友们则不思进取，整日无所事事，就想着怎样打发无聊的时光。许三多并没有做什么惊天动地的事，就想做士兵该做的事，坚持出操，整理内务，却成了别人眼里的傻子。不过他可不是悲剧性人物，最后他成功了，成了兵王，并且改变了周围的人。

18.4 人物的典型性

编剧塑造人物是为了揭示人性，他是通过人物来解剖人性的，他要把自己对人生的观察和理解融入剧中人物身上，并为剧中的人物赋予灵魂和性格。而对于观众来说，看电影和电视剧也是为了寻找精神的抚慰，希望从中看到自己的生活，并从中获得人生的启迪。

典型人物是指文学作品中那些具有鲜明的个性并能深刻揭示人类共性，从而能够让读者更深刻地了解人性和人生的人物。莎士比亚通过其所塑造的典型人物哈姆雷特提出了一个人类的终极问题：生存还是死亡？因而这也使哈姆雷特成为影响全世界的典型形象。

人物的典型化程度一般取决于编剧对人性揭示的深刻程度，对人性揭示越深刻，越能让更多的人从中看到自己的人生，从而引发思想情感上的共鸣。在电影《敦刻尔克》中，编剧把一个逃亡的士兵作为主人公，没有表现他在战争中英勇杀敌，而是写他拼命逃亡，写他在死亡面前的恐惧，这样的形象并不高大，却容易使人产生共鸣，毕竟每个人都要面对死亡。电视剧《贫嘴张大民的幸福生活》中的主人公是个悲剧性人物，他出身贫寒，没本事，没钱，没有社会资源，一家人挤在大杂院里，他结婚没有房子，只得和弟弟、弟媳共居一室。为了在院子里搭建小房子，他使出苦肉计让人打破了脑袋。一个妹妹嫁给了外乡人，经常遭受家暴，另一个妹妹漂亮温顺，所爱的人牺牲了，她也得了白血病死了。这样一个人，内心很自卑，却能苦中作乐，贫嘴是他消遣自己、苦中作乐的方式，其实就是一种精神胜利法。这样的人物其实是具有典型性的，因为我们每个人身上多多少少都有这种精神胜利的基因，观众可以从这样的人物身上看到自己，看到人性。

18.5　人物的戏剧化

有的故事追求戏剧性情节，有的故事则追求非戏剧性，要求按照生活本来的样子表现生活。有的人物戏剧性强，有的人物戏剧性弱，追求强情节故事的影视剧往往选择戏剧性强的人物作为主人公，而追求非戏剧性情节的故事则选择戏剧性弱的人物作为主人公。

性格即命运，人物的戏剧性总归是由人物的性格所决定的。在影视剧中，人物的性格特质、不同的塑造人物的方式所导致的不同的人物形态以及人物关系对人物的戏剧性有着重要的影响。

（1）人物性格

很多人认为，戏就是戏剧冲突，写戏就是尽量地使人物冲突起来，冲突越激烈越好看。其实冲突只是手段，冲突是为了更好地表现人物性格，展示人物命运，如果为冲突而冲突，把戏剧冲突作为戏剧的目的，就本末倒置了。人物才是故事的主体，故事是用来表现人物的，有什么样的人物就有什么样的戏剧。

- **人物性格戏剧化**

人物性格多种多样，有的性格强大，有的性格懦弱，有的性格单纯，有的性格复杂，性格不同，做出的行为不一样，戏剧效果也就不一样，但只要能表现出人物性格和命运，就有戏。

人物是故事的主体，人物性格和人物关系决定故事的走向，也在很大程度上决定着故事的品质。故事其实就是人生的戏剧化或戏剧化的人生，但并不是所有人的生活都富有戏剧性。一般说来，编剧更喜欢选择那些富有戏剧性格的人物作为故事的主人公，即便那些戏剧性格较弱的人物也要使他们的生活变得更加戏剧化。

戏剧性的强弱与人物性格有关。一般说来，人物欲望越强烈，个性越强，与周围人关系越不和谐，与他人发生冲突的可能性越大，戏剧性自然越强；而那些性格平和、与世无争的人，就很难与他人发生冲突，这样的人物戏剧性自然也较弱。电视剧《亮剑》中的李云龙就是个具有强烈戏剧性的人物，身为军队指挥官，他作战勇猛，很会带兵打仗，但个性很强，特立独行，跟谁都可能发生冲突。故事开始，他带领新一团与坂田联队交战，在敌强我弱的情况下，上级命令他带领部队从敌人薄弱处突围，如果他执行了命令，他就不会打败坂田，也不会因为违抗命令被撤职，这戏就没法看了，但他竟违抗命令，从敌人正面突围，打死了坂田，后被撤职。人物命运发生了改变，这就有了戏。

性格不同，引发的戏剧效果也不一样，有什么样的人物就会出来什么样的戏剧效果。主人公性格豪爽，行为果断，生出的戏也让人觉得爽快；主人公性格很闷，出来的戏也会很沉闷；主人公思想空虚，出来的戏也空洞无物；主人公性格无趣，出来的戏自然也没趣味。

现实中其实更多的是平淡的人生，并没有那么多的戏剧性，现实生活中的人物多数也是平庸的，并不具有那样强烈的戏剧性格。影视剧中的故事都是编导们对现实生活加工改造的结果，其中人物的戏剧性也是编剧们通过挑选、加工、改造，把现实中的人物戏剧化所达成的。

所谓非戏剧化，并不是指故事不追求戏剧性，而是要求按照生活本来的样子描述生活，反映生活，并不刻意地追求戏剧性，而是在真实平淡的生活去寻找戏剧性，挖掘戏剧性。

电影《我不是药神》是根据真实故事改编的，主人公程勇也有生活原型，影片中的程勇相对于生活原型陆勇，却已经是被戏剧化的人物，故事也是被戏剧化了的。电影《三峡好人》中的主人公也应该是有生活原型的，电影采取的是纪实的方式，人物是原生态的，故事也是原生态的，给人的感觉就是生活本来的样子。编剧虽然没有刻意地把生活戏剧化，人物的生活虽然平淡无奇，但也是有戏剧性的，而且更令人震撼。

- **人物性格的常态化与非常态化**

故事有常态的故事和非常态的故事，相对而言，非常态的故事比常态的故事更能引起观众的好奇心，对观众也更有吸引力。故事中的人物也有常态的人物和非常态的人物，很显然，非常态的人物比常态的人物更加富有戏剧性。

常态的人物是一般都出身平常，性格平庸，能力平庸，经历平淡，与周围的人和环境往往也很和谐，不容易产生矛盾，生活也平淡无奇，也许很幸福，却没有戏剧性。非常态的人分为两种，一种是超越常态的人，如英雄人物、社会强者、高智慧者等，他们的思想、性格和能力都超越常人，想常人所不敢想，为常人所不敢为，做出来的事往往让人意想不到，由此引发的故事也是超出常人想象的；另一种是异于常态或弱于常态的人物，如身体或性格有缺陷的人物、精神病患者等，其思想和行为往往也异于常人，容易与周围的人发生冲突，做出来的事也非正常人所能理解，也可能发生常人意想不到的故事。

（2）人物形态

影视剧中的人物有两种形态，也有两种相应的塑造人物的方式。一种是扁形的人物，即只表现人物身上的某一种性格，乃至人为地把这种性格加以强化和夸大；另一种是圆形的人物，就是在人物身上表现多种性格，突出其复杂性，好人身上有缺点，坏人身上也有优点。在文学作品中，法国作家莫里哀和巴尔扎克的作品多采取第一种方式，他们笔下的人物很多都是扁形的。《伪君子》中的答尔丢夫和《欧也妮·葛朗台》中的葛朗台都成了吝啬鬼的代名词。而莎士比亚和托尔斯泰笔下的人物则多是圆形人物。《威尼斯商人》中的犹太商人夏洛克是高利贷者，贪婪自私，心狠手辣，报复心强，但同时他也是个受害者，有令人同情的一面。

相对而言，圆形人物更接近真实的人性，每个人身上都是有善有恶的，是各种性格的结合体，很多遵循现实主义纪实传统的影视剧中的人物都是按照生活本身的样子来塑造的，故事情节也更真实，更厚重。扁形人物凸显人物身上的某种性格甚至加以夸大，人物动机纯粹，性格单一，甚至追求极致，容易把冲突做到极致，却抹杀了人性的复杂，容易导致人物的概念化和类型化，从而导致故事的模式化。很多商业电影中的人物都是扁形化的，美国电影、印度电影和我国港台电影以及目前流行的网格剧中的人物也都是扁形化的，而中国第五代、第六代导演的电影，比如贾樟柯导演的电影，多采取现实主义的方法塑造人物，尽力表现人物性格的复杂性。

（3）人物关系

在影视剧中，人物性格是通过剧情表现出来的，而所谓剧情在很大程度上就是在人物与人物之间的冲突中产生出来的，所以编剧在设计人物的时候就会想到这个人物在剧中会与哪些人物建立关系，他们之间会产生怎样的戏剧冲突。

所谓戏剧冲突只有在人与人建立关系后才可能产生，在影视剧中，建构剧中人物的关系就是为人物建立供他们表演人生的戏剧场。

在影视剧中，所谓的戏剧冲突经常就是某些不同性格、不同追求和不同关系的人为了实现各自的目的而产生某种关系或利益冲突，导致矛盾激化，产生恩怨情仇，并最终导致相互关系以及各自命运发生变化。

从戏剧的角度看，理想的人物关系就是一种对立统一的关系。一方面，人物与人物之间性格差异越大，对立性越强，产生戏剧冲突的可能性也越大，冲突也会更激烈；另一方面，人物与人物只有在一个统一的关系网络平台中才可能发生冲突，而且这种关系越紧密，发生冲突的可能性就越大。

很多有经验的编剧都会在剧中主人公周围设计一些与他性格差异很大或对立性很强的人物。《亮剑》中李云龙是个草莽英雄，性格豪爽，无拘无束。倘若安排丁伟给他当政委，虽然也在情理之中，但他们本来就是好哥们，关系和谐，很难发生冲突，所以编剧给他安排了个燕京大学毕业的知识分子赵刚当政委，两人性格差异很大，想法不一样，这就有好戏唱了。在感情上，他的第二个妻子田雨是个护士，是个小知识分子，跟他性格差异很大，他们在一起就能出戏。

18.6 人物的功能性

故事是通过人与人之间发生关系、产生冲突从而引发恩怨情仇乃至生离死别的，其中可能隐含着人生的哲理、情感、趣味乃至美感，并以此吸引受众，对受众的思想和情感产生影响，这就是影视剧的戏剧功能。

故事是特定性格的人物在特定的情境下的思想和行为，人物是故事的主体，人物决定故事的品质，影视剧故事的功能也是通过人物来实现的。

影视剧故事中包含着美感，并且能够创造出比现实更完美的生活，具有造梦功能，它能够模仿生活，反映生活的本质，能够让观众在了解生活的同时感悟人生，具有纪实功能和教化功能，此外故事总是有趣味的，能够给观众带来欢乐。

编剧在给故事定型、定性和定调的时候就应该想到自己的故事主要靠什么来吸引观众、打动观众，它应该具备哪些功能，而在设计人物的时候就想到怎样通过人物实现它的戏剧功能。

18.7 案例分析

【案例一】

电影《我不是药神》和《辛德勒名单》的人物形象分析

电影《我不是药神》与《辛德勒名单》看上去风马牛不相及，其实两部电影都采用了同样的故事模式，在人物塑造方面也颇为相类。

(1)故事模式

《我不是药神》讲述的是一个开保健品店的小老板为拯救病人逆袭成为英雄的故事，《辛德勒名单》讲述的是一个奸商为救犹太人逆袭成为英雄的故事。两个故事都采用小人物逆袭和英雄拯救他人这种故事模式。小人物逆袭的故事原型主要来自《圣经》中摩西的故事和约瑟的故事，英雄拯救他人的故事原型主要来自希腊神话中普罗米修斯的故事。

(2)人物形象

《辛德勒名单》中的辛德勒和《我不是药神》中的程勇，尽管属于不同的时代、不同的民族，可以说是两个世界的人，但本质上他们都是同一种类型的人物。

辛德勒和程勇后来都被人看作英雄，也做出了令人震惊的事迹，得到了人们的赞许，但是他们都是有缺点的人。辛德勒是十足的奸商，他对德国人百般巴结，又趁犹太人被迫害之机，不仅逼迫犹太人出钱为他投资，还让犹太人到他的工厂为他打工，他自己却趁机大发战争财。程勇开着一家保健品店，卖的都是假药，他贩卖印度药品也是为了发财。两人的品行似乎也都不好。辛德勒不仅巴结纳粹军官，讨好他们，还很好色，有很多的情人，对妻子不忠诚，玩世不恭。程勇连房租都不交，对父亲也不是很孝顺，与老婆离了婚，对前妻很粗暴，动不动就大打出手。以现在的观点看，这两个人都是十足的渣男，但正因为他们性格上有缺点，反而让人觉得真实。倘若从开始就把他们写得很高尚，一来让人觉得假，不可信，二来也没有成长的空间。

正因为这两个人物都是有缺点的，即便是英雄，人们也并不觉得他们高不可攀，而是觉得他们跟自己一样，很亲近，可以从他们身上看到自己，他们能做到的自己也应该能做到，这样观众就会对他们产生认同感，他们也能对观众起到激励作用，所以这两部电影都可归入励志片的范畴。

这两个人物都是常态的人，但都在非常态的情境中做出了非常态的事情。辛德勒看到纳粹的残忍，良心发现，不顾个人危险，救助了很多的犹太人。一心想赚钱的程勇，看到病人的疾苦，也是良心发现，后来竟买了高价药低价卖给病人，自己还因此触犯法律坐了牢。

两部电影基本上都采取了纪实性的手法，但对人物进行了戏剧化的改造，使两位人物都更具典型性，也更有戏剧性。

【案例二】

电视剧《红高粱》的人物形象分析

看电视剧《红高粱》，最大的感受是不知道编剧到底想通过这个故事表达什么，也就是不知道故事的主题是什么。

有评论说，这是一部表现“爱与恨、征服与被征服”的传奇故事，不错，剧中的故事是很有传奇性，可是这爱到底体现在哪儿，恨又在哪儿？谁是征服者，谁又是被征服者？所谓的生命力又体现在哪些人物身上？

很显然，这部电视剧的主题是混乱的，也许连编剧自己也说不清自己要表达什么，尽管有得过诺贝尔文学奖的原著，但剧中的人物设计却是混乱无序的。

电影《红高粱》的主题是明确的，在那里，的确有爱也有恨，九儿与余占鳌的爱虽然带有野性却是真诚的，最终也走到了一起，野性的性格中蕴含着一种强大的生命力，为了给百姓报仇，为了做人的尊严，他们把生命中的野性转化为一种血性，最终与日本鬼子同归于尽，他们身上表现出不屈的民族精神。

《铁梨花》也是写的一个女人与几位男人间的故事，也写了抗日，这里有爱与恨，铁梨花与柳天赐的爱是真诚的，这里的主要人物也是有尊严、有血性的，当国土遭受外敌蹂躏的时候，每个人都能捐弃前嫌，团结起来，把一腔热血洒在这片热土上。

而在电视剧《红高粱》里，虽然有很多人物，但看不到灵魂，有很多的故事，故事中却没有灵性，干巴巴的，只看到很多人在相互仇恨，但不知这一切到底是为了什么。

在这部电视剧里，作者着重刻画了三个主要人物：酒坊女掌柜九儿、土匪头子余占鳌、国民党县长朱豪三。这三个人相互为敌，最后化敌为友，共同抗击日本侵略者。

这部剧讲述了九儿从一个纯情少女到酒坊女掌柜再到为抗日而牺牲的妇女的命运历程，但我们并不知道编剧到底想通过这个人物说明什么，揭示什么样的人性。在我们看来，九儿也就是一个性格泼辣、有点小聪明的漂亮女人，周旋在余占鳌、张俊杰及朱豪三这三个男人之间，作为个人，她远不如铁梨花那样纯粹。首先她的爱情是不纯粹的，如果她爱余占鳌，她完全可以跟他在一起，可是她却贪图单家的财产和富贵的生活，一次次地伤害余占鳌。如果她真爱张俊杰，她也可以跟他在一起，即便她生下了余占鳌的孩子，张俊杰也能够接纳她，这个男人也是值得她爱的，但她拒绝了他。至于朱豪三，在那个时代，他也算是个难得的清官了，他认了她做干女儿，屡屡帮助她，但她并不感恩。她为余占鳌作伪证，替他掩盖杀人的罪行，可谓善恶不分。

在电影《红高粱》里，余占鳌就是性格鲁莽的匹夫，性情放荡，浑身充满着野性，这种野性之所以被看作一种生命力，是因为它最终化成了抗战的一腔热血，他个人也完成了一次蜕变，从莽夫变成了英雄。而在电视剧里，余占鳌似乎并没有完成这样的蜕变。他爱九儿，却从来不为九儿着想，一次次地伤害她，他对她似乎只有肉体的爱，没有灵魂的爱，他的爱其实是很自私的，一点都不高尚。作为男主人公，他的敌人却是朱豪三，而朱豪三恰恰是这部电视剧里唯一算得上的正面人物，而把这样一个人物放在余占鳌的对立面，余占鳌在与朱豪三的对抗中，无论从实力还是道义上说都处于下风，尤其朱豪三在四奎娘灵前披麻戴孝那场戏更是令这个人物形象矮下去大半截。

相对而言，朱豪三倒更像是个正面人物。这个人物是电影中没有的，不知道编剧加上这样一个人物用意何在。他是那个时代难得的清官，尽管他的所作所为有时候会显得滑稽可笑，但他是真心想为官一任，造福一方。但问题是在作者看来，余占鳌这样的土匪都不是坏人，而是被逼上梁山的义匪，朱豪三不择手段要把这些义匪赶尽杀绝，不给他们机会，这就使得这位清官有些让人说不清楚了，这个清官的形象也就变得模糊起来。从现实来看，这个朱豪三可能更为真实，但在剧中却有些站不住脚。

人物形象的模糊不清也导致电视剧主题的模糊不清，而在这背后，却是编剧价值观的混乱，编剧并没有抓住故事的灵魂，所以剧中的人物找不到方向，如同梦游一样，好在演员功力浓厚，稍稍进行了弥补，否则，这肯定是一部很失败的电视剧。

编剧特训营

看电影《妖猫传》，分析影片在人物形象塑造上的得失。

【基本要求】

1.画出人物关系图；

2.对主要人物进行简要分析。

【作业目的】

学习和体会人物形象塑造的规律和要领。

第19章　角色定位与人物设计

人物是故事的主体，也是影视剧的主体，人物决定故事的品质，也在很大程度上决定影视剧的品质。我们看一部影视剧能否取得成功，主要是看人物，倘若一部影视剧能够成功塑造一个或几个人物形象，其他人物也个个都有个性，演员表演也很出色，那么这部剧取得成功的概率就会很大。

编剧写戏，无非就是通过想象把一个特定性格的人物放在一个又一个预设的情境中看他们怎么说话、怎么行动。对于编剧来说，最重要的是把人物的性格设计好，然后他才能够在创作的时候在准确深刻地把握人物性格的同时表现出人物的思想行为。

编剧作为影视产品的设计师，他的职责就是要设计出有市场需求和竞争力的影视产品，影视产品的核心是故事，而故事的核心是人物，好的人物是故事成功的基本保证。对于编剧来说，要写出好的故事，最重要的就是要为故事设计和创作出好的人物来。

那么，编剧应该怎样设计和创作剧本中的人物呢？

19.1　人物设计的依据

与小说相比，影视剧有更高的商业价值，也更产品化。相对而言小说家有着更大的自由和创作的空间，可以更多地遵循内心的想法去进行创作。而对于编剧来说，他更多的是在设计产品，虽然也会有内心的表达，但更多的是遵循市场的规则和产品的标准并按照一定的流程来设计产品和设计人物。

19.1.1　人物设计要考虑哪些因素

既然影视剧是产品，编剧是影视产品的设计师，就应该根据市场的需求来设计故事，当然也要根据市场的需求来设计剧本中的人物。一般说来，编剧先要想好要做一款什么样的产品或写一个什么样的故事，然后按照预定的故事来设计人物，而剧本中每个人物也都是编剧通过对题材中人物的研究，根据市场的需求并结合自己对人物的理解和把握设计出来的。

编剧在设计人物的时候一般都会考虑到题材中的人物、市场以及个人的理解和表达三个方面。

一般情况下，小说都是原创的，编剧则可能在两种情况下编写剧本：一是根据生活素材进行原创，二是根据已有的故事进行改编。在前一种情况下，编剧可以自己设计故事，设计人物；而在后一种情况下，故事和人物都有了，编剧只是在原有故事的基础上进行改编。无论在哪种情况下，原故事中的人物总是编剧设计人物最主要的依据，很多人物都是以原有人物为基础进行设计的。

有的时候，题材中的人物与影视剧中设计的人物相距太远，甚至根本不符合要求，在这种时候，编剧也会根据自己的理解对人物进行改造乃至重新设计。

所谓市场，其实就是观众。影视剧是产品，自然要考虑观众的需求，编剧设计人物自然也要考虑观众的需求，观众往往会因为喜欢影视剧中的人物来看戏，所以编剧要学会根据观众的趣味来设计人物，至少你的人物要让观众喜欢或者接受，否则就可能失去观众，失去市场。

每种类型的影视剧都有自己的目标观众，每类观众都有相对一致、相对稳定的欣赏需求和审美趣味，与此同时，人们的欣赏需求也在不断发生变化。

受平台的影响，有些编剧是凭着以往的经验去把握观众需求的，而更多的人相信所谓的大数据。其实感觉也好，数据也罢，不过代表着过去的经验。而一部影视剧从策划到播放至少也要两年以上，它要面对的是两年以后的市场，也就是说它要满足未来的市场，而市场是在不断变化的，今天观众的需求并不能等同于两年以后的市场需求。

影视剧中的人物不可能是生活中的人物，即便是原有故事中的人物，编剧也会根据自己的理解和市场的需求进行加工改造，同时也会融入个人的人生经验和情感。一般说来，编剧对人物理解越透彻，体验越深，投入的情感越多，人物形象就越鲜明，越有灵性。

19.1.2　根据角色设计人物

编剧一般都是根据角色来设计人物的。

我们说人物是故事的主体，故事设计总是从人物设计开始的。影视剧的故事分大小情、小情节和中情节，故事形态不同，人物的地位也不同。大情节故事以事件为先导，一般先有事件，是要根据事件来设计人物的，有时候人物在故事中只算是个道具，人物也没什么个性。小情节故事以人物为先导，有了人物和人物关系之后才有情节，情节也是因人物与人物之间建立关系而产生的，人物的设计就显得至关重要。中情节故事也是先有事件，但往往从人物切入，人物在故事中承担着重要任务。

在影视剧中，每个人物都要扮演自己的角色，有的是主角，有的是配角，有的是反角，角色不同，戏份不一样，在剧中的地位和作用也不一样。一般说来，主要人物总是承担着最多的戏份，在剧中的地位也是举足轻重的。

一般说来，编剧最先要设计的人物是剧中的主人公，主人公是剧中的顶梁柱，主人公立住了，整个戏也就立住了，主要人物立住了，其他人物也就起来了。尤其在很多小情节或中情节故事中，次要人物原本就是围绕主要人物而设计的，是为主要人物服务的。电影《肖申克的救赎》讲述的是蒙冤入狱的银行家安迪越狱的故事，属于中情节故事，围绕主人公设计人物、展开情节，无论是陪衬性人物瑞德、老布、汤米，还是反面人物典狱长、海利，还有变态狱霸“三姐妹”，都是为塑造安迪服务的，安迪这个形象立起来了，别的人物也自然立起来了。《贫嘴张大民的幸福》是个小情节故事，所有人物都是围绕主人公张大民来设计的，张大民立住了，其他所有的人物也被带起来了。

主人公在剧中的地位举足轻重，编剧也会把最多的笔墨花在对主要人物的塑造上。一般情况下，主人公形象成功了，戏也就成功了。但也有例外，在电视剧《人民的名义》中，侯亮平是主人公，但这个人物形象太正统，显得很苍白，没有个性，没有新意，很不受观众喜欢，反而是高育良、祁同伟这两个反面人物性格复杂，个性鲜明，有一定的典型性，可以说是这两个反面人物把这部戏支撑了起来，也算是歪打正着。

19.2 人物来源与人物塑造

编剧自然是根据故事来设计人物的，但人物并不是编剧凭空想象出来的，故事来源于生活，也来源于创作者的想象和创造，故事中的人物同样也是如此。

19.2.1 人物来源

无论是从生活中提炼出来的还是根据原有故事创作出来的人物形象，影视剧中的人物归根到底还是来源于生活，当然这其中包含着创作者的想象和创造。事实上，影视剧中的人物都不是凭空产生的，很多有经验的编剧在设计和创作人物形象时经常把某些生活原型人物、故事原型人物以及自我原型作为人物形象设计和创作的模板。

（1）生活原型人物

生活原型人物是指现实生活中真实存在的相同类型的人物。

很多编剧在设计人物形象的时候，无论是原创还是根据原作改编，都会自觉或不自觉地从个人生活中寻找同类型的人物作为参考。剧中人物原本来自生活，生活中有着各种各样的人物，从中找到类似的生活原型作为模板，能够更直观、更准确地把握人物的性格，使人物形象更为生动。

影视剧中的很多故事都是根据真实故事改编的，故事中的很多人物也是在现实生活中存在的，编剧创作剧本自然也会按照现实中的原型人物来进行创作，即便故事完全是虚构的，也经常会依据现实中的某位人物来进行创作，或者把生活中某些人物的性格或故事融合在自己塑造的人物身上，这样的人物很可能成为故事中人物的原型。电影《巴顿将军》《艾森豪威尔》《甘地传》都是根据真实人物的故事改编的，其中的人物都是以真实的人物为原型的。电视剧《亮剑》的主人公李云龙是虚构的，但也是依据王近山等生活原型创作出来的。即便像《蜘蛛侠》《外星人》这样完全不可能发生的故事，其中的主人公也只有依据现实中的人物才能创作出来。

（2）故事原型人物

故事原型人物是指以往故事中已经有过的相同类型的人物。

编剧在设计和创作某个人物形象的时候会自觉或不自觉地联想到以往故事中类似的人物，并以此为人物模板进行新的创作。譬如你要想在一部战争片中塑造一位英雄的形象，这时你可能想到以往文学作品和影视剧中许多类似的英雄，远的如古希腊神话中英勇无敌的阿喀琉斯、智勇双全的俄底修斯和与命运抗争的俄狄浦斯，近的如《复仇者联盟》里的钢铁侠、蜘蛛侠、美国队长以及我国影视剧里的冷锋、李云龙、姜大牙、石光荣等等，你可能会把他们当作人物的模板或镜子，当然，你不是要模仿他们，而是要以他们为参照进行创作，使你的人物与他们不同，甚至超越他们。

（3）自我原型

编剧设计人物的第三块模板则是他自己。

故事来源于生活，但不等同于生活本身，故事中的人物同样也不等同于现实中的人物，故事中的人物都是经过艺术加工的，即便故事是根据真实事件改编的，生活中的人物也是创作者意念中的人物。一方面，创作者总是要借助故事中的人物表现自己对生活的感悟，难免要把自己的主观思想融入人物身上；另一方面，即便创作者希望真实地反映现实中的人物，这也要取决于他对真实人物的认识和理解的程度，决定于对现实生活的捕捉能力和表现能力。电影《巴顿将军》并不完全符合历史上真实的巴顿将军，而只能是创作者所认识和理解的巴顿将军；电视剧《罗马》中的恺撒也不可能是历史上真实的恺撒，而只能是创作者所认识和理解的恺撒。

古往今来，人与人之间其实并无本质上的区别，人的本性其实是相通的。每个人都是由人性中的各种性格元素所构成的，人的性格有阳性和阴性之分。阳性性格包括善良、理智、勇敢、聪明、灵敏、顽强等，阴性性格包括邪恶、冲动、怯懦、愚笨、软弱等。每个人其实都是不同性格的组合，相对而言，男性身上阳性性格压过阴性性格，而女性身上则阴性性格占据优势。好人身上有善有恶，只不过善压过了恶，才成了好人。人都有欲望也有理智，有些人能够用理智克制自己的欲望，而有些人则是欲望压过了理智，所以才会犯罪。人都有智商，只不过有些人智商高一些，有些人智商低一些。人有软弱的时候也有坚强的时候，坚强的人更能克制自己的软弱。

编剧在写人物的时候其实也是在写他自己，他通过想象把自己的性格的某些方面赋予剧中的人物，写好人的时候就把自己性格中善良、勇敢、理智的成分融入进去，写女人的时候他会收敛起自己性格中的阳性成分，而把自己性格中的阴性成分加以扩大并融入这个女人身上，写皇帝的时候就把自己身上的权力欲望和奸诈霸气的性格加以放大。当然，编剧并不一定能够写好所有的人，一般说来，那些与他性格相近或他比较熟悉的人，写起来可能会更加得心应手，但有时候，一个在现实生活中很软弱无能的人也能写好顶天立地的英雄。艺术原本就是白日梦，压抑的人性有时反而能催生出伟大的艺术来。

19.2.2 人物的提炼与加工

无论现实生活中的真实人物还是原作中的人物，编剧都不可能完全复制到自己的作品中，他必须对生活进行提炼，也要对原有的人物进行加工提炼。

对人物的提炼，一般有两种方式：一种是以生活中或原作中的人物作为原型来进行创作；另一种则是把多个人物的性格杂糅在某个人物身上，即所谓“杂取种种人”的方式。很多根据真实事件或原作改编的故事，由于人物比较成熟，或者影响较大，创作空间受限，更多采取第一种方式；而很多原创故事，其中的人物并不成熟，与故事要求差距较大，又不大受到限制，采取第二种方式的就比较多些。电影《巴顿将军》《艾森豪威尔》《甘地传》都是以单个人物为原型的，而电视剧《亮剑》中的李云龙身上则糅合了王近山等多位将军的性格和经历。

19.3 角色定位与人物性格设计

影视剧都是根据角色来设计人物的，一般说来，编剧总是先设计好剧中的主要人物，然后再设计次要人物和反面人物。

19.3.1 主要人物的角色定位与性格设计

在主要人物的设计上，编剧要解决三个问题：第一，设计几位主角，主角之间的关系是怎样的？第二，谁来担任主角？第三，主要人物性格是怎样的，应该怎样设计主人公的性格？

- **角色定位**

在影视剧中，主人公戏份最重，承担着影视剧最重要的功能，在很大程度上决定着故事的品质和影视剧产品的质量，主人公形象树立起来了，其他人物也能被带动起来。

当然，影视剧故事形态不同，主人公的地位也略有区别。在大情节故事中，由于以事件为主导，主人公在剧中的地位及作用可能并不十分明显，而在中情节和小情节故事中，故事主要围绕主人公来展开，主人公的地位和作用都是举足轻重、无可代替的。

在很多时候，编剧其实也不用考虑哪个人物可以成为剧中的主人公，有的故事原本就是改编的，原作中有现成的主人公，小情节和中情节故事本来就是围绕主人公展开的，主人公的地位也是早就确定好的，在这种情况下，编剧只需考虑把主人公塑造好就可以了。

在原创故事中，编剧需要自己创作出一个主人公来。在有些故事中有多位主人公可以选择。譬如在电视剧《白夜追凶》中，关宏峰和周巡都可以作为该剧的主人公，如果周巡作为主人公，这就是一部传统的警匪剧，而选择关宏峰作为主人公就成了一部非同寻常的悬疑剧。在电视剧《沉默的真相》中，塑造最成功的人物无疑是检察官江阳，他的戏份比严良重，也是戏中塑造得最为成功的人物，而主人公严良戏份其实不多，形象也平常，但这是一部警匪剧，是从破案角度写的，严良比江阳担任主人公更为合适。

很显然，不是所有的人物都能成为主人公，有些人物是很难把戏支撑起来的。在电视剧《八角亭谜案》中，刑警队长袁飞作为主人公就有些勉为其难，他给人感觉活得很窝囊，似乎提不起气来，性格太软，看不出有什么智慧，破案开始就因为与朱家人的关系而回避了，一直很被动，在剧中的戏份也少，主人公地位不明显，尽管最后是他破了案，但显得很平庸。

- **性格设计**

在很多影视剧中，主人公的地位举足轻重，不仅戏份重，情节也是围绕着他的性格和命运发展而展开的，主人公性格立起来了，情节的发展也就顺畅了。

故事是特定性格的人物在特定的情境中所表现出来的思想行为，也就是说，情节其实就是用来表现性格的，性格决定人物的行为，有什么样的性格就会有什么样的情节。人物性格确定以后，编剧要做的就是把人物放在一个又一个的情境中，把握住他的性格，看他怎么行动就是了。

性格即命运，在同样的情境下，性格不同，人们的思想不同，采取的行为方式不同，命运也不一样。在《肖申克的救赎》这部电影中，我们看到，同样都是在监狱里，瑞德已经麻木，老布则被制度化了，他已经习惯了这里的生活，离开反而觉得恐惧，不适应，终于选择了自杀，而安迪被判了无期徒刑，但他依然向往自由，最后成功越狱，重获自由。

性格设计是人物设计的核心，但编剧并不能随意赋予自己的人物以某种性格。作为影视产品的设计师，编剧首先要保证自己设计的人物能够让观众信服、认可乃至喜欢，而且还能实现预定故事的功能。所以，编剧对人物性格的设计，一是基于对人性的了解，二是基于对观众和市场的了解。

在影视剧中，编剧设计人物性格一般会考虑以下问题：

（1）性格与环境

编剧在考虑主人公性格的时候，不仅要赋予人物适当的性格，而且要找到这些性格存在的合理性，也就是说，要弄清楚这些性格是怎么来的，根据是什么，即便这些性格是人物原先就有的，也要找到这个根。只有这样，编剧才能接受他，否则就很难把握住人物的性格和灵魂，自然也很难打动观众。

对人物性格的设定一般包括以下几个方面：

①性格特征

设计人物性格要把握人物的性格特征，有个性的人才会做出有个性的事，也才会有独特的故事。每个成功的人物都有着独特的个性。李云龙外表粗犷，性格豪放，讲义气，带有农民的狡黠和幽默，表面大大咧咧，其实很会算计，很有智慧，屡屡违抗军令，却总能打胜仗。张大民外表猥琐，也很自卑，以至于在李云芳面前没有底气，抬不起头来，他爱耍贫嘴，其实是要消解内心的痛苦和自卑。许三多的个性就是“傻”，但一个“傻”字却透出了他灵魂的洁净，透出了他的朴实和执着。正是这些特性使他们的形象立了起来，也让观众长久地记住了他们，这样的形象足以不朽。

②年龄

不同年龄的人物性格有所不同，有些类型影视剧对年龄有要求，如偶像片（剧）的主人公都要求青春靓丽、富有朝气。

③外貌

编剧通常会根据故事来给人物设定外貌，偶像剧的男女主人公通常是俊男靓女，与目标观众的年龄基本吻合，但也有例外，如《丑女贝蒂》。在多数爱情剧中，男主人公都英俊帅气，女主人公也都很漂亮，但电影《巴黎圣母院》的男主人公卡西莫多却是极丑的。武侠剧的主人公应该是高大威猛的，而电视剧《琅琊榜》中的主人公梅长苏却是个文弱书生，病恹恹的，弱不禁风。喜剧中的人物则可以长得很丑，甚至可以很滑稽。在电视剧《宰相刘罗锅》中，编剧故意把刘镛写成了罗锅，而在《施公奇案》中则把施公写成了一个瘸子，使他显得滑稽可笑，以达到喜剧效果。

④能力

能力是人物行动的底气。在有些影视剧中，主要人物的能力对剧情影响很大。例如，在悬疑剧中，警察的推理能力、法医的解剖能力很重要；在武侠剧中，主要人物都有超强的武功；在科幻剧中，各路英雄人物也都各有专长。

⑤职业或身份地位

有些职业充满危险，容易产生戏剧性情境，如警察；有些职业平淡，很难产生戏剧性，如教师。有些身份容易处于矛盾的中心，有的身份则只能在矛盾的边缘，如在军队中，团长以上的职务是很难到一线参加战斗的，而连长则始终战斗在一线。

在某些影视剧中，人物职业、身份、地位的设定对故事会产生很大的影响。电影《活着》是根据作家余华的同名小说改编的，在小说中，主人公福贵是个乡下农民，妻子也是乡下妇人，改编成电影后他成了住在镇子里的皮影戏艺人，妻子也成了专门烧开水卖的卖水女人，这样的改变，融入了地方风情，也有画面感，故事也有了特色。

⑥信仰和价值观

信仰和价值观对人物的性格和行为都会产生很大的影响。在《士兵突击》中，许三多与五班的战友们格格不入，不是因为他们有什么利益冲突，而是他们的价值观不同，许三多坚守做人本分，一心想过有意义的生活，而李梦等人对生活不抱希望，只想混日子，打发时间。

⑦家庭环境及处境

家庭环境对人物性格的形成乃至一生的命运都会产生影响。一个凤凰男与一个从小生活在条件优越的富豪家庭或官僚家庭的孩子性格不同，人生轨迹也不一样。

⑧物质条件

生活条件对人物性格的影响也很大。在电影《美国往事》中，主人公“面条”生活在纽约贫困区，与他在一起的也都是些贫家子弟，混迹在肮脏的街道，整天与一些无良少年混在一起，打架斗殴，无所顾忌，很容易就走上了犯罪的道路。而在电视剧《贫嘴张大民的幸福生活》中，张大民的人生困境都与房子有关，他的努力也多与房子有关，如果不是在那样的居住环境中，许多情节就不可能发生。

⑨社会关系

人总是生活在各种各样的社会关系中，不同的社会关系对人的性格形成有很大的影响。在现实社会中，社会关系也是一种社会资源。在电视剧《蜗居》中，郭海萍是个从外地到上海工作的大学毕业生，没有关系，没有人脉，在职场上举步维艰，为买房吃尽苦头。她的妹妹郭海藻也是大学毕业生，原先找了个小职员做男友，生活很艰难，后来认识了宋思明，生活得以改变。宋思明是市长秘书，有强大的社会关系网，在社会上如鱼得水，呼风唤雨。

⑩特殊经历

某些特殊的经历对人物性格的形成以及人物心理会有很大的影响。在电视剧《都挺好》中，苏母死了，苏明玉表现有些冷漠，对哥哥和弟弟也很冷淡，原因就是强势的母亲对她的伤害，母亲可以卖掉房子供哥哥出国留学，给弟弟买房子，而她明明可以考上清华大学，母亲为了省钱却让她报了师范院校，这样的不公平伤了她的心，使她对母亲有了怨恨，最后与母亲断绝了关系，这也决定了这个人物在整部剧中的戏剧状态。

（2）动机和目标

在影视剧中，主人公的行为取决于人物性格和在剧中具体的动机和目标，在很多时候，主人公的行为会对整个剧情起到引领的作用，他的行为可能牵动整条故事线，所以他个人的动机和目标也会决定剧情发展的方向。所以，编剧在设计人物的时候，除了赋予人物适当的性格以外，还要明确人物在剧中具体的动机和目标。

欲望受到一定的外部条件的刺激后就可能转化成动机，成为人物行为的动力，从而形成故事的一条行动线。在电影《拯救大兵瑞恩》中，主人公奉命到前线去拯救瑞恩，他在故事中的动机就是救人，他们的所有行为都由此动机而引发。在《泰坦尼克号》中，主人公杰克与露丝在泰坦尼克号上相遇，产生了爱情，追求所爱的人并得到她的爱就成了主人公杰克的动机。在电视剧《士兵突击》中，许三多的动机就是要成为一个好兵，做有意义的事，过有意义的生活，他的故事就是励志性的。在《琅琊榜》中，梅长苏身怀家仇国恨，他的动机就有两个，一是要为当年蒙冤牺牲的父兄及赤焰军平反昭雪，二是把正直善良的靖王扶上王位，这样的动机决定了他后来所有的行为。

在影视剧中，有些人物的动机比较单一，从头到尾只有一种动机，而有些人则可能有多种动机，且可能经常发生变化。在电影《秋菊打官司》中，主人公秋菊告状的唯一动机就是寻求公道，找回自己做人的尊严。《一个都不能少》中的主人公魏敏芝的动机就是让孩子们一个不少地回学校上学，她所做的所有事情都是为了这个目的。《辛德勒名单》的主人公原本是为了赚钱才雇用犹太人的，后来却为拯救犹太人而甘愿冒生命危险。在电影《我不是药神》中，主人公程勇是个保健品店的小老板，后贩卖印度仿制药，动机就是为了赚钱，后看到药友们的疾苦和无助，他竟用自己的钱买药低价卖给病人，为此还触犯法律坐了牢，他因此也成为救助病人的英雄。

在影视剧中，编剧应该真切地把握人物的动机，一是人物动机要符合人物性格和戏剧状态，二是要落到实处，避免假大空。以往有些战争片中，战士们一上战场就喊口号，说是为了党，为了祖国，为了人民，一看就让人觉得假。电影《敦刻尔克》的主人公英国士兵汤米的动机就是要活命，他所有的行为就是为了逃命，为了混上军舰，他甚至冒充抬担架的卫生兵。在电视剧《亮剑》中，李云龙为了救自己的新婚妻子竟然擅自调动军队打击敌人，几乎发动了一场战役，这样的动机也许并不崇高，但很真实，很接地气。

（3）人物关系与情节线

在影视剧中，为主人公设立人物关系，就是确定主人公的动作线。人物关系在很大程度上决定人物在具体事件中的处境和行为方式，为主人公建立人物关系，就是看他在剧中达成行为目标的过程中会跟什么样的人物打交道并由此产生出什么样的情节来，由此形成故事的情节线。

对于主人公来说，为他安排什么样的人物关系就会产生出什么样的情节。在电影《肖申克的救赎》中，有了背叛安迪与别人偷情的妻子，才会有他的蒙冤入狱；到了监狱，有了瑞德，才会有向他购买越狱工具以及后来瑞德出狱投奔他的情节；有了“三姐妹”这样的狱霸才有他被欺凌而后对他们实施报复的情节；有了海利，才会有他帮狱警逃税的情节；有了典狱长这样的贪官，才会有他为典狱长管理财务并揭发典狱长的情节；有了汤米的死，他才可能最后下决心越狱并报复典狱长这样的恶人的情节。倘若人物关系改变了，情节也会改变，如果海利是个好人，典狱长也是个好人，那么汤米就不会死，说不定安迪还能在典狱长的帮助下平反出狱，后面的情节也就没有了，但这样的情节就已经不是这部电影想要描写的了。所以，人物关系是为人物和剧情而设置的，人物关系的设置是为了表现人物的性格和命运，对于主人公来说，有什么样的人物关系就会引发什么样的行为，由此生发出剧中的故事情节来。

有些影视剧采取的是双主角或多主角的故事模式，主角之间有的是平行关系，有的是相互交织关系。很多有关爱情的影视剧中，故事都是围绕男女主人公的情感展开的，男女主人公之间的关系设置就显得尤为重要。在电视剧《金婚》中，男主人公佟志是个性格朴实、没有什么情趣的技术员，女主人公文丽则是个小学数学老师，爱看苏联小说，很小资，追求浪漫，这两个性格和习惯截然不同的人在一起生活，自然少不了磕磕碰碰，一辈子有吵不完的架，这就有了冲突，有了戏。而在另一部电视剧《恋爱先生》中，男主人公是个牙医兼恋爱顾问，女主人公是个海归、白领，虽然他们一见面就互撑，其实谁都看得出他们之间并没有矛盾，他们之间的冲突也显得不真实，所谓的戏似乎也是故意撑出来的，给人虚假的感觉。

19.3.2 次要人物的角色定位与性格设计

主要人物确定以后，编剧就会根据故事的需要设计剧中的次要人物。

- **角色定位**

在影视剧中，次要人物分为三种：一种为独立型人物，这类人物在剧中独立存在，与主人公处于平行关系，没有什么交集，也没有产生过联系；第二种是陪衬型人物，是作为主人公的配角为塑造主要人物服务的，他们之间为主配角关系；第三种是功能型人物，是可以根据情节临时设置的。

- **性格设计**

对于影视剧中的次要人物，编剧主要会根据其在剧中的地位以及与主要人物的关系来进行性格设计。

独立型人物虽然与主人公没有实质性的关系，但一般都有独立的个性和独特的价值、作用。在电影《长津湖》中，毛岸英就是个独立型人物，他的戏份很少，与主人公也基本上没有交集，但却是一个不可或缺的人物。在《肖申克的救赎》中老布与主人公安迪住在一个监狱里，但并没有什么关系，即便没这个人物，对安迪的形象也不会有损害，但他却代表了一种被制度化了的人，具有一定的典型性，没有这个人物，故事的思想就不会那么明确和深刻。

陪衬型人物是为主人公而设置的，很多小情节故事都是围绕主人公来设置人物的，陪衬型人物原本就是依存于主人公并为塑造主人公而服务的。这类人物可分为两种：一种是从正面衬托，他们的某些性格与主人公很相似，在某些方面是主人公性格的补充。如《士兵突击》中，高城、史今、伍六一、袁朗等与许三多原本就是同类人，正是有了他们对许三多的欣赏和肯定，才把许三多给衬托了出来。另一种是从反面衬托，这类人物与主人公在性格上有相似的一面，更有对立的一面，如成才、李梦、老马等人，他们都是所谓的聪明人，最后许三多超越了他们，也赢得了他们的尊重，这就从反面把许三多衬托了出来。

19.3.3　反面人物的角色定位与性格设计

在影视剧中，反面人物一般代表着反面或否定的价值观，是与正面力量对立、对抗的反面力量，对正面主人公的行为形成阻力。所以，对编剧来说，反面人物的设置也是非常重要的。

● **角色定位**

虽然在有些影视剧中，也有反面人物作为主角的，如在某些犯罪剧中主人公可能是一个罪犯，但在绝大多数影视剧中，反面人物往往是作为主人公的对立面出现的。

所谓反面人物其实有两种含义：一种含义是道德层面的，指主人公的价值观和思想行为是违背社会道德的，或者代表着某种邪恶力量，如影视剧中经常出现的恐怖分子、各类犯罪分子等；第二种含义是从戏剧上看他们是作为代表正义力量的主人公的敌对势力出现的，代表的是一种反派力量，对主人公的行为形成阻力，是矛盾的对立面。

● **性格设计**

所谓矛盾就是对立统一，矛盾的双方相互依存，相互对立，相互排斥。反面人物在影视剧中是作为反派力量出现的，与正面人物的关系也是一种对立统一的关系，反面人物在剧中的功能往往就是对主人公的行为制造阻力，从反面衬托主人公的性格和形象，所以反面人物的性格立起来了，也有助于正面人物性格和形象的塑造。

很多影视剧都会把一些极端性格的人物作为反面人物，如很多犯罪分子心理变态，有些恐怖分子是宗教狂热分子，他们疯狂的行为对社会造成极大的危害，对主人公形成极大的阻力，形成极端的戏剧性情境。

在有些影视剧中，成功的反面人物形象往往也能给人留下深刻的印象。譬如，在电影《沉默的羔羊》中，食人魔汉尼拔给人印象深刻，也是这部电影中塑造得最为成功的形象；在电视剧《人民的名义》中，主人公侯亮平形象苍白，不讨人喜欢，反而是高育良、祁同伟这样的反面人物性格鲜明，表现出了深刻的人性，给人以深刻的印象。

19.4　案例分析

【案例一】

电影《我不是药神》主人公性格设计

（1）故事简介

该片改编自慢粒白血病患者陆勇代购抗癌药的真实故事。

普通中年男子程勇经营着一家保健品店，失意又失婚。不速之客吕受益的到来，让他找到了一条去印度贩药做代购的新路子，虽然困难重重，但他在这条路上发现了商机，一发不可收地做起了治疗慢粒白血病的印度仿制药的独家代理商。在赚钱的同时，他认识了几个病患及其家属，有为救女儿被迫做舞女的思慧、说一口流利"神父腔"英语的刘牧师，以及脾气暴烈的"黄毛"，几个人合伙做起了生意，利润倍增的同时也危机四伏。程勇昔日的小舅子曹警官奉命调查仿制药的源头，假药贩子张长林和瑞士正牌医药代表也对其虎视眈眈，生意逐渐变成了一场关于救赎的拉锯战。

(2)主人公的性格设计

该片根据真实故事改编，主人公程勇也有真实人物陆勇作为原型，但程勇的性格与原型人物有了很大的不同。

影片是一部励志片，采用小人物逆袭的故事模式。原型人物陆勇是个企业家，在影片中变成了普通的中年男人，艰难地经营着一家保健品店。他与妻子离婚，人生很失意，是个典型的渣男，故事也因此变为渣男为救病人逆袭的故事。

影片的类型定位为喜剧，是为喜剧演员徐峥量身定制的，人物自然也要喜剧化，程勇也就成了喜剧人物。他经营着一家保健品商店，贩卖印度性保健品，生意不好，穷困潦倒，连房租都交不起。父亲住养老院，妻子与他离婚。他人不坏，性格轻浮狂躁。他打律师，打前妻，很有些无赖的味道。面对当警官的小舅子他一下㞞了。在前妻眼里，他就不是个男人。他为人一点也不高尚，甚至还有些自私。他当初贩卖印度药品，不是为了救病人，而是为了挣钱，后来发现有利可图，便一心想把生意做大。但他心眼还不算坏，赚钱不那么心黑，也没想过要害人。这样的人物倒很有些喜剧性，是个喜剧性人物。

原型人物陆勇也是个慢粒白血病患者，但在影片中，他的身份变了，他不是患者，而只是个贩卖药品的小商人。这样的改变其实也包含着编导们的设计，倘若程勇也是个患者，他的行为就是被动的，他不过是在救自己的同时也救了别人，他不是患者，而是个商人，那么他的行为就具有更大的主动性，他开始贩药是为了赚钱，后来赔钱为病人贩药则是为了救人，目的很纯粹，人品也提升了。

【案例二】

电视剧《傻根进城》主人公性格设计

（1）故事简介

电视剧《傻根进城》是国内第一部以销售行业为题材的电视剧，也是国内第一部以分账模式在网络上播出并取得成功的电视剧，2016年获爱奇艺“最佳口碑奖”。

《傻根进城》是一部励志轻喜剧，讲述的是心地善良的农村青年李大根在京城闯荡逆袭成功的故事。

（2）主人公的性格设计

该剧为原创故事，但剧中人物皆有生活原型。

主人公李大根有两位原型人物：一位是复员军人，阴差阳错当了销售人员，半年不出单，后来当了分公司经理；另一位出身农村，初中毕业，后来当了销售公司总经理，20多岁已是年薪百万，还把几个兄弟都带出来了，在销售界都有所成就。剧中的很多故事也融入了国内外很多销售大师的事迹，李大根卖房那个桥段就是根据世界上最伟大的推销员乔·吉拉德卖汽车的故事改编的。

该剧定位为励志剧，也是采取小人物逆袭的故事模式。说到销售业，很多人觉得销售就是忽悠，其实这个行业最需要、最缺乏的是善良和诚实。

李大根性格中最大的特点是诚实和善良。他来自农村，心灵纯净，还没被“污染”，做的是靠嘴皮子吃饭的销售行业。他笨嘴笨舌，还不肯说假话，屡屡受挫，在别人眼里也就成了傻子。编剧塑造这个形象，除了受到现实生活的启发，也是受了《阿甘正传》和《士兵突击》的影响。李大根的傻，原本就带有喜剧的意味，很符合轻喜剧的人物定位。

关于李大根来城里的动机设定，主要还是受了第二位原型人物故事的影响。这位后来成为公司总经理的原型人物家住农村，家境贫寒，父亲没本事，叔叔却很能干，因此叔叔看不起他父亲，经常当着孩子们的面奚落甚至侮辱他父亲，这令他感到屈辱。后来他离开了农村，到城里闯荡，发誓要混出个人样来，让父亲在叔叔面前直起腰杆。这样特殊的经历曾经给他带来伤害，也成了他成长的动力。这样的人物动机并不高尚，但很真切，很接地气，很能打动人。

编剧特训营

看电影《你好，李焕英》，根据故事写出人物小传，并对主人公进行简要的性格分析。

【基本要求】

1.写出主要人物的人物小传；

2.根据本章所学对主要人物的性格设计进行简要分析。

【作业目的】

学习和体会人物性格设计的规律和要领。

第 20 章　剧情结构

一般说来，编剧在构思人物和故事的时候就开始构思剧本的结构了。

编剧在搜集素材、设计人物和构思故事的过程中，积累和创作了许多人物和情节，怎样把这些人物和情节放在一个适当的故事框架里，并按照一定的方式组织起来，使之成为一个完整的故事系统，这就是编剧在结构故事的过程中需要解决的问题。

20.1　结构特征及内在逻辑

影视剧是用镜头画面来讲故事的。对于编剧来说，所谓结构就是要把一个个零散的情节画面按照其内在的逻辑关系组接成一个能够表达自己的思想情感和美学追求并能够被观众欣赏的完整故事。

20.1.1　结构特征

影视剧是用镜头来讲故事的，小说是用语言来叙述故事的。影视剧是用画面把故事复制或再现出来，小说可以不大受时空的限制，而影视剧中没有过去时，也没有将来时，只有现在进行时，记录的都是正在发生的故事。

影视剧中每个情节都是以画面来呈现的，在具体的时间节点，在真实的场景中，真实的人物进行真实的表演，同时拍摄成画面，把画面组接成一段段情节，再把情节组成完整的故事，以电影或电视剧的方式呈现给观众。

编剧作为产品设计师，并不参与拍摄，他要做的是用文字把想象中的故事画面记录下来，作为拍摄的蓝本。

与小说家不同，编剧要学会用画面来进行思维，他构想的每个情节都应该是在具体的场景中发生的。所谓结构就是要把一幅幅画面组织成情节，然后再把情节组织成故事。

影视语言就是视听语言。所有语言都包括词汇和语法，影视语言的词汇是镜头，是画面，语法就是蒙太奇，蒙太奇就是镜头的组接方式。所谓影视剧结构就是用蒙太奇的方法把画面结构成故事。

影视剧都是声画艺术。镜头画面有两个元素：一为画面，二为声音。所谓结构要解决的也是两个问题：一是画面与画面之间的组接，二是画面与声音之间的关系。

- **画面与画面之间的组接**

影视剧用镜头讲故事，在影视语言里，镜头是最小的语言单位，每个镜头都是一个独立的画面，若干个镜头面画组成一个情节，若干个情节组成一段故事，若干段故事再组成一部电影或电视剧。

故事与故事之间、事件与事件之间、情节与情节之间乃至镜头与镜头之间，在时空上都是各自独立的，相互之间并不连接，所谓结构首先就是要把这些各自独立的镜头画面按照其内在的逻辑关系组接起来，成为完整的故事画面。

- **画面与声音之间的关系**

一般情况下，镜头里的声音和画面是一致的，你听到两个人在对话，看到的是两个人的画面，你听到炸弹的爆炸声，看到的也是炸弹爆炸的画面。但有时候，导演为了某种表达的需要会有意使声音和画面不一致，譬如有时候会出现画外人的声音，有时候画面上说话的人并不出现在画面上，画面上出现的反而是听话的人，一个人孤独地站在空荡荡的站台上，火车声渐渐远去，但火车并没有在画面中出现。处理好声音与画面的关系，也是编剧在结构故事时经常要想到的。

20.1.2 结构逻辑

要把零星的画面组合成一个完整的故事无疑是个艰难的过程，每个故事都有多种结构方式，同样的故事也可以采取不同的结构方式，但在影视剧中，故事的结构背后还是有它的逻辑和规律的。

- **结构设计要考虑哪些因素**

同样的故事，不同的编剧可能会采取不同的结构方式，编剧可以根据自己对故事的理解设计故事的结构，但是他必须保证这种结构符合故事的内在逻辑，实现预定的故事功能，同时最起码要保证作为消费者的观众能够理解和喜欢。

一般说来，编剧在设计故事结构时至少要考虑以下两个因素：一是故事素材，结构其实都不是外在的，结构应该是故事自然生发出来的，编剧首先应该根据故事素材来设计故事结构。二是市场，观众是影视剧的消费者，编剧必须保证设计的故事能让观众看得懂，符合观众的思维习惯和审美趣味。

电影《无问西东》讲了发生在不同时代的四个故事，这样的故事显然无法按时空顺序进行组接，好在故事存在内在的逻辑关系，他们除了主人公都是清华人，相互之间还有些师承或亲属关系，还有精神上的关联，即四个故事都是关于人生抉择的故事，主人公都曾经面临着个人私欲与社会公义之间的选择，而他们都无一例外地选择了社会公义。

电视剧《暗算》是根据同名小说改编的，小说分为《听风者》《看风者》《捕风者》三个部分，每部分含有若干章节，有七个叙述者，分别以第一人称讲述自己的故事，故事之间相对独立，人物和事件都无大的关联。那么，怎样把这部小说改编成电视剧呢？如果照搬原小说，怎么把七个人物的故事糅在一起？如果只选择其中的一个故事拓展开来写，分量又不够，内容也显得平庸。编剧从中选择了阿炳和黄依依两个性格奇特且能力超群的人物，同时又增添了主人公安在天父亲当年在绝境中不顾个人安危机智地运送情报使我党领导平安脱险的故事。三个故事相互独立，却有相同的特质，写的都是"非凡情境下的非凡人物"，而且通过安在天这个人物把三位相互并无关系的主人公串联起来，采取的是板块式结构，但相互之间却有了千丝万缕的联系，故事也因此成为一个完整的整体，表现的是相同的思想主题。

● **结构背后的逻辑和规律**

编剧创作故事的过程，其实跟建楼房很相像，建房子的时候，只要把地基打好，然后照着地基往上建就是了，房子建好了，结构也出来了。编剧想好了要写什么样的故事，然后把人物关系建立起来，然后就想这个时候这些人物都在干什么，然后给他们设置一个又一个情境，看他们做什么和怎么做，于是情节有了，故事的结构自然而然就形成了。

编剧创作剧本、编写故事其实就是根据人物和人物关系所形成的戏剧逻辑在推演故事，一般可以采取两种方式：一是从前面往后推演，这种方式比较适合于以人物为先导的小情节故事和某些中情节故事。如《傻根进城》的主人公李大根从乡下来到北京，找到老乡刘明伦，刘明伦帮他找了份保安工作，结果他因爱管闲事被人打了还失去了工作，后来到宠物医院找到工作，但看不惯医院骗人行径，再次失业，然后到新梦想公司找工作，认识夏天和高博，到公司后半年未出单，差点被开除，后来终于出单并成为销售冠军，这样一步步推演下去，直到最后成了公司总经理，与夏天产生了恋情。二是从后往前推演，有些大情节故事和中情节故事比较适合采取这种方式。如《战狼2》写的是主人公冷锋在非洲拯救海外侨民回国的故事，故事的结果是救人成功，那么他在救人过程中经历了怎样的波折呢？冷锋离开特种部队后到非洲寻找杀害龙小云的凶手，正好遇到非洲战乱，而中国军队无法在非洲实行武装行动撤离华侨，作为退伍老兵的冷锋无法忘记曾经身为军人的使命，孤身回到沦陷区，带领身陷屠杀中的同胞和难民，展开生死逃亡。所以，情节其实都是编剧按照故事的内在逻辑推演出来的，情节的结构自然也是按照故事的逻辑自然形成的。

故事的结构就是为了准确生动地展示故事发展的进程，所以故事的情节必然也是按照故事的内在逻辑进行编排的，而所谓故事的内在逻辑，主要包括时间逻辑和关系逻辑。

影视剧原本是再现时空的艺术，影视剧的情节都是在具体的时间、在具体的情境中、在具体的人物之间发生的，影视剧中的情节都是正在进行时，影视剧情节的衔接也首先是时空上的对接，所以在影视剧中，画面与画面之间、情节与情节之间以及故事与故事之间的对接首先是时空上的对接。现实生活中的故事都是按时间顺序发展的，影视剧中的情节也基本上是按时间顺序来排列的，编剧构思情节，首先也是按照时间线来推演的，编剧在编排情节的时候，经常想的就是“这个时候会发生什么”或者“这个时候他在干什么”或“这以后他又会去干什么”。

（1）主次关系

事件有轻有重，情节也有主有次，在影视剧中，叙述一个事件一般都会有几场戏，事件有起承转合，几场戏之间也有主场戏和过场戏之分。所谓主场戏一般是事件发生的高潮点，也是矛盾的主要爆发点，而过场戏则是对事件的铺垫或回应。在《贫嘴张大民的幸福生活》第一集中，第一段剧情讲的是张大民失恋，共用了三场戏。其中前两场都是过场戏，第一场写一家人正忙着炒菜、宰鱼，准备招待张大民的女朋友。第二场是写张大妈与李云芳母亲李大妈在院子里为儿女的婚事暗中较劲。第三场戏是写张大民失恋了，女朋友放了他的鸽子，引得一家人不快。这场戏是主场戏，没有前面的铺垫，这场戏的矛盾就展不开，观众也看不懂。

（2）因果关系

事情之间总有因果，情节之间也同样存在着因果关系。在《傻根进城》中有一段戏是写李大根到新梦想公司应聘。李大根没有学历，是个乡下人，刚来城市，什么也不懂，还傻乎乎的，按理说很难有公司会聘用他，但他最后被录用了，因为他碰上了夏天。不久前，夏天到宠物医院给小狗看病，小狗明明没病，医生乱看病，李大根看不过去，向夏天揭露了真相，导致被开除，夏天对他有了好的印象，才会力排众议录用了他。所以这两段情节之间是有因果关系的，没有前面的情节，后面的情节就立不住，观众可能也会看不懂。

（3）递进关系

事情总是在不断发展变化的，同样，剧情也会按照其内在逻辑不断地推演，所以情节之间必然也会有相互推进的关系，影视剧中的情节很多时候就像大海中的波浪一样，后浪推着前浪走，一步步把波浪推向高潮，所以情节与情节之间应该存在递进关系，也就是要在矛盾冲突中把情节和人物命运一步步推向高潮，直到最后的结局。

故事题材不同，结构方式也不一样，有的是单线结构，有的是复线结构，有的是线性结构，有的是板块结构。电影《美丽人生》讲的是同一个人物的故事，但前后两个部分内容完全不同，前半部分讲的是男女主人公的爱情故事，后一部分主要讲的是主人公一家在集中营的苦难经历。《敦刻尔克》讲的是同一场战役，但其中包括三个主要人物和三条故事线，怎样把这些不同线索和不同内容的情节组装在一起，成为完整的故事，这就是编剧所要思考的故事结构问题。

20.1.3　结构方式

影视剧的结构要解决两个问题：一是把不同线索的故事糅合在一起，使之融合成为完整的故事系统；二是把各条故事线上的情节按照其逻辑关系编排在一起，使之成为内容完整、符合逻辑并且能够被观众理解和欣赏的故事。前者可称之为故事结构，后者可称之为情节结构。故事结构建构好了，相当于建房子先把地基打好了，就是把情节线都铺好了，然后按照线索把情节按照其内在关系往上累积，就自然形成了故事的情节结构或叙事结构。

电影受时长限制，故事相对比较简短，一般都是围绕单个事件或者单个人物的命运展开，通常都是一条故事线一贯到底。如《战狼2》《红海行动》都是围绕海外拯救人质的事件来展开故事情节，《摔跤吧！爸爸》围绕父亲培养女儿来写，《小萝莉的神猴大叔》写了印度青年送巴基斯坦小女孩回家的故事，并无旁枝错节。当然也有多个故事、多条故事线相互交织的。电影《美丽人生》其实是讲了两个故事，前半段讲的是男女主人公恋爱的故事，后半段讲的是男主人公与儿子在集中营里发生的故事。《妖猫传》也是讲了两个故事，现在发生的故事是空海和白乐天破获妖猫案的故事，过去发生的故事则是杨贵妃之死的真相以及白龙化身妖猫为杨贵妃复仇的故事，后者是故事的主线。《无问西东》讲述了发生在不同时空的四段不同的故事，各个故事中的人物和事件都无直接的关联，事件是平行发展的。

电视剧故事延续时间较长，结构相对复杂一些。有的电视剧也是采取单一故事、单线结构，如《国家行动》《破冰行动》《狼琊榜》都是围绕单一事件展开情节的，《士兵突击》《贫嘴张大民的幸福生活》《亮剑》都是围绕主人公命运展开情节的，都是单一线索的故事。而《历史的天空》《人间正道是沧桑》则有多条故事线相互交织，《暗算》则是由三个相互之间并无关联的发生在不同时空的故事组成的。

电影故事简短，一般由若干镜头组成一个场景的情节，一部电影一般由100多个场景的情节组成，这些场景的情节按照其内在逻辑编排成故事的情节链，形成从开头到发展再到高潮和结尾的完整故事。

电视剧情节线索多，故事复杂，结构也要复杂些，一般也是由若干个镜头组成一场戏，再由3—5场戏组成一小段戏，其中有主场戏和过场戏，过场戏作为铺垫，而主场戏作为事件高潮，讲述相对完整的事件，然后从事件生发出其他的事件，每个事件中同样套着小的事件，从中引发出新的事件。一般3—5个事件构成一集戏，10—12集的故事构成一个季的电视剧，若干季的剧组合成一部完整的长篇电视连续剧。

20.2 故事结构

电影和电视剧在结构上并无本质区别，无非都是要把多个情节连接成为完整的故事。电影故事简短，结构简单些，电视剧剧情复杂，结构也可能复杂些，但在结构方式上并没有太大的区别。

电影和电视剧大致都有三种故事结构方式：一是单线结构，二是复线结构，三是板块结构。

- **单线结构**

单线结构故事一般围绕一个人物或一个事件展开故事情节，可以是单一视角、单一维度。如电影《小鞋子》是围绕主人公丢失鞋子展开的故事。也有采取多视角、多维度的。如电影《无间道》就是从多个视角切入的，有时是从刘建明的视角，有时是从陈永仁的视角，有时是从韩琛或者黄志诚的视角。电视剧《贫嘴张大民的幸福生活》写的是张大民一家人的故事，却是从多个视角切入，表现人物生活的各个维度，包括爱情、事业、家庭等等。

- **复线结构**

复线结构故事有多个故事和多条故事线索，根据故事之间内在的逻辑关系组织结构，一般有以下几种结构方式。

(1) 平行结构

各个故事中的人物、事件并没有直接的关联，多条故事线并行发展，相互之间并无交织，但存在着某种内在的逻辑关系。如电影《无问西东》有四条故事线，讲述了四个人物的故事，这四个人处于不同的时期，相互不认识，相同的是他们的身份都是清华大学毕业生，他们有相似的命运和相似的精神品质。

（2）交互式结构

两个或多个故事的人物和事件有交织，发生在共同的时空中，或两条皆主线，或有主有次，或相互对立，或相互补充，或相互铺垫，或相互推进，形成完整的故事情节。如电视剧《历史的天空》《人间正道是沧桑》都是采取这种结构。

（3）时空交互式结构

不同时空的故事相互交织在一起，形成完整的故事情节。如电影《贫民窟的百万富翁》就有两个故事：一个是现在时空中发生的故事，即主人公因参与电视节目而成为百万富翁的故事；另一个是过去时空中发生的故事，即主人公与两位小伙伴在贫民窟的经历。

- **板块结构**

几个故事以板块的形式组合在一起，形成完整的故事。如电影《暴雨将至》、电视剧《暗算》采取的都是这种结构模式。

20.3　剧情结构

编剧在确定影视剧故事结构以后，就要考虑把每条故事线中的情节编排起来，使它形成具有开头、发展、高潮和结尾的完整故事。

20.3.1　剧情结构

在人物和人物关系确定以后，其实就已经形成了故事内在的逻辑关系，由此生发出情节并形成自然的发展路径。所谓的情节其实是编剧在把握人物性格基础上凭借个人想象对事件发展过程推演的结果。

- **开端**

故事的开端至关重要，是整个故事的基石。基石铺设得好不好，是否牢靠，对整个故事的影响十分重大。

电影的开端部分一般在前5—10分钟，而长篇电视剧则要求在前5集内完成故事的开局。

（1）功能与作用

俗话说万事开头难。写戏也一样，开头写好了，后面的戏就会写得很顺，开头不好，后面的戏也会写得很艰难。

故事开端对整个故事来说，既是开局又是布局，既要引领和展开整个故事，又要为后面的人物和故事做好铺垫。

故事布局，就是要为整个故事定性和定调，同时还要导入事件，导入人物和人物关系，导入戏剧冲突，最终也是为了导入观众。

①定性和定调：确定故事的类型和风格，明确故事的走向。在电影《美丽人生》开头部分，主人公圭多和多拉见面，由情感开始，确定了喜剧的基调。

②导入事件：无论电影还是电视剧，在故事开头部分，一般都会尽快地引入某个激励事件，它是驱动故事的引擎。如在电影《泰坦尼克号》中，主人公杰克和露丝相遇；在电视剧《绝命毒师》中，主人公发现自己得了癌症。

③导入人物：故事开头主要人物都要出场，确定人物关系及人物的戏剧状态，由此确定故事的走向。

④导入戏剧冲突：从故事开端就很快导入冲突，有了阻力，有了冲突，等于安装了一部发动机，给故事发展建立了动力系统，故事有了动力，才能驱动剧情向前发展。

⑤导入观众：故事的开端不只是对剧情的铺垫，还要尽快地让观众进入故事的情境之中。

在影视剧中，开端部分就是整个故事的地基，地基打好了，故事的阵脚就稳住了，就有了稳固的戏路，故事也就会自然而然地延续下去。倘若开端不好，地基没打牢，后面的故事也会难以为继。

（2）故事切口

对于编剧来说，首先要找到故事的切口，也就是要确定故事从什么地方开始写起。切口找好了，人物很快就可以进入戏剧性情境，故事也可以很快展开；而如果切口不好，就会影响整个故事的品质。

每个故事都可以有很多的切口，选择什么样的切口，取决于编剧对故事的整体把握。电影《拯救大兵瑞恩》可以从战场上瑞恩兄弟的牺牲切入，也可以从瑞恩在战场上得知兄弟之死开始切入，然后再转到美军司令部决定派人去前线拯救瑞恩。但既然影片的主人公是那些去拯救的人而不是瑞恩，瑞恩兄弟的死只是这个事件的缘由，瑞恩只是被拯救者，所以故事从主人公在诺曼底登陆战役中的血腥场面切入就能直接导入影片的人物和事件，很快使人物进入戏剧性情境，同时也能很自然地引出后面的情节。电影《敦刻尔克》是从士兵汤米切入的，他在街道上行走，突然传来枪声，周围很多人都倒下，他仓皇逃命，来到海滩。这样切入故事，从开始就进入紧张气氛，同时也让汤米进入紧张的逃命状态，并引发后面的故事情节。

电视剧《琅琊榜》讲述梅长苏为蒙冤牺牲的父兄及赤焰军将士平反昭雪的故事，原本也可以从12年前那场梅岭血战切入的，编导却从梅长苏的噩梦开始切入，很快引入大梁誉王和太子为争夺权力而到琅琊阁求得所谓“麒麟才子，得之可得天下”的锦囊，于是主人公梅长苏得以被邀入京，很快开始了他只身进入皇宫的复仇进程。

（3）激励事件

在电影或电视剧中，激励事件的作用在于激化矛盾冲突，增强故事动力，推进剧情及人物命运向前发展，是催化剂或润滑剂。

在影视剧中，故事开端一般都会有一个较大的激励事件，这个激励事件将引领整个故事的走向，不仅担负着导入事件、导入人物和人物关系、导入戏剧冲突的任务，也是为整个故事定性和定调，并要导入观众和吸引观众。

一般说来，故事开端阶段的激励事件，就是要为整个故事装配一套动力系统。所谓故事的动力其实就是故事中人物尤其是主人公的欲望动机或任务，所谓激励事件就是能够激发主人公行为动机的事件。对主人公的刺激越深，激发出的欲望越强烈，任务越艰险，故事的动力就越充足。

激励事件往往要打破原有生活的平衡状态，带有一定的偶然性，对主人公来说，往往是对原有生活的撕裂或破坏，人物关系由此而发生改变，生活也脱离了原有的轨迹，而这正是故事的开始。

激励事件无所谓大小，重要的是引发人物的欲望，打破原有的平衡，改变人物关系并使人物产生行为动机，乃至使人物的命运发生改变。电影《教父1》的故事是从柯里昂女儿的婚礼开始的，这是故事的切口，但真正引领剧情发生裂变的却是教父柯里昂被刺杀，正是这个事件引发了后来所有的事件以及人物命运的变化。在电影《钢铁侠1》中，主人公被恐怖分子劫持是激励事件，正是因为这个事件，主人公产生了动机，真正有了人生的使命，由此命运发生转折，故事也得以展开。《小鞋子》的故事则是从主人公丢掉鞋子开始的，这部影片的剧情都是围绕主人公寻找鞋子来展开的，重新拥有一双鞋子是他的动机，也是他的目标。而在电视剧《绝命毒师》第一集中，主人公沃尔特原本是个老实巴交的化学老师，对生活并无非分之想。当他得知自己得了绝症后，担心自己死后妻儿生活没有着落，于是铤而走险走上了制毒贩毒的道路。正是这个激励事件，改变了沃尔特的人生之路，而就整个故事来说，这只是个开端。

- **发展+高潮**

就电影来说，一般除了5—10分钟的开头和5—10分钟的结尾之外，都属于故事的发展和高潮阶段。电视剧的前2—5集的开头部分和后1—2集的结尾部分，都属于故事的发展和高潮阶段。

故事原本包含着变化、变故、变异等含意，故事往往就是产生于人生中那些意想不到乃至超乎预想的变化之中，这种变化往往又是因为人的行为遇到了阻力或障碍，人物在克服阻力或障碍的过程中就会产生对抗，由此引发矛盾冲突，这也是戏剧的基础。

在影视剧中，剧情的发展是以戏剧冲突作为内在驱动力的，开端部分人物产生了动机，确定了行为目标，产生了戏路。主人公在行动过程中难免会遇到阻力，形成所谓的故事梗，主人公冲破阻力的过程就有可能成为故事中的情节点，这些情节点连在一起，成为展示人物性格和命运并推动故事发展的情节链。

在印度电影《摔跤吧！爸爸》中，主人公是位摔跤爱好者，一心想当一名专业的摔跤运动员，参加奥运会，为国争光，但因为年龄已大，错失机会，于是想生个儿子来把他培养成摔跤冠军，以实现自己的梦想，没想到却遭遇种种阻力，这些阻力就形成了故事梗和情节点。他想培养自己的儿子成为世界冠军，但天难从人愿，偏偏生下了三个女儿。绝望之际，他看到女儿居然也能把男孩打得鼻青脸肿，于是灵机一动，决定让女儿练摔跤，这就产生了行为动机。在培养女儿的过程中，他遇到了种种阻力。他先是让女儿剪下一头美丽的长发，爱美的女儿难过得直哭，邻居们看他整天带女儿练摔跤也不理解，或冷嘲热讽，或等着看笑话。女孩子也有惰性，受不了魔鬼式的训练，经常退缩。女儿第一次参加男人的比赛就输了，受到打击。后来好不容易打败了对手，取得耀眼的成绩，进入体育学院，成为专业摔跤运动员，却遇到一位因循守旧的教练。女儿成了专业运动员以后，也骄傲起来，看不起父亲，以为父亲那一套训练方法已经过时，父女俩开始较量，年老的父亲输了，女儿更有理由不服父亲。后来没想到女儿在国际比赛中连遭败绩，陷入绝望。父亲得知，赶到女儿训练的地方，依然按照自己的方法偷偷训练女儿，却被发现制止。到最后参加国际比赛时，教练竟派人将父亲锁在黑屋子里，不让他到比赛现场。女儿战胜对手，终于赢得比赛，成为名副其实的摔跤冠军。所有这些阻力，都形成了对抗，形成了故事梗，克服这些阻力的过程也成为故事的情节点，把故事一步步推向高潮。

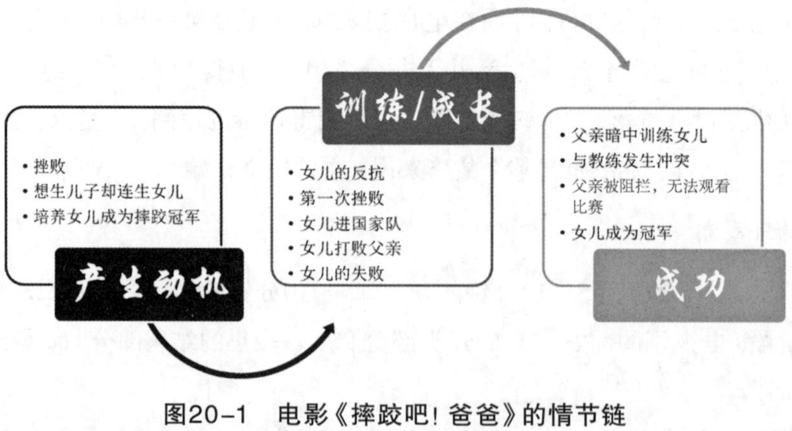

图20-1 电影《摔跤吧！爸爸》的情节链

故事往往是在戏剧冲突中发展的。编剧经常要为主人公设置所谓的戏剧性情境。戏剧性情境通常对于主人公是不利或者与之对立的，它在对主人公的行为形成阻碍的同时也不断地刺激他的欲望，使他有机会更深入地展示自己的性格和命运，为故事增添新的动力，使剧情向着预定的目标推进。在电影《肖申克的救赎》中，主人公安迪蒙冤入狱，逃离牢狱、重获自由就成为他人生的目标和行为动机，也是故事的结局，他所有的行为以及故事所有的情境设计都是朝着这个目标推进的。故事中的情境对他是很不利的，他被冤枉入狱，看上去证据确凿，没有任何翻盘的可能，监狱内戒备森严，很难逃出去，狱友们穷凶极恶，没人帮得了他。这些对他的动机和行为都形成了极大的阻力，越狱看上去是不可能完成的任务，他的处境似乎是令人绝望的。这样他的命运就有了不确定性，也给观众留下了悬念：他会怎么样？他会死吗？他能逃出去吗？他会怎样逃出去？或许，他逃离的欲望也没有那么强烈，尽管他刚进监狱就找瑞德买了把小锤子，但从进牢房的那天就看到一位同来的犯人被警卫队长海利打死，这对于他来说是一个刺激因素。后来他又被“三姐妹”强暴，这也刺激了他求生的欲望。后来他利用自己的金融才能赢得了海利的信任，并利用海利为自己报了仇，从此他在监狱里的处境得到了很大的改善。他帮助狱警们理财，在狱中建立了图书馆，甚至得到监狱长的器重。如果不是汤米的出现，他或许就这样在牢里过下去，但汤米出现了，他有了机会为自己翻案，这让他再一次产生了强烈的欲望。如果汤米不死，他能够顺利出狱，故事也许就可以在这里结束了，但汤米被监狱长杀死了，他的梦想再一次破灭，他再一次陷入两难的境地，要么在牢里度过余生，要么绝地反击。最终他逃脱监狱并对监狱长进行了报复，利用自己的智慧达到了目的，完成了对自我的救赎。

电影故事相对比较简单，人物和事件都比较单一。而电视剧的故事要复杂得多，人物多，故事线索多，事件多，结构相对比较复杂。

在电视剧中，故事发展有着自身的逻辑系统。一般说来，开端部分确定了故事线索和人物关系，建构了故事的动力系统，故事也就会按照自身的逻辑自然而然地发展，直到把故事推向高潮。

故事的推进一是靠事件本身的不断进化，二是靠事件进化过程中人物与人物关系的不断变化。在大情节故事中，主要是靠事件本身的进化来推动的。电视剧《破冰行动》是一个大情节故事，主要围绕破获广东东山的一起重大国际制毒贩毒案展开情节，围绕这起案件，警察与罪犯斗智斗勇，很自然就把故事铺展开来。而在小情节故事中，一般没有大的事件，主要靠人物和人物关系的变化来推进剧情。电视剧《贫嘴张大民的幸福生活》是小情节故事，全剧没有大的事件，故事主要围绕人物的命运来展开。张大民失恋了，见自己从小暗恋的李云芳带英俊的男友回家，心生嫉妒，便趁机调侃李云芳和她的男友。李云芳失恋了，他又乘虚而入向李云芳表白。李云芳答应了他的求爱，他又为婚房而绞尽脑汁。结婚以后，他弟弟张大军结婚也需要房子，兄弟俩的关系发生了改变。后来他有了儿子，再后来弟弟张大国考上大学，再后来一个妹妹嫁给了外地人，另一个妹妹得白血病死了。这样通过人物关系的变化推动剧情的发展。电视剧《亮剑》属于中情节故事，有很多重大的事件，却是从人物来切入的，故事既有人物也有事件，通过诸多重大事件中人物的表现和人物关系的变化，不断推动着情节发展。

电视剧故事中有许多的事件，编剧不是简单地把这些事件罗列在一起，事件之间有着自身的逻辑关系，也就是说，事件与事件之间应该是递进关系，随着矛盾不断激化，人物关系不断发生变化，每个人物都会按照自己的命运轨迹行进，直至到达故事的高潮，最后目标达成，矛盾冲突得到解决，人物的命运也有了结果。在大情节故事中，一般有一个大的事件，有开端、发展、高潮，当然也有结尾。而大事件中又有很多的小事件，这些小事件不断演化，催化戏剧冲突的同时也不断地衍生出新的事件，推进故事的发展。这种结构相对较为封闭，矛盾解决了，故事也就结束了。在小情节故事中，一般没有大的事件，而是从小事件入手，随着矛盾激化，人物关系不断发生变化，推动剧情发展。这种结构相对比较开放，只要改变或引入新的人物关系，便可以使故事不断延续下去。中情节故事介于两者之间，由事件和人物共同推动。

- **高潮及结局**

故事到了高潮，矛盾冲突激化到顶点，而随着矛盾的解决，故事也就到了结尾，主人公最终达到或没达到预定的目标，事件都有了最终的结果。

在故事的结局部分，冲突得到解决，主人公的行为达到了目的，欲望得到满足，主人公开始了新的生活，观众的心理也得到了满足。在《摔跤吧！爸爸》中，女儿获得了冠军。在《肖申克的救赎》中，安迪逃离了监狱，过上了自由的生活。

电视剧结尾一般在最后两集。在大情节故事中，事件发展到终点，主人公的行为动机得以实现（或未能实现），预定的目标得以达成。而在小情节故事中，则往往是人物命运有了改变，人物关系进入新的状态。在电视剧《破冰行动》中，代表正义力量的警察破获了案件，作恶多端的毒贩以及那些与犯罪分子里外勾结的腐败分子受到了严惩。在电视剧《贫嘴张大民的幸福生活》中，张大民总算分到了房子，过上了幸福的生活。

20.3.2 故事形态与情节结构

一个完整的故事总是有开端、发展、高潮和结尾，有起承转合，但故事形态不同，情节推进方式、情节的内在结构也就不同。

- **大情节故事的情节结构**

大情节故事一般以事件为主导，以事带人，此类故事往往围绕一个大的事件展开故事情节。如《拯救大兵瑞恩》写的是一队士兵拯救一个士兵瑞恩这个事件，他们在完成任务的过程中碰到许多阻力，发生过冲突，形成了一个个情节点，这些情节点连在一起，形成全片从开头到发展，再到高潮和结尾的整个情节链，成为完整的故事情节。

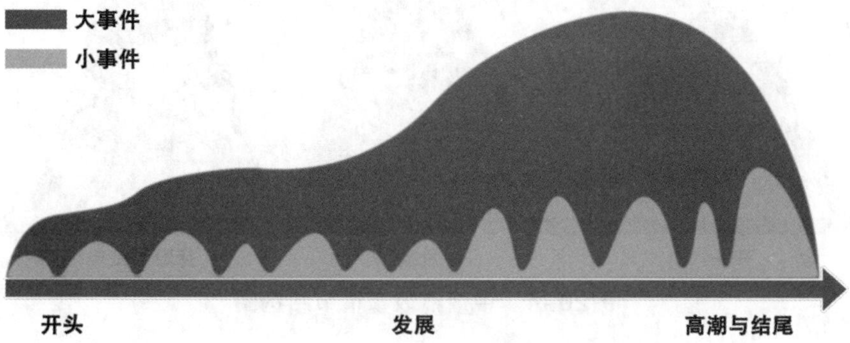

图20-2　大情节故事情节结构图

● **小情节故事的情节结构**

小情节故事以人物为主导，围绕人物来展开情节，一般都是从小事件切入，由一个小事件催生出另一个小事件，推动剧情发展，形成情节链，展示人物命运发展的轨迹。如电影《小武》全片没有一个贯穿始终的大事件，写的全是主人公小武的生活琐事。电视剧《贫嘴张大民的幸福生活》也是如此。

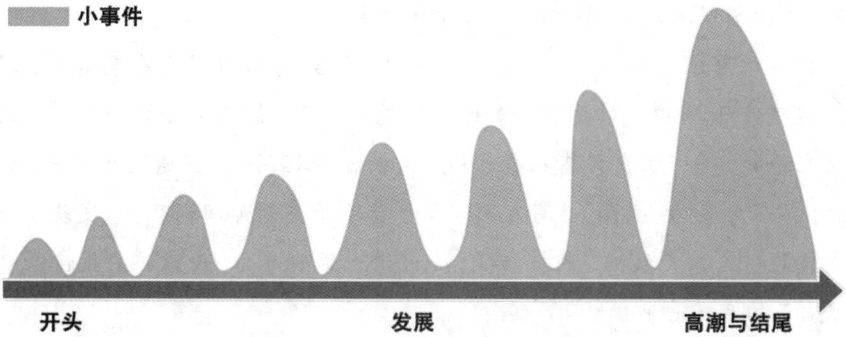

图20-3　小情节故事情节结构图

● **中情节故事的情节结构**

中情节故事一般也是有大事件的，但往往从人物切入，或者写大事件中的人物命运，把大事件作为背景。电影《血战钢锯岭》看上去是以事件为主导，但编剧却从主人公视角切入，写他小时候的经历、他的家庭和他的爱情，为他后面在战争中的行为做了铺垫。

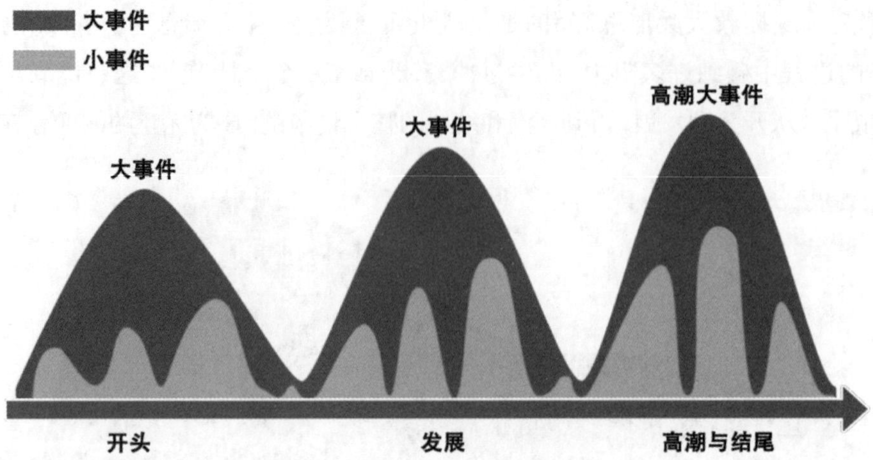

图20-4　中情节故事情节结构图

20.4　案例分析

【案例一】

电影《暴雨将至》情节结构分析

《暴雨将至》是由马其顿、法国、英国联合制片的战争影片，由米尔科·曼彻夫斯基导演，是马其顿共和国的第一部电影，获第67届奥斯卡最佳外语片奖和第51届威尼斯国际电影节最佳影片奖。

该片故事分为三个部分：第一部分为“语言”，故事发生在马其顿，写一位修道院修士保护一位被陷害的阿尔巴尼亚女孩；第二部分为“面孔”，故事发生在伦敦，写一位女记者在餐厅与丈夫谈论婚姻问题，突遇恐怖袭击，丈夫身亡；第三部分为“画面”，写久别家乡十余年的摄影师回到家乡，发现家乡不同民族的村民相互敌视，危机四伏，充满着血腥和暴力，他最终为救情人的女儿被自己的亲戚杀死。

三个故事相互独立，但又有一定的关系。第一部分中救阿尔巴尼亚女孩萨米娜的年轻修士科瑞的叔叔是第二部分和第三部分的主人公摄影师亚历山大，萨米娜的母亲哈娜与亚历山大是情人关系，最后亚历山大为救萨米娜被杀。第二部分中的女记者安娜与亚历山大是情人关系。这样的故事其实完全可以采取线性结构进行叙事，按照时空来结构剧情，从亚历山大要从伦敦回马其顿向安娜告别开始写起，安娜不愿意，亚历山大独自来到马其顿，正好发生了他的表弟因强奸萨米娜被误杀一事，萨米娜逃到了修道院被亚历山大的侄子科瑞所救，科瑞不知道叔叔已经回到了马其顿，准备带女孩到伦敦去。萨米娜的母亲来求亚历山大救救萨米娜，亚历山大救下了萨米娜，却被自己的亲戚杀死。这样拍出来的影片倒是中规中矩，显得有些平庸。

这部影片最突出的艺术特征表现在故事结构上。很显然，导演是怀着深深的忧思来拍摄这部电影的。20世纪90年代，南斯拉夫解体后分为六个独立共和国，马其顿共和国便是其中之一。导演在这个时候返回故乡，看到长期以来不同民族、不同宗族的种族仇恨，使得这里早已笼罩在战争的阴云之下。他很爱自己的祖国，也很爱这片土地，渴望各民族人民能够和睦相处，制止战争和暴力。他对这个充满仇恨和暴力的世界感到失望，但也从绝望中看到爱，看到人性的光辉。他不只是讲述故事，而是要表达对人性的思考和对人类命运的忧思，所以他选择了三个相互独立又相互关联的故事。这三个故事都与暴力有关，萨米娜是信仰伊斯兰教的阿尔巴尼亚女孩，被信仰东正教的马其顿人追求，而信仰东正教的修士科瑞不仅救了她还爱上了她，最后萨米娜还是死在自己亲人的手上。在伦敦的安娜在餐厅与丈夫谈离婚，却突遭恐怖分子袭击，丈夫就这样死了。暴力到处都有，没有什么人是安全的。而在第三个故事中，亚历山大为救阿尔巴尼亚女孩竟也被自己的亲戚亲手杀死。在这里，导演采取的是环形的叙事结构，三个故事仿佛构成一个圆圈，在这些故事里，一个故事的结尾正是下一个故事的开头，故事里都交织着爱与仇恨、和平与暴力，循环往复，周而复始，象征着连绵不绝的战争与伤痛，同时也包含着人们对和平生活的渴望和向往。

【案例二】

电视剧《贫嘴张大民的幸福生活》第一集情节结构分析

《贫嘴张大民的幸福生活》讲述工人张大民的平常生活，属于小情节故事，单一线索，全剧主要围绕主人公张大民与家人的关系展开，算是一部家庭生活剧。

(1)事件与事件的关系

该剧的前两集讲述张大民与李云芳结婚。第一集讲的是李云芳失恋，张大民乘虚而入追求李云芳的过程，可分为三段：第一段讲述张大民失恋引发一场不大不小的家族风波；第二段讲述失恋的张大民眼见心爱的姑娘李云芳带着男友回家，心生嫉妒；第三段讲述李云芳失恋，张大民趁机追求李云芳。三段情节层层递进，互为因果。张大民失恋了才会嫉妒李云芳，李云芳失恋了张大民才有机会追求李云芳，这样前面的情节推演出后面的情节，从而推动情节、人物关系及命运的变化。

（2）场与场的关系

在电视剧中，每个事件都由若干场戏构成，其中分主场戏和过场戏，主场戏是事件中矛盾的爆发点或高潮部分，而过场戏则是对矛盾的铺垫或回应。

本集戏中，第一段戏预设的情境是张大民失恋了，分三场戏，其中第三场戏是主场戏，第一场和第二场都是过场戏。第一场写张家人炒菜宰鱼准备接待张大民的女友，原本是过场戏，但编剧抓住宰鱼这么个细节，把大雨、大雪和大国三姐弟的性格都表现出来了。第二场写张大妈与李大妈在院子里为儿女的婚事暗中较劲，既表现出两位老太太的性格和两家的微妙关系，也为后面做了铺垫。第三场是主场戏，原本写张大民失恋回家，却在他回家以前先让张大国带女友回家，一是显出张大民的尴尬，二是让张大民有对象可以发泄，等于多了个戏眼，能够表现出张大民的多重性格。

第二段戏也是分三场戏，从张大民帮李家刷墙碰上李云芳带男友回家写起，这是过场戏，主要抓住张大民发现李云芳男友盯着李云芳父母裤子后面看的这个细节，这为后面那场戏中张大民调侃李云芳找到了由头。第三场戏是李云芳回家后修改裤子，说明李云芳心里还是有张大民的，为后面的情节做了铺垫。

第三段戏是这一集的重点，也是这集戏情节发展的高潮。编剧没有写李云芳是怎么失恋的，而是直接从李云芳失恋被围观写起，接着引出李云芳姐姐找张大民出面劝解李云芳，接下来张大民去找心理医生吐露心思，为后面张大民对李云芳说出“我爱你”做了铺垫。第12场是主场戏，张大民经过艰苦的努力，终于打开了李云芳的心结。

表20-1 《贫嘴张大民的幸福生活》第一集剧情结构

场序	剧情内容	功能	关系	事件
1	张家人忙碌地迎接张大民的女朋友	铺垫	过场	张大民失恋引发家庭风波
2	张大妈与李大妈为儿女婚事暗中较劲	铺垫	过场	
3	张大民失恋郁闷回家发泄	高潮	主场	
4	李云芳带男朋友回家引张大民嫉妒	铺垫	过场	失恋的张大民因嫉妒调侃恋爱中的李云芳
5	张大民因嫉妒调侃李云芳	高潮	主场	
6	李云芳回家改裤子	回应	过场	

续表

7	徒弟贺小同再为张大民介绍对象遭斥责	回应与转折	过场	李云芳失恋，张大民乘虚而入
8	李云芳失恋遭围观	铺垫	过场	
9	李云芳大闹失语	铺垫	过场	
10	云芳姐姐请张大民劝说李云芳	铺垫	过场	
11	张大民向心理医生求教	铺垫	过场	
12	张大民劝说李云芳	高潮	主场	

【案例三】

电视剧《罗马》第一季第一集剧情结构分析

电视剧《罗马》是一部再现罗马共和国衰落和帝国兴起的史诗剧。

虽然是历史剧，编剧却没有把恺撒、庞贝、屋大维这样的历史人物作为故事的主人公，而是让两个名不见经传的小人物——罗马军团百夫长乌里纳斯和他手下的士兵波罗作为支撑全剧的主人公。很多史诗性小说如《战争与和平》《战争风云》都采用了这种叙事方式，这两部小说后来都被改编成电视剧并取得很大成功，乃至成为经典作品。

国内很多历史剧都是权斗剧或者宫斗剧，主人公多为重要的历史人物，如皇帝、将军等，展现的是上层政治斗争或军事斗争，看不到普通人的生活。而《罗马》从小人物的视角切入，一是可以从多个视角表现当时丰富的社会生活图景，尤其是底层百姓的生活；二是可以在宏大的历史背景下表现普通人的命运。

该剧是以时间为轴线来叙事的。第一集的故事由恺撒的女儿也就是庞贝的妻子朱丽娅的死而引发，这也是全剧的一个激励性事件。虽然故事总体采取的是线性结构，却牵扯出各种各样的矛盾，从而引出多条故事线索。

恺撒和庞贝是当时罗马的两位执政官，也是整个罗马最有权势的两个人。他们是同事也是朋友，恺撒还把女儿嫁给了庞贝，这是维系两人关系的关键所在。恺撒征讨高卢取得大胜，夺得大量的财产，而且掌握了军权，对罗马的贵族元老院乃至庞贝本人都形成了威胁。他们之所以没有翻脸，也是因为他们之间特殊的关系。朱丽娅死了，维系关系的那根纽带断了，他们之间表面的和谐关系也被打破，各种势力暗流涌动，纷纷行动起来，故事由此拉开序幕。

该剧由朱丽娅之死引发出以下几个事件：一是恺撒为稳住庞贝，令侄女阿蒂亚从家族中找一位女人许配给庞贝做妻子，后由于两人关系破裂，庞贝另娶他人。二是阿蒂亚派儿子给恺撒送马，路上被庞贝派人劫持，后被乌里纳斯和波罗无意中救出。三是恺撒故意示弱，庞贝派人盗取鹰旗，乌里纳斯和波罗夺回鹰旗，发现是庞贝手下所为，两人撕破脸皮，由此引发战争。

故事中的每个事件都按照事件发生的时间顺序及事件发展的内在逻辑穿插排列，每个事件都通过多场戏进行叙述，其中有主有次，每个事件都有起承转合。先是主人公乌里纳斯与手下波罗在战场上发生冲突，波罗被抓。恺撒得知女儿之死，写密信令侄女从家族中挑选女人许配给庞贝，这才有阿蒂亚逼迫女儿离婚改嫁给庞贝，乃至最后全家受辱，阿蒂亚为讨好恺撒，派儿子屋大维给恺撒送马，庞贝派人偷走鹰旗，绑架屋大维，这才有乌里纳斯与波罗和解，一同去夺鹰旗，无意中救下屋大维的故事。可以说，这集故事其实都是围绕恺撒与庞贝之间的权斗展开的，由一个事件引出另外的事件，环环相扣，最后导致两人关系破裂，引发战争，罗马历史由此而展开。

表20-2　电视剧《罗马》第一季第一集剧情结构

段落	场序	剧情	逻辑关系
该集故事由恺撒女儿的死引发，恺撒与庞贝关系破裂，引发战争。故事包括以下三个事件： 1.阿蒂亚派屋大维给恺撒送马遭劫持； 2.乌里纳斯和波罗夺回鹰旗，救出屋大维； 3.阿蒂亚受恺撒指使逼迫女儿离婚改嫁给庞贝，最终受辱	1	一组镜头，画外音，故事的背景：罗马的局势以及恺撒与庞贝之间的关系	过场戏
	2	乌里纳斯率领军团与敌作战，手下波罗醉酒打人被抓	主场戏
	3	波罗因违抗军令受鞭刑却无所畏惧	主场戏
	4	恺撒得胜，敌将臣服，士兵欢呼胜利	过场戏
	5	波罗被关禁闭，听到外面的欢呼声，愤愤不平	过场戏
	6	士兵欢庆胜利，恺撒却接到庞贝来信说他妻子也就是恺撒的女儿死了	主场戏
	7	恺撒女儿因难产去世，临死前要庞贝好好对待自己的父亲庞贝	主场戏
	8	恺撒得知女儿死讯，很难过	主场戏
	9	恺撒告诉副手安东尼女儿去世的消息，意识到局势会有所变化	主场戏
	10	手下告诉庞贝说恺撒运回很多战利品	过场戏
	11	街上，民众看着恺撒的士兵把战利品运回罗马，议论纷纷，庞贝不动声色。马贩子泰门牵着一匹白马穿过人群，悄悄溜进恺撒侄女阿蒂亚的家	过场戏
	12	阿蒂亚与泰门做爱，提到马的事，泰门觉得阿蒂亚并不是真正爱自己，有些失落	过场戏

续表

	13	阿蒂亚洗浴，儿子屋大维进来，阿蒂亚让屋大维到恺撒军营送马	过场戏
	14	元老院开会，加图、西塞罗等害怕恺撒回来，要求撤消他的执政官职务并解除他的兵权，却遭到庞贝否决	主场戏
	15	某贵族想把寡居的女儿嫁给庞贝，庞贝反应冷淡。西塞罗劝庞贝合作罢免恺撒，庞贝再次拒绝	主场戏
	16	屋大维不愿意给恺撒送马，姐姐安慰他	过场戏
	17	屋大维别过母亲，前往恺撒营地送马	过场戏
	18	庞贝得知自己喜欢的马被阿蒂亚买去送给恺撒作为礼物，很是嫉妒，定下一石二鸟之计，派手下前往	主场戏
	19	象征恺撒权力的鹰旗被盗	过场戏
	20	屋大维行进在去往恺撒军营的路上	过场戏
	21	布鲁图斯来见恺撒，恺撒告诉他鹰旗被盗导致军心不稳	主场戏
	22	屋大维途中遇袭被捕	主场戏
	23	安东尼派乌里纳斯寻找鹰旗	过场戏
	24	乌里纳斯从俘虏口中得知鹰旗下落	过场戏
	25	被囚禁的波罗同意与乌里纳斯去寻找鹰旗	主场戏
	26	塞维利亚从儿子布鲁图斯处得到情人恺撒的情书，心情复杂	主场戏
	27	乌里纳斯和波罗冰释前嫌	过场戏
	28	庞贝向布鲁图斯打听恺撒的情况，布鲁图斯告诉庞贝恺撒很疲倦，军队士气低落	主场戏
	29	阿蒂亚接到恺撒来信让她从家族中找个女孩给庞贝做妻子，阿蒂亚想到了自己正在谈恋爱的女儿	主场戏
	30	屋大维受辱	过场戏
	31	阿蒂亚为儿子的安全向神祈祷，全身被牛血淋透	主场戏
	32	阿蒂亚告诉女儿奥克塔维亚恺撒要她嫁给庞贝，女儿不愿意，阿蒂亚逼迫她答应	主场戏

续表

	33	奥克塔维亚被迫离开丈夫，依依不舍，吻别，阿蒂亚不以为意	过场戏
	35	奥克塔维亚正在化妆，准备去见庞贝，阿蒂亚劝她为家族利益做出牺牲	过场戏
	36	阿蒂亚带女儿去见庞贝，并逼迫他们当时就行夫妻之实	主场戏
	37	乌里纳斯和波罗夜宿野外，谈论女人的事，马被盗走	过场戏
	38	乌里纳斯和波罗无意中救下了屋大维，屋大维道破恺撒用意，说恺撒故意示弱是为了让庞贝主动攻击他，战争已是无可避免，乌里纳斯和波罗感到吃惊，两人杀死庞贝手下，找回鹰旗	主场戏
	39	乌里纳斯和波罗带着鹰旗回到军营，士兵欢呼。恺撒见到屋大维，很吃惊	主场戏
	40	恺撒认出偷盗鹰旗的人是庞贝手下，觉得时机已到	主场戏
	41	庞贝接到恺撒送来的首级和信，知道阴谋破败	主场戏
	42	庞贝没有娶奥克塔维亚，而是与另外一位贵族寡妇结了婚	主场戏
	43	奥克塔维亚痛哭，阿蒂亚责备她不会讨男人喜欢，使自己和家族受辱，并发誓要报复	主场戏
	44	战争一触即发，恺撒的大军浩浩荡荡地向意大利进发	过场戏

编剧特训营

看电影《罗拉快跑》，分析其剧情结构。

【基本要求】

1.画出影片的故事情节链；

2.分析其结构的特征；

【作业目的】

学习和体会影视剧的剧情结构设计。

第 21 章　情节的品性

观众看电影、电视剧，看的是情节，故事原本就是由情节组成的，好的故事要有好的情节来支撑，对于编剧来，要写出好的故事，必须从写好每个情节开始。

人物是故事的骨骼，情节是故事的血肉。确定了故事结构，故事线索有了，人物构架也有了，如同房子有了地基，这时编剧就可以根据人物的架构并沿着故事的线索构思情节了。

编剧的职责就是编出好的剧本以供拍摄，写好剧本的前提是有好的故事，好的故事要以好的情节作为基础。编剧绞尽脑汁无非是要设计出精彩的故事情节来，可是在绝大多数影视剧中，编剧设计出的情节都是很令人失望的，既不能表现人物个性，又干巴巴没营养，还很无趣。

影视剧情节与小说情节不同，小说中的情节是用语言来描述的，读者要通过阅读文字并通过想象加以体验，而影视剧中的情节应该称为剧情，是需要演员表演出来的，编剧在剧本中所描绘的情节只是供演员表演用的，与小说比起来，影视剧中的情节是现实的和直观的，显得更为鲜活而生动。

编剧要写好戏，为故事设计出好的剧情，就要先知道情节的品性、情节的功用以及情节产生的基本原理。

21.1　情节的性质

一般说来，情节是指特定性格的人物在特定的情境中所表现出来的思想行为，人物和情境是情节的两个基本要素。

情节可以用一个公式来表示：人物+情境=故事情节。

影视剧中的情节与小说中的情节有所不同，影视剧是影像视觉艺术，小说情节只是用语言来叙述，而在影视剧中，编剧设计好的情节要通过演员在真实的场景中表演出来，并记录成影像，播放给观众看，是一种真实的再现。所以作家是在叙述情节，而编剧是在设计情节，他是要把设计好的情节用语言描述出来，然后再由演员表演出来。小说中的情节需要读者在阅读中通过个人的想象来体验，而影视剧中的情节则是直观的、形象的、生动的，就像发生在现实生活中一样，是对现实生活的复制或者再造。所以，我们一般把影视剧中的情节称为剧情，即剧中的情节。

作家设计情节并不很在意场景，也不用考虑成本，而影视剧的情节是需要在现实的场景中靠人物实实在在表演的，要花费很大的成本，而且并不是所有的场景都可以实现，所以，编剧在设计情节的时候，首先想到的是事件发生的时间和场景，好的编剧还要懂得制作，同时也要考虑到场景实现的可能性以及成本。

影视剧中的情节与戏剧中的情节也有所不同，戏剧中的情节虽然也是要由演员来表演的，但只是在舞台上进行表演，舞台上的场景带有虚拟性，与现实中的场景不同。影视表演与戏剧表演也有所不同，戏剧演员的表演性更明显，而影视剧是在真实的场景中进行表演，要求更加真实自然，像在现实生活中一样。

小说的情节用语言描述，不受时空的限制，可以随意变换时间和空间，可以写到宇宙太空，也可以描写人物的内心，可时而写到过去几千年发生的事，也可以写到未来发生的事。而编剧设计的影视剧情节必须是可以用来表演的，演员的表演主要是通过表情、动作和行为，小说中大量的心理描写到了剧本中只能用画外音或画面闪回来表现，而在影视剧情节表演中，场景和演员是两个必不可少的条件。

所谓情节就是一些什么样的人在什么样的情境中做了什么样的事，所谓情境就是人物当时的处境，决定人物的戏剧状态。情境一般包括事件、人物关系和事件发生时的时空环境。其中事件是情节的载体，事件总是发生在一定的时空环境中，而对人物行动影响最大的则是人物关系。同样是男人向女人表白感情，对自己爱的女孩和对自己不爱或不喜欢的女孩所表现出来的行为肯定不一样。在电视剧《亮剑》中，向来敢作敢为的李云龙面对杨秀芹的主动表白不知所措，而到了自己真正喜欢的田雨面前却很主动也很果断，人物关系不同，他所面临的处境不同，所表现的行为自然也不一样。

人物和情境是情节的两个基本要素。同样的人物，处于不同的情境，表现出的行为不同，产生的情节也不同；同样的情境，人物性格不同，表现出来的行为不一样，产生出的情节也不一样。编剧设计情节无非就是把人物放在不同的情境中让他们的性格尽情展露出来，由此产生一系列的情节，推动人物命运的发展变化。

人物是故事的主体，也是情节的主体，情节是随着人物和情境而变化的，但相对而言，人物才是关键，在情节中起着主导的作用，毕竟人的行为主要还是由性格所决定的，所以在进行情节设计时，最重要的是把握住人物的性格以及人物在当时情境下的戏剧状态。在电视剧《贫嘴张大民的幸福生活》中，主人公张大民是外表平庸、智商不高也没什么出息的男人，他要追求的是漂亮女孩李云芳，也是他心中的女神，李云芳即便被人抛弃，也是他难以企及的，所以他在她面前很自卑，不敢面对，心里渴望，又害怕被拒绝，处处被动，他没有勇气向李云芳表白，好不容易表白，都不敢马上得到答案，反而问李云芳："我嗓音还行吧？"李云芳默许，摆出姿态让他亲吻，他也没有勇气，放弃了。这样的情节不是一般编剧能够设计出来的，让人意想不到，却是人物性格和心理的深刻反映。

影视剧中的情节都是在具体的情境中发生的，有人物，有地点，有时间，事件的过程主要以人物语言和动作来表现，所以情节有五个要素，即时间、地点、人物、动作和台词。

21.2 情节的功用

故事的主体是人，情节是为表现人物性格和命运服务的，衡量情节的基本标准就是看它是否能够有效地表现人物的性格并展示人物命运的发展变化。

很显然，不是人类所有的行为都是有价值的，也不是人物所有的思想行为都可以作为故事里的情节，任何艺术都不可能也绝不会在故事中记录下人类所有的行为，故事不是为了记录人类的生活，而是要从人类生活中挑选和提炼出那些真正有价值、有意义的内容。

一般说来，情节在故事中的功用包括以下几个方面：

（1）表现人物性格

很多人认为，故事都是编出来的，其实不然。编剧在确定了人物性格和人物关系以后，也就为故事建立了一种内在逻辑关系，故事就是在这种基于人物性格和人物关系的逻辑中生发出来的，编剧要做的就是把这些人物按照内在逻辑关系放在设定好的情境之中，然后看他们能够采取什么样的行为。有些编剧能够把握住人物性格和故事的逻辑，编出来的情节也就能够表现出人物性格，而有些编剧把握不住人物性格，或者为了某种功利目的曲解或改变了人物的行为，就可能破坏这些情节。

所谓的情节从来不是为了记录事件发生的过程，任何事件只有当它与人物产生联系并能有效地表现人物的性格时才是有意义的，也才有可能成为故事中的情节。譬如某地发生了地震或海啸等重大灾难，但如果这件事与主人公并无关系，对情节也就没有意义；如果这是一部爱情剧，男主人公最爱的女友或亲人正好在事发现场，那么这个事件与他产生了关联，对他未来的命运肯定会产生影响，他做什么或怎么做，也会把他的性格有效地表现出来，这个事件也就可能转化为故事中的情节。

对人物性格的表现越充分越深刻，情节的品质就越高，而那些脱离乃至违背人物性格的情节则是没有生命力的。很多电影、电视剧中的情节之所以让人觉得很“水”，就因为这些情节只是流水账式地记录了生活的过程，而不能有效地表现出人物的性格来；而有些情节让人觉得“假”，则是因为人物的所作所为并不符合人物性格或违背了人物本来的性格。譬如在电视剧《美好生活》中有一段主人公徐天卖房的情节，只是写了徐天向两位老人介绍房子的过程，这个事件并不能有效地表现出徐天的性格，对徐天后来的命运也没什么影响，这样的情节对于故事来说基本上是无效的，也没有价值。而在电视剧《傻根进城》中也有一段卖房子的情节，当时李大根入职干销售半年不出单，将要被开除，得到老板允许得以留在公司，但不发工资，处境极为艰难。后来他到某房产公司推销课程，公司老板提出条件让他卖出一套房子，李大根答应了。其中有一段李大根向一位看上去很寒酸的老大爷销售房子的桥段。同事看老人穷，觉得他买不起房子，敷衍他，把他推给大根。大根对人实诚，不厌其烦地带大爷去看房子，不仅把自家房子的缺点告诉大爷，还带大爷去看竞争对手家的房子，干的都是傻事儿。没想到他的真诚打动了大爷，大爷最终买了房子，李大根得到了丰厚的奖金，还成了销售冠军。这些情节都很好地表现了李大根的性格，这个事件对李大根后来的命运也有很大的影响，这样的情节也才是有效的情节。

（2）推动人物关系变化及人物命运发展

故事不是事件的累积，也不是情节的累积，并不是所有能够表现人物性格的事件都能成为故事中的情节。故事是由情节链构成的，情节与情节之间都有关联性或递进性，情节与情节环环相扣，推动着人物命运的发展变化。

在故事中，事件并无大小之分，重要的是能够表现人物性格并推动人物命运的变化。在电影《巴顿将军》中，主人公虽然有很多惊天动地的伟业，但编剧并没有多写，却着重写了他到医院视察时殴打一位贪生怕死的士兵的事件。这个事件很小，但很能表现出这位性格暴躁的铁血将军的个性。因为这个事件，他后来被剥夺了军事指挥权，成了一位赋闲的将军。

（3）推动事件的进展

在影视剧中，情节总是在不断地发展变化。故事中的人物和情境设定好以后，故事一般都会按照自身的逻辑关系不断地推进，直到故事的结局。有些情节可能也可以表现人物的性格，但不能有效地推动故事的进展或者脱离了现有情节的轨道，也是没有意义的。

电影《肖申克的救赎》讲述的是银行家安迪从肖申克监狱越狱的故事，安迪在监狱中肯定有很多经历，但编剧只选取了那些推进他越狱的事件。先是安迪被控杀死妻子及情人被判刑关进肖申克监狱，第一天就遇见罪犯被狱警打死的事，对他是个刺激。后来安迪认识了瑞德，从他手里购买了鹤嘴锄作为越狱工具，这期间他受到狱霸“三姐妹”的骚扰，他帮警卫队长海利理财并借助他的手除掉了“三姐妹”，后来他在监狱不屈不挠地建起了图书馆，似乎也没想越狱的事。直到汤米的出现让他找到了出狱的机会，没想到典狱长杀死了汤米，灭绝了他的希望。后来他终于越狱成功并揭露了典狱长的恶行，最终获得了他所渴望的自由。这些情节环环相扣，由一个情节生发出另一个情节，构成了情节链，推动剧情发展，从而形成完整的人物命运轨迹。

21.3　情节的品性

情节是用来表现人物性格和命运的，但并不是表现出人物性格的情节就是好的情节。在现实中，可以说每个人的行为都是其性格的表现，同样，在很多影视剧中，很多准确表现出人物性格的情节并不能吸引观众。

在影视剧中，败坏的情节一般有两种情况：一种是没有把握住人物真实的性格和心理，其思想行为并不能表现人物当时的戏剧状态；另一种是虽然准确地把握住人物的性格，但情节干巴巴的，不精彩，没趣味。

观众看电影、电视剧，看到的是剧情。剧情主要是由人物产生的，有什么样的人物就有什么样的剧情，倘若人物平淡，情节自然也是乏味的。

编剧作为影视产品的设计师，他为观众设计剧情，目的是吸引观众，打动观众。那么什么样的情节才能打动观众呢？

好的情节才能吸引观众，打动观众。一般说来，情节的品性可以从以下几个方面来加以衡量和把握：

- **情节的真实性**

在影视剧中，情节的真实性可以从两个层面上来把握：一是人物在一定情境下表现出来的思想和行为符合人物的性格；二是符合事物发展的内在逻辑，符合情理。

情节的真实性并不在于所描述的生活是否在现实中发生过或者是否可能发生。世界上有两种故事：一种是表现真实的现实世界，另一种则是表现虚拟的生活和虚拟的世界。前一种是对现实世界的模仿和再现，反映的是现实生活，故事的情节也是现实生活中发生过的或可能发生的；后一种则是想象的世界，譬如神话故事、玄幻故事和科幻故事所描述的世界，在我们当前的认知中没有存在过并且可能永远都不会存在，也就是说其情境是虚构的。

情节的真实性不在于情境是真实的或虚拟的，而在于特定的人物在设定的情境中的所作所为是不是符合人物的性格，是不是符合故事发展的内在逻辑。在一部武侠片中，你可以设想主人公飞檐走壁，刀枪不入，力大无穷，观众也可以理解，因为这里的人物和情境原本都是虚构的，没有人会当真。但如果在一部表现抗日战争的历史片中，设计出抗日英雄用弹弓或木箭消灭数百日军士兵的情节，就没人会相信，因为这不符合历史真实。在电影《哪吒之魔童降世》中，哪吒是魔丸转世，生而为魔，注定要遭受天劫，被天雷摧毁。但它原本就是神话故事，在设定的情境下，哪吒的所作所为符合设定的性格，也就令人信服。而在《姜子牙》中，姜子牙在推翻商王朝赢得封神大战之际，竟为了救妲己而致使祸害天界人界的妖狐逃走，就显得很不合情理。姜子牙率领众位神仙征战多年，杀死的人、神、妖无数，又岂会在自己得封众神之长之时突发善心，竟为了一位与自己毫无关系的女孩而不惜背叛师尊，不惜与众神为敌？这样的情节显然是不合情理的，也不能令人信服。

- **情节的戏剧性**

有的故事属于强情节，有的故事属于弱情节；有的情节刚性十足，有的情节则讲求柔性；有的情节大起大落，有的情节则平淡无奇。

情节的戏剧性是由其内部的戏剧冲突所决定的，冲突强烈，戏剧性就强烈，冲突平缓，戏剧性则相对较弱。

情节戏剧性的强弱并不能决定情节的品性，有的故事需要强情节，情节也要求戏剧化，但有些情节追求的是平淡，过度的戏剧化反而会影响情节的品性。像《速度与激情》《谍影重重》《战狼》这样的动作电影，讲究的就是戏剧性，情节往往也是大开大合，跌宕起伏，具有强情节、快节奏。而像《小鞋子》《山峡好人》《小武》这类小情节故事影片，讲究纪实性，讲究的是细节，戏剧性相对较弱，故事也没有太大的起伏。

- **情节的思想性**

对于编剧来说，在编写故事、设计情节的同时，还要思考故事所要表达的思想，因为故事原本也是有生命力、有思想的，这也是故事最有价值之所在。

情节是能够产生思想的。一方面，故事中的人物都是有思想的，这些思想往往通过人物对话的方式表达出来，并对观众产生影响；另一方面，故事本身就包含着思想。电影《拯救大兵瑞恩》写的是一队士兵拯救一位普通士兵的故事，编剧想要表达的就是所谓的人道主义思想，即每个人的生命都是平等的，我们可以用一队士兵拯救一个将军，同样也可以用一队士兵去拯救一个普通士兵。电视剧《士兵突击》讲述一个“傻子”战胜周围的“聪明人”逆袭成为兵王的故事，就是告诉人们要老老实实做人，踏踏实实做事，不抛弃，不放弃，过有意义的生活，做有意义的事情。

- **情节的趣味性**

故事要有趣味，先得情节有趣味，倘若剧情乏味，观众也会失去兴趣，所以编剧在设计情节的时候，总要想着怎么把这个情节设计得更有趣味，更能吸引观众。在电影《三傻大闹宝莱坞》中有一个兰彻整治老生的情节，在这场戏中，怎样才能够既表现出兰彻的性格又把情节做得很有趣呢？编剧是这样设计的：正在所有同学都屈从于老生的淫威的时候，兰彻出现了，老生想要整治他，他跑进一个房间，老生恐吓他，他急中生智，用电线拉住一个小铁勺，从门缝中伸出来，老生往小勺上撒尿，结果触电倒在地上。这个情节很能表现兰彻的个性，因为他原本就是个机械方面的天才，同时这个情节也很有趣味，令人捧腹大笑。

- **情节的美感**

电影和电视剧都是视觉艺术，很讲究情节的美感。影视剧中情节的美感一方面来自情节的画面的美，另一方面也来自情节本身的美。

编剧在设计情节的时候，经常要思考这场戏会发生在什么样的场景中，而在场景的选择上，除了考虑剧情的需要，也会考虑到画面的美感。譬如男女谈情说爱的情节往往都是在花前月下。在设计情节时也很讲究情节的意境。在一对情人相拥亲吻时，往往把镜头放在外景，用从窗户上透出的身影来加以表现，这样既含蓄又浪漫，给人无限的遐想。

21.4 案例分析

电视剧《猎场》第一集剧情分析

《猎场》是一部职场爱情剧，尽管是著名导演姜伟的作品，由胡歌主演，获过大奖，但从剧作来看，这是一部失败的作品。

在影视剧中，败坏的情节有两种情况：一种是编剧没有把握住当时人物的性格和心理，情节与人物性格不符；另一种是虽然准确地把握住人物的性格，情节看上去也合理，但情节依然干巴巴的，毫无趣味。这就是人物性格设置有问题，对于情节来说，也是根子上的问题。

第一集的戏写的是郑秋冬与罗伊人久别重逢，旧情复燃，主要是围绕郑秋冬、罗伊人、白力勤三人的关系来写的。

故事的剧情应该符合人物性格和当时的戏剧状态。在故事开端，郑秋冬刚从国外回来，开了家职业介绍所，因经营不善，介绍所处于倒闭的边缘。郑秋冬与罗伊人原先是恋人，后来郑秋冬为了赚钱，离开罗伊人，跑到中东去卖冬虫夏草，两人分手。白力勤是个文艺评论家，郑秋冬的师兄，郑秋冬走了以后，与罗伊人相爱，两人同居。

从剧中情节看，编剧完全没有把握住当时人物的性格及戏剧状态。从郑秋冬与罗伊人这时的关系看，他们的旧情复燃实在来得不是时候。不管当年郑秋冬是怎么走的，总归他是为了赚钱抛弃了罗伊人，辜负了她，或者他根本就从来没有爱过她，现在他穷困潦倒地回来，为了赚钱，不择手段，做人没有底线。而这个时候，罗伊人已经与白力勤同居，白力勤在罗伊人最艰难的时候帮助了她，接纳了她，而罗伊人对他也不是完全没有感情，况且罗伊人和郑秋冬都知道白力勤得了胃癌，时日无多。按道理说，在这样的情境下，郑秋冬是不应该追求罗伊人的，毕竟他当年辜负过她，他应该感到愧疚，况且罗伊人现在过得很好，而他自己穷困潦倒，还在恬不知耻地让罗伊人求白力勤为自己找工作，而白力勤又得了绝症，快要死了。如果他是个有尊严、有良知的男人，就应该克制自己的感情，但他并没有，还理直气壮，毫无愧疚，还心安理得地接受人家的帮助。如果这就是他的性格，那他就是个人渣，这个人设也算坍塌了。罗伊人也是一样，白力勤在她最困难的时候帮过她，他们现在是恋人关系，她曾经照顾过白力勤，看得出她也是个有情有义的人，那她又怎么能在白力勤身患绝症的时候就与郑秋冬重温旧梦？可在剧中，她的确这样做了，这个人设也坍塌了。两个主人公的人设都坍塌了，这样的剧又怎么可能成功？白力勤这个人物也令人莫名其妙，他的行为也很难找到心理依据。他是个学者，有地位。他比罗伊人年纪大不少，既然他们同居了，说明他对她是有感情的。他明明知道郑秋冬与罗伊人以前的关系，也明明知道自己快要死了，而且从内心里他是看不起郑秋冬的，他当着罗伊人的面说郑秋冬是个混子，如果他真爱罗伊人，在乎她，就应该对郑秋冬这样的渣男有所防范，可是他的行为却令人莫名其妙，他帮郑秋冬介绍工作，还主动让罗伊人送郑秋冬回去，让他们在一起鬼混，似乎有意要成全他们，着实匪夷所思。其实即便白力勤是个心胸开阔的人，知道自己要死了，想为罗伊人安排好将来的生活，也不应该把罗伊人推给郑秋冬这样的人，因为他知道这个男人是根本靠不住的，如果他要为罗伊人着想，就应该想办法让她远离郑秋冬才是。

编剧特训营

看电影《巴顿将军》，找出故事的情节点，并分析情节间的逻辑关系。

【基本要求】

1.列出故事中的情节链；

2.分析情节间的逻辑关系及编剧的创作意图；

3.对主要人物和次要人物的关系进行简要分析。

【作业目的】

学习和体会影视剧中情节设计的基本规律和规则。

第 22 章　情节与故事建构

故事是由情节组成的，情节是故事的基本单元，情节与情节按照内在的逻辑关系组织在一起，成为情节链，成为表现人物性格和命运的故事线，若干故事线组合在一起成为一个完整的故事系统。

在影视剧中，所有的情节都是在主要由人物和人物关系所建构的故事框架里按照固有的戏路生发出来的，是故事的有机部分，任何情节也只有在故事中才有存在的价值和意义。

22.1　故事框架的建构

所谓故事框架就是整个故事的基础，包含着故事的基因，决定着故事的走向和故事的品质。

一般说来，编剧在写作前就已经想好了故事框架，框架基本成形的标志就是人物和人物关系的确定，人物是故事的骨骼，架构人物关系也就是建立故事的框架。编剧是根据剧本故事的类型、主题和故事的结构建立故事框架的。而在创作中，一般在开头部分故事的框架才真正显示出来。

故事是由情节组成的，建构故事犹如建房子，工人建房子的时候总要先把地基建好，然后在地基上一砖一砖地往上垒。编剧编故事也是一样，先通过人物关系把故事框架固定好了，再按照故事框架往上垒情节，若干个情节构成一场戏，若干场戏构成一个事件，若干个事件构成一集戏，若干集戏构成一个段落，若干个段落构成一部电影或电视剧。

● **故事情节**

一个情节其实就是一个故事片段，在影视剧里，一场戏就是一个情节。一般说来，每个情节都是个故事画面，有情节点，情节一般也是由情节点生发出来的。

编剧写戏，最重要的是抓住情节点。所谓情节点，指的是可能产生情节的故事节点，所谓故事梗指的是人物行动过程中遇到阻力或可能发生冲突的那个节点，很多时候情节点就在发生故事梗的那个节点上。

编剧写戏，经常要想尽办法不断地给人物设置阻力或者陷阱，让人物身陷困境乃至绝境，再使他凭借自己的智慧从中解脱出来。所谓“戏”，也就是“系扣”和“解扣”的过程，扣系得结实，解得也要巧妙，令人意想不到，戏才可能好看。

在电影《摔跤吧！爸爸》中，父亲想把女儿培养成摔跤冠军，他遇到的最大阻力来自女儿。女儿年纪还小，爱美是天性，父亲却让她剪掉长发，女儿受不了父亲魔鬼式的训练，消极抵抗，与父亲发生了冲突，这是个故事梗，也是个情节点，是个“扣”。后来女儿参加了一个闺密的婚礼，闺密的一席话使她茅塞顿开，她理解了父亲的苦心，第二天没等父亲催她，她已经起床训练了。在电视剧《贫嘴张大民的幸福生活》第一集中，张大民失恋了，这也是个故事梗，是个扣，不过这个扣是扣在他和家人之间的。全家人高高兴兴做好了饭等他带女友回家，他却一个人灰溜溜地回来了，先是把气撒在弟弟新带回来的女友身上，后来又通过撒谎把气撒在刚刚抛弃他的前女友身上，他的徒弟来了，说出真相，这才把这个扣解开。

● **故事段落**

在影视剧中，一个相对完整的事件就是一个故事段落，它由若干场戏组成，展现事件的完整过程，有起承转合，分主场戏和过场戏，过场戏作为事件的铺垫或回应，主场戏则是事件的高潮，是矛盾的爆发点。电影《血战钢锯岭》其实是由两个故事段落构成的。前一个段落写主人公成长经历，包括他小时候无意中对弟弟的伤害与家人的关系以及他的爱情经历。后一段落则是写他入伍后的经历，其中又包括两个小段落：前一个小段落写他训练时因为不愿意扛枪训练而被送上军事法庭，后一个小段落写他在钢锯岭战役中救人的故事。前一段落的高潮是军事法庭的戏，后一段落的高潮则是他在钢锯岭战役中救人。电视剧《贫嘴张大民的幸福生活》第二集讲的是张大民追求李云芳及两人结婚的事，分两个段落。前一个段落写张大民追求李云芳，共9场戏，高潮是张大民在山上向李云芳表白，是主场戏，前面都是过场戏，是做铺垫用的。后一个段落的主场戏则是张大民和李云芳与家人们商量房子的那场戏，前面的戏是铺垫，后面的戏则是照应。

表22-1 《贫嘴张大民的幸福生活》第二集故事段落结构

段落	场序	剧情	逻辑关系
张大民成功追求到李云芳	1	张大民怕李云芳想不开，推自行车陪她，李云芳要赶他走，他用手指了指说除非她上厕所	过场戏
	2	张大民听张大军念报纸说有人袭击女孩，担心李云芳安全，急匆匆出门	过场戏
	3	张大民来到李家，得知李云芳去会计班听课至今还没回家，赶紧离开	过场戏
	4	张大民骑自行车送李云芳回家，好不容易鼓足勇气要向李云芳表白，却被刘大爷当作调戏妇女的小流氓	过场戏
	5	深夜，李云芳听着张大民喝水的声音，内心泛起波澜	过场戏
	6	大雨给暗恋的男人送饭，眼里饱含情意，男人却反应冷淡	过场戏
	7	张大民回到家里，张母嘱咐大民别被当成别人走出失恋的药引子，同时嘱咐大雨要自爱	过场戏
	8	大民与大国谈学习的事，很快又扯到李云芳当年高考的事，满怀情意	过场戏
	9	张大民约李云芳到香山游玩，趁机向她表白，抠门儿的他却只给李云芳买了一张缆车票	过场戏
	10	张大民躺在半山腰休息，见到爬上山来的李云芳，很吃惊，得知她把票退了，很尴尬。犹豫了好一会儿，张大民总算鼓起勇气向李云芳表白，却显得很自卑，得到认可后也没有勇气接近她	主场戏
张大民与李云芳结婚	11	李云芳尝试向亲戚借婚房，被拒绝	过场戏
	12	张大民盯上李云芳家的地方，却被准丈母娘婉拒	过场戏
	13	张大民无路可走，只得硬着头皮与家人们商量。弟妹们各有难处，各打算盘。张大民耐心解释，家人们只得做出牺牲，让出里屋作为二人的婚房	主场戏
	14	张大民一家开始重新布置房间。因为家电摆设问题，大军与大民两人不欢而散	过场戏
	15	李大妈虽然和张大民是邻居，很熟络，但仍要求两人结婚时得用车大模大样地来接亲	过场戏
	16	张大民租用婚车，在外绕了一圈，完成李家要求，二人完成婚礼	过场戏

- **故事单元**

一个故事单元由多个事件组成，在电影里相当于故事的一个阶段。如电影《美丽人生》，它由两个部分组成，前一部分讲述圭多和多拉的爱情，后一部分讲述一家人在集中营的经历，形成两个相对独立的故事单元。在电视剧里，一集戏相当于一个故事单元，由几个相互关联的事件组成。《贫嘴张大民的幸福生活》第一集讲的就是张大民与李云芳相爱的过程，共有三个事件，先是张大民失恋，接着失落的张大民因嫉妒而嘲笑李云芳的男友，后来李云芳失恋，张大民乘虚而入，事件之间层层递进，互为因果。

● **故事系统**

故事单元相互连接，形成完整的情节链，展示人物命运的变化，形成完整的故事系统。

电影和电视剧都要讲述一个完整的故事，电影时长一般为90—120分钟，而电视剧故事要长些，短的十余集，长则数十集乃至数百集，一般都可分为开端、发展、高潮和结尾几个部分。

电影和电视剧中的故事都由许多情节构成，一部电影故事有数十个情节，一部电视剧则可能有数百个情节，情节与情节之间环环相扣，紧密相连，有时候一个情节会生发出另一个情节，有时候情节与情节之间互为因果，都是从预设的情境中生发出来，按照其内在的逻辑关系发展变化，在整个事件的发展进展中展现人物命运的发展轨迹。

电影《樱桃》讲述的是一位智障母亲收养一位弃婴的故事，表现的是伟大的母爱。故事有三位主要人物：女主人公樱桃、她的丈夫葛望以及被收养的女孩红红。他们形成三角关系。故事主要发生在母亲樱桃和女儿红红身上。樱桃是个智障女，又脏又丑，连话都说不清楚，她原想自己生孩子的，后来跟丈夫吵了架，捡回来一个弃婴。这是开头部分，故事也由此而展开。樱桃要收养弃婴，首先遇到的阻力来自丈夫。他们家太穷，连自己都养不活，哪里有钱养他人的孩子？这是个情节点。村主任答应给予帮助，算是把这个扣解开了。樱桃有了女儿就把所有的心思都放在她身上，甚至也不想自己生孩子了。葛望怕耽误了生孩子，就瞒着樱桃把捡来的孩子送了出去，这才有了樱桃到城里疯狂寻找红红的情节。红红懂事了，开始为有这么个疯妈妈而感到羞耻。后来红红上学了，母亲樱桃没事就到学校外面乱叫，令红红在同学面前很没有面子。后来班里来了个城里的男同学，红红对他似乎有些好感，她更对母亲难以忍受，就有了她回到家里对母亲的责怪，她又把家门锁上不让樱桃再到学校去。天下大雨，樱桃冒雨给红红送雨伞，红红觉得没面子，面对同学的嘲笑，红红与同学打起来。樱桃看见有人欺负红红，不顾一切追打那学生，然后就有了学生家长上门要求赔偿的情节。葛望没钱赔偿，只好硬着心肠演了一场苦肉计，把樱桃打得在地上乱滚。红红理解了母亲，母女和好。这时红红却生病了，于是就有了樱桃和丈夫把红红送到医院的情节。最后是樱桃的失踪。所有这些情节都环环相扣，相互推进，形成整个故事的情节链，在表现事件发展过程的同时也展示了人物命运发展的轨迹。

22.2 情节与情境设计

人物和情境是情节的两个要素，二者不可或缺。人物只有在一定的情境中才能有所行动，由此产生情节。

编剧设计剧情其实就是看把什么人物放在什么样的情境中产生什么样的思想行为。当人物和人物关系确定下来以后，编剧要做的就是把人物推到一个又一个的情境中，使人物之间发生冲突，引发命运的发展变化，在形成人物命运轨迹的同时也形成完整的故事线。

22.2.1 何谓情境

情节是特定人物在特定情境下所产生的思想行为，人物是主体，情境则是在为人物铺设道路，搭建舞台。情境决定着故事的走向，有什么样的情境，就会产生出什么样的情节。

情境其实就是人物发生行为时所面临的处境，它对人物行为及其行为方式会产生很大的影响。情境一般包括三种要素，即事件、人物关系以及人物活动的具体的时空环境。它们共同为人物构建起特定的情境，形成戏剧场。在诸种因素中，最重要的、最有活力的因素是人物关系。

情境的概念引自戏剧理论，被看作戏剧作品的构成要素之一，是戏剧冲突产生的基础。马丁·艾思林认为：戏剧不仅是人类的真实行为最具体的（即最少抽象的）艺术的模仿，它也是我们用以想象人的各种境况的最具体的形式。在他看来，剧院是检验人类在特定情境下的行为的实验室，大多数戏剧作品的前提是："如果……，事情会怎么样？"他以此概括了戏剧艺术的本质。

情境是产生故事不可或缺的要素，同样的人物在不同的情境下会做出不同的选择，采取不同的行为，从而产生不同的剧情。所谓故事就是不断给人物设计新的情境，让人物在不同的情境中做出不同的行为，从而表现出自己的性格，把人物命运连同剧情不断向前推进，直至高潮和结尾。在诸如《复仇者联盟》《速度与激情》《战狼》这样的系列电影中，只要给剧中原有人物不断设计出新的情境，自然会生发出新的故事来。

22.2.2 人物与情境

在故事中，人物与情境的关系犹如汽车与道路的关系，汽车是主体，道路是为汽车而修的，没有汽车道路就没有存在的意义，而没有道路再好的汽车也跑不起来，汽车能否跑得快在很大程度上是由道路所决定的。在影视剧中也是这样，人物和人物关系确定好了，还得把人物推到具体的情境中，让他们走自己的道路，展示自己的性格和命运，所谓的情节也是由此而产生的。

对于汽车来说，走什么样的道路就有什么样的行程，就会看到什么样的风景。对于故事中的人物来说，有什么样的情境就会有什么样的情节。一辆高性能的汽车，倘若只是在平坦的路上行走，其性能显现不出来，但若是爬山踄水，其性能反而更好地显示出来。一个有丰富性格的人物，倘若只是处在平淡的情境之中，也很难显出他的过人之处，但若是遭遇到艰难的处境，比如遇到重大的灾难或重大的困难之时，人物的本性才能真正显露出来。

人物的性格和命运只能在具体的情境中才能显示出来。编剧写戏，其实就是不断地改变人物所处的情境，情境设计不好，人物性格表现不充分，产生的剧情也很难吸引观众。

布莱希特认为，戏剧的对象是人，每一个戏剧作品都是把单个人置于特定的情境中，给予一定的条件和刺激，将其定向化的内心生活处理为行动，以完成自我表现的行动。因而戏剧不仅是对人的行动的最为具体、最为直观的艺术模仿，也不仅仅是人的内心生活的直观外现的艺术形式，它也是用以想象人所面临的具体情境的最具体的艺术形式。

情境的设计是为表现人物性格和命运的，所谓“给予一定的条件和刺激”，首先是这个情境要激发出人物的欲望，而所谓“定向化的内心生活”，就是说这种情境是能够充分表现人物性格的。你要表现人物的勇敢，就得给他设计出能够表现他勇敢的情境；你要表现他的善良，就得给他设计出能够表现他善良的情境；你要表现他对爱情的忠贞，同样也应该给他设计出最能表现对爱情忠贞的情境。倘若你设计的情境不能充分地表现人物的性格和命运，这样的情境就是低效或者无效的。在美剧《绝命毒师》中，主人公原本是个优秀的化学老师，老实善良，家境贫寒，儿子瘫痪。但编剧为他设计了一个情境，让他得了癌症，使他陷入困境，他不得不考虑自己死后妻儿的生活，希望妻儿在自己死后能够过上富足的生活，这就刺激了他内心的欲望。同时他正好发现自己的学生参与贩毒，这进一步刺激了他的欲望，使他有机会使自己的欲望转化为行动。他找到那个学生，与他合伙干起了制毒、贩毒的买卖。在电视剧《亮剑》中，为了表现李云龙的勇猛和机智，编剧开始安排了一场敌强我弱的阻击战，面对不可一世的坂田联队，在完成阻击任务后，上级命令他从敌人防守薄弱处突围，李云龙反其道而行之，从敌人正面突围，一举打败敌军主力，表现出超人的智慧和胆略。

特定的人物性格只有在特定的情境中才能得以表现，人物命运也只有在特定的情境中才能发生改变。故事就是要不断地为人物设定或创造出一个个特定的情境，让他们有机会尽可能地展现自己的性格，完成预定的使命及个人命运的轨迹。情境是随着事件而改变的，一个事件往往会引发另外的事件，新的事件中人物关系会发生变化，时空环境也随之变化，人物采取不同的行为，表现出不同的性格，人物命运也可能发生改变。情境的改变有时是通过改变人物关系来催发的，有时则是由事件本身来催发的。

一般说来，对于人物来说，给予的刺激越强烈，条件越恶劣，人物处境越艰险，越能表现人物的性格，人物的命运越有悬念，越能吸引读者或观众。电视剧《三八线》和《士兵突击》中同样都有一场演练的戏，剧情类似，但由于情境设计不同，戏剧效果完全不一样。在《三八线》中，李长顺因嫉妒与张金旺斗气，偷奸耍滑拿了战友的旗帜跑到终点，这事对俩人都无关紧要，对他们的命运并无丝毫影响，也很难表现出他们内在的性格。而在《士兵突击》中，同样是一场演练却关系到所有人物的命运，演练获得前三名者可以进入A大队，这是军人的荣誉，也关乎每个参与者的前途和命运。许三多和战友成才及副班长伍六一在一个组，伍六一负了伤，快到终点的时候再也跑不动了，而前面已经有人到达终点，这就意味着即便三个人都能到达终点，也必定会有一个人被淘汰。许三多和成才都面临着艰难的选择，倘若架起负伤的伍六一往前赶，可能会前功尽弃，三个人都失去机会。自私的成才选择抛弃战友，独自赶到终点，获得了机会。而许三多不肯放弃，伍六一则为了成全战友主动选择放弃，并促使许三多冲向终点，获得了机会。就是这样一场戏，把每个人物的性格都表现得淋漓尽致，故事也更显得荡气回肠。

22.2.3 情节与情境

情节是特定性格的人物在特定情境中产生的思想行为，而人的行为取决于人的欲望和性格，戏剧化的情境不断诱发人物的欲望，同时也引起各种各样的戏剧冲突，从而更进一步刺激人物的欲望，不断引发人物新的行为，促使人物性格和命运变化发展，从而生发出新的故事情节。

当编剧凭借想象把人物放在设计的情境中以后，他要想的不只是“他（或她）会做什么和怎么做”，他还要想的是“他（或她）怎样做才有意思或有趣味”或者“他（或她）怎样做才会让人意想不到或让人觉得有意思”。

在影视剧中，每个情节都是经过精心设计的。在电影《美丽人生》中，开头有一场戏讲述男女主人公圭多和多拉第一次相见，这场戏如果只是写多拉正在路边为羊挤奶或在井边打水，圭多过来与她闲聊，倘若在这样的情境下两人见面，就显得过于平淡，很难出戏。编剧对这场戏的设计很用心，他让圭多修完车，在井边洗手，向小姑娘吹牛皮，说自己是圭多王子，正说着抬头看见多拉从塔楼里逃出来，便冲过去伸手迎接，结果被从楼上跳下来的多拉撞倒在地上。他得知多拉腿部被黄蜂蜇伤，便埋头用嘴帮她吸出毒汁。这样的情境一来有戏剧性，让人意想不到；二来也为圭多创造了表现自己的机会，使多拉对他产生好感；三是增进了两人的感情。

在电影《贫嘴张大民的幸福生活》第二集中，有一场张大民向李云芳求爱的戏，倘若像很多影片中那样，张大民向李云芳很肉麻地表白了感情，李云芳也答应了下来，这样的戏就太老套，也没什么意思。怎么才能够让这场戏更出彩，让人意想不到呢？编剧对这场戏的处理非常巧妙：张大民约李云芳到香山，准备爬到山顶向她表白，但他这个人太抠，舍不得花钱，就买了一张票让李云芳坐缆车上山，自己则爬着上山。他人胖，体力不支，很快就爬不动了，就半躺在台阶上歇息，睁开眼睛发现李云芳站在面前，而他首先想到的居然是票钱。李云芳说知道他从小就抠门所以把票退了，张大民听后也不好意思了。两个人坐在台阶上，张大民犹豫了半天，终于鼓起勇气向李云芳表白，却有些胆怯，不敢大声说，后来走到山边，终于对着群山喊了出来："李云芳，我爱你！"然后转脸看向李云芳，说的却是"我嗓门还行吧？"后来他鼓起勇气坐到李云芳身边，李云芳闭上眼睛等他来吻，他几次把嘴凑了过去，却终于没有勇气。李云芳问他怎么回事，他自我解嘲说中午吃大蒜了，于是两个人相对笑了起来。这样的情节，既符合人物性格，又很有趣味，让人觉得意料之外又在情理之中。

编剧对每场戏、每个情节都应该精心设计，每个情节都有用意，有的情节为了表现美感，有的情节为了表现主题思想，有的则是为了增添趣味。并且编剧还要根据预定类型、故事走向及相应功能和特征来设计情节，走情感路线的要突出情感；走喜剧路线的要尽量增添笑料，使每个情节都有趣味；动作片要突出情节的动作性和惊险性；悬疑片要尽量把悬念做足做透；惊悚片则要突出惊险的场面。

也有些导演和编剧是反对把生活戏剧化的，他们觉得应该按照生活本来的样子来反映生活，但这并不是反对戏剧化本身，他们只是希望客观真实地反映生活，从生活本身来寻找和挖掘戏剧性。贾樟柯的电影《三峡好人》是用纪实手法拍摄的电影，但故事还是包含着戏剧性。男主人公到三峡找分离十余年的前妻和女儿，女主人公去找分居多年的丈夫，这原本就是很戏剧化的故事，只是导演的表现方式不同而已。

22.2.4　情境设计

故事中的情境按事件大小可分为大情境和小情境，按性质可分为常态情境和非常态情境，按虚实可分为现实情境和虚拟情境，按处境可分为顺境、困境和绝境。情境不同，对剧情会产生不同的影响。

(1) 大情境与小情境

在影视剧中，所谓情境就是人物在具体事件中的处境，包括事件、人物关系和时空环境。其中事件是载体，情境的大小也可以用事件的大小来区分。故事就是由大大小小的事件所构成的，有时候是一个小事件引出另一个小事件或者一个大事件引出另一个大事件，有时候是一个大事件套着几个小事件，小事件又引出小事件，然后促使大事件引出新的大事件，从而把人物推入不同的情境。随着事件的进展、情境的不断变化，人物性格在变，人物关系在变，人物的命运也不知不觉在发生改变。

电影《猎杀U-571》从头到尾只讲了美军与德军在太平洋海战这样一个大事件，在这个大事件过程中又有很多小的事件，从德国潜艇攻击英国军舰被击中损毁，引出美国潜艇出海执行任务，这里面又有主人公与上司的矛盾。然后他们攻入德军潜艇，缴获德军密码文件，押解俘虏前往自家潜艇时，美军潜艇被击沉，活着的人只能借助德军潜艇逃生，以后又引出一系列的事件，使人物从一个危险的情境进入另一个危险的情境，直到最后他们被美军拯救。

电影《摔跤吧！爸爸》中的故事则都是由小事件构成的。主人公看奥运会摔跤比赛，与人打架，引出他要培养孩子练摔跤的念头，然后就是生孩子，生了三个女儿以后，他绝望了，后来看女儿居然把男孩打得头破血流，引出他要教女儿学摔跤的想法。这样一个事件引出另一个事件，通过把人物带入不同的情境中，推动剧情的发展。

（2）常态的情境与非常态的情境

常态的情境可以理解为正常人的正常的生活状态，也是大多数人的日常生活状态。这样的生活日复一日，平平淡淡，没有变化，波澜不惊，是很多人所追求的，但对故事来说，却缺乏戏剧性。而非常态的情境则是指生活的非正常状态，比如发生了战争或重大的灾难、家庭生活出现意外、家里有人得了重病或死亡等，使得生活脱离了正常的轨道，这样的生活对人物来说可能是个灾难，可能使人物陷入困境，但更富有戏剧性，也更能够表现出人物的性格，推动人物命运的变化。

故事往往要使生活戏剧化，也就是把常态的生活变得非常态化。故事有人物和情境两大要素，人物有常态的人物和非常态的人物，情境也有常态的情境和非常态的情境。一般说来，使生活戏剧化的方式有四种：一是把常态的人物放在常态的情境中，二是把非常态的人物放在常态的情境中，三是把常态的人物放在非常态的情境中，四是把非常态的人物放在非常态的情境中。

很显然，非常态的情境比常态的情境更具有戏剧性，无论人物是否非常态，在非常态的情境下更能滋生出非常态的情节，所以编剧总是愿意选择那些非常态的、戏剧化的生活领域作为影视剧的题材，而市场上主流类型的影视剧多是以玄幻、破案、犯罪、灾难、战争等这些容易产生非常态情境的内容为题材的。

现实生活中不是所有的生活都富有戏剧性，很多人的生活其实很平淡，比如校园里老师和学生的生活、工厂里工人的生活，相对比较平静，很少变化，也很难发生大的冲突。而警察的生活就不一样，警察与罪犯是天生的仇敌，警察的生活充满着危险，随时可能发生意外，自然更富有戏剧性。

（3）现实情境与虚幻情境

影视剧里的故事大致可以分为两种：一种是现实的故事，另一种是虚幻的故事。所谓现实的故事是指在现实生活中已经发生过或可能会发生的故事，而虚幻的故事是指那些现实中肯定没有发生过而且完全不可能发生，或者至少在平常人的认知中是不可能发生的故事。

现实故事是把真实的人物放在真实的情境下所发生的故事，而虚幻故事则是把虚构的人物放在虚拟的环境中所发生的故事。真实的人物生活在真实的情境中，自然要求故事具有真实性，虚拟的人物生活在虚拟的情境中，不要求具有现实的真实性，这类故事的真实性是建立在假定之上的，也就是说，这类故事就是假设人物是真实存在的，人物所生活的情境如仙境、外星球等都是真实存在的，在这个前提下人物会做些什么，只要人物的所作所为符合他在这种假定的情境下的性格和命运，符合其内在的逻辑，这样的情节就是真实的。孙悟空有七十二变神通，一个筋斗翻出十万八千里，在人类世界是不真实的，但如果放在神仙世界中则是可看作真实的。

（4）顺境、困境与绝境

顺境是指人物在行动过程中没有遭遇阻力，顺利达到了目标，困境则是指人物在行动过程中遭遇到阻力并陷入了困难的境地，而绝境则是指人物在行动过程中遭遇到难以克服的阻力而使自己陷入难以脱离的困难境地。

情节是在推动事件发展的过程中表现人物性格和命运的。相对于顺境，人物在困境或绝境中更能表现出其性格，人物命运也可能发生逆转。譬如夫妻俩平日里恩爱和美，但倘若发生天灾人祸，是大难临头各自飞，还是依然相爱相守共渡难关？对他们来说，这是艰难的选择，也是对人性的考验。而无论他们做出怎样的选择，都意味着他们人生的一次大转折。

编剧写戏，很多时候就是要给人物设置阻力，使人物不断陷入困境，再使他们因个性使然采取相应的行为，这也就是“系扣”和“解扣”的过程。系扣，就是制造矛盾，给人物行动设置阻力，或使人物陷入困境；而解扣，就是解决矛盾，使人物从困境中解脱出来。

给人物设置阻力或使人物陷入困境，是为了更好地表现人物的性格，推进剧情的发展。事件无所谓大小，冲突也未必很激烈，重要的是要能够表现人物的性格和命运。在电视剧《贫嘴张大民的幸福生活》中，很多情节都与房子有关。先是张大民结婚没有房子，他机智地把母亲和弟妹都忽悠到了外房，把里屋当作了自己的婚房。后来弟弟张大军结婚也需要房子，这几乎把张大民逼入了绝境，后来他突发奇想硬把两家人塞到一个房间里。后来他们的孩子出生了，实在住不下，他便施下苦肉计，宁愿自己被古三打破脑袋硬是把房子建了起来。最后妹妹大雪死了，拆迁人员居然以此为由少给了他们家房子……这都是些鸡毛蒜皮的小事情，却饱含着张大民一家人的辛酸，也很好地表达了张大民的性格和命运。

当然并不是所有的情节都要为人物设置困境，也不是所有的情节都包含着所谓的戏剧冲突，人物的性格在日常生活中同样也能表现出来，人物在顺境中也有改变命运的机会。电影《美丽人生》前半部分中，主人公圭多与多拉之间并没有什么矛盾，从第一次在谷仓底下圭多用嘴为多拉吸出毒液，到第二次圭多骑自行车撞倒在路上行走的多拉，第三次两人在街上偶遇，到圭多冒充督学到学校见多拉，再到圭多开车劫走多拉，两人在雨中行走，圭多的行为看上去似乎有些过分，但多拉从来没有责怪过他，他们之间很和谐，甚至没有过任何争吵，没有所谓的矛盾冲突，但都很有趣，也很有戏剧性，而且他们的每一次相遇都增进着两人的感情。他们之间的感情发展也遇到了阻力，因为多拉是有未婚夫的，多拉与未婚夫青梅竹马，未婚夫看上去是个小官僚，混得不错。但编剧似乎有意淡化或者忽视了这种阻力以及他们之间可能发生的冲突，使他们很快就走到了一起。毕竟这不是一部爱情片，情感戏不过是佐料而已，加得太多，就可能喧宾夺主，改变了原有的味道。

22.3 情节与故事形态

在影视剧中，人物及故事结构确定了，故事运转起来，就会依照其内在的逻辑关系不断地进展，从开头发展到高潮，直至最后的结局。

情节发展的内在驱动力是戏剧冲突，没有冲突故事就难以演进。故事形态不同，情节演进的方式也有所不同。大情节故事以事件为中心，以事带人，往往以事件的演进为主；小情节故事以人物为中心，以人带事，往往是以人物关系的变化驱动剧情的演化；而中情节故事兼顾人物和事件，以人物和事件共同驱动剧情的发展。

- **大情节故事的情节演化**

在故事中，一般先有事件，人物置身于事件之中，随着事件的发展，人物的处境发生变化，同时人物也会采取不同的行动。情节一般是由事件来引发和驱动的，事件本身就隐含着种种危机，人物所要做的只是面对和解决这些危机。

编剧在编写大故事情节的时候，他首先想到的应该是这个时候发生了什么事情，主人公会处于什么样的处境，这个时候他会做什么。

大情节故事是由事件来推动的，随着事态的进展主人公就可能遭遇阻力，或遇到危机，形成故事梗。对于编剧来说，他只要抓住事件发展的进程并从中寻找情节点，使人物置身于当时的情境之中，看他如何行动就可以了。电影《流浪地球》讲的就是一个大情节故事：太阳即将毁灭，地球已不再适合人类生存，面对困境，人类将开启“流浪地球”计划，即倾全球之力在地球表面建造上万座发动机，推动地球离开太阳系。但却发生了发动机停摆事件，使整个人类面临危机。于是主人公开始了营救地球的行动。这原本就是个惊天动地的大事件，事件原本就有许许多多的难以克服的困难，人物难免会陷入困境，他们要做的就是解决这些困难，使人类摆脱困境。

- **小情节故事的情节演化**

小情节故事一般没有贯穿始终的大事件，情节围绕主人公的性格和命运展开，往往通过人物与人物之间发生关系而滋生情节，推动情节的演化。

编剧在编写小情节故事的时候，想的往往是在这个时候主人公会碰到谁或碰到什么事件，他们之间会发生什么事。

小情节故事经常会从无关紧要的生活琐事入手，通过特定的人物和人物关系，制造戏剧情境，无事生“非”，从中生出“戏”来。在印度电影《三傻大闹宝莱坞》中有一场老生整治新生的戏，在这所大学里，这原本是司空见惯的，别的同学都忍受了，主人公兰彻却不是一个寻常人，他反抗了，并把整治他们的老生弄得狼狈不堪。

- **中情节故事的情节演化**

中情节故事一般都会有重大的事件作为支撑，却是从人物切入，以人物和事件共同驱动故事的演化。电影《敦刻尔克》写的是英法联军从敦刻尔克撤退的大事件，但编剧没有正面表现事件的进程，而是从人物入手，写人物在战争中的命运，有大的事件，也有人物，成了中情节故事。

电影《血战钢锯岭》也是典型的中情节故事。整个故事可分为两个部分：前半部分写主人公参战前的经历，主要写他与弟弟、父亲、恋人之间发生的故事，没有大事件，都是小情节，由人物关系引发出情节；后半部分写他参军后的经历，写他参加军事训练，不肯持枪，与战友发生冲突，上军事法庭，最后参战并在战场上拯救了75位战友，写的是大事件，属于大情节故事。

22.4 情节与故事脉络

在影视剧中，故事都有“戏路”。一般说来，人物和人物关系定下来以后，故事就有了自己的戏路。编剧要写好戏，一方面要在把握好故事的发展脉络的基础上设计好剧情，另一方面要把握住剧情的基调和风格。

故事是由情节组成的，对于故事来说，任何情节都是故事不可缺少的部分或环节，所有的情节都必须符合故事发展的内在逻辑。

编剧设计剧情，应该考虑到以下几个方面的因素。

（1）故事类型

类型不同，预设的功能不同，情节的追求及故事走向也有所不同。动作片追求的是动作，情节以动作为主，需要为主人公设计好打斗的场景；喜剧是要给人逗乐的，情节讲求诙谐幽默；爱情剧讲究的是情感，要把情感戏做好做足。同样是一个男人向一个女人求婚的场景，在偶像剧里，情节一定很浪漫，但如果是一部喜剧，就应该拍得很搞笑，结果也是喜剧性的。即便同一种类型，故事性质不同，情节走向也不一样。譬如同样是破案片，可以以推理为主，可以以打斗为主，也可以走惊悚路线。在电影《三傻大闹宝莱坞》中有一个情节，兰彻为了帮助拉加，修改了查图尔在教师大会上的发言稿，使得死记硬背的查图尔出尽洋相。这样的情节在喜剧故事中显得很出彩，因为喜剧就是要用夸张的手法来达到喜剧效果。但如果这是一部悲剧或正剧，就显得不真实了。

（2）故事定位

确定要讲述一个什么样的故事，有了戏核和戏魂，故事就仿佛有了灵性，故事的基本走向也就确定了。同样是采用泰坦尼克号海难事故作为题材，倘若你写的是一位穷画家与一位贵族小姐之间的生死恋情，那它肯定是一部爱情片；倘若以纪实的方式讲述这场灾难发生的过程，那就是一部灾难片。韩剧《大长今》是一部励志剧，写的是主人公从孤女成长为御医、名医的经历，虽然也写了主人公的爱情，却是轻描淡写，只是将其作为佐料，倘若花费太多笔墨，故事可能就会走偏，乃至成了爱情剧。

（3）叙事方式

有的影视剧采取的是纪实主义的叙事方式，不追求故事的戏剧性，故事平淡，没有大的起伏；有的影视剧则采取技术主义的叙事方式，强调故事的戏剧性，追求强情节，剧情大起大落。同样是离别多年的男女相见，在贾樟柯的影片《三峡好人》中，两人只是默默坐着，面无表情；而在《三傻大闹宝莱坞》中，皮娅见到兰彻，先是抽他几个耳光，然后抱住他热烈亲吻，可谓动作夸张，感情浓烈。

（4）叙事风格

很多优秀的编剧，在设计剧情的时候还会考虑故事的叙事风格。有的影视剧追求情节的典雅，有的则情节低俗；有的追求故事的意境，有的更强调情节；有的情节刚性十足，有的情节则柔软似水；有的情节张扬狂放，有的则讲究含蓄。倘若把沈从文先生的小说《边城》改成一部电影，其情节应该也是很唯美的，情感表达应有所收敛，画面也要讲究意境，倘若情节中有太多的话语，情感的张力过大，恐怕会破坏故事的意境。

22.5 案例分析

【案例一】

电影《三傻大闹宝莱坞》剧情分析

《三傻大闹宝莱坞》是一部著名的印度电影，在剧情的设计上也充分体现了印度的特点。

一、类型与故事定位

《三傻大闹宝莱坞》是一部励志喜剧歌舞片，属于小情节故事。作为励志剧，它采取的也是小人物逆袭的故事模式，用喜剧的方式对印度僵化的教育体制进行了嘲讽和批判。

二、人物设计

影片是一部励志喜剧歌舞片，兰彻、拉加和法罕是影片的三位主人公，其中核心人物是兰彻，故事其实是围绕他来展开的。他与拉加、法罕形成三角关系，拉加和法罕都是配角，是他的陪衬人物。

兰彻是个很有个性的人物，他在机械方面极有天赋，他机智，幽默感，对不合理的教育体制很不满，并进行着机智的反抗，是个叛逆者，同时他又很热情善良，总是不遗余力地帮助周围的人。

拉加和法罕都是他的死党。拉加家境贫穷，负担沉重，放不开手脚。法罕爱好摄影，想当个摄影师，但为了父亲，只得学了理工科。兰彻帮助他们走出了困境，实现了梦想。

院长和查图尔算是反面配角，他们从反面陪衬着兰彻。院长人不坏，但保守固执，墨守成规，代表着陈旧落后的教育体制。院长很欣赏兰彻，但两人教育理念不同，经常发生冲突，院长反被嘲弄，成了可笑的角色。查图尔是兰彻的反面，他很用功，上进心强，但只会死记硬背，缺乏创造力，总被他人捉弄，最后败在了兰彻手下，成了笑料。

故事除了讲述三个人在大学的经历，还讲述了兰彻的爱情。他与皮娅的感情是故事的一条副线，与主线是交织在一起的。皮娅是院长的女儿，后来也成了拉加和法罕的朋友，还参与了对拉加父亲的医救，帮助兰彻为拉加偷取考试卷，全面参与到他们的生活当中了。

故事主要就是围绕这几个人物来展开的。

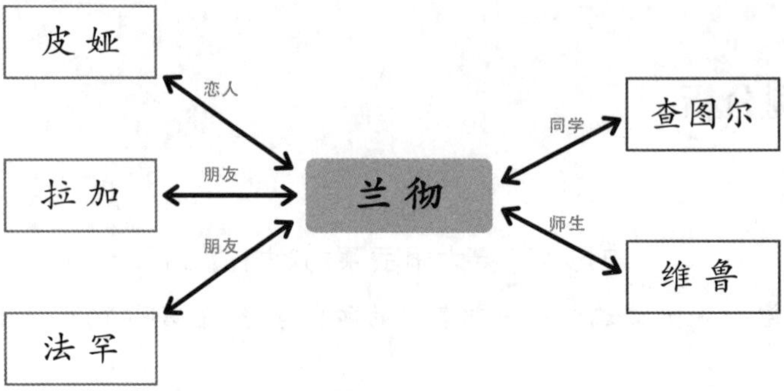

图22-1　电影《三傻大闹宝莱坞》人物关系图

三、剧情结构

影片为小情节故事，主要围绕兰彻这个人物来展开，采用倒叙方式，包括两个时空的故事线，现在时空的故事是法罕、拉加、皮娅和查图尔一同寻找失踪十多年的兰彻的经过，过去时空采用回忆的方式倒叙三人在大学的生活经历。

影片作为小情节故事，没有大的情节，情节主要靠人物关系来驱动。

影片的剧情分开头、发展、高潮和结尾四个部分。

（1）开头部分

故事的引子是法罕和拉加得到兰彻的消息迫不及待地赶到约定地点，看到的却是他们所讨厌的查图尔。查图尔志得意满，提起当年打赌的事，三人决定一起去寻找兰彻。

（2）情节发展部分

从拉加、法罕和兰彻入学那天开始切入，主要包含以下情节：

兰彻用通电的小铁勺捉弄整治新生的老学长。

兰彻与院长第一次交手，发生了关于钢笔的对话。

兰彻与某教授交锋，教授尴尬。

兰彻、法罕和拉加暗中帮助面临被院长开除的同学制造无人机，同学自杀身亡。

兰彻责怪院长逼死了同学，院长大怒，把兰彻拉到教室，让他给同学上课。兰彻在黑板上写了一个生造的单词让同学查找答案，再次嘲弄院长。

兰彻等三人分别到法罕和拉加的家，不受欢迎，被赶走，连饭也没吃上。

为了蹭饭吃，三人混进婚宴，在那里碰到了皮娅。兰彻捉弄皮娅的未婚夫，劝皮娅离开他，却没想到皮娅竟是院长的女儿。

院长劝法罕和拉加别跟兰彻在一起瞎混。

兰彻为了帮助苦修学业的拉加，巧施妙计，让查图尔在教师大会上出尽洋相。查图尔大怒，要与兰彻赌胜负。

兰彻用一只手表再次捉弄皮娅的未婚夫，帮皮娅认清他的真实面目，劝她离开他。

兰彻和皮娅骑摩托车送拉加的父亲到医院抢救，拉加感动，醒悟过来。

三人因在医院陪护拉加的父亲考试迟到，教授不肯收试卷。兰彻把试卷弄乱，跑开，教授无奈。

成绩公布，兰彻得了第一名，而拉加和法罕得了最后两名。

回到现在时空，三人找到地点，发现兰彻竟是另有他人，得知兰彻的身份后，他们决定去找他。

院长嘲笑拉加和法罕，说他们成绩差，找不到工作。

兰彻劝法罕去当自己喜欢的摄影师，法罕与兰彻打赌，逼他向皮娅表白爱情，兰彻答应下来。

兰彻向皮娅表白，却发现找错了人，很尴尬。

拉加在院长门前撒尿被院长发现，院长逼拉加出卖兰彻，拉加不愿意，跳楼自杀。

拉加被救，但成了植物人。兰彻等同学想方设法唤醒昏迷不醒的拉加，终于使拉加醒了过来。

拉加参加考试，被公司录用。

法罕的父亲同意法罕成为野外摄影师。

（3）高潮部分

兰彻和法罕为让拉加考试通过，在皮娅帮助下偷窃试卷，被院长发现，院长决定开除三人。

回到现在时空，法罕和拉加得知皮娅要结婚，决定去找皮娅，把她抢过来。

抢婚成功，他们一同去寻找兰彻。

回忆。三人被开除，准备离开学校，却遇到困在暴雨中的院长，院长的另一个女儿，也就是皮娅的姐姐就要生孩子，却因暴雨受阻没法去医院。三人不计前嫌，在皮娅的帮助下，帮助其顺利生下了孩子。

兰彻准备离开，院长拦住了他，并把前任院长送给自己的钢笔送给兰彻，称他是机械方面的天才。

毕业那天，众人庆祝，兰彻却默默离开。

(4)结尾部分

四人找到兰彻，查图尔看兰彻只不过是个老师，嘲笑他，却没想到兰彻是个有名的科学家，也是他千方百计想要见到的能使他发财的那个人。

【案例二】

电影《悬崖之上》剧情分析

这部张艺谋导演的电影虽然在票房上取得了一定的成功，也赢得了较好的口碑，但在剧作上并不是很成功。

《悬崖之上》的故事灵感来自电视剧《悬崖》，主人公周乙是《悬崖》中的主人公。电影也是按谍战片来拍的，用的是“拯救”的故事模式，讲的是一支从苏联来的四人小分队奉命到哈尔滨拯救一位地下工作者的故事，令人想起美国电影《拯救大兵瑞恩》《被解救的姜戈》等。与这两部影片相比，《悬崖之上》的故事在内涵及品质上都无法相提并论。《拯救大兵瑞恩》讲的是一队士兵拯救一个普通士兵的故事，表现的是每个人的生命都是平等的人道主义精神；《被解救的姜戈》讲的是丈夫拯救女奴妻子使其获得解放的故事；而《悬崖之上》中小分队拯救人是为了让其在国际上揭露敌人罪行，很崇高，但对观众来说有些虚幻，不接地气。前两部电影都是战争片或动作片，主要围绕拯救的过程展开，斗智斗勇；而《悬崖之上》却更多地展现谍战，这就使得故事发展方向有些游离，甚至偏离方向。按照故事正常的发展逻辑，四人小分队是为救人而来，他们所有的行为都应该围绕这个任务来展开，可是在影片中他们自始至终根本没有一项行动是与此有关的，敌人也没有在此为他们设置任何障碍，他们所有的行为都是为了挖出隐藏在内部的奸细，双方对救人的事似乎没有任何兴趣，他们的任务被遗忘了，故事也发生了偏离，只是在最后我们才见到被救者，但怎么救出来的没有人知道。这样也就生硬地把一个战争片的故事结构改编成了谍战片的故事结构，故事变了形，显得有些不伦不类。

在人物设置上，首先，主人公不明确，既然是谍战片，周乙当然是一号主人公，故事也应该围绕他来写，但从剧情看，他的地位不如张宪臣。其次，在人物关系上，张宪臣与王郁是一对夫妻，王楚良与张兰又是一对恋人，且不说当时上级会不会做这样的安排，从剧情来看，这样的人物关系和剧情并没有起到什么作用。最后，故事中编剧为张宪臣和王郁设计了一对儿女，于是派生出寻找儿女的情节，目的无非是为剧情增添些情感因素，但剧本故事的线索已经够多，特工队一心要摆脱敌人的追击，连救人都顾不上了，哪里还顾得上寻找孩子？事实上两个孩子对剧情也没有起到推动作用，张宪臣取了密码本后居然还顾得上去找孩子，导致被敌人追杀，这样的情节安排原本就是不合理的。

与电视剧《悬崖》相比，电影《悬崖之上》的故事也是缺乏灵魂的。《悬崖》采取了我国谍战剧经常采用的假扮夫妻的故事模式，男女主人公各自都有家庭，为了革命事业，抛家舍业，与他人在一起生活，难免也会产生感情，可以说他们都是为了崇高的事业而牺牲了个人情感和幸福。而《悬崖之上》的故事却没有这么深刻的主题，故事本身缺乏艺术张力。

编剧特训营

选择一个你喜欢的剧本的故事大纲，根据大纲写出开头前10场戏来。

【基本要求】

1.写开头一段戏，叙述一个相对完整的事件；

2.按照故事设计的人物性格和人物关系编写剧情。

【作业目的】

学会根据故事大纲创作剧本，体会剧本创作的规律和要领。

第 23 章 情节设计

故事是由情节组接而成的。在故事中，情节是环环相扣、相互关联的，形成情节链，每个情节都是情节链上的一个环节。有好的情节才会有好的故事，对于编剧来说，写好剧本就得从写好每个情节开始。

情节是在故事的环境中自然生长的，有着自身的逻辑规则，编剧写戏就是要把握住这其中的规则。

所谓情节就是人物在情境中的行为，在人物和人物关系确定以后，编剧要做的就是把人物推到一个又一个的情境中看他的所作所为，所以，情节的设计其实也是从情境的设计开始的。

23.1 事件设计

情节其实就是事件的过程，事件是情节的载体，而情节就是发生在人物身上的事件。

编剧写戏，经常要想的问题是这个时候会发生什么事，或者这种情况下主人公又会干什么，他会碰到什么事，或者他会遇到什么人，然后是他们之间会发生些什么事。

情境是人物在某个具体事件中所面临的处境，其实就是包含着时间、地点、人物关系的具体事件，而情节则是包含着人物行为的事件过程。设计情境，首先要有事件，然后才是事件发生的时间、地点以及人物之间的关系，这些要素在很大程度上决定着人物所面临的处境，对人物的行为会有很大的影响。

在影视剧中，情境的设计是为了表现人物的性格，展示人物的命运。在现实中，生活总是在时间中流动，每时每刻都可能有事件发生，但就故事来说，绝大多数事件是没有意义的，编剧写戏，总是会按照故事发展的逻辑，选择或虚构那些能够表现人物性格和命运的事件。

在影视剧中，所有的事件都不是孤立的，而是相互联系的，有时候一个事件催生出另一个事件，或者一个事件后面自然接着另一个事件，有些事件是必然会发生的，有些事件则带有偶然性，但在故事中，这些事件必然都是相互关联的，而且是为了表现人物性格或推动事件及人物命运发展变化的。

故事中的事件都应该是激励性事件，能够诱发人物的欲望，刺激人物的行为，表现人物的性格，从而一步步地促进事件的发展，同时推动人物命运的变化，直到故事完结。

《美丽人生》是一部悲喜剧，用喜剧的方式表现一个悲剧的故事。整个故事分为两个部分，前一部分是个爱情喜剧故事，后一部分则是个悲喜剧。

故事前半部分主要讲犹太青年圭多和美丽姑娘多拉的爱情故事，用了六个场景、六个事件讲述了他们从相识到相爱的过程。第一场戏发生在谷仓底下，圭多来到谷仓塔楼底下，多拉被黄蜂蜇伤从楼上跳下，正落在圭多身上，圭多用嘴为她吸出毒液，他们互生好感。第二场戏是圭多被人追赶，骑车逃跑，把多拉撞倒，这是他们第二次见面。第三场戏也是在街道上，圭多与多拉偶遇，正看见多拉与未婚夫在一起，而那个未婚夫是被他用鸡蛋砸过脑袋的。第四场戏是在学校，圭多为了与多拉见面，假扮成督学，他的幽默风趣令多拉刮目相看。第五场戏是在剧院，圭多对多拉的感情越来越深，他痴情地看着与未婚夫在一起的多拉，希望她能向自己转过脸来，然后果然如愿，增添了他的信心。接着是看完戏以后，多拉对沉迷于官场的未婚夫越来越不满，圭多趁着下雨，在多拉未婚夫离开之际开车将多拉拉走，两人开着破车在雨中行驶，屡出洋相，两人的关系越来越近。最后是在多拉与未婚夫的订婚礼上，多拉看透了未婚夫的自私和虚伪，要圭多把自己带走，圭多骑马过来，让多拉上马，两人离开。两人来到圭多叔叔的家里，很快有了一个叫乔舒亚的儿子。这些戏把男女主人公从一个情境引入另一个情境，情节在发展，两人的感情也在一步步加深，命运也随之发生了改变。多拉原本是有未婚夫的，后来却嫁给了圭多，这才有了儿子乔舒亚，也就有了后来父子俩在集中营里的戏。

后半部分的戏是从圭多和乔舒亚被抓开始的，这是个激励志事件。全家人被抓进集中营，在危险时刻，圭多最大的愿望就是保护孩子，不仅要保护他的生命，而且还要保护他的心灵，使他幼小的心灵不要受到伤害，所以他不得不哄骗孩子，使他相信眼前所见到的残酷的现实都不过是一场游戏，但这并不容易，他经常会陷入困境。他带着乔舒亚进入监狱，乔舒亚看着环境恶劣的牢房，产生怀疑，圭多就冒险充当德军翻译，想方设法让乔舒亚信以为真。但他碰到的困难远不止如此，他整天干活，回来还得苦中作乐，哄骗孩子，孩子到车间看他干活，他还得为自己圆谎。为了保护孩子，他哄骗孩子在自己不在的时候躲起来别让人发现。他觉察到敌人的末日就要到了，为了保护孩子，他让孩子混入德国孩子中间，让他相信这是一场游戏，让他躲进铁柜里面，即便自己被抓，也做出笑脸，继续演戏，保护孩子不受伤害，他自己却被杀害。孩子终于迎来了胜利的那一天，并与母亲团聚。这里所有的情境都是围绕人物的性格和命运来设计的，环环相扣，推进情节的发展，直到故事的高潮和结尾。

23.2 场景/时间设计

在影视剧中，情节都是在具体的时间和具体的场景中发生的，所以编剧在确定事件以后，接着要想的就是这个事件发生在什么地方、什么时候。

（1）场景设计

拍摄影视剧，一要有人物，二要有场景。场景是人物表演的场地，没有场景，演员就无从表演。

编剧可以任意设置情节发生的场景，对他来说，动动笔就行了，可是对于制片人来说，每个场景都要制作出来，其中还有很多的道具，有些可能还是相当昂贵的。有了高科技的支持，虽然很多想象中的场景能够在现实中实现，但那可能意味着大量的人力和物力的投入。譬如你要拍一场在公路上追逐的戏，你先要找一条能够拍摄的公路，然后要准备大量的汽车作为道具，还要有群众演员；你要拍发生在外太空的戏，外太空的场景我们显然没法在现实中制作出来，但可以通过电脑特技来实现，然而这意味着可能要花费更多的成本。

在影视剧中，场景的设计的确是很重要的，有些类型的影视剧如科幻片（剧）、武侠片（剧）等，就是要追求惊险刺激的效果，有些情节只能发生在一些特殊的场景中，如《海上水世界》《火星救援》《流浪地球》等。

编剧设计场景，主要还是考虑剧情的需要。如在电影《美丽人生》中，编剧要安排一个男主人公圭多和女主人公多拉偶遇的情节，那么这个情节发生在什么地方好呢？当时，圭多开的旧汽车正好坏了，他刚把车修好，然后他要干什么呢？哦，因为修车，他的手一定脏了，需要找地方洗手。对了，正好旁边就有一个小农庄，就让他们在这儿相遇好了。可是怎样让他们偶遇呢？倘若只让多拉在路边站着，两人只是说说话，那就太平淡，没有戏剧性，人物也不能很快入戏。在这里，编剧设置了一个谷仓，谷仓有个二楼，多拉在楼上，不小心捅了马蜂窝，受了伤，从楼上摔了下来，正好落在圭多身上，将他压倒在地上，这就给了圭多一个机会。圭多看多拉受伤了，便毫不犹豫上去为她吸出毒液。这个细节表现了圭多的善良，使多拉对他有了好感，为后面他们感情的发展做了铺垫。他们的感情要继续发展，还得为他们创造机会。于是编剧又在后面安排了三个事件让他们见面发展感情。一是路上的两次偶遇，因为他们原本不认识，很难有别的见面机会，场景只好安排在路上。一次是圭多被人追赶骑车撞到多拉，另一次是路上碰到多拉和朋友在一起，朋友说起圭多为多拉吸毒液的事，说明多拉对圭多是有好印象的，为后面的情节做了些铺垫。第三次是圭多冒充督学到学校去，多拉正好是那所学校的教员。这次见面至关重要，这是他们感情发展的关键。而在那样的小镇，他们见面的机会其实不多，再说多拉跟未婚夫是正准备结婚的。剧院是个极好的场所，正好圭多知道多拉要去看戏，在剧院里，两人并没坐在一起，多拉坐在楼上包厢，但很明显两人的心意相通。后来圭多施计拐走了多拉。后面的场景安排在雨中的街道，两人在雨中漫步，心也贴在了一起。

在影视剧里，场景分为内景和外景。原来我们一般把在摄影棚里搭建的场景叫内景，把在摄影棚外搭建的场景称为外景。但现在很多影视剧都采用实景拍摄，而且在拍摄以前编剧也不知道哪些景是在室内搭建的，所以习惯上我们把在室内拍摄的场景叫内景，在室外拍摄的场景叫外景。

编剧虽然不用亲自设计场景，但要有场景感。有些场景的设计与剧情关系密切。在圭多与多拉第一次见面的那个地方，先是路边要有个水井，不然圭多就不会去那儿洗手，那里的不远处要有一个谷仓，谷仓下面还有个小姑娘在挤牛奶，谷仓上面还必须有个二楼，谷仓里还得有个马蜂窝，不然多拉就不会在那儿捅马蜂窝，不会被毒蜂蜇伤，也就不会从楼上摔下来砸在圭多身上。在圭多和孩子在集中营那一段，广场的角落里必须有个能够装得下一个小孩并且不容易被发现的小铁箱，而圭多和孩子住的宿舍必须足够大，住的人也足够多，而且还应该有两层，这样才方便让孩子躲起来而不容易被发现。

（2）时间设计

在影视剧里，时间一般分为日景和夜景，有时也会提示具体的时间，如早晨、中午、黄昏等。

大多数影视剧都是按照时空顺序来结构故事的，在这种情况下，编剧设计情节的时候只是想着这个时间会发生什么事，以及这个事件是发生在白天好还是晚上好。对时间的安排，也是根据剧情的需要。

编剧在设计场景的时候还应该考虑天气和环境的变化。如圭多与多拉在街上漫步的那场戏，正好下雨了，圭多才有更多的机会关心多拉，两人的感情也有机会得到升温。

23.3 人物布局

人物是故事的主体，当然也是情节的主体。情节是用来表现人物的，情节是人物成长的历史。以事件为载体的情境为人物的活动搭好了舞台，铺好了道路，情节如何发展，关键还得看人物的表演。

情境包括事件、人物关系和时空环境，其中人物关系才是至关重要的。当编剧准备让主人公置身于某一事件中时，他首先想到的是主人公会跟哪些人在一起，他与各个人物之间的关系是怎样的，他对他们是怎样的态度，然后才会想他与他们之间发生些什么样的事情来，每个人应该在什么时候及什么情况下出场或退场，由此会产生出什么戏剧效果。

编剧写戏，很像在下棋，人物就是他的棋子，每个棋子都有自己的棋路，有自己的功能。编剧写戏，要对自己手中的每个人物都了如指掌，了解他们的性格，知道哪些人物在一起可以出戏，在这样的事件中谁跟谁在一起可以碰出火花，再根据剧情的要求对人物进行排兵布阵，使他们尽情地展示自己的个性，演出戏来。

电视剧《贫嘴张大民的幸福生活》用了三场戏写张大民失恋这个事件。第一场戏只有张大妈和张大雨、张大雪、张大国四个人，通过宰鱼的细节，把大雨、大雪和大国的性格都凸显出来了，要是有张大民或张大国在，宰鱼这样的活儿就轮不到大雪或大国，这个情节也就不合理了。第二场戏张大妈到了院子里，恰好碰到的是李大妈，这个时候这两个老太太在一起是唱对手戏的，因为张大民暗恋李大妈漂亮的女儿李云芳，李云芳找了他人，如今张大民终于找到女朋友，自然有扬眉吐气的感觉，免不了要显摆一番，所以两个老太太都在暗中较劲，自然也就有戏可看。第三场戏写张大民失恋回家发泄情绪，编剧若是不会写戏，直接让张大民垂头丧气回来发泄就好了，编剧却别出心裁，先安排他弟弟张大军带着女朋友柳柳回来，一是做些铺垫，二是增加一个对立面，等于多了个戏眼，令张大民有更大的发挥空间，表现出他多面的性格。编剧也没有让他的徒弟贺小同陪他回来，而是等他发泄完了以后再让贺小同出现，揭穿了他的底细，达到了预期的戏剧效果。

23.4　行为动作设计

在影视剧中，行为动作是通过演员表演出来的。

很多人都觉得电影比电视剧更具有动作性，而电视剧则更依赖台词来表现人物。在剧本中，电影的台词似乎也比电视剧要少很多。其实影视剧中动作多还是台词多，主要还是看剧情的需要，另外也受制作成本的影响，拍动作戏难度大、成本高，而台词多的戏成本相对要低些。

编剧写戏，经常要想到的是这个时候他会做什么或这个时候他会说些什么，也就是说他要准确地把握人物在特定情境下的思想行为，知道他们会做什么和怎么做，并通过他们的动作或对白表现出他们的性格，推动情节的发展。在电影《霸王别姬》中，小豆子当妓女的母亲带他去戏班求老板收留，却因他天生多了一个手指被拒绝，母亲情急之下竟砍掉他的手指，这种看似极端的行为，却很符合人物性格和当时绝望的心情。

对于编剧来说，在剧本中描写人物动作是件很为难的事，动作是要靠演员来表演的，要把人物的每个动作都设计出来对编剧来说就有些勉为其难，即便可以做到，演员也不会按照你的设计来进行表演，况且很多动作，如武侠片（剧）、战争片（剧）中的动作都需要有专业的动作导演或武术指导现场指导，编剧根本就没那个能力，所以在剧本中，编剧往往只是对人物动作做些必要的提示。

在剧本中，人物的行为包括心理、动作和细节三个方面。

（1）心理

在影视剧中，表现人物心理有三种方式：行为表情、闪回和画外音。

行为表情：剧本中，编剧有时会对人物表情做简单的提示，以供演员参考，如“他笑了笑”“他很愤怒”等。

闪回：一般用来表现人物回忆或幻想的画面。

画外音：即人物的内心独白，直接用语言来表现人物当时的所思所想。

（2）动作

在影视剧中，主要通过人物语言和动作来表现人物性格，编剧设计情节的时候也总是要为人物设计一些动作。譬如你要写男女主人公见面的场面，你就要想他们是在什么情况下见面，见面时男女主人公在干什么，他们刚见面时会做什么，接着又会做什么。在《美丽人生》中，圭多与多拉第一次见面时他正躺在汽车底下修车，车修好了，然后想洗手，正好看到路边有一口水井，于是走过去，先握住摇杆把水抽出来，洗手，然后看到谷仓底下有个小姑娘在挤牛奶，便走过去搭讪，接着听到一声惊叫，一位姑娘从楼上摔下来，把他压倒在地上。圭多发现姑娘中毒，便不顾一切俯下身去为她吸出毒液。这一系列的动作，真实自然，富有趣味，应该都是经过编剧设计的。

有些类型的影视剧以动作取胜，很多情节主要依靠动作来表现，经常会有一些特殊的动作场面，如战争片（剧）中有很多的战斗场面，武侠片（剧）中有很多的打斗场面，编剧虽然不大可能把动作场面完全设计出来，但可以对动作的过程和结果进行一些描写和提示。

（3）细节

在影视剧中，对人物细节的捕捉也很能显出编剧的功力。如在《贫嘴张大民的幸福生活》中，张大民在水管子底下接凉水喝的这个细节在剧中反复出现；在《美丽人生》中，圭多与他人换帽子这个细节也给人留下深刻印象，很好地表现了人物特殊的个性和细微的心理。

23.5 台词设计

剧本中的台词主要是人物对白，是表现人物性格的最主要的方式。在剧本中一般都有大量的对白，通过剧本中的台词，基本上就可以判断出编剧的艺术功底和创作水平。

- **确定台词风格**

编剧在创作以前，一般会先根据剧本故事和叙事风格确定台词的风格。一般说来，比较流行的台词风格有三种：一为现实化，二为通俗化或娱乐化，三为诗意化。

（1）现实化的台词风格

很多影视剧采取的是现实主义的叙事方式，人物语言也符合现实中人物的语言方式和语言习惯，讲究真实性，不夸张，朴实自然，含蓄内敛，有时含有潜台词。我国传统的影视剧基本上采取这样的风格。

（2）通俗化的台词风格

以往的很多港台剧，往往含有大量的台词，主要表现底层市民生活，剧情主要靠台词来推动，人物性格也通过台词来表现，人物语言通俗化、娱乐化、直白化，缺少潜台词。

（3）诗意化的台词风格

追求某种创作风格，人物语言戏剧化、诗意化，台词比较简短，哲理化，演员的表演也偏舞台化。比较典型的例子是《大明宫词》，它采用的是所谓的莎士比亚戏剧式的语言风格。

● **把握人物性格和戏剧状态**

在影视剧中，最能表现人物性格的就是人物对白，它是人物思想和性格最直接的表现。在很多剧本中，人物对白占了很大篇幅。能否写好对白，是衡量编剧艺术功力的最重要的标准。

演员只需扮演好自己的角色，而编剧写戏的时候，需凭借想象把自己设想成剧中的人物，看他们在不同的情境中说什么话以及怎样说话。每个人性格不同，处境不同，心境不同，说话的语气和方式都会有所不同。请看以下《贫嘴张大民的幸福生活》中的一段人物对白：

场：2–11

景：张大民家

时：夜

人：张大民、李云芳、张大妈、张大雨、张大军、张大雪、张大国

△李云芳在张大民家门口

张大民：云芳，云芳，你进来吧。咱该开始了。

△李云芳进了屋

张大妈：云芳，来。

李云芳：大妈。

张大妈：唉。

李云芳：大雪，大雨！

张大雪：坐吧。

△张大民本坐在李云芳身旁，看了看，又挪到了母亲身边

张大妈：老三，你从冰箱里给我拿块冰。

张大军：唉。（起身去拿）来，给。（递给张大妈）

△张大妈拿着吃了

张大妈：别瘆着了（看向张大民，甩头暗示）。

张大民：噢。那，那咱就开始了（边说边站起来）。这个事儿呢，是这么回事儿（左右看看，又坐下了）。我跟云芳呢，本来打算再过仨月再结婚，可是，我有点等不及了。水也不是一下子烧开的，一不小心烧开了呢，咱就得灌暖壶了。把它灌在暖壶里头，盖上盖儿，我这心里也就踏实了。您说，是洗脚，咱还是沏茶，随咱自己的便了。可是，我把这暖壶灌好了，我找不着搁暖壶的地儿，

我撞遍了东南西北墙，我找不着这地儿。

张大军：哥，你就别说那么多了。你就说你什么时候结婚吧。

张大民：下下礼拜，16号。说实话，我现在是见着个旮旯就发呆，我老琢磨着能不能住进去。（看向张大妈）跟您说，我们厂旁边呀，有一个破集装箱。我琢磨它有些日子了，要不是因为它沉，我搬不动，我今儿也就不在这儿跟你们费这唾沫了。（张大妈拍了下张大民）呃，我和云芳准备在咱们家里屋结婚，那你们五个人呢，就只好睡这外屋了。呃，你看你们有什么意见？反正妈没意见，啊，就看你们的。我跟云芳也没意见。要不这事就这么定了，是吧？唉，大雪，你想说什么？不是，你是不是反对我结婚啊？

张大雨：结婚就结婚呗，这院里结婚的多了，谁新鲜呐。兜那么大圈子干什么呀？（从炕上下来，拿起桌上大缸子喝水，转身取毛巾搭在身上，出屋了）

张大民：（站起身来，指着张大雨背影）妈，您看这孩子她……

张大妈：甭管她，说你的（拉着张大民坐下）。

张大民：唉。

△张大妈递给李云芳一杯水，李云芳递给大雪，大雪把水推给了李云芳

张大民：大军，你……你是不是也反对我结婚啊？

张大军：我不反对，我凭什么反对呀？（低头一手揪着另一侧手臂）

张大民：你心里头有话，我看出来了。

张大军：我第一个女朋友要是不吹，我准能赶在你前边；第二个女朋友要是不吹，还能赶在你前面；第三个女朋友要是……唉，行了，我现在什么也不说了（拿起桌上水杯喝水）。

张大民：唉，别价。你要有我先尽着你啊。

张大军：（放下水杯）哥，你就别跟我客气了。

张大雨：（拉着帘子准备洗澡的剪影）就是的，瞎客气什么呀。

张大民：大军，你算上那天那柳柳，谈了几个了？

张大军：六个。

张大民：别着急，慢慢挑挑，啊。

张大军：着急有什么用啊，住哪儿？

张大民：你，你也别挑花了眼。

张大军：哼（撂下腿），谁挑上我谁才是花了眼呢（边说边起身向隔壁屋走去）。

张大民：不过，挑仔细点儿哈，对谁也都没坏处。

张大军：(回过头) 哥，我那边先挑着去，你呢，抓紧时间先结婚吧 (走了)。

张大妈：老三，你是挑萝卜呢，还是挑冬瓜呢 (边说边摇扇子)。

张大军：(走回来) 妈，我呀，挑苦瓜呢 (挨近张大妈耳边，提高音量)。

张大妈：早晚挑个瘪茄子，你就踏实了 (用扇子拍张大军的头)。

张大军：哥，咱家地方你随便挑，挑剩下的是我们的。唉，实在不行呀，我和大国上厨房睡去。

张大民：(回头看向张大军) 嗨，这有什么呀。

△张大军用手拍张大民肩膀

张大雨：(正在洗头) 唉，别上厨房来，我这儿正洗澡呢，呸。

张大军：洗你的吧你 (走进隔壁屋)。

张大民：唉，大国，你也说说。你反对不反对我结婚?

张大国：(边说边合上书) 谁有资格反对你结婚呢 (起身走向张大军刚才座位坐下)，我觉得除了你的情敌，没人反对你结婚。你这是"此地有银三百两"。兜那么大圈子干吗? 你确实应该占一间屋子，可是我就想知道你让我睡哪儿。

张大雪：大军大国出来住，怎么睡呀?

张大民：嗨，这我早替你们想好了。你说，我能白白地睡不着觉吗，啊? 妈，咱们总的原则是少花钱多办事。做到增加一个李云芳，不添一件新家具 (站起来往张大国刚才的座位上坐下)。我呀，除了把这东西呀都摆对了地方，关键我是留出来 (张大妈给张大民递水杯) 人待的地方，我尽量做到一碗水端平。除了云芳，咱都是一个妈生的，对不对?

张大妈：(用扇子指着张大民) 快说，说完完了。不让你兜圈子，又兜了一圈子。

张大民：唉，妈，那我就说了啊 (站起身，放下水杯)，您看着 (往前走几步) 这个大衣柜咱就不动了，呃，双人床和三屉桌搬到屋里去，把那镜子摆在三屉桌上，咱就当梳妆台了。里屋那上下铺呢搬出来，搁在这角这，大军还睡下铺，大国你睡上铺，啊。里屋的单人床，摞在外屋的单人床上，这又是一个上下铺，加固一下。呃，大雨，你睡下铺，大雪，你睡上铺，你愿意不愿意?

张大雪：姐姐愿意，我就愿意。

张大雨：我愿意睡上铺，啊。唉，你那床都睡满了，咱妈睡哪儿啊?

张大妈：箱子呀，这不，双人床底下有俩，这单人床底下有一个，里屋单人床底下还有一个，一共是四个箱子，搁一块正好是一张床。妈，我都量过了，这宽是90公分，长2米，高50公分，搁这地方丝毫不差。妈，要不是非得跟李云芳住一块儿，我真想住那几个箱子。

张大雨：那箱子不平，你想硌死妈呀！

张大民：咱拿砖头跟木头找齐儿呀。

张大雨：砖头木头都上来了，你就是想硌死妈。

张大民：你嚷嚷什么？你瞎嚷嚷什么，你！我心里不难受？妈，那个（坐下），要不我，我给您买一个那个弹簧垫子，我给您搁箱子上，您看行吗？

张大妈：瞎花钱！给弄个草垫子吧。

张大民：妈，咱就席梦思了，啊。唉，大雨，我给咱妈弄一个席梦思垫箱子上，你心里还硌得慌吗？啊？你要是再硌得慌，嗨，那你可就是自己肚子里长石头了，跟这箱子一点儿关系没有了，啊。本来地方就不大，不生气还憋得慌呢，自己跟自己过不去，憋死一个俩的倒给别人腾地方了（张大妈挥着扇子暗示差不多行了），我看，咱还是怎么高兴怎么想吧，啊。

△李云芳递给张大民一杯水，张大民喝水后，放回李云芳手中

张大民：唉，妈，我再跟您说这桌子怎么摆。

这段对白不长，可是每个人的性格都表现得很充分。张大民好不容易追到了梦想中的女孩李云芳，迫不及待想与她结婚，可是家里没有多余的房子，只得请求弟妹们把里间让出来。他心里愧疚，有些难以启齿，所以开始说了一大堆废话。他万不得已把话说出来，首先提出反对的是大雨。大雨长得丑，平时对漂亮姑娘李云芳就有些嫉妒，加上李云芳原先并没有看上张大民，被人甩了后才跟了张大民的，心里很不平衡。接着反对的是张大军。他与哥哥年龄相仿，早就谈过恋爱，也着急结婚，哥嫂把房子占了，他以后住哪儿？大雪心地善良，爱清静，她担心的是以后都搬到外屋住了，作为女孩，会有诸多不便。大国就要考大学，连个看书的地方也没有，另外他还担心电视机没地方放。这些对白，把每个人的性格和心思都表现得淋漓尽致。

同样性格的人物在不同的情境下，心态不同，说话的方式和语气也不一样。在电视剧《亮剑》中有一段杨秀芹向李云龙表白的戏：

场：11-2

景：李云龙住处

时：夜

人：杨秀芹、李云龙

△杨秀芹进了李云龙屋里，李云龙正在洗脚

杨秀芹：团长！（边走边进屋）

李云龙：唉，秀芹啊，你别跟和尚一般见识（边擦脚），啊，他是庙里还俗出来的，不懂规矩，明天我批评他。

杨秀芹：呀，团长，脚上怎么打了这么大的血泡啊？

△李云龙憨笑两声

杨秀芹：（一把拿过脚）俺看看。

李云龙：唉，唉，别，别，秀芹。在山里边待的，脚也娇惯了，没走多少路就打了个血泡。

杨秀芹：俺给你那双鞋呢？你为啥给和尚了？俺都看见了。

李云龙：呵呵，我没在意呀。

杨秀芹：人家纳鞋底把手都磨破了，你可倒好，随手就给那臭和尚了，就他那脏样儿，也配穿那么好的鞋？

李云龙：秀芹啊，我还真不知道这鞋是你做的。

杨秀芹：俺特地从一捆鞋里边抽出来交到你手上的。

李云龙：哎呀，秀芹啊，你咋不早说呀？真对不起。

杨秀芹：还不赶快，我把泡给你挑了。快点儿。

李云龙：秀芹，秀芹。

△杨秀芹点燃油灯，拿针在火上消毒，开始挑泡，过程中总是抬头看李云龙。

杨秀芹：团长，你觉得俺这人咋样？

李云龙：不错，不错，工作积极，政治觉悟高。

杨秀芹：还有呢？

李云龙：还有，鞋做得好，心肠也好。

杨秀芹：团长，你咋了？五尺高的汉子咋说话连头都不敢抬了？俺山里妹子没文化，不懂那些弯弯绕，只会直来直去，俺跟你明说了吧。团长，俺喜欢你。

李云龙：呵呵，秀芹啊，现在正在打仗，说不上哪天，我就……

杨秀芹：（赶忙捂住李云龙的嘴）唉，不许说这些不吉利的话，你是英雄，英雄咋能没有婆娘呢？要是你看得上俺，俺就给你当婆娘，你累了饿了，俺伺候你，给你洗衣做饭；病了，俺照顾你，心疼你；要是真有一天你有个三长两短的，俺给你披麻戴孝，俺做了你的婆娘，这一辈子，俺都心甘情愿（抱住李云龙）。

李云龙：秀芹，秀芹（开始亲吻杨秀芹，站起身，突然），哎哟。

杨秀芹：咋了？

李云龙；哎哟，针扎脚了。呵呵呵。秀芹，太晚了，你先回去吧。

杨秀芹：啊，那俺走了。你，你盖好被子，别着凉了。

△杨秀芹走出屋，李云龙目送，坐下，眼睛一直望着屋外

在这段戏中，平时天不怕地不怕的大英雄显得十分拘谨。在杨秀芹面前，他显得很被动，因为他原本并不爱杨秀芹，也没有谈恋爱的经验，而杨秀芹虽然爱他，但有些自卑，觉得配不上他。杨秀芹性格直爽，步步紧逼。李云龙虽不爱她，但面对如此热情的女人，还是把她紧紧搂住，最后理智占了上风，他克制住了自己。在杨秀芹面前如此窘迫的李云龙到了医院护士田雨那里，则是另外一副姿态。请看下面李云龙向田雨求爱的这场戏：

场：24-9

景：医院病房

时：日

人：田雨、李云龙、小兵

（李云龙与打包行李的小兵说着出发事宜……）

△田雨从门外冲进来

田雨：老李（小兵走了出去，李云龙站了起来），你太不够意思了，要走了也不提前告诉我，还好朋友呢。

李云龙：小田啊，你这可冤枉我了，我谁都没打招呼，就通知你一个人。

田雨：这还差不多。

李云龙：小田啊，咱们这一分手还不知道哪年才能见面呐。临走之前咱们好好聊聊。小田，咱们认识这么多日子了，我还不知道你有没有对象呢。

田雨：老李，你是什么记性呀？以前罗主任不是跟我谈过这个问题，被我拒绝了嘛。你当时还支持我的，你忘了？我才20岁呢，还早呢。

李云龙：不早啦，该动脑子了。晚了，好男人都没了，到那时候后悔都晚了。

田雨：没了就没了，有什么了不起的。

李云龙：小田，不许嬉皮笑脸。我和你谈正经事呢。

田雨：老李，干吗那么严肃啊？眼睛瞪那么大，我又没惹你。

李云龙：你当然惹我了，你就不该来护理我，那就什么事都没有了。现在，你认倒霉吧。我得把你带走。

田雨：真的？太好了。我早就不想在医院干了。到作战部队多好啊，咱们说

好了，你得发一支卡宾枪给我。到时候我端着枪照张相寄回来，还不把她们都羡慕死。

李云龙：没问题，一支枪不在话下，不过，你得答应我一个条件。

田雨：说吧，说吧，什么条件都行。

李云龙：那我可就说了。

田雨：嗯。

李云龙：你听着，我要你——嫁给我。

与在杨秀芹面前那个窘迫的男人相比，这时候的李云龙简直换了一个人。其实不是这个人变了，而是他的处境变了。首先，李云龙是真爱田雨的，所以他才会主动"进攻"。其次，李云龙是田雨的上司，而且是她心目中的大英雄、男子汉，田雨又是个单纯的小姑娘，他在她面前有底气，有自信，还能以势压人。最后，此时的李云龙更成熟了，在爱情方面也更为老到，很轻易就把单纯的知识女性田雨给征服了。

23.6　案例分析

电视剧《绝命毒师》第一季第一集剧情分析

美剧《绝命毒师》第一季第一集是全剧的开端部分，共36场戏，事件发生的时间跨度只有三个星期，写的是主人公沃尔特从天才的化学老师沦为制毒贩毒的罪犯的经过。

该剧为单线结构，故事基本上是围绕主人公沃尔特展开的，以时间顺序，用一系列相互关联的情节表现了人物复杂的心理过程。

主人公沃尔特是个天才的化学家，人生不得志，在中学当了个化学老师。他善良，安于贫穷，与世无争。这样的人要成为罪犯，必须有几个条件：一是生活陷入绝境；二是欲望被诱发，不可控制；三是有条件且有相应的机会。本集故事的发展脉络很清楚：一是强调主人公生活中的困境。他的家境贫穷，妻子没工作，儿子残疾，家里连个热水器都舍不得换，后来又发现自己得了肺癌，将不久于人世，使得全家几乎陷入绝境。二是不断刺激他的欲望。他讲的课学生不感兴趣，他下班后到洗车店又碰到自己的学生。三是制造机会。他有个妹夫是缉毒警察，妹夫前来参加他的生日聚会，提起缉毒的事儿，电视里又出现很多钱的画面，妹夫又提到可以带着他去参加缉毒行动。后来他果然参加了缉毒行动，发现逃走的一个毒贩居然是自己的学生。他找到学生，学生被迫与他合作。这样一系列的激励事件不断地刺激沃尔特的欲望，使他沦落下去，最后制毒、杀人也就显得很真实自然了。

在开头四场戏，主人公沃尔特杀人后驾车行驶在戈壁上，绝望中想自杀，这其实是这集故事的结尾部分，这也是美剧为吸引观众经常采取的方式，即由故事高潮处开始，再倒叙。

5—12场戏写的是沃尔特家的日常生活，从家庭到学校再到他打工的洗车店，事件都很小，都是些生活琐事，但每件事都在刺激着他。先是他在家里谈论换热水器的事儿，后在学校上课时学生向他发出挑衅而他却很无奈，然后是在洗车店打工时被老板叫去擦车，擦车时正好碰上被自己批评过的学生。从这些小事可以看出沃尔特家生活的拮据以及沃尔特本人的无奈和委屈。

经过前面的铺垫，观众知道沃尔特的欲望已经产生了，就差机会了。从编剧的角度，必须为主人公提供这样的机会，于是给他安排了一个妹夫，这个妹夫正好就是个缉毒警察，正好这天就是沃尔特的生日，亲友们都来家里给他庆祝生日。妹夫向众人炫耀抓毒贩的事儿，电视里正好在播放缴获钱款的画面，进一步刺激了沃尔特的欲望。妹夫随口说了一句可以请沃尔特参加缉毒行动，当时沃尔特并没在意。

沃尔特有了发财的欲望，但还不足以让他铤而走险，毕竟制毒贩毒是犯罪，他原本就是个老实人，还是个教师，有起码的道德底线，所以需要更大的激励事件来刺激他，于是编剧让他生病了，而且病得很重。在后面的戏中，他在洗衣店打工时晕倒了，到医院去检查，医生告诉他得的是肺癌，而且是晚期，这一下他陷入了绝境。

接下来的戏，自然就是他回到家，要面对妻子，面对孩子，他没有对妻子说出病情，只是一个人在游泳池边坐了很久，然后给妹夫打电话要求参加缉毒行动。情节并没有表现出沃尔特到底想了些什么，但是很明显，作为一个有责任感的男人，他想的是自己死了以后怎样能够让妻子和儿子过上有尊严的生活，绝望中他只好铤而走险了。

沃尔特参加缉毒行动这场戏其实是编剧为主人公做的一个局。在前面的情节中，他已经决定制毒了。他本来就是天才的化学家，制毒对他来说是轻而易举的事，但他需要一个机会，所以这场戏中，行动的过程并不重要，重要的是要让沃尔特找到机会。所以，在行动中，沃尔特只是和妹夫一起坐在车里，行动结束后，沃尔特提出想进去看看，妹夫说他们先进去，让沃尔特在外面等着。而就在车里等着的时候，他看到一个毒贩正从楼上的窗口爬出来，摔倒在地上，而这个毒贩居然是他以前的学生，他知道机会来了。

接下来的一场戏，编剧没有去写沃尔特怎么找到学生的地址，而是直接写学生逃回居住地时发现了沃尔特，沃尔特向学生提出合作制毒，学生不信任沃尔物，但被逼无奈下同意了。

接下来就是付诸行动了。要制毒，就得有设备，还要有场地。沃尔特找来了设备，又买了一辆车，很快把毒品制造出来了，品质还是极好的，学生很意外，也很兴奋。这些都是过场戏，都是轻描淡写。

毒品有了，后面自然就是找买家了。这种事自然是学生去做，情节怎么安排主要是看买家是什么样的人。这就涉及人物关系的设计问题，如果碰到的人不太坏，学生很顺利地把毒品卖了，就没戏了，后面的情节很难延续下去。所以编剧给学生设下了一个陷阱，他找的人是原先他的同伙，其中一个就是上次被抓刚被放出来的，这人一直怀疑自己是被人出卖了。这俩人原本对学生有所怀疑，见他手里有这么好的毒品，起了贪心，便把他收拾了一顿，然后让他带他们去找制毒的人。他们打昏了学生，强迫沃尔特当面制毒，沃尔特则趁机用毒品将他们毒死了，这才有了开头的那段情节。

表23-1 电视剧《绝命毒师》第一季第一集剧情结构

<table>
<tr><th>场序</th><th>剧情</th><th>时间</th><th>关系</th><th>事件</th></tr>
<tr><td>1</td><td>几组空镜：蓝天、戈壁上的植物、岩石等</td><td>17秒</td><td>过场</td><td rowspan="4">沃尔特制毒遇事故</td></tr>
<tr><td>2</td><td>沃尔特仅穿着内裤，戴着防毒面具，惊恐地驾驶着旅行车，行驶在荒无人烟的戈壁上。车上还有奄奄一息的杰西、疯8、埃米利奥</td><td>39秒</td><td>过场</td></tr>
<tr><td>3</td><td>房车突然停下，沃尔特冲出房车。听到警报声，沃尔特穿上衬衣冲进车内取出DV录制遗言</td><td>2分30秒</td><td>主场</td></tr>
<tr><td>4</td><td>沃尔特取出手枪，走上马路，将枪指向正在驶来的警车</td><td>26秒</td><td>过场</td></tr>
<tr><td>5</td><td>三周前，沃尔特半夜苏醒，在满是婴儿用品的房间里边锻炼身体边看着自己的奖杯</td><td>1分5秒</td><td>过场</td><td rowspan="8">沃尔特一家生活拮据</td></tr>
<tr><td>6</td><td>一家三口吃早餐，斯凯勒和小沃尔特祝沃尔特生日快乐</td><td>1分39秒</td><td>主场</td></tr>
<tr><td>7</td><td>沃尔特驾车载着儿子到达学校</td><td>25秒</td><td>过场</td></tr>
<tr><td>8</td><td>沃尔特在课堂上讲授化学，有学生捣乱</td><td>1分42秒</td><td>主场</td></tr>
<tr><td>9</td><td>沃尔特在办公室吃午饭</td><td>8秒</td><td>过场</td></tr>
<tr><td>10</td><td>沃尔特在洗车店兼职做收银</td><td>44秒</td><td>过场</td></tr>
<tr><td>11</td><td>沃尔特被老板要求洗车，并被课堂上捣乱的学生取笑</td><td>31秒</td><td>主场</td></tr>
<tr><td>12</td><td>沃尔特驾车回家</td><td>21秒</td><td>过场</td></tr>
</table>

续表

13	生日派对上，沃尔特对贩毒的巨大利润产生兴趣	2分40秒	主场	沃尔特在生日派对上对贩毒的巨大利润产生兴趣
14	空镜：派对上塞满垃圾的垃圾桶	2秒	过场	
15	斯凯勒与沃尔特在床上交谈	2分35秒	过场	
16	沃尔特在洗车店兼职，突然晕倒	40秒	过场	沃尔特罹患肺癌，决定制毒赚钱
17	沃尔特在救护车上向护士解释自己没事，并表示要下车回家却被拒	1分17秒	过场	
18	沃尔特在医院体检	14秒	过场	
19	医生告知沃尔特患肺癌，沃尔特走神	1分7秒	主场	
20	沃尔特回到家，与斯凯勒交谈并隐瞒患癌事实	1分4秒	主场	
21	老板要求沃尔特去擦车，沃尔特拒绝并咒骂着离开	1分2秒	主场	
22	沃尔特坐在家中游泳池旁，沉思片刻后，向汉克打电话表示要参与缉毒行动	1分14秒	主场	
23	沃尔特跟随汉克观看毒贩抓捕行动	2分17秒	过场	沃尔特与杰西为制毒做准备
24	DEA抓获一名制毒犯	40秒	过场	
25	沃尔特向汉克表示希望进入犯罪现场参观	47秒	过场	
26	在车中等候的沃尔特巧遇正在逃跑的杰西	57秒	过场	
27	杰西回到家，见到等候他的沃尔特。沃尔特提议与杰西合作制毒	3分4秒	主场	
28	斯凯勒与玛丽在家中交谈	1分35秒	过场	
29	沃尔特从学校仪器室拿走制毒所需的器具	30秒	过场	
30	沃尔特将制毒器具送至杰西家，并商讨制毒地点	3分14秒	主场	
31	沃尔特将钱交给杰西，要求杰西买下旅行车	1分44秒	主场	
32	沃尔特与斯凯勒带残疾的小沃尔特买裤子，沃尔特怒打嘲笑小沃尔特的人，斯凯勒与小沃尔特震惊不已	2分40秒	主场	
33	沃尔特与杰西在郊外的旅行车内制毒，高纯度的冰毒让杰西惊喜不已	6分6秒	主场	沃尔特杀死疯8和埃米利奥
34	杰西找疯8商讨合作贩毒的事宜	27秒	过场	
35	杰西被迫将疯8、埃米利奥带至沃尔特制毒处，双方发生争执。沃尔特教授制毒法时，用计将两人毒晕。沃尔特不管误着的大火，将旅行车开走	4分58秒	主场	
36	沃尔特仅穿着内裤，戴着防毒面具，惊恐地驾驶着旅行车，行驶在荒无人烟的戈壁上。车上还有奄奄一息的杰西、疯8、埃米利奥	33秒	过场	
37	旅行车停下，沃尔特站在马路上，将手枪指向远方。消防车而非警车驶过，杰西清醒，沃尔特大舒一口气	3分24秒	主场	
38	沃尔特整理贩毒挣来的纸币	25秒	过场	
39	沃尔特躺到床上，斯凯勒怀疑沃尔特出轨	1分31秒	过场	

编剧特训营

以“相亲”或“邂逅”为题写一个戏剧小品。

【基本要求】

1.用1—3场戏，叙述完整的故事；

2.设计人物性格和人物关系，并设计相应的情境。

【作业目的】

学习和体会影视剧中情节和情境的设计。

第 24 章　剧作的基本技巧

对于编剧来说，戏要一场场地写，每个情节都需要用心构思。在好的影视剧中，每个情节都十分精彩，有趣味，能够吸引住观众；每个动作、每句台词，都要恰到好处，不可或缺，真实地表现各个人物的性格。

人物在预设的情境中会做什么和怎么做，得靠编剧来把握，是否准确、是否深刻、是否出彩，取决于编剧对生活的理解和其所具有的艺术功底，这是没人能教的。但写戏还是有规律、有方法的，也就是有所谓的写戏要领。

对于编剧来说，要写好一场戏或设计好一段情节，一方面要把握故事的总体基调和风格，把握每个情节、每场戏在整个故事中的位置、功能和作用，瞻前顾后，处理好情节与情节之间的关系；另一方面要把握情节中的各个环节和各个要素，把戏做足做透。

24.1　处理好情节之间的关系

编剧在写戏之前，不仅要确定故事的走向，甚至要确定整个故事的基调和风格。所以在影视剧中，情节都是按照预定的故事走向发展的，而且要有统一的风格。

一般说来，编剧在处理情节的时候要注意以下几个方面的问题：

（1）情节的强弱

情节的强与弱，主要与故事形态有关。所谓强情节，一般情节更为戏剧化，矛盾冲突更为激烈，而且多表现为外在冲突，情节跌宕起伏，人物命运大起大落，一般多见于大情节故事。战争片（剧）、警匪片（剧）等多采取强情节故事模式。而所谓的弱情节，指戏剧性较弱的情节，多写些生活琐事，平淡无奇，人物也很平凡，多见于以人物为主导的小情节故事。很多艺术片（剧）、生活片（剧）等，都不刻意追求戏剧性，而是从平淡的生活中寻找故事，寻找诗意。

在影视剧中，情节的强弱与剧中人物有关，也与做戏的方式有关。在强情节故事中，人物戏剧性比较强，编剧也会尽量地使人物之间产生冲突，这种冲突多半是外在化的；而小情节故事则有意淡化冲突或者使冲突内在化。譬如一个多年前被抛弃的男人，在十几年后去寻找妻子和女儿，妻子领着他去见自己现在的丈夫，在强情节的故事里，女人后来的丈夫多半会被设置成一个无赖或赌徒，要么叫人把这人羞辱一番或打上一顿，要么趁机敲诈他，让他拿出大笔钱来，总之要想办法把矛盾激化，甚至让他们大打出手，这就是很多人所理解的戏剧冲突。然而在贾樟柯的电影《三峡好人》里，导演是这样处理的：韩三明与前妻现在的男人在船上喝酒，女人进来，把女儿的照片拿给韩三明，然后出去，前夫把她叫住，女人站在窗外，韩三明当着女人的面对她现在的男人说要把她带走，男人同意了，说女人的哥哥借过他三万块钱，把钱还他就行了，韩三明说等他三年，到时把钱还他，这场戏就结束了。故事看起来平淡无奇，因为这部电影原本就是个小情节故事，走的是写实路线，若是有意激化冲突，既不符合人物性格，也不符合预设的故事风格，必定会成为败笔。

（2）情节的虚实

编剧要想写好戏，需要掌握好情节的虚实。

情节与情节都是相互关联的，各自有各自的功能和作用。有的属于主场戏，是矛盾的爆发点，也是情节的高潮点，需要把戏做足做透做实；而有的则是过场戏，有时只是对事件的交代，轻描淡写即可。

做事要掌握好分寸，写戏也是，好编剧总是能把握好火候，对于情节，要把握好轻重缓急，有戏则长，无戏则短。《贫嘴张大民的幸福生活》第一集第四场戏写的是张大民到李云芳家刷墙的事，是过场戏，从张大民站在梯子上刷墙切入，很快李云芳就带着男友回来了，编剧没有着重写李云芳与家人寒暄的过程，只是通过张大民在窗外看见李云芳男友盯着李云芳父母的大裤衩露出一脸坏笑就结束了。这个情节是对后一场戏的铺垫，后一场才是主场戏，写得很实，从张大民说李云芳脖子白开始，转而嘲笑李云芳的男友看李云芳父母穿着用毛巾做的大裤衩的事儿，把话题引申开去。这一段写得很实，把两人的关系及张大民微妙的心理都写了出来。后一场也是过场戏，很简短，只写了李云芳帮家人修改裤衩的情节，算是对前面情节的照应。

如果掌握不好情节的虚实，就会影响情节的节奏，甚至破坏剧情。在《猎场》中有这样一段情节：罗伊人到杭州寻找郑秋冬，得知他快要与熊青春结婚了，于是提出邀请郑秋冬和熊青春一起吃顿饭。很显然，这段戏的重点是他们吃饭的那场戏。郑秋冬与罗伊人原本就是相爱的，两人已不可能在一起了，见了面无非就是叙叙旧，没有什么戏好写。罗伊人原本是个高傲的人，现在沦落了，本来想把郑秋冬作为救命的稻草，现在郑秋冬要跟别人结婚，她肯定会嫉妒，她要请熊青春吃饭也是不怀好意。熊青春是抢走她所爱男人的女人，罗伊人知道自己得不到，也要看看这女人到底是个什么货色，在精神上压倒她，给自己找些安慰，所以这里面应该是很有戏的。但编剧显然没有处理好这几场戏的关系，他先写了罗伊人到杭州找林拜打听到郑秋冬的下落，然后到郑秋冬的公司去，先碰到了熊青春，不敢进门，又到下面大厅里给郑秋冬打电话，两人见面正好被熊青春看见，接着是用了两场戏写两人叙旧。这场戏差不多花费了20分钟，说的都是无聊的废话。然后是郑秋冬回家对熊青春说起吃饭的事，然后又是林拜和老婆说起要去吃饭的事，最后到了吃饭的这场戏，编剧安排了许多无关紧要的人物如林拜夫妇、罗伊人的闺密等，先是各自做自我介绍，然后开始喝酒，后面的情节就被虚化掉了。这场戏原本是重场戏的，却只花费了五六分钟，还没开始就已经结束了。这样主次不分，虚实不分，情节的节奏没有了，情节之间的逻辑关系被破坏了，情节也就被破坏了。

(3) 情节的意蕴

在影视剧中，情节是通过画面来展现的，影视剧中的情节画面是不断流动的，原本就有意境和韵律，编剧在创作中会经常感受到其中的意境和韵律，并把它们融入剧本的情节。

影视剧是声画艺术，包含声音和画面，影视剧中的情节本身就包括内在韵律，很多情节也是配合着音乐来表现的，因此编剧在编排情节的时候，也应该考虑到音乐的成分，很多情节配上音乐以后会给人意想不到的美感。

(4) 情节的节奏

很多人认为，现代人生活节奏快，也喜欢快节奏的故事，所以在写戏时也一味地强调强情节和快节奏。其实，节奏的快慢都是相对的，关键看戏是不是好看。戏不好看，情节乏味，节奏再快也让人觉得慢；戏好看，情节耐人寻味，也就没人会觉得慢。《贫嘴张大民的幸福生活》第一集只有12场戏，每场戏都只看到张大民一个在那里耍贫嘴逗乐，观众却总是看得津津有味，甚至百看不厌。

很多影视剧之所以不好看，是因为有太多的水戏，原本两三场戏可以写好，非得拉长到七八场戏，而且都是可有可无的过场戏或水戏，没有营养，让人厌倦，更破坏了情节的节奏，自然也会让人觉得时间长了。

24.2 写戏的基本要领

对于编剧来说，在把握住情节发展的同时，要对每一场戏都进行精心构思和设计，使每场戏乃至每个情节都能引人入胜。

编剧写戏，应该把握住以下几个环节：

（1）入戏

编剧在写每一场戏的时候，首先想到的应该是这场戏该从哪里切入，或者这场戏该从哪里写起。

找到好的切入点，可以很快把人物带入故事的戏剧情境，把戏带动起来，把握住情节的节奏。在电影《美丽人生》中圭多和多拉第一次见面的那场戏是从圭多和朋友钻在汽车底下修车切入的，这场戏原本是承接前面汽车坏了冲撞欢迎贵宾队伍的上一场戏，对这场戏，有些编剧可能会写他们总算停下了车，然后打开车盖看看汽车坏在哪儿，然后拿了工具，钻进汽车底下开始修车，但编剧把这些情节都省略了，直接从他们在汽车底下修车切入，很快圭多从汽车底下钻出来，到井边洗手，与小姑娘搭讪，然后冲过去接多拉，很快就进入了戏剧状态，情节很紧凑，一点都不拖沓。还有圭多和朋友到叔叔家的那场戏，倘若他们到时，叔叔正好在家，圭多把朋友介绍给叔叔，叔叔交代一下便走了，就纯粹是个过场，没有什么价值。在电影中，圭多和朋友来到叔叔家门口，就看到几个反犹太主义的暴徒从叔叔家跑出来，他们跑进屋，发现叔叔倒在地上，这表现出在法西斯横行的年月犹太人的艰难处境，也为后面的戏做了铺垫，这场戏也就变得有价值了。

在《贫嘴张大民的幸福生活》第一集中，写到张大民到李云芳家刷墙那场戏，有的编剧可能会从张大民在家里拿了工具写起，然后写他到李云芳家去，找了梯子才开始干活。但是这个编剧没有这样写，而是从张大民站在梯子上刷墙直接切入，因为这原本只是过场戏，没什么价值和意义，写得太多会破坏情节的节奏。

（2）铺垫

事物总有发生发展的过程，情节也有从发生发展到高潮和结尾的过程。情节的发展，犹如大海的波涛，一浪推着一浪往前走，经过层层的铺垫，把情节推向高潮，直至结尾。

在电影《美丽人生》中有一场很重要的戏是写多拉订婚，开头从圭多叔叔家里的一匹马被反犹分子用颜料涂成绿色并被喷上骂人的话切入，这看上去与这场戏的情节无关，但其实是为后面的情节做铺垫，否则圭多骑着那匹马来到多拉面前时观众就会感到很突然，不好理解。

在《贫嘴张大民的幸福生活》第一集第三场戏刚开始时，一家人一边摆桌子一边谈论一只破杯子的事，大雪说杯子破了怕刮破嘴，张大妈说这杯子她来用，这看上去很平常很自然，可是后来看到大雨故意使坏把这个杯子给了柳柳，柳柳果然刮破了嘴皮。编剧别出心裁地让张大军先带着女朋友柳柳回家，其实也是为了铺垫后来的情节，否则张大民也没法对柳柳发泄心中的那份邪性了。

在电影《美丽人生》中，为了让两位主人公见面，前面用了两场戏做铺垫，一是圭多和朋友开的汽车突然刹车失灵，二是汽车冲进欢迎的人群，他们被误认为是贵宾。正是有了这两场戏，才有了第三场戏中他们在路边修车，圭多到村边洗手与小姑娘搭讪吹嘘自己是王子，看到多拉被黄蜂蜇伤从楼上跳下，便奋不顾身冲过去被撞倒在草地上的情节。圭多救了多拉，多拉为表谢意，让他带走了几只鸡蛋，这也为后面两人的再次相遇做了铺垫。

在电视剧《贫嘴张大民的幸福生活》第一集中，开头写张大民失恋这个事件用了三场戏。其中第三场是主场戏，讲张大民失恋回家引发的一场家庭风波，而前面用了两场戏作为铺垫，第一场戏写一家人都忙着做饭迎接张大民的女朋友回家，通过宰鱼这个细节把大雨、大雪、大国的性格和戏剧状态都表现出来了。第二场戏写张大妈和李大妈在院子里聊起儿女婚事，暗中较劲，暗示了两个家族以及张大民和李云芳之间的微妙关系，李大妈提起要让张大民帮忙刷墙的事，引出了后来张大民到李云芳家刷墙碰到李云芳带男友回家的情节。

在影视剧中，故事总是由若干个相互联系的事件构成的，而每个事件通常也要用若干场戏来叙述，其中有些戏是作为铺垫，有些是为了照应前面的情节，都是过场戏，系“扣”用的；而有的则是主场戏，是这个事件发展的高潮，也是冲突的爆发点，用来解“扣”的。

（3）抓住戏眼

所谓戏眼，往往就是矛盾冲突的焦点，每一场戏都有矛盾冲突的焦点，编剧写戏，就要学会抓住戏眼来做戏，否则戏就容易跑偏。

在电影《美丽人生》中，圭多带着儿子乔舒亚走进牢房这场戏，其实是可以从多方面产生情节的，圭多可能与狱友们产生矛盾，也可能与看守他们的德国士兵发生矛盾，但这场戏的戏眼在圭多和儿子之间，他要让儿子相信眼前残酷的现实不过是一场游戏，而儿子已经产生了怀疑，所以他冒着生命危险冒充翻译为自己圆了谎，使儿子相信了自己的谎言。这情节看上去并非无懈可击，狱友中居然没有人为了讨好德国人而出卖他们，那几个德国人似乎也太傻，居然没有识破。但这是部喜剧，是可以有些夸张的。

在电视剧《贫嘴张大民的幸福生活》中，张大民失恋没能把女友带回家，对家人有愧，家人失望，于是在他与家人之间可能产生出一个戏眼。而编剧又先让张大军带了女朋友柳柳回了家，等于多了个戏眼。张大民回来，先捋柳柳，然后被家人追问。贺小同赶来，戳穿了他的谎言，伤了他的自尊，把张大民复杂的性格和心理也表现了出来。

而在电视剧《猎场》中，罗伊人找到郑秋冬，得知郑秋冬要与熊青春结婚，知道事情无可挽回，还是提出邀请郑秋冬和熊青春一起吃顿饭，这本来可以做出一场好戏来的，郑秋冬与罗伊人和熊青春之间、罗伊人与熊青春之间都存在戏眼，但编剧硬把并无关系的林拜和冯眷眷扯了进来，自然形成的戏眼便被消解了，戏也只是走了个过场。

（4）巧合

都说无巧不成书，或许生活中并没有那么多的巧合，但编剧写戏，却常常要利用巧合来做戏。

看似不大可能发生的事情偶然间发生了，看似不大可能相遇的人偶然中相遇了，这就是巧合。在生活中这样的巧合很多，在故事中这样的巧合更多。在电影《美丽人生》中，男主人公圭多和女主人公多拉的三次相见都算是巧合。第一次，圭多正与小姑娘吹牛聊天，正好碰见多拉被黄蜂蜇伤从楼上跳下来，正好就落在圭多怀里，也正好将他撞倒在地上。第二次，圭多用鸡蛋砸在多拉未婚夫脑袋上骑车逃跑，正好就撞倒了路上行走的多位。第三次，圭多和朋友在路上行走，正好就看到多拉同未婚夫在路上说话，正好多拉就告诉他说晚上要到剧院看戏。

生活中的巧合也好，故事中的巧合也好，看似偶然，其实也是事物发展的必然结果。在故事中没有巧合不行，但过多地利用巧合或者不合理地利用巧合，则有可能会损害情节的真实性。

（5）悬念

故事中人物命运及情节发展的结果悬而未决，令人有所期待，就会形成悬念，吸引观众看下去。

一般说来，观众总是怀着某种期待看电影和电视剧，如果观众看电影或电视剧，从开头就知道故事会怎么发展，乃至知道了结局，就会无所期待，也很难再有兴趣看下去。编剧写戏，设计故事情节，有时候很像在与观众捉迷藏，一方面要不断地挑起他们的兴趣，让他们去寻找结果；另一方面又要想方设法设置悬疑，不让他们轻易看到自己的底牌，找到答案。

编剧当然是知道故事结局的，对他来说，困难的是他不能让观众知道故事的走向和结局，所以他不应该很快露出自己的底牌，同时要不断地在情节中设置悬疑，不断引发观众的好奇心和兴趣，吸引他们看下去。而很多没有经验的编剧在这方面则显得不够成熟，他们总是着急把故事的底牌翻开，令观众一览无余，没有任何悬念，观众没了好奇心，自然也就没了兴趣。

（6）反转

编剧写戏，经常会跟观众斗心眼，似乎故意与跟观众较劲儿，故事中的人物明明行动很顺利，眼看就要达到目标，编剧却故意“使坏”，为人物设置阻力，使剧情发生逆转，令观众的心悬了起来，人物也面临着更加艰难的处境。这种情节上的反转或逆转是编剧们经常使用的。

情节的反转，可以是从顺境转为困境，也可以是从困境转为顺境。在电影《被解救的姜戈》中，舒尔茨医生和姜戈经过周密的计划，顺利地进入加尔文·坎迪的植物园，甚至与姜戈的妻子布鲁姆希达见了面，与坎迪的谈判也很顺利，已经谈到要购买布鲁姆希达，眼看就要达成目标，没想到还是被坎迪的奴隶管家史蒂芬识破了，于是情节发生了大的反转，两人被枪指着，花12 000美元巨资签下了合同，两人带着布鲁姆希达要离开，坎迪坚持要与舒尔茨握手，舒尔茨忍无可忍，开枪打死坎迪，这是第二次反转。舒尔茨死后，姜戈奋起反抗，杀死众多杀手，无奈势单力薄，妻子被史蒂芬要挟，只好投降。姜戈被押到煤矿，眼看没了希望，路上却杀死押送者，回到植物园，将所有仇人杀死，情节再一次发生大的反转。

情节的不断反转，在不断地超越观众预期的同时，给观众带来意外的惊喜，激发观众对故事的好奇心和兴趣，因而经常被编剧们使用。然而，情节的反转应该建立在剧情的合理性之上，也就是要符合人物性格和故事的内在逻辑，是情节自然发展的结果。有些编剧不顾故事的内在逻辑，人为地改变剧情，使情节发生反转，很可能会对情节本身造成伤害。在电视剧《猎场》中，郑秋冬似乎是很爱罗伊人的，他们在大学时相恋，郑秋冬却为了赚钱跑到中东去卖冬虫夏草，回来后穷困潦倒。罗伊人似乎并不在意郑秋冬对自己的背叛，在现在的爱人身患绝症的情况下与他旧情复燃。后来郑秋冬因参加传销被抓，罗伊人去看他，他突然翻脸，两人分手，剧情发生反转。编剧的用意是表现郑秋冬为了罗伊人才故意与她分手的，但由于前面铺垫不足，郑秋冬也并不是一个有情有义的人，他对罗伊人的背叛，这不是第一次，也不是最后一次，所以这样的情节反转并不能令人信服，反倒让人觉得虚假。

(7)照应

情节的真实性是建立在逻辑真实的基础之上的，情节与情节之间要讲究相互照应，不然情节可能会不完整，或者露出破绽，损害情节的真实性。

情节需要铺垫，也要有前后照应。在电视剧《贫嘴张大民的幸福生活》第一集第五场戏中，张大民嘲笑李云芳一家用毛巾厂发的毛巾做大裤衩穿，在第六场戏中，李云芳一边踩着缝纫机修改裤子一边想着张大民的话忍不住发笑，这就是对前面情节的照应，也说明李云芳心里是爱着张大民的。

24.3 案例分析

电影《小鞋子》剧情分析

《小鞋子》，也叫《天堂的孩子》，是1997年伊朗拍摄的一部家庭戏剧电影，导演是马基德·马基迪。

《小鞋子》讲述的是两个孩子和一双鞋子的故事，是个典型的小情节故事。故事非常简单，人物是常态化的，情境也是常态化的，采取的是写实主义叙事方式，基本上是按照生活本来的样子来讲述现实生活，并没有刻意地把生活戏剧化，情节平淡无奇，却很令人感动。

《小鞋子》讲述的是小人物的苦难人生，与莫泊桑的《项链》、果戈理的《外套》、契诃夫的《小公务员之死》属于同类型的故事。莫泊桑、果戈理等人的小说对小人物充满同情，有讽刺和批判的意味，情节也很夸张，戏剧性强。而《小鞋子》只是很客观记录了底层小人物的一段苦难经历，情节平淡朴实，如同生活本身一样。

在人物设置上，主人公阿里是个普通得不能再普通的常态人物，出身于社会底层，家境贫寒，个性并不鲜明，除了跑得快，看不出有什么能力，显然不是个戏剧性强的人物。他周围的人也都很平常，与主人公阿里的关系都很和谐，并不存在对立性的戏剧关系。阿里在故事中几乎没有对立面，没有人故意为他设置任何阻力，他的妹妹莎拉、他的父母以及周围的邻居，还有他在学校的老师，都是帮助过他的，并不存在我们通常所理解的那种戏剧关系。

故事中所设置的情境也很平常。故事是由阿里不小心丢失了妹妹的鞋子开始的，这不过是一桩小得不能再小的事件，对于阿里和他的处于极度贫困中的家庭来说也并不是什么了不得的事，不过丢了双鞋子而已，对阿里和他的家庭并没有太大的影响。导演并没有把这个故事戏剧化，而是客观地记录下了这样一段经历，却具有震撼人心的力量。

故事围绕鞋子展开。开头三场戏写的是丢失鞋子的经过，从在鞋店修鞋，到在食品店买饼，再到在果蔬店买土豆时鞋被收破烂的不小心收走，这是激励事件，对整个故事起到引领作用。

阿里丢失了妹妹的鞋，不敢告诉父母丢鞋的事，因为他知道家里很贫穷，妈妈有病，爸爸收入微薄，而且要到月底才能发工资，这就使他陷入了困境，于是为妹妹找到鞋就成了他的行为动机，也是故事的目标，电影就是围绕着阿里找鞋来展开的。

阿里丢了妹妹的鞋子，第一个面对的当然是妹妹莎拉，接下来的戏也是在他和莎拉之间展开的。

丢了鞋子，阿里和妹妹莎拉面临的最大困境是上学的问题。妹妹没了鞋子，没法去上学，阿里与莎拉商量，两人轮换着穿阿里的那双破运动鞋去上学，每天先由莎拉穿鞋到学校上课，阿里在路上等莎拉放学，与莎拉换了鞋再赶到学校上学。途中稍有耽搁，阿里迟到了，差点被老师抓住。莎拉嫌阿里的鞋太脏，两人把鞋子洗干净了放在外面晒着，晚上下雨，莎拉让阿里把鞋子收起来，以免被雨水淋湿。莎拉考试，担心哥哥，提前交卷后赶去与哥哥换鞋，结果鞋子太松，不小心掉进水沟。阿里穿了湿鞋到学校，被老师抓了个正着。老师要把他赶出学校，幸亏另有老师为他说情，他才回到了教室。

在情节的处理上，导演采取的是写实主义的手法，并没有对情节采取戏剧化的处理。譬如他可以让莎拉把丢鞋的事告诉父亲，可以让鞋掉进水沟里被水冲走，可以让老师把迟到的阿里赶回家去，让阿里父亲到学校向老师道歉。这都是激化矛盾的方法，对于这类情节，很多导演会不遗余力地煽情以赚取观众的眼泪。但导演并没有这样做，他似乎并不想让情节过于戏剧化，而只是通过捕捉一些日常生活中的细节来表现普通人的善良和朴实。如阿里的父亲明明在帮人加工冰糖却仍然坚持用自家的糖泡茶水，阿里给邻居大爷送吃的，还有老大爷帮莎拉打捞鞋子，等等。导演拍这些情节的时候似乎不动声色，只是记录，并不煽情，始终保持克制，情节朴实，却更有力量。

接下来，莎拉无意中发现自己的鞋子穿在学校的另一个女孩的脚上，她没有当面戳穿，而是跟踪她到了她家。第二天她叫上阿里一起来到女孩家门口，准备要回鞋子，却发现女孩的父亲是个盲人，显然女孩比他们更困难，更需要那双鞋子，于是俩人放弃了。对于这样的情节，很多导演可能会采取另外的处理方式，譬如让他们上前去把鞋子夺回来，引发所谓的戏剧冲突，但很显然那不是这部电影的导演所追求的。这部电影之所以取名叫《天堂的孩子》，就是因为这些孩子虽然生活在苦难中但仍然保持着善良的本性，所以电影中的情节虽然有时显得冰冷但却总还透着某种温情，这也是最令人感动的地方。

既然旧鞋要不回来了，就得想办法赚钱给妹妹买双新鞋，所以阿里就和爸爸一起到富人区找活干。经历过种种挫折后，阿里和父亲总算找到了活，本以为可以为妹妹买鞋子了，没想到父亲骑车摔伤，买鞋的事又没了希望。而在这个时候，那个小女孩穿上了新鞋子，把莎拉的那双旧鞋子扔掉了，莎拉听到这个消息，心里别提多难受了。

阿里父亲摔伤了腿，没法工作，没有工资，连房租都交不起，生活陷入了困境，给妹妹买新鞋的愿望更加难以实现了。这时，学校要举办跑步比赛，阿里原本没打算参加的，后来得知获得第三名就可以得到一双运动鞋，便跑去求老师，老师发现他果然有天赋，便同意了。

跑步得奖的情节是影片的高潮部分，导演本可以让阿里达成心愿，给故事一个圆满的结局，但很显然导演并不想拍成一部励志电影。阿里原来只想得第三名为妹妹赢得那双运动鞋，结果却偏偏得了第一名，与那双运动鞋失之交臂，命运似乎有意玩弄了这个可怜的小男孩。

在影片的最后，阿里回到家，面对妹妹期盼的眼光，他什么也没说，脱掉鞋子，脚上满是血泡。他走进小鱼池，将满是血泡的脚浸泡在水里，一群小金鱼在四周游动着，似在抚慰他那受伤的心灵。

表24-1　电影《小鞋子》剧情结构

场序	故事情节	关系	故事段落
1	阿里在鞋铺帮妹妹取修好的鞋子	过场	阿里丢鞋
2	阿里在饼店买饼	过场	
3	阿里在杂货铺买马铃薯，鞋子被收废品的人误拿。阿里发现鞋子丢失，被杂货铺老板赶跑	主场	
4	阿里回家，妈妈在院子里和房东吵架	过场	莎拉得知鞋丢了，两人商议换鞋穿
5	莎拉问阿里要鞋，阿里告诉莎拉丢鞋的事	主场	
6	阿里跑出门，不顾妈妈和同伴的呼喊	过场	
7	阿里回到杂货铺门口找鞋，再次被赶走	过场	
8	阿里路过清真寺，被委托带糖回家	过场	
9	爸爸在家中切糖并责备阿里不懂事。莎拉收拾好晾晒的衣物进屋，和阿里商量没了鞋如何上学	主场	
10	莎拉穿上阿里的鞋出门	过场	阿里和莎拉第一次换鞋。莎拉嫌弃鞋脏，两人一起洗鞋
11	莎拉穿着阿里的鞋去上学，起初因鞋不合脚而羞怯，后又在体育课上因穿的是球鞋而骄傲	主场	
12	阿里在小巷中等待莎拉	过场	
13	莎拉放学快速穿过小巷	过场	
14	阿里和莎拉换鞋	主场	
15	阿里冲进学校，被校长发现迟到	过场	
16	阿里回家，莎拉抱怨鞋脏，两人在院子里洗鞋。阿里拒绝伙伴打球的邀约	主场	
17	阿里一家吃晚饭聊天	过场	
18	半夜下雨，莎拉叫醒阿里拿回鞋子	过场	

续表

19	莎拉穿鞋出门	过场	阿里和莎拉第二次换鞋。莎拉将鞋子掉进水沟，两人产生矛盾又和解
20	莎拉被橱窗中的皮鞋吸引	过场	
21	莎拉在教室考试，暗中着急向老师询问时间	过场	
22	阿里焦急等待	过场	
23	莎拉提前交卷	过场	
24	莎拉在街道上奔跑，鞋子不小心掉进水里，在路人的帮助下拿回鞋子	主场	
25	阿里和莎拉换鞋，莎拉抱怨阿里弄丢鞋子	主场	
26	阿里再次被校长抓到迟到	主场	
27	上课时伙伴传纸条约阿里打球，阿里再次拒绝。老师宣布阿里考试得了高分	过场	
28	阿里在回家路上遇到莎拉，把老师送的圆珠笔送给妹妹	主场	
29	妈妈吩咐阿里送汤	过场	阿里给邻居家送汤
30	阿里给卡南家送汤	过场	
31	学生们在操场上开会，沙拉看到了自己的鞋子	主场	莎拉找到误拿鞋子的一家人
32	莎拉在教室做题	过场	
33	莎拉找到了穿着自己鞋子的姑娘	过场	
34	莎拉在放学后跟着小姑娘回家	过场	
35	阿里再次被校长抓住迟到，要求请家长，大胡子老师帮阿里解围	过场	
36	莎拉带阿里到女孩家蹲守，二人发现女孩的父亲是盲人，放弃要回鞋子的想法	主场	
37	爸爸在清真寺里沏完茶放声大哭	过场	父亲找到园丁工作，但因意外受伤，花光了赚到的钱
38	阿里和小伙伴在清真寺打杂	过场	
39	清真寺中，老者将园艺工具借给阿里的爸爸	过场	
40	爸爸告诉妈妈做园艺工作的决定	过场	
41	爸爸骑车带着阿里穿行在上城的街道中	过场	
42	爸爸带阿里挨家挨户敲门找工作，被主人赶走，被狗吓跑	主场	
43	两人机缘巧合来到亚力家门口，阿里向亚力推荐父亲	主场	
44	阿里和父亲进入亚力家，爸爸工作，阿里和亚力玩耍	过场	
45	父亲骑自行车带阿里回家，阿里提出给莎拉买鞋的要求，自行车失控，两人摔倒	主场	
46	父亲带着阿里和摔坏的自行车搭小货车回家	过场	
47	阿里偷听父母关于租金的谈话	过场	

续表

48	莎拉急着跑去换鞋，弄丢了哥哥送的圆珠笔，若雅捡到莎拉掉下的笔	主场	莎拉与若雅交好，莎拉的鞋子被若雅妈妈丢弃
49	莎拉与阿里交换鞋子	过场	
50	阿里在学校听到长跑比赛的消息	过场	
51	若雅在家试用圆珠笔	过场	
52	若雅将笔还给莎拉，两人互相表示友好	主场	
53	若雅的父亲在鞋店买下了之前莎拉看上的红皮鞋	主场	
54	若雅妈妈用莎拉的旧鞋子从收破烂的人那里换了篮子	过场	
55	若雅试穿新皮鞋	过场	
56	莎拉与若雅在上学途中偶遇，莎拉得知自己的鞋子已被扔	主场	
57	莎拉与阿里在雷雨天换鞋	过场	阿里为了奖品报名参加跑步比赛
58	阿里看到体育老师为了跑步比赛给孩子们做选拔测试	过场	
59	莎拉与阿里换鞋	过场	
60	体育老师公布参赛名单，阿里看到参赛奖品中有球鞋	过场	
61	阿里找到体育老师，请求参加比赛	主场	
62	体育老师测试阿里跑步，发现他的潜力	过场	
63	阿里开心地回家告诉莎拉赢得比赛就有球鞋的好消息	主场	
64	长跑赛场准备处，阿里看到被家长围绕的其他参赛选手，自己默默地做好准备	过场	阿里在跑步比赛中错失了拿到奖品球鞋的机会，但父亲给他们买回了鞋
65	阿里在跑道上被其他选手超过，回忆起与妹妹的对话	主场	
66	闪回：阿里与妹妹换鞋，向妹妹保证赢回球鞋的画面	过场	
67	阿里加快脚步，超过其他选手，回忆起妹妹的另一句话	过场	
68	闪回：莎拉问没拿到第三名怎么办	过场	
69	阿里压住脚步，保持第三名的位置，被其他选手撞到了又重新爬起来，最后得了第一名	主场	
70	阿里领奖，校长激动地合影，阿里却看着奖品运动鞋落下眼泪	主场	
71	爸爸扶着驼满货物的自行车走在街上，自行车上放着两双崭新的鞋，男女款各一双	过场	
72	阿里灰头土脸地回到家，莎拉很失望。阿里脱下破烂的球鞋，将满是水泡的脚泡进水池	主场	

编剧特训营

根据提供的故事梗概写作电视剧本。

【基本要求】

1.可以根据自己的理解设计人物性格和人物关系；

2.注意学习和领会剧本创作的技巧。

【作业目的】

学习和体会剧本创作的基本技巧。

【资料】

故事开始于明末崇祯十四年著名的“江南选妃事件”。

明朝末年，明王朝内忧外患，风雨飘摇，而江南的秦淮河却是一片歌舞升平的景象。

江南才子冒辟疆为救父亲即将赶往京城，陈圆圆对他恋恋不舍，两人难舍难分。

秦淮河边，陈圆圆为冒辟疆送行，董小宛赶到，托冒辟疆给自己远在乡下的父亲带些银两回去，却引起了陈圆圆的妒忌。

秦淮河上的一艘画舫上，柳如是和侯朝宗、方密之等诸多才子及李香君、顾媚等在一起饮酒作乐，谈论国家局势。柳如是语惊四座，一位文士带来文坛领袖钱谦益的信函，宣布柳如是的诗获得头奖。众人祝贺之时，陈子龙悄然而至，令柳如是神情黯然。陈子龙与柳如是曾经有过刻骨铭心的爱情，后因受家庭阻挠，有情人终未能成眷属，此番相遇，两人自是别有滋味在心头。

陈圆圆来到寺庙里，跪倒在菩萨像前，祈祷心上人冒辟疆平安归来。刚从寺庙里出来，一个名叫玄悲的老和尚（吴三桂和韩慕的师父）拦住她，劝她出家，说否则的话天下苍生会因为她而遭受痛苦和蹂躏。陈圆圆听着有些莫名其妙，和尚感叹天命不可违，给她留下四句偈语让她好自为之，然后飘然离去。

自冒辟疆离开以后，陈圆圆闭门谢客，得罪了许多有权势的人，也使玉峰院生意日益萧条。董小宛来看望陈圆圆，陈圆圆对她述说了自己对冒辟疆的思念之情，令心里也暗恋冒辟疆的董小宛既感动又羡慕。

北京的天桥，热闹非凡。江南才子冒辟疆为救父亲之危难来京城活动，苦于找不到门路，在街上游玩解闷，路见几个女人被人贩子公然出卖，其中一位美貌女子引起他的怜香惜玉之心，他欲出钱相助，女子却被田弘遇家的管家田纪武强行抢走，冒辟疆据理力争，却被豪奴殴打，幸好韩慕及时赶到，出面相助，把田纪武等人赶跑。

酒楼里，韩慕告诉冒辟疆陈圆圆一直在思念着他，希望他早点回去。冒辟疆却说要等父亲的事有着落后才可能回去，他对韩慕述说自己在京城里遭受的挫折和内心的苦闷。

周皇后的父亲周奎和田妃的父亲田弘遇是当时京城里最有权势的两大家族，周皇后身为正宫娘娘却因为年老色衰在崇祯皇帝面前失宠，而年轻美貌的田妃深得崇祯皇帝的宠幸。她们的命运直接影响着两大家族的兴与衰。为保住周家的地位，周奎暗地里依仗权势四处搜寻美貌女子，欲献给崇祯皇帝以取代田妃，压倒田氏家族。而田妃得知周家的图谋，将其父田弘遇招进宫里，面授机宜。

韩慕来找师弟吴三桂，吴三桂刚被任命为关宁总兵，准备去赴任。韩慕请吴三桂帮助冒辟疆解救他的父亲。吴三桂问韩慕与冒辟疆的关系，韩慕承认他是因为一个女人才来求他的。吴三桂感到奇怪，因为他知道韩慕是一个不轻易动感情的人，便问这是一个什么样的女人。韩慕没有说出陈圆圆的名字，只告诉他这是一个绝美的女人，他爱她，但她爱的却是别人。吴三桂感到奇怪，但还是答应帮助他。

第 25 章　从故事创意到故事梗概

影视剧本的创作一般分三个阶段：第一阶段是剧本策划阶段，先确定题材，然后根据市场需求策划剧本故事，写成剧本创意或故事大纲；第二阶段是剧本创作阶段，主要是根据确定的故事大纲，创作出剧本初稿；第三阶段是剧本修改阶段，在剧本初稿的基础上进行修改，完成剧本的最终稿。

一部电影或电视剧的剧本创作是一项庞大的工程，要花费大量的人力和财力，所以，编剧在写剧本以前都会先写一份剧本创意或故事大纲，然后去找影视公司，在得到影视公司认可并签订创作合同以后才进入剧本创作阶段。

对于编剧来说，剧本创作是从写故事创意或故事大纲开始的。从创作角度看，写好故事创意或故事大纲甚至比写作剧本更难。所以学习编剧，也应该先从学习写故事创意和故事大纲开始。

25.1　故事创意

故事创意是编剧对将要创作的剧本故事的总体构想，落实为文档就是剧本策划书。

一般说来，编剧会在两种情况下创作剧本：一是独立创作，二是受聘作为编剧为影视公司创作剧本。在前一种情况下，编剧要自己寻找题材，写成剧本策划案，然后找制片方投资或者把创意或剧本卖给制片方，如果故事创意或大纲不被认可，制片方就不可能对项目进行投资。在后一种情况下，制片方一般也会要求编剧先写出剧本策划案或故事大纲，倘若编剧写出的故事创意或故事大纲不被认可，也不可能进入剧本创作阶段。

有经验的制片人或制片商往往通过编剧提供的故事创意书或剧本策划书就能判断

项目的价值以及编剧的艺术功底，从而决定是否对项目进行投资和运营。

对于编剧来说，他写故事创意或剧本策划书无非是要让制片商或投资商对自己要写的这个故事或剧本的价值有更深的了解，从而认可自己的项目并产生投资的兴趣。

故事创意或剧本创意，就是要解决两个问题：一是做什么，即采用什么样的故事题材，题材有什么样的价值；二是怎么做，就是我要利用这个题材拍一部什么样的电影或电视剧。

故事创意或剧本策划书有各种写法，一般说来，应该包括题材价值分析、项目的定位及价值、人物设置、剧情结构四个部分。

● **题材价值分析**

题材就是项目，题材价值分析就是项目或产品价值分析。作为编剧，就是要向制片公司或制片人说明这个题材是有拍摄价值并且没有商业风险的，否则制片公司或制片人就不可能同意投资这个项目。

很多时候，制片方是根据题材来确定项目的，他们认为题材是好的、有拍摄价值的，才可能投资这个项目，所以编剧要尽可能地让制片方认识到题材的价值。

对于制片方来说，所谓题材价值就是项目的商业价值，投资商投资项目必须满足两个最基本的条件：一是项目的安全性，即没有风险，包括政治风险和商业风险；二是保证项目盈利并获得足够的商业回报。

分析题材的价值，一是要把项目放在具体的市场环境中，同时要具有前瞻性，任何产品都是为了满足消费者未曾满足或未曾完全满足的需求，电影项目从开始创作到投放市场至少需要两年，市场变化莫测但也有规律可循，把握规律就能把握市场的未来；二是对题材价值的分析要客观真实，既要看到它的优势和机会，也要看到它的劣势和风险。

【案例一】

电影《哪吒之魔童降世》的题材价值分析

哪吒的故事取材自我国著名的古典小说《封神榜》，以前已被拍过多个版本的电影和电视剧。哪吒这个人物在民间影响很大，和孙悟空、猪八戒、唐僧等神话人物一样，家喻户晓。

故事取材自古典名著，又是励志题材，所表达的思想符合主流价值观，又不涉及任何敏感的社会问题，在政治上没有风险。

神话题材动画电影在国内向来有比较好的市场，如《大圣归来》等都有过良好的市场表现。

哪吒的故事是影视剧改编的热门题材，一方面说明故事题材是很受市场欢迎的；另一方面，由于这个题材以往被多次搬上银幕，想要超越以往作品或者拍出新意，还是有一定难度的。

倘若对原作故事进行过大的改动，甚至进行解构，必须考虑观众的接受问题，倘若得不到观众认可，就可能导致整个项目的失败。

【案例二】

电视剧《恋爱先生》的题材价值分析

该剧是现代都市情感剧，涉及的是年轻人关注的情感话题。现代题材是国内卫视黄金档每年需求份额最大的题材类型，该剧在题材类型上占据很大优势。

该剧为原创剧本，非IP改编，失去了IP自带粉丝群的天然优势。但是编剧李潇之前的作品均有可观的热度，与其依赖单部剧本的IP效益，不如把主创团队自己做成IP，建议前期宣发时除了宣传主演明星之外，更应加强对主创人员的宣发，获得长久的IP影响效益。

情感问题在社会上较受关注，是很容易产生话题热度的，但是该剧对每个问题的关注都是浅尝辄止，没有给每个话题留出足够的发酵时间和空间，在这方面做得不是很完善。要抗衡大IP、大制作的古装剧，该剧更应该在某一两个社会痛点上下功夫。

作为现代都市剧，在商品植入上相比古装剧有极大优势，但是观众已经对如今影视剧中的广告硬植入极其反感，广告植入甚至会损伤对电视剧本身质量的评价。建议寻求软植入或创意植入法，避免硬植入与过度植入，以免损毁自身的IP品牌形象。

在党的十九大报告中，除了一贯支持的主旋律题材外，现实主义题材首次被单独作为一个国家提倡的创作方向进行强调，同时又提出文化作品的社会效益需大于经济效益，因此该剧对社会问题的关怀为题材价值加分不少。

- **项目定位**

项目定位就是要确定利用现有的故事题材去拍一部什么样的电影或电视剧，也就是要做一款什么样的产品，从而能够使制片方或投资商了解未来产品的社会价值和商业价值。

影视剧的项目定位包括三个方面：一是确定产品面对什么样的市场，二要确定做一款什么样的产品，三是确定要讲一个什么样的故事以及用什么样的方式讲好这个故事。

（1）市场定位

市场定位就是要确定这个产品是为什么市场而设计的，它将来要面对的是什么样的市场。

制片方看一个项目能不能做，值不值得投资，也是要把项目放在具体的市场环境中进行判断。有些项目看上去是好的，但产品的市场定位不准，会影响制片方对项目的判断。

编剧作为影视剧产品的设计师，一定要知道自己设计的产品面对的是什么样的市场，市场情况是怎样的。不同的市场面向不同的观众，对产品的要求也不一样。像《金刚川》《八佰》这样的战争片，原本是院线题材，倘若拍成网络大电影或电视电影实在过于浪费了；而像《柳青》这样的主旋律题材却要作为院线电影来拍也是很不现实的。

（2）类型定位

类型定位就是确定要拍一部什么样的电影或电视剧，也就是要做一款什么样的产品。

电影和电视剧都是按类型来生产的，不同类型的产品针对不同的市场，面对不同的观众。不同的题材适合做成不同类型的产品，有些题材可以做成不同类型的产品，编剧要学会根据市场需求来设计自己的产品。像《智取威虎山》这样政治性很强的电影，倘若按照动作类的商业片来拍，也是可以在院线取得成功的。

（3）故事定位

故事定位就是确定要讲一个什么样的故事，包括确定故事的架构、故事的特性和故事的风格等。

①故事架构

确定故事架构主要是确定故事由几个小故事构成，故事之间是怎样的关系，以什么样的方式来结构故事。如《无问西东》是由四个相互独立而又有一定关联的故事构成的，采用的是相互穿插的板块结构。

②故事特性

故事的特性及其价值，可以从故事的戏核、戏魂、故事形态和故事原型等方面来进行分析。如《拯救大兵瑞恩》写的是一队士兵拯救一个普通士兵的故事（戏核），表现的是每个人的生命都是平等的，即所谓人道主义精神，属于中情节故事，故事原型可以追溯到古希腊神话中的普罗米修斯拯救世人的故事。

③故事风格

确定故事的叙事风格。如《小武》《三峡好人》《地久天长》等基本上采取的是纪实主义的叙事方式，强调客观纪实，淡化戏剧性。

【案例三】

电影《哪吒之魔童降世》的项目定位

(1) 市场定位

院线电影。

(2) 类型定位

动画+神话+励志+情感。

(3) 故事特质及其价值

戏核：魔丸转世的哪吒与命运抗争，终于逆天改命成长为拯救百姓的英雄。哪吒为魔丸转世，生下来就一身魔性，且注定要遭天雷，后在父母及师父的感召下，经过自身的努力，终于战胜了天命，逆袭成为拯救世人的英雄。

戏魂：个人与命运的抗争，我命由我不由天。

故事形态：中情节故事。把哪吒这样一个魔丸转世、魔性十足的孩子放在非常态的情境中，具有很强的戏剧性。

作为励志剧，影片故事采取的是"小人物逆袭"的故事模式，但与以往励志剧不同，主人公魔丸转世且注定要遭天雷，只能活三年，比起一般的小人物他更不幸，也更接地气。在现实中，由于阶段固化日益严重，社会底层小人物上升的空间越来越小。像哪吒这样的小魔王尚且可以通过个人努力逆天改命，并喊出"我命由我不由天"的口号，对千千万万出身底层的小人物可以产生极大的鼓舞。

影片题材虽然取自《封神榜》，但对故事进行了全新的解构，尤其是增加了情感因素。那位被哪吒剥骨抽筋的龙太子敖丙阴差阳错成了灵珠转世的好人，后来与哪吒成为生死兄弟，而逼哪吒自杀的父亲也成了慈父，居然心甘情愿代他承受天雷，还有他的母亲和师父对他的爱也是无条件的，这些情感都是足够打动人心的。

影片的喜剧因素得到了强化。以往的同题材的动画电影也有些喜剧的意味，但这部影片的喜剧性更加浓厚，尤其是那位古板的师父太乙真人在影片中成了一个胖老头，给影片增加了许多笑料。

【案例四】

电视剧《贫嘴张大民的幸福生活》的项目定位

(1) 一部含有悲喜剧色彩的家庭连续剧，表现平民张大民一家人追求平凡的幸福生活，历经坎坷与辛酸，揭示了老百姓脚踏实地的生活态度和锲而不舍的乐观主义精神，赞颂蕴含于国民性中的深厚而广大的积极力量。

(2) 坚决而有效地展现凡人小事，不惜用“显微镜”去观察琐碎的生活细节和渺小的人生困境，让大多数观众从这个视角看见自己，看见亲人，从而产生共鸣。

(3) 除了生动地讲述故事，最主要的目的是呈现一种坚忍不拔的价值观，让同样处于各种坎坷境遇中的观众深切思之，并从中受益。

(4) 淡淡的喜剧色彩，不刻意追求表面效果，尤其是避免闹剧味道。在自然而活泼的风格之中，流露一丝伤感与辛酸，能引发含泪的微笑，便足以完成最终的艺术使命。

(5) 无限引申：

底层人喜怒哀乐的故事；

大杂院里磕磕碰碰的故事；

屋顶下各种关系（母子、夫妻、婆媳、姑嫂、兄妹）的故事；

不停地跌倒，爬起来，又跌倒，再爬起来的故事；

装聪明和装傻的故事；

爱与被爱的故事；

…………

● **人物设置**

人物是故事的主体，人物设置好了，故事的框架也基本搭建好了。有经验的制片人或导演可以从人物设计上看出编剧的功力和剧本的故事框架及其品质。

看剧本中的人物设置，一是要看主要人物的品质，看主要人物是否与预设的类型相匹配，其性格是否具有戏剧性，与次要人物之间的关系是否合理，是否能够支撑起整个故事；二是要看人物之间的戏剧关系，包括主要人物与主要人物之间、主要人物与次要人物之间、正面人物与反派人物之间的关系是怎样的，这种关系是否合理，是否符合预设的故事构架。

【案例五】

电影《哪吒之魔童降世》人物小传

(1) 哪吒

影片主人公，原为神话小说《封神榜》中的人物，0—3岁，陈塘关总兵李靖之子。魔丸转世，生下来就注定要遭受天劫，形象怪异，一脸邪性，命中注定活不过3岁。从小被视为妖怪，经常被误解，被伤害，被关在家里，生活在孤独之中，性格越发孤僻、冷漠、狂暴、叛逆，人见人怕，但内心其实很善良，渴望被理解，渴望友情，更渴望爱。尽管被伤害，被误解，好在父母爱他。为了让他好好地活下去，父母先是让他拜太乙真人为师，以改变他的魔性，后来又骗他乃是灵珠转世，激发他的善性。后来他得知身世，很绝望，魔性发作，大开杀戒。后来他得知父亲要用换命符换哪吒的命，幡然醒悟，救了陈塘关百姓，决心与命运抗争，喊出“我命由我不由天”的口号，得龙子敖丙相助，对抗天劫，终于成仙。

（2）敖丙

龙王之子，灵珠转世，后拜申公豹为师，外表帅气，武艺高强，因出身龙族，被视为妖怪。龙族作为妖兽，后投靠天庭，虽为平定妖兽立下大功，却只能世代被囚禁在深海炼狱之中。敖丙身为龙子，肩负着拯救龙族的重任。他与哪吒虽出身不同，却也被歧视，同病相怜，成为朋友。他身负家族使命，想建功立业，改变龙族命运，不惜活埋陈塘关，后被哪吒阻止，两人合力对抗天劫，获得成功。

（3）太乙真人

混元天尊的徒弟，申公豹的师兄。长得肥肥胖胖，挺着个大肚子，骑着头肥猪，看上去很有喜感，是个逗趣的喜剧性人物。他奉师命使灵珠投胎为哪吒，却因贪酒，被申公豹钻了空子，偷换了灵珠，致使哪吒成为魔丸转世。为改变哪吒魔性，成为哪吒师父。他有山河社稷图，会很多法术，对哪吒也尽心尽力，却总被哪吒捉弄。

（4）李靖

陈塘关总兵，哪吒的父亲，外表看着很严厉，其实是位慈父。他很爱哪吒，即使哪吒魔性大发，四处惹祸，他也能理解他，从不责怪他。为了救哪吒，他甚至不惜想用换命符换哪吒的命。正是这种无私的父爱打动了哪吒，使哪吒幡然醒悟。

（5）殷夫人

李靖之妻，哪吒生母，一位女将。作为母亲，她对哪吒的爱是最无私的，虽忙于公务，但经常惦记哪吒。她身上有伟大的母爱。

（6）申公豹

太乙真人的师弟，一同拜在混元天尊门下，刻苦修炼，法术高强，原本可以成为十二金仙的，但因出身豹族被歧视，心生嫉妒，于是偷换灵珠，想培养敖丙成才以证明自己。

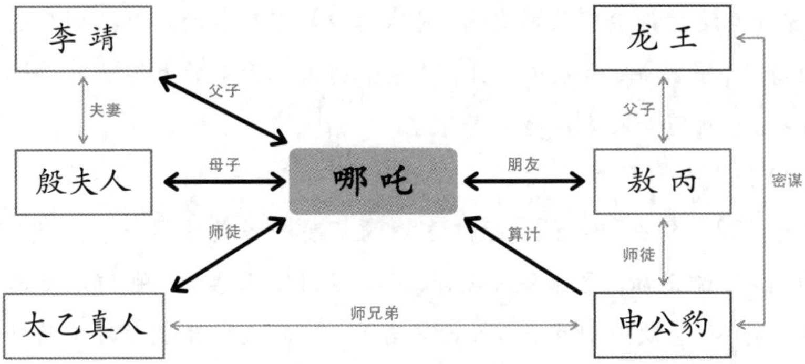

图25-1　电影《哪吒之魔童降世》人物关系图

【案例六】

电视剧《贫嘴张大民的幸福生活》人物小传

一、主要人物

（1）张大民

长子。28—38岁。保温瓶厂冲压车间工人。个子不高，脾气不错。爱下棋，老输。爱喝两口，一喝就醉。爱说话，难免说废话。一自作聪明就干傻事，一冒傻气却往往时来运转。心眼儿好，不时为善所累，也想得开，碰上难事嘻嘻哈哈就闯过去了。他对生活不抱奢望，对微小的生活目标却能穷追不舍，不达目的不罢休。偶尔有泄气的时候，转头就满面春风。他乐天知命的情绪感染着身边的人。他看上去很不起眼儿，却魅力十足，连一些小小的狡猾都化为他可爱性格的一部分了。

（2）李云芳

张大民之妻。26—36岁。毛巾厂检验工。长相漂亮，身材苗条，气质不俗。她个性很强，心地纯净，曾经是快人快语的人，生活受挫之后渐渐成熟起来，为人处世稳重。她善于忍让，却不软弱，从来不多嘴多舌，话一出口却有力而得体。因为太要强，不甘于现状，活得有点儿累。这时候丈夫的臂膀便是她最好的歇息之处。娇懒，却并不妨碍她成为丈夫的主心骨。与凡俗的丈夫相比，她是这个小家庭的浪漫理想和诗意。

（3）张大雨

长女。26—36岁。肉联厂清洗工。身材比较胖，相貌平平，不爱打扮，也不会打扮。她性格内向，说话生硬，我行我素，不怕伤人，也不太注意别人的情绪。她嫉妒条件优越的女人，几乎恨所有的男人，对生活中的一切似乎都不满意，像一座随时都会喷发的火山，是家庭中紧张气氛的主要来源之一。其实她心地善良，爱母亲，喜欢小孩儿，愿意干别人不爱干的力气活儿。获得真正的爱情之后，她的女人味儿越来越浓了。

（4）张大军

次子。22—32岁。邮递员。身材适中，是兄弟中最英俊的一个。性格开朗，举止帅气。他嘴很甜，见什么人说什么话，很讨女人喜欢。他胸无大志，生活态度非常实际，喜欢赶时髦，为人比较自私。与他人发生利益冲突的时候，他可以当仁不让，能争则争。其实他内心很软弱，在街上胆小怕事，在单位怕领导，在家里怕老婆。在遇到人生挫折的时候，他会丧失尊严和自信，失去生活的方向而一蹶不振。他一贯讲究衣着和发型，婚姻出现危机之后竟然不修边幅了。

（5）张大雪

次女。20—28岁。医院妇产科助产士，卫生学校毕业。清秀文静，不言不语，说话脸红，喜欢独自深思和读书，喜欢自己的职业和工作，却不喜欢也不善交往，是个影子一样的人。她皮肤很白，喜欢素色的衣服和白色的针织品，四周的环境总是纤尘不染。这种生活状态不是源于怪癖，更不是源于自卑，而是源自她善良的天性和超凡脱俗的品格。她不信宗教，身上却散发着大慧大善的宗教气息，令人感到亲近和神秘。她爱所有的人，脸上永远带着淡淡的纯洁的笑容。她是一个梦，为真切的故事蒙上了一层优美的面纱。

（6）张大国

老儿子。18—28岁。农业部机关干部，农大毕业。身材十分高大，在兄妹中显得很突出，有着与年龄不符的稳重。他是那种生存能力很强、有出息、有人缘、有心计、有道德和使命感、让人放心并让人寄予厚望的好孩子。他清楚自己需要什么，清楚自己应当做什么。他可以排除各种干扰，达到自己的目的。他城府太深，有优越感，太注重自身的努力，不重视别人的生存状态，因而与全家人有隔阂。他醉心于官场，看不出是为了施展伟大的抱负还是为了追逐小人之利。这是他的神秘之处。他嗓音浑厚，说话四平八稳，用词带着“官气”，有点儿做作，反而显出他的幼稚来了。

（7）赵玉淑

张大民的寡母，家庭妇女，人称张大妈。55—65岁，头发略白，衣着朴素，举止干净利索。说话直，话不多，却往往一针见血。笑的时候很慈祥，不笑的时候面孔有点儿冷，目光十分犀利。邻里们尊重她，孩子们则有点儿怕她。她爱孩子们，用“老大、老二、老三、老四、老五”称呼他们。她对老五张大国有点儿偏心眼，对老大最严厉，经常数落他。她爱劳动，不停地干这干那，里里外外，出出进进，像全家的奴仆。患阿尔茨海默病之后，整个人就安静了，似乎完全松弛下来，不再把任何事放在心里。她的脸上挂着持久的笑容，成了全家最幸福的一个人。

（8）张小树

张大民之子。1—9岁。虎头虎脑，聪明伶俐，像家中的精灵，有时候则像个幽灵。性格和智力均早熟，多少有点儿天才的意思，不时说一些莫名其妙的话，干些莫名其妙的事。他给家里带来了惊奇、欢乐和忧虑。他学习好，但是纪律不好，经常捅娄子。他喜欢提问题，对大人的权威不理解并屡次挑战。他是大人们一言一行的旁观者、评论者，甚至成了无处不在的监督者，让全家没有谁敢小看他。他与小姑张大雪心有灵犀，异常亲近。他在某种程度上象征着善良人性的延续，他小小的反叛被罩上了一层希望之光。

（9）李木勺

张大雨之夫。山西人。30岁左右。肉联厂临时工，后为个体猪场场长。面相忠厚，貌不惊人，却有进取心，也很有主见。身上兼有农民的朴实和狡猾，事业成功之后，还兼有了创业者和暴发户的双重特点。他为人处世的特点是农民式的，偏重于传统，比较守信用，讲义气。他在城里人面前很敏感，生怕被人看不起，处处小心谨慎。他很能吃苦，拼起命来像一架挣钱的机器。他忠于爱情，孝敬老者，是个比较规矩的有钱人。

（10）毛莎莎

张大军之妻。23—32岁。旅游公司导游。身材纤细，面容冷艳，有妖冶之气。她文化不高，本事不大，能量却不小，是那种心比天高命比纸薄、为达目的不择手段的女人。她在人前常常做出小鸟依人的温柔样子，一不小心就露出心胸狭窄和不知廉耻的本来面目。她的道德观念很轻浮，难以让人信赖。但是她命运坎坷以及由此引发的痛苦却是真实的。从某种程度上讲，她对丈夫的爱也是真实的，她只是受不了他的碌碌无为和清贫罢了。从表面看，她并不让人讨厌。那种被欲望和虚荣心驱赶着，终日忙忙碌碌的样子，多少令人同情和怜悯。她是一个伤感的角色，不是脸谱化的坏女人。她不脏，但是已经深入歧途难以自拔了。

二、次要人物

（11）大爷

李云芳的父亲。60—70岁。毛巾厂的退休职工，在食堂干了一辈子，回到家里继续掌灶，喜欢吹嘘自己的烹饪手艺，经常闯到邻居家里自告奋勇地露两手儿。他是一个瘦老头，不显老，倔强，认死理儿，钻牛角尖儿。喜欢下棋，输了就生自己的气，不吃饭。他唯一不输的便是自己的姑爷张大民，跟姑爷下棋把姑爷将死是他最开心的事。他越活越像小孩子，居然犯了疑心病，认准老伴跟别的老头好上了，几乎引起轩然大波。

（12）李大妈

李云芳的母亲。58—68岁。衬衫厂的退休职工。喜欢打扮自己，老来俏，是秧歌迷，迷到了神魂颠倒的地步。她性格爽快，爱笑，没有是是非非，也不爱生气，活得十分快活。难受了就哭一场，哭完了又涂脂抹粉，出去找乐了。她和姑爷张大民的脾气很相投，正应了丈母娘疼女婿那句老话。她心软，看到别人倒霉，看到动人的电视节目，说掉泪就掉泪，在晚辈面前一点儿也不感到不好意思。这是一个没有城府的身心健康的老太太。

（13）李彩芳

李云芳的姐姐。32—42岁。小学语文老师。风韵犹存，却面容憔悴，似乎是操心太多的缘故。爱管闲事，不分轻重缓急，也不分张三李四。她永远急匆匆地走在路上，奔向一个自己也没弄明白的去处。她的丈夫寻花问柳，儿子是电子游艺厅的常客。对最该管的人和最该管的事她却束手无策，管不了。

（14）李小虎

李云芳的弟弟。18—28岁。名牌大学毕业，合资企业白领雇员，一个满脑袋技术信息的近于书呆子的人。他对科技的痴迷和同龄人张大国对政治的痴迷形成鲜明对比。不过他们都认为自己是掌握了生活命脉的人。他们坚持己见，却彼此尊重。他们在杂院过道里用自己的语言交流、争辩，甚至攻击对方，脸上却带着有教养的温和的笑容。他们的英语十分流利，不用英语的时候口吻彬彬有礼，听起来有点儿可笑。

（15）刘大爷

同院邻居。居委会主任。独身老人。63—73岁。退休前是副食品公司的总务科长。人很正派，不苟言笑，非常坚持原则，发头永远梳得一丝不乱。他办事得人心，喜欢代替别人下结论，有时候弄巧成拙，有时候歪打正着。他是秧歌队的队长兼教练，被别的老汉讥为老不正经，但是他乐此不疲，自得其乐。

他是善良的老人，一向缺少家庭温暖，他把自身的热量全部贡献出来与大家分享，别人乐不乐意他就不管了。在大杂院凌乱的人际关系中，他是穿针引线的人。

（16）古大妈

邻居，寡妇，也叫胖大妈、胖婶儿。54—64岁。嘴碎，是大杂院主要的信息传播者。心地不坏，但心眼儿不多，在有意无意之间便成了挑拨是非和泼脏水的人。溺爱独子，不惜跟邻居翻脸，事后又后悔不迭。她有意亲近刘大爷，但对方无动于衷，这使她对他的种种关心成为一些人的笑柄。最终功夫不负有心人，她的善意得到了回报。

（17）古三儿

古大妈的养子。26—36岁。轧钢厂翻砂工。高大生猛，有股蛮劲儿。娇生惯养，好吃懒做，经常抱病不上班，养鱼养鸟养鸽子，不干正经事。经常以养子身份要挟，逼养母出钱出物，供其玩乐。在家里打麻将赌钱，让养母端茶递水，输了便撒野，摔锅砸碗。他霸道惯了，却不是真正的流氓，遇强则弱，真到硬碰硬的时候往往先软掉了。他结伙盗窃厂里的钢材，被判了两年刑，在养母的心上狠狠地插了一刀。他没有朋友。当张大民代替生病的古大妈去探监的时候，这个逆类的心头有了一丝颤动。

（18）贺小同

张大民的徒弟。18—28岁。漂亮的青皮后生，没文化，没理想，没心没肺，却有信义，有感情，有德行。对师父佩服得五体投地，把师父的难处当成自己的难处，有求必应。还把自己的难处当成师父的难处，什么话都对师父讲。随着年龄的增长，他对师父的依赖渐渐少了，也更为主动，却从来不敢在师傅面前造次。他们的师徒关系是传统的，像出生入死的战友，如今是难得一见了。真诚的个性造就真诚的人际关系，这个小人物的行为体现出这个真理。

（19）郑主席

张大民的同事，保温瓶厂的党委副书记兼工会主席。曾经是张大民的师父，对张大民一直恨铁不成钢，对张大民的不求上进始终痛心疾首。他是张大民的批判者、指路人，或许还自认为是他的“教父”。他热爱工作，严以律己，处事死板，没有人缘。在要退休的时候突然脑出血，进而半身不遂，成了真正的“孤家寡人”，也在探病的徒弟面前成了失败者。一个不知道什么叫乐观的人，终究被幸福抛弃了。

（20）徐万君

毛巾厂技术员，上海人，后来是美籍华人了。李云芳的初恋情人。28—38岁。戴厚厚的眼镜片，举止庄重，神情和蔼，不善言辞。是知识分子，或许也是大好人。但识面不识心，他把恋人无情地抛弃了。

三、辅助人物

（21）武兰

李彩芳的女儿，13—15岁，一个清秀的姑娘。一闪而过，却令人深深感到她的不幸福。她的忧郁来自何处？与那位漂泊在外的父亲有关吗？

（22）马大夫

贺小同的表哥，私营心理诊所的受雇医师。30岁左右。为病人指点迷津，给失恋者拨开迷雾。最终他却受不了老婆移情别恋，服药自杀，未遂后尴尬而痛苦地躺在病床上，接受昔日病人的慰问与开导。这是生活的直接隐喻，证明理论在现实面前的软弱无力，又证明有权解释生活逻辑的人并不是那些职业的说教者。

（23）赵炳文

张大雪的初中同学，是她单相思的恋人，也是唯一的恋人。他20岁出头，入伍到边疆，死于一次车祸。岁月流逝，没有任何人知道张大雪的这个秘密。人们无意中看到了这个青春焕发的年轻人的相片，纯真的笑容令人心碎。他的遗像与张大雪的遗体一同焚化了。这个人物以照片的形式出场，其分量却不输任何出场人物。

（24）张圣田

张大民之父，死时42岁。他也是以照片的形式出场的，自始至终悬在陋室的墙上，用严厉而又慈爱的目光注视着他的亲人。他纵有千言万语，却一个字也吐不出来了。他眉眼中隐隐约约的伤痛，就是源于这永恒的别离之苦吧？

（25）警察

30岁左右。说话直来直去，略带人情味儿。

- **剧情结构**

在剧本创意阶段，编剧可能只是对故事有个总体的构思，人物和人物关系已经确定，故事发展的脉络也基本清晰，但还没有到具体的情节创作的阶段。有些编剧出于版权保护的考虑，一般也不会太多地透露剧情，只是写些简短的故事介绍。也有编剧为了得到制片方的认可，可能会写出详细的故事大纲。

25.2　故事梗概

故事梗概也叫故事大纲。有人想把故事梗概与故事大纲区分开来，以为故事大纲比故事梗概要更详细，其实无论从字面意义还是从现实来看，二者并没有大的区别。

编剧写故事梗概，无非有两个目的：一是整理自己的创作思路，形成故事创作提纲，作为剧本创作的模板；二是为了给制片方看，使他们能够认可并接受自己的创作思路。

对于很多制片方来说，故事梗概才是最重要的，有时候，一份好的故事梗概就可以打动制片方或投资商，一位有经验的制片方也完全可以从故事梗概中看到未来的影视剧的价值。

一般情况下，影视公司在认可了某个项目（题材）后才会聘请编剧创作故事梗概，对于那些独立创作的编剧来说，只有在他认为这个题材很有价值的时候才会着手创作故事梗概。

故事梗概包含人物和人物关系、基本的故事走向、主要的剧情结构、故事的风格等，已经具备了剧本的基本故事框架。

剧本创作是从创作故事梗概开始的。对于编剧来说，完成故事梗概的创作，几乎等于完成了整个编剧40%以上的工作。写作故事梗概甚至比创作剧本更为困难。

故事梗概大致可分为三类：一是故事大纲，二是分集故事梗概，三是分场景故事梗概。

25.2.1　故事大纲

故事大纲其实就是故事的基本框架，包括剧情的发展过程、人物关系的基本变化以及剧情结构等。

在国内，剧本故事大纲并没有统一的格式，编剧们也是各有各的习惯。有的喜欢写得很细，有场景有对话，写得像小说，一份故事大纲能写到几万字甚至几十万字；有的写得很简单，一部电影只用几百个字就写完了，也很精彩。很难说哪种写法更好、更规范。对于编剧来说，写故事大纲无非是为了让别人理解故事的价值，同时也是为了整理自己对剧本的构思，为创作打下一个基础。

一般说来，好的故事大纲应该达到以下基本要求：

（1）主要人物性格鲜明，行动线和命运线清楚；

（2）故事发展脉络清晰，情节链相对完整；

（3）能够体现故事的风格和特征。

【案例七】

电影《教父》故事大纲

1945年夏天，美国黑手党科莱昂家族首领——教父维托·唐·科莱昂为小女儿康妮举行了盛大的婚礼。教父有三个儿子：好色的长子逊尼、懦弱的次子弗雷德和刚从二战战场回来的小儿子迈克。逊尼是教父的得力助手；而迈克虽然精明能干，却对家族的“事业”没什么兴趣。教父是黑手党首领，常干违法的勾当。但同时他也是许多弱小平民的保护神，深得人们爱戴。他还有一个准则就是决不贩毒害人。为此他拒绝了毒枭索洛佐的要求，并因此激化了与纽约其他几个黑手党家族的矛盾。圣诞前夕，索洛佐劫持了教父的大女婿汤姆，并派人暗杀教父。教父中枪入院。索洛佐要汤姆设法使逊尼同意毒品买卖，重新谈判。逊尼有勇无谋，他发誓报仇，却无计可施。迈克去医院探望父亲，他发现保镖已被收买，而警方亦和索洛佐串通一气。各家族间的火并一触即发。迈克制定了一个计策诱使索洛佐和警长前来谈判。在一家小餐馆内，迈克用事先藏在厕所内的手枪击毙了索洛佐和警长。迈克逃到了西西里，在那里他娶了美丽的阿波萝妮亚为妻，过着田园诗般的生活。而此时，纽约各个黑手党家族间的仇杀却越来越激烈。逊尼也被康妮的丈夫卡洛出卖。教父伤愈复出，安排各家族间和解。听到噩耗的迈克也受到袭击。被收买的保镖法布里奇奥在迈克的车上装了炸弹。迈克虽幸免于难，却痛失爱妻。迈克于1951年回到纽约，并和前女友凯结了婚。日益衰老的教父将家族首领的位子传给了迈克。在教父病故之后，迈克开始了酝酿已久的复仇。他派人刺杀了另两个敌对家族的首领，并亲自杀死了谋害他前妻的法布里奇奥。同时他也命人杀死了卡洛，为逊尼报了仇。仇敌被尽数剪除。康妮因为丈夫被杀而冲进了家门，疯狂地撕打迈克。迈克冷峻地命人把康妮送进了疯人院。他已经成了新一代的教父——唐·科莱昂。

25.2.2 分集故事梗概

分集故事梗概主要是针对电视连续剧而言的，要求按集写出故事梗概，每集的故事脉络及人物关系都要梳理清楚，一般要求500—1500字。

与一般的故事梗概相比，分集故事梗概更为详细，已经形成了未来剧本的雏形。从制片人的角度说，看了这个梗概，对整部剧的情节构思乃至剧作者的功底都会有所了解；而对剧作者来说，这已经是比较完整的故事，只需加些场景，加上对话，就能把剧本写出来。

在很多情况下，分集故事梗概是在故事大纲的基础上写成的，也有的剧作者并不习惯写故事大纲，直接就写分集梗概。

分集故事梗概虽然不要求按场次来写，但应该将每集戏中最主要的事件写出来，有时甚至要求把主要场景中发生的情节都写出来。

【案例八】

电视剧《绝命毒师》第一季第一集分集故事梗概

在沃尔特50岁生日的时候，他回顾自己的一生：他的学历远远高于现在任教的高中化学老师，有叛逆期的儿子、怀孕的老婆。就在今天，他得知自己患上了肺癌，还有两年的时间存活于世上。

他对周围的世界瞬间感到麻木，他极力向家人隐瞒自己患上肺癌的事实。他打算向在药监局工作的妹夫征求意见，而药监局刚抓获了一个大毒贩。

正在他等待妹夫时，他发现有人从大楼的窗户跳了下去。他立马认出这个人就是自己之前的学生杰西。杰西正为了躲避药监局，逃往自己的车上。

当晚，沃尔特跟踪杰西，两人商量好一个要一起制毒的计划：由沃尔特负责制造安非他命，而由杰西来卖。

第二天，沃尔特从学校偷来了化学药物，两人一起躲在房车里准备制毒。

沃尔特用娴熟的技艺造出了令杰西赞不绝口的安非他命。杰西将毒品带到毒贩面前，毒贩知道杰西和艾米洛之前都有前科，所以想铤而走险。他拿杰西和艾米洛的性命威胁沃尔特，让他交出安非他命的配方。

沃尔特答应了毒贩的请求，给毒贩展示安非他命的制作过程时，他估计加入了错误的化学药物，设法造出毒气，困住了毒贩。毒贩晕倒，沃尔特和杰西驾着房车离开，但是房车突然间抛锚。此时警车突然出现，沃尔特拿出枪准备战斗，但只是虚惊一场。

沃尔特将房车开回城里，并将毒贩的尸体藏在了杰西的家里。

25.2.3　分场景故事梗概

在国内，很少有要求写分场景故事梗概的，编剧们也不习惯这样做，在他们看来，这样的工作实在太烦琐而且没有必要。但如果把前面提到的分集故事梗概与以后完成的剧本进行比较就会发现，分集故事梗概的内容与剧本可能差距很大，制片人很难根据这样的梗概对以后的剧本做出判断。事实上，有些人可以把梗概写得很好，但写出剧本又是另外一回事。尤其是几个人合作写的时候，这一步更是不可或缺的。

到了分场景故事梗概阶段，剧本才算真正有了完整的形态。剧本的优劣基本上能够体现出来了。

写分场景故事梗概要求把每个场景里所发生的情节简要地描述出来，有时还会有简单的对话提示。

【案例九】

电视剧《绝命毒师》第一季第一集分场景故事梗概

1.戈壁　日　外

沃尔特仅穿着内裤，戴着防毒面具，惊恐地驾驶着房车，行驶在荒无人烟的戈壁上。车上还有奄奄一息的杰西、疯8、埃米利奥。

房车突然停下，沃尔特冲出房车。听到警报声，沃尔特穿上衬衣冲进车内取出DV录制遗言。

沃尔特取出手枪，走上马路，将枪指向正在驶来的警车。

2.杂房/沃尔特家　夜　内

字幕：三周前

沃尔特半夜苏醒，在满是婴儿用品的房间，边锻炼身体边看着自己的奖杯。

3.餐厅/沃尔特家　早晨　内

沃尔特和妻子一起吃早餐，小沃尔特拄着拐杖进来，斯凯勒和小沃尔特祝沃尔特生日快乐，三人说起买热水器的事。

4.路途　日　外

沃尔特驾车载着儿子到达学校。

5.教室/学校　日　内

沃尔特在课堂上讲授化学，有学生捣乱。

6.办公室/学校　日　内

沃尔特在办公室吃午饭。

7.洗车店　日　内

沃尔特在洗车店兼职收银，老板要求他去洗车。

8.洗车工场　日　内

沃尔特正在帮人洗车，被课堂上捣乱的学生取笑。

9.路上　日　外

沃尔特驾车回家。

10.沃尔特家客厅　日　内

亲友们来沃尔特家聚会，为他庆祝生日，当警察的妹夫提到抓捕毒贩的事，沃尔特对制毒的巨大利润产生兴趣，妹夫无意中提到可以带他参加搜捕毒贩的行动。

11.空镜：塞满派对垃圾的垃圾桶

12.卧室/沃尔特家　夜　内

斯凯勒与沃尔特在床上交谈，斯凯勒挑逗沃尔特，沃尔特却提不起兴趣。

13.洗衣店　日　内

沃尔特在洗车店兼职，突然晕倒。

14.路上　日　外

沃尔特在救护车上向护士解释自己没事，并表示想下车回家，却被拒。

15.检查室/医院　日　内

沃尔特在医院体检。

16.医生办公室/医院　日　内

医生告知沃尔特患肺癌，沃尔特走神。

17.沃尔特家　日　内

沃尔特回到家，与斯凯勒交谈并隐瞒患癌事实。

18.洗衣店　日　内

老板要求沃尔特去擦车，沃尔特拒绝并咒骂着离开。

19.游泳池　夜　外

沃尔特坐在家中游泳池旁，沉思片刻后，向汉克打电话表示要参与缉毒行动。

沃尔特跟随汉克观看抓捕毒贩行动。

20.某制毒所

沃尔特和妹夫汉克坐在车上，观看警察抓捕毒犯。警察冲进制毒现场，抓捕到罪犯，沃尔特向汉克表示希望进入犯罪现场参观。

在车中等候的沃尔特巧遇正在逃跑的杰西，认出了他的车。

21.杰西住所　日　外

杰西回到家，见到等候他的沃尔特。沃尔特提议与杰西合作制毒。

22.沃尔特家　日　内

斯凯勒与玛丽在家中交谈。

23.学校仪器室　日　内

沃尔特从学校仪器室拿走制毒所需的器具。

24.杰西住所

沃尔特将制毒器具送至杰西家，并商讨制毒地点，杰西提议买一辆旧房车。

25.汽车店　日　外

沃尔特将钱交给杰西，要求杰西买下房车。

26.商店　日　内

沃尔特与斯凯勒带残疾的小沃尔特买裤子，沃尔特怒打嘲笑小沃尔特的人，斯凯勒与小沃尔特震惊不已。

27.郊外　日　外

沃尔特与杰西在郊外的房车内制毒，高纯度的冰毒让杰西惊喜不已。

28.疯8住所　日　内

杰西找疯8商讨合作贩毒的事宜。

29.郊外偏僻处　日　外

杰西被迫将疯8、埃米利奥带至沃尔特制毒处，两方发生争执。沃尔特教授制毒法时，用计将两人毒晕。沃尔特不顾误着的大火，将房车开走。

30.戈壁　日　外

沃尔特仅穿着内裤，戴着防毒面具，惊恐地驾驶着房车，行驶在荒无人烟的戈壁上。车上还有奄奄一息的杰西、疯8、埃米利奥。

31.杂房/沃尔特家　夜　内

沃尔特整理贩毒挣来的纸币。

32.卧室　夜　内

沃尔特躺到床上，斯凯勒怀疑沃尔特出轨。

编剧特训营

选择一部你喜欢的悬疑小说或玄幻小说，尝试着把它改编成电影或电视剧，并写出剧本策划书或项目企划书。

【基本要求】

1.在认真研究原作的基础上写出剧本策划书；

2.策划书包括题材价值分析、项目定位及价值、人物设置和故事梗概等。

【作业目的】

学习和体会剧本策划书的写作要领。

第 26 章 剧本写作

一般情况下，编剧只有在自己编写的故事梗概得到制片方认可以后才会进入剧本写作阶段，即便是独立创作，也要先把故事梗概修改得令自己满意了，才会着手创作剧本，也就是说，大多数编剧其实都是根据故事梗概来撰写剧本的。

大多数编剧都是自己编写好故事梗概然后自己写剧本的，但有的时候写剧本需要有一个创作团队，剧本是多人一起策划的，故事梗概也有专人撰写，编剧只能根据他人写的故事梗概写作剧本。

很多人认为，有了故事梗概，人物有了，事件有了，故事走向有了，甚至连具体的剧情乃至有些重要的台词都有了，到了这个时候，写起剧本来应该也比较容易了，其实不然，要把故事写成可供拍摄的剧本仍然是一项很艰苦的工作。

对于编剧来说，除了掌握基本的剧作技巧，还应该掌握剧本创作的基本规则和基本格式。

26.1 剧本形式及其功用

在影视剧拍摄过程中，会有三种剧本形式的变换：首先是由编剧编写文学剧本；然后导演将编剧提供的文学剧本改编成供拍摄用的分镜头剧本；最后场记还会记录下拍摄过程，整理出完整台本，供后期剪辑用。

26.1.1 文学剧本

文学剧本一般由编剧编写，导演、制片人或剧本责编也可能参与其中。文学剧本的功用是为影视剧拍摄提供故事蓝本。

文学剧本是一种运用电影思维创造银幕形象的文学样式，是剧作者根据自己对生活的感受、认识和理解进行艺术构思，并按照电影表现手法也称蒙太奇手法（包括场景、环境、人物形象、行为、动作、对白、音响及其他细节）通过文字描述以表达自己对未来影片设想的作品。

文学剧本主要为拍摄影片而写作，必然受到影视剧特性的制约，必须符合影视艺术的基本规律和要求，它创造的形象虽然以文字为媒介，但必须能够通过影片的摄制，以各种技术手段在银幕上体现出来。

26.1.2 分镜头剧本

分镜头剧本是导演的工作台本。

文学剧本为拍摄电影奠定了基础，但它还不能直接用来进行拍摄，导演还要根据剧本内容和自己的总体构思写出分镜头剧本。编写电影分镜头剧本，是将文学形象变为银幕形象的重要环节。主要任务是根据编剧创作的文学脚本来设计相应的画面，配置音乐音响，把握片子的节奏和风格等。

分镜头剧本主要包括镜号、场景、景别、特技、镜头内容、音乐、音响等，不仅把文学形象变为银幕形象，而且赋予影片独特的艺术风格。

26.1.3 完成台本

完成台本亦称镜头记录本，是场记根据已摄制并修改完成的影视片，将镜头顺序、景别、摄法、画面内容、台词（或解说词）和音乐、音响及其长度等准确而简略地记录下来的完整剧本，做存档、发行及查考之用。其形式与分镜头剧本相似，但性质完全不同。

分镜头剧本是影视片摄制前的设想，拍摄过程中往往会变动，而镜头记录本是完整影视片的记录，两者所记录的拍摄内容和处理方式常常是不同的。

26.2 剧本要素

剧本就是把故事的画面内容写下来供演员表演用的，包括声音和画面两个方面。声音主要是人物对话，即台词，还有音乐和音响；画面内容则包括场景、人物动作、人物表情等。

26.2.1 台词

台词是指戏剧、电影、电视剧中角色所说的话，包括对白、独白和旁白。对白是人物对话；独白一般用来表现人物心理，也就是内心想说而没说的话；而旁白则是画面外人物所说的话，多以叙述者的口吻讲述。

台词是剧本最重要的组织部分，也是它的基石。在很多影视剧本中，90%以上都是台词。一般情况下，电视剧本的台词比电影剧本的台词更多，戏剧剧本的台词又多于电视剧本，因为电影要在90—120分钟内把故事讲完，节奏快，动作性强，场景转换快；而电视剧故事长，可以娓娓道来，场景少，节奏慢，成本也低；戏剧更是受场景限制，只得靠对话来推动剧情。

在影视剧中，人物对话是表现人物性格、推动剧情发展和展示人物命运的最重要的方式。

在剧本中，独白和旁白都是以画外音的方式来表现的。

26.2.2　场景描写

剧本中的场景描写一般都很简洁，给美术师置景提供必要的信息就可以了，描述时要有画面感，甚至可以有些拍摄上的提示。以下是电影《楚门的世界》剧本中的一段场景描述：

- **海天堂岛闹市区，外景，白天**

　　一个大广角镜头，我们看到这是一个紧靠一片小巧漂亮的海湾而建筑的中等规模的不知名的城镇。一群高层建筑临海而立，俯视着海边的游艇码头。商业中心周围是错落有致的小镇郊区。

- **海边街道，外景，白天**

　　杜鲁门的车停在海边大道路口的交通灯前，他凝望着通往海滩的木质拱门和远处的大海，我们看到了他脸上的表情，这幅场景引起了他的回忆——

在这里，几乎每句话就是一幅画、一个镜头，先是一个城镇的远景镜头，然后是海边的建筑，接着是游艇码头的俯拍镜头，最后才是商业中心。

- **一座未完工的桥梁，外景，夜晚**

　　这是一座还没有完全建成的桥梁，只建到半空中，混凝土中露出了钢筋。道路已经铺好，但还没有竖立任何标志。杜鲁门和马隆站在这座桥的一端。马隆30多岁，体形健壮，喝着听装啤酒。杜鲁门正在用一根木棍画出一个高尔夫发球区。他们两人的汽车停在一旁，车前灯照射出了一个球场。他们的目标是桥尽头的一块标志牌，上面写着“海天堂堤道，连接海天堂岛和世界的其他地方：你的出租汽车费可在此省去”，标志牌下面一个倒扣着的锥形塑料桶是他们的高尔夫目标洞。

这段场景描写镜头感很强，先是一个远景——一座未完工的桥；然后通过一个近景拍出裸露的钢筋这样的细节，突出桥的未完工；然后是置身于其中的两个人物；接着是汽车以及汽车灯光照射出的球、桥尽头的标志牌；最后是倒扣着锥形塑料桶的球洞。

26.2.3 动作描述

除了台词，动作描写也是剧本中很重要的部分。在电影和电视剧中，人物的行为动作是依靠演员的身体表演出来的。在剧本中，有些编剧对人物动作描写很简洁，或者只是有些简单的提示，而在很多电影剧本中，对人物行为动作的描写很是细腻，且很有镜头感。

以下是电影《阿甘正传》剧本中的一段描述：

外景，萨凡纳的一条街道，白天，1981年

一片羽毛在空中飘舞。随着它慢慢飘落，萨凡纳城在背景中显现。羽毛向城市、地面飘落下来，随着路过的行人和车辆，几乎都落在一个男人的肩上。那人穿过马路，羽毛被轻轻一带，重又飘舞起来，落在一辆停着的汽车上。车子开走了，羽毛飘向地面，又从另一辆开过的车下飘过去，重新飞翔起来。一名男子坐在等车椅上。那片羽毛飘过地面，最终落在那人沾满泥巴的鞋上。那人弯下腰，捡起了羽毛。他的名字叫福雷斯特·甘。他奇怪地看着羽毛，然后将一盒巧克力从一个旧手提箱上拿开，打开箱子。里面放着一些衣服、一个乒乓球拍、一筒牙膏，还有其他一些日常用品。福雷斯特抽出一本书，那是《好奇的乔治》，他将羽毛夹在里面，然后盖上手提箱。从神态上可以看出他正若有所思；直到听到一辆汽车开过来，他才缓过神来。汽车靠站，又开走了，福雷斯特仍坐在等车椅上。一个穿护士服的黑人妇女走过来坐在福雷斯特旁边。那个护士开始看一本杂志，而福雷斯特却看着她。

以下是《楚门的世界》剧本中的一段描述：

杜鲁门家，外景，白天

杜鲁门穿着标准的办公族的西装，拎着公文包，出现在他快乐的、具有维多利亚风格、用尖桩篱笆围着的家门前，踏上风景如画的小镇郊外的街道。邻居斯潘瑟，边吹着口哨边打扫着垃圾桶。杜鲁门走向自己的车子，他的汽车牌照上写着“海天堂——生活的好地方”几个字。

斯潘瑟：“早上好，杜鲁门。”

杜鲁门：“早上好，斯潘瑟。万一我今天见不到你了，那我现在就都对你说了吧，下午好、晚上好、晚安。”

斯潘瑟的狗帕鲁托，对着杜鲁门快乐地叫着。

杜鲁门拍着帕鲁托：“嘿，帕鲁托。”

杜鲁门冲着街对面的华盛顿一家点头致意。他们是非洲裔的黑人。华盛顿正和妻子、孩子告别。

杜鲁门正准备爬进他的汽车，一阵尖利的呼啸声吸引了他的注意力。突然，一个巨大的球状玻璃物体从空中坠落下来，落在离他的汽车几码远的地上，发出震耳欲聋的声响。杜鲁门被眼前的事情惊呆了，他看了看斯潘瑟，才发现斯潘瑟已经带着小狗帕鲁托回到屋子里了。华盛顿夫人和她的儿子也被吓住了。杜鲁门想知道是怎么回事。在一大堆碎玻璃中，还留着一些残破的灯具。

电影和电视剧都是视觉艺术，人物心理只能通过视觉化的形象来表现。一般说来，人物心理主要是通过台词和动作表情以及内心独白来表现的。

以下是电影《八又二分之一》剧本中对人物的一段心理描写：

小火车站，外景，白天

小火车站上几乎空寂无人。共有两三个带有顶棚的站台，中间隔着铁轨。一列货车在一号站台旁慢吞吞地挂车皮。这时是下午两点。古依多在二号站台等人，他觉得很热，心里很烦。

古依多（自言自语地）：“她不来就好了。”

他怀着不由自主的漠然心情，恹恹地望着一列火车从轨道尽头冒出，飞快地朝车站驶来。车头在他面前驶过，停了下来。旅客纷纷下车，挤满了站台。古依多用不怎么热切的目光在人群中寻找着。他朝车头走几步，然后折回来朝车尾走几步。他看看身边经过的人，又看看车门和车窗。他没找到要等的人，但他似乎并不懊恼，只是感到诧异。他停下脚步，来回望着月台的两端，又瞧瞧火车。没人下车了。列车长从头到尾巡视着各节车厢，关上敞开的车门。

古依多朝左右两边看了最后一遍，脸上露出一抹淡淡的、仿佛感到轻松的微笑，然后双手插进口袋，迈着自如的步子，朝地下通道走去。挂车皮的那列货车慢慢驶离一号站台，车站大楼重新投入眼帘。这时，从一号站台方向传来一个女人的喊声。古依多止住脚步转过身……

轨道那边的站台上站着一个年轻女子，正朝他挥手，欢快地喊他，向他打招呼。旁边站着一个推着好几只手提箱的搬运夫。

古依多很纳闷，下意识地感到不悦。但须臾后，他的脸上就出现了一个欢乐、亲切的笑容。

古依多（朝着那个女子大声问）："你是从哪儿钻出来的？"

那个女子指着地下通道入口处，大声、欢快而平静地答道："地下通道。"

她耸耸肩笑了。一身淡雅的衣服很入时，但考究得有点可笑，是旅行服。她就是我们在影片开头的梦境镜头中看见的女郎。她的丰腴的体态、安详的神情、白嫩的皮肤，以及漂亮的脸蛋，使人想到19世纪的典型美女。

那列挂车皮的货车慢腾腾地开回来，把她遮住了。

古依多朝地下通道而去，踏着坚定有力的步子走下台阶。他脸上没有表露出任何想法和念头。他现在的所作所为正是他该做的。他消失在半明半暗的台阶底部。

不久，他在一号站台出现。那个女子名叫卡尔拉，正好朝出口处走来，身后跟着推行李的搬运夫。古依多迎了上去。

古依多："我刚刚在那儿……没瞧见你……你好吗？（他偷偷朝四周瞟了一眼，飞快地吻了一下她的脸颊，接着说）……带了这么多东西！五个手提箱！"

卡尔拉："只是几件衣服……也有晚上穿的……晚礼服嘛，你知道，是很占位置的……"

古依多："可是，你要知道，这儿一到晚上就睡觉，没有夜生活……"

卡尔拉不想放弃过社交生活的计划。

卡尔拉（含着微笑，用平静和乐观的口气坚持着）："这儿风景优美，季节也正合适。举办几场时装表演，开几次舞会，都挺不错……就在我们的旅馆里开嘛……"

古依多（不耐烦地匆匆打断她）："有件事……我住的旅馆客满，一个房间也没有…… 况且这儿熟人很多……只好把你安顿到别处……一个很好的旅馆……”

他们走出车，来到小广场上。古依多匆匆走到他的汽车旁。这是一辆很豪华的弗拉米尼亚牌汽车。他喊搬运夫过去。

古依多：“到这儿来！……”

26.3　剧本的基本格式

剧本是供拍摄用的，它要为导演、摄影师、演员等提供必要的信息，编剧其实就是要把未来电影或电视剧的画面故事用文字表现出来，所以他要使剧本能够为导演和演员等制作人员提供必要的信息，并保证剧本中所呈现的内容能够生动准确地还原为完整的影像故事。

有人以为电影比电视剧更艺术化也更讲究镜头感，有些电影编剧喜欢在剧本中加入自己对画面的镜头设计，以此显示自己对影视语言的理解，而电视剧似乎简单些，剧本中90%以上都是对话，但就剧本格式而言，它们其实并无本质上的差别。

剧本并没有固定的格式，创作原本是讲究个性化的，但作为编剧必须意识到，自己创作的剧本是为拍摄用的，要尽量使剧本的格式符合拍摄的要求。

从拍摄的角度看，剧本格式有两个基本要求：

（1）强调视觉化和镜头感

影视剧就是用镜头来讲故事，所以编剧应该懂得视听语言，学会用画面来进行思维，尤其对环境、人物外表、行为及心理的描写要视觉化。

编剧在写戏的时候，应该把自己的眼睛想象为摄像机的镜头，只能描写那些可视可听的事物，这与写小说时的感觉很不相同。譬如在小说里，可以写：“夜，甜蜜而温柔的夜。”可是在电视剧里，由于没有可视化的形象，难以用画面表现出来。在小说里表现痛苦的时候，经常会用“破碎的心”来形容，而说某个人陷入迷茫时经常会说这个人“找不着北”，可是在电视剧里，这样的描写缺乏形象感和画面感，根本没法表现。

请看以下小说中的一段描写：

黄昏时分，海水呈暗褐色，海面变得有些暗淡。浪涛不高，也不猛，但却在朦胧水汽的笼罩下，一刻不息地汹涌、鼓荡。都说大海胸怀宽阔，能容得下人间一切不平；那么，像这般不停地汹涌激荡，难以平静，岂不也是胸中有块垒难消，在永恒的骚动中发泄那无穷的积愤吗！

轮船甲板上，静悄悄的。好不容易摆脱了一群俗人纠缠的少年和尚手抚船舷，静观默思。刚才，那种狂傲不羁、称霸一世的气概一扫而净，代之以严肃庄重的神情。他凭栏独立，远眺海天，清癯白净的脸庞表现出一副孤傲倔强的模样，但在这背后，又分明埋着一种难以言说的隐痛。一双大眼睛冷凝幽深、顾盼天地，时时流露出一种嘲弄人生的敌意。

这是小说中的描写，其中许多内容显然很难用画面来表现，譬如某些情绪化的语言，主人公孤傲背后的"隐痛"及"嘲弄人生的敌意"，等等。倘若改编成剧本，可以这样写：

大海，黄昏，外景

一艘客轮静静地行驶在海面上。

海面暗淡。

随着客轮的移动，海面也在波动。

甲板上，一位身穿袈裟的少年和尚凭栏而立，手扶着船舷，远眺着海天。

暗褐色的大海，浪涛翻滚。

少年和尚冷傲的脸上，嘴角挂着冷冷的笑意，似乎含着某些隐痛。

黑色的大海。

少年和尚忧郁的眼睛。

（2）分场景

电影和电视剧都是按场景拍摄的，要求每场戏都标明场地、时间（日景或夜景）、内景或外景及人物。之所以要这样做，主要是为了给后面的拍摄提供方便。因为要分场次进行拍摄，所以在制订生产计划前要对剧本进行分解，画出剧本分解图，让人一看就明白某个场景总共有多少戏，有多少日景戏、多少夜景戏、多少内景戏、多少外景戏，这样计划起来就很方便。

以下是几种较为流行的剧本格式：

- **格式1**

这是国内编剧经常采用的剧本格式。以下案例选自卢炜先生的剧本《白鹿原》。

1.白鹿原　　　　　　　　　　　　（秋）日　外

土塬浑然屹立，沐浴在金秋的阳光中。

农人们有的在抖动着缰绳驾骡耙地。

碾耙过后的土地平坦顺展、肌理均细。

麦场，农人们正在扬麦。

这是农人在抚育着生命的永恒图景。

2.祠堂私塾　　　　　　　　　　　　　　　　　　（秋）日　外

孩童们的声音（画外音）："有子曰：其为人也孝弟，而好犯上者，鲜矣；不好犯上，而好作乱者，未之有也。君子务本，本立而道生。孝弟也者，其为仁之本与！"

村童哄然冲出私塾，散去。

黑娃、鹿兆鹏和白孝文撒腿跑在最前面。

3.白鹿村祠堂　　　　　　　　　　　　　　　　（秋）日　外/内

三个孩子跑来看热闹，只见祠堂里里外外，工匠族人在忙着大修祠堂，场面红火，洋溢着快乐的气氛。

白嘉轩在巡视，一脸庄重的神情。

鹿子霖惶惶不安地搓着手匆匆进来："嘉轩，嘉轩，革命了，反正了，宣统皇帝下位位了。"

白嘉轩和众人惊讶，不敢相信。

半晌，白嘉轩一挥手："都别歇着，干活！"

祠堂内又热闹起来。

鹿子霖："都啥时候了，你还有闲心修祠堂？！"

白嘉轩："世道乱了人心不敢乱！"

● **格式2**

这是港台编剧经常采用的剧本格式。以下案例选自台湾编剧陈文贵先生的剧本《财神也是人》。

场：1	景：府衙书房
时：日	人：何谨、财神、小玉

△何谨惊喜

△财神微笑

△小玉喜悦

何谨：梅娘全招了，你真的未婚！

财神：[一笑] 我早说了，我是被冤枉的，只是大人不信！

何谨：我信……我信……小玉你们马上成亲！现在就拜堂！

小玉：爹，这也太快了吧？

何谨：[心有余悸] 我怕九王爷又来抓你啊！来人，把媒婆、吹鼓手立刻给我找来！

△一名衙役跑入

衙役：大人，九王爷传召！

何谨：何处召见？

衙役：公堂！

△何谨一震

△财神与小玉不安互视

场: 2	景: 公堂
时: 日	人: 九王爷、何谨、牢头、众狱卒、众衙役

△“公正廉明”的横匾

△九王爷穿着官服，一脸严肃

△大批武士站立两旁

王爷：[冷笑] 何大人，圣旨已下数日，请问你征召了多少宫女？

何谨：[颤抖] 一个也没有。

王爷：[冷笑] 何大人，你这是把圣旨当成耳边风了？圣旨要你征召全城女子，你居然一个也不抓，你这不是抗旨欺君吗？

何谨：[颤抖] 王爷……王爷……抓来的人都被王爷卖了，哪来的人？

王爷：[冷笑] 哦？被孤王卖了？大人有何证据？

何谨：狱卒与牢头异口同声，可以作证！

王爷：来人，传牢头与狱卒！

画外：是！传牢头与狱卒——

△牢头与狱卒们面色苍白上堂，跪下

△何谨胸有成竹望着大家

牢头：小人张七率狱卒叩见王爷。

王爷：张七，你们看守哪里的大牢？

牢头：府衙七处大牢，皆由小人等看守。

王爷：［冷笑］张七，何大人说，牢内本来关满了少女，是孤王的人把她们卖了，有这回事吗？

牢头：没有，根本没有，牢内根本空无一人，王爷又如何买卖啊？

王爷：［冷笑］这么说，何大人是一派胡言了。

牢头：是！

何谨：［面无血色］天啊！你们全昧着良心说话啊！

王爷：［冷笑］何大人，你现在有何话说？

何谨：［颤抖］下官……下官……

王爷：抗旨欺君，玩忽职守，单凭这两条，孤王就可将你治罪！

何谨：［颤抖］天日昭昭，下官无罪……

王爷：来人啊！

武士：在！

王爷：摘了他的乌纱帽！

- **格式3**

这是韩国编剧经常采用的剧本格式。以下案例选自剧本《无敌备胎王》。

场景01

景：文萱店铺

时：夜

人：苏媛、文萱

△苏媛，蜷缩蹲着在写便利贴。

苏媛：（E）文萱姐，我们找到能报道罗贝尔贝里先生设计理念的方法了；而且，还找到向世人好好公布两位爱情故事的办法了。我会尽我最大努力的。——你的朋友苏媛

△苏媛，贴上便条，祈祷似的举起两只手放上去，然后转身离开。

〈时间经过一会儿〉

△苏媛离开后，文萱坐在刚才她坐的位置。

△文萱，摘下便利贴看。文萱在抽泣。

场景02

景：苏媛家的院子

时：日

人：苏媛、建

△苏媛，打开玄关门要外出。

△背个背包，跟平常一样轻便的穿着。

△这时候，建也打开玄关门要出门。

△把很大的两个旅行箱放在门外。

苏媛：你这是去移民吗？

建：你就那一个包？啊，也是啊……就算换装也看不出来什么嘛。（递给她一个旅行箱说）你拉吧！

苏媛：原来是这个？阻止我命运的巨大的岩石。（踢着旅行箱）

建：（一本正经）喂！那个比你身价还贵呢！

苏媛：你找死啊！

△建装作害怕。

苏媛：你别忘了，去那里如果我们一起住的事情被发现的话，那时候你真的死在我手里。

建：哎哟，那正是我想跟你嘱咐的呢！千万别挡住我的前程，绊脚石。

△建跟苏媛，哼哧哼哧地拿着旅行箱走出门外。

- **格式4**

这是美国编剧经常采用的剧本格式。以下案例选自电影剧本《拆弹部队》。

黑画面

阿拉伯人通过扩音器喊话的声音。

字幕：战斗的冲击是一种瘾，强效而致命，因为战争就是种毒品。——克里斯·海奇思

电动引擎的嗡鸣和车轮碾过地面的吱嘎声。警报声，扩音器喊话，尖叫。随着嘈杂声增强，引子淡出。

（淡入）

外景 巴格达街道 黎明 机器人

摄像机主观视角，大颗粒、低分辨率的画面中显示出一条肮脏的土路。我们正紧贴着烈日暴晒下的地面向前高速行驶。

近距离观察满是战争遗迹的街道：空弹壳、橡胶碎片、动物粪便——所有这些都通过一个古怪、晃动的视角呈现出来，显得巨大、可怖。

我们经过一个压扁的可乐罐，白色的字母"C"在屏幕上显得奇大无比，仿佛一座摩天大楼，充满了整个画面。我们撞飞罐子，继续向前猛冲。

一块飞舞的破布挡住了我们的视线，然后在我们被凹凸不平的地面弹起来后又飞走了，短暂的离地让我们瞄到一眼地平线和耀眼的太阳，然后又重重地落在地上，继续在土路上疾行。

（切至）

外景 巴格达街道 黎明

匆忙、混乱的疏散。伊拉克警察和士兵正在驱赶平民，让他们离开某种看不见的危险。

26.4 从故事梗概到剧本创作

编剧应该学会根据故事梗概来写作剧本，当故事梗概被认可之后，一般说来制片人会要求编剧按照事先商定好的梗概来写作，尤其在多人合作写剧本的时候，故事梗概的重要性更为明显，要是脱离故事自由发挥，可能会导致故事前后难以衔接，失去统一性。

有人以为，有了故事梗概，编剧只需要把台词和动作填充上去就可以了。其实故事梗概只是提供了一个简单的故事框架，即便知道发生了什么事，但这事是怎么发生的，主人公做了些什么，怎么做的，其他人又是怎么反应，说了什么话，说话时是什么样的表情，这些都需要编剧通过个人的体验表现出来，这无疑是个更艰难的过程。所以写好故事梗概只是创作剧本的第一步，真正把剧本写出来还有更为漫长的一条路要走。

在国内，故事梗概并没有统一的格式，很多编剧都是按照自己的习惯来写故事梗概的。有的写得像小说，故事写得很细，有场景也有对话；有的写得很简单，只有简单的剧情概要，场景、人物、动作、台词都得重新设计，要写成剧本，还有很大的创作空间。

根据故事梗概写作剧本，一是要把握好故事发展的脉络，领会每个事件在剧情中的作用；二是要使剧情场景化，同时把握每个出场人物的戏剧状态；三是要对每场戏进行精心策划，使每个人物的行为表现都能各得其所。

将电影《教父》第一部开头一段戏写成故事梗概也许只有这么几句话："1945年第二次世界大战结束后，在女儿康妮的婚礼上，维托·唐·柯里昂作为纽约黑手党教父，也就是柯里昂家族的家长，聆听各路角色的请求。维托的幼子迈克·柯里昂是战时的海军陆战队军官，在婚礼宴会上将自己的女友凯伊·亚当斯介绍给家人们。"对于这段剧情，首先我们要理解，这是电影的开场戏。该电影为中情节故事，这是开场戏，编剧的用意不在婚礼本身，康妮也不是该片的主人公，主人公是老教父维托和后来的新教父迈克尔，编剧的用意是借婚礼入戏，让主人公出场，同时也搭建各种人物关系，引入事件和戏剧冲突，为后面的剧情做好铺垫。借助康妮结婚这个事件，生发出的主要情节包括：一是唐·柯里昂聆听各路角色请求；二是另一位主人公迈克出场，他带女友来见家人；三是教子乔尼求助担任电影角色。其中唐·柯里昂会见客人的情节是为了表现人物性格。第一个因为女儿受辱请教父报仇，但这个人以前从来没求过教父，因为他知道教父是黑社会，害怕受牵连；第二个是求教父使他未来的女婿留在美国；第三个是教父手下的杀手。用教父对他们三个人的不同态度和不同处事方式，来表现老教父唐·柯里昂复杂的性格。教父的小儿子迈克是该片的另一位主人公，他的出场也是这段戏的主要目的，他在这段戏中并不是主角，但编剧有意突出了他的地位，他没出场，教父就因为他的缺席不肯拍全家照。乔尼在电影中并不突出，但他引出了后面的情节，接下来的戏就是汤姆到好莱坞去为他争取角色了。这段戏共有11场戏，情节基本上是按照时间顺序编排的。

【案例】

电影《教父》第一集第一段剧本

1.唐·柯里昂办公室

随着片名的出现，声带上旁白："我信任美国。"接着，身穿黑色西服、年约60岁、神情紧张的亚美利哥·波拿塞那出现在银幕上。

波拿塞那："我在美国成了家立了业。（画面后景逐渐出现）我把女儿以美国方式培养成人。我给她自由，教育她绝不可败坏家庭名声。她交了一个男朋友，不是意大利人。她跟他一起玩，一起看电影，很晚才回家。两个月前，她随他以及他的一个男朋友一起驾车出游，他们让她喝威士忌酒，然后强行非礼。她奋力反抗，保持了她的尊严。他们就把她当野兽似的痛殴。我去医院探望她时，她的鼻梁骨被打断了，上颌也被打碎了，穿上了钢丝。她见到我时，痛得哭也哭不成。（泣不成声，简直讲不下去）如同一般善良的美国人那样，我向警察局告发。警察局抓到了那两个青年，还开了庭。法院判他们三年徒刑。天哪，却是缓刑！他们当天就可逍遥法外。我站在法庭上，呆若木鸡，那两个小流氓冲着我直笑。我跟我老婆说，要惩罚他们，唯有找‘教父’。”

此人此时是在教父唐·柯里昂的办公室内，百叶窗放下了，房间中暗沉沉的。墙上映着百叶窗的影子。军师汤姆·哈金坐在小桌前阅读文件。教父的儿子——逊尼站在他父亲身旁，靠着窗口，手里拿着酒杯，显得很不耐烦。音乐声起，还可听到屋外的人声和笑声。

“波拿塞那，我们是多年的老相识了，可这还是你第一次来求助于我。你最后一次请我上你家喝咖啡是哪一年的事？我已记不清了……我们的老婆们也还都是老相识呢！”

波拿塞那：“你要什么条件，就请开吧。但你要满足我的要求。”

唐·柯里昂：“你的要求是什么？”

波拿塞那凑向教父耳旁。

唐·柯里昂：“不。这太过分了。”

波拿塞那：“我要求伸张正义。”

唐·柯里昂：“法院不是已经秉公处理了吗？”

波拿塞那：“不公平，我要求以牙还牙。”

唐·柯里昂：“可你女儿还活着。”

波拿塞那：“那么让他们跟我女儿同样受罪！我该付你多少钱？”

哈金和逊尼两人不禁相对而视。

唐·柯里昂：“你从来没有想到要靠你真正的朋友来保护你。你认为，当了一个美国人，就会有警察局来保护你，就会有法院来为你伸张正义，你从未想到过需要我这样的朋友。但是，今天你终于来了，你要我为你伸张正义。可是你又不尊我为教父；而你却偏偏又在我女儿今天这个大喜之日来要我搞暗杀——为了钱搞暗杀。”

波拿塞那：“美国待我不错……”

唐·柯里昂：“那么，找法官为你伸张正义吧！波拿塞那！品尝你的甜酸苦辣吧！不过，你如果是来和我交朋友的话，如果是来和我共聚大义的话，我们就同仇敌忾了，你的敌人就是我的敌人，他们就会闻风丧胆……”

波拿塞那慢慢地躬身，轻声说：“请你与我为友。”

唐·柯里昂：“好。你会从我这里得到正义。”

波拿塞那：“教父。”

唐·柯里昂：“可能有这么一天，我会要你为我效劳来作为报答。但这一天可能永远不会来到。”

2.唐·柯里昂花园中林荫道

1945年夏天的一个艳阳天。教父花园中的林荫道。

花园中至少有500名宾客。音乐声。嬉笑声。不少人跳着舞。宴席桌上堆满酒食。

教父站在大门口，身边站着两个儿子——弗莱德和逊尼，三人都穿着参加婚礼的盛装。教父同来祝贺的亲友亲热地握手，拧拧每一个孩子的脸。宾客们带来了成桶的自制美酒，自己烘制的面包、糕点和富有特色的意大利糕饼。

教父一家正在照合家欢相。画面中包括唐·柯里昂夫妇，逊尼和妻子桑德娜以及他们的儿女，汤姆·哈金和妻子特丽莎，特丽莎抱着新出生的婴儿，新娘康丝坦，新郎卡洛·利齐。正在排位置时，教父若有所思。

唐·柯里昂：“迈克呢？”

逊尼：“他会来的，爸爸，还早着呢。”

唐·柯里昂：“那么，等他来了再照。”

唐转身进屋，大家都不以为意。逊尼向女傧相露茜·曼琪妮神秘地微笑，她也还他一笑。然后，逊尼转向妻子。

逊尼：“桑德娜，快带好孩子们，他们几乎在撒野啦。”

桑德娜：“你自己干吗不带他们。”

哈金吻别了妻子，随着教父一路走来，走过一排酒桶，酒桶旁四个汉子侍立着。哈金向其中的纳佐灵屈了一下手指，纳佐灵向左右张望了一下，尾随着哈金走。

3.花园大门

大门外，黑色轿车内一名男子指挥着一群人在抄录停在大门外每辆汽车的车牌号码。

头戴黑色礼帽、道貌岸然、身后老是跟随着两个保镖的巴士尼走向唐，互相拥抱。

几个人正在另一排汽车行列中抄牌照号码，其中有一辆崭新的凯迪拉克牌高级轿车。

教父的门徒、挺着大肚子的彼特·克莱门萨正欢乐地和女人们跳着塔伦泰拉舞。

克莱门萨："保利……拿酒来……快拿酒来。"

克莱门萨用手帕往额上拼命抹汗。保利匆匆地拿着一大杯冰镇色酒，挤向克莱门萨。

保利："你跳得真不错啊！"

克莱门萨："关你什么事，你又不是舞蹈裁判！还是干你自己的活儿吧，到四周溜达一下……看看有没有事。"

保利点头，离开。克莱门萨继续跳舞。

几个人还是在抄汽车号码。

潇洒、高大的泰西奥正在同一个9岁的女孩子跳舞，她那双乌黑油亮的舞鞋不时踩到泰西奥那双特大的棕色皮鞋上。

几个人继续在抄汽车号码。逊尼冲出大门，怒不可遏。后面跟着克莱门萨和保利。

逊尼："朋友，这是一次私人宴会。"

那些人不搭腔，用手指指轿车中的男子。逊尼怒目相向。那人一言不发，从上衣中拿出皮夹子，翻开，亮出绿色身份证。

逊尼转身，向地上狠吐唾沫。后面跟着克莱门萨、保利和另外两个人，一边走进门内，一边轻轻地同保利咕噜着。

逊尼："该死的FBI，他们什么都要管。"

4.唐·柯里昂办公室

唐·柯里昂默默地坐在他那张巨型办公桌后面。

纳佐灵："……真是一个好孩子，是从西西里岛被美军俘虏来的，后来被押到纽泽西州的俘虏营中。"

唐·柯里昂："纳佐灵，我的朋友，你要我干什么，你就直说吧！"

纳佐灵："战争已经结束了，还要把这个孩子送回来干什么？教父……（他搓着双手，不知该怎么往下说）他……我女儿……他们……"

唐·柯里昂："你要把他留下来？"

纳佐灵："教父，我……"

唐·柯里昂："汤姆，让国会通过一个法令，使这批人成为美国公民。"

纳佐灵（惊讶地）："通过法令！"

汤姆·哈金（点头）："得花很大代价。"

教父耸肩，表示只能如此。纳佐灵点头。

纳佐灵:“没有别的事了吗? 教父, 谢谢你……”(躬身下退)“对了, 请您欣赏一下我为您漂亮的女儿特制的那个大蛋糕!”

纳佐灵倒退出屋, 满脸堆笑, 频频向教父点头。唐·柯里昂走向窗前。

汤姆·哈金:“这件事要我交给谁办好?”

堂继续走向窗前, 在百叶窗缝向外张望。

唐·柯里昂:“不要交给我们自己的老乡……交给别的区的犹太裔议员。今天的名单上还有谁?”

教父在张望酒桶旁等着见他的人们。

汤姆·哈金:“法兰西斯科·尼庇。他们的侄子被拒绝保假释。这件案子办得很不公道。”

5.室外, 林荫下

教父看到尼庇靠在酒桶边上, 紧张不安。

汤姆·哈金(画外音):“他父亲年轻时同您一起在码头上干过活,(另一人, 卢卡·勃拉西, 面貌丑陋, 然而安详地坐着)卢卡·勃拉西不在名单上, 但他很想见您。”

教父转身, 向着哈金。

唐·柯里昂:“有必要吗?”

汤姆:“您比任何人都了解他。”

教父点头表示同意。又转回身, 从百叶窗中向外窥看。

教父看到: 小儿子迈克, 身穿海军陆战队的上尉制服, 引着他的女友凯·阿丹姆丝穿过人群, 间或同亲友们寒暄。

教父在室内注视着他们一路走来。

迈克穿过人群, 拥抱母亲, 介绍他的女友。

凯和迈克在边缘的一张桌子旁坐下, 面前堆满酒食。看得出凯被这样的大场面吸引住了。

凯:“我可从未看到过这种排场。”

迈克:“我说过我亲戚很多。”

凯简直像玩具娃娃似的东张西望。

她看到了酒桶旁的三个人。

凯(好奇地):“迈克, 这三个人在干什么?”

迈克:“他们在等着见我父亲。”

凯:“他们自己不是正在谈话吗?”

迈克:“他们要跟我父亲谈话,要向我父亲提出一些要求,要我父亲为他们申冤。”

凯:“他们怎么在今天这个日子来求这种事?”

迈克:“因为他们知道,没有一个西西里人,会在女儿出嫁的那天拒绝别人的要求。”

6.室外,婚礼宴会

穿着宽大礼服的新娘紧偎着新郎。新娘皮肤黝黑,金发,有一对酒窝。她热烈地爱着新郎。宾客们向她提着的大提包中塞进装着礼金的信封,她在道谢的时候,也舍不得少看新郎一眼。新郎卡洛的那双蓝眼睛,却集中在那些鼓鼓的信封上,正在估计着有多少现钞可受用。

挂在新娘康妮臂上的大提包,塞得满满的。

保利(画外音):“真了不得,足有二万美元。”

不远处,保利·盖托这个年轻人,禁不住垂涎欲滴,盯住钱包,一眼不眨。

保利:“可能还不止,二万元,三万元……上帝啊!别人结婚可完全不是这么回事啊!”

逊尼坐在婚礼台上,正同女傧相露茜·曼琪妮说笑。他间或向院子那一端的妻子投上一眼,他妻子正和别的妇女说笑。

他俯身向前,在露茜耳边说了一句话。

他的妻子桑德娜还是同那一群妇女谈笑。

妇女:“人家讲你丈夫的话确实吗,桑德娜?”

桑德娜的双手渐渐分开,她禁不住狂笑起来,在她分开的双手之间,她看到了婚礼台。婚礼台上,逊尼和露茜都不见了。

7.教父家大厅连楼梯

空空的过道。浴室门打开。露茜鬼鬼祟祟地从浴室中出来。她朝上看,看到逊尼在二楼拐弯处招呼她上楼。

她提起长裙,匆匆上楼。

凯和迈克在一起。

凯(神经紧张地轻声问迈克):“迈克,那个满脸凶相的人是谁……也是你们的亲戚?”

她注意到了卢卡·勃拉西。

迈克:“不。他叫卢卡·勃拉西,你不会喜欢他的。”

凯(感到很惊奇):“他是怎么样的人?”

迈克(打量着她):“你真想知道?”

凯:“真想知道。”

迈克:“你喜欢吃意大利式面条吗?”

凯:“你知道我喜欢吃的嘛。”

迈克:“那么,你边吃你的意大利式面条,我边告诉你卢卡·勃拉西的故事。”

她开始吃她的意大利式面条,又注视着迈克的脸,等着他开口。

迈克:“十五年前的一天,有人看中我父亲的橄榄油买卖。他们买通了芝加哥黑帮首脑阿尔·凯浦恩,派人来杀我父亲,他们几乎已经得手。”

凯:“真吓人!”

迈克:“我父亲派了卢卡·勃拉西找凯浦恩手下的那两个人。他把那两人从头到脚捆了起来,嘴里塞上小毛巾,然后他拿起斧头,把一个人的双脚剁了……”

凯(惊叫):“迈克!”

迈克:“然后从膝部砍掉了他的小腿!”

凯:“你不是在吓唬我吗?……”

迈克:“然后从股部起砍掉了他的大腿。”

凯:“迈克,我不想再听下去了。”

迈克:“然后卢卡转向另一个人……”

凯:“迈克,请不要再讲了……”

迈克:“那人吓得把毛巾吞了下去窒息而死。”

迈克脸上的笑说明了他是在吹牛。

凯:“我永远分不清什么时候你是在说真话。”

迈克:“不过我早跟你说过,你不会喜欢他的。”

凯:“他上这里来了!”

卢卡朝这个方向走来,他是来找汤姆·哈金的,汤姆的桌子离他们不远。

迈克:“汤姆,汤姆……我来给你介绍我的女朋友凯·阿丹姆丝。”

凯(刚从卢卡的噩梦中醒来):“你好!”

迈克:“我的兄弟,汤姆·哈金。”

汤姆:“你好,凯!(朝迈克)你父亲在里面谈公事。(轻声地)他刚才还问起你。”

迈克：“谢谢你，汤姆。”

汤姆笑了一下，回身进屋，卢卡在后面跟着。

凯：“你说汤姆是你的兄弟，那他怎么叫汤姆·哈金？”

迈克：“我哥哥逊尼在小时候就同他一起玩，他没有家，我爸爸就把他领养了。他是一名好律师。”

8.教父办公室

唐·柯里昂站在窗前。他看到了这一对年轻人的亲昵情景。

卢卡（画外音）：“敬爱的唐·柯里昂……”

教父转身。卢卡毕恭毕敬地站着，趋前吻教父手背。从口袋中拿出信封，高举胸前，但不放手，口中念念有词……

卢卡（结结巴巴地）：“敬爱的教父……我十分荣幸……且深为感动……蒙邀贵府……出席贵千金出阁大典。愿……早生贵子。敬奉……微仪……权充妆奁。”

唐·柯里昂：“谢谢你，卢卡，我最亲爱的朋友。”

教父收下了贺仪，然后紧紧握手，紧得可能使卢卡痛得受不了。

卢卡：“请允许我告退，敬爱的教父，我知道你很忙。”

卢卡转身，几乎是军队中的向后转姿态。卢卡出去后，教父似乎恢复到原来的松弛状态，把那只厚厚的信封交给汤姆·哈金。

唐·柯里昂：“我可以肯定这是今天最厚的一笔礼。”

汤姆：“参议员刚才打电话来道歉，他说今天不能亲自前来道喜，希望谅解。还有，那几个法官也是这样……他们都送了礼。另外，维吉尔·索洛佐也来过电话。”

唐·柯里昂不乐。

汤姆：“是麻醉品的事。索洛佐在土耳其种植鸦片，在西西里提炼吗啡和海洛因。他同美国国内也有联系。他来此的目的是：一求财政支持，二求法律庇护。他找我们的目的就在于此，但我还吃不准他将提出什么条件。塔塔格利亚家族也几想挤进一份。他们叫他土耳其人。他确实在土耳其住过很长一段时间，可能还有老婆和孩子，他耍刀很出色，很有名，至少年轻时是这样。但从不轻易动武。他还有一个美国老婆，也有孩子，他还是有家庭观念的。”

唐·柯里昂点头。

汤姆：“他是自己闯出天下的。”

唐·柯里昂:“吃过官司?”

汤姆:“两次。一次在意大利,一次在美国。政府官员都认为他是赫赫有名的贩毒上层人物,这对我们很有利。他不能被赦免出庭作证。”

唐·柯里昂:“他是什么时候来的?”

汤姆:“今天上午。”

唐·柯里昂:“也挑今天这个日子来?我的‘军师’,你档案材料中有没有他在战前靠开妓院过日子的记录?就如塔塔格利亚家族那样。你最好记下这一笔。我不打算见他。”

室外扬声器中传来了歌声,是用意大利语演唱的,有独特的风格。

唐·柯里昂:“这是什么?像是乔尼在唱。”

他走向窗前,拉起百叶窗。室内顿时大放光明。

唐·柯里昂:“是乔尼!是他!特地从加利福尼亚赶来参加婚礼。”

汤姆:“邀请他进屋来吗?”

唐·柯里昂:“不要。让大家欣赏他的歌喉吧!他真是个好教子。”

汤姆:“已经两年了。可能又碰到麻烦了。”

9.花园中林荫道

乔尼·方丹正在乐坛上尽情歌唱。台下宾客们欣喜若狂。

凯:“乔尼·方丹这个大歌星竟然同你们家也相识!”

迈克:“嗯!”

凯:“他到开必多大剧院演唱的时候,我还特地赶到纽约,我在台下喝彩喝得我嗓子都哑了,还停不下来。”

迈克:“他是我父亲的教子。他能这么走红全靠我父亲。”

乔尼刚唱完一曲,群众啸叫若狂。正高呼“再来一个”时,教父出现。

唐·柯里昂:“我的教子特地从三千里外赶来赏光,你们竟然谁也没有想到敬他一杯。”

人群中立刻伸出了十几只酒杯,乔尼在每一杯上呷了一口,奔向教父,拥抱。

乔尼:“我离婚后一直想来找您,汤姆一直说您忙。我收到了结婚请柬,我就知道您不再生我的气了,教父。”

唐·柯里昂:“我还能为你效一些劳吗?你是否已经富得或是有名到了不需要我帮你的忙了?”

乔尼:“我已经不再富有了,教父。我的事业……几乎全毁了。”

他懊丧不堪。教父示意进屋。教父转向汤姆。

唐·柯里昂："让桑蒂诺（逊尼）也来见我。也让他来听听。"

他们各自离，汤姆探头探脑地在寻找逊呢。

10.教父家楼梯下过道

汤姆往楼上望望。

汤姆："逊尼？"

然后上楼。

11.教父家楼上卧室

逊尼和露茜在楼上房间内，他把她的衣裙几乎撩过了头，把她倚在门上。她的脸躲在纱裙后活像一朵盛开的鲜花。

露茜："逊尼……"

突然响起敲门声。敲门声使他们一下子傻住了。

汤姆："逊尼，逊尼，你在里面吗？"

汤姆："老人家找你；乔尼来了……他有一些事要谈。"

逊尼（画外音）："知道了。一会儿就来。"

汤姆踌躇不决。房门发出碰撞的响声。汤姆离开。

唐·柯里昂："像个男子汉大丈夫！天知道你是不是被人当作木偶了。"

汤姆和乔尼笑不可遏。教父微笑。逊尼轻轻蹑入屋内，还在整理衣服。

唐·柯里昂："好吧，好莱坞……就把你受好莱坞那个混蛋的迫害，不让你拍戏的故事讲出来吧！"

乔尼："他是制片厂的老板，一个月前，他买下了一本畅销小说的电影版权。书中的主要人物简直就是我。我根本不需要演戏，简直就是我自己。"

教父一言不发，紧绷着脸。

唐·柯里昂："你还供养家里人吗？"

乔尼："当然。"

他看看逊尼。逊尼尽量不动声色。

唐·柯里昂："你的脸色太可怕了。我要你好好休息，好好吃一些东西。跟家里人一起过几天。月底，我向你保证那个大亨会找上门来要你演那个角色。"

乔尼："太晚了。已签约了，马上要开拍啦。"

唐·柯里昂："我会提出他拒绝不了的条件。"

他把乔尼送至门口，重重地扭了一下乔尼的脸颊。

唐·柯里昂："玩吧，尽情地玩吧。事情一定成功。"

他把门关上，脸带笑容。转向汤姆。

唐·柯里昂："新娘什么时候随新郎走？"

汤姆："马上要切蛋糕啦，切完蛋糕就走。你的新女婿怎么安排？要不要给他一些重要的工作？"

唐·柯里昂："不，给他舒适的生活就行了。决不能让他知道我们家的买卖。还有什么，汤姆？"

汤姆："我已同医院通过电话，他们已关照了金科'军师'的家属医院守夜，他过不了今晚。"

教父愁眉不展，叹息。

唐·柯里昂："金科会等我的。桑蒂诺，把你的兄弟们都找齐，跟我一起去医院看金科。告诉弗莱德用那辆大汽车，叫乔尼也一起。"

逊尼："迈克也要吗？"

唐·柯里昂："我的儿子都有了。（对汤姆说）汤姆，我要你今天晚上去加利福尼亚，先做好安排。但是，在我从医院回来以前不要走。懂吗？"

汤姆："懂。"

编剧特训营

选择你喜欢的一部小说，改写成电影或电视剧本。

【基本要求】

1.写出人物小传和故事梗概；

2.根据故事梗概写成文学剧本。

【作业目的】

学习和体会剧本创作的技巧。

附录一　神话史诗动画电影《英雄江格尔之孤儿复仇记》剧本策划书

一、项目价值分析

《江格尔》与《格萨尔王》和《玛纳斯》被誉为中国少数民族三大史诗。

《江格尔》乃是具有世界影响的蒙古族英雄史诗，尤其在俄罗斯、蒙古、哈萨克斯坦等国影响广泛，是蒙古族人民的文化瑰宝，堪称蒙古族的“圣经”。

史诗《江格尔》中的故事极为丰富，多有神话色彩，人物鲜活，故事性极强，是极为难得的动画电影题材。

《大圣归来》《哪吒之魔童降世》《姜子牙》等的成功为动画电影的市场及未来发展做了很好的铺垫，但动画电影题材资源有限，光靠《西游记》《封神演义》等神话小说老调重弹难以为继，开发新的题材资源势在必行。英雄史诗《江格尔》的题材开发有着非同寻常的价值和意义。

史诗《江洛尔》具有国际影响，这些年也据其改编过一些影视作品，但影响不大。作为动画题材，它还属于未开垦的处女地，有很大的困难但也有无限的希望。

《江格尔》史诗有数百万字，有着丰富的故事资源，可供连续开发，此项目开发可借鉴漫威电影及《哈利·波特》系列的项目开发模式，通过打造精品IP，实现项目的持续开发。

二、项目定位

市场定位：院线电影。

类型定位：神话+励志+动作（战争）+喜剧。

故事定位及价值分析：

（1）戏核：孤儿江格尔励志降妖伏魔，为父母复仇，拯救百姓。

（2）戏魂：正义无敌，兄弟同心。

（3）故事形态：中情节，把非常态的人物放在非常态的情境之中。

（4）故事模式：小人物逆袭+复仇+拯救。

（5）对标电影：《哪吒之魔童降世》《王子复仇记》《狮子王》。

三、人物设置

● 江格尔

影片主人公。故事讲述他从出生到12岁发生的故事。

宝木巴乌仲汗的儿子，身负使命，将成为宝木巴一代圣主，给百姓带来幸福与安宁。出生时父母因他而死，他成为孤儿，被魔王追杀，幸得洪古尔父亲大力士蒙根相救。后与洪古尔、明彦、宫拜等结为生死兄弟，形成英雄联盟，行侠仗义，与魔王为敌。后在阿勒坦、石壁老人的帮助下，打败魔王高力金，重建宝木巴，成为宝木巴的一代圣主。

形象俊朗，外表冷酷，胸前长着紫色痣斑，那是他身份的标志。平时话不多，甚至有些不苟言笑，但内心却时时燃烧着复仇的怒火，具有领袖气质，不怒而威，连洪古尔都服他，尊他为王。

智勇双全，骑神马阿仁赞，手挎阿尔牟神枪，肩背神弓，枪使得出神入化，可以投掷，可洞穿人体，让人立时毙命，射箭更是神准，射人于百里之外，甚至可以拐弯杀敌，令敌人闻风丧胆。

● 洪古尔

大力士蒙根之子，与江格尔同一天出生。巫师断言，洪古尔原本可以成为一代圣王，但因为有江格尔的存在，只能成为江格尔手下的一名勇士。父亲因此想杀死江格尔，洪古尔却一片赤诚之心，与江格尔结为生死兄弟。最终兄弟同心，战胜魔王。

外表憨厚纯真，胸无城府，很善良，身体偏胖，十分壮实，有金刚不坏之身。能吃能喝，力大无穷，能征善战，不畏强敌，不拘小节，有时也会醉酒误事，但杀起魔兵来可不含糊。平时爱使两只巨大的铁锤，所向无敌。他是江格尔手下当之无愧的第一勇士。

● **明彦**

少年美男子，很帅气，对自己的外表很在意，也很爱惜，几乎有些变态。出身富贵之家，优越感强，显得有些高傲。虚荣心强，有心机，能说会道，很会来事儿，还会吹牛，很聪明，有主意。会隐身法，有神行术，如同旋风一样，使一把短刀，神不知鬼不觉就能把刀架在他人脖子上。也最爱抹人脖子，是个心狠手辣的狠角色。对魔兵来说，他就是可怕的噩梦，提起他的名字，都会胆战心惊。

● **宫拜**

大肚宫拜是个逗趣性的人物，年纪不大肚子大，肥头大耳，有点像猪八戒，能吃能睡，好吃懒做，贪生怕死，自私，会算计，所玩的那些小把戏却容易被人识破，经常被人嘲笑和捉弄。

身体笨拙，但力气很大，会打一手飞石，弹无虚发，百发百中，还会吐火，后练就一身风火雷的功夫。武艺平庸，打不赢就逃跑，尽管胖，跑得倒也不慢，像个球在地上飞快滚动，毕竟逃命要紧。

● **萨日娜**

金胸智者阿勒坦的女儿，一位漂亮的小姑娘，得高人传授，使一把长剑，剑术高明，还会定身术。但在比自己强大的敌人面前，她的定身术就不好使了，会使自己处于危险之中。

● **乌仲汗**

江格尔的父亲，宝木巴的可汗，一位真正的英雄和蒙古族的领袖。得知江格尔会成为一代圣主，而自己和妻子却会因他而死，他却义无反顾，为保护妻儿英勇战死。

● **乌仁玛**

公主出身，为保护幼小的江格尔，身负重伤，幸得大力士救助，临终将孤儿江格尔托付给大力士。

● **阿勒坦**

被称为金胸智者，草原上最聪明的男人，知道过去和未来。后成为江格尔的导师和军师，帮助江格尔救下石壁老人，从石壁老人那里得知魔王的生命之源和他的死穴所在，最终打败了魔王。

● **蒙根**

大力士，洪古尔之父，有着巨人般的身体，力大无穷。对儿子洪古尔寄予厚望，得知是因为江格尔的存在使洪古尔不能成就一代霸业，曾想杀死江格尔，最终战胜了私心，为救江格尔而被魔王杀死。

● **洪古尔母亲**

一位善良的蒙古族女人，心胸开阔，帮助丈夫战胜私心，多次救助江格尔。

● **石壁老人**

原为魔国国王，后被现任魔王推翻，施以魔法，成为石壁人，后被江格尔所救，并帮助江格尔破除魔王身上的生命之源，将他杀死。

● **魔王高力金**

魔族首领，力大无穷，号称有七十般变化，手持开山巨斧，能够把一座山劈为两半，一心想成为世界上最强大的人。得知江格尔的出生给他带来威胁，便率大军毁灭宝木巴，杀死乌仲汗，使人间天堂宝木巴成为人间地狱。为消除威胁，追杀江格尔，把所有男孩杀绝。

他拥有生命之源，练就不死神功，原型是个身躯庞大的三眼怪物，那是他生命之源所在，额头中央有一只天眼，是他的力量源泉，也是他的死穴。当天眼睁开时，力量会成倍增加，但也是他最脆弱的时候。江格尔就是趁他天眼睁开之时用阿尔牟长枪刺穿了他的天眼，最后杀死了他。

他使用的武器是一根龙头魔杖，可有大小长短的变化，十分沉重，一般武器经不住，寻常刀剑一碰则断，发出功来，能瞬间将人石化，还可轻易将人刺死。洪古尔、明彦都被他石化，只是他奈何不了江格尔，被江格尔刺中，一命呜呼。

● **狗头巫师**

魔王手下军师，长着一个狗头，阴险狡诈，能掐会算，还掌握着一个无孔不入的情报系统，能用魔镜将人显现出来。后被众位英雄杀死。

● **九尾妖狐**

魔王手下的妖狐，妖艳妩媚，会变化，打不过时会化作一阵轻烟逃走。手持一把芭蕉扇，专会煽风点火。

- **黑狐**

魔将，九尾妖狐与魔王生的私生子，口吐狂言，贪生怕死。后被明彦和洪古尔戏耍，是个可笑的角色。

- **百眼怪**

魔王手下的妖怪，浑身长满了眼睛，有百只之多，睡觉时只闭五十只，另五十只睁着。受魔王派遣看守石壁老人。后被江格尔射杀。

- **牛头怪**

魔王手下的大将，长着牛头，手持狼牙棒，力大无穷，笨拙，脑瓜子不大好使，经常被人戏弄。

四、剧情结构

该片是一部动画电影，讲述的是孤儿江格尔励志降妖伏魔，为父母复仇，拯救百姓的故事，分成五个部分，内容如下：

- **第一部分　托孤**

阿勒泰山下，绿色的草原上分布着大大小小许多毡房，一只老鹰在天空中飞翔而过。

毡房外，乌仲汗率众人向众神祈祷，希望神能给他们带来一位伟大的儿子，把宝木巴建成和平安宁的国家。

仆人从毡房里跑出来，满脸惊慌，告诉乌仲汗说夫人生了个大肉球。正说着，一个巨大的肉球弹跳着从毡房里出来，夫人也跟着跑了出来。

肉球里传来一个孩子的声音，叫着阿爸额吉说："我是你们的儿子，快放我出来。"乌仲汗拔出刀来，向肉球砍去，一声巨响，烟雾弥漫。烟雾过后，只见一位小孩站在地上，脚下踩着两个小妖。乌仲汗满脸困惑，问他是谁，小孩说"我是你们的儿子"，说着便倒下睡了过去。

在阿勒泰山西面的部落，大力士蒙根的妻子给他生下一个儿子。部落里的巫师告诉蒙根，他的儿子本来可以成为一代国王，但因为有个比他更伟大的人物的存在，他的儿子洪古尔只能成为一位伟大的勇士，帮助那位伟大圣主统一天下，成就一番伟业，除非那位圣主死了，洪古尔才有机会成就个人伟业。

魔王来到昆仑神山，山上浮出一位老人的脸，魔王问谁是世界上最强大的人，老人说："原来你是世界最强大的人，但有一位胸前长着紫色痣斑的男孩已经诞生了，他将会成为世界最强大的人，并将打败魔王。"魔王说："所有比我强的男人都不能存在于这个世界上。"

智者阿勒坦来找乌仲汗，告诉他他的儿子江格尔将成为一代圣主，除妖伏魔，给宝木巴带来和平和安宁，但他注定孤独，可汗和妻子也会因他而死，除非现在就让他去死。乌仲汗说他不能为了自己活着而杀死自己伟大的儿子。

魔王正与狗头军师和九尾妖狐密度，手下妖兵报告说在宝木巴乌仲汗的妻子生下一个奇怪的儿子，生下一个大肉球，胸前还长着紫色痣斑。狗头军师掐指一算，说就是他。魔王下令，起兵十万大军，进攻宝木巴。

草原上正在举行那达慕大会，庆祝江格尔出生。牧民们载歌载舞，有的赛马，有的摔跤。

乌仁玛怀抱着婴儿江格尔，江格尔瞪大眼睛，好奇地四处察看。

乌仲汗则与勇士们开怀畅饮。

突然，天空中乌云密布，数十万魔兵突然出现，黑云般压过来，顿时天昏地暗，血流成河……

乌仲汗率领手下勇士奋力抵抗，无奈势单力薄，寡不敌众，看着手下一位位勇士倒下去，眼见敌人潮水一般奔涌过来。乌仲汗杀死魔王手下一名大将，强行把夫人乌仁玛和儿子扶上马，掩护他们离开。

魔王下令阻拦乌仁玛，自己则挥着魔刀向乌仲汗冲过来。乌仲汗举刀冲上去，与魔王打在一起。

乌仲汗武艺高强，力大无穷，与魔王势均力敌。但魔王却有不死之身，砍断了的手会马上再生出来，伤口也会马上恢复，甚至脑袋被砍下也会马上生出新的脑袋。乌仲汗终于筋疲力尽，倒了下去，被魔王俘获……

乌仁玛骑着神马阿仁赞冲出包围圈，往阿勒泰山上奔跑，却被九尾妖狐带领妖兵追上，乌仁玛被包围，与众妖兵搏斗，却被妖狐所伤。危急时刻，蒙根率人赶到，打跑了九尾妖狐和妖兵，救下了乌仁玛母子。

乌仁玛身负重伤，将儿子江格尔托付给蒙根大力士，嘱咐他将江格尔好生养大，为父母报仇。

- **第二部分　义结金兰，英雄同盟**

毡房内，蒙根夫人正在给儿子洪古尔喂奶，蒙根抱着江格尔进来。看着饿得哇哇直叫的江格尔，蒙根夫人赶紧把洪古尔放在一边，接过江格尔给他喂奶。蒙根告诉夫人，宝木巴被魔王攻占了，乌仲汗和夫人也死了，他们得想办法把孩子抚养大。

魔王得知江格尔被人救走，大怒，下令将所有刚出生的小孩通通杀死。魔兵四处搜寻小孩，将他们残忍杀死……

宝木巴的百姓都被抓到了魔山服苦役，为魔王修建豪华宫殿，受尽欺凌，美丽富饶的宝木巴成了人间地狱。

魔王再次来到阿勒泰山上，问江格尔是否还活着。石壁人说现在他已经是世界最强大的人，除了他自己，没有人能够杀死他！魔王很得意，大声狂叫："我是世界上最强大的人，没有人能战胜我！"

魔窟里，众妖向魔王庆贺，群魔乱舞。

在蒙根夫妇的抚养下，江格尔很快成长起来。江格尔和洪古尔俩人一起练习武艺，一起玩耍，一起放牧，亲密无间，成为好兄弟。

蒙根看到江格尔处处压洪古尔一头，平时玩游戏时，洪古尔也是心甘情愿地尊江格尔为国王，自己却甘拜下风，想起巫师的话，心里很不是滋味。巫师告诉他，如果他想让洪古尔成为一代霸主，只能把江格尔处死。

蒙根把自己的苦恼告诉夫人。夫人劝他说江格尔仁慈善良，必定会成为一代圣主，拯救百姓，给宝木巴带来和平和安宁，洪古尔能够有机会辅佐他是他的荣幸。听夫人这样一说，蒙根顿时醒悟过来。

江格尔与人发生争吵，那人骂江格尔是个没娘养的野种，江格尔大怒，将那人狠揍一顿。江格尔向蒙根夫人问起自己的身世，蒙根说等他足够强大能够为父母报仇的时候会把他的身世告诉他。

草原再次遭受劫难，魔兵入侵，杀死了很多牧民，抢走了羊群和马群，并把牧民们都抓了起来，让他们服劳役，牧民们苦不堪言。

江格尔想知道自己的身世，寻找到自己的亲人。通人性的阿仁赞来到江格尔面前，向他示意。江格尔知道阿仁赞是父母留给他的，请求阿仁赞带自己回到故乡，回到父母身边。阿仁赞听懂了他的话，连连点头，江格尔便跨上马，阿仁赞欢快地迈开脚步，向宝木巴进发。蒙根得知江格尔走了，心急如焚，赶忙上马，带着洪古尔去追赶江格尔。

江格尔历尽艰险，终于踏上了宝木巴的土地，看到的却是满目疮痍的景象，昔日的宝木巴已经成了人间地狱。

江格尔绝望之际，被村落里的几位少年俘获，少年把他当作妖怪，正要杀他，阿仁赞上前救主，被及时赶来的阿勒坦认出，救下了他们。抓他的少年是美男子明彦、大肚宫拜和阿勒坦的女儿萨日娜。

阿勒坦带着江格尔来到当年他父亲被杀的地方，当年雄伟的宫殿现在已成一片废墟，江格尔听说当年父母惨死的经过，满脸悲愤，想要杀死魔王，为父母报仇，阿勒坦却告诉他魔王势力强大，他想报仇，就得先使自己变得强大起来。

阿勒坦带着江格尔来到一处隐秘的山洞，取出阿尔牟长枪和一副弓箭，说是父亲当年留下的，等他练好功夫，才可以去为父母亲报仇。

江格尔和明彦、宫拜、萨日娜隐藏在山里练习武艺，美男子明彦和大肚宫拜的父亲都是江格尔父亲乌仲汗手下的大将，也是在那场战争中被魔王杀死了，与魔王都有不共戴天之仇。在阿勒坦的帮助下，他们学得了一身武功。江格尔把那杆长枪练得出神入化，射箭也是百发百中，天空中飞翔的老鹰也被他一箭射下。美男子明彦虽然有些虚荣，高傲，自以为是，但一身的功夫也不是虚的，他会隐身法，神出鬼没，最会用短刀抹人脖子。大肚宫拜好吃懒做，使的是一张网和一根木棒，经常把人网进去再打人屁股。萨日娜是个美女，阿勒坦的女儿，聪明善良，小小年纪就得高人传授，是个神医。

三人整日练功，进展迅速。洪古尔也来了，成了壮实的小伙子，他使的是一对大铁锤，力大无穷，所向披靡。四人一起练功嬉戏玩闹，志同道合，情深意切，结为生死兄弟，发誓同心协力，杀死魔王，为亲人报仇，重振宝木巴，使之成为人间天堂，于是形成宝木巴少年英雄联盟。

● **第三部分　复仇之路**

魔王率领大军连年征战，终于统一天下，自己却经常为噩梦所纠缠。魔王想起石壁老人的预言，整日里心惊肉跳，不得安宁。他问手下是否找到乌仲汗的儿子，手下告诉他虽然派人四处打听那孩子却杳无音信。魔王气急败坏，狗头巫师说要用九十九位男童和九十九位女童的血以及数百种灵药给他配制灵花，助他练成不死神功，使他真正成为世界上最强大、最有权势的人，即便乌仲汗的孩子还活着，也不可能是他的对手。

为配制药方，狗头巫师派妖兵四处抓捕童男童女，很多男人也被抓去服劳役，妖兵进入村落，烧杀抢掠，很多村庄被烧毁，百姓失去家园，流离失所，江格尔得知，决定惩治妖魔，解救苦难中的百姓。

一队妖兵到村庄，烧杀抢掠，烧毁房屋。魔将抢走女人，江格尔带人赶到，杀死魔将，解救了村民。

一位魔将率领妖兵押解数百名童男童女前往魔山，江格尔率领洪古尔、明彦等半路阻击，杀死魔将，解救了众多童男童女。

黑狐是九尾妖狐和魔王的私生子，奉魔王之命采集黄金宝石。江格尔带人拦截，抢走了他送给魔王的礼品，又攻击矿山，杀死黑狐。

江格尔四处攻击，神出鬼没，把魔兵打得闻风丧胆。

魔王练成了不死神功，喜出望外，九尾妖狐哭哭啼啼来找魔王说他们的儿子黑狐被宝木巴勇士所杀，魔王大怒，派手下大将黑熊怪前去征剿。

黑熊怪率领大军征剿江格尔，江格尔布下埋伏，黑熊怪力大无穷，有神通，竟连洪古尔和明彦都不是他的对手。后来还是江格尔用神箭射瞎了他的眼睛，明彦将短刀刺入他的心脏，洪古尔用铁锤将他的脑浆砸了出来，这才将他杀死。

魔王来到阿勒泰山的悬崖边，对石壁老人说他已经练成了不死神功，从今往后没有人能够杀死他。石壁老人说将来能够杀死他的只有他自己！

狗头巫师告诉魔王打败黑熊将军的正是乌仲汗的儿子——那个胸前长着紫色痣斑的男孩，并用魔镜向魔王展示了江格尔、洪古尔、明彦和宫拜的影像以及他们打败黑熊的场面，魔王大惊，想要亲自出征。狗头巫师说他已布下天网，定能将他们一网打尽。

江格尔解放了大批的百姓，也得到了更多百姓的拥护和爱戴，越来越多的百姓起来反抗，前来投奔江格尔。江格尔建立了自己的军队，已经能够与魔王的军队抗衡。

江格尔准备起兵攻打魔山，却被阿勒坦阻止。阿勒坦说魔王拥有生命之源，有不死之身，以你现在的实力，根本杀不死他。江格尔不服气，问什么时候可以为父母报仇，阿勒坦说现在还不是时候。

九尾妖狐率领众多妖兵攻打蒙根部落，大力士蒙根率众抵抗，却中了九尾妖狐的妖法，被抓到魔山。

狗头巫军将蒙根用铁链锁在山洞里，对他施以严刑，说只要他交出江格尔，魔王便答应扶持他的儿子洪古尔为草原之王，蒙根拒绝，把狗头巫师臭骂一顿。魔王大怒，欲杀他，狗头巫师劝阻，说留着他做个人质，有他在，不怕江格尔、洪古尔不上钩。

洪古尔得知父亲被抓、母亲惨死，大怒，不顾劝阻，独自离开，上魔山找魔王报仇。江格尔得知，追了上去。

洪古尔上到魔山，被魔王伏击。洪古尔打败了魔王手下多员大将，却不是魔王对手。危急时刻，江格尔率领众位勇士赶到，与魔王拼杀，魔王有不死神功，众勇士不能敌。江格尔与魔王打得难解难分，终于不敌，被魔王打下万丈深渊……

江格尔侥幸活下来，为阿勒坦所救。阿勒坦告诉江格尔，魔王有不死之身，光靠武力是杀不死他的。江格尔问怎么才能杀死他，阿勒坦说他们必须先去救下一个人，他掌握所有的秘密，只有他知道怎样杀死魔王。

江格尔和阿勒坦来到阿勒泰山上，吹神笛使看守悬崖洞的百眼怪入睡，然后将其杀死，进入悬崖。神箭射死捆绑石壁老人的大蟒蛇，解除魔法，石壁老人现出原形，石壁原来是老人魔国魔王，后被高力金推翻，施以魔法，困在石壁上，成了石壁人。

江格尔问起杀死魔王的办法，石壁老人告诉江格尔：高力金即便练就不死神功，但身上也有死穴，他是个三眼人，两眼额头之上有第三只眼睛，里面隐藏着生命之源，当眼睛睁开之时，魔王功力成倍增长，这也是唯一破掉他生命之源的机会，只要用神箭射中那第三只眼睛，就能将他射杀。

● **第四部分　决战**

魔王得知江格尔解救了石壁老人和百姓，举兵起义，就要率领义军向魔山进攻，有些惊恐不安。狗头巫师故作镇静，说："大王，你是世界上最强大的人，没有人能打败你，江格尔在你面前就是个蝼蚁，何况还有他的几位兄弟在我们手里，怕他干什么，你就等着他上门来送死好了！"

狗头巫师在妖兵的护卫下前往劳役工场，中途遭遇伏击，江格尔用箭射杀了拉车的马，狗头巫师眼看着眼前的江格尔，吓得屁滚尿流。

洪古尔、明彦等几位勇士被押上行刑台，九尾妖狐正要下令斩首洪古尔，江格尔赶到，射杀了刽子手，洪古尔等勇士挣脱了锁链，率领众位勇士，与魔将妖兵杀在一起，终将妖兵消灭。

江格尔率领勇士解放了服苦役的百姓。百姓们揭竿而起，组成义军，跟着江格尔向魔山城进发。

魔王高力金得知江格尔率领义军正向魔山城进发，又惊又怒，让手下魔将黑鹰到各附属国传达他的命令，要求各国即刻派兵增援。黑鹰却告诉他各国都反了，加入了江格尔的义军。独角怪劝高力金逃走，魔王大怒，称自己是天底下最强大的王，没有人能将其打败！他命令调集各路精兵，准备迎战。

江格尔和洪古尔率领宝木巴的勇士们攻打魔山，攻下一道道关卡，来到了魔王的魔宫前，准备向魔山城发动进攻。

魔王派出十万精兵在魔山城前排兵布阵，义军则在江格尔指挥下严阵以待，两军对垒，一场大战拉开了序幕。

魔军先发制人，发动进攻，成百上千的魔鹰飞上天空，张开大嘴，喷出火焰，向义军队伍俯冲过来。江格尔一见，拉弓射箭，一只只魔鹰中箭，从天空中坠落下来……

魔军再次发动进攻，数十余巨人怪冲了过来，江格尔下令射箭，却伤不了那些巨人怪，江格尔用箭射瞎他们的眼睛，巨人族暴怒，抓了人狠狠地往地上砸，不少义军士兵的身体被撕成两半。江格尔率领洪古尔等勇士冲上去，一场厮杀过后，终将他们打败。

魔军败退，江格尔率领义军乘胜追击，打入了魔山城。

魔王带领手下大将冲了出来，看见江格尔，大怒，抽出大刀，要与他决一死战……

几位勇士冲了上去，却都不是魔王的对手，几招下来，纷纷受伤，倒在地上。

江格尔和洪古尔兄弟联手，冲了上去，与魔王展开生死大战，双方势均力敌。魔王眼看就要落败，突然大发神威，睁开了第三只眼，身体发生变化，成为三眼巨怪。随着魔王疯狂的呼叫声，他的眼睛发出万道蓝光，一股强大的旋风向四周袭来，所到之处，天昏地暗，所有的东西都被吞噬掉……

众位勇士都倒下了，江格尔和洪古尔也倒在了地上，宫拜和明彦都被魔王抓在手里，随时都可能被他捏死。

江格尔艰难地从地上爬起来，洪古尔把神弓架在自己肩上，江格尔把阿尔牟当作箭搭在弦上，拉开，朝着魔王的第三只眼睛射出去……

风停了，大地恢复了平静。

魔王被神箭钉在宫殿的墙上，身上满是鲜血。他睁开眼睛，看着石壁老人，恨恨地说："你，你骗了我，你不是说，除了我自己，没有人能杀死我吗？我怎么……怎么会死呢？"石壁老人笑了笑说："我没骗你，杀死你的不是别人，是你的贪婪和狂妄！"

春回大地，草原上一片绿色。

江格尔率领宝木巴的勇士们骑着骏马奔驰在辽阔的草原上。洪古尔说："妖怪都被消灭了，以后我们该做什么？"江格尔说他要像父亲那样，把宝木巴建设成为一个没有贫穷、没有饥饿、人人幸福欢乐的人间天堂！

（剧终）

附录二　神话史诗动画电影《英雄江格尔之孤儿复仇记》剧本

总编剧　陈晓春

编　剧　陈宸　大海

场：01

景：魔宫

时：日

人：江格尔　洪古尔　魔王高力金

巍峨的宫殿。

一片喊杀声。

江格尔率领众多勇士往山上冲着。

洪古尔一马当先，舞动着两只大铁锤，所向披靡。

魔宫的大门被攻破，大门被推倒。

江格尔率领众多勇士攻入魔宫。

魔王站在宫殿门口，冷冷地看着江格尔，用手指着说："你，就是江格尔？"

江格尔："你，就是魔王！是你，杀死了我阿爸阿妈？"

魔王："你是来报仇的？可惜，你不是我的对手！"

江格尔："高力金，你倒行逆施，恶贯盈满，今天，你的死期到了！"

魔王："我一直在等你，等你来送死！"

江格尔："今天，要死的是你！"

魔王冷笑："想让我死，就看你有没有那本事了，来吧！"说着，抽出魔刀，对着江格尔。

江格尔用长枪对准魔王。

洪古尔抡了一对大铁锤冲了上去。

魔王冷笑着，举刀向洪格尔劈过来。

洪古尔挥刀将魔王的魔刀架住。

洪格尔一跃而起，挺枪向魔王的身体刺过去。

定格。

片名：英雄江格尔之孤儿复仇记

演职员表

场：02

景：草原/宝木巴

时：日

人：乌仲汗　乌仁玛　众多勇士　牧民

雄伟的阿勒泰山。

辽阔的草原，茵茵绿草中间散布着许多白色的毡房。

一只雄鹰鸣叫着，从蓝色的天空中掠过。

乌仲汗领着一众牧民跪倒在地上，仰头向着天空："腾格里天神，请赐给我一个儿子吧，他将给宝木巴带来和平和安宁……"

场：03

景：阿勒泰山上

时：日

人：魔王高力金　石壁老人

魔王高力金沿着石阶，一步步往山上走着。

高力金对着前面的一块巨大的石壁，用手指着，嘴里念着咒语："孙木斯阿木乐……"

石壁上浮现出一张长胡子老人的脸。

高力金用手指着石壁老人，冷冷地："你告诉我，谁是这个世界上最强大的人？谁是这个世界的主宰？"

石壁老人："到今天为止，你仍然是这个世界上最强大的人，可是……"

高力金："可是什么？"

石壁老人："有一位比你更强大的人就要诞生了，他将成为这个世界的主宰，给这个世界带来和平和幸福……"

高力金："那么我呢？"

石壁老人:“你会因为作恶多端而死在他的手下!”

高力金:“不,我是世界上最强大的人,没有人能战胜我!”

石壁老人:“这是你的命运!命运是不可违抗的。”

高力金:“我不相信什么狗屁命运!我就是命运,所有人的命运都是由我决定!”

石壁老人:“你能决定别人的命运,但你不能决定你自己的命运!”

高力金:“他,他是谁?”

石壁老人:“天机不可泄露!”

高力金:“你必须告诉我!”

石壁老人:“他是一个胸前长着紫色痣斑的男人,我能告诉你的,只有这么多了……”

高力金把手举起来,疯狂大叫:“世界上没有人比我更强大,所有比我更强大的人都得死!”

天空中乌云滚滚。

一阵电闪雷鸣。

场:04

景:魔山

时:日

人:魔王　狗头巫师　九尾妖狐

魔王:“可恶,可恶至极!他居然说世界上还有比我更强大的人,还说我会死在他的手下,死得很惨!”

狗头巫师:“大王您力大无穷,有三十六般变化,上天入地,无所不能,就算是神仙也没有您这本事,那些凡夫俗子怎么可能是您的对手呢?”

九尾妖狐:“一定是妖言惑众,别听那糟老头子的。”

魔王叹了口气:“话是这么说,我这心里硌硬啊,这些天,我老做噩梦,醒来也是心惊肉跳嘛!”

狗头巫师:“只要找到那个胸前长着紫色痣斑的人,把他杀了,不就可以免除后顾之忧了!”

魔王:“说的是。来人,给我找到那个胸前长着紫色痣斑的小孩!”

场：05

景：蒙根家毡房外

时：日

人：蒙根　仆人

女人的哀叫声从毡房里传出来。

蒙根在毡房外来回走着，很不安的样子。

一位女仆从产房里端着盆水从里屋里出来。

蒙根走上去，焦急地："夫人，她生了没有？"

女仆："没，还没……正生着哩！"

蒙根："唉，这可如何是好……"

男仆凑过脸来，对蒙根："夫人怀胎十八个月，这孩子会不会……"

蒙根眼睛一瞪："你胡说什么！"

女人痛苦的叫声。

婴儿的啼哭声。

蒙根听到哭声，兴奋得手舞足蹈起来："生了，生了，是儿子，叫得这么响亮，一定是儿子！我有儿子了……"

场：06

景：宫殿/宝木巴

时：日

人：空镜

远处，一座巍峨的宫殿。

四周有许多毡房。

场：07

景：宫殿外

时：日

人：乌仲汗　众多仆人

乌仲汗和众奴仆守候在产房外面。

乌仲汗在门外来回走着，很不安的样子。

女仆（OS）："可汗，可汗……"

乌仲汗："怎么，夫人？"

女仆匆匆走出来，看着乌仲汗，满脸惊慌："可汗，不好了，夫人她……生了个怪圆球？"

乌仲汗："你说什么？"

正说着，一个大肉球弹跳着从屋里蹦出来。

众人吓了一跳，纷纷闪到一边。

乌仁玛也从屋里走了出来。

乌仲汗赶紧迎上去，扶住她："夫人……"

乌仁玛："可汗，这……"说着，用手指着。

那个大肉球在地上蹦跳着，越跳越高，里面有人说话。

江格尔（OS）："闷死我了，阿爸，额吉，快让我出去……"

乌仲汗把夫人拉到一边，抽出大刀，冲上前去，对着大肉球猛砍一刀。

乌仁玛："可汗！"

随着一声巨响，烟雾弥漫，闪出万道金光。

乌仲汗和众人瞪大眼睛看着。

一个光屁股的小男孩站在地面上，腿底下还踩着两个小妖。

两个小妖跪倒在地上，向小男孩叩头求饶。

小男孩："滚吧！"

两个小妖连滚带爬地跑开。

乌仲汗看着那个男孩，吃惊地："你，你是谁？"

男孩："我是你们的儿子！"

乌仁玛："儿子？"

男孩打了哈欠："阿爹，额娘，我困，想睡觉……"说着，倒在地上，睡了过去。

场：08

景：神庙

时：日

人：蒙根　萨达巫师

巫师闭着眼睛，摇着法器，嘴中念念有词。

蒙根站在一旁，看着巫师。

巫师突然眼睛睁开，惊叫着："哇！"

蒙根看着巫师，有些紧张："什么？"

巫师夸张地："不得了！了不得！"

蒙根："什么？快说！"

巫师："腾格里天神告诉我，你这儿子可是个不得了的大人物，他乃是天神下凡，天生神力，勇猛无敌，将来必定会成为草原上最伟大的勇士，一代战神，前程不可限量嘛，可惜……"

蒙根："可惜什么？"

巫师："凭他的本事，他原本是可以成为一代圣王，统领天下，可惜有一位真正的圣主已经降临，抢了他的气运，所以嘛，你儿子只能成为他手下一员大将，一生辅佐他，帮助他开疆拓土，一统天下！"

蒙根："可有别的办法？"

巫师："除非那人死了……"

蒙根："那人是谁？"

巫师："天机不可泄露，到时候你自然就会知道的！"

蒙根："多谢大师指教！"

场：09

景：宫殿内

时：日

人：乌仲汗　乌仁玛

江格尔躺在床上，闭着眼睛睡着。

医生正在给江格尔把脉。

乌仲汗和乌仁玛在一旁看着。

医生皱着眉头，手有些发抖。

乌仲汗皱着眉头，显得有些紧张。

医生叹了口气，站起身来。

乌仲汗："如何？"

医生："这孩子……好着哩，什么病都没有。"

乌仲汗："可他睡了都快半个月了，怎么也叫不醒！"

医生："这个嘛，我……也是百思不得其解嘛！"

乌仲汗："这可如何是好？"

医生："让他睡，醒来了，就好了！"

乌仲汗看着医生，有些无语。

医生："哦，我，我……说了！"说着，背起药箱，匆匆离开。

乌仁玛："可汗，这……"

乌仲汗看着乌仁玛，无奈地："他……醒来，就好了！"

场：10

景：毡房外

时：日

人：女仆甲　女仆乙

牛叫声。

牛圈里拴着数十头牛。

一位女人蹲在一头牛下面，用手快速地挤着奶。

女仆从毡房里出来，冲着挤奶女人："乌兰，你快点儿！小少爷都快饿疯了！"

女仆甲："来了！"

女仆甲提着奶桶往毡房里走着，嘴里嘀咕着："什么人嘛，生下来就知道吃，一天就能吃一桶奶，可不是什么好事儿……"

婴儿的啼哭声。

场：11

景：蒙根家毡房

时：日

人：蒙根　婴儿洪古尔　蒙根夫人

婴儿撕心裂肺的啼哭声。

蒙根夫人抱着洪古尔，用手拍打着："宝贝，别哭了，妈妈在这儿哩！"

洪古尔哭得更凶了。

蒙根："他饿了，快给他喂奶！"

夫人："我的奶都让他喝干了，哪还有……"

蒙根："让他喝牛奶。"

夫人："他都喝多少了，从早到晚，就没停过，都喝了有两桶了。"

蒙根满不在乎地："他想喝就让他喝嘛，又不是喝不起。乌兰，你在哪儿？快，孩子要喝奶！"

乌兰提了奶桶进来："我，我来了！"

蒙根："快，给他喂奶！"

乌兰："喂多少？"

蒙根："废话，他能喝多少就喂多少！"

场：12

景：草原

时：日

人：阿勒坦

夕阳西下，晚霞映照着辽阔的草原大地。

一条河流如同玉带一般弯弯曲曲地从草原上流过。

一匹骏马站在河边，阿勒坦正用刷子在马身上洗刷着。

乌仲汗骑着马走过来，看见阿勒坦，向他挥手。

阿勒坦抬头，看见乌仲汗，笑了笑。

场：13

景：草原

时：日

人：乌仲汗　阿勒坦

乌仲汗喝干了碗里的酒，把酒碗放下，看着阿勒坦："阿勒坦，你是草原上最聪明的人，知晓过去和未来，你告诉我，他到底是天使还是魔鬼，他给我们带来的是福祉还是灾难？"

阿勒坦："尊敬的乌仲汗，你生下了一位伟大的儿子，他必将成为一代圣主，给宝木巴带来和平和幸福！"

乌仲汗："太好了！"

阿勒汗："可是……"

乌仲汗："可是什么？"

阿勒汗："可是他会成为一位孤儿，你和夫人也会因为他而死……"

乌仲汗："什么？这……可有办法化解？"

阿勒汗："除非现在就让他……死！"

乌仲汗一把抓住阿勒坦："什么？"

阿勒汗："这，这……是天意！"

场: 14

景: 宫殿/宝木巴

时: 夜

人: 乌仲汗　乌仁玛

乌仁玛:“天意?”

乌仲汗看着乌仁玛,点头。

乌仁玛:“可汗,你,你不会想……?”

乌仲汗:“你想什么,难道我会为了自个儿贪生怕死而杀死自己的儿子?你,会这么干吗?”

乌仁玛:“当然不会。”

乌仲汗:“我想好了,就算我们死,我们也得让孩子好好地活下去!”

乌仁玛:“是谁想让我们死?”

乌仲汗:“不知道!不过,该来的总会来的,我不怕!你呢?”

乌仁玛:“有你在,我也不怕!”

乌仲汗:“孩子呢,他怎么样了?”

乌仁玛:“还睡着呢!”说着,眼睛向床上看去。

江格尔躺在小床上,睡得正香。

乌仲汗走过去,握住乌仁玛的手,叹息着:“阿勒坦说了,上天不想让他太早看到邪恶,也许等他醒来的时候,黑暗就已经过去了……”

场: 15

景: 魔宫

时: 日

人: 空镜

天空中阴云翻滚。

山上,一座巨大的魔宫。

两只苍鹰飞过。

场: 16

景: 魔山

时: 日

人: 魔王高力金　妖兵首领　妖兵若干

地上躺着几十个男童的尸体。

魔王脸色铁青，抓过一个妖兵首领，狠狠地："混蛋，我要的人呢？"

妖兵首领："大兵，都……都……都在这儿！"

魔王："混蛋，我要的那个胸前长着痣斑的男孩呢？"

妖兵首领："所有的男孩，都在这儿！"说着，指了指前面站着的那几十个男孩。

魔王："滚，都给我滚！"说着，狠狠地踹了他一脚。

妖兵首领惨叫一声，身体横飞，撞到一块石壁上，摔得头破血流，倒在地上。

一位妖兵连滚带爬地跑过来："大王……"

魔王转过脸，看着那个妖兵："什么事？快说！"

妖兵跪倒在地上，气喘吁吁地："大王，宝木巴的乌仲汗生下一个奇怪的儿子，他生下来就藏在一个大肉球里，从肉球里蹦出来就会说话，还抓着两个小怪物，头上顶着万道金光，百姓们都说他将成为一代圣主，给宝木巴带来和平和安宁！"

魔王："乌仲可汗的儿子，会是他？"

狗头巫师："待我掐指算一下……是他，就是他！"

魔王："听我号令，调集精兵，攻打宝木巴！"

场：17
景：草原
时：日
人：魔王　高力金　黑魔掌　众多妖兵妖将

晴朗的天空。

大片的乌云飘过来。

远处突然出现急促的马蹄声。

魔王高力金骑着马，率领大批妖兵冲过来。

魔王把马拉住，往前看着。

狗头巫师用手往前指着："大王，那就是宝木巴！"

远处，一座雄伟的圆形宫殿，周围分布着许多的毡房。

高力金冷笑着，挥手："杀！"

数以万计的妖兵怪叫着，向着前面的宫殿冲过去。

场: 18
景: 宫殿外/宝木巴
时: 日
人: 宝木巴勇士　妖兵妖将若干

魔王高力金率领众妖兵妖将冲过来。

宝木巴的勇士们从四面冲过来。

双方短兵相接，一场混战。

魔王高力金率领几个妖将往前冲着。

一位勇士举刀砍过来，刀砍在魔王身上，碰出火花来。

勇士大吃一惊，又一刀砍过去。

魔王冷笑着，伸出手去，把勇士抓在手里，甩了出去。

勇士惨叫一声，身体飞了出去。

一群勇士冲过来，把魔王包围住。

魔王冷笑着。

勇士们举刀砍过来。

魔王挥刀过去。

勇士们的身体倒飞出去，倒在地上，一动不动。

魔王："孩儿们，给我冲，抓住那个孩子，本王有重赏……"

妖兵们怪叫着，向着乌仲汗的宫殿攻上去。

场: 19
景: 宫殿内
时: 日
人: 乌仲汗　乌仁玛　江格尔

乌仁玛把江格尔抱在怀里，正准备往外走。

乌仲汗匆匆从外面进来，身上满是血迹，受了伤的样子。

乌仁玛："可汗！"

乌仲汗："乌仁玛，魔王来了，你快带孩子走！"

乌仁玛："什么？"

乌仲汗："来不及了，把东西收拾一下，快走！"

场：20

景：马厩/宫殿外

时：日

人：乌仁玛　乌仲汗　江格尔

神马阿仁赞站在马厩前，踢着脚。

乌仁玛骑上马。

乌仲汗把孩子递给乌仁玛。

乌仁玛怀抱着孩子，系好带子。

乌仲汗："乌仁玛，你快走，再不走就来不及了！你去找蒙根大力士，他是我的好兄弟，他会帮助你的！"

乌仁玛："那你呢，你怎么办？"

乌仲汗："你别管我，记住，一定要保护好孩子，他是我们的希望，有他在，就有宝木巴在！"

乌仲汗拍拍马背："阿仁赞，你要保护好夫人，知道吗！"

阿仁赞看着他嘶叫几声，点头。

这时，一位魔将率领一队妖兵冲过来。

魔将："快，小孩在那儿，抓住他……"

乌仲汗："乌仁玛，你快走！"说着，使劲地拍打着马屁股。

阿仁赞嘶叫一声，抬腿冲了出去。

一名妖兵冲过去想阻拦。

阿仁赞猛冲过去，将妖兵撞倒，然后飞跑了出去。

魔将见乌仁玛骑马跑远，拿了弓箭瞄准。

乌仲汗把手中的大刀甩了出去，魔将胸部被洞穿，倒在地上。

众妖兵一见，怪叫着围了过来。

乌仲汗大叫一声："妖怪们，来吧，老子送你们上西天……"说着，冲进妖兵中间，一通乱砍。

众妖兵惨叫着，纷纷倒在地上。

场：21

景：草原/宝木巴

时：日

人：乌仁玛　众多勇士　妖兵若干

杀声一片。

在星罗棋布的毡房当中，到处都有生死搏杀。

乌仁玛骑着马，往外冲着。

有妖兵上前阻拦。

阿仁赞勇猛地冲上去。

妖兵一见，吓得躲在一边。

阿仁赞左冲右冲，冲出了包围圈，向着远处的高山飞驰而去。

场：22

景：宫殿前

时：日

人：乌仲汗　魔王高力金　众多勇士　妖兵若干

双方对峙。

地上横七竖八的尸体。

宝木巴的勇士们明显处于劣势，很多勇士倒在地上。

乌仲汗已经受伤，身上满是鲜血，被大群妖兵包围。

魔王："乌仲汗，把你儿子交出来，我留你一条性命！"

乌仲汗："想要我交出我的儿子，做梦！"

魔王看着乌仲汗，冷笑着："不交出你的儿子，你死，所有的人都得死！"说着，用手指往四周指了指。

许多宝木巴的武士都躺在地上，被妖兵用刀指着。

乌仲汗："你这个魔鬼！"

魔王冷笑了笑，一挥手。

妖兵们挥刀砍下去。

宝木巴的勇士纷纷中刀，鲜血四溅，倒在血泊之中。

乌仲汗："你这个魔鬼，我跟你拼了！"说着，举起大刀，向魔王冲过来。

妖兵们冲上去。

乌仲汗冲过去，手起刀落，妖兵们纷纷倒下。

血肉横飞。

场：23

景：草原

时：日

人：乌仁玛　江格尔　妖将　妖兵若干

乌仁玛骑马飞驰。

后面一队妖兵骑马追赶。

乌仁玛："阿仁赞，快，快跑！"

后面追赶的妖兵向乌仁玛射箭。

一支箭射中乌仁玛的后背。

乌仁玛身体摇晃着，伏在马背上。

阿仁赞身上也中了一支箭，仍旧奋力奔驰着。

场：24

景：宫殿外

时：日

人：乌仲汗　魔王高力金　众多勇士　妖兵若干

乌仲汗挥舞大刀砍下去，一位妖将的脑袋被砍下，滚落在地上。

魔王冷眼看着乌仲汗，冷笑着，向他走过去。

乌仲汗看着他走过来，紧握着手中的大刀。

魔王走到他面前，用手指着，冷冷地："你，砍我！"

乌仲汗："你……？"

魔王："你，砍我！"说着，拍拍自己的胸膛。

乌仲汗看着魔王，突然大吼一声，举刀向魔王砍过去。

刀砍在魔王身上，血流了出来。

魔王一动不动，看着乌仲汗，突然吼了一声。

刀，弹了出来。

魔王身上的伤口瞬间愈合起来。

乌仲汗吃惊地看着。

魔王："你，再来！"

乌仲汗："魔鬼，你去死吧！"举起大刀，朝着魔王的脖子砍过去。

魔王的脑袋掉在地上，滚动着。

魔王的身子却一动不动地站立着。

乌仲汗看着，狂笑起来："魔鬼，我看你还怎么活着！"说着，举刀向那颗脑袋砍过去。

脑袋被砍成肉泥。

魔鬼："乌仲汗！"

乌仲汗抬起头，怔住。

魔王脖子上已经长出了一个新的脑袋，正瞪着大眼睛冷冷地看着他，慢慢地向他走过来，身体变得无比高大威猛。

乌仲汗："你……"

魔王："乌仲汗，你杀不死我，我是世界上最强大的人，这个世界上没有人能够杀死你，这回你相信了吧？"

乌仲汗："我，我不信！"说着，举刀砍过来。

魔王伸手过去，把他的手抓住。

乌仲汗挣扎着："你这个魔鬼……"

魔王把他的刀夺过来，手一掰，刀断成两截，掉在地上。

乌仲汗还想反抗。

魔王抓住他，把他整个身体都提了起来，狠狠地："乌仲汗，快把你儿子交出来，不然，我要你死，所有的人都要死！"

乌仲汗："你这个恶魔！"说着，朝他脸上啐了一口。

魔王大怒，把他一把扔了出去。

乌仲汗倒在地上，大口地吐血，用手指着魔王："我儿子江格尔，会杀了你，给我报仇……"

魔王看着乌仲汗，狞笑着："你要死，你的儿子也要杀，所有跟我作对的人都得死！"说着，伸出一只魔爪向乌仲汗抓过去。

场：25

景：阿勒泰山

时：日

人：乌仁玛　江格尔　阿仁赞

阿勒泰山被白雪覆盖着。

雪花飘扬。

负伤的阿仁赞驮着乌仁玛艰难地往山上走着，马屁股上插着两支长箭，身上满是血迹。

乌仁玛抱着江格尔，伏在马背上。

阿仁赞踩在雪地上，留下两排杂乱的脚印。

阿仁赞往山上走着。

乌仁玛从马背上掉落下来，俯倒在地上。

阿仁赞停住脚步，回过头来，走到乌仁玛躺倒的地方，呜叫了几声。

乌仁玛躺在地上，一动不动，双手紧紧地抱住怀里的江格尔。

阿仁赞伸出嘴去，咬着乌仁玛，乌仁玛一动不动。

雪，越下越大。

阿仁赞左右看看，走到乌仁玛面前，躺下去，用它的身体覆盖在乌仁玛身上，为她遮挡风雪。

雪，纷纷扬扬地下着，落在地上，落在阿仁赞的身上。

阿仁赞静静地躺在那里，似乎等待着什么。

阿仁赞眨了眨眼睛，扭过脸去看。

江格尔不知什么时候睁开了眼睛，看着阿仁赞，很好奇的样子。

阿仁赞凑过去，伸出舌头，舔着他的脸。

大力士蒙根牵着马过来。

阿仁赞似乎感觉到有人来了，便仰着脖子呜叫起来。

场：26

景：蒙根部落所在地

时：夜

人：蒙根

山坡上，散布着数十个毡房。

蒙根骑马过来，怀里抱着襁褓里的江格尔。

场：27

景：蒙根家毡房

时：夜

人：蒙根　蒙根夫人　江格尔　洪古尔

蒙根夫人坐在炕上，正在给洪古尔喂奶。

蒙根推开门，抱着江格尔进来，急匆匆地："快，给孩子喂奶！"

蒙根夫人："这是谁家的孩子？"

蒙根："路上捡的，快，给他喂奶！"

蒙根夫人把怀里的洪古尔放在炕上，从蒙根手里接过江格尔，撩起衣服，把奶头塞进江格尔的嘴里。

蒙根一旁看着。

蒙根夫人：“这孩子，哪来的？”

蒙根：“乌仲汗家的。”

蒙根夫人：“什么？”

蒙根坐在炕上，叹了口气，很难过地：“他叫江格尔，魔王为了抓他，把宝木巴全毁了，乌仲汗，还有乌仁玛，全死了……”

蒙根夫人：“可怜的孩子！”

场：28

景：赛马场/草原

时：日

人：蒙根　中年牧民　江格尔　洪古尔　牧民　勇士

晴朗的天空。

草原上正在举办那达慕大会，很多牧民聚集在这里，进行各种活动。

一场赛马会正在举行。

数十名骑手骑在马上，蓄势待发。

八岁的江格尔和洪古尔在骑手当中显然特别显眼。

蒙根坐在主席台上，看着江格尔和洪古尔，面带微笑。

裁判把手一挥，挡在骑手面前的长绳落下。

骑手们如同离弦的箭一般冲了出去。

江格尔和洪古尔夹在骑手中间，策马飞驰。

围观的牧民大声叫好，给骑手们加油。

蒙根：“江格尔，快！洪古尔，快赶上去！”

旁边的中年人看着蒙根，笑着：“大力士，你到底是给谁加油嘛，是洪古尔，还是江格尔？”

蒙根：“不都一样嘛。”

中年人：“大力士，你这俩儿子，你是喜欢哪一个？”

蒙根：“都是我儿子，我都喜欢。”

中年人：“那你看他们哪个会赢呢？”

蒙根：“谁赢都一样，反正都是我儿子。”

中年人：“不对，洪古尔才是你亲儿子。江格尔，不是你捡来的嘛！”

蒙根：“你胡说什么？”

中年人：“你别生气，我是真羡慕你，生了个洪古尔这样的好儿子不说，捡来的这个，更是了不起！这孩子，面相可不一般，将来一定是人中龙凤，准能干成大事，真是了不得，我看将来，准比洪古尔强多了，说不准，洪古尔还得依仗着他哩。”

蒙根：“你……？”

中年人：“哦，你看，他们回来了！跑在前面的是洪古尔，哦不，是江格尔，洪古尔在他后面呢……”

周围一片欢呼声。

“江格尔，加油！”

“江格尔，快跑！”

“洪古尔，快，快追上来……”

江格尔快马加鞭，骑着阿仁赞冲到了终点。

众人欢呼：“江格尔！”

洪古尔也冲到了终点。

中年人看了看蒙根，得意地：“大力士，我说得没错吧，你看这江格尔，小小年纪，力大无穷，骑马射箭，无所不能，还有一身好武艺，堪称草原第一勇士……”

蒙根：“洪古尔也不差！”

中年人：“要是没有江格尔，他也算得上是草原上的第一勇士！不过，他们原本就是兄弟，谁得第一都一样，不是嘛？”

蒙根：“是，谁得第一，都是我儿子！”

场：29

景：摔跤场/草原

时：日

人：蒙根　江格尔　洪古尔　大力士

一片呼喊声。

洪古尔正与一位身高三丈的大力士对峙。

江格尔在一旁看着，紧攥着拳头，冲着洪古尔叫着：“洪古尔，快躲开！打他，打他脑袋……”

蒙根坐在一张小桌前，喝着酒，看着。

大力士在小小的洪古尔面前，就像一座巨塔，他伸出巴掌，向洪古尔扑过去。

洪古尔很灵活，一下从他两腿中间穿越过去，反腿往他屁股上踢了一脚。

大力士转过身来，对洪古尔怒目而视。

洪古尔嬉笑一声，做了个手势："大个子，来呀，看我怎么揍你！"

大力士扑了过去。

洪古尔闪开。

大力士摔了个狗啃屎。

洪古尔往他屁股上踢了一脚。

大力士突然出手，抓住洪古尔，把他举了起来："臭小子，敢跟我玩，看我怎么收拾你！"说着，把洪古尔抛了出去。

江格尔突然一跃而起，拉住洪古尔的手，两人稳稳地落在地上。

众人一阵喝彩。

大力士大怒，扑过来。

江格尔看了洪古尔一眼，两人闪开。

大力士扑倒在地上。

江格尔向洪古尔做了个手势，一跃而起，俩人一同骑在大力士身上，挥舞着拳头，往他身上狠狠地打着。

大力士一声怪叫，突然站了起来，伸手抓住洪古尔，一只手把他高高地举了起来。

江格尔飞身跃起，一脚踹在大力士的肚子上。

洪古尔骑在大力士的脖子上，用拳头在脑袋上捶打着。

江格尔一拳打在大力士的肚子上。

大力士身体倒飞了出去，落在地上，头破血流。

众人欢呼，拥了上去，把江格尔和洪古尔抬了起来，抛在空中。

蒙根看着被众人抛在空中的江格尔，若有所思。

场：30

景：寺庙

时：日

人：蒙根　巫师

巫师："我掐算过了，就是他！"

蒙根："那我……"

巫师拿出一个纸包，递给蒙根："给你，给他吃了，你儿子洪古尔将来能成为草原之王……"

蒙根接过，转身离开。

场：31
景：草原
时：日
人：江格尔　洪古尔　蒙根

夕阳西下，金色的晚霞映照在草原上。

江格尔和洪古尔等几个孩子在一起玩着游戏。

江格尔头上戴着树枝做的皇冠，站在高高的山坡上，用手指着底下的洪古尔等几个孩子，做出很威严的样子，大声地："我是草原上最伟大的君王，你们都是我手下的大臣，洪古尔，我任命你做我手下的无敌大将军，你可愿意？"

洪古尔："我……我愿意，为大王效犬马之劳，从今往后，我洪古尔唯大哥马首是瞻，还有，你让我打谁我就打谁！"

众孩子哄笑。

蒙根站在一旁看着，苦笑着摇头，牵了马，默默离开。

场：32
景：蒙根家毡房
时：日
人：蒙根　蒙根夫人

蒙根夫人坐在火炉旁，手里拿着针，缝着衣服。

蒙根闷着头进来。

蒙根夫人："你上次打的那只狼，我用狼皮给江格尔做了件皮袄，你看怎么样？"

蒙根瞪了她一眼，没好气地："你整天就想着江格尔，怎么就没见你想到过洪古尔，难道洪古尔不是你亲儿子？"

蒙根夫人："蒙根，你怎么啦？"

蒙根："我……"

蒙根夫人："不是你说的嘛，江格尔这孩子太可怜，让我对他好一点。"

蒙根："我……呃，你觉得江格尔这孩子怎么样？"

蒙根夫人："是个好孩子，聪明，勇敢，善良，你不是也说了嘛，他将来准能成为一代圣王，给阿勒泰带来和平与安宁。"

蒙根："那洪古尔呢，我看洪古尔什么事都听他的，刚才在外面，我还看他跪在江格尔面前，他是我们的儿子，看他那样，我心里难受！"

蒙根夫人："不，咱们的洪古尔有这么个好兄弟，那是他的福分，将来，他们兄弟在一起，相互有个照应，多好！"

蒙根听着，叹了口气，不说话。

场：33
景：梦境
时：日
人：魔王高力金　江格尔

高力金来到一座神秘的森林里，茫然四顾。

四周阴森森的，隐约传来鬼祥的叫声。

高力金四下看着。

一道道阴气怪笑着向他飘过来，化作一个个鬼影，青面獠牙，张牙舞爪，向他扑过来。

高力金挥舞着手中的刀，砍过去。

那些鬼影却飘忽着，飞过去。

高力金握着刀，很惊恐的样子。

一根绳子飘过来，将他捆住。

高力金倒在地上，挣扎着。

江格尔骑着阿仁赞飞过来，手里操着阿尔牟长枪，向他掷过来。

高力金眼看着那长枪向自己飞过来，惊叫起来……

江格尔骑马飞驰，后面一根长长的绳子套在高力金的脖子上。

高力金的脖子被绳子套着，他在地上翻滚着……

场：34
景：魔宫
时：日
人：魔王高力金　狗头巫师

魔王躺在床上，伸出舌头，大声地叫着：“放开我，我要闷死了……”

狗头巫师：“大王，大王，你怎么啦！”

魔王睁开眼睛，喘着粗气：“江格尔，江格尔，我……我看见江格尔了！”

狗头巫师：“江格尔？”

魔王：“就是那个胸前长着紫色痣斑的男孩，乌仲汗的儿子！我梦见他，用一根长绳把我捆了起来，拖在马后面，捏住我的脖子，我喘不过气来，要不是你把我叫醒，说不定我就死了……”

狗头巫师：“大王，你别怕，那只不过是个梦！”

魔王：“那场面，真是吓死我了！”

狗头巫师：“大王，这梦都是反的，哦，你看，最近不是老有好消息嘛。”

魔王：“什么好消息？”

狗头军师：“最近前方捷报频传，大王的军队征战四方，所到之处，战无不胜，攻无不克，把敌人杀得人仰马翻，心惊胆战，现已平定了阿勒泰地区所有的三十六国，各国国王都表示愿意臣服于大王脚下，尊大王为君为圣，用不了多久，这天下就都属于大王您的了！”

魔王：“这么说，我就要成为天底下最有权势的人了？天底下的人都尊我为大王？”

狗头巫师：“当然，谁敢不服，杀了他！”

魔王：“可是江格尔呢？这小孩要是活着，现在也该长大了。”

狗头巫师：“这些年来，大王四处派人打探那孩子下落，可是音信全无，没准早就死了，即便他还活着又如何，大王神通广大，有不死之身，有生命之源的加持，如今又是万国之君，他一个小屁孩，就算有天大的本事，又能怎么样？”

魔王：“可我最近老是梦见那孩子，被他搅得心神不安，这孩子已成了我的心头大患，不找到他，杀了他，我这心里还就不得安宁！”

狗头巫师：“大王放心，我自有办法！”

场：35

景：地宫

时：日

人：魔王高力金　狗头巫师

阴暗的地宫。

池子里满是红色的液体。

狗头巫师:“大王,这是我专门为您打造的练功房,这里面是我用九十九位童男和九十九位童女的血液加上各种灵药制成的药水,您可以借助您的生命之源,吸取天地之灵气,相信很快就可以练就不死神功,到那个时候,天底下就没有人能够战胜您……”

魔王:“不死神功?”

狗头巫师:“是,到那时候,你就可以与天地同寿,天底下也没有人能战胜您,那个什么江格尔,更是不在话下!”

魔王:“好,有了不死神功,我看天底下还有谁能是我的对手!”

场: 36

景: 蒙根部落所在地

时: 日

人: 蒙根　江格尔　洪古尔

山坡上散布着几十座毡房。

牧民们都在忙碌着。

蒙根夫人坐在自家毡房外,烧着奶茶。

蒙根手里拿着斧头,正修着自家的羊圈。

江格尔骑马过来,下马,把马拴好,径直向蒙根走过来。

蒙根:“江格尔,你回来了!”

江格尔径直来到蒙根面前,看着他:“阿爸,他们说我是你从外面捡来的,是真的吗?”

蒙根:“你说什么?”

江格尔:“你告诉我,我阿爸阿妈是谁,他们在哪里。”

蒙根:“你胡说什么!你是我们的儿子!”

江格尔:“不,我不是你儿子,你也不是我的阿爸!你别骗我了,我早就知道了!”

蒙根:“你,你混蛋……你这个忘恩负义的家伙,你给我滚!”

江格尔:“我,就是想知道,我亲爸亲妈是谁。”

蒙根:“你滚,给我滚!”

江格尔看着蒙根,转身离开。

蒙根夫人走过来,叫他:“江格尔,你别走!”

江格尔不说话，跳上马背，策马离开。

蒙根夫人："蒙根，你快去把他追回来！"

蒙根："我……"

蒙根夫人："快，快去！"

场：37

景：小河边

时：日

人：江格尔　洪古尔

流水声。

清澈的河水，哗啦啦地流着。

江格尔和洪古尔两人坐在小河边。

江格尔扯了根草，在嘴里咬着，显得心事重重。

洪古尔皱着眉头："哥，你别听他们瞎说，我们是一起长大的，我妈说，我睁开眼睛，看到的就是你，你睁开眼睛，看到的就是我，你怎么可能不是咱爸咱妈的孩子呢？"

江格尔："我也希望是，可是……"

洪古尔："江格尔，你是不是觉得咱爸咱妈对你不好？"

江格尔："不，他们对我太好了，从小到大，家里有好吃的，总是尽着我，他们从来没打过我，咱们俩跟人打架，也是你替我挨打……"

洪古尔："是啊，阿爸阿妈都喜欢你，不过我也乐意，你是我兄弟，看着你好，我高兴！"

江格尔："是啊，他们对我太好了，比对你更好，可越是这样，我心里就越不是滋味，总觉得他们对我太好太客气，好像没把我当作家里人，就像我是个客人……现在想起来，他们真的是有事瞒着我。"

洪古尔："你是说，你阿爸阿妈的事儿？"

江格尔叹了口气，不说话。

洪古尔："我可不希望这是真的，我一直把你当我的哥哥，要是……我可受不了！"

江格尔："放心吧，洪古尔，不管怎么样，你都是我最好的兄弟，一生一世，都不会改变的！"

洪古尔："我也是！"说着，把手伸过去。

江格尔看着洪古尔，也把手伸了过去。

两人的手紧握在一起。

场：38

景：草原

时：日

人：江格尔　洪古尔　阿仁赞

辽阔的草原。

远处是一座雪山。

江格尔抓了一把草，走到阿仁赞面前，一只手把草放在它嘴巴底下，另一只手拍着它的脖子，轻轻抚摸着。

阿仁赞伸出舌头，舔着江格尔的手。

江格尔：“阿仁赞，你能不能告诉我，我的家乡在哪儿、我的阿爸在哪儿、我的阿妈在哪儿，你能不能带我到那儿去？”

阿仁赞像是听懂了江格尔的话，冲着江格尔点了点头。

江格尔骑上马。

阿仁赞长鸣了一声，撒开蹄子跑了出去。

洪古尔骑马看见，大叫：“江格尔，你去哪儿？”

江格尔骑马飞驰，在远处渐渐消失。

场：39

景：毡房外/蒙根部落所在地

时：日

人：江格尔　蒙根　蒙根夫人

蒙根把马鞍放在马背上，系着带子。

洪古尔骑马过来，冲着蒙根：“阿爸，阿妈，不好了！”

蒙根：“什么事儿？”

洪古尔跳下马，气喘吁吁地：“江格尔，他……他跑了！”

蒙根夫人从毡房里出来，吃惊地：“他上哪儿去了？”

洪古尔：“找他阿爸阿妈去了！”

蒙根：“什么？”

蒙根夫人：“快，去把他找回来！”

蒙根翻上马背，拉起缰绳，策马离开。

洪古尔也骑马追了上去。

场：40

景：草原/雪山/山谷

时：日

人：江格尔　阿仁赞

江格尔骑着马在草原上奔跑。

江格尔骑马翻过雪山。

江格尔骑着马在峡谷中行走。

场：41

景：小镇/荒漠

时：日

人：江格尔　明彦　萨日娜　阿勒坦

荒漠上的一座小镇。

大风呼啸，尘土飞扬。

江格尔骑马走过来。

前面有几座毡房，四周不见人影。

江格尔骑马来到毡房前，下马，把马拴在柱子上，往毡房走着。

江格尔来到毡房前，正要伸手敲门。

门突然打开，只听得砰的一声。

江格尔应声倒下。

江格尔惊叫：“谁？”

一张大网从天而降，把他裹在里面。

江格尔：“是谁？”

一个人影在面前显现出来，那是一个英俊的少年，手里拿了把弯刀，冷冷地看着江格尔。

江格尔：“你……是什么人？”

明彦：“小妖怪，小爷是来要你命的！”

江格尔：“我不是妖怪！”

明彦：“你不是妖怪是什么？你们抓走了我们那么多人，今天小爷要把你剁成肉酱……”说着，把刀举起来，就要砍下去。

阿仁赞看见，呜叫一声，向明彦冲了过来。

明彦猝不及防，被阿仁赞撞倒。

阿仁赞走到江格尔面前，用嘴咬着他身上的网绳。

明彦从地上爬起来，捡起弯刀，就要向阿仁赞冲过去。

阿勒坦和女儿萨日娜走过来。

阿勒坦：“明彦，你住手！”

明彦：“阿勒坦大叔，萨日娜，我抓住一个小妖怪！”

阿勒坦走过来，看着江格尔：“你……是谁？”

江格尔：“我……我是路过的！”

阿仁赞似乎认出了阿勒坦，冲他叫着。

阿勒坦看着阿仁赞，认出了它：“阿仁赞，是你？”

阿仁赞冲着阿勒坦点头。

阿勒坦意识到什么，走到江格尔面前，把他的衣服解开。

江格尔胸前那个紫色的痣斑，发出光亮。

阿勒坦用手扶住江格尔，激动地：“你……你是江格尔？”

江格尔：“我……是江格尔，你是谁？”

阿勒坦：“我叫阿勒坦，是你阿爸的朋友！”

江格尔：“我阿爸？你认识我阿爸？”

阿勒坦看着江格尔，微微点头。

场：42

景：宝木巴宫殿的废墟

时：日

人：江格尔　阿勒坦　萨日娜　明彦

阿勒坦领着江格尔、明彦、萨日娜站在山坡上，看着眼前的那片废墟，显得心情有些沉重。

断壁残垣，一片废墟。

阿勒坦：“这就是宝木巴，是你出生的地方，你阿爸是这里的可汗，他是一名能者、一名真正的勇士，深受百姓的爱戴。在他的治理下，宝木巴是个人间天堂，那个时候的宝木巴，富饶，和谐，没有饥饿，没有贫穷，没有战争，人人都生活得很富足，很快乐，是个真正的人间天堂……”

江格尔:“后来，怎么会变成这样？”

阿勒坦:“后来，魔王来了，他们杀死了你的阿爸、阿妈，他们烧杀抢掠，蹂躏了这块美丽的土地，从此宝木巴就成了人间地狱……”

江格尔:“我要为阿爸阿妈报仇！”

阿勒坦:“孩子们，我知道你们都是好样的，也有一身的本事！可是你们要知道你们面对的是最强大的敌人，现在你们都太弱小了，不是他们的对手。”

明彦:“那怎么办？”

阿勒坦:“眼下你们要做的，就是学好本事，尽快使自己强大起来！只有自己强大了，才有可能打败魔王，为你阿爸阿妈报仇！”

江格尔听着，默默点头。

场: 43
景: 山洞前
时: 日
人: 江格尔　阿勒坦

阿勒坦站在山洞前，念着咒语。

山洞的门打开。

阿勒坦领着江格尔走进山洞。

场: 44
景: 山洞里
时: 日
人: 江格尔　阿勒坦

山洞的门打开。

阿勒坦和江格尔走进来。

前面高高的台子上放着一杆长枪，闪着耀眼的光亮。

阿勒坦伸出手去，念着咒语。

那杆长枪，向阿勒坦飘浮过来。

阿勒坦把长枪拿下，对江格尔:“这是阿尔年神枪，是你阿爸特意留给你的，你要用它为阿爸阿妈报仇！”

江格尔伸手过去，那枪离开了阿勒坦，到了他的手上。

江格尔接过枪，舞弄起来。

一道金光将江格尔笼罩着。

阿勒坦看着，欣慰地点头。

场：45

景：山上

时：日

人：江格尔　明彦　萨日娜　洪古尔

江格尔手持阿尔年长枪，挥舞着。

洪古尔悄悄走过来，躲在旁边看着。

江格尔一枪向旁边一棵大树刺过去。

轰的一声，那棵大树被刺穿，倒了下去。

洪古尔眼珠一转，从地上抓了把泥，抹在脸上，然后拿杆枪，大叫一声，突然向江格尔冲过去。

江格尔："什么人！"

洪古尔不说话，只顾挺枪向江格尔刺过去。

两人你来我往，打在一起。

明彦、萨日娜看见，想上去帮江格尔，却被阿勒坦拦住。

明彦："那人是谁？"

阿勒坦："放心吧，他不是坏人！"

明彦满脸疑惑，转头看着。

洪古尔招架不住，倒在地上。

江格尔挺枪向洪古尔刺过去。

洪古尔："江格尔，是我！"说着，用手在脸上抹了一把。

江格尔用枪指着洪古尔的鼻子，似乎要刺过去。

洪古尔："我，我是洪古尔！"

江格尔："洪古尔，你怎么来了？"

洪古尔："我来……找你！"

场：46

景：山上

时：日

人：江格尔　洪古尔　明彦　萨日娜　阿勒坦

篝火在燃烧。

一头绵羊在火上烧烤着。

洪古尔手里拿着一只大羊腿，大口吃着，吃得满嘴是油。

江格尔在一旁看着，笑了笑："饿坏了吧？"

洪古尔："可不是，这些天，我一直在外面流浪，累得跟狗似的，没有一顿吃饱过，把我饿的，你看，我都瘦了吧？"

萨日娜："这还叫瘦，你看你肚子上那堆肉，跟女人怀了孕似的。"

洪古尔憨笑着："我这人，没别的毛病，就是能吃！"

萨日娜："你跟江格尔不是兄弟嘛，怎么刚见面就打起来了？有你这样做的兄弟的嘛！"

洪古尔："小时候，我们哥俩每天都在一起打架，今天看他武功那么好，手里痒痒的，就想跟他比试一下，唉，还不是他的对手！"

江格尔："阿爸阿妈他们怎么样？"

洪古尔："阿爸一直都在找你，阿妈在家，她很想你。"

江格尔："洪古尔，你回去吧。"

洪古尔："回去？我干吗要回去？你的事儿我都知道了，我们是兄弟，你的仇就是我的仇，我要跟你一起，杀死魔王！"

明彦："没错，那魔王神通广大，力大无穷，咱们兄弟联手，同心协力，才能打败他们！"

洪古尔："就让我们结为兄弟吧，从今往后，我们患难与共，生死相依，永不分离！"

江格尔看看洪古尔，又看看明彦，点了点头。

场：47

景：寺庙

时：傍晚

人：江格尔　洪古尔　明彦　萨日娜

江格尔、洪古尔、萨日娜和明彦四人在腾格里天神面前结拜。

江格尔用刀割破手指，血滴落在碗里。

洪古尔、明彦也割破手指，让血流进碗里。

四人跪下。

江格尔举起手，看着天空，神情肃穆："我，乌仲汗的儿子江格尔向腾格里天神起誓，从今往后，与洪古尔、明彦和萨日娜结为兄弟姐妹，患难与共，生死相依，消灭魔王，齐心协力，把宝木巴建设成没有饥饿，没有贫穷，人人幸福快乐的人间天堂……”

四人分别把酒端起来，一饮而尽。

四人的手伸出去，握在一起。

场：48

景：山上

时：日

人：江格尔　明彦　萨日娜　洪古尔

江格尔与洪古尔正在练习武艺。

洪古尔被江格尔打得节节败退。

洪古尔眼看不敌，摇身一变，成了三头六臂，与江格尔打了起来。

江格尔突然消失不见。

洪古尔怔住，四处寻找。

江格尔突然现身，一跃而起，一腿踢在洪古尔脑袋上，三头六臂的洪古尔滚下山坡。

江格尔看着洪古尔的狼狈样，得意地笑着。

洪古尔躲在山坡上，偷偷地吃着羊肉，很得意的样子。

明彦看见，眼珠一转，使出隐身术，身体消失。

洪古尔吃得满嘴流油，突然手中的羊肉被夺走，他一愣，意识到什么，大叫：“明彦，你个臭小子，还我羊肉！”说着，追了过去。

明彦摆脱了洪古尔，显出身体，看着手中的羊肉，很得意的样子，送到嘴里大口啃了起来。

萨日娜看见，用手一指，使出定身法。

明彦刚吃上一口，手却停在空中。

萨日娜走到明彦面前，笑着，伸手把明彦手里的羊腿拿下，做了个鬼脸，走开。

明彦看着，气得直咬牙，却又动弹不得。

洪古尔、明彦气冲冲地走过来，突然怔住。

江格尔和萨日娜两人坐在一起，每人拿了一只羊腿，正吃得津津有味。

两人对看一眼，怪叫一声，扑过去。

四人争抢着羊腿肉。

场：49

景：地宫/魔山城

时：日

人：魔王高力金　狗头巫师

高力金盘腿坐在水中央的台子上，闭着双眼，正在练功。

一股浓重的黑雾在他身体的四周弥漫着。

高力金的胸前闪着耀眼的光亮。

黑雾渐渐散去。

高力金睁开了双眼，眼睛闪起蓝色的光亮。

高力金站起身，举起双手，大声狂笑着："哈哈哈哈……我练成了，我练了不死神功！以后我不会死了，我会永远活着！"

狗头巫师上前跪下："恭贺大王练成不死神功！吾王万岁万岁万万岁！"

高力金："从今往后，我就是世界上最强大的人，所有与我对抗的人都不能活在这个世界上！"

众魔将上前跪倒："吾王万岁万岁万万岁！"

场：50

景：悬崖/阿勒泰山

时：日

人：魔王高力金　石壁老人

魔王走上山顶，看着面前那块石壁，抬起手，念着咒语。

一张老人的脸浮现在石壁上。

魔王高力金："老家伙，我来是想告诉你，我已经练成了不死神功，你说，这天底之下还谁是我的对手，谁还能打败我。"

石壁老人："是没有人能打败你，除了你自己！"

魔王高力金："那你告诉我，那个长着紫色痣斑的小孩，他在什么地方。"

石壁老人："你不用去找他，总有一天，他会来找你的。"

魔王高力金："他来找我，哦不，他来找死的，对吗？"

石壁老人："我说过，除了你自己，没有人能打败你！不过，你们之间总会有一个人会死去，不是你，就是他！”

魔王高力金：“不，死的是他！我练成了不死神功，别人都会死，但我不会！从今往后，我就是世界上最强大的人，我要征服整个世界……”

高力金狂叫着。

天空中突然一阵电闪雷鸣。

场：51

景：某部落

时：日

人：牧民若干　魔将妖兵若干

绿色的草原。

远处的雪山。

山下面坐落着几十座毡房，牧民正在忙碌着。

妇女们正在烧火煮奶茶。

牧民巴图骑着马，赶着羊群往这边走来。

宫拜和几个小孩在快乐地玩着游戏。

远处传来一阵急促的马蹄声。

大群魔兵骑着马正往村落飞驰而来。

有人大叫：“快跑，魔兵来了！”

牧民们四处奔跑。

那几个正在玩游戏的小孩站在那儿，不知所措。

几位牧民跑过来，拉住他们的手，叫着：“快，快跑……”

一位魔将率领妖兵冲过来，大叫：“快，把小孩都抓起来，一个别想跑！”

妖兵骑着马，四处追赶着。

宫拜眼看被追上，巴图冲了过去，试图阻止妖兵。

妖兵抽出刀来，往宫拜头上劈下去。

巴图惨叫一声，倒在地上，满脸是血。

妖兵怪叫着，冲过去，抓住宫拜，把他横放在马上。

巴图眼看着妖兵冲过来，抽出刀来，把孩子护在身后。

妖兵骑马冲过来。

巴图瞅准机会一刀劈过去。

妖兵惨叫一声，倒在地上。

巴图把马绳抓住，把宫拜抱住，跳上马，策马离开。

魔将看到，冷笑一声，拿了弓，搭上箭，对准巴图的后背，一箭射出去。

巴图被射中，他强忍着痛，抱住宫拜，继续策马往前跑着。

场：52

景：山上

时：日

人：牧民父子　明彦

巴图骑马往山上跑着。

妖兵追上来。

牧民终于支持不住，摔落在马下。

妖兵追上来，举刀要砍。

突然一阵旋风袭来。

两位妖兵额头被划了一刀，倒在地上死去。

明彦现出身来，看着妖兵的尸体，手上的刀还在滴血。

巴图倒在地上，奄奄一息。

宫拜："阿爸！"

明彦走过去，将巴图扶起来。

巴图："求求你……快去……救人！"说着，脑袋一歪，死去。

宫拜："阿爸……"

场：53

景：大峡谷

时：日

人：江格尔　洪古尔　明彦　萨日娜　魔将　妖兵若干　牧民若干　男孩若干

一条大峡谷。

两边都是陡峭的山谷，形状怪异。

一队妖兵押着大队的牧民和小孩走过来。

牧民们的手都被捆住，一个接一个连成一串，在沙地里艰难地行走着。

几个妖兵拿着鞭子，驱赶着。

一个孩子又累又饿，摔倒在地。

妖兵："妈的，快起来！"说着，抽了一鞭子。

孩子父亲过来，用身体将孩子护住，将孩子扶起来："快，快起来！"

孩子："阿爸，我走不动了，我饿……"

父亲："起来，跟阿爸在一起。"

孩子眼里含着泪，站起身来。

父亲扶住孩子，两人在队列中行走着。

魔将巴士奇长得人高马大，巨人般的身体骑在高头大马上，似乎要把马压垮了。

一个妖兵连滚带爬跑过来，惊慌地："爷，不好了，前面有人打……打劫！"

巴士奇："打劫？在哪儿？"

妖兵："哦，你看，他们在那儿！"

巴士奇瞪大眼睛看着。

不远处，四个小孩站在队伍前面，冷冷地看着他们。

洪古尔手里拿了酒袋，放在嘴里，仰着脖子喝着，旁若无人的样子。

江格尔用手指着巴士奇，大声地："妖怪，快快把人放了，饶你不死！"

巴士奇看着，冷笑："哪里来的小毛孩，不知天高地厚，来人，把他们统统给我抓……抓起来！"

妖兵们怪叫着，往前冲去。

萨日娜拿出魔杖，冲着妖兵们一指，叫一声："定！"

妖兵们个个僵在地上，动弹不得。

巴士奇："怎么都不动了，混蛋，快，把他们抓起来……"

明彦冷笑着，化作一阵旋风，向巴士奇袭来。

啪啪两声。

巴士奇被打得鼻青脸肿，赶忙捂住脸，四处看着："谁，谁敢打老子！"

洪古尔："是老子要打你！说着，把手中的铁锤掷了出去。"

巴士奇被击中，从马上摔倒在地上。

江格尔："救人！"

巴士奇从地上爬起来，看着江格尔，满脸惊恐地："你，你们是谁？"

洪古尔走到巴士奇面前，嬉笑着："我们是宝木巴的勇士，是老天从天上派下来专门收拾你们这些妖魔鬼怪的，明白了吗？"说着，拍了拍巴士奇的脸。

巴士奇："小的明白！"

场：54

景：某村落

时：日

人：江格尔　洪古尔　明彦　萨日娜　魔将　妖兵

一伙妖兵闯入村寨，烧杀抢掠。

毡房被点着，燃起大火。

牧民们从毡房里逃出来，被妖兵们砍杀。

地上堆放着牧民们的尸体。

魔将拖着一位漂亮女孩从一座毡房里出来，女孩哭喊着。

女孩的父亲苦苦哀求，拉住女孩不放。

魔将恼怒，一脚踹开父亲，嘴里骂骂咧咧的。

女孩的父亲忍无可忍，从地上拿起一把斧头上前拼命。

魔将大怒，举起大刀向男子砍过去。

一杆长枪飞过来，刺穿魔将脖子。

魔将定住，张大嘴巴，转脸看着，血从伤口渗了出来。

江格尔骑马冲过来。

妖兵们一见，围了过来。

洪古尔冲上去，挥舞着大铁锤，把妖兵们打得人仰马翻，躺在地上。

江格尔下马，把男人扶起："大叔！"

男人看着地上妖兵的死尸，惊恐地："你们是……"

江格尔："大叔，你别害怕，我们是宝木巴的勇士，是专门来杀这些妖魔鬼怪的。"

男人："宝木巴的勇士？"

洪古尔："大叔，您放心，有我们在，这些妖魔鬼怪长不了！"

男人："就你们几个？"

洪古尔："打妖怪，有我们几个就够了！"

男人："可是他们太强大了，只怕你们不是他们的对手。"

江格尔："大叔，您放心，我们会打败他们的！"

场：55

景：山路

时：日

人：江格尔　洪古尔　明彦　宫拜　黑狐　妖兵若干

大队妖兵押着数辆马车在山路上行走。

黑狐骑着马，在队伍前面走着。

旁边，一个猴头小妖在地上走着，左看右看，显得有些不安。

猴头妖："王爷，这地方太安静，看着可是有些不对劲儿，会不会有埋伏？"

黑狐："埋伏？什么埋伏？"

猴头妖："听说，附近有一伙盗贼说是什么宝木巴的勇士，个个神通广大，力大无穷，专挑咱们的人下手，狠着呢！黑风寨的老狼三兄弟，仗着自己有些神通，平时谁都不放在眼里，听说连照面都打上，脑袋就叫人给砍了！"

黑狐："活该！那几个狼崽子，太他妈不是东西，平时也就欺软怕硬的，真要碰到硬茬了，立马就尿了，你看我说得不错吧！"

猴头妖："那些人是不好惹！"

黑狐："什么好惹不好惹的，要是碰了小爷我，我照样把他们打得满地找牙！"

猴头妖："是，爷的本事那是没说的，不过还是小心些好，这批金银财宝可是送给大王的生日贺礼，出了事儿，咱可是要掉脑袋的。"

黑狐："有老子在，你怕什么！别说是什么宝木巴的勇士，就是天王老子来了，我也叫他有来无回！"

突然，传来啪啪两声。

黑狐："谁？谁打我？"说着，捂住脸。

猴头王："没人，没人！人，人在哪儿呢？"

又传来啪啪的响声。

黑狐从马上摔下，鼻青脸肿，嘴上流着血，气急败坏，爬起来，紧握着刀，四处看着："谁呀，敢打老子，我杀了你……"说着，却突然停住。

一把刀架在他的脖子上。

明彦现身，手握小刀，戏谑地看着黑狐。

众小妖一看，怪叫着，想要冲过来。

江格尔、洪古尔等骑马冲过来。

一个小妖挥刀冲过去。

江格尔一枪刺过去，小妖倒下。

洪格尔挥舞着大铁锤，对着小妖们，厉声地："想活命的，都别动！"

明彦将明晃晃的小刀对准黑狐："你，让他们退下！"

黑狐："混蛋，你们，都给我退回去，退回去！"

众小妖后退。

明彦冷笑了笑，对黑狐："你去，把箱子打开！"

黑狐："这……这……"

明彦："不想活了！"

黑狐："快，把箱子打开！"

箱子盖打开。

箱子里装满了金银珠宝。

洪古尔抓了一大把珠宝，对江格尔笑着："这么多的金银珠宝，咱们兄弟可是发财了！"

江格尔会意地笑了笑。

场：56

景：魔宫

时：日

人：魔王高力金　九尾妖狐　狗头巫师

高力金："什么，黑狐死了？谁杀的？"

九尾妖狐："就是那几个小孩，说是什么宝木巴的勇士！"

高力金："又是他们！"

九尾妖狐："大王，你可要杀了他们，为咱们的儿子报仇！"

高力金："咱们的儿子？"

九尾妖狐："没错，黑狐是我的儿子，也是你的！"

高力金："我的儿子？"

九尾妖狐："是……是我为大王生下的儿子。"

高力金恨得咬牙切齿，大声地："真是反了，几个小兔崽子，也敢跟我作对，活得不耐烦了！老牛将军，你带些兵马，去把这几个小兔崽子给我抓来，我要剥他们的皮，抽他们的筋！"

牛头怪："小的遵命！"

场：57

景：牧民居住地

时：日

人: 牛头怪　妖兵　牧民若干

牛头怪骑着一头怪兽, 率领众多妖兵冲进村落。

牧民们纷纷躲进毡房。

牛头怪挥着手里的鬼头大刀, 对妖兵们:"快, 统统抓起来!"

妖兵们冲进毡房, 把牧民们押出来。

有牧民反抗, 妖兵将牧民刺死。

牧民妻子惨叫, 拿了刀要拼命, 也被刺死。

场: 58

景: 牧民居住地

时: 日

人: 牛头怪　妖兵　牧民若干

巨大的铁锅上面热气蒸腾。

翻滚的热水。

铁锅底下, 燃烧的柴火, 冒出无数火花。

铁锅上面, 一位老牧民的身体被倒挂在上面。

牛头怪:"你, 你们, 听好了, 把那几个小孩交出来, 有赏, 不交, 你们一个个都得烧死!"说着, 做了个手势。

老牧民的身体被往下放着, 眼看就要掉进滚烫的水里。

一位妇女不忍目睹, 赶紧伸手把孩子的眼睛蒙住。

牛头怪:"快说, 那几个小孩在哪儿? 不说, 就得死, 他要死, 你们统统都得死!"

老牧民惨叫着。

老牧民的儿子:"爹, 我跟你们拼了!"说着, 猛然推开妖兵, 冲上去。

牛头怪一脚将他踹倒, 大声:"把老头给我放下去, 让他死!"

妖兵举起刀, 想把绳子砍断。

一阵风吹过, 老牧民的身体好像被一股力量抱住, 飞出, 落在地上。

明彦现形, 抱住老牧民, 把他放在地上。

马蹄声。

江格尔、洪古尔和宫拜骑马过来, 冲进人群。

阿仁赞高声鸣叫着, 立住。

牛头怪:"你们, 你是谁?"

江格尔:“我们,就是你要找的宝木巴勇士!”

牛头怪:“来得正好。来人,把他们都给我捆了!”

洪古尔:“捆我,来呀,快来呀,小爷等着你哩!”说着,跳下马来,冲着妖兵们摆手。

几个妖兵冲了过来。

洪古尔又把手放在胸前,站在那儿不动。

几个妖兵上前去抓他,却根本推不动他。

洪古尔:“小妖们,跟小爷玩,你们就不是个儿,看我的!”说着,抽出铁锤,朝着小妖们打过去。

小妖们惨叫着,一个个飞了出去。

牛头怪:“气死我了,我要你的命!”说着,提起鬼头大刀,向江格尔冲了过去。

江格尔冷笑了笑,提起阿尔牟长枪,向牛头怪刺过去。

洪古尔拎着铁锤,跳进妖兵中间,把妖兵们打得人仰马翻。

牧民的儿子一见,冲着牧民们叫一声:“宝木巴的勇士来了,大家快快起来,跟我一起杀妖怪!”

牧民们冲上前去,与妖兵们打在一起。

江格尔与牛头怪打在一起,江格尔的阿尔牟长枪神出鬼没,鬼头怪招架不住,突然对着江格尔张开大嘴,吐出一把烟火来。

江格尔睁开眼睛,看见牛头怪骑着怪兽正要逃走,冷笑了笑:“想跑?你跑不了的!”说着,从背上拿了弓,搭了箭,对着牛头怪瞄准。

牛头怪骑着兽奔跑着。

江格尔一箭射出。

牛头怪背部中箭,从马上摔了下来。

场:59

景:草原

时:夜

人:江格尔　洪古尔　明彦　牧民们

篝火在燃烧。

老牧民弹着琴,唱着歌。

牧民们围着篝火在跳舞。

老牧民唱着："很久以前，阿勒泰山下有个美丽的地方叫宝木巴。那里没有寒冷，没有饥饿，没有死亡；那里的人们每天都活得无忧无虑，那里有一位伟大的英雄乌仲汗，他和他的勇士保卫着宝木巴，他的英名传遍天下……"

洪古尔和明彦也走到牧民中间，和他们一起跳起舞来。

江格尔坐在篝火旁，看着老牧民，静静地听着，眼里含着泪水。

伴随着歌声，江格尔眼前浮现出当年父母亲的身影。

【画面切入】

乌仲汗与魔王大战。

乌仁玛抱着婴儿骑着阿仁赞在草原飞驰，妖兵们在后面追赶。

乌仲汗被魔王杀死。

乌仁玛正驰马飞奔，一支飞箭射中她的后背。

乌仁玛从马上摔下，倒在雪地上。

阿仁赞走过来，用舌头舔着襁褓中的江格尔。

江格尔睁开了眼睛。

雪花纷纷扬扬。

阿仁赞躺倒在地上，用身体为他挡住雪花。

场：60

景：草原

时：夜

人：江格尔　洪古尔　明彦　老牧民巴达

天空中悬挂着一轮圆月。

月光皎洁。

众人都已散去，只有江格尔和老牧民巴达坐在篝火旁。

江格尔："老爷爷，你歌里唱的那个乌仲汗，你见过吗？"

巴达："当然见过，当年我就是他手下的一位勇士，亲眼看见他跟魔王的那场生死大战……"

江格尔："乌仲汗不是草原上最勇猛的武士吗，怎么会败给魔王？"

巴达："大汗是天下第一勇士，他与魔王的那场大战算得上惊天地，泣鬼神！论力气，论勇猛，大汗一点也不输给魔王，他们大战了三天三夜，可汗砍断了魔王的手，砍了他的脑袋，可就是打不死那魔王。他的手断了，马上就能长出来，脑袋被砍了，还会生出另一个脑袋。后来大汗筋疲力尽，倒下了……"

江格尔："那乌仲汗，他还有什么亲人吗？"

巴达："大汗与乌仁玛公主结婚以后，很多年都没生孩子，后来他们向腾格里天神祈求，后来乌仁玛公主就怀孕了，生下的是一个怪肉球，里面有人说话，大汗一刀砍下去，那肉球爆开了，里面有个小孩，那小孩生下来就会说话，脚下还踩着两个小妖怪，他刚生下来，就睡了过去。后来，魔王就来了，大汗为了保护孩子，就让公主带着孩子离开，以后就再也没有消息了，听说是叫妖怪给杀死了……"

江格尔："不，他没死。"

巴达："你说什么？"

江格尔："我是说，那小孩，他不会死的。"

巴达："草原上的人也都这么说！唉，他要是还活着，现在也该长大成人了，大家都说，这天底下，也许只有他才能打败魔王，给宝木巴带来和平和希望！"

江格尔："老爷爷，我……"

巴达："怎么啦？"

江格尔："哦，没什么！"

巴达："那孩子要是活着，也该有你这么大了！"

场：61

景：草原

时：夜

人：江格尔

江格尔骑着马，在草原上飞驰。

场：62

景：湖边

时：日

人：江格尔　阿勒坦

阿勒坦手持鱼竿，坐在湖边。

江格尔下马，走过来。

阿勒坦："江格尔，你怎么啦？"

江格尔："阿勒坦，你告诉我，我什么时候可以上魔山，找魔王报仇！"

阿勒坦："等你足够强大，可以打败魔王的时候。"

江格尔："我杀了那么多魔怪，难道还不够强大吗？"

阿勒坦："对付那些小妖，你是够强大了，可是要对付魔王，你还不够！"

江格尔："不，我不信，我一定会打败他的。"

阿勒坦："你想打败他，至少，你要先打败我！"

江格尔："你？"

阿勒坦："对，是我！"

江格尔看着阿勒坦。

阿勒坦手里拿着钓鱼竿，微笑着，很坦然的样子。

江格尔挥拳打过去。

阿勒坦身体一闪，消失。

江格尔一愣。

阿勒坦出现在江格尔身后，伸手一推。

江格尔猝不及防，身体一滑，摔倒在水里。

场：63

景：湖边

时：日

人：江格尔　阿勒坦

江格尔坐在篝火旁，很沮丧的样子。

阿勒坦："那魔王高力金，性情残暴，杀人如麻，他来了，整个阿勒泰地区都成了地狱，百姓苦不堪言！他活着，天下的人就要受苦，所以，天下的仁人志士都想杀了他，为民除害。可是他太强大了，这么多年了，想杀他的人很多，活下来的一个没有。"

江格尔："他真的有那么强大？"

阿勒坦："要我说，天底下没有人比他更强大！据说，他已经练成了不死神功，手断了还能长出来，脑袋掉了马上还能长出一个新的，真是个妖孽！"

江格尔："那怎么办？我阿爸阿妈的仇，就报不了吗？"

阿勒坦："当然不，天底下没有真正不死的人，就算他练成了不死神功，他身上也会有死穴，只要抓住他的死穴，就能要了他的命。"

江格尔："他的死穴在哪儿？"

阿勒坦："我不知道。"

江格尔："那怎么办？"

阿勒坦："江格尔，你要想杀他，就得使自己强大起来！况且，魔王已经统一了天下，手里有百万精兵，光靠你一人的力量是打败不了魔王的！"

江格尔："阿勒坦，我知道怎么做！"

【音乐片段】

镜头1：草原——

江格尔骑着马拉弓射箭，天上一只老鹰被箭射中，落在草地上。

镜头2：雪山上——

江格尔骑马在雪山上飞驰。

雪地上，江格尔挥舞着长枪，身体在雪地上飞舞。

江格尔和洪古尔在雪地上对练，两人你来我往，打得难解难分。

镜头3：树林里——

江格尔手持长枪，四处戒备着。

明彦使出隐身术向他发动攻击。

江格尔抓住机会，一把抓住明彦，逼得他现出原形。

镜头4：山坡上——

江格尔和一个魔将打得难解难分。

魔将挺起鬼头大刀向江格尔发动攻击。

江格尔一枪刺过去，把魔将脖子刺穿。

镜头5：某部落——

一伙妖兵正在某部落烧杀抢掠。

江格尔率领众位勇士赶到。

江格尔与一个身高数丈的巨人打在一起。

江格尔一枪刺去，将巨人脑袋刺穿。

镜头6：峡谷——

一队妖兵押着大群百姓去服苦役。

江格尔率人赶到，大声地："把人放开！"

魔将拍马上前，看着江格尔："大胆，你，你是什么人？"

江格尔："我是宝木巴乌仲汗的儿子江格尔！"

江格尔一枪杀死魔将。

妖兵们吓得四处逃跑。

百姓奔走相告："乌仲汗的儿子回来了！"

"江格尔回来了！"

"我们有救了！"

百姓们一拥而上，把江格尔等人围住，个个神情激动。

江格尔、洪古尔等人骑马走着，后面跟着数以千计的百姓。

一路上，不断地有人加入队伍。

浩浩荡荡的队伍，行进在辽阔的草原上。

场：64

景：角楼/魔山

时：夜

人：狗头巫师

夜色朦胧。

一只黑鹰飞过来。

狗头巫师站在角楼上，黑鹰落在他的手上，狗头巫师从黑鹰腿上取下一只小竹筒。

黑鹰飞走。

狗头巫师从竹筒里抽出一张纸来，低头看着。

场：65

景：魔宫

时：夜

人：魔王高力金　狗头巫师　九尾妖狐等

魔王高力金从王位上站了起来："你说什么，乌仲汗的儿子，那个胸前长着紫色痣斑的男孩？"

狗头巫师："没错，就是他，不过他现在已经长大了，大王您看……"说着，手一挥，前面显出一面魔镜，镜里面出现江格尔的身影。

魔王高力金睁大眼睛看着，用手指着："就是他？"

狗头巫师："就是他！他叫江格尔！"

魔镜中的江格尔骑着阿仁赞神马，挥舞着阿尔年长枪，背着神弓，和洪古尔、明彦等人在一起，雄姿英发。

魔王高力金看着，恨恨地："快，快去把他给我抓来，我要抽他的皮，抽他的筋，把他打入十八层地狱，让他们永远不得超生！"

狗头巫师："大王放……放心，这几个小……小兔崽子早……早已在我的掌控之中，我……我要让他们自……自投罗网！"

场：66

景：草原

时：日

人：蒙根　牧民若干

辽阔的草原。

蒙根和牧民们挥舞着大镰刀，正在割草。

蒙根把草捆好，放在车上。

一位中年牧民背着一捆草过来，放在地上，对蒙根："大力士，你听说了没有，乌仲汗的儿子回来了！"

蒙根："哦。"

中年牧民："我听说，这江格尔别看只有十来岁，长得高大威猛，力大无穷，武艺高强，比起当年的乌仲汗一点儿都不差。最近他们杀了好多妖怪，那些妖怪听到他们的名字就吓得屁滚尿流，很多人都投奔他们去了，听说跟他们在一起的已经有几十万人，还说他们很快就要攻打魔山了！"

蒙根："哦，你听谁说的？"

中年牧民："你不知道，整个阿勒泰都在说这事儿，跟你说，我还想着要投奔他们去了哩，这人不人鬼不鬼的日子，我受够了！大力士，我们一块去吧，你一身的力气，一定会受到重用的。"

蒙根不说话，赶着牛车，离开。

场：67

景：蒙根部落所在地

时: 日

人: 蒙根　蒙根夫人

牛车停下。

蒙根解开绳子, 准备卸车。

蒙根夫人端了碗奶茶过来。

蒙根接过, 喝着。

蒙根夫人: “你听说了吗? 江格尔的事儿。”

蒙根: “听说了。”

蒙根夫人: “我就知道, 这孩子不寻常, 准能干出一番大事来, 现在大家伙都把他看作草原的希望, 有了他, 魔王的末日就不会太远了。”

蒙根: “可是那魔王还是很强大的, 我担心……”

蒙根夫人: “担心什么, 我看没什么好担心, 那魔王祸害草原这么多年, 也该到头了! 江格尔是个好孩子, 洪古尔跟着他, 将来也能成大事儿。”

有人大叫: “快跑, 妖怪来了!”

蒙根皱起眉头, 抬头往前看着。

烟尘滚滚而来。

狗头巫师率大队妖兵过来。

蒙根紧握大镰刀, 把夫人护在后面。

狗头巫师骑着一头四不像, 在蒙根面前立住, 打量着, 皮笑肉不笑地: “蒙根, 你就是远近闻名的蒙根大力士。”

蒙根: “我是。”

狗头巫师: “我们大王请你到山上商量大事儿。”

蒙根: “你们大王, 我不认识, 跟我没关系!”

狗头巫师: “我们大王, 乃是天底下最强大、最有权势的王, 他跺跺脚, 整个阿勒泰山都会颤抖, 他找你, 是给你面子, 明白吗?”

蒙根: “他有他的权势, 我一个小老百姓, 高攀不起!”

狗头巫师: “蒙根, 你可别敬酒不吃吃罚酒!”

蒙根: “老子敬酒、罚酒都不吃!”

狗头巫师冷笑了笑, 对手下妖兵一挥手: “把他拿下!”

几个妖兵冲上去。

蒙根挥舞着大镰刀, 把几个妖兵打翻在地。

狗头巫师一看不对, 突然冲到蒙根夫人跟前, 将她抓住, 用一根魔杖抵住她的脖子。

蒙根一见，停住，看着狗头巫师："你这条老狗，快把我夫人放了，不然我会宰了你！"

狗头巫师："把刀放下，把手举起来，要不然，你这漂亮的夫人就会没命的！"

蒙根："你敢！"

狗头巫师冷笑，把魔杖刺进肉里，蒙根夫人的脖子被划开一道口子，血从中渗出来。

蒙根夫人："蒙根，你别管我，快跑，找江格尔去！"

狗头巫师："别动！"

蒙根无奈地叹了口气，把手中的镰刀扔在地上。

蒙根夫人："蒙根，你别……"

狗头巫师用魔杖对着蒙根。

魔杖闪出一道道蓝光，将蒙根包围。

蒙根身体突然抽搐起来，很快僵住，瘫倒在地上。

蒙根夫人："蒙根——"

狗头巫师一刀砍下。

鲜血飞溅。

蒙根夫人倒在血泊之中。

场：68

景：山上

时：日

人：蒙根　牧民若干

江格尔坐在悬崖边上，看着远处，想着什么。

宫拜兴高采烈跑过来。

宫拜："江格尔，我练成了，我练成了！"

江格尔："什么？"

宫拜："风火雷，你看！"

宫拜把手伸出去，手臂迅速红了起来，如同火炭一般。

明彦吹着口哨从山上走下来。

宫拜的手突然推出去，叫一声："风火雷，放！"

明彦被击中，浑身着起火来，吓得大叫着，跳起脚来。

宫拜看看自己的手，很得意地："看，我成了！"

明彦好不容易把火熄灭，冲着宫拜："死胖子，你差点没烧死我，看我怎么收拾你！"说着，撸起袖子，做出要打人的样子。

宫拜："明彦哥，饶了我，下回我再也不敢了。"

明彦："臭小子，还敢有下次，我弄死你！"

宫拜嬉笑着，吓得躲在江格尔身后。

江格尔："明彦，魔山的情况，摸清楚了没有？"

明彦："都摸清楚了，我把地图都画好了，你看——"说着，从怀里掏出一张羊皮画的地图，递给江格尔。

江格尔打开地图，低头看着。

明彦："这里到处都是机关暗道，易守难攻，还有十万精兵把守，凭我们现在的实力，只怕……很难打！"

宫拜："现在就要打魔山吗，可是阿勒坦大叔说过，让我们等他回来的。"

江格尔沉思着，"点头：这一仗迟早要打，我们要做好准备！"

萨日娜跑过来："江格尔！"

江格尔："萨日娜，怎么啦？"

萨日娜："洪古尔，他走了！"

江格尔："他，他上哪儿了？"

萨日娜："他上魔山了，说要救他阿爸！"

江格尔："蒙根大叔？"

场：69

景：悬崖顶上的一个平台/魔山

时：日

人：蒙根

蒙根上身赤裸着，手脚被几根粗大的铁链子锁着。

蒙根用力挣扎着，大声吼叫着。

蒙根："魔王，你恶贯盈满，死到临头了……"

场：70

景：魔宫

时：日

人：魔王高力金　狗头巫师　九尾妖狐　魔将妖兵若干

蒙根的叫骂声传过来。

魔王："这个蒙根真是可恶！那几个小兔崽子，他们会来吗？"

狗头巫师："会的，我都打听清楚了，那个洪古尔原本就是急脾气，没脑子。那个江格尔，听说也是在蒙根家里长大的，蒙根在这儿，他们不能不来！"

魔王："这几个兔崽子，竟把老子的天下搅得鸡犬不宁，不杀他们，除不了我心头大患！"

狗头巫师："大王放心，一切都在掌控之中，这回我定要他们有来无回！"

场：71

景：山门外/魔山

时：日

人：洪古尔

洪古尔背着两只大铁锤，来到魔山。

洪古尔骑着大白鹿来到山门前。

远远看去，魔宫像一把利剑刺向天空。

洪古尔："高力金，快开门，我洪古尔找你要命来了！"

山门徐徐打开。

洪古尔骑着大白鹿，冲进山门。

场：72

景：天台/魔山

时：日

人：魔王　狗头巫师　九尾妖狐等

魔王、狗头巫师、九尾妖狐站在魔宫外的天台上，看着正向山上走来的洪古尔。

魔王皱着眉头："怎么就来了一个？"

狗头巫师："这是洪古尔，蒙根的儿子，有他在，江格尔就跑不了！"

九尾妖狐："就这么几个小屁孩，何必如此大动干戈！待会儿，我去把他们抓来就是了！"

场：73

景：魔山

时：日

人：洪古尔

洪古尔从山下爬上来，抬头看着。

悬崖顶上，蒙根被铁链锁在悬崖顶上。

洪古尔："阿爸！"

蒙根睁开眼睛，往下看见洪古尔："洪古尔，你……你怎么来了，快走！"

洪古尔："阿爸，我来救你来了！"

蒙根："傻孩子，你快走！"

洪古尔拎着铁锤，要往前冲。

大队妖兵出现，个个戴着盔甲，手持武器，很快将洪古尔包围。

洪古尔大吼一声，挥舞着两个大铁锤打了过去。

妖兵们举着武器冲过来。

洪古尔挥舞铁锤，左击右打，表现神勇。

妖兵们一个个被打倒。

场：74

景：天台/魔山

时：日

人：魔王　狗头巫师　九尾妖狐等

魔王皱着眉头："废物，连个小娃娃都对付不了！"

九尾妖狐："不是还有几个嘛，人呢？"

狗头巫师："放心，都在我的掌控之中。"

一个妖兵跑上来，对魔王："大王，又有几个小娃打进来了！"

狗头巫师得意地："看，我说怎么着，他们真就来了！"

魔王冷笑："让他们上来，等本王把他们一块儿都收拾了！"

场：75

景：魔山

时：日

人：洪古尔　江格尔　明彦　宫拜

洪古尔把最后一个妖兵打倒，刚准备离开，大队妖兵冲出来，再次将他包围。

妖兵们黑熊模样，身材高大，如同巨人一般，洪古尔在他们面前显得极为矮小。

洪古尔手持铁锤，与一个妖兵对峙。

妖兵手持一把怪异的大刀，咧着大嘴，咬牙向洪古尔劈过来。

洪古尔举起铁锤抵挡。

砰的一声，闪出巨大的火花。

洪古尔身体一跃，迅速闪开。

妖兵返身向洪古尔扫过去。

洪古尔左右躲闪，有些狼狈。

妖兵把大刀高高举起，砍向洪古尔，却突然停住。

一支长箭射穿了他的身体。

扑通一声，妖兵沉重的身体重重地倒在地上。

洪古尔："江格尔，你……你们怎么来了！"

明彦："我们是生死兄弟，你来了，我们能不来嘛！"说着，随手甩出一刀。

一个妖兵的眼睛被刀刺中。

江格尔："快，救人！"说着，挥舞着长枪，杀向妖兵。

宫拜："看我的！风火雷……"说着，双手一挥。

爆炸声。

妖兵们被炸得血肉横飞。

场：76

景：悬崖上/魔山

时：日

人：洪古尔　江格尔　蒙根　明彦　宫拜　萨日娜　魔王　妖兵若干

江格尔、洪古尔等冲上悬崖。

蒙根被铁链锁着，一个独角怪手持大刀看守着。

洪古尔："阿爸！"

江格尔："蒙根大叔！"

蒙根："你们，别管我，快走！"

十几个妖兵向江格尔他们冲过来。

洪古尔挥舞铁锤，一阵乱舞。

妖兵们惨叫着，纷纷倒下。

洪古尔："阿爸！"说着，就要冲上去。

独角怪用刀抵住蒙根的脖子，对洪古尔："你，你们，都别过来，不然，我杀了他！"

洪古尔："你——敢！"

独角兽："你，再往前走一步，我就……"

江格尔看了明彦一眼。

明彦会意一笑，随即消失。

咔的一声，独角兽的脑袋掉落在地上。

洪古尔："阿爸！"

江格尔："快救人！"

洪古尔挥舞铁锤，朝着铁链砸下去。

铁链断了。

蒙根打开铁锁，大声："快，快走！"

江格尔和洪古尔扶住蒙根，准备走。

魔王率人赶到，看着江格尔等，冷笑："想走，你们，一个也走不了！来人，把他们给我抓起来！"

洪古尔："弟兄们，跟他们拼了！"说着，举起铁锤冲上去。

江格尔、明彦、宫拜、萨日娜等也冲了上去。

双方打在一起，一场恶斗。

江格尔使得一杆长枪神出鬼没，一个又一个妖兵倒下。

蒙根手持铁链，把一个妖兵的脖子卡住，令他窒息而死。

明彦使出隐身术，在妖兵当中穿行，不时冲着妖兵身上刺出一刀，妖兵倒下。

萨日娜则使出定身法，进攻的魔将刚把武器举起来就被定住。

洪古尔手持铁锤一路横扫，无人能敌。

很快，魔王手下的魔将妖兵都被杀死。

魔王一见，气得大怒，抽出鬼头大刀，杀了过来。

洪古尔一见，挥着铁锤迎了过去。

魔王用大刀往上一顶，两人的武器碰在一起。

洪古尔的铁锤飞了出去。

魔王举起大刀，对着洪古尔要砍。

蒙根一见，赶紧把手中的铁链扔了过去。

铁链缠在魔王的大刀上。

蒙根使劲地抓住铁链，使劲拉着。

魔王冷冷一笑，大刀一挥，铁链竟应声而断。

蒙根身体后仰，倒在地上。

江格尔赶紧拿了箭，搭上箭，拉开弓，对准魔王射出去。

魔王伸手把箭接住，双手将它折断，扔在地上。

萨日娜用魔杖对着他，念着咒。

魔王冷笑着，伸手向萨日娜抓过去。

宫拜一见，赶紧使出风火雷。

一阵烟火过后，魔王的身影显现出来。

魔王冷笑着，向他们走过来："我，是世界上最强大的人，你们，想向我挑战，我要你们统统都去死！"

江格尔等人从地上爬起来，一跃而起，一齐杀向魔王。

魔王大刀一挥。

江格尔等人纷纷倒飞出去，摔倒在地上。

魔王用鬼头大刀指着他们，狂笑着："你们，都去死吧！"

洪古尔站起身来，对着魔王："妖怪，小爷跟你拼了！"说着，突然从地上一跃而起，飞向中空，举起大铁锤向魔王脑袋砸下去。

魔王伸手抓住洪古尔的两条腿，旋转着，扔了出去。

洪古尔的身体在空中飞舞着，摔落在地上。

江格尔："洪古尔！"说着，从地上捡起一把大刀。

魔王："你，想跟我作对，我让你死！"

江格尔举刀向他砍过去。

魔王冷笑。

刀砍在魔王身上，当的一声，大刀断成两截。

江格尔挥起拳头向他打过去。

魔王将他的拳头接住，使劲一扭，抓住他的身体，高高举起来，旋转着，使劲扔了出去。

江格尔的身体往悬崖底下飞落。

众人的惊叫声："江格尔！——"

场: 77

景: 梦境

时: 日

人: 江格尔　乌仲汗　乌仁玛　魔王

四周一片黑暗。

江格尔在空中飘浮着, 左顾右盼。

江格尔:“阿爸, 阿妈, 你们在哪儿?”

乌仁玛的声音 (OS) :“江格尔, 我的孩子, 阿爸阿妈在这儿!”

江格尔转过脸去, 看着乌仲汗和乌仁玛正在不远处看着他, 向他招手。

江格尔:“阿爸, 阿妈!”

乌仁玛:“江格尔, 我的儿子!”

江格尔伸出双手, 向乌仁玛奔跑过去。

乌仲汗和乌仁玛的身影突然消失。

江格尔:“阿爸, 阿妈, 你们在哪儿?”

魔鬼高力金的身影突然出现, 他看着江格尔, 狂笑着:“你这个小娃娃, 想跟我作对, 拿命来!”说着, 他手里握着鬼头大刀, 向着江格尔砍过来。

江格尔一看, 惊叫起来。

场: 78

景: 山中茅屋

时: 日

人: 江格尔　阿勒坦

江格尔在睡梦中, 惊叫着:“阿爸, 阿妈, 你们在哪儿?”

阿勒坦的声音:“江格尔, 你快醒醒!”

江格尔睁开眼睛, 眼前一片模糊。

阿勒坦:“江格尔!”

江格尔眼前变得清晰起来, 出现阿勒坦的身影。

江格尔:“阿勒坦大叔!”

阿勒坦:“江格尔, 你做噩梦了吧?”

江格尔:“阿勒坦大叔, 我……我这是在哪儿? 洪古尔呢? 明彦, 还有宫拜、蒙根大叔呢? 他们在哪儿?”

阿勒坦:“他们……”

江格尔:“他们,他们怎么啦?”

阿勒坦:“他们被魔王高力金抓走了!”

江格尔:“那我……?”

阿勒坦:“你从悬崖上跳下来,还好,挂在树上!”

江格尔:“是您救了我!”

阿勒坦:“当时,你伤得很重!”

江格尔:“洪古尔,他们怎么样了!”

阿勒坦:“他们被抓去做苦役,暂时还没有危险。”

江格尔:“不,我得去救他们!”说着,就要起身,却痛苦地叫了一声。

阿勒坦伸手将他按住,安慰地:“你伤得很重,要救人,也得把伤养好!来,这是我给你熬的药,你喝了吧!”说着,把药碗端过来,递给江格尔。

江格尔接过,喝下。

场: 79

景: 苦役工场

时: 日

人: 洪古尔　明彦　宫拜　蒙根

工地上,大批百姓在妖兵的监督下干着苦力活。

蒙根、洪古尔、明彦、宫拜手脚被铐,背着石头在人群中行走。

妖兵们手拿鞭子四处走着,不时对着人群吆喝几声。

场: 80

景: 山上

时: 日

人: 江格尔　阿勒坦

阿勒坦从茅草屋里走出,看着正在练武的江格尔,想着什么。

江格尔手持长枪,挥舞着。

阿勒坦走过来。

江格尔把长枪掷出去。

长枪深深地插在前面的一棵大树上。

树倒下。

阿勒坦:“江格尔!”

江格尔看着阿勒坦，真切地："阿勒坦大叔，告诉我，我怎样才能打败魔王？魔王高力金真的有不死神功，打不死吗？"

阿勒坦："高力金是练成了不死神功，但未必就不会死，是人，总会死的，是人，也总会有死穴。"

江格尔："那，他的死穴在哪儿？"

阿勒坦："这个，我也不知道。"

江格尔："那……？"

阿勒坦："不过有人知道。"

江格尔："谁？"

场：81

景：魔宫

时：日

人：阿勒坦　魔王高力金　老魔王　魔将妖兵若干

阿勒坦（OS）："当年他也是个老魔王，高力金是他的手下，他原本很残酷，心狠手辣，杀人如麻，一心想不死，就去练不死神功，高力金野心勃勃，暗中与其他妖怪联合起来，把他推翻了，高力金自己就成了魔王……"

【画面切入】

高力金率领魔将妖兵冲进魔宫。

老魔王从王座上站起来："高力金，你想干什么？"

高力金："你这王位，该换个人坐了。"

老魔王："你，你们，想要造反？"

高力金："这不叫造反，叫夺权！这世界原本弱肉强食，胜者为王，赢者通吃，现在我比你更强大，这王位也该轮到我来坐坐了。兄弟们，你们说对不对？"

魔将们纷纷举手叫好。

老魔王："大胆，我打死你！"说着，举起手来。

高力金看着老魔王，冷笑。

老魔王："你，你们……"说着，鼻子流出血来。

高力金："你，中招了！"

老魔王："你居然给我下毒，你，你这个无耻的小人！"

高力金："来人，把他给我拿下！"

几位妖兵上前，把老魔王押起来。

老魔王："高力金，我不会放过你的！"

高力金冷笑："把他押下去！"

场：82

景：山上

时：日

人：阿勒坦　江格尔

江格尔骑着马，在山路上行走。

江格尔（OS）："您是说，只要我们救了老魔王，就能杀死高力金。"

阿勒坦（OS）："老魔王也练过不死神功，他知道高力金的死穴在哪儿。"

江格尔沿着崎岖的山路，往山顶上爬着。

阿勒坦（OS）："山上有很多魔鹰在那儿看守着，不让人接近……"

场：83

景：山顶

时：日

人：阿勒坦　江格尔

江格尔踏上山顶，往对面的山谷看着。

大群的魔鹰怪叫着，向他飞过来。

江格尔取了弓，搭了三支箭，对准魔鹰，射出。

一只只魔鹰被射中，惨叫着，往下坠落。

阿勒坦（OS）："在山洞外面，看守的是个百眼怪，他有一百只眼睛，有五十只眼睛白天睁着晚上闭着，另五十只眼睛白天闭着夜晚睁着，日夜看守在那儿，你只有让它所有的眼睛闭上，才可能进入山洞里去救老魔王……"

场：84

景：山洞外

时：日

人：百眼怪

远远看去，悬崖峭壁上有个山洞。

百眼怪站在山洞外面，眼睛一半睁着一半闭着。

悠扬的音乐声传来。

百眼怪眨了眨眼睛，四下看着。

场：85

景：山顶上

时：日

人：江格尔

江格尔站在山顶，吹着神笛。

优美的笛声。

【画面切入】

山泉在流淌。

小松鼠停住，竖起耳朵，专心地聆听着。

树林里的猴子坐在枝丫上，朝音乐传来的方向张望着。

正在溪水边喝水的小鹿也仰起头，往山顶上看着。

…………

场：87

景：山洞外

时：日

人：江格尔　百眼怪

迷人的笛声传过来。

百眼怪昏昏欲睡，怪眼迷离，眼睑不住往下低垂着，终于所有的眼睛都闭上。

江格尔来到山洞前，看着站在那儿打鼾的百眼怪，冷笑了笑，转身走进山洞。

场：88

景：山洞内

时：日

人：江格尔　老魔王　大蟒蛇

江格尔从外面走进来。

巨大的山洞，各种奇形怪状的石头。

老魔王被一条巨大的蟒蛇紧紧地缠绕着。

大蟒蛇的头高高仰着，瞪大眼睛，吐着长舌，很可怕的样子。

江格尔举着弓，搭上箭，对着大蟒蛇的脑袋。

大蟒蛇突然把身体抬高，猛地向江格尔进攻。

江格尔把箭射出去。

一支长箭从大蟒蛇口中射进去，将它的脑袋刺穿。

老魔王把大蟒蛇的身体从自己身上拉开，扔在地上，喘息了一口，抬头看江格尔："你，你总算来了！"

江格尔："你认识我！"

老魔王："废话，你怎么现在才来？你再来晚一步，我就死了！"

江格尔："你怎么知道我会来？"

老魔王："废话，这天底下，除了江格尔，还能有谁能够救我？只是你让我等得太久了！哦，有吃的吗？"

江格尔："什么？"

老魔王："我饿了！快，把这条蟒蛇给烧了！"

场：89

景：山洞外

时：日

人：百眼怪

百眼怪坐倒在山洞边，眼睛闭着，鼾声如雷。

百眼怪咂咂嘴，口水流了出来。

场：90

景：山洞内

时：日

人：江格尔　老魔王

一条大蛇在火上烧烤着。

老魔王吃得满嘴流油。

江格尔在一旁看着。

老魔王：哦，太香了，怎么，你不来点？

江格尔："你，真的是魔王？"

老魔王:“不然呢?哦,你觉得我不像?”

江格尔:“你,跟高力金不一样。”

老魔王:“废话,他是坏蛋,我呢,是好蛋,自然是不一样的。”

江格尔:“你被他关在这儿,多久了?”

老魔王:“我都忘了,几百年吧。高力金这小子,不是个东西,趁我练功,把我给废了。哦,对了,看在你救我的分儿上,我可以帮你,说吧!我这人,不想欠人人情!”

江格尔:“你能打败高力金?”

老魔王摇头:“不能,我的武功都叫他给废了,这些年他练成了不死神功,我打他不过。”

江格尔:“那谁能杀他?”

老魔王:“你呀!”

江格尔:“我?”

老魔王:“没错,就是你!”

场: 91

景: 山洞内

时: 日

人: 江格尔　阿勒坦　老魔王

魔王:“什么,那老不死的,你居然让他跑了?”

一个巴掌打在百眼怪的脸上,百眼怪往后翻了几个跟头,倒在地上,叫苦连天。

百眼怪:“大王,不,不是我!”

魔王:“是谁?”

百眼怪:“我……我不知道,我睡着了,醒来,这人就没了!”

魔王:“废物,都是废物!”

狗头巫师:“是江格尔,一定是江格尔!”

魔王:“江格尔,他,不是死了吗?”

狗头巫师:“不,他没死!他救那老不死的,一定是冲着大王您来的!”

魔王:“那……怎么办?”

狗头巫师:“他没死,一定会去救那几个人,到时候我们将计就计,再给他来个一网打尽!”

场：92

景：山谷

时：日

人：江格尔　老魔王　狗头巫师　魔将妖兵若干

江格尔骑马站在山坡上，旁边是同样骑在马上的阿勒坦和穿着黑色长袍的老魔王。

江格尔往前看着。

一队妖兵护卫着一辆马车从前面走过来。

狗头巫师坐在车厢里，手里拿着一串玉珠，似乎在盘算什么。

江格尔拉弓射箭。

长箭脱弦而出，朝着妖兵飞去。

马中箭，惨叫一声，倒在地上。

狗头巫师从马车上摔出，倒在地上。

一支支利箭向着妖兵飞来。

妖兵们还没等反应过来，纷纷中箭倒在地上。

狗头巫师从地上爬起来，抬头看着。

江格尔走到他跟前站住，冷冷地看着他。

狗头巫师看着他，满脸惊恐："是你……你们？"

场：93

景：魔兵关卡

时：日

人：江格尔　老魔王　魔将妖兵若干

一队妖兵守在关卡。

江格尔、阿勒坦、老魔王三人骑马飞驰而来。

妖兵从关卡里跑出来，举起武器，试图阻拦。

江格尔马不停蹄，开弓射箭。

妖兵纷纷中箭倒下。

江格尔一马当先，飞过栏杆。

阿勒坦和老魔王随后也一跃而过。

场：94

景：刑场

时：日

人：江格尔　洪古尔　明彦　宫拜　蒙根　妖兵等

山坡上立着五个行刑架，洪古尔、明彦、宫拜、蒙根等被铁链锁着，头上戴着黑头套，被押到行刑台上。

台下，站着成百上千服苦役的劳工。

四周站立着许多妖兵，手持武器，虎视眈眈。

几个凶神恶煞的刽子手走过去。

头套被揭开。

洪古尔挣扎着，被两旁的妖怪死命按住。

九尾妖狐站在台上，看着众人，阴阳怪气地："大王有令，所有人，胆敢反对大王者，统统都得死！"

洪古尔："你们这些妖魔鬼怪，我操你八辈祖宗，就是到了阴曹地府，小爷也不会放过你的！"

底下，百姓看着，有些骚动起来。

刽子手把铡刀拉开。

两个妖兵把洪古尔推到铡刀前，把他脑袋按到铡刀底下。

铡刀放着阴森的光亮。

九尾妖狐把手举起来，怪叫："死！"

刽子手咬着牙，就要把铡刀按下，身体却突然僵住。

一支长箭射穿了他的脖子。

刽子手瞪大眼睛，倒下。

九毛妖狐："谁！"

一支支利箭射过来。

台上的刽子手一个个中箭倒下。

九尾妖狐吓得趴在地上，浑身发抖。

江格尔骑着阿仁赞飞驰而来。

四周的妖兵一个个中箭倒下。

洪古尔站起身来，看见江格尔，兴奋地："是江格尔，他没死。弟兄们，江格尔救我们来了，杀妖怪啊——"

明彦把身上的铁链卸掉，大声地："杀妖怪！"

宫拜："杀妖怪！"说着，抡起手中的铁链，把一个妖兵打倒在地上。

一个妖兵挥刀过来。

蒙根大力士冲过去，把他高高举起，扔下台去。

百姓们纷纷动起手来，与妖兵打在一起。

江格尔一路骑马飞来，挥舞着长枪，所向无敌。

洪古尔抡起刀，又一个妖兵被砍中脑袋，倒下。

九尾妖狐从地上爬起来，想要逃走。

蒙根抓住它的尾巴，往空中一甩。

九尾妖狐惨叫，身体飞上天空，然后重重摔落在地上。

九尾妖狐从地上爬起来。

宫拜冲过去，用脚踩住它的尾巴。

洪古尔冲过去，一刀将它砍死。

一个黑熊怪把一位勇士举起来，扔在地上。

江格尔射出一箭。

黑熊怪脖子中箭，惨叫着倒在地上。

地上到处都是尸体。

洪古尔杀死最后一个妖兵。

江格尔向他走来。

洪古尔看见，赶紧笑着迎了上去。

江格尔："洪古尔！"

洪古尔："江格尔！"

两人拥抱在一起。

明彦、宫拜也跑了过来，四位小兄弟拥抱在一起。

阿勒坦和蒙根在一旁看着，相视一笑。

众人举手欢呼。

欢呼声响彻云霄。

场：95

景：魔宫

时：日

人：魔王高力金　魔将A　魔将B

高力金从王位上站起来，惊恐地："什么声音？"

独角怪连滚带爬跑进来："大王，不，不好了！江格尔把人都救走了，所有的人都跟着他，造……造……造反了！"

高力金："什么，他们，敢造反？"

独角怪："那可恶的江格尔振臂一挥，这天下都翻天了！"

高力金："可恶，可恶！"

狼头怪匆匆跑进来："大……大王，大事不好了！"

高力金一把抓住狼头怪，厉声地："什么事？快说！"

狼头怪："江格尔，带领大队人马打过来了！"

高力金："他们，有多少人？"

狼头怪："那人，漫山遍野，数也不清啊，大王！"

高力金："什么，哪来这么多人？"

狼头怪："这天下的人都反了啊，大王，您快跑吧，再不跑，就来不及了！"

高力金："跑，混蛋！我是天底下最强大的人，练有不死神功，难道还怕那些个小兔崽子不成！快，来人！"

一只黑鹰从外面飞进来，现形化作鹰头怪。

高力金："黑鹰，你赶快带着本王的口谕到各国去见他们的国王，让他们赶快派大军前来支援！"

黑鹰："他们的军队已经在路上了，不过……"

高力金："不过什么？"

黑鹰："不过，他们都反了，加入叛军！"

高力金："什么，怎么会这样？"

狼头怪："大王，叛军就要打过来了，快走吧！"

高力金："混蛋，我这魔山城山高路险，四周都有铜墙铁壁，到处都是暗道机关，还有10万精兵，还怕那些个小毛贼不成！传我命令，调集各路人马，准备消……消灭敌人……"

场：96

景：魔山

时：日

人：江格尔　洪古尔　阿勒吉　老魔王　义军　妖军等

远处，魔宫犹如黑色的利剑。

号角声。

浩浩荡荡的义军排列在魔山前面，严阵以待。

队伍上方，各色旗帜迎风飘扬。

江格尔骑着阿仁赞，身背长弓，手持长枪，威风凛凛，左右分别站着阿勒坦和穿着黑袍显得很神秘的老魔王，身后站着洪古尔、明彦、宫拜等宝木巴的勇士们。

大门徐徐打开。

穿着黑色盔甲的魔国军队列队从里面走出来。

江格尔冷冷看着。

魔国的军队排成阵形，看上去黑压压的一大片。

远处的城墙上出现几个人影。

老魔王抬头看着，冷笑地："高力金！"

江格尔抬头往城墙看着。

场：97

景：城墙上

时：日

人：魔王高力金　手下魔将若干

高力金与黑鹰、狼头怪魔将站在城墙上，往下看着。

黑鹰指着城下骑马站在帅旗下的江格尔："江格尔，在那！"

高力金看着，冷笑："江格尔，你个小屁孩，居然也敢跟我作对，看我怎么收拾你！传我命令，进攻！"

黑鹰向魔军挥动军令旗。

场：98

景：魔山城外

时：日

人：江格尔　老魔王　洪古尔　义军　魔军等

数百只魔鹰突然出现在天空中，发出可怕的怪叫声，向着义军队伍猛扑过来，到了义军上空，突然张开大嘴，吐出巨大的火苗。

义军中有人被烧，身上着火。

一片混乱。

一只魔鹰向江格尔俯冲下来。

江格尔射箭。

魔鹰刚张开嘴，一支长箭从嘴上穿过，魔鹰惨叫着，坠落下去。

义军中的弓箭手也纷纷举起弓箭，向魔鹰发射。

魔鹰纷纷中箭，从空中坠落。

场: 99

景: 城墙上

时: 日

人: 魔王高力金　手下魔将若干

黑鹰站在城墙上看着一只只魔鹰从空中坠落，哀声地："全完了，我的孩儿们，我的家人们！"

高力金："嚎什么，都是一群废物！"

黑熊怪："大王，看我的！"

高力金点头。

黑熊怪挥动令旗。

场: 100

景: 魔山城外

时: 日

人: 江格尔　老魔王　洪古尔　义军　魔军等

魔军队伍中出现几个身形巨大的黑熊人，它们走在队伍前面，手持粗大的棍棒，向义军冲过来。

义军中的弓箭手排列成阵，向魔军射箭。

黑熊人皮糙肉厚，箭射在他们身上根本没用，他们把身上的箭拔下来，折断，怪叫着，挥舞着棍棒向义军冲过去。

义军的掷石器把一块块巨大的石头抛向空中，向着魔军阵地飞过去。

魔军有人被砸中，倒下。

黑熊人却根本不惧，他们用巨手把石头挡开，快步地冲向义军队伍。

眼见魔军队伍杀了过来，义军士兵用盾牌上前抵挡。

黑熊人冲过来，直接抓住盾牌扔了出去。

义军士兵抵挡不住，纷纷后退。

江格尔拉弓射箭。

一个黑熊人眼睛中箭，惨叫着倒下。

江格尔手一挥，大叫一声："冲啊！"说着，骑着阿仁赞，挺起阿尔牟长枪，向着魔军冲过去。

洪古尔等也跟着冲了过去。

黑熊人把一位义军士兵抓在手里。

义军士兵挣扎着。

黑熊人把士兵扔出去。

洪古尔看见，把手中的大铁锤扔过去。

大铁锤砸在黑熊人脸上。

黑熊人惨叫着，仰面倒下。

明彦施展隐身术在人群中穿梭，不时飞身往黑熊人脚上砍去一刀，黑熊人脚被砍断，倒在地上，惨叫。

宫拜双手齐发，使出风火雷，黑熊人的脸被炸伤，向宫拜冲过来。

江格尔不停地射箭，一个个黑熊人眼睛被射穿，惨叫着倒下去，身体在地上翻滚着。

一个黑熊人气急败坏，抓住江格尔，把他举起来，想要捏死他。

江格尔用阿尔牟长枪把他的脑袋刺穿。

魔军败退。

义军乘胜追击。

魔军向魔山城内撤退。

江格尔率领义军乘胜追击。

场：101

景：魔山城门外

时：日

人：江格尔　老魔王　洪古尔　义军　魔军等

城门开着。

魔军士兵疯了似的往城里逃窜。

江格尔、洪古尔率领义军士兵在后面追击。

江格尔："明彦，快！"

明彦会意，施展隐身术，风一般地消失。

一位魔将看义军追得紧，下令关闭城门。

大批妖兵往城里跑着。

妖兵强行关闭城门，想把后面进城的妖兵挤出去。

明彦旋风般赶到，显形，将关城门的士兵杀死，然后把城门打开。

江格尔率领大队人马冲入城门。

场：102

景：魔山城

时：日

人：江格尔　老魔王　洪古尔　义军　魔军等

江格尔率领众勇士攻入魔山城。

狼头怪率领大队妖兵上前阻挡。

江格尔率领众位勇士冲上前去，与妖兵打在一起。

狼头怪与洪古尔对打。

明彦则使出隐身术在人群中穿梭，一把短刀从一个个妖兵身上划过，不时有妖兵受伤倒下。

洪古尔用铁锤挡开狼头怪的狼牙棒，将他一锤打死。

江格尔用阿尔牟长枪将一个魔将挑起来，摔在地上。

地上满是横七竖八的尸体。

妖兵们向山上撤退。

江格尔率领众勇士追击。

场：103

景：魔山

时：日

人：江格尔　洪古尔　黑鹰　义军　魔军等

江格尔率领众勇士往山上冲着。

山上堆放着许多巨石。

黑鹰挥着手，恶狠狠地："快，砸死他们！"

一块块巨石从山上滚落下来。

江格尔看见，大叫："闪开！"

有义军士兵躲闪不及，被砸中。

江格尔:“明彦,快上!”

明彦会意,化作一阵风往山上而去。

黑鹰指挥妖兵们往山下推巨石。

明彦突然现身,一刀向黑鹰砍过去。

黑鹰倒在地上。

明彦举刀再砍。

黑鹰突然化作一只巨大的魔鹰,飞上天空,嘶叫着,向明彦俯冲下来。

江格尔冲上来,连忙拉弓射箭。

黑鹰中箭,惨叫着,坠落到地上。

江格尔:“洪古尔,快,到魔宫,杀魔王!”

洪古尔:“是!”

场: 104

景: 魔宫

时: 日

人: 高力金　江格尔　老魔王　洪古尔　义军　魔军等

高力金在王位前来回走着,很颓丧的样子。

独角怪惶恐地跑进来:“大……大王,不……不好了,江格尔打进来了!快跑吧!”

高力金上前,一把抓住独角怪的脖子,把他拎了起来:“什么?”

独角怪哭丧着脸:“大王,我们打败了,真的打败了!”

高力金:“混蛋,我们败了,我们怎么会败呢!”说着,把独角怪紧紧地捏住。

独角怪惨叫。

高力金:“败了?胡说,我怎么会败呢?我是至高无上的王,我是天底下最强大的人,我是不可战胜的,我怎么可能败呢,怎么可能呢?这到底是怎么回事儿,怎么回事儿!这是哪里出了问题,是哪里?啊,谁能告诉我,谁能告诉我……”

老魔王(OS):“高力金,你都死到临头,居然还不知道是怎么死的!”

高力金听着,惊恐地:“你,你是谁,你,你给我出来!”

老魔王从黑暗中走出来。

高力金:“你,到底是谁?”

老魔王:“是我!”

高力金:“是你，这个老不死的！”

老魔王:“没错，是我！”说着，把头上的帽子摘下，露出自己的真实面目。

高力金:“你，要跟我作对！”

老魔王:“不，是你跟我作对！当年我那么信任你，提拔你，把你当作自己的儿子，可是你夺了我的王位，霸占了我的女人，把我关在悬崖洞里，成了石壁人，生不如死，那时我就说过，你如此作恶多端，必然会遭报应，今天就是遭报应的时候了！”

高力金:“就凭你？”

老魔王:“不是我，是他们！”

江格尔领着洪古尔、明彦、宫拜等人手持武器走了过来，在高力金面前站住，看着他。

老魔王:“哦，就凭你们！”

江格尔:“高力金，你杀害我阿爸阿妈，残害百姓，恶贯盈满，今天我要杀了你，为我阿爸阿妈和成千上万的宝木巴的父老乡亲报仇雪恨！”

洪古尔:“狗魔王，今天就是你的死期，小爷我是专门来要你命的。”

高力金:“好，好，来得好，我等你们很久了，都到齐了，好，我这就来把你们都收拾了！”说着，手上多了一把鬼头大刀。

洪古尔:“狗魔王，我来要你命！”说着，挥着大铁锤冲了上去。

高力金冷笑着，抡着鬼头刀上前迎战。

场: 105

景: 魔宫外

时: 日

人: 蒙根　义军士兵若干　魔将　妖兵若干

蒙根大力士率领义军士兵正与妖兵激战。

蒙根抓起一个魔将扔了出去。

场: 106

景: 魔宫

时: 日

人: 高力金　江格尔　老魔王　洪古尔　义军　魔军等

洪古尔冲上去，抡着铁锤砸向高力金。

高力金用鬼头刀一挡。

洪古尔的铁锤被震飞。

明彦："我来！"说着，身体消失，化作一阵风飞了过去。

高力金一拳打过去。

明彦被打得现出原形，飞了回来，摔在地上。

宫拜一见，叫一声："风火雷！"说着，向高力金打出几道风火雷。

几声爆炸过后，烟雾散去。

高力金高大的身躯屹立着。

高力金："就这点本事还想杀我？来吧，本王要你们的命！"说着，抡起鬼头大刀冲了过去。

江格尔赶紧射出一箭。

高力金眼睛被射中，却根本不在乎，伸手把箭抽出来，箭头上挂着眼珠，他把眼珠放在嘴边，伸出舌头舔了舔，很快，他的眼睛里长出新的眼球来。

江格尔提着阿尔年长枪冲过去，刺向高力金。

高力金挥动鬼头大刀，将江格尔的长枪挡开。

洪古尔抡了大铁锤冲上前去。

高力金力敌三位勇士，打得不可开交。

洪古尔被打倒在地上。

高力金抡起大刀向他砍去。

明彦隐身飞过去，朝着他的裆部猛撞过去。

高力金猝不及防，摔倒。

洪古尔趁机飞身而起，举着铁锤砸过去。

江格尔也挺起阿尔年长枪向他的胸部刺去。

铁锤砸在高力金头上。

高力金的头被砸扁。

高力金摇了摇头，脑袋很快恢复过来。

江格尔的长枪刺进高力金的胸部。

高力金把枪抽出，很快，身体恢复原形。

高力金："来吧，小子们，本王有不死神功，你们是杀不死我的，来，你们还有什么本事都拿出来，让本王好好领教一下！"

洪古尔："我不信杀不死你，弟兄们，咱们一起上！"说着，抡起铁锤冲上去。

江格尔挺着阿尔年长枪冲过去。

明彦则把手中的小刀作为飞刀扔了过去。

高力金抡起鬼头大刀舞动了一下，一股强大的力量冲击过来。

四位勇士纷纷倒飞过来，摔倒在地上。

高力金举起鬼头刀，狂笑："来吧，小子们，老子天下无敌，你们，都不是我的对手，来吧！"

老魔王突然出现，手里拿了一根魔杖，走到高力金面前。

高力金："是你，你不是我的对手！"

老魔王："未必！"说着，举起魔杖，对准高力金。

魔杖发出一道道蓝色的光，很快将高力金笼罩住。

高力金身体突然抽搐起来，大声惨叫着。

老魔王："高力金，你死去吧！"

高力金惨叫着，突然额头上多出了一只眼睛，眼睛睁开，身体也发生了改变，身形在不断地变大，很快成为一个庞然大物。

江格尔吃惊地看着。

老魔王："快躲开！"

高力金突然吼叫起来，鬼叫一般。

随着叫声，高力金身体上散出一股强大的力量，像一股无比强大的冲击波，把周围的人和物体都吹开了去。

江格尔、洪古尔等人的身体也飞了起来，冲出魔宫。

场：107

景：魔宫

时：日

人：高力金　江格尔　老魔王　洪古尔　义军　魔军等

江格尔、洪古尔从魔宫里飞出来，摔倒在地上。

轰隆一声。

高力金庞大的身体从魔宫里顶了出来，狂笑着，冲过来。

一个个义军士兵被他踩死在脚下。

洪古尔和江格尔一起冲上去。

高力金挥出巨掌将他们打倒。

江格尔刚要爬起来，却被高力金拎了起来。

洪古尔还来不及起身，也被高力金抓在手里。

高力金把两人抓在手里，放在眼前看着，恶狠狠地："江格尔，就你这样还想杀我，说什么你比我强大，还说我会死在你的手里，都是狗屁，今天我就让全天下的人都看着，你是怎么死的！"

江格尔被高力金捏住，想起老魔王的话。

【画面切入】

老魔王："他的生命之源就在第三只眼睛里，当他的第三只眼睛睁开时，就是他最强大的时候，但也是他最脆弱的地方，只要打中他的死穴，他就得死……"

高力金得意忘形地狂笑着。

江格尔（OS）："高力金，别得意了，你去死吧！"

江格尔话音刚落，从他的紫色痣斑里发出一道道金色的光亮，一股强大的光波向高力金冲击过去。

高力金的笑声突然终止。

江格尔的阿尔牟长枪插在了高力金额头中央的那第三只眼睛里。

高力金惨叫着。

庞大的身体重重地倒在地上。

高力金缩成了原样，额头中那只眼睛里插着一支箭，满脸是血。

江格尔、老魔王、洪古尔等走过来，站在高力金面前，冷冷地看着。

高力金睁开眼睛，看着老魔王，心有不甘地："你，老不死的，你不是说，除了我自己，没有人能杀我吗？"

老魔王："没错，杀死你的不是别人，是你的贪婪和狂妄！你很强大，倘若你不自作自受，没人杀得了你！"

高力金叹了口气，痛苦地闭上了眼睛。

场：108

景：草原

时：日

人：江格尔　老魔王　洪古尔等

远处，连绵的雪山。

绿色的草原充满了生机。

一只雄鹰从天空中飞过。

江格尔率领众位宝木巴的勇士凯旋，一派欢声笑语。

洪格尔 (OS)：“江格尔，魔王被消灭了，以后你想干什么呀？”

江格尔 (OS)：“重建宝木巴，我们一起，把宝木巴建设成一个没有饥饿、没有贫穷、人人幸福欢乐的人间天堂。”

宫拜 (OS)：“以后是不是就不会有妖怪、魔王了？”

洪古尔 (OS)：“有妖怪怕什么，不是有我们嘛，我们，就是杀妖怪的人！”

江格尔 (OS)：“有人就有魔，有人就有妖，只要有正义在，有宝木巴的勇士在，就不怕魔妖兴风作浪！”

声音渐隐。

江格尔策马飞驰。

众位勇士跟随江格尔在草原上飞驰着。

（全剧终）

附录三　“编剧理论与实践”课程简介

一、课程目的

1.学习和掌握电影和电视剧的相关知识
2.学习和掌握电影和电视剧的创作规律
3.学习和掌握电影和电视剧剧本创作的基本技能

二、课时及学分

每周4学时，共64学时，4学分

三、授课对象

戏剧影视文学、影视制片、导演、影视编剧等专业的本科生和研究生

四、授课方式

理论讲授+案例剖析+影片分析+作业+考核

五、考核方式

平时作业成绩×60%+期末作品创作×40%

六、教学进度表

课次	教学内容	学时	创作练习
第一讲	何谓编剧	4	看电影《小武》，写一份1500—3000字的故事大纲
第二讲	影视剧属性	4	看电视剧《权力的游戏》第一季第一集，写出分集故事梗概
第三讲	故事的品性及其价值分析	4	看电影《摔跤吧！爸爸》《流浪地球》《寄生虫》和电视剧《悬崖》，分析故事的品性、基因和戏剧性
第四讲	影视剧市场与影视剧产品	4	看电视剧《贫嘴张大民的幸福生活》，根据故事内容分场景完成事件、逻辑关系的梳理
第五讲	叙事语言与叙事传统	4	看电影《罗拉快跑》第一段，根据剧情撰写分镜头剧本
第六讲	叙事结构	4	看电影《暴雨将至》或电视剧《琅琊榜》，列出其情节链并分析其叙事结构及特征
第七讲	类型影视剧叙事模式分析	4	看一集电视剧，写分场景故事
第八讲	剧本（项目）策划	8	找一部小说，根据小说故事写一份电影剧本策划书
期中考核	每个学生自己寻找有拍摄价值的故事，写出剧本策划书，并在课堂上分析和讨论		
第九讲	题材选择与价值判断	4	根据自己编写的故事大纲，把前20分钟的故事写成电影或电视剧本
第十讲	搜集创作素材	4	看电影《三峡好人》，设计一段男主人公与女儿见面的情节
第十一讲	类型定位	4	以“邂逅”“夜店”“相亲”其中之一为题，编一个小品故事并写出剧本
第十二讲	故事定位	4	寻找故事题材，编写一个励志片电影的故事大纲
第十三讲	人物布局	4	看电影《妖猫传》，画出人物关系图，并剖析其人物设置及创作意图
第十四讲	人物塑造	4	根据自己创作的故事，画出人物关系图，并进行分析
第十五讲	剧情结构	4	写一份剧本创意书
期末考核	自己寻找故事题材，写出剧本创意并创作电影剧本（如写电视剧本，至少完成一集剧本创作）		

附录四 “编剧理论与实践”教案

第一讲 何谓编剧

一、课程简介

课程内容：影视常识、故事原理、编剧原理、编剧技巧

课程方式：课程讲授+案例分析+作业（编剧技能训练）+作业讲解

考核方式：平时成绩60%+期末考试40%=总成绩

教育理念：知识转化为技能，技能转化为智慧，智慧转化为人格

二、何谓编剧

- **编剧是干什么的？**

编剧是影视产品的设计师。

- **编剧的职责**

1.找到好故事

2.把故事编写成剧本

- **编剧的地位**

编剧的优势

编剧的弱势

- **什么样的人能做编剧**

四类编剧：作家、职业编剧、枪手、业余编剧

- **怎样成为一个优秀的编剧**

创作规律
市场规律
商业运作能力

三、影视剧的运营模式及编剧的关系

编剧与制片人
编剧与导演
编剧与演员
影视剧的运营模式

四、怎样写好电影故事大纲

故事大纲给谁看？
写作故事大纲的基本要领

五、创作练习

看电影《小武》，写一份1500—3000字的故事大纲。

第二讲 影视剧属性

一、影视剧是什么？

影视剧是商品，也是艺术，既有商品属性，也有艺术属性。

二、影视剧的商品属性

1.为什么说影视剧是商品?

拍影视剧是为了赚钱,所以是商品,具有商品的二重性。

2.影视剧是什么样的商品?与一般的商品相比,它有什么特征?

艺术产品

传媒产品

3.拍影视剧为什么能赚钱?

因为它是商品,具有价值和使用价值。

电视剧的商品特征

电影的商品特征

4.拍影视剧是怎样赚钱的?

电影的盈利模式

电视剧的盈利模式

三、影视剧的艺术属性

1.影视剧是不是艺术?

何谓艺术?

艺术与所有文化产品一样都是人类抗拒死亡的产物,它的功能是创造美。

美是理念的感性显现。

2.为什么说影视剧是艺术?

艺术是一种境界。

3.影视剧是什么样的艺术?它在艺术殿堂中处于什么样的地位?

影视剧一种大众化、通俗性的艺术。

四、影视剧的社会功能

1.影视剧对人类有什么用?

2.影视剧的社会功能

造梦功能

纪实功能

教化功能

娱乐功能

3.编剧就是个厨师，把各种故事元素有机地融合在一起，炒出一道色香味俱全的好菜来。讲故事的目的就是使影视剧具有吸引观众的功能。

【案例分析】五部电影的功能性比较分析

【案例分析】五部电视剧的功能性比较分析

五、电视剧分集梗概的写作要领

六、创作练习

看电视剧《权力的游戏》第一季第一集，写出分集故事梗概。

第三讲　故事的品性及其价值分析

一、何谓故事？

故事是个大产业，包括小说、电影、电视剧、游戏等，故事几乎渗透到所有的行业，我们每天都离不开故事和故事为我们营造的世界。

故事是人类宝贵的资源和财富。

故事有着无穷的价值，很多伟大的思想家、艺术家、文学家，如莎士比亚、托尔斯泰等，也无非是讲了几个好故事而已。

好故事是一座宝藏，好故事是一种稀缺资源。

二、故事的特征

什么是故事？故事有什么特征？

【案例分析】

- **电影故事**

一队士兵深入战场拯救一位普通士兵的故事；

泰坦尼克号海难中一位穷画家与一位贵小姐之间的生死之恋；

一位反对战争、不愿杀人的医生在钢锯岭战役中救出75位战友成为英雄的故事；

一位印度父亲把两个女儿培养成为摔跤冠军的故事；

一位信仰宗教的印度青年冒着生命危险送一位不同种族、不同信仰的巴基斯坦女孩回家的故事。

● **电视剧故事**

一个“傻子”士兵凭借个人努力逆袭成为兵王的故事；

地下工作者假扮夫妻潜入敌人内部所发生的故事；

三个不可能完成的任务引出的三位性格奇特的谍战英雄的故事；

草莽英雄成长史；

一位深入敌人内部的谍报工作者与潜伏在我党内部的敌方间谍之间的生死较量和他的情感纠葛。

● **故事的特征（根据以上案例分析，进行归纳总结）**

1.故事的主体是人

情节不过是人物性格和命运变化的历史，故事主要靠人物性格和人物命运吸引观众。

故事是特定人物在特定情境中所产生的行为，情境是指人物在某一特定事件中所面临的处境，包括事件、人物关系及时空环境等要素，其中最重要的是人物关系。同样是求爱这样的事件，人物性格和人物关系不同，行为方式不同，产生的剧情也不一样。

人物决定故事的品质和价值。事件好，未必故事好；人物好，故事必然就好。

【案例】

电影《战狼2》与《红海行动》对比分析

电影《敦刻尔克》

电视剧《大长今》与《延禧攻略》对比分析

2.故事是非常态的

故事有“事故”“变故”或“变化”之意，指的是事件并没有按正常的逻辑发展，或者超越了正常的轨迹或逻辑。

讲故事是为了引起他人的关注，只有非常态的故事才能激发他人的好奇心。故事就是要挑战观众的好奇心，就是要与观众进行思想情感的较量。故事中的剧情应该超越观众的思维和想象，但这并不意味着可以脱离观众。对于观众来说，最好的状态是既熟悉又陌生，或又熟悉又陌生，所以写故事也要使熟悉的生活陌生化，使陌生的生活熟悉化。

非常态其实是相对于当下的观众或当下的市场环境而言的。如科幻电影《流浪地球》对过去的观众是非常态的故事，而对以后的观众就是常态的了。所以故事就是要不断创新，挑战观众的思维和认知。

非常态的故事包括非常态的人物和非常态的事件。非常态包括超越常态或异于常态。

【案例】

电影《沉默的羔羊》

电视剧《士兵突击》

3.戏剧冲突是故事发展的内在驱动力

故事是特定性格的人物在特定的情境下所表现出来的行为。

广义的故事：人物的一段经历，人物所经历的事件。

狭义的故事：人物的不同寻常或奇特的经历。

三、故事的品性及其价值分析

- **故事的品性：戏核/戏魂 故事模式/戏剧模式**

戏核：故事的核心，所有故事都是从中衍生出来的，一般可以用一句话概括。例如，电视剧《士兵突击》讲述的是“一个傻子和一群聪明人的故事”，电影《拯救大兵瑞恩》讲述的是“一队士兵拯救一个普通士兵的故事”。

戏魂：故事的主题，故事中所蕴含的思想内涵。

故事模式：古往今来，人性相同，人类处境相同，无非是生老病死，无非是爱恨情仇，所以故事都有相似性，如小人物逆袭、三角恋、复仇、英雄拯救人类、爱情遇到阻力、有情人终成眷属等，都有相似的故事架构，有相近的DNA。

故事原型：故事的传承、故事的源头、故事的母胎。它们表现出相同的人性，不断衍生出新的故事来。

- **故事的戏剧性**

故事形态：大情节、小情节、中情节、反情节

戏剧模式：四种戏剧模式

戏剧动力：人物性格与人物关系/事件的纵深感和延展度

故事的典型性：人物的典型性/事件的典型性

故事的功能性：造梦/纪实/教化/娱乐

四、故事与影视项目开发

原创故事/原型故事

改编故事

系列故事

五、创作练习

看相关影视剧，填写下表，分析故事的品性与基因传承。

剧（片）名	故事的品性		故事的传承基因		故事的戏剧性	
电影《摔跤吧！爸爸》	戏核		故事原型		故事形态	
	戏魂		故事模式		戏剧模式	
电影《流浪地球》	戏核		故事原型		故事形态	
	戏魂		故事模式		戏剧模式	
电影《寄生虫》	戏核		故事原型		故事形态	
	戏魂		故事模式		戏剧模式	
电视剧《悬崖》	戏核		故事原型		故事形态	
	戏魂		故事模式		戏剧模式	
电视剧《樱桃》	戏核		故事原型		故事形态	
	戏魂		故事模式		戏剧模式	
电视剧《越狱》	戏核		故事原型		故事形态	
	戏魂		故事模式		戏剧模式	
电视剧《绝命毒师》	戏核		故事原型		故事形态	
	戏魂		故事模式		戏剧模式	

第四讲　影视剧市场与影视剧产品

一、影视剧市场

● **影视剧的两种商业模式**

2006年以来，中国电影票房急剧增长，2012年起成为全球第二大票房市场，随后增长强劲，逐步缩小了与北美市场的差距。2017年中国电影票房收入已达到86亿美元，仅次于北美的111亿美元。2018年中国票房规模超600亿元，约合90亿美元，成为全球第一大电影市场，这是近年来首次由北美以外的地区夺得全球电影市场冠军。

电影分账模式

● **电视剧市场**

市场容量相对稳定

市场的二重性

消费者不直接参与交易

价格由购买方决定：首轮剧、二轮剧、上星剧、城市地面台

衡量产品价值的标准：预估收视率

● **网络市场**

市场容量大

两种商业模式：版权剧、分账剧

头部剧：版权+分账

二、影视剧产品

影视产品类型化

产品化导致类型化

类型化导致功能化

功能化导致模式化

● **何谓类型？**

类型与题材

类型的三个基本条件

- **影视剧发展的两个趋势**

类型极致化
反类型化

- **关于影视类型化的两个问题**

主流类型和非主流类型
影视剧产品的生命周期

三、创作练习

看电视剧《贫嘴张大民的幸福生活》，根据故事内容填写下表。

<table>
<tr><th>场序</th><th>剧情</th><th>逻辑关系</th><th>事件</th></tr>
<tr><td></td><td></td><td></td><td rowspan="3"></td></tr>
<tr><td></td><td></td><td></td></tr>
<tr><td></td><td></td><td></td></tr>
<tr><td></td><td></td><td></td><td rowspan="3"></td></tr>
<tr><td></td><td></td><td></td></tr>
<tr><td></td><td></td><td></td></tr>
<tr><td></td><td></td><td></td><td rowspan="6"></td></tr>
<tr><td></td><td></td><td></td></tr>
<tr><td></td><td></td><td></td></tr>
<tr><td></td><td></td><td></td></tr>
<tr><td></td><td></td><td></td></tr>
<tr><td></td><td></td><td></td></tr>
</table>

第五讲 叙事语言与叙事传统

一、影视剧叙事语言

词汇: 镜头
语法: 蒙太奇
长镜头理论
影视时空

二、影视剧的叙事传统

看电影《小武》和《我不是药神》,进行比较分析。

(一)两种叙事传统的形成

- **写实主义**

卢米埃尔—弗拉哈迪—意大利新现实主义—欧洲现实主义电影
理论代表: 巴赞、克拉考尔
长镜头理论

- **技术主义**

爱迪生—梅里爱—格里菲斯—好莱坞类型电影
理论代表: 爱森斯坦、普多夫金
蒙太奇理论

(二)两种叙事传统的特点

- **主要区别**

艺术或是商品
主观或是客观
现实或是虚幻

(三)两种叙事传统对影视剧创作的影响

- **故事题材的选择**

故事性

故事形态
高概念与低概念

- **叙事方式**

戏剧化
类型化与典型化
情境设计
故事节奏

三、怎样写分镜头剧本

镜头构成元素
分镜头剧本的作用
分镜头剧本的格式

四、创作练习

看电影《罗拉快跑》第一段，根据剧情填写以下分镜头剧本。

镜号	景别	技巧	内容	音乐	音响

第六讲　叙事结构

一、关于影视剧结构

典型案例：电影《无问西东》、电视剧《暗算》

二、横向结构

- **故事维度**

单维度还是多维度

- **故事视角**

单一视角还是多视角

- **故事结构**

单一线索还是多线索

三、纵向结构

（一）影视剧的情节结构

- **不同故事形态影视剧的基本结构方式**

大情节故事的结构方式
小情节故事的结构方式
中情节故事的结构方式

- **故事结构的原则**

案例：电影《无问西东》和电视剧《暗算》的结构方式分析
（二）电影的情节结构

- **三幕剧电影叙事结构**

分析案例：电影《肖申克的救赎》

（三）电视剧的情节结构

分析案例：电视剧《琅琊榜》

四、创作练习

看电影《暴雨将至》或电视剧《琅琊榜》，列出其情节链并分析其叙事结构及特征。

第七讲 类型片（剧）叙事模式剖析

一、艺术片（剧）

分析案例：《小武》《小鞋子》《教父》

何谓艺术片（剧）？

艺术片（剧）与商业片（剧）有什么区别？

艺术片（剧）的基本特点

二、战争片（剧）

分析案例：《太平洋战争》《艾森豪威尔》《拯救大兵瑞恩》《斯大林格勒保卫战》

战争片（剧）的特点

战争片（剧）的类型及其主要故事模式

三、警匪片（剧）

分析案例：《无间道》《破冰行动》

警匪片（剧）的功能与特点

警匪片（剧）的类型与故事模式

四、犯罪片（剧）

分析案例:《教父》《美国往事》《征服》《命案十三宗》
犯罪片（剧）的功能与特点
犯罪片（剧）类型与故事模式

五、爱情片（剧）

分析案例:《乱世佳人》《泰坦尼克号》《罗马假日》
爱情片（剧）的功能与特点
爱情片（剧）类型与故事模式

六、励志片（剧）

分析案例:《三傻大闹宝莱坞》《我不是药神》
励志片（剧）的功能与特点
励志片（剧）类型与故事模式

七、动作片（剧）

分析案例:《速度与激情》《拳霸》《卧虎藏龙》
动作片（剧）的功能与特点
动作片（剧）类型与故事模式

八、玄幻片（剧）

分析案例:《魔戒》《权力的游戏》《流浪地球》《哪吒之魔童降世》
玄幻片（剧）的功能与特点
玄幻片（剧）类型与故事模式

九、喜剧片（剧）

分析案例：《大独裁者》《出水芙蓉》《疯狂的石头》

喜剧片（剧）的功能与特点

喜剧片（剧）类型与故事模式

十、创作练习

看电视剧《罗马》第一季第一集，根据剧情撰写文学剧本。

第八讲 剧本（项目）策划

一、何谓剧本策划

分析案例：《无问西东》《暗算》《士兵突击》《傻根进城》

剧本即项目，即产品。剧本策划就是项目策划，也就是产品设计。

策划包括两个方面的内容：(1) 做什么；(2) 怎么做。先是要找到项目或者题材，然后确定做成什么样的产品。

项目的标准：市场需求

二、剧本策划要考虑哪些因素

题材

市场的需求及产品的核心价值及竞争力

投资者或制片方的诉求

其他因素

三、剧本策划基本规程

定题材：确定要做的项目

定市场：面对什么样的市场
定类型：做成什么样的产品
定故事：讲个什么样的故事
定人物：有些什么样的人物
定剧情：发生些什么样的故事

四、剧本策划书文本写作

剧本策划书的功用及内容
剧本策划书的写作规范

五、创作练习

找一部小说，根据小说故事写一份电影剧本策划书。

第九讲　题材选择与价值判断

一、题材的重要性

题材即地皮，即项目，即产品的原材料。
题材的价值在很大程度上决定项目的价值。

二、到哪找到好题材

什么样的故事算好题材？
题材的分类
从时间分：古代、近现代、当代
从来源分：改编、原创
从内容分：警匪、农村、医疗、校园、情感等

三、故事题材的外在价值

何谓IP?
题材的影响力和传播力
哪些因素对题材产生影响力和传播力?
剧名
题材来源
人物和事件的影响力
概念或话题性
商业元素
政治元素
其他

四、故事题材的品质和价值分析

- **类型化**

类型或反类型
是否符合主流类型,是否符合平台需求,是否符合观众需求?
是否具有核心价值及核心竞争力?

- **创新性**

戏核与戏魂
故事模式与故事原型

- **典型性**

是否接地气?
是否表现普遍人性?

- **戏剧性**

故事形态
戏剧模式
故事动力

- **功能性**

叙事策略

故事具有哪些功能？是否能够吸引观众？从哪些方面吸引观众？

五、创作练习

根据自己编写的故事大纲，把前20分钟的故事写成电影或电视剧本。

第十讲　搜集创作素材

一、何谓素材

分析案例：《黑鸟》《傻根进城》《父亲是个挑山工》

题材与素材的关系

题材的两个概念：一是指某一生活领域，如农村题材；二是指故事题材，有完整的故事，也包括素材在内。

素材是与题材相关的资料，是零散的、未经处理的、需要提炼的故事原材料。

素材清单

相关资料

相关知识

相关故事

相关人物

相关细节

二、素材从哪里来

生活体验

资料搜集

调动个人生活积累

三、素材整理

素材的提炼
素材的重组

四、编剧的案头工作

人物梳理
事件梳理

五、创作练习

看电影《三峡好人》，设计一段男主人公与女儿见面的情节。

第十一讲 类型定位

一、类型定位要考虑哪些因素

类型定位：做一款什么样的产品？
类型定位要考虑哪些因素？
题材
市场
资源

二、从题材出发

（一）故事题材分析
分析案例：电影《黑鸟》和电视剧《暗算》《士兵突击》《猎狐行动》《大国担当》等
用SWOT对项目进行分析

项目优势

项目劣势

项目风险

项目机会

（二）制定叙事策略

发挥优势，扭转劣势，化腐朽为神奇

分析案例：《暗算》《士兵突击》

力避风险，把握机会，剑走偏锋

分析案例：《国家行动》《猎狐行动》《黑鸟》

三、市场定位：面对什么样的市场？

运营模式

播映平台

目标观众

四、类型定位

相关类型的市场状况

提升产品的核心价值和核心竞争力

五、创作练习

以“邂逅”“夜店”“相亲”其中之一为题，编一个小品故事并写出剧本。

第十二讲　故事定位

一、确定叙事策略

分析案例：《傻根进城》《父亲是个挑山工》《黑鸟》

叙事维度：单维度或多维度，单视角或多视角

故事结构：主线故事和副线故事

二、寻找故事的基石

挖掘故事的戏核：寻找故事的基石

让你的故事超越平庸

你的故事应该符合预设的类型

提炼故事的戏核：找到故事的灵魂

为你的故事赋予洁净的灵魂

让你的故事意念深入人心

三、故事创新与加持：构筑故事的核心价值和市场竞争力

寻找原型故事

故事模式与故事创新

故事中的人物及其创新性

确立故事的叙事风格

四、提升故事的戏剧性

故事模式：大情节/小情节/中情节

戏剧模式

建构故事强有力的动力系统

五、故事的加持

取一个好的剧名

故事价值的进一步强化

六、强化故事的功能性特征

七、创作练习

寻找故事题材，编写一个励志片电影故事大纲。

第十三讲　人物布局

一、人物的重要性

分析案例：《妖猫传》《姜子牙》《潜伏》《猎场》《人民的名义》

（一）人物是故事的主体，有什么样的人物就有什么样的故事

同样的事件，同样的情境，人物性格及人物关系不同，情节会完全不一样。同样是求爱，李云龙的求爱方式与张大民不同；同样是李云龙，他在杨秀芹面前是一副德行，在田雨面前又是另一种姿态。

分析案例：《大长今》和《延禧攻略》的对比分析

（二）人物是故事的骨骼，决定故事的结构和发展方向

分析案例：《潜伏》

人物框架建立起来以后，故事就有了自己的"戏路"，故事就会自然而然地发展起来。

二、人物布局要考虑哪些因素

（一）与预定类型相匹配

每种类型的影视剧都有自己固有的功能性，其人物也有自己的特性。例如，偶像剧的人物都具有偶像属性，励志剧中的人物一般都是小人物，故事模式也多为小人物逆袭，倘若是个富家子弟，也必然历经苦难，否则没有成长的空间。

反面案例：《猎场》《姜子牙》

（二）与故事相匹配

叙事维度：《战狼》《红海行动》《血战钢锯岭》都是单一维度、单一视角的，而《南征北战》《桥》《瓦尔特保卫萨拉热窝》则是多维度、多视角的。

故事维度：单线故事与多线故事。多线故事的每条故事线都各自有一套人物系统，如《人间正道是沧桑》等。

故事结构：人物和事件发展的不同阶段也有自己的人物系统，如《士兵突击》《大长今》等。

（三）与主题相匹配

分析案例：《潜伏》《士兵突击》

剧中的主题即戏魂都是通过人物来表现的，人物布局必须考虑主题的表达。

《士兵突击》的人物大致可以分为两种：一种是如许三多一样的“傻子”，如史今、伍六一等；另一种则是“聪明人”，如成才、李梦等。

《潜伏》中的人物也可分为两种：一种是有信仰的人，如余则成、李崖等；另一种则是无信仰的人，如吴站长、谢若林等。

（四）与预定功能相匹配

分析案例：《人民的名义》

对于商业性影视剧来说，叙事的最终目的是使产品具有能够吸引观众的某些功能，这些功能也只有通过人物才能够得以实现，所以故事中的人物都带有一定的功能性。

中国古代戏曲中的人物分为生旦净末丑，其实就是为了突显其功能性。

三、案例分析

电影《哪吒之魔童降世》与《姜子牙》在人物布局上的对比分析。

四、创作练习

看电影《妖猫传》，画出人物关系图，并剖析其人物设置及创作意图。

第十四讲　人物塑造

一、人物从哪里来？

分析案例：《傻根进城》

（一）从故事素材中提炼

分析案例：《潜伏》

原作故事中的人物

生活素材中的人物

（二）调动个人的生活积累

从个人生活积累中调动资源，丰富人物性格。

故事中的人物其实也来自创作者本身，他把自己的性格要素分布在不同人物的身上。

（三）从原型人物中寻找灵感

人类皆有许多共同的特性，原型人物一般都表现出共同的人性。

原型人物之所以能够成为原型，是因为深刻地反映了某些人类共性。原型人物的性格可以说是对人性的归纳和总结。

二、人物塑造的三个关键要素

（一）人物形态

（二）人物性格

常态性格的人物和非常态性格的人物

（三）人物关系

人物关系的对立与统一

三、人物形态

（一）两种不同的人物形态和塑造人物的不同方法

两种人物形态：圆形人物和扁形人物

两种塑造人物的方式：单一性格极致化，人物性格的多重性

（二）不同的人物形态的功用

两大传统与两种不同的人物塑造方式

两种不同的人物形态对戏剧性的影响

四、人物性格塑造

（一）人物的类型化与创新性

分析案例:《哪吒之魔童降世》《我不是药神》《亮剑》

类型影视剧中的类型化人物

超越类型

（二）人物个性化与典型性

分析案例:《哪吒之魔童降世》《亮剑》

人物是人性的标本，在鲜明的个性中揭示普遍的人性，让观众看到自己的人生。

（三）人物的戏剧性

分析案例:《罗马》《施公奇案》

性格极致化或多重性

常态的性格和非常态的性格

平和或对立的人物关系

（四）人物的功能性

分析案例: 电影《哪吒之魔童降世》、电视剧《大长今》

五、人物关系设计

（一）故事中人物系统的构建

叙事系统

表意系统

审美系统

娱乐系统

（二）不同形态故事的人物关系设计

大情节故事的人物关系设计

分析案例: 电影《红海行动》人物关系、电视剧《国家行动》人物关系

小情节故事的人物关系设计

分析案例: 电影《小武》人物关系、电视剧《贫嘴张大民的幸福生活》人物关系

中情节故事的人物关系设计

分析案例: 电影《战狼2》人物关系、电视剧《破冰行动》人物关系

（三）不同类型的人物关系设计

男女主角的人物关系设计

男主角与反面主角的人物关系设计

男主角与衬托性配角之间的人物关系设计

剧中的功能性人物设计

六、创作练习

根据自己创作的故事，画出人物关系图表，并进行分析。

第十五讲　故事情节

一、何谓情节

分析案例：电影《三峡好人》、电视剧《士兵突击》

何谓情节？

情节是用来表现人物性格及命运发展并推动事件发展的。

衡量剧情好坏的标准是什么？

表现人物性格

推动人物命运发展变化

推动事件进展

戏与戏剧冲突

在戏剧冲突中，人物性格更能表现出来，人物命运更可能发生变化，事件也才更可能得以推进。

二、推动情节进展的动力及推进方式

戏剧冲突是情节发展的动力

推动情节发展的两种方式

改变或引入新的人物关系：如《贫嘴张大民的幸福生活》《士兵突击》

改变或引入新的事件：如《亮剑》

三、情境设计以及情节的推动

分析案例：电影《肖申克的救赎》，电视剧《贫嘴张大民的幸福生活》《士兵突击》

何谓情境？

何谓戏剧场？

大情境与小情境

顺境、困境与绝境

激励事件对剧情的推进

四、写好每一场戏

入戏

人物布局

戏眼

铺垫

转折

细节

台词

节奏

五、期末考核

自己寻找故事题材，写出剧本创意并创作电影剧本（如写电视剧本，至少完成一集剧本创作）。